BOLSILLO
ZETA

1.ª edición: junio 2007

para el sello Zeta Bolsillo
Bailén, 84 - 08009 Barcelona (España)
www.edicionesb.com

Printed in Spain
ISBN: 978-84-96778-54-2
Depósito legal: B. 21.375-2007

Impreso por LIBERDÚPLEX, S.L.U.
Ctra. BV 2249 Km 7,4 Polígono Torrentfondo
08791 - Sant Llorenç d'Hortons (Barcelona)

EL TIEMPO ESCONDIDO

JOAQUÍN M. BARRERO

BOLSILLO
ZETA

A Rosa, aquella inolvidable Xana...

AGRADECIMIENTOS

A aquellos jóvenes sindicalistas que hablaban con desbordada pasión de sus experiencias y recuerdos nutriendo los ensueños de mi edad temprana. Ya no están, pero dejaron un bagaje de actos y ejemplos que forman la mayor parte de este libro. Ellos, como tantos en la historia, intentaron hacer un mundo mejor.

Y a mi hija Marisa, que tuvo la paciencia y el agrado de pasar a limpio los textos y corregir las notas que impetuosamente buscaban la luz.

EL AUTOR

Llanes, junio 2001-Madrid, agosto 2004

There is an old belief
that on some distant shore,
far from despair and grief,
olds friends shall meet once more.

ANÓNIMO

(Según una vieja creencia
en alguna playa distante,
lejos de la desesperación y el dolor,
los viejos amigos se encontrarán de nuevo.)

Más allá del ideal habrá siempre un ideal.

RICARDO MELLA

6 de marzo de 1998

En la duermevela soñé un ruido. Abrí los ojos, alerta los sentidos. El ruido no estaba en el sueño. Sonaban golpes en la ventana, como si alguien llamara. Pero no era posible, porque estaba en la cuarta planta exterior de un edificio sin terrazas. Me levanté y a oscuras fui a la ventana, iluminada por la luz de las farolas. Miré. Había un viento intenso y una rama deshojada era lo que golpeaba impacientemente el cristal. El árbol estaba alejado de la línea vertical de la ventana por lo que la rama tenía que esforzarse por llegar. Estuve mirando cómo ese dedo vegetal llamaba una y otra vez, combándose y estirándose como si fuera alguien queriendo transmitirme un mensaje de urgencia. Miré la hora. Las cuatro de la madrugada. La calle estaba desierta, la casa en total silencio. Sólo ese golpear constante y misterioso. Poco a poco, el viento fue encalmándose hasta transformarse en un soplo de fuerza variable. La rama se encogió y se recogió junto a las otras. Y todo volvió a quedar en silencio.

Miré la fachada de la iglesia del Santísimo Cristo de la Fe y su pequeño campanario. Volví a la cama y me senté en el borde. Soy difícilmente impresionable, pero en la soledad sin ruidos tuve la intuición de que algo metafísico se había manifestado. ¿Qué o quién? Estuve sin moverme, rememorando vivencias pasadas y haciendo balance de mi vida, hasta que la luz del día quitó las sombras del dormitorio. ¿Por qué dormía tan mal desde hacía meses? Me acerqué de nuevo a la ventana. La actividad ciudadana ya estaba en marcha.

El ramaje se agitaba fuertemente a intervalos, pero la rama se mantenía a distancia y tenía la apariencia inofensiva de su propia condición. Toda sensación esotérica había desaparecido. Fui a la cocina, consciente de estar en baja forma. Al mal sabor de boca por la duermevela se unía un ligero sentimiento de amargura, nunca superado del todo, como cuando aún estaba ella pero segregaba ya efluvios de inevitables ausencias. Busqué las naranjas para el zumo. Se habían acabado. También la leche. Emilia descuidaba sus deberes. Antes de entrar en la ducha, me obligué a dejarle una nota. Tomé el plátano, por lo del potasio, y salí a la calle.

El invierno daba claras señales de rendición, aunque todavía presentaba frentes de porfía, como el de aquella mañana. Un viento racheado encabritaba una lluvia fría, cuando crucé velozmente hacia el bar de Pepe. Pedí el zumo y lo demás, y hojeé el periódico. Un rato después entraba en el metro por Antón Martín, tras superar la frenética zarabanda diaria de coches y autobuses de la calle de Atocha. Cuando salí en Plaza de España, la lluvia había concedido un armisticio, pero no el viento helado. En la Torre de Madrid, disputé como cada día los espacios en pasillos y ascensores con la muchedumbre de siempre.

Al abrir la puerta de mi oficina en la planta catorce, en cuyo frontal un cartel anunciaba: «CORAZÓN RODRÍGUEZ - Diplomado en Investigación y Criminología», vi al hombre sentado bajo el reloj mural. Eran las nueve cuarenta y cinco. Como siempre, la calefacción estaba en mínimos, pero la cálida sonrisa de Sara eliminaba la sensación de frío.

—El señor Vega —señaló con un gesto.

El hombre se levantó con esfuerzo y la habitación se achicó. Debía de medir dos metros y probablemente pesaría cien kilos, lo que dejaba en evidencia mi metro noventa. Rostro carnudo, mentón voluntarioso, grandes orejas pegadas al cráneo y nariz sobredimensionada. Me ofreció una mano del tamaño algo menor que un guante de béisbol y permitió que de su boca sin labios brotara una voz cavernosa.

—Estoy aquí, como acordamos ayer.

Realmente había olvidado la cita, en parte por lo conciso de su llamada y, sobre todo, por el ineludible problema de Diana.

Desvié la mirada hacia Sara, eficaz y atractiva secretaria que a sus cincuenta años mantenía conectadas todas sus ilusiones.

—¿Novedades?

—Pueden esperar. —Su sonrisa tenía un efecto calmante.

—¿David?

—Está con lo del matrimonio Castiñeira.

Abrí la puerta de mi despacho y la luz se desparramó por el ambiente.

—Pase, señor Vega, y siéntese —invité.

Vestía un terno azulado. Un lazo también azul sobresalía de un cuello de camisa impecable. Su aspecto era de suma elegancia y contrastaba fuertemente con mi cazadora de cuero y mi pantalón chino. Caminó pesadamente, llevando la gabardina en un brazo y apoyándose en un paraguas a su medida, como si fuera un bastón. Di la vuelta a la mesa y nos sentamos, uno a cada lado. Sacó una tarjeta y me la ofreció. Leí: «José Vega Palacios. Rentista.»

—Curioso.

—¿Qué es curioso?

—La profesión que indica. No es usual leerla en una tarjeta.

—Hay muchos. Creen que, si no lo ponen, Hacienda no los investigará.

—¿Qué desea realmente, señor Vega? —pregunté sin entusiasmo.

El hombre sacó de un bolsillo la hoja de un periódico, la desplegó y la puso sobre la mesa. *La Nueva España*, de Oviedo, del 8 de octubre de 1997.

—Lea esto. —Señaló una noticia poniendo un dedo sobre el papel. El titular decía:

APARECEN DOS CADÁVERES EN LA IGLESIA DE PRADOS

Aparté la vista y la fijé en el hombre que no me quitaba los ojos de encima, con esa persistencia en el mirar que tienen muchos mayores. Seguí leyendo:

> Al hacer unas obras de consolidación en los cimientos de la iglesia de Prados, en el concejo de Cangas del Narcea, los obreros descubrieron huesos humanos enterrados bajo el suelo del sótano. Dejando todo como estaba, dieron aviso a la Guardia Civil, que se presentó en el lugar. Personado el juzgado después, se procedió al desenterramiento total. Los despojos fueron levantados y enviados a Oviedo para su estudio e identificación.
>
> Parece que se trata de los restos mortales de dos cuerpos. Su estado indica que llevan muchos años enterrados, quizá de cuando la guerra, aunque los más viejos creen recordar que después de la contienda desaparecieron algunos vecinos sin que se volviera a saber nada de ellos.

Había dos fotografías acompañando al texto. Una mostraba la iglesia, con dos agentes de la Guardia Civil delante mirando dos bultos. La otra era una ampliación de la anterior donde se veían los dos bultos cubiertos con mantas.

Dejé el papel. El hombre seguía mirándome.

—Quiero que averigüe quién es el asesino —dijo.

9 de enero de 1943

El trueno se escuchó distante y prolongado, sin constancia de relámpago. Hacía días que los embalses del cielo se habían abierto. Una lluvia monótona y sorda caía sin descanso, lavando el paisaje. Los del pueblo se afanaban en la recogida del ganado, yendo a buscarlo a los prados. Luego, el día huyó velozmente y todo el lugar fue invadido por las sombras vestidas de agua.

César había reunido las vacas y, cojeando, las llevaba al establo cuando se lo encontró, recién llegado de Cangas. El criado le dijo que la pinzona no estaba y que al intentar traer el ganado se había caído, golpeándose fuertemente en una rodilla. Se la mostró, con su habitual ausencia de emociones. Había sangre en la carne que se veía a través del pantalón roto y embarrado. José Vega maldijo la mala suerte. Ahora tendría que salir él en busca de la jodida vaca. El criado era un tipo sufrido y eficiente, pero juzgó conveniente no exponerle a un nuevo percance con la rodilla en ese estado. Le dijo que atendiera al caballo, tan mojado como él. Se puso las madreñas, se ajustó el tabardo y la boina, y cogió el farol de aceite que había utilizado César. Le dijo que informara a su mujer y que se curase la rodilla. Luego salió a la lluvia.

Probaría primero en el prado nuevo, monte abajo, ya que en los últimos tiempos el animal tenía tendencia a escaparse a ese lugar. Si no estaba allí ni en los prados de arriba, entonces se habría colado en terreno ajeno, lo que no le gustaba, porque no quería tener más problemas con ningún vecino, y menos con los de Muniellos o los otros, con quienes no guardaba ningún trato después de todo lo que ocurrió. Caminaba con cuidado sobre las madreñas por la hierba y el barro, con el bamboleante farol en una mano. Estaba cansado y bastante cabreado. Si al menos estuviera su padre. Pero quiso estar en Madrid, donde caían las bombas, durante la guerra. Y aunque no era soldado, ni de izquierdas, una le cayó encima. Una bomba de los de su bando. Joder. Claro que si no hubiera estado le habrían quitado el piso de la calle de Trafalgar, con todos los muebles, como hicieron con la finca de la calle de Alonso Cano. Maldita horda. Sí, recuperaron la casa después de la victoria, pero dejaron los pisos hechos un asco. Cinco años hacía que le enterraron y parecía haber sido ayer. Él fue más listo. Había buscado un cargo administrativo en el concejo y no fue al frente. Todos los que se las daban de valientes estaban muertos, menos esos dos cabrones. A la mierda con ellos. Ya recibieron su merecido. Pero él se salvó, al igual que en la guerra de África. Claro que aquello le costó a su padre un buen dinero. Los padres, siempre trabajando para los hijos. Es ley de vida. Su hijo José debería estar aquí, ayudándole, pero estaba en la capital, estudiando. Sólo venía los veranos a echar una mano. El resto del año él estaba solo para los tratos y para la hacienda. Su mujer e hija le ayudaban mucho, porque allí las mujeres trabajan como un hombre. Pero, si no hubiera sido por César, no hubiera podido cumplir con todo. Y encima trabajos imprevistos como el de ahora. Maldita vaca, rezongó en voz alta. Quería acostarse pronto. Tendría que ir a Madrid a ver las cuentas del administrador de las casas. Mañana o pasado. Realmente era allí donde debería estar. ¿Qué hacía rebozándose en el lodazal? Juró, esta vez en voz baja. El peso de la herencia, coño. Eso es lo que le hacía permanecer en el pueblo. Bueno, bueno. Para qué engañarse. En Asturias estaban sus amigos y sus zonas de trapicheo. En Madrid no era nadie. Aquí, de los más importantes del concejo. Pringarse de estiércol de vez en cuando no era un precio demasiado alto para las satisfacciones que obtenía.

Tropezando, a veces cayendo por el diluvio, atisbó al animal cerca del muro de pedrusco que delimitaba la posesión por ese lado. Estaba incomprensiblemente quieta. Se acercó hasta llegar a su lado. La bestia volvió sus ojos hacia él. Estaba trabada por una pata a un saliente del muro. Sorprendido, se agachó, dejó el farol y trató de liberarla, mascullando imprecaciones. Sintió en ese momento una presencia cerca. Miró hacia arriba a través del agua, levantando el farol y ladeando el tabardo.

—¡Joder! Eres tú. ¿Qué haces aquí? ¿Qué coño quieres?

—Hablar contigo —dijo el recién llegado.

—¿En este momento? ¿Aquí?

—Sí. El asunto no puede esperar.

—Bueno, échame una mano y luego hablamos —dijo, poniendo el farol en el suelo y volviéndose hacia el animal—. Algún cabrón ató la vaca. Cuando le ponga la mano encima...

El otro le golpeó en la cabeza con una piedra grande. Se oyó un crujido y Vega se desplomó sin un gemido, esparciendo el barrizal. Quedó quieto, medio ladeado. El agresor desató al vacuno y lo espantó hacia la distante casa. Guardó la cuerda en un bolsillo y se agachó hacia el caído. Pero José Vega era un hombre fuerte y, además, la boina y la capucha del tabardo habían amortiguado el golpe. Tenía treinta y ocho años y medía un metro noventa y cinco con su correspondiente masa de músculos. Aturdido y confuso, al sentir las manos sobre él, lanzó su pierna derecha contra el otro, golpeándole en un hombro con el zueco.

—¡Ca... brón! —inició, intentado levantarse torpemente. Recibió un puñetazo en la cara y volvió a caer en la hierba, respirando entrecortadamente. Su oponente cogió otra vez la piedra con ambas manos, la levantó sobre su cabeza y la incrustó en la frente del caído, matándolo en el acto. Del reflejo, las madreñas del agredido salieron despedidas a varios metros. El agresor apagó el farol y se cercioró de que Vega no respiraba. Miró en derredor. Las sombras rodeaban el lugar y sólo se oía el chapotear de la lluvia. A lo lejos titilaban las luces de algunas de las casas. De entre sus ropas, sacó una pequeña bolsa tupida y metió en ella la cabeza del caído, asegurándola bien para evitar que la sangre saliera y dejara huellas. Se puso en pie y lavó la piedra usada como arma con el agua de la lluvia, restregando casi a ciegas para eliminar los restos de sangre. Caminó unos pasos y la encajó hábilmente en el muro. Buscó luego las madreñas del caído y las metió en un saco que llevaba oculto en el capote, así como el farol. Con esfuerzo cargó el cadáver sobre sus hombros, afianzó el equilibrio y con precaución se desplazó unos metros a lo largo del muro hasta el punto donde éste se unía a una alambrada, que previamente había dejado sin atar cuando caminó hacia Vega. Pasó al otro prado y caminó lentamente hacia el cercano santuario de San Belisario. Empujó la primera puerta de madera de doble hoja, sin cerradura, y volvió a juntarla como estaba, notando el charco que se iba formando a sus pies con el agua que se deslizaba de ambos cuerpos. Dejó el saco junto al armarito de útiles de trabajo. Guardando el equilibrio, se quitó con los pies sus madreñas y las colocó al lado del saco. Calculó la trayectoria, como le enseñaron en el ejército, y se desplazó hacia la segunda puerta, también de madera y de doble hoja, ésta con cerradura, aunque con la llave sin echar. Como la anterior, esta puerta interior tenía unos ventanucos sin cristales en la parte frontal. Entró.

La oscuridad del recinto estaba matizada por una levísima claridad que entraba por los pequeños ventanales sin cristal situados en la parte alta de los muros laterales. Conocedor de la iglesia, el hombre caminó con su carga hacia un lado del altar, sorteando los bancos. El esfuerzo era grande, pero él era joven y fuerte. Flexionando las piernas, tanteó en el suelo y buscó la trampilla. Tiró de la argolla y la levantó sin ruido. La volcó hacia atrás y la apoyó en el suelo. Despacio, fue bajando con esfuerzo por toscos escalones de ladrillo hasta llegar al suelo del sótano, donde finalmente dejó el cadáver. Respiró hondo y estuvo unos momentos recobrando el aliento. Se quitó el encharcado tabardo, subió a la iglesia y desanduvo el camino hacia la entrada del santuario. Miró por las ventanitas. Nada. Ningún movimiento afuera. Metió sus madreñas en el saco, cogió una pala y una escoba del armarito y retornó a la nave de la iglesia, cruzando la puerta interior, que cerró con llave. Llegó a la trampilla, bajó los escalones y abatió la tapa sobre su cabeza. No le importaba dejar huellas. Nadie entraría en la iglesia en esos momentos. En la búsqueda posterior de José, quizás alguien entrase, pero él ya habría borrado las pistas al salir. Tanteó, dejó los bultos en el suelo y buscó la vela preparada, que prendió con una cerilla. La llama vacilante echó las sombras hacia los rincones. Era una sala de menores dimensiones que la nave de la iglesia, con una altura algo mayor de dos metros. El suelo era de tierra y piedra pisada y sin nivelar, y la humedad impregnaba el ambiente. Había diversos muebles y bancos rotos y viejos. Quitó unos tablones que estaban apoyados en una de las paredes y un hoyo rectangular apareció a la luz junto a un montón de tierra y piedras procedente del mismo. Era lo bastante hondo para albergar al menos dos cuerpos. Registró el cadáver, le quitó la cartera, el reloj de bolsillo, un anillo, una sortija, una pulsera y una cadena con una cruz. Metió todo en una bolsita y luego depositó el cadáver en la fosa. Extrajo del saco el farol y los zuecos del muerto y los echó al hoyo. Con la pala comenzó a cubrir el cuerpo. El hombre trabajaba con precisión, sin movimientos superfluos. La fosa quedó tapada. Apisonó hasta la rasante del suelo y guardó la tierra sobrante en el saco vacío. Luego, empujó sobre la tumba un arcón desvencijado y sobre él colocó los tablones en la misma posición vertical en que estaban inicialmente. Alisó la superficie no cubierta y barrió todo con la escoba. Barrió también la pala, sus botas y sus madreñas con minuciosidad, quitando la tierra, que guardó en el saco. Se acercó luego a la primera de unas pequeñas troneras que había en el techo, junto a las paredes, por donde se aliviaba el aire a través del suelo de la iglesia y que él había tapado en días anteriores con trozos de hule negro. Miró en torno, buscando algo fuera de sitio o comprometedor. Todo el suelo estaba húmedo, pero no había tierra. Nadie podría adivinar que debajo de las maderas había un cadáver. Midió las distancias, apagó la vela con los dedos y fue quitando los hules, alargando el brazo y guiándose de su percepción espacial ante la falta de luz. En la mayor oscuridad, llegó a los escalones, se puso el tabardo y cargó la saca sobre sus hombros. Cogió la pala, la escoba y las madreñas y subió cautelosamente. Abrió la trampilla sobre su cabeza. Escuchó. Sólo el ruido amortiguado de la lluvia. Salió, bajó la tapa y la cerró con el candado que guardaba en un bolsillo, todo con una mano. Dejó la escoba y la pala junto a la trampilla, cruzó la nave sin soltar el saco, el cual pesaba porque había sobrado bastante pedrusco, aunque era un peso mucho menor que el de Vega, y se aproximó a la puerta interior. Aplicó la llave y la abrió, después de observar por los ventanucos. Fue a la puerta exterior, dejó el saco y los zuecos junto al armarito y atisbó a través de las ventanillas. Ningún movimiento en lo que abarcaba su vista. Volvió sobre sus pasos y dejó la apagada vela en el altar. Cogió la escoba y barrió toda la zona de pisadas, recogiendo la tierra en la pala. Retrocedió hacia la salida, cruzó otra vez la puerta interior y la cerró con llave. Barrió con más esmero el piso de losas situado entre ambas puertas porque sería la zona que alguien podría mirar si se le ocurría inspeccionar la iglesia. La poca tierra obtenida en el barrido la echó al saco. Limpió la pala y la escoba y las puso en el armarito, que cerró luego. Con un trapo que sacó de un bolsillo secó el charco de agua producido al entrar. Se calzó sus madreñas y miró el suelo, ya acostumbrados sus ojos a la casi total oscuridad. Todo estaba húmedo, pero perfectamente limpio. Cargó el pesado saco e inspeccionó nuevamente a través de los ventanucos. La calma era absoluta. Salió, ajustó las hojas y se cubrió con la capucha del tabardo. Con cautela, se alejó de la iglesia soportando de nuevo el aguacero mientras esparcía hábilmente la tierra y piedras del saco. Llegó a la alambrada y, tras cruzarla, la enganchó en su posición normal. Se alejó hacia su casa, cruzando el solitario prado bajo el sonido monocorde de la lluvia infinita.

Todo había salido como lo había planeado después de

varios meses de espera y preparativos. Era improbable que alguien descubriera el cadáver. Nadie había bajado al sótano en meses. No había nada que hacer allí. Quizá cuando restaurasen el templo, que buena falta le hacía. Pero eso no sería ahora, con los tiempos de hambre y miseria que corrían, tras la guerra. Tampoco iba nadie a la iglesia, por falta de cura. La gente bajaba los domingos a Castañedo, La Regla o Cangas a cumplir con sus ritos. Por el momento tendría que disimular, no levantar sospechas. Entraría a la casa por la huerta, simulando tener alguna tarea. La familia del muerto daría la alarma tarde o temprano, posiblemente esa misma noche. La Guardia Civil sería avisada y el pueblo participaría en la búsqueda del vecino desaparecido. Las pesquisas continuarían varios días. Habría preguntas. Incluso podría suceder que Amador de Muniellos fuera considerado sospechoso. Todos sabían el odio que se profesaban. Claro que eso sería por poco tiempo. Sería difícil encontrar ninguna prueba. La lluvia borraría las huellas. Posiblemente mirarían en la iglesia a través de los ventanucos. Y luego el tiempo pasaría. Pero todavía quedaban cosas importantes y peligrosas por hacer. Lo siguiente sería el dinero. Tendría que hacerlo sin dilación. Esa misma noche.

6 de marzo de 1998

—¿Cómo sabe que ha sido un crimen?

—Es obvio. El que los enterró en lugar tan inusual y sin conocimiento de nadie, quería esconder los cuerpos. El asesino.

—Un razonamiento con lógica, pero no es suficiente.

—¿No pone la grabadora o toma notas? Es lo que hacen los detectives.

—No sé si aceptaré lo que desea proponerme.

Sin dejar de mirarme con fijeza, prosiguió:

—Hay noticias posteriores. Un estudio de forense señala que ambos murieron por fractura craneal ocasionada por objeto contundente. Prácticamente en las mismas zonas de la cabeza. Frontal y occipital. Queda totalmente descartada la accidentalidad —dijo, poniendo sobre la mesa un escrito que sacó del bolsillo interior de su chaqueta.

No tenía yo la mente abierta esa mañana para nuevos casos. Desde luego no para un asunto como ése, cuya trascendencia iba desgranando cronológicamente el absorbente anciano. Miré el papel, sin leerlo.

—Esto es un informe judicial. ¿Cómo lo ha conseguido?

—En ese informe dice que las víctimas eran dos hombres —continuó él, sin responderme—. Uno era mi padre, el otro se llamaba Amador, de la casa Muniellos, ambos de Prados, mi pueblo. Desaparecieron en enero de 1943 y no se volvió a saber nada de ellos. Hasta ahora.

Le interrogué con la mirada. ¿Había más?

—La prueba de ADN realizada en esos restos, contrastada con la obtenida de mi sangre y con la de la sangre de un nieto de Muniellos, aportaron la evidencia familiar indudable. Por eso mi abogado consiguió la copia del informe. Ya tiene usted todas las respuestas.

Moví la cabeza.

—Supongo que esos datos los ha conseguido de la Guardia Civil.

—De la Guardia Civil y del juzgado, en efecto.

—Bien. Deje que ellos hagan su trabajo. Tienen una excelente policía científica y judicial.

—Lo hicieron. A instancias mías, el juez de instrucción abrió el caso. Estuvieron en el pueblo e interrogaron a varias personas. También nos llamaron a declarar a mí y a otros que vivimos fuera de Asturias. No hay resultados.

—Deles tiempo. No es una labor sencilla.

El hombre se echó hacia delante. Su rostro se llenó de fuerza y determinación.

—No tengo tiempo. Necesito otro ritmo. No lo consideran un tema importante después de tantos años. Para ellos no hay un asesino suelto. Para mí sí puede haberlo todavía.

—No me dedico a homicidios. Lo mío es seguimiento de personas y búsqueda de desaparecidos.

—En su placa dice que se licenció en criminología.

—Ésa es parte de mi capacitación, no mi especialidad.

—Mi oferta consiste en que busque a quien hizo desaparecer a esos hombres. Entra de lleno en su especialidad.

Me acorralaba, como el gato al ratón, sin quitarme sus pardos ojos de encima.

—¿Para qué quiere el nombre del asesino, señor Vega?

Mostró sorpresa en su rostro.

—No es una pregunta que cabe esperarse de un investigador.

—Sí la es. Mire, estamos en 1998. ¿Cree que su asesino vivirá?

—¿Por qué no?

—Es obvio. El tiempo no pasa en vano. ¿Puedo preguntarle cuántos años tiene usted?

—Setenta y tres.

—Si el presunto asesino tuviera la edad de su padre, por lógica estaría muerto ya.

—No necesariamente. No tiene por qué ser de la edad de mi padre. En cualquier caso cabe añadir que en la región hay muchos longevos, algunos de más de cien años. Debe de ser por el agua o el aire o por una mezcla de los dos. Pero convenga conmigo en que sólo saldremos de dudas encontrándole. Y si al final resulta que está muerto, al menos tendré la satisfacción de saber quién era y, a través del estudio de su personalidad, encontrar los motivos de su acto.

Tenía respuestas para todas las preguntas. Yo trataba de que el asunto no me concerniera. No quería entrar en él, no en esos momentos al menos. Pero el hombre conducía la conversación con habilidad y me dejaba sin razones convincentes para rechazar el encargo sin ofenderle.

—Suponiendo que el presunto asesino viva y que se le pueda descubrir y encontrar, ¿qué cree que le ocurriría?

—¿Qué quiere decir? No lo sé. Pero deseo que pague por el daño que hizo. Destrozó dos familias. Mi madre murió poco después, sin haber podido superar el trauma ni la maledicencia.

—¿Maledicencia? —inquirí, arrepintiéndome al momento de mi curiosidad.

—Corrió por los pueblos que mi padre se habría ido con alguna mujer. A América —dudó un momento—. Era..., bueno, podría decirse que sentía una pasión desmedida por las mujeres.

Nos miramos en silencio. Él carraspeó.

—Tenía más de una querida. No se sabe de dónde sacaba tanta energía. —Movió la cabeza—. Yo estaba en Madrid, estudiando, y tuve que dejarlo todo para cuidar de mi madre, de mi hermana, de la abuela, de los negocios y de la casa. ¿Sabe lo que tuve que trabajar? Y, además, está lo del dinero.

Entrecerré los ojos y dejé que una pausa se expandiera por el despacho. No se iba a salir con la suya. Si preguntaba, entraría más en el tema. Pero él aclaró el punto.

—A mi padre le robaron un millón de reales, más o menos. Doscientas cincuenta mil pesetas de las de entonces. ¿Sabe usted la fortuna que era? Eso ayudó a mantener las murmuraciones de la gente.

Una nueva trampa, si contestaba. Mantuve un silencio prolongado, que se interrumpió por el zumbido del comunicador interior. Descolgué.

—Dime, Sara.

—Tu hijo al teléfono.

—Dile que llame en media hora. O que le llamaré en cuanto termine de atender a un cliente —colgué.

—¿Soy su cliente, finalmente? —inquirió él. Negué con la cabeza.

—Verá, a ese hombre, si existe y tiene una edad acorde con la lógica, ningún juez lo meterá en la cárcel. Usted lo sabe. Demasiado viejo.

Su mirada pasó del pardo al acero.

—Perfecto. Entonces lo mataré yo mismo.

Sonreí sin alegría.

—No habla con el hombre indicado. Le recomendaré a algún colega especializado.

—No. Tiene que ser usted.

Su insistencia comenzó a intrigarme.

—¿Por qué? Puedo asegurarle que hay otros más capacitados que yo para este caso.

—Rafael Pérez Juan no opina lo mismo. Él me recomendó a usted.

Su masa y sus inquisitivos ojos me agobiaban. Estaba claro que para él era un asunto tan importante como para mí el mío. La diferencia estaba en que el mío era cercano, vivo, no una llamada de ultratumba. Volví a sentir el latido que me vinculaba a los insomnios de las últimas noches. Nunca me pregunté por qué le tuvo que suceder a Diana. Eran cosas que ocurrían casi a diario, como los accidentes de circulación. Uno lo lee en los periódicos, pero lo ve como algo ajeno hasta que nos coge por las pelotas. Me había llegado el turno. Era mi única hermana y su problema necesitaba una solución prioritaria.

—Ése no fue un caso de asesinato —contesté distraídamente.

—Usted le devolvió a su mujer, que había sido secuestrada y obligada a prostituirse. Fue una hazaña. Más que resolver un caso de asesinato.

—Mire, no soy su hombre.

—Rafael me contó también —prosiguió sin hacerme el menor caso— lo que hizo usted para rescatar a aquella chica de la influencia de aquella secta. Fue otro caso brillante. Es expeditivo, un hombre de acción. Se puede apostar por usted y por eso quiero que haga el trabajo.

—No se ofenda señor Vega, pero tengo la impresión de que tiene el oído desconectado.

—Le daré cinco millones de pesetas. Todos los gastos pagados.

—¿De dónde sale usted? —Tuve un amago de sonrisa—. ¿Cree que cinco millones es dinero para un caso de asesinato doble? Ni por diez lo aceptarían los especializados en esa rama.

—Treinta millones, cincuenta —indicó, imperturbable—. La mitad por adelantado.

—¿Qué le pasa? —dije, tratando de conservar la ecuanimidad—. ¿Se aburre o no sabe en qué gastar el dinero?

Cerró los ojos. Al abrirlos, una luz brotó de ellos como si algo se hubiera encendido dentro.

—Ni lo uno ni lo otro. Tengo bastantes años y ningún hijo. Sólo primos lejanos y una hermana soltera, allá, en el pueblo, a la que también le sobra todo menos juventud. Estoy en mi derecho de gastarme el dinero como quiera. Dentro de unos años no me servirá para nada.

El silencio se aposentó en la habitación como si tuviera cuerpo. Un relámpago antecedió al retumbante trueno. A través del ventanal se vio a las nubes arrojar su equipaje de agua.

—Lo siento. No puedo ayudarle. —Abrí un listín y saqué una tarjeta—. Tome. Llame a este detective.

El hombre se incorporó sin tomar la tarjeta, cogió el informe y la hoja de periódico y se puso la gabardina. Tomó su paraguas y me miró. Parecía un faro, allí, quieto, lanzando la luz de sus ojos como fuego incandescente.

—¿Quiere más dinero?

Negué con la cabeza.

—No es cuestión de dinero. Simplemente no puedo.

—Es usted desconcertante. Y no sólo por ese nombre tan raro. Está rechazando un buen dinero y la posibilidad de lucirse en un buen caso.

—Tengo mis razones.

Caminó pesadamente hacia la ventana y miró.

—Una vista para el águila culebrera de mi tierra —observó—. Como las que se ven desde mi pueblo, si cambiáramos los edificios por montes.

Me acerqué a él y miré a través de la lluvia hacia el grandioso paisaje exterior del que mi espíritu nunca quedaba saciado. Allá abajo está la plaza de España y luego el Palacio Real. En días sin nubes el horizonte huye hacia el sur por sobre los campos y se desdibuja en la lejanía.

—Tiene mi teléfono. Piénselo. Ha de ser usted —dijo.

No me dio la mano. Contemplé su tenue reflejo en el cristal tornasolado mientras se alejaba hacia la puerta. Al cerrarla tras de sí pareció que el despacho quedaba vacío.

9 de enero de 1943

Era el momento. Antes del ruido. Antes de que la desaparición de José Vega fuera un hecho consciente que motivara la alarma. ¿Quién imaginaría un robo en el pueblo, tan menguado de habitantes? En realidad, ¿quién se atrevería a robar en esos días aquí o en otro lugar? La dictadura era profunda y el terror, cotidiano para muchos. En altas esferas se larvaban fortunas y nada trascendía ni se castigaba. Pero el que robaba para comer era apaleado y llevado a prisión. La Guardia Civil de los pueblos de esa España en sombras era incansable a la hora de dar palizas. Había que mantener el orden en el inmenso cuartel. El hombre decidió ir primero a casa para dejarse ver. Entró y se quitó las madreñas, pero no el tabardo, cuya capucha echó para atrás.

—Hola —dijo, llevando unos troncos de leña.

—Vaya nochecita. ¿Terminasteis por hoy? —dijo la mujer.

—Sí. —Se dejó caer en una esquina del *iscanu* y se escanció un vaso de vino.

—Estarás cansado. Quítate el tabardo. Estás chorreando.

—Voy a la huerta un momento. Me acostaré pronto.

Salió y bajó a la puerta. Se puso las madreñas. La lluvia seguía imperturbable. Cruzó hasta la huerta y caminó hacia las afueras. Luego dio un rodeo, cruzando por delante de otras casas, de las que salían tenues resplandores de las llamas de los faroles. En algunas se oían débiles voces y risas de niños. En la oscuridad matizada vio a uno de casa Duque salir. El otro no le vio a él. Se acurrucó bajo un carro, fundiéndose en la sombra. El de los Duque se había bajado el pantalón, guarecido por un castaño, y estaba haciendo crepitar el culo. El hombre esperó inmóvil hasta que el otro terminó y volvió a su casa. El hombre permaneció unos segundos sin moverse. Luego se desplazó por entre las huertas y hórreos. Como en África, donde no había segunda oportunidad para quienes daban el paso equivocado. Entró en el establo de los Carbayones, procurando pisar despacio para que el chapoteo sobre el barrizal de bostas no levantara ruido. Con maestría fue acariciando a las vacas, animales fácilmente asustadizos. Les musitó al oído y sobó sus lomos, para evitar movimientos bruscos, sin dejar de mirar a la pequeña puerta situada al otro lado del establo por donde podría venir alguien de los Carbayones, bajando de la casa. Agachado, buscó expectante bajo los pesebres. Había un hueco bajo cada uno de ellos, pero estaban taponados con el lodazal de las cagadas. Metió la mano en la masa y fue tocando las paredes una a una, sin prisas. En el cuarto pesebre notó un ladrillo más grande sobresaliendo del plano vertical. Un trueno retumbó en ese momento. No había visto el relámpago. El choque eléctrico había sido lejos. Sintió el movimiento de temor en los animales. Tiró del ladrillo hacia un lado y, arrodillándose, metió el brazo. Tocó botes y botellas de cristal. Sacó todas las botellas, siete en total. Las fue metiendo en pequeños talegos y luego las distribuyó entre sus ropas, en los bolsillos del capote. Colocó el ladrillo en su lugar original y con un manojo de hierbas se ayudó para empujar el lodo sobre el fondo, tapando el vestigio. Se levantó. Estaba cubierto de porquería. Caminó despacio con los oídos como antenas. Un relámpago iluminó la entrada. El trueno se abalanzó detrás. Notó que la lluvia arreciaba. Los relámpagos podían descubrirle, pero no tenía tiempo. Se asomó. Su mirada de águila no apreció ningún movimiento. Otro relámpago. Se pegó a la puerta y bajó el rostro. El estampido estaba encima. Salió y se desplazó, corriendo agachado sobre el terreno sin dejar de mirar a los lados. Dejó las casas y las huertas atrás. Otro relámpago. Se detuvo hecho un ovillo y prosiguió al volver la oscuridad. La lluvia era torrencial y lavaba sus ropas. Ayudó con sus manos a limpiar el pantalón de excrementos. Llegó al fondo de un prado y se pegó al muro, avanzando agachado. Otro relámpago. Nueva parada. Al fin se detuvo. Movió una piedra grande que dejó ver un hueco. Esperó un nuevo relámpago, que tardó más tiempo que el anterior. De inmediato, metió los talegos con las botellas cuidadosamente y los apoyó en el fondo. También metió la bolsita con los objetos recogidos del cuerpo de José. Puso la piedra en su sitio, la encajó fuertemente y la aseguró con piedras menores. Borró las huellas con hierba y se aseguró de que la lluvia igualara la superficie. Desanduvo el camino, desplazándose encorvado a lo largo del muro. En un punto lo saltó y volvió al pueblo dando un rodeo, mientras de vez en cuando algún rayo aclaraba la lejanía. Llegó a las casas, pasó debajo del hórreo y entró en la casa. Se quitó las madreñas, el tabardo, el chaquetón, la chaqueta, el pantalón y la boina. Se echó en la cama, siempre a oscuras, y se tapó con la manta. Afuera la lluvia seguía cayendo.

6 de marzo de 1998

—Tu hijo —habló Sara, pasándome la comunicación por la línea interior.

—Carlos, ¿cómo te va?

—Bien, pero no contestas a mis mensajes. ¿Problemas?

Dudé un momento. El muchacho era ya un adulto y no tenía sentido ocultar cosas que involucran a la familia.

—Sí. El mamón de Gregorio.

—¿Ha vuelto a...?

—Parece que le ha cogido el gusto.

—Hay que pararlo. Como sea.

—Me amenazó. Me dijo que me daría una paliza si intento algo. Y que me denunciaría para que me quiten la licencia.

Carlos guardó un silencio prolongado. Luego habló con furor.

—Si tú no puedes hacer nada, lo haré yo. Puedo reunir a unos colegas y joderle duro.

—No he dicho que no pueda hacer nada.

—Sabes que puedes contar conmigo.

—Lo sé, no te preocupes. ¿Llamabas para algo en particular?

—Sí, quiero que nos veamos para presentarte a mi novia.

—¿Cuál de ellas? ¿Seguro que no la conozco?

Rió a través del hilo.

—No la conoces. Esta vez va en serio.

—Esa canción la he oído antes.

—No, de verdad. Esto es definitivo. Cuando la veas lo comprenderás.

—Bien. ¿Qué te parece... —busqué en la agenda—, la semana que viene? ¿El miércoles doce? ¿A las dos? Comeremos juntos.

—Vale. En el de Huertas.

—Venga.

Colgó. Me levanté y salí a la sala de recepción. El despacho de David estaba abierto. Entré.

—Hola.

David tiene treinta años, el pelo rubio largo y una permanente actividad en su cuerpo de altura media. No llama mucho la atención, lo que es bueno para su trabajo. Experto en electrónica, su curiosidad no encuentra meta. Es un buen ayudante. Estaba siguiendo los movimientos de un pez gordo de una gran empresa por encargo de su mujer.

—¿Cómo te fue?

—El tipo tiene un lío innegable. Le tenemos cogido. Estoy preparando el informe. ¿Quién es ese gigante que ha salido?

Le expliqué la entrevista.

—Coño, es un buen asunto para ti —dijo.

—Sí, pero el tema de Diana y ese cabrón me tienen absorbido.

—Dale una paliza a ese hijoputa.

—Es lo que deseo, pero debo hacerlo en su justo momento y de forma que no haga prosperar una posible denuncia suya.

Me miró dubitativamente.

—Ni acabas ese asunto ni te concentras en el trabajo. Debes resolver.

Tenía razón. Salí, y los ojos de Sara me atraparon.

—¿Tiempo para decirte las llamadas? —Sonrió.

—Luego —dije, y entré en mi despacho.

Miré los últimos informes de los casos abiertos. Pensé en Vega. Era en verdad un asunto de interés. Un reto más. Si tuviera tiempo... Sonó el móvil. Mensaje. Pulsé: «Ven, Diana.»

Era la clave de emergencia convenida, que nunca tuvo tiempo de usar. Me incorporé y noté la adrenalina inundar mi cuerpo. El asunto se había precipitado. Los acontecimientos marcaban el horario. La acción.

—Diana —susurré a Sara, cruzando como una exhalación frente a su rostro preocupado. Ya en la calle corrí hacia el aparcamiento de plaza de España, donde guardo el coche. Conduje el BMW 320 por la cuesta de San Vicente hasta la M-30 y salí luego a la avenida de América. Eran las once y cuarto de un viernes lluvioso. Me desvié a la avenida de Logroño y busqué Parqueluz, donde vivían. Sabía que estaban allí, porque el día anterior Diana me había llamado, después de recibir una paliza, para decirme que no iría a trabajar con la cara en tan lamentables condiciones. Busqué un hueco y lo encontré en la misma acera, algo alejado, detrás del hotel. Cogí un maletín del coche, me dirigí al portal y lo abrí con mi copia de llave. En ese momento la tensión había remitido en mi pulso. Mis movimientos eran rápidos, pero calculados. Subí hasta la sexta planta. Por las ventanas del pasillo se veían las pistas del aeropuerto y el movimiento de los aviones. Nunca entendí por qué les gustaba vivir en esa zona. Llegué a la puerta y escuché. Atenuados, se oían ruidos, voces y llanto. Introduje los pies en unas fundas de plástico, como las que se usan en los hospitales. Luego, me puse unos guantes de cirujano. Abrí con mi llave. El pasillo estaba libre. Oí el llanto desconsolado de mi hermana. Cerré con estrépito. Del dormitorio de la izquierda salió Gregorio. Estaba desnudo y empalmado. Era claro que se estimulaba con el daño ajeno.

—¿Qué haces aquí, cabrón? —exclamó al verme.

Se abalanzó hacia mí con su impresionante masa de músculos ejercitados, balanceando el falo como si fuera el badajo de una campana. Tengo un golpe favorito, que es la patada en el bajo vientre. Si se aplica bien, el receptor queda desarmado. Y yo soy un especialista. Gregorio cayó de rodillas, sujetándose sus partes y gritando. Le agarré por el cuello con ambas manos, le arrastré hacia la cocina e incrusté su cara contra un armario. Quedó inmóvil, boca abajo, mientras algunos platos y cubiertos caían sobre él y rodaban por el suelo.

Diana apareció, refugiada en una bata. En su rostro tumefacto destacaban sus ojos desorbitados.

—¿Lo has, lo has...?

Negué. Fui hacia ella, que me abrazó llorando desconsoladamente. La abracé y acaricié en silencio su pelo. Mi hermana.

—Coge algo de ropa y lo que creas conveniente —dije, separándola—. Abajo está mi coche, en esta misma acera, junto al hotel. Toma las llaves. Espérame dentro.

—No..., ésta es mi casa —opuso ella.

—Ya no. Se acabó. —Toqué su rostro. Con la hinchazón no parecía la bella mujer que es y que su verdugo conoció.

—¿Qué..., qué vas a hacer? —En la pregunta latía un temor invencible.

—No te preocupes. Ahora quiero que te vayas. Hazlo.

Cuando salió volví a la cocina. Gregorio seguía en la misma postura. Un hilo de sangre le impregnaba la frente. Tenía la boca abierta y una baba le colgaba como si fuera la huella de un caracol. Llené una jarra de agua y se la eché sobre su cara. Abrió los ojos, movió los brazos e incorporó la cabeza. Empezó a recordar.

—¿Me ves? —le dije.

Intentó moverse. Le sujeté y le tendí en el suelo, boca arriba. Movía los miembros impetuosamente deseando modificar la posición de ambos. Mi fuerza le abrumó. Le di varios agobiantes puñetazos en el estómago. Boqueó como un pez y se puso en posición fetal. Al poco rato, volví a tenderle y repetí la ración. Empezó a gemir como un bebé. Para entonces, su otrora poderoso pene se había convertido en un pingajo sin relevancia. Por tercera vez le golpeé el estómago varias veces. Se desmayó. Me incorporé. Hacía calor, con la calefacción en el punto más alto, como a él le gustaba. Tuve sed. Bebí mientras miraba por la ventana a los aviones aterrizando y despegando por las pistas. «Como un río, sin descanso», me dije. Como la vida misma. Nada se detiene. Me acerqué al caído. Le puse los brazos en la espalda, le doblé las rodillas y le subí sus pies por detrás. Até los brazos a los pies con una cuerda que saqué del maletín. Para eliminar huellas, coloqué en sus tobillos y muñecas, bajo la cuerda, unas tobilleras y muñequeras acolchadas. Le contemplé. Aun en tan mal estado, tenía buena pinta, como el actor de cine americano al que se parecía. No era de extrañar que Diana se enamorase de él. Volví a echarle otra jarra de agua en la cara. Regresó a la consciencia. Se puso a vomitar encima. Se percató de que estaba atado e intentó soltarse. Sus músculos se tensaron, pero no aflojaron la atadura. Se aquietó y me miró con odio.

—Te vas a cagar cuando esté suelto —dijo, escupiendo baba.

Corté un trozo de adhesivo y se lo pegué en la boca. Del maletín saqué un motor de función múltiple. Sobre el eje puse una hoja de sierra circular. Lo conecté a un enchufe y lo probé. La sierra giró a 2.400 vueltas por minuto. Con ella en la mano le miré y noté sus ojos aterrorizados. Del maletín saqué un alicate y le cogí el pene, sin contemplaciones, estirándoselo. Gritó sordamente, moviéndose con violencia. Sin soltar el miembro, pisé su cuerpo contra el suelo y aproximé la silbante radial.

—Si te mueves, adiós —advertí.

Quedó quieto, con los ojos descolocados. La girante hoja se detuvo a unos centímetros del sexo, del que manaba un hilillo de sangre por donde lo sujetaba el alicate. Horrorizado negaba «¡huooooo, huooo!». Supuse que decía: «No, no.» Retiré y aproximé la herramienta, repitiendo varias veces el ciclo hasta que no aguantó y volvió a desmayarse. Apagué la máquina y le solté el miembro. Nuevo jarro de agua. Tosiendo, volvió a su cruda realidad. Quité la hoja de sierra y puse una broca del número cuatro. Lloraba, aunque todavía había fiereza en sus ojos. Le sujeté la cabeza contra el suelo y conecté la máquina. La broca giró velozmente mientras la aproximaba a uno de sus ojos. Intentó moverse, pero le inmovilicé. Repetí la función de antes, esta vez acercando y retirando la broca de sus ojos. Las lágrimas le caían como si dentro tuviera un grifo. Apagué la máquina, quité la broca y lo guardé todo en el maletín. Luego le desaté y guardé también la cuerda y los almohadillados. Él se había enroscado como un puerco espín al ser atacado. Le obligué a estirarse. Saqué una bolsa de plástico transparente de un bolsillo y rápidamente metí dentro de ella su cabeza, a pesar de sus manotazos y patadas. Golpeé otra vez su vientre varias veces. Cedió en su resistencia. Cerré la bolsa en su cuello. Intentó quitársela agarrando mis manos y luego buscó romperla pero era un plástico duro. Sus ojos se desequilibraron de un modo penoso mientras todo mi peso aplastaba su cuerpo. La bolsa se llenó de niebla. Sus miembros se relajaron. Quité la bolsa y vi que aspiraba el aire. Se acurrucó y lloró en voz alta, agitando el apolíneo cuerpo. Llené la jarra con agua y se la eché encima. Se sacudió, reptó hacia atrás hasta chocar contra la pared de azulejos, dejando un rastro de orín y heces. Ya no había odio en su mirada, sino verdadero miedo. Cogí una banqueta y me senté frente a él.

—Escucha —inicié—. Nunca más volverás a tocarle un solo pelo a Diana. Ya no es tu mujer. Quizá la veas algún día. Si ello ocurriera, pon tierra de por medio. ¿De acuerdo?

Me incliné hacia él.

—No te oigo. Quiero saber si has entendido lo que te he dicho. —Volví a golpearle, esta vez en el sexo. Se quedó quieto, totalmente apiltrafado, con la cabeza caída sobre su castigada cintura.

—Síííí... sííííí.

—Bien. Mírame. —Lo hizo, mostrando las huellas de su sufrimiento—. Con la bolsa has sabido lo que es el terror y la soledad de la víctima. Has visto llegar la muerte. Pero en realidad no pienso matarte.

En sus ojos brilló una tenue luz.

—Veo que no me has entendido. Te lo explicaré mejor para tu corto conocimiento. —Hice una pausa—. Los maltratadores sabéis que no recibís castigo. Dais palizas a indefensas mujeres sin costo alguno a cambio. Y si se os va la mano y matáis, unos años en el trullo y a la calle, a seguir en lo mismo. Las leyes os protegen, pero yo tengo las mías.

Siguió mirándome, mientras alrededor de sus ojos se insinuaban los primeros moratones.

—Si le haces algo a Diana, si la amenazas, si la llamas siquiera, te cortaré la polla y te taladraré los ojos. Estarás vivo, pero ciego y sin paquete. Un eunuco ciego.

Guardé silencio. Él permanecía desmadejado y respirando entrecortadamente. Su arrogancia había desaparecido del todo.

—Quizá desees ponerme una denuncia. No te lo aconsejo. No tienes pruebas ni huellas de mi actuación. No he estado aquí. No te he visto. Y si el rencor te ciega y caes en tentaciones absurdas, como la de enviarme algunos matones, olvídalo. Un castrado ciego no es algo a envidiar.

El ruido de un avión puso tregua a mis sentencias. Continué:

—Esta casa ya no es tuya. Ni de Diana. No quiero saber nada de este lugar. Hablaremos con la financiera. Resolveremos el crédito. El piso también es mío, porque soy el avalista y porque he ido pagando la parte de Diana. Te llevarás la parte que has pagado más la parte proporcional si se vende con beneficios. Ni un duro más. Ni una peseta menos. No quiero deberte nada. Te informaré cuando llegue el momento.

Me levanté y bebí más agua. Sin sentarme añadí:

—Mientras, no vas a vivir aquí. Coge tus cosas y lárgate. Te doy hasta esta tarde. Si no te has ido te mandaré escaleras abajo. ¿Entendido?

Asintió con la cabeza. Se le estaba hinchando la frente. Dejé que viera en mis ojos la furia inhumana que su presencia me producía. Cogí el maletín y busqué la salida. Miré por el pasillo. Nadie. Antes de cerrar, oí su respiración entrecortada. Seguramente le saldría una úlcera en el estómago y su pene entraría en cuarentena. Me quité los plásticos de los pies y los guantes. Bajé al coche sin encontrarme con ningún vecino. Diana tenía una bufanda sobre su cara. Huellas negras sombreaban sus ojos. Volvió a llorar. No intenté consolarla. La llevé a la Casa de Socorro de la calle Alameda, donde la curaron y le hicieron un informe. Después fuimos a la sociedad médica que yo pagaba para ambos, desde el accidente, y que no dejé de hacerlo cuando se casó. Le hicieron radiografías. No tenía nada roto, aunque su rostro era ya como una careta de feria. Conduje hasta la ronda de Toledo y detuve el coche cerca de la comisaría. Pusimos la denuncia y entregamos los informes. Más tarde, en mi apartamento de la calle de Atocha, y con una taza de café en sus manos, ella dejó escarpar su amargura.

—Cuando me paro a pensar, creo que todo es de otro mundo. Tan enamorada como estaba de ese hombre...

—No te molestará más. Le di hasta esta tarde para sacar sus cosas del piso. Mañana iré con un cerrajero y cambiaré la cerradura.

—¿Y si no se quiere ir o te arremete? Sabes que es un malvado.

—Creo sinceramente que no estará. Y si está, peor para él.

—¿Qué ocurrió, qué le has hecho?

—Le puse el futuro tan negro como él te puso tu pasado. Porque tu vida con esa calamidad ya es el pasado.

—¿Qué piensas hacer con el piso?

—Venderlo. Aunque legalmente es tuyo y de Gregorio, en cuanto retire el aval la financiera resolverá el hipotecario. No ejerceré el derecho por no entorpecer la venta. Pero soy el árbitro. No quiero que vuelvas por allí. Si has de iniciar una nueva vida, habrá de ser lejos de lo que fue tu mundo con ese miserable.

—Es una pena, es un piso muy bueno.

—Encontraremos otro mejor. Y sin aviones molestando.

Quiso iniciar una sonrisa y el dolor le dibujó una mueca. Se echó a llorar. Cogió mi mano derecha entre las suyas y la acercó a su mejilla.

—Si no te tuviera...

—Siempre me tendrás. Conseguiremos que seas feliz.

—Tú no lo eres.

Sonreí hacia ella.

—No puedo quejarme.

—Eres fuerte, como la piedra berroqueña, pero sé que Paquita te hizo mucho daño. Por mi culpa. —Su voz se llenó de congoja.

—Quedamos en que no volverías a decir eso. Nunca más. Porque no es cierto. No tienes ninguna culpa de lo que ocurre en el mundo.

—Si hubiera...

Levanté una mano.

—Nunca más.

Volvió a su café, que ya no humeaba. Hubo un silencio. El ruido de los coches llegaba amortiguado con las nuevas ventanas de PVC.

Me puse en pie y miré abajo, a través del doble vidrio. La calle estaba atascada. Sin embargo, la zona me gusta. Es una parte de la ciudad con personalidad. La finca es sólida. El apartamento tiene un salón relativamente espacioso, dos habitaciones, un baño grande y una cocina esmirriada.

—¿Dónde voy a vivir, Corazón?

—Aquí. Puedes usar una habitación. O si quieres, puedes ir al piso de Moralzarzal. El aire de la sierra te sentaría bien y te curaría mejor.

—Prefiero quedarme aquí, contigo.

—Quizá sea lo mejor. Aquí estarás más vigilada.

—¿Crees que él me seguirá?

—Nunca se sabe qué hará un maltratador. La estadística dice que vuelven a las andadas. Son enfermos mentales. Pero creo que éste se lo pensará dos veces.

—Vi cómo lo manejaste. Siempre creí que te vencería. Por eso nunca te dije nada hasta que ya no pude más. Eres verdaderamente rudo. Incluso a mí me asustaste.

—Te asusté... —musité, mirándola.

—No..., no fue temor de que me hicieras algo, ¡Dios mío!, hacerme daño tú... No. Fue una sensación, algo así como..., como si hubiera entrado una fiera. Ahora sé que nada puede vencerte.

Miré a la gente, abajo. Hormigas en el gran misterio.

¿Cuántos son los momentos de verdadera felicidad en una vida?

—¿Algún problema con tu colegio?

—No —contestó—, se portan estupendamente. Conocen la situación y me darán el tiempo necesario.

Diana es licenciada en Ciencias de la Información. Trabaja, sin embargo, de maestra en un colegio de Leganés, en el área Territorial Madrid-Sur, adscrito a la Consejería de Educación de la comunidad madrileña. Es una chica amable y capacitada, y no me extraña que la quieran.

—Llama a Berta o a Arancha. Quiero que te acompañen cuando yo no esté.

—No podré estar aquí siempre.

—Cuando se venda el piso, compraremos uno que te guste.

—No será fácil venderlo por la crisis. Nadie compra pisos ahora. No deberíamos malvenderlo.

—Cada cosa en su momento, Diana. A veces no podemos elegir lo conveniente sino lo necesario. Y si tarda en venderse, veremos cómo apañar una entrada para el nuevo.

—No quiero que pongas más dinero en mí. Es demasiado lo que haces. No eres rico.

Me quedé pensativo un momento. Miré la hora. Pasaban unos minutos de las dos. Llamé a Sara.

—Iré más tarde —le dije.

—¿Qué... ha pasado?

—Todo bien. Luego te explico. Dame el teléfono del señor Vega.

Lo apunté, colgué y volví a marcar. Después de tres timbrazos se oyó la voz cavernosa.

—¿Quién?

—Soy Corazón. He resuelto el problema personal que tenía. Creo que ahora puedo encargarme de su caso.

—Lo celebro. ¿Qué hacemos?

—Podríamos vernos mañana, en mi oficina, a la misma hora. Aprovecharíamos que es sábado, así no nos molestarán y el lunes puedo empezar temprano en el caso.

—De acuerdo.

—Tráigame toda la documentación que tenga para estudiarla el fin de semana. Haremos un contrato. No se olvide de la chequera para la provisión de fondos. Respecto al importe del trabajo en sí, convendremos uno justo en relación con el mismo. ¿Le parece?

—Me parece.

Dejé el auricular y me volví a Diana.

—Bueno. Es hora de comer. Aquí hay de todo. ¿Quién va a preparar un buen almuerzo para dos solitarios?

26 y 27 de enero de 1925

Pasáronse las flores del verano,
el otoño pasó con sus racimos,
pasó el invierno con sus nieves cano
y las hojas que en las altas selvas vimos...

ANDRÉS FERNÁNDEZ DE ANDRADA

Manín se sentó en el *iscanu* frente al tazón lleno de leche y pan negro desmigado. Al otro lado de la mesa, su madre y su hermana, en silencio y con las cabezas abatidas, simulaban comer. Junto a ellas la abuela, que lloraba. El abuelo estaba en un extremo del *iscanu*. Él y Manín habían hecho su faena antes del canto de los gallos. Habían soltado a los cuatro *gochus*. Luego arreglaron el establo, dieron hierba del *pacheiru* a las dos *vaches* y las ordeñaron. Ellos no tenían prados propios. Sólo la huerta era suya. En verano, llevaban las vacas a las *brañas* para que pastaran libremente y recogían hierba de los montes en *pacas* para almacenarla. En invierno, las vacas no salían del establo y se alimentaban de la hierba guardada. Los que tenían prados sí sacaban sus vacas en invierno a sus terrenos, salvo que el tiempo fuera verdaderamente hostil. Ellos habían procedido como cualquier día normal. Pero no era un día normal. Sin dejar de masticar, Manín miró a la abuela.

—Deje de *chusmiar*, *mama* —dijo. La abuela se cubrió los ojos con un pañuelo negro.

Su madre levantó la vista y la cruzó con la de él.

—¿En qué piensa, madre?

Ella había prometido no llorar y conservó el aplomo en equilibrio.

—Pensaba en tu padre, en el día en que se iba para Cuba. Era tan arrogante como tú. Me parece estar viéndole, con su pelo rubio enmarañado y sus ojos descarados. Entonces no se fijaba en mí.

—Ése fue un gran fallo; no fijarse en la mujer más bonita del pueblo. —Sonrió él.

—No, no era la más bonita, pero estaba enamorada de él, de sus ojos azules, de su alegría. Cuando volvió, sí se fijó en mí. Claro que ya no era como cuando marchó.

Tenía un recuerdo borroso de su padre, muerto cuando él tenía seis años, sin poder aguantar por más tiempo el veneno que se le había metido en el cuerpo en la lejana isla. Pero en esa imagen no aparecía un hombre arrogante, sino un ser cansado y envejecido, de ralos cabellos y escasas palabras. Los abuelos y ella habían sacado desde entonces la casa adelante; les criaron a Susana y a él de la mejor manera posible hasta que él, a los pocos años, pudo valerse y echar una mano. Para entonces su madre había perdido la juventud y se había convertido en una *moiraza* como las demás. La miró abiertamente, el pañuelo negro en la cabeza, las manos torcidas por el trabajo de la tierra, la espalda curvada. No tenía el medio siglo y ya era una anciana.

—Quítese el pañuelo, madre. Llevo años pidiéndoselo.

—Me calienta, me protege, me...

—No. Es sólo un rito impuesto por la Iglesia. Es la esclavitud. Sea libre. Rompa los moldes.

—Pobre de mí. ¿Qué puedo romper yo?

—Hágalo por mí.

Se acercó a ella y con suavidad deshizo el nudo de la nuca y liberó los cabellos entrecanos y con atisbos de ondas que un día fueron. Con lentitud hurgó con sus toscos dedos el pelo humillado y lo esparció sobre la cabeza, extrayendo imágenes de una mocedad perdida.

—Así está mejor.

Luego, con el dedo índice, recorrió lentamente la frente de la mujer y lo fue bajando por la mejilla hasta llegar a la boca extenuada. Se miraron a los ojos. En los de ella estaban todas las guerras del mundo.

—Madre...

Ella se aplastó contra su pecho y se dejó abrazar.

—Tu padre fue a una guerra y tú vas a otra —murmuró, sin apenas mover los labios.

—Él volvió, madre. Yo también volveré. ¿Crees que alguien va a poder conmigo? —Rió.

Ella lo miró y admiró sus anchos hombros, sus nervudos brazos, sus grandes manos, el largo y dorado cabello que aureolaba su recia cabeza.

—¿Dónde está África, hijo?

—En el fin del mundo. Pero allí no hay fiebres como en Cuba.

—Pero hay tiros, muchos tiros —dijo el abuelo.

Su hermana rompió a llorar. Él apartó de su madre su alta estatura y rodeó la vieja mesa de madera.

—Eh, eh, Susana. No pasa nada —le dijo y abrazó su cabeza contra su pecho—. Te traeré una chilaba de una reina mora.

Ella hipaba y la dejó hacer. Tenía quince años, cinco menos que él, y no conoció a su padre, pues nació meses después de su muerte. Para Manín, además de hermana fue siempre como una hija. Era una chica sensible, trabajadora, rubia y de azules ojos, como toda la familia. Se casaría pronto, según la tradición, pues no hacía ascos a los mensajes de varios galanteadores, aunque eran notorios los suspiros que daba por Pedrín.

—Promete que volverás —dijo ella, levantando el sufriente rostro hacia él.

Manín paseó su mirada por la cocina, centro de sus vidas. Miró el *fornu* donde cocían el pan de centeno y maíz y el pote humeante sobre el *chumi* siempre encendido, colgando de una viga por la *pregacheira*. Detuvo sus ojos en la *ma-*

sera, donde amasaban el pan y donde guardaban el de consumo reciente. Por un momento se sintió desfallecer.

—¡Manín! —se oyó una voz afuera.

—Prometido —dijo él, acariciando su pelo. La soltó, fue a un rincón de la cocina y cogió una vieja maleta de madera y una bolsa. Abrazó a todos, se caló la boina sin lograr someter del todo su díscola pelambrera y salió, seguido por todos ellos.

Despuntaba el día, el cielo estaba espeso y barruntaba lluvia. Estaban esperándole Pedrín, de casa Regalado; Antón, de casa Salinas y Sabino, criado de los Muniellos. Todo el pequeño pueblo de Prados, diecisiete casas, estaba congregado en grupos para despedirlos. Había una indefendible tristeza en el silencio que protegía el pueblo. Manín miró a un grupo formado por un hombre de su edad y contextura, una chica joven, una mujer madura, un hombre parecido al joven físicamente, pero de más edad, y una pareja anciana. Eran los Vega, de casa Carbayón, los más ricos del pueblo. Abuelos, padres, hijo e hija. Al padre le llamaban Carbayón, por su corpulencia. A José, el hijo, le había tocado ir a África, pero pudo declinar tal honor al haber pagado 1.200 pesetas a otro quinto para que fuera en su lugar. Cerca había otro grupo: los Muniellos, la segunda fortuna del pueblo. Lo formaban sus tres primos: Amador, Jesús y Rosa, sus padres, ella hermana de su madre, y los abuelos. A Amador también le había tocado Marruecos, pero habían hecho el trueque con Sabino, el criado de la casa, por una cantidad similar a la que Carbayón había pagado por su hijo.

—¿Qué miráis, bastardos? —preguntó Manín, parándose y dirigiéndose a José y a Amador alternativamente—. ¿Os llega el olor a cadáver o es el hedor de vuestra cobardía?

Nadie le contestó.

—¿No decís nada, cabrones? A ver si cuando volvamos os han dado por el culo a los dos.

Les hizo un corte de mangas y, seguido de los otros tres, se dirigió al sendero que buscaba la salida del pueblo. En ese momento vio a su prima Rosa, la casi niña de los Muniellos, desgajarse de su grupo y correr hacia él con el frescor y la espontaneidad con que cautivaba al pueblo. Tenía trece años y una figura larguirucha y huesuda, con el cabello rubio que ponía reflejos dorados en el aire gris. Su bello rostro tenía gesto de pesadumbre.

—¿Te ibas sin despedirte? Malo. Los demás lo hicieron.

—Estoy muy cabreado. Perdóname.

—Manín, no te vayas, no os vayáis. —Se puso las manos sobre los ojos.

Él rió e intentó dominar el pozo de angustia y rabia que le corroía.

—Eh, vamos. Estaremos por allá abajo, divirtiéndonos un poco, y regresaremos. A ver esos ojos lindos —dijo, apartándole las manos.

Rosa abrió los ojos y él se adentró en un mundo indescriptible de tonos azules insondables, que variaban a la luz como una sinfonía inacabable de color. Se le cortó la respiración.

—Chiquilla —dijo, impresionado—, tienes los ojos más bonitos de Asturias.

Ella abrió la boca en una sonrisa triste sostenida por dos hileras de nácar. Luego le abrazó con fuerza, subiéndose sobre la punta de sus madreñas. Manín se volvió y subió el repecho donde los otros le esperaban. Se paró y dejó que su mirada se escapara hacia los viejos hórreos y paneras. Tragó saliva. No tenía miedo, sólo una ira que le ahogaba. Vio a su hermana correr hacia ellos, haciendo señas a Pedrín. El muchacho se detuvo y la esperó.

—¿Me escribirás? —dijo Susana, al llegar a él.

—Sí.

—Te esperaré, te esperaré.

—No lo hagas. Lo normal es que...

—No lo digas.

—Pero, aunque vuelva, mi corazón va a otro lado. Perdóname. No puedo evitarlo. No pierdas tu tiempo conmigo. Busca un hombre que te quiera y sé feliz con él.

—Te esperaré —insistió ella y le dio un beso. Lo vio reunirse con sus amigos y caminar junto a ellos hacia abajo, acompañados por familiares y otros amigos, mientras por levante un rayo de sol intentaba resaltar el verde profundo de los montes.

Era un invierno como cabía esperarse de esa tierra húmeda. Para romper la melancolía, comenzaron a cantar y a hacerse chistes mientras echaban por trochas y golpeaban las piedras del camino. Llegaron a Cibuyo, donde había ya otros quintos esperando. La carretera desde Rengos traía de todos los pueblos a otros futuros soldados, algunos en burro, otros en carretas y otros caminando. En grupos desparramados siguieron hacia Cangas de Tineo. No entraron en la población y caminaron por la carretera, que seguía el curso del río hasta Corias, donde el enorme Monasterio sostenía una lucha permanente con el verdor de las altas montañas que rodeaban el lugar. Un cura joven estaba echando un sermón a un grupo de llamados a filas. Intentaba destacar la idea de que iban a defender la cristiandad y de que dar la sangre por esa causa aseguraría tener abiertas las puertas del cielo. Se lamentaba de no poder ir con ellos para, si así lo quería el Señor, ofrendar su vida a tan altos ideales.

Manín se paró y le gritó:

—¡Eh, cura! ¿Por qué no vienes? Eres joven todavía. ¿Qué te retiene, si la gloria está allá?

Hubo un revuelo, y los rostros dibujaron muestras de sorpresa, admiración y desagrado. El cura, asombrado, preguntó:

—¿Quién eres, hijo?

Manín se adelantó.

—Lo sabes. Soy uno que va a ofrecer su juventud a una guerra remota de una tierra lejana llamada el Rif, donde no se nos ha perdido un carajo.

Hubo un silencio sólido en el que pudo oírse el rumor del río.

—¿Sabes lo que dices, hijo?

—No me llames hijo. Claro que sé lo que digo. Tenemos que abandonar nuestras casas, nuestras familias, nuestros trabajos para que los curas os luzcáis con discursos para borregos.

—Esos pensamientos son muy peligrosos.

—¿Me estás amenazando? ¿A uno que quizá va a morir en esa puta guerra? ¿Crees que me importa?

El cura vio tal determinación en ese rostro sufriente que prefirió contemporizar.

—Que Dios te guíe, muchacho.

Pero él ya había reanudado la marcha y los otros se le unieron. Un rato más tarde les recogió un camión. Se acomodaron entre los demás. Sabino, muy imbuido por el tema religioso, apuntó:

—No has debido decirle eso al padre.

Manín le miró.

—¿Qué es eso del padre? ¿Y por qué no?

—Es una falta de respeto hacia Dios.

—¿Qué tienen que ver los curas con Dios?

—Los curas traen la palabra de Dios a los hombres.

—Joder, lo que hay que oír.

—Además —continuó Sabino—, si la patria nos llama, debemos ir a darlo todo, porque ella es el fundamento de nuestros orígenes.

Manín le dijo, socarronamente, que ni Dios ni la patria le habían llamado a él para tan alta misión, sino su propio padre y Amador de Muniellos, que arreglaron el indecente trueque.

—Tu Dios no debió de haber permitido que por un maldito dinero estés aquí en lugar de Amador, que es a quien correspondió ir. ¿Qué Dios es ese que consiente estas cosas?

Sabino dijo que los caminos del Señor eran inescrutables y que con ese dinero su padre, que era pobre, podría mejorar su huerta y la cabaña.

—Me cago en tu padre y en Amador. Eres tonto de remate. ¿Qué dinero has sacado de este negocio?

—Cinco pesetas. Son suficientes para mí. El ejército me alimentará, cuidará de mí.

Manín lo miró como si lo viera por primera vez.

—Vamos a morir a África y el cabrón de Amador se hartará de follar mientras tú eres despedazado por los moros.

Eso es lo que te dará el ejército. ¿No sabes lo que hacen esos moros a los españoles que cogen? ¿No has oído hablar del barranco del Lobo, del Gurugú, de Annual?

Sabino guardó silencio y todos callaron durante largo rato. La traqueteante carretera les llevó, horas después, a Pravia, una población grandona, centro de recogida y distribución anual de reclutas. Con el negocio repetido cada año, se llenaban las tabernas y las fondas, y el pueblo estrenaba casas y palacios nuevos.

En el vetusto edificio, junto al Ayuntamiento, cada uno recibió su destino y arma. Luego les tallaron. Después comieron con la peseta que les entregó el Ejército y les llevaron a Oviedo para coger el tren de Madrid, que nacía en Gijón.

La estación era un hervidero de gente. *Urbayaba*, pero eso no arredraba a los familiares que acudían de lejanos pueblos para despedir a sus quintos. Llegó el tren de Gijón y los muchachos subieron. Era el expreso normal al que se habían añadido unidades para los mozos. Los vagones no estaban compartimentados, eran abiertos en toda la extensión y tenían plataformas con barandillas en los extremos. Los mozos forcejearon para situarse en esas plataformas y despedir desde ellas a sus familiares, sumergidos en el aire lleno de hollín. Los asientos eran de tablillas horizontales de dura madera tanto en los respaldos como en los posanalgas, y más de uno habría de preguntarse si eso era una prueba de los desastres que les esperaban en la guerra.

La noche había caído cuando el tren se puso en marcha con tal lentitud que la gente iba caminando a la par, acompañándolo con su griterío, mientras los pitidos de la máquina se unían al fragor. Luego, el convoy tomó velocidad y dejó el clamor atrás, mientras se hundía decididamente en las sombras.

El tren avanzaba en una oscuridad total horadada únicamente por el faro de la máquina, sin que el silbato dejara de sonar. Poco a poco los reclutas eliminaron las emociones y la juventud se impuso. Los amigos se buscaron unos a otros entre el pandemónium. Sonaban canciones de la tierra, gaitas, armónicas y acordeones. Manín y sus compinches formaban un grupo dispar. En oposición a la atlética figura de Manín, Pedrín era alto también pero muy delgado. Tenía el pelo castaño, los ojos oscuros, la nariz larga y una tenue sonrisa permanente en un rostro agradecido. Vivía con sus jóvenes padres, un hermano y hermana más pequeños, y los abuelos. Tenían cinco vacas y prado propio, pero no eran tan ricos como para pagar una permuta con otro quinto ni para obtener una cuota, que consistía en pagar al empobrecido ejército una cantidad, lo que daba derecho a elegir cuerpo y destino, hacer menos tiempo de servicio y no ir a África. Pedrín y Manín eran amigos desde la niñez, como también lo eran Antón, Amador y José Vega, si bien con estos dos últimos Manín empezó a tener diferencias por consideraciones sociales y políticas desde hacía unos años. Antón Salinas era un muchacho de estatura media y complexión gruesa, ojos amarillos, cara ancha, nariz redonda y pelirrojo. Tenía padres, cinco hermanos y los abuelos. Tampoco tenía prados propios. Era un mozo informado. Leía mucho. Había estado varias veces en Madrid, con unos tíos que allí vivían. Pensaba irse con ellos, para trabajar en lo que fuera porque no le gustaba la vida del pueblo. Y estaba Sabino, criado de los Muniellos. Nunca había acariciado a ninguna mujer. Estatura media, moreno de tez y negro pelo, ojos pardos asustados y grandes orejas. Trabajaba mucho porque Muniellos tenía quince vacas, varios prados grandes, cerdos y gallinas. Era la primera vez que salía del concejo y gracias al ejército iba a conocer otros pueblos, ciudades y otro país.

Una hora después el tren estaba lleno de humo y vocerío. El vino y la sidra empezaban a hacer efecto. Decidieron buscar a quien Carbayón había comprado para ocupar su lugar. Preguntaron en voz alta por el que iba en el puesto de José Vega. Muchos de los del tren estaban en esa condición de permutados. Era una práctica conocida y habitual, por lo que nadie mostraba ni sorpresa ni interés. Al fin, uno levantó la mano. Los tres amigos no pudieron ocultar un gesto de asombro.

El muchacho estaba solo y comprendieron el porqué. Era el hombre más feo que vieron en su vida. Mediría poco más de metro y medio. Un pelo negro y lacio cubría su cara como un casco. Tenía frente gorilera y las orejas semejaban asas de un florero. Su piel era verdosa y sus brazos le colgaban como ramas tronchadas de un árbol, con las manos por debajo de las rodillas. Las piernas se le combaban formando un arco interior. Como compensación, la naturaleza le había dotado de unos ojos de verde intenso, como los prados asturianos de invierno. Manín, tras su primer impulso de estupefacción, tendió su mano.

—¡Chócala, amigo! Entra en el grupo de los mejores.

El permutado tenía un semblante cincelado en rasgos duros. Hizo un amago de sonrisa y la luz atrapó una dentadura fuerte, completa y blanca que se desvinculaba del rostro castigado. Manín le puso una manaza sobre el hombro y lo notó duro como una piedra.

—¿Cómo te llamas?

—César Fernández Sotrondio —dijo guturalmente.

—Éste es Pedrín, éste Antón, éste Sabino —le explicó Manín.

Todos le dieron la mano.

—Yo soy Manín. Somos de Prados, menos ése —señaló a Sabino—, que es de Vega del Cantu. ¿De dónde eres tú?

—De Valdeposadas.

—Coño, en el mismo bosque de Muniellos.

—Sí.

—Así que te han vendido, como a éste. —Movió la cabeza hacia Sabino.

—Sí.

Su padre —explicó entre monosílabos— conoció a José Vega-Carbayón en el transcurso de una cacería de lobos, hacía tiempo ya. Los de Valdeposadas eran excelentes cazadores y su padre sirvió de guía a Carbayón, que era muy aficionado a la matanza de especies vivas. Lo mismo le daba un lobo, que un corzo, un rebeco o un jabalí. Su mejor presa era el oso, aunque no resultaba fácil. Hicieron varias cacerías juntos y de ahí partió un conocimiento mutuo sobre las posiciones sociales y dinerarias de cada uno. No era fácil encontrar quintos en permuta. Amador no lo encontró y hubo de recurrir a Sabino. José Vega tenía un criado, ya mayor, y no quería desprenderse de él. Así que, llegado el momento, le ofreció el cambio al padre de César quien, sin contar con el hijo, aceptó el trato y 1.200 pesetas de las que ni una sola fue para el recluta.

Manín le invitó a unirse a ellos. César era parco en palabras y hablaba poco de sí mismo. Sin embargo informó que eran seis los hermanos que vivían en la casa. Tenían una pequeña huerta que apenas les sustentaba. Él, sus dos hermanos varones, su padre y su abuelo hacían pastoreo para otros, llevando el ganado a las *brañas* en primavera y verano. En invierno hacían trabajos de recogida de leña y de frutos silvestres (avellanas, bellotas, castañas). Vivían en la pobreza. Dormían todos juntos en una pieza adjunta a la cocina, enrollados en sus ropas. En los períodos de caza también él hacía de guía para cazadores, como su padre y, antes, su abuelo. Tenía gran habilidad como rastreador. No tenía escopeta pero le dejaban disparar a menudo. Sorprendía a todos con su excelente puntería, una habilidad congénita que le hizo popular en las cacerías.

Al pasar por el puerto de Pajares, Antón miró por el cristal haciendo sombra con sus manos en los bordes de los ojos. Estuvo atisbando un rato, intentando penetrar la oscuridad de la noche.

—¿Qué miras? —dijo Manín.

—Intento ver el hotel que están construyendo en la cima.

—¿Un hotel en el puerto? ¡Qué estupidez! ¿Quién va a hospedarse allí si no hay nada que ver?

—Dicen que hay que potenciar el turismo porque es el negocio del futuro. Y sí hay que ver: estas montañas intocadas.

—Absurdo —dijo Pedrín—. ¿Quién va a venir a este mísero país?

—Precisamente. Hay que exportar nuestros paisajes, seguir el ejemplo de Suiza. Aquí tenemos mejores montañas y bellos pueblos.

—¿Qué tienen de bellos nuestros pueblos? —dijo Pedrín.

—Suiza no tiene guerras. Cuidan de su gente. Viven bien porque trabajan y no tienen sueños imperialistas —añadió Manín.

—Turistas. Bien mirado, eso somos los soldados españoles en Marruecos. Dejamos allí cada año millones de perronas.

—Y las vidas. Hacemos el gasto completo. ¿Cuántos volverán de este viaje turístico?

—Yo volveré —dijo Antón—. Tengo mucho que hacer en esta vida.

Se miraron unos a otros y luego ahuyentaron su mirar hacia otros puntos.

El tren paró en León. La estación era oscura, con dos faroles mortecinos en la parte central y otro sobre el rótulo «Retrete», a un lado. Allí bajaron los destinados a esa zona y subieron los procedentes de Galicia. Añadieron más vagones-tranvías y una locomotora al final del convoy. Cuando se puso de nuevo en marcha, Manín y los demás sacaron sus viandas. César tan sólo llevaba un pedazo de chorizo y una hogaza de pan, pero Manín le hizo partícipe de la comida de los otros: cecina, jamón y chorizo, vino y sidra. Bebieron, rieron, cantaron, contaron chistes y fumaron, todo en abundancia, como los demás cientos de muchachos que les rodeaban. Pero César no contribuyó a la alegría general, salvo con unas silenciosas y tímidas sonrisas. Fue frugal, casi temeroso, evidenciando los signos de la soledad y el desamparo que habían marcado su vida. El tren avanzaba lentamente, parándose a veces en medio del silencio y las sombras. Había que dejar paso a trenes rápidos de pasajeros por lo que el convoy se detenía en la oscuridad mientras las máquinas, como animales vivos, soltaban bufidos reiterados. Algunos abrían las ventanillas para disipar el humo, pero las cerraban al momento por el frío y el hollín. Manín miró a través de los cristales. Era una noche negra, ya sin lluvia. Los pueblos por los que pasaban estaban totalmente a oscuras. Daba la sensación de que viajaban hacia otro mundo. En Venta de Baños el tren se dividió. Unos vagones de viajeros iban a Santander, Burgos, Vascongadas. Se les unió allí un contingente de reclutas procedentes de esas provincias, para lo que hubo que volver a poner más vagones, lo que se hizo con enorme lentitud. Manín y sus amigos bajaron a tomar algo caliente en la cantina. César prefirió quedarse. El convoy estuvo mucho tiempo detenido, por lo que a pesar del guirigay todos fueron atendidos en sus parcos deseos. Cuando el tren lanzó sus pitidos de advertencia, muchos corrieron atropelladamente, pero algunos se lo tomaron con calma. Manín y amigos salieron al andén cuando el tren llevaba un rato en renqueante marcha, apenas avanzando. Subieron con parsimonia y cruzaron entre los abigarrados vagones buscando el suyo. Dentro ya de su vagón, al aproximarse, lo encontraron parcialmente bloqueado en su mitad por quintos cautivados con algún espectáculo que salía de la zona donde estaban sus asientos, provocando grandes carcajadas. Había muchachos de pie en los asientos cercanos mirando la alegría ajena con rostros ceñudos. El núcleo de la atención estaba en sus sitios y de allí surgían festivas palabras.

—¡... monos más guapos que este tío!

—¿Cómo es que te alistaron? ¿También los monos van a la guerra?

—¡Cuando los moros le vean se morirán del susto!

Concurso de carcajadas. Las altas estaturas de Manín y Pedrín les permitieron ver la escena. César era el centro de las burlas de un grupo. No recordaban haberlos visto antes. Debieron haber subido en la estación que habían dejado atrás. Tres de ellos, sentados con otros en sus lugares, llevaban la voz cantante aunque toda la banda les reía las gracias. César permanecía quieto, mirándoles sin expresión.

—¡Vamos, di algo! —dijo uno de ellos dándole una cachetada.

—¡El cabrón no sabe hablar! —Risas.

—¿Cómo va a hablar un mono? —Más risas.

—Hay que espabilarle —dijo otro—. Vamos a mearle.

—¡Eso, eso!

Los tres cabecillas se levantaron y comenzaron a hurgar en sus braguetas. Manín apartó tan violentamente al corro que algunos cayeron al suelo. Sin transición, dejó caer su puño derecho sobre la nuca de uno de los graciosos, que se desplomó fulminado. Pedrín golpeó a otro que se volvía sorprendido. El tremendo puñetazo lo derribó inconsciente. El tercero, un tipo corpulento, se encaró a Manín. Intentó un golpe, que el asturiano paró con su mano izquierda mientras que con la derecha le golpeaba el mentón. El chistoso acusó el golpe y, para defenderse, se agarró a Manín con fuerza, quien respondió con un cabezazo en la cara. Con la sangre manando, el mozo se vino abajo. Todo el grupo se había espantado y ahora miraban con ojos menos felices.

—¡Fuera de aquí! —gritó Manín—. Estos asientos están ocupados. Largaos a reír a otra parte.

Algunos se movieron con belicismo en sus rostros, pero calcularon lo arriesgado que podía ser enfrentarse a esos dos adversarios de altas figuras y expeditivos métodos. Además, el círculo que les rodeaba mostraba gestos hostiles. A los que estaban desde el principio en el tren, asturianos en su mayoría, no les habían gustado las gracias de los caraduras recién llegados. Incorporaron a sus compañeros, cogieron sus bultos y salieron todos del vagón. Manín miró a César, cuyos ojos mostraban curiosidad.

—¿Cómo te encuentras?

César se encogió de hombros. Sus ojos expresaban algo parecido al asombro.

—Ya estoy acostumbrado. Se burlan de mí. No les hago caso. Se aburren y me dejan. ¿Por qué habéis hecho eso?

—Era una injusticia. Y eres nuestro amigo.

—Nadie antes salió en mi defensa.

Los amigos se miraron y luego se acomodaron. El tren llegó a Valladolid y luego a Medina. Estaciones lúgubres, ruido de vapor saliendo por las válvulas, pitidos, trajín a las cantinas y a los retretes. Algunos seguían cantando, otros se adormilaron y muchos se emborracharon definitivamente.

Al fin, llegaron a Madrid bien entrada la mañana, cansados, baldados por los asientos de tablas y negros de carbonilla. El cielo era gris, pero no había huellas de lluvia. En la estación del Norte, un sargento de Infantería les pasó lista. Había habido deserciones. Varios llegaron enfermos o borrachos. A los borrachos los espabilaron sin contemplaciones y a los enfermos les dieron pastillas, que tanto valían para los enfebrecidos como para los contusionados y heridos.

Les sorprendió la gran actividad mañanera en el vasto patio exterior lleno de gente deambulando, saliendo y entrando. Porteadores, taxis, carros de mano y de tracción animal, yendo de acá para allá. Castañeras arrebujadas frente a su estufa tostadora, vendedores de periódicos y lotería, churreras con sus cestas al brazo, gritando todos sus mercancías mientras se movían entre la multitud. Los quintos se calzaron sus boinas y controlaron sus pertenencias. Un frío cuchillero incordiaba en el suave viento que soplaba desde el norte, donde se veían altas y cercanas montañas cubiertas de nieve.

—Mirad eso —dijo Pedrín, señalando la cordillera—. Son como las de nuestra tierra.

—Es la sierra de Guadarrama —aclaró Antón.

Unos sargentos les hicieron formar y todo el contingente se puso en marcha, a pie, con sus maletas y bultos a cuestas, con los suboficiales vigilándoles y conduciéndolos. A la derecha, dejaron el puente de Segovia con los lavaderos y tendederos situados en las riberas del otro lado del Manzanares, que estaba sin canalizar. La enorme columna de reclutas enfiló hacia el paseo de la Virgen del Puerto, un camino entre la vega del río a la derecha y un frondoso parque con gigantescos álamos, castaños, cedros y otros árboles centenarios a la izquierda. El río regaba las márgenes, que en ambos lados eran huertas. Más allá, al otro lado, la cuenca se elevaba en suave pendiente desde los lavaderos hasta convertirse en arboleda densa donde no había ninguna casa. Por esa parte, Madrid era un bosque profundo. A la izquierda, a través de la masa de árboles del parque, sin mordazas de muros ni verjas, se veía un palacio blanco y grandioso, situado en una zona elevada.

—El Palacio Real —dijo Antón—. Es enorme. La puerta principal está al otro lado. Allí se ve a la Guardia Real.

—¡El Palacio Real! —exclamó Sabino—. Ahí estará el rey.

—Tumbado, con los huevos al aire —añadió Manín—. Él tenía que venir con nosotros a la guerra, en cabeza, como dicen que hacían los reyes en el pasado.

—¿Qué dices? ¿Cómo va a venir él?

—¿Y por qué no? —terció Pedrín—. Él declaró esta guerra, no nosotros. Sin embargo, ahí estará ahora, feliz y bien alimentado y nosotros vamos a que nos den por el saco.

—El rey es el rey —insistió Sabino.

—El rey es el responsable de tantos miles de muertos como está costando Marruecos —añadió Manín.

Bordearon el parque hacia la izquierda y vieron una fea estructura de hierro oxidado, que cruzaba audazmente la calle a muchos metros por encima, soportado por columnas de hierro, también oxidado, ancladas en cimientos de piedra.

—El viaducto —señaló Antón—. Gracias a él hay comunicación por delante del palacio. Nos dijeron que está en malas condiciones y que se puede caer. Dicen que lo tirarán y harán otro.

A la izquierda del parque apareció la parte trasera de una iglesia grande, de estilo gótico, que parecía destruida.

—¿Ha habido guerra aquí? —preguntó Manín.

—Es la catedral de la Almudena —informó Antón—. Las obras se interrumpieron a finales del siglo pasado. Según dijeron, el dinero se empleó en potenciar a nuestro ejército, que luchaba en Cuba.

Vieron los primeros tranvías eléctricos. Eran cuadrados y no tenían puertas. La gente subía y bajaba en marcha ya que circulaban lentamente, calle Segovia abajo y arriba pasando bajo el arco de hierro. En la Ronda de Segovia, una vía empedrada y empinada, también circulaban los tranvías por el centro de la calle, en dos direcciones. Caminaron hacia arriba sin descansar, soplando por la dura pendiente. Las calles estaban muy concurridas. Había hombres montados en burros y muchos carros tirados por mulas, de ruedas metálicas que rechinaban contra los adoquines. Pedrín se fijaba en todo con mucha atención. Las mujeres llevaban faldas largas y sombreros casi todas. Eran muy atractivas. Cuando pasaba alguna con la falda hasta la parte baja de la pantorrilla, los quintos se volvían para mirar y silbar a pesar de los gritos de los sargentos. Todos los hombres llevaban sombreros y gorras, cubriéndose con capotes y capas pues el viento frío venía corajudo.

Quedaron impresionados al ver a los guardias de *la porra*, con sus salacots blancos como si fueran de cacería. Controlaban la circulación discrecionalmente en ausencia de aparatos de señales. Al ver avanzar la procesión de quintos como desfile de hormigas gigantes, transformaron su abulia en gestos nerviosos, estimulados por la autoridad dimanada de los bigotudos sargentos. Con ademanes desusadamente enérgicos, y haciendo sonar el silbato, detenían el movimiento para que ellos pudieran seguir su ruta sin interrupción. Llevaban unos abrigos azul oscuro que les llegaba a los tobillos, y les cruzaba el pecho y la cintura un vistoso correaje blanco, a juego con el casco y los guantes.

Tras la escalada de la prolongada cuesta llegaron sin resuello a una gran plaza con gran movimiento de personas, animales y automóviles, en cuyo centro había una puerta grande y de aspecto sólido.

—La puerta de Toledo —identificó Antón.

Sin detenerse cruzaron ante ella observando que bajo sus arcos cruzaban coches, carros, tranvías y personas hacia una calle que subía todavía más.

—¿Qué coño de ciudad es ésta, con tantas cuestas? —exclamó Manín.

Enfilaron por el bulevar de la ronda de Toledo, entre árboles deshojados mientras los carros, tranvías y coches circulaban por las concurridas calles de los laterales. La larga hilera avanzaba sin detenerse, tratando de evitar las cagadas de los animales de tiro y de carga. Muchos viandantes se paraban a contemplar la espectacular fila de jóvenes demacrados, y prorrumpían en aplausos y vivas, arengándoles. Manín sólo veía casas viejas, feas y deterioradas entre grandes solares con basura. Se lo indicó a Antón.

—Sí, ésta es una parte vieja. Pero la zona nueva es otra cosa.

A la izquierda, a la entrada de un edificio de estilo neomudéjar, una larga cola de gente con bultos esperaba pacientemente.

—¿Qué les pasa a ésos? —dijo Pedrín.

—Es la Casa de Empeño —aclaró Antón—. Llevan sus ropas: trajes, pantalones, zapatos, sábanas, mantelerías... Les dan un poco de dinero y una papeleta. Si pueden, lo recuperan. Si no, lo pierden. Hay un mercado de papeletas, gente que compra esas papeletas a quienes finalmente no tienen dinero para sacar sus bienes. Antes de perderlo todo venden lo empeñado a estos subasteros a un precio mucho menor de su valor.

Manín miró a la gente, cuyo aspecto estaba acorde con su situación. El pueblo mísero, sin esperanzas de redención. Cuando volvió la vista al frente sus ojos estaban encendidos de vergüenza y frustración.

Finalmente el bulevar terminó y desembocaron en una inmensa plaza alargada, muy animada de gente, carros, tranvías y taxis negros cuadrados como cajas de muertos. Enfrente, la imponente mole de hierro oxidado de la estación ferroviaria parecía una boca gigantesca deseando engullirles.

9 de marzo de 1998

Salí temprano para evitar el tapón diario en la N-VI y viajar sin prisas. Pude pasar el túnel de Guadarrama sin agobios. El día anterior había llamado a Oviedo.

—¿Sí?

—¿Eduardo?

—Yo mismo. ¿Quién es?

—Corazón.

Hubo una pausa.

—¡Joder! ¿Realmente eres tú? ¿Dónde andas?

—En Madrid. Pero iré a verte pronto. ¿Cómo te va?

—Bien, bien. Pero dices que vas a venir. ¿Cuándo?

—Mañana o pasado.

—¡Viejo bandido! No das una puta noticia y de repente te echas encima. No has cambiado.

—¿Mayte y tus hombres?

—Bien. Le diré que vienes. No se lo creerá.

—Te llamaré cuando llegue a Oviedo.

—Mantente vivo. —Colgó.

Eduardo. Mi amigo de infancia. En el mismo colegio Cervantes, en el mismo Instituto de San Isidro, en la misma cátedra de Derecho, en el mismo gimnasio, en la misma Academia de Policía de Ávila donde ambos salimos de inspectores. Amigos inseparables en determinadas épocas, como Valentín y Alfredo, a los que llevo años sin ver. Nos casamos en el mismo año, pero ahí termina la similitud. A él le han ido naciendo hijos hasta la media docena. Todos chicos.

Mientras avanzaba por los campos infinitos vacíos de gentes y de árboles me vino a la mente mi ex mujer. Allí estaba, con sus ojos verdes y sus hoyuelos. Carlos me había dicho que se iba a casar «con un amorfo imposible de creer». Bueno. Habían pasado ocho años desde la separación. Ya era tiempo de que las amarras soltadas de hecho tuvieran refrendo de derecho. Pero algo pertinaz aparecía al pensar en ella. ¿Pudo evitarse el alejamiento? Yo la amaba, pero ella dejó de hacerlo. Cierto que mi temperamento, agrietado por el accidente de Diana y sus consecuencias, impuso unos condicionantes que ella no supo o no quiso entender. Nunca comprendió el inconsolable pozo de la tragedia. En vez de involucrarse en el horror impensado, dando lo mejor de sí en los momentos en que más la necesitaba, propuso unas actuaciones ajenas a las prioridades lógicas, que finalmente devinieron en una barrera infranqueable entre los dos.

Hubimos de casarnos en breve plazo por imposición de sus padres. El hijo incubado debería nacer ya en un matrimonio, como era menester para su nivel social. Así se hizo. En 1977, y con sólo veinte años ambos, le di las trece pesetas ante un cura. Resultó una boda muy lucida, ya que la familia de Paquita tiene buenas alforjas. Fui presentado a los familiares y amigos de los progenitores como «un estudiante aventajado en Derecho». En los momentos de intimidad previos, durante y posteriores a la boda, ella me manifestó dos sentimientos contrapuestos que disociaban el horizonte que yo preveía incondicional para sellar el común destino: su felicidad por casarse conmigo y su terror a tener hijos. Pero el hijo nació a su pesar, lo que después constituyó para ella un motivo de orgullo y gozo. Vivíamos en el chalé de Somosaguas de sus padres, quienes generosamente nos albergaron. Gente de trato excelente, en ningún momento destilaron motivos para que pudiera pensar que estaba en casa extraña o viviendo del cuento. Yo mantenía mi dignidad trabajando de profesor de artes marciales en el gimnasio Ishimi. Me dejaba tiempo libre y un dinero para cubrir nuestras necesidades. Era un hijo y un hermano más. Guardo buenos recuerdos de esa etapa. Después, desde el 79 al 82, tuve que pernoctar en Ávila, mientras estudiaba en la Academia de Policía. Durante los permisos y reencuentros, de nuevo ella quedó embarazada. Esta vez no se sometió a «esa tortura que los hombres no imagináis». Nadie se enteró. Un fin de semana hicimos un viaje a Londres donde le practicaron el aborto y la ligazón de trompas, sin que en ningún momento hubiera conectado con mis sentimientos respecto a si yo quería o no al segundo retoño. Al salir de inspector, me destinaron a Sevilla. Allí vivimos felices, con visitas esporádicas de y a los familiares. En 1985 pasé a un nuevo destino: Santander. Fue estando allí cuando en 1988 el azar me retó con un órdago demoledor. En un viaje de mis padres, Diana y una amiga a Benidorm, ocurrió el accidente. Conducía Eufemia, pero Diana se atribuyó la causa de la desgracia. La prueba fue muy dura. La amiga y mis padres muertos, Diana con múltiples fracturas, que dieron lugar a reiteradas y desesperantes operaciones, además de las, para mí, alienantes sesiones con psicólogos. ¿Cómo puede no entenderse una tragedia semejante en la vida de una persona? ¿Cómo una esposa amante puede desoír la necesidad de comprensión y ayuda demandada por la situación de indefensión del compañero? ¿Cómo puede el elegido por la fatalidad transmitir la vibración de los recuerdos vividos en la niñez y en la adolescencia, etapas que marcan toda una vida y que de repente reclaman un espacio dentro de los actos cotidianos? Paquita no entendió ni soportó los constantes viajes a Madrid para auxiliar a Diana, que había quedado sola y en un estado de terror y de culpa que no ayudaban a menguar las intervenciones médicas.

Diana rehusó volver a la casa paterna porque las paredes le gritaban. Tuve que alquilar un apartamento, en el que vivió con Berta, una de sus mejores amigas, y con la asistencia de una enfermera que contraté. Los viajes continuos a Madrid afectaron al servicio policial y la relación con mi trabajo se resintió hasta tal punto que me apartaron de los casos que tenía encomendados. Fue penoso comprobar que estaba perdiendo la sensibilidad como policía. No desarrollaba los asuntos convenientemente. En el fondo me importaba un comino.

—Eres uno de los mejores policías del Cuerpo. Te avalan los casos resueltos, tu intuición y la forma de desarrollar tu trabajo. ¿Dónde has echado todo eso? —me dijo el comisario, una mañana recién llegado de Madrid, y lo único que hice fue encerrarme en mi despacho sin querer ver a nadie.

Les pedí comprensión, que no tuvieron. Y en esa noche profunda se cerró el círculo. Paquita sacó a relucir todas sus amarguras y sus impotencias para adaptarse a mi infierno. Volvió a Madrid con sus padres y se llevó a Carlos, a pesar de la resistencia del niño. Él era ya el único nexo que nos unía. Cuando Diana mejoró definitivamente, todos habíamos perdido dos años.

Un día de 1990 me contemplé en el espejo del cuarto de baño, mientras me afeitaba. Normalmente uno se ve a diario para el aseo, pero sin mirar con profundidad a quien copia nuestros movimientos desde el otro lado de la pulida superficie. Es una visión repetida. Aquel día me adentré en la imagen vidriosa. Intenté, como en un cómic de *Mandrake el Mago*, traspasar la superficie y penetrar en ese mundo donde todo está al revés, para analizarme desde allí. Tras un rato de profunda contemplación en el silencio relativo de la casa, concluí que aquel hombre que me miraba no era yo. Era un tipo enjuto, de mirada acerada y gesto frío, donde las líneas de afabilidad habían huido. Y ese hombre concluyó que en la policía, como lugar de trabajo, hay los mismos cabrones que en cualquier otro empleo, por lo que la idealización del Cuerpo se deshizo. El tipo del espejo ya no era el policía ejemplar, sino algo que lo trascendía. Esa misma mañana hice un trato con el Cuerpo y me retiré días después. ¿Cuáles eran mis aptitudes? Saqué mi licencia y me anuncié como detective. Sin jefes, sin órdenes. Sólo mi capacidad. Volví a fijar mi residencia en Madrid y ejercité una actividad laboral de muchas horas diarias; primero con los amigos y luego con lo que iba captando en un círculo que se ampliaba. Me lo tomé en serio porque no era sólo un trabajo sino una forma de sobrevivir, de no abandonar el campo a la desesperación. Conseguí solucionar acertadamente casos que la policía no supo o no pudo gestionar con éxito. Y cuando el teléfono empezó a repicar con frecuencia en el despacho, integré en la experiencia a Sara y, luego, a David. La agencia tiene merecida fama. Resolvemos todos los casos encomendados.

Paré en Benavente. Eché gasolina y tomé un vaso de leche. El camino hasta allí había sido por autovía. Hasta León sería por carretera. El sol estaba atrapado en unas nubes plomizas y los campos estaban inundados de verde, alta la míes, esperando el estallido de la primavera. Decidí cruzar la ciudad para subir por el puerto de Pajares, lo que me permitiría experimentar el sentir de tantas generaciones de asturianos que cruzaron esa barrera cargados con sus nostalgias. Asturias fue durante siglos una isla. Hacia Galicia y hacia el interior de la Península no había carreteras, sólo caminos de herradura y, más tarde, tortuosos viales para neumáticos. Por eso el carácter predominantemente cerrado de los astures y la indesmayable fe en sus tradiciones. Quería entrar en la Asturias de 1943 y para ello debía abstraerme de los hitos modernos que encontrara por el camino. Volví al coche y me llegó la imagen de Arturo, a quien vería en poco tiempo. Inicialmente, un caso similar al mío. Novia embarazada y boda por las prisas. Obligadas separaciones físicas con reencuentros que originaron más embarazos. Al tercero ya pudieron vivir juntos. Y así continúan, ejemplarizando un pacto familiar tan estable como envidiable. También en lo profesional su camino ha sido placentero. De su primer destino en Vizcaya pasó a Asturias, de donde puede que le destinen a otro lugar, porque pronto le nombrarán comisario. Podría ayudarme en las pesquisas. En ese punto apareció José Vega. Le veía ahí mismo, como si lo tuviera delante. Doscientas cincuenta mil pesetas. Qué barbaridad. Según José, si no hubiera habido doble desaparición, es seguro que la cosa hubiera quedado como que su padre se había esfumado intencionadamente.

Atravesé la grande y bella ciudad de León e inicié la subida al puerto, que al principio es lenta y atraviesa pueblos en curvas y se hace empinada desde Busdongo. Había nieve en las laderas y vertientes de la línea cero del puerto. Por encima y a la izquierda, como centinelas inconquistables, las ingentes cumbres de la cordillera se desafiaban hasta el infinito en una sinfonía perenne de verdes y blancos. Inicié la lenta y sinuosa bajada sintiendo una soledad poderosa, como si miles de asturianos estuvieran sollozando a la vez. De su isla salían por mar para América, como emigrantes o soldados. Por tren, y antes por carretera, hacia Madrid como destino o como paso para África. Y ahí estaban los fantasmas de los que cruzaron Pajares en una u otra dirección.

Veía jirones de canciones y sufrimientos en cada curva y en los ralos árboles hostigados de vientos.

Aparqué cerca de la catedral. Oviedo me produce siempre una tristeza indefinida. Tiene que ver con lo que sostiene mi viejo portero asturiano, Ovidio, y no con su actualidad. Oviedo es bonita, limpia, y centro de irradiación cultural, pero no es la gran ciudad focal que muchos asturianos reclaman como derecho, cargándose de razones para establecer el origen específico de la noción de España en esta capital visigoda surgida de las brumas del alto medievo. «España es Asturias, y el resto, terreno conquistado», dicen los asturianos, basándose en el hecho innegable de que aquí empezó la Reconquista. «Hay peregrinaciones a lugares con menos entidad que la que se deriva del nacimiento de una nación», dice Ovidio. Quizás esa nostálgica demanda de lo que nunca llegó a ser es lo que me invade cuando veo el musgo milenario sostenerse en los viejos caserones carcomidos.

Llamé a Eduardo desde una cafetería, mientras contemplaba la catedral a través del vidrio. Está inconclusa. Le falta la torre izquierda. Podría construirse, pero sigue vigente la permanente batalla entre los conservacionistas de lo que hay y los que prefieren terminar los proyectos, no importa cuántos siglos más tarde. Aunque mejor una que ninguna. Recordé haber leído que en los primeros días de octubre de 1934 los revolucionarios de la proclamada «República de obreros y campesinos de Asturias» habían intentado varias veces destruirla. No fue por sentirse agraviados con el secular poder de la Iglesia, sino porque la catedral y el cuartel de Pelayo se constituyeron en bastiones únicos donde los defensores de la legalidad republicana resistían el asedio de los proletarios unidos. Exasperados por la feroz resistencia, los más valerosos lograron entrar y dinamitar la Cámara Santa, perdiéndose buena parte de sus riquezas artísticas y arqueológicas. Pero el edificio resistió, por lo que exaltados mineros decidieron la demolición total desde fuera, acción que fue impedida por la oportuna llegada del ejército gubernamental. Aun así, el templo quedó muy dañado por dentro y por fuera, aunque no se notara con sus reconstrucciones posteriores. Intenté imaginar la plaza sin esa aguja gótica, el edificio más singular de Oviedo, su símbolo y orgullo. Me fue imposible reemplazar por ninguna otra la magnífica imagen que tenía delante.

Entró Arturo y nos abrazamos.

—¡Eh, venga! Esa barriga —dije, tocando su estómago—. ¿Es que aquí no hacéis gimnasia?

—No te confundas —rió—, seguro que te puedo.

—Con la «herramienta», desde luego.

—Cerveza —pidió—. Comes con nosotros.

Moví la cabeza.

—Depende del tiempo. Verás. Tengo un encargo. —Saqué una copia de la hoja de periódico que me había entregado Carbayón. La miró.

—Lo recuerdo. Fue una noticia curiosa.

—¿Curiosa?

—Bueno, realmente insólita. No es frecuente que aparezcan cadáveres de hace sesenta años.

—Sí, están apareciendo cadáveres de cuando la Guerra Civil.

—Pero aislados, en zonas de guerra o en campos de fusilamiento, nunca en el interior de una iglesia y sin tiros en el cuerpo.

—Veo que, en efecto, lo habéis leído.

—Claro, hombre. Estos casos siempre nos incumben.

—¿Tenéis alguna jurisdicción?

—No. Todo está en manos de la Guardia Civil.

—Aquí mismo está la Biblioteca Pública. Quiero ver qué decían los periódicos de aquel año sobre estas desapariciones.

—Te acompaño. Miraré contigo. Luego te presentaré a mi jefe.

La biblioteca está en la plaza Fontán, en pleno barrio antiguo. Había un mercadillo y la animación consiguiente. Subimos a la segunda planta. Hay salas grandes donde la gente lee, estudia y anota sobre grandes bancos corridos. En la ventanilla situada a la izquierda de la sala, me pidieron la documentación. Luego nos abrieron una puerta de cristal y nos colocaron frente a sendos monitores. Trajeron las microfichas de *La Voz de Asturias* y de *La Nueva España* desde enero de 1942 hasta febrero de 1943. Las noticias eran reflejo de lo que el régimen permitía. Hacían hincapié en las pérdidas sufridas por los ingleses y los norteamericanos ante alemanes y japoneses. Había exaltación de la aventura rusa de la División Azul, resaltando gestas heroicas de oficiales y soldados muertos por defender la civilización occidental. Los bolcheviques perdían miles de carros de combate en el Cáucaso. Las pérdidas de los rojos eran elevadísimas, por lo que estaban organizando batallones femeninos para cubrir esas bajas. Llegaba el carguero *Monte Orduña* con 800 toneladas de trigo argentino y se esperaban otros envíos de cereales y carne. La Delegación Provincial de la Comisaría General de Abastecimientos y Transportes anunciaba suministros de jabón, alubias, aceite, azúcar, patatas y carne. Cada día había una columna destacada de Vida Religiosa. Se hablaba mucho del Seguro de Enfermedad, recién instaurado. Casi todo el cine era italiano, destacando *La Corona de Hierro*, de Alessandro Blasetti, como extraordinaria producción. Loas y adhesiones al Caudillo en visitas realizadas a diversas regiones, principalmente la de Cataluña del 42. Noticias planas, sin relieves. Nada de crímenes, desapariciones, tragedias naturales, movimientos huelguísticos ni reclamaciones salariales. Los «productores» (el término «obrero» estaba prohibido) de toda España estaban fervientemente con Franco y su política social. Nada de las acciones de la Guardia Civil contra la guerrilla. Simplemente no existían guerrilleros. Solamente esta noticia en *La Voz de Asturias*: «Jefatura de Orden Público. Muerto un individuo que fue capitán durante el dominio rojo.» Tomé algunas notas. Fundamentalmente quería establecer el valor del dinero. El periódico costaba 25 céntimos. Seiscientas veces menos que ahora. Era una pista relativa de lo que supondrían ahora esas 250.000 pesetas que José Vega reclamaba.

Tras casi dos horas de minuciosa lectura, lo dejamos sin haber encontrado ninguna mención sobre los eclipsados de Prados, como si nunca hubieran existido. Eran las 14.15. Al salir, nos cayó encima un fuerte aguacero que aventó el mercadillo. Eduardo había dejado el coche cerca. Me llevó a la comisaría, pasando por la calle Uría y el frondoso parque de San Francisco con sus añosos e imponentes castaños. La comisaría está justo enfrente del hotel Reconquista, donde tenía reservada habitación para esa noche. Es un edificio sólido, de fachada austera ocupando media manzana. La zona es impecablemente limpia. Un guardia tras el menguado mostrador y dependencias a derecha e izquierda. Subimos al primer piso. A la derecha, al fondo, asomado al parque, está el despacho del comisario.

—Así que eres el famoso Corazón —dijo, dándome la mano con fuerza—. Mi nombre es José. Siéntate.

—¿Famoso? —repetí, aceptando la silla ofrecida mientras ellos ocupaban sus asientos.

—Aquí también leemos los periódicos. Algún caso tuyo ha trascendido.

—Está en lo de los cadáveres aparecidos hace meses en Cangas del Narcea —orientó Arturo. Miré a José, que había achicado los ojos. Era un hombre alto y ancho de hombros, muy moreno de pelo, con un bigote espeso. Tenía gran parecido con el Nasser que presidió Egipto.

—¿Qué es lo que tienes?

—Nada. Comienzo ahora. Dice mi cliente que el caso no camina.

—¿Quién es tu cliente?

—El hijo de uno de los asesinados.

—Si la Guardia Civil no ha encontrado nada, olvídalo. Hincan el diente y es difícil que lo suelten.

—Parece que en este caso se les cayó la dentadura.

Movió la cabeza.

—Tienen buenos investigadores científicos. Quizá no hayan actuado con la perseverancia necesaria o puede que estén investigando todavía. Quizá piensen que no merece la pena, que no hay asesino suelto.

—Según mi cliente, no están haciendo nada. Como si en vez de restos contemporáneos hubieran aparecido momias prehistóricas.

—Si el caso hubiese sido nuestro, ya lo habríamos resuelto.

Nos echamos a reír los tres.

—¿Qué tal os lleváis?

—¡Qué decirte! No nos matamos por ayudarnos. Tú has sido policía y sabes cómo funciona esto.

—¿Hubiera sido un asunto de interés para vosotros?

—Seguro. Y más si lo manda un juez.

—¿Por qué, si era de un interés palpable, el juez desestimó el hacer averiguaciones? Sólo abrió el caso a instancias de un familiar.

—Ahí tienes la respuesta. Sólo uno de los herederos ha pedido la apertura del caso. Parece ser que el otro ha pasado de largo. Salvo para tu cliente, hay cosas más importantes y actuales en el mundo donde aplicar los esfuerzos. El juez se vio obligado a incoar expediente al haber denuncia. Pero se aprecia que de forma rutinaria.

—No hay referencias sobre los hechos en la prensa de

entonces. ¿Crees que se conservarán los informes de la investigación? —dije.

—Se deben conservar, y más en un caso tan extraño, aunque si hubo circunstancias políticas pudiera ocurrir que hubieran sido destruidos para tapar a alguien. Fueron años excepcionales.

La lluvia se había convertido en un imperceptible *urbayu*. Crucé la calle con Arturo y entramos en el hotel, edificio del siglo XVIII, monumento nacional y antiguo hospicio y hospital. Era tarde para comer y yo tenía que tomar algunas notas. Quedamos para la cena en el restaurante del hotel.

27, 28, 29 y 30 de enero de 1925

¿Piensas acaso tú que fue criado
el varón para el rayo de la guerra,
para surcar el piélago salado,
para medir el orbe de la tierra
o el cerco por do el sol siempre camina?
¡Oh, quien así lo piensa cuánto yerra!

ANDRÉS FERNÁNDEZ DE ANDRADA

La destartalada tropa uniformada de boinas no llamaba la atención por su bizarría. Los muchachos estaban en el nivel agónico del imperio que los militaristas querían recrear. Derrengados muchos, atemorizados los más, desmotivados todos. Con ropas descalificadas y gestos de perdedores. Así los veían los transeúntes, quienes, sin embargo, los aplaudían porque, siendo una juventud necesaria para sacar al país adelante, se les enviaba al matadero a cambio de nada. La extensa hilera atravesó la plaza de Atocha hasta entrar en el gran patio al aire libre de la estación. Eran muchos y finalmente hubieron de desparramarse por la calle de Méndez Álvaro, la propia plaza y por las anchas aceras del paseo de la Infanta Isabel. El cielo estaba encapotado. Manín y su grupo acamparon debajo de la frontal de la estación, bajo el gran reloj que en esos momentos marcaba las dos de la tarde. Descansaron un rato de la caminata, echados y sentados en el suelo. Después, Antón, Sabino y César fueron por agua, llevando las botellas de sidra vacías que habían conservado. No fue tarea fácil, porque todos tenían sed y se formaron colas enormes ante la cantina y las tabernas de la zona. Al fin, llegaron con agua y vino. Sacaron las viandas y recompensaron a sus estómagos con la primera comida del día. El rumor y el humo de esos cientos de reclutas subía sobre los muros de ladrillo rojo y del gigantesco armazón metálico, formando una atmósfera espesa que renunciaba a esparcirse por la plaza.

Los sargentos les dijeron que hasta la salida del tren, por la noche, tenían libre y podían disponer de su tiempo. Algunos fueron a visitar a los familiares que vivían en la ciudad, otros recibieron esas visitas, como Antón, cuyos tíos vinieron a verle y quisieron llevárselo a su casa, lo que el pelirrojo declinó, porque prefería quedarse con sus camaradas.

Dejaron las maletas y bultos al cuidado de César y los cuatro amigos fueron a dar una vuelta. Admiraron en primer lugar el grupo escultórico situado en el ático del imponente Ministerio de Fomento, con sus alados caballos. No había bellos edificios en la plaza, y sólo destacaban la mole del Hospital General y el núcleo de la estación. Lo demás, salvo el hotel Nacional, eran casas sin relevancia. Cruzaron por el centro de la adoquinada plaza, como hacían las gentes, los tranvías, los carros de mulas y los escasos coches sin estorbarse unos a otros porque había espacio de sobra. En medio de la explanada, la figura en bronce de un hombre se mostraba encaramada a un pedestal de piedra. Pedrín se sorprendió al ver que no era un arrogante militar sino un civil, que se hubiera confundido con un viandante de no haber estado en la peana.

—¿Quién ese ése?

—Claudio Moyano. Intelectual, profesor, humanista. Un hombre de letras —indicó Antón.

—Ésos son los hombres necesarios en este país. No matones con uniformes ni embrutecedores con sotanas —aseveró Manín.

—Os enseñaré el Museo del Prado —dijo Antón. Caminaron hacia el paseo del mismo nombre que, en realidad, era un frondoso parque al que seguían llamando Jardín del Prado, como antaño. Estaba repleto de altos árboles en hileras, que impedían ver el cielo. Una restringida vía unía la plaza de Atocha con la de Neptuno por la acera del hotel Nacional, delineando casas de baja altura y algunos palacios ajardinados, por donde pasaba la doble línea de tranvías, apuntando sus *troles* al cielo, en mezcolanza con carros tirados por mulas, lóbregas berlinas cuadradas y comatosos autobuses con los techos llenos de bultos. Del museo entraban y salían gentes con aspecto extranjero. Era un lugar realmente agradable en su quietud orlada por el piar de multitud de pájaros. Vieron los hoteles Palace y Ritz y la estatua del dios del mar. Luego llegaron a Cibeles donde admiraron a la diosa domadora, el palacio de Comunicaciones y el palacio de Linares.

—¿Qué te parece ahora la ciudad? —Antón miró a Manín.

—Tenías razón. Parece otra.

—Mira —dijo Antón señalando un palacio de ladrillo rojo semiescondido entre una arboleda—: Es el Ministerio de la Guerra. Ahí es donde deciden nuestra suerte.

Los otros contemplaron desde lejos las gruesas verjas y el movimiento de los soldados de guardia.

—No lo deciden —contestó Manín—. Lo decidieron.

—Ahora —añadió Pedrín—, serán los moros quienes decidirán nuestro futuro.

Empezó a llover y el frío se insinuó. Se arrebujaron bajo sus capotes y decidieron regresar. César había agrupado los bultos bajo la marquesina de la estación. Sabino sacó los recados de escribir y se dispuso a hacerlo, sentado en su maleta.

—Pronto empiezas —dijo Pedrín—. ¿Escribes a tu familia o al amo?

—A nadie. Apunto las cosas que voy viendo.

Manín miró a César, sentado en su maleta de madera, quieto como un mueble. Miraba al bullicio sin mostrar curiosidad ni emoción.

—Y tú, ¿no haces lo que éste?

—No sé escribir —rezongó César sin rehuir la verde mirada de sus bellos ojos, incongruentemente apresados en tan disforme rostro.

—Te enseñaremos. Tendremos mucho tiempo.

La noche acudió al fin. El convoy formado era muy largo y sólo militar, con los vagones tipo tranvía. Estaba detenido, fuera de la cubierta de la estación en una vía secundaria y la primera de las dos máquinas llegaba hasta la zona denominada El Pacífico, entre Atocha y Vallecas. Ambas resoplaban impacientes y lanzaban chorros de humo negro, que el resplandor pintaba de blanco. Se habían incorporado reclutas de Aragón, Extremadura y toda la zona de Castilla la Nueva. Ello dio lugar a que una gran muchedumbre llenara todo el ámbito de la estación, andenes y paseos ya desde las primeras sombras. La barahúnda era tremenda y el griterío ensordecedor. A las dos de la madrugada, cuando el tren arrancó entre pitidos, haciendo destellar al frente las pequeñas gotas de lluvia, las exclamaciones, llantos y gritos subieron al paroxismo. Esa inconsolable multitud no despedía a excursionistas sino a vidas jóvenes que iban a la peor de las suertes. Manín y sus amigos, asomados a las ventanillas y aplastados por el peso de los que por encima de sus hombros querían ver, miraban el emotivo espectáculo, al que no podía parangonarse el vivido en Oviedo. Esos miles de personas de todas las edades agitando brazos y pañuelos, esas gentes que corrían acompañando al tren, saltando sobre las piedras y baches del arcén, ese clamor de angustia interminable. Pedrín sintió la emoción ajena, que también era la suya porque la despedida era para todos los del tren. Pensó en los suyos y en el rostro imborrable que quizá no volvería a ver. Se desasió de los que le rodeaban y se sentó junto a César, que permanecía solo y ajeno al desplome del mundo. En voz baja inició el *Asturias Patria querida*. César le miró y movió los labios. Antón se colocó a su lado y le acompañó. Llegó Manín y su fuerte voz marcó un diapasón al que finalmente todos los del vagón se unieron. Las estrofas del adiós y del reencuentro con la amada tierra, conocidas y cantadas en toda España por generaciones, atronaron el coche y se expandieron por el aire húmedo una y otra vez hasta que las voces se agotaron. Luego se instaló un silencio en el que la nostalgia gritaba mudamente. Y más tarde, cuando la ciudad quedó atrás devorada por las sombras, las conversaciones fueron aflorando quedamente, en susurros, como si nadie quisiera romper el mágico momento vivido por esos jóvenes, desconocidos entre ellos la mayoría pero unidos por un mismo destino.

El tren se detuvo horas después en Alcázar de San Juan en plena noche, mortecina visión donde muchos desfilaron hacia la cantina y el retrete. Subieron quintos de Castilla la Nueva y de Andalucía mientras el convoy permanecía detenido mucho tiempo, soltando bufidos por sus dos máquinas. La noche pasaba plena de cánticos, vocerío y peleas. Pero el tedio se iba apoderando de los expedicionarios por las prolongadas e inexplicables detenciones del tren en medio de los silenciosos campos. Cuando llegaron a Linares-Baeza, el sol estaba en lo alto. Subieron más mozos de Andalucía. Atardecía cuando arribaron a Córdoba. Nuevos reclutas y nuevas paradas. En Bobadilla era de noche y muchos dormían. Más mozos de Andalucía, Murcia y Valencia. Había amanecido cuando llegaron finalmente a Algeciras, cansados y adormecidos después de treinta horas de viaje. Les llevaron caminando a un cuartel de transeúntes constituido por naves grandes, con ventanillas y puertas que daban a un espacioso patio de tierra cerrado por una alambrada delante del río. El aire salino les confortó tras las dos largas noches ferroviarias. A pesar de su amplitud el cuartel quedó colapsado por la enorme cantidad de reclutas, como si fuera un campo de concentración. Allí se despidieron los primeros reclutas de Cuotas, distinguibles fácilmente la mayoría de ellos por su aspecto diferenciado del que exhibían la gran masa. Eran más de cien. Pedrín, al verlos salir sonrientes, sintió cierto desamparo. No entendía que cosas así pudieran ocurrir. Tropezó con la mirada de Manín y leyó en ella el furor que le consumía. Las escasas literas de hierro sin colchones fueron inmediatamente ocupadas, así que muchos se tumbaron en el suelo y en el patio de tierra.

Manín y los suyos habían hecho amigos de diversos lugares durante el viaje. Eran comunicadores y alegres, sobre todo Manín y Antón. En animada charla estaban formando grupo con otros cuando Pedrín miró hacia otro compacto corro de vociferantes reclutas, algunos con muestras de embriaguez. Los vio reír felices, gastándose bromas y dándole a la botella. Sin decir nada se acercó a ellos, que le contemplaron con curiosidad.

—Hola, chicos, ¿todo bien?

Ellos se miraron, algo confusos, sin dejar de sonreír.

—Sí, claro —dijo uno.

—¿De dónde sois?

—De las Vascongadas.

—Bien. Supongo que, como en todos los sitios, allí se respeta a las madres.

Incluso los que tenían botellas en las manos se quedaron quietos. El corro quedó en silencio. Aquello sonaba a amenaza.

—Sí —dijo el mismo de antes, de estatura media, pelo rapado al cepillo y de fuertes miembros.

—Pues veréis. El caso es que he oído decir a uno de vosotros que mi amigo, el que está sentado en la maleta —se volvió y señaló a César con la barbilla— ha sido parido por una mona. Considero eso un insulto innecesario, y más cuando lo ha repetido varias veces y os habéis reído con mucha gracia.

Se hizo un profundo silencio en los dos grupos. Alrededor, como el tornado girando sobre su vórtice, seguía el griterío. El grupo de vascongados lo formaban unos cuarenta hombres. El de los asturianos, con otros de otras regiones, unos treinta. Pedrín añadió:

—Ninguna madre es una mona. Las madres sólo merecen nuestro respeto.

—Es cierto —apuntó el de antes—. A éste se le fue la cabeza y nos reímos, pero sin intención. Discúlpanos.

Casi todos corroboraron con la cabeza y con palabras. Pedrín miró al del insulto. El otro le devolvió la mirada, sin soltar la botella.

—¿Qué quieres, joder? Ya te han pedido disculpas.

—Tú no.

—Es que no me sale de los cojones.

Hubo protestas de sus compañeros. La mayoría le pidió que cambiara de actitud.

—Vamos, Manuel. Discúlpate. Él tiene razón.

—No me da la gana. ¿No veis que viene en plan chulo? —Miró a Pedrín y luego dejó la botella en el suelo—. ¿Quieres pelea?

—No. Pelearemos contra los moros, no entre nosotros. Lo único que quiero es un respeto a una madre y que pidas perdón. No a mí. A este muchacho que nada te ha hecho.

Un fornido muchachote se abrió paso y se colocó frente a Pedrín. Era más alto y con unos hombros y brazos desmesurados. Tenía los ojos entornados y el rostro serio.

—Te ha dicho que no. Así que lárgate y vive.

Sus compañeros volvieron a protestar y pidieron calma. Algunos quisieron interponerse entre ambos. El fornido los apartó. Pedrín no se había movido.

—Insisto. Debe pedir disculpas.

—Quieres caña, ¿eh? Ve con tu mono. Ahueca.

Manín intentó apartar a Pedrín, pero estaba como clavado en el suelo. Él sabía que el de Regalado tenía una fuerza respetable en su delgado cuerpo y que cuando su ánimo se encrespaba era difícil dominarlo. Le contempló. Supo que su amigo estaba en el límite, pero no podría con ese gigante. De nuevo intentó apartarle y ponerse en su lugar. Logró desplazarlo unos centímetros. El contrario se puso frente a los dos.

—¿Por quién empiezo? —dijo, mirándolos despectivamente.

De repente, Manín y Pedrín sintieron que una fuerza incontenible les movía de su sitio. Despacio y firme, como el émbolo de una máquina hidráulica, esa fuerza los apartó, uno a cada lado. Miraron estupefactos. Era César. Los había movido como si fueran niños y ocupó su lugar frente al antagonista, sin decir una sola palabra.

—¡El mono! —dijo el llamado Manuel—. Dale duro, José.

José y César se miraron, uno hacia arriba y otro hacia abajo. Había un mundo de diferencias entre ellos, y no sólo por los cuarenta centímetros entre estaturas. El llamado José irradiaba posición holgada en su cuerpo equilibrado y en su rostro atractivo. El asturiano era la muestra de lo mal que el destino reparte los bienes.

—Mira, tú; ya me estás tocando los huevos —dijo, adelantando los brazos.

—Sí —dijo César. Y en un movimiento relampagueante extendió su mano derecha y le agarró sus partes al otro. José hizo un gesto de gran sufrimiento e intentó quitarse la zarpa de encima. Fue en vano. Era como una tenaza de hierro que le arrancaba las entrañas. Gritó de terror y agarró la muñeca de César con sus potentes manos. El asturiano retiró la suya y el otro cayó de rodillas, llorando de dolor. Con una sola mano, César le cogió el brazo izquierdo y lo giró. Se oyó un chasquido. El brazo quedó roto.

—¡Joder! —exclamó alguien.

—¡Hostias! —dijo Manín, mientras el alarido del castigado atraía la atención de otros reclutas.

César miró al de los insultos, que había quedado blanco. Se adelantó hacia él. El vascongado se echó atrás extendiendo las manos hacia delante, con la alarma tiñendo su cara.

—¡Quieto! ¡Está bien, lo siento, lo siento, joder, lo siento!

César se volvió a su maleta y se sentó en ella. El numeroso grupo de astures y vascones le miraron como hipnotizados. La acción había durado menos de diez segundos.

—¡Madre mía! —dijo el vasco conciliador—. No he visto cosa igual en mi vida. Ha destrozado a nuestro campeón. Nadie pudo con él nunca. Es remero y levantador de piedras. ¿De dónde habéis sacado a ese tío?

—De Muniellos, donde los osos.

El lesionado se había desmayado. Ante la expectación ya acudía un sargento apartando a los mirones.

—¿C'ocurre?

Le dijeron que el herido se había roto el brazo al escurrirse y caerse. Mandó que lo llevaran a enfermería. Manín y sus amigos se apartaron de los otros y se acercaron a César, que les miraba en silencio.

—Ha sido increíble, macho. Te quedas parado cuando ofenden a tu madre y sales en defensa de un compañero de viaje. No lo entiendo.

—No sois compañeros de viaje. Sois mis amigos para siempre. Los únicos que he tenido. No permitiré que os hagan daño.

Lo miraban como si no le hubieran visto nunca.

—¿Que tú no...? —exclamó Pedrín, siendo interrumpido por voces enérgicas que reclamaban el fin de la holganza. Cogieron sus pertenencias, formaron todos y, luego, salieron hacia el puerto. Había varios vapores y ya se veían estrellas, y no sólo galones, en los uniformes de distintos diseños y colores que todavía no sabían descifrar. Las voces de mando eran ásperas y para la mayoría de los infantes empezó a cundir una mezcla de temor y desasosiego, vislumbrando los padecimientos que iban a arrostrar.

Manín, Pedrín y Antón habían visto barcos en el Musel. Pero Sabino y César, como la mayoría de gentes de tierra adentro, jamás habían visto el mar. Pocos sabían nadar. El trajín de las grúas, los vapores echando humo y el movimiento de los marineros estibando les impresionó. Tras un embarque sin problemas, el vapor se hizo a la mar, apuntando hacia la bocana de salida. Lentamente, dejaron atrás la zona portuaria y, luego, el buque rompió a más velocidad hacia el mar abierto. Los amigos se situaron en babor y se apoyaron en la barandilla mientras el aire frío les despejaba y el agua centelleaba con el oro de un sol sin fuego. Ninguna nube tapaba el cielo del Estrecho.

—Son gaviotas, ¿verdad? —dijo Sabino, señalando a las bandadas de aves.

—Sí.

—¿Y esos bichos tan grandes? —Sabino señalaba a unos peces que seguían el curso del barco por debajo de la mar rizada, nadando en manadas a gran velocidad y dando saltos fuera del agua.

—Serán tiburones —dijo Pedrín, bromeando.

—No son tiburones —intermedió un muchacho rubio y corpulento—, son delfines e inofensivos. Siguen siempre a los barcos para comer los desperdicios. Joder, todo el mundo sabe esas cosas. ¿De qué cueva habéis salido?

Los amigos se miraron y no respondieron. La mole inmensa de un peñón avanzó por la izquierda, delante de ellos, como queriendo competir con el vapor. Poco a poco fue quedando atrás con renuencia, sin dejar de avasallar a los viajeros con su impresionante masa.

—¡Mi madre! ¿Qué es esa montaña? —nueva pregunta de Sabino.

—El Peñón de Gibraltar —señaló Antón.

—¡El Peñón de Gibraltar! —exclamó Sabino—. Es el que nos robaron los ingleses. ¿Cómo es posible, si está en España?

La fuerte brisa no impidió que el eco de sus palabras impregnara los oídos de cuantos allí estaban.

—¡Gibraltar, vieja herida! —señaló el rubio—. Es ahí donde deberíamos ir a luchar para recuperarlo, antes que contra esos moros de mierda.

—Ya estaría integrada en España, seguramente —opinó Antón, mirando al sujeto—, si en nuestro lado se dieran las condiciones necesarias de trabajo y democracia.

—Se ve que eres un paleto. Eso es una base de la Armada británica, que funciona bajo un mando militar. Allí no hay democracia ninguna.

—Pero sí la hay en el poder civil que la sustenta, Inglaterra. Además, los británicos son el mayor poder marítimo del mundo desde hace años. En sus bases siempre hay trabajo y comercio, algo que no tenemos los españoles desde hace siglos por la religión y la vagancia. Si en La Línea y San Roque hubiera el mismo nivel económico que en la Roca, por el simple principio de vasos comunicantes Gibraltar ya habría vuelto a casa.

—No sé qué rollos cuentas. La única verdad es que esos cabrones están ahí por la fuerza y sólo por la fuerza se irán. Por las buenas nada conseguiremos porque el Peñón es para ellos como un símbolo de su orgullo.

Manín y sus amigos volvieron a mirarse. Pedrín dijo:

—Hay cosas más importantes que hacer en España, y no guerras coloniales como la que propones o como esta que nos lleva a África y que arruina a la nación.

—¿En España? ¿Más importante que defender a la patria? ¿Eres un comunista? —dijo el otro, irguiéndose y poniendo gesto de violencia contenida.

—Sólo digo que no hay que hacer guerras por motivos coloniales.

—Comunista y derrotista. Bazofia —insistió el otro.

Antón y Sabino sintieron que los bandazos del buque afectaban a sus estómagos. Vomitaron. Parte del vómito cayó sobre el rubio, situado más a popa.

—¡Agg! ¡Me cago...! ¡Lo habéis hecho adrede, cabrones! ¡Os voy...!

Manín se interpuso.

—¿Qué te pasa, hombre? ¿Por qué tienes tantas ganas de pelea? Espera a llegar a Marruecos. Allí podrás demostrar lo macho que eres.

El valentón sostuvo su actitud el tiempo que le duró el análisis del rostro atormentado de Manín. Luego, se volvió a sus compañeros mientras se limpiaba con un pañuelo. A lo lejos, y recogiendo los rayos del sol como si fuera un espejo, fue perfilándose una hilera de tierra, destacando a la izquierda una fortaleza sobre un promontorio.

—Mirad, el monte Hacho y el Penal —dijo el rubio a sus amigos, con la suficiente entonación para que le oyeran los asturianos—. Ahí llevan a los que cometen delitos militares. Yo metería también a todos los comunistas y derrotistas.

—¿Eso ya es Marruecos? —inquirió Sabino.

—No, es Ceuta y es parte de España —indicó Antón.

—Pero ¿no es África?

—Sí es África. Pero África es muy grande y no sólo de los moros. Te indicaré cuando lleguemos a Marruecos.

Manín miró atrás y vio rezagarse el espolón del Peñón. No se divisaba ya el muelle donde embarcaron. La barrera del mar patentizó la lejanía de su tierra. Se quitó la boina y la proyectó con fuerza al aire. La prenda dio un giro como si quisiera volar, se sostuvo unos momentos en el viento y luego cayó a las agitadas aguas. Pedrín y los demás, sin dudarlo, repitieron de inmediato el gesto. Cuatro gorras surcaron el aire casi en formación, planearon, intentando barloventear, antes de precipitarse al mar. Hubo un silencio inédito a lo largo de la cubierta. Y de repente, cientos de boinas fueron lanzadas al espacio entre griteríos. Las negras piezas se cubrieron de oro, subieron cual extraños y animados seres, se cruzaron danzando en las voladas y plasmaron una sinfonía visual inédita antes de posarse en la superficie líquida donde los delfines las capturaron para investigar de qué alimento se trataba. El jolgorio declinó en mudez, subyugados los mozos por el impacto y la mágica belleza de ese impensado y desvanecido espectáculo.

Antes de atracar, unas barcazas rodearon al vapor con banderines y música. Luego, al desembarcar en Ceuta, los formaron en el muelle. Había mucha gente mirando tras las vallas de seguridad. Un cuadro de oficiales los recibió junto a una sección del Tercio, todos en formación mientras los banderines sostenían en alto la bandera de España y otras que no supieron a qué pertenecían. Se mandó silencio a gritos y una corneta completó la orden. Manín miró de reojo. Miles de hombres quietos, sin emitir sonido. Si esa disciplina pudieran tenerla los obreros... A una voz, una charanga inició el himno de Infantería. Al acabar, sin que nadie deshiciera su posición de firmes, la sección de la legión, con la banda, interpretó *El novio de la Muerte*. Bien modulada, con voces viriles y al ritmo espaciado del tambor, la historia del soldado desconocido al que su destino lleva a la muerte hechizó a muchos y emocionó a otros. A Manín le seguía impresionando el hecho de que unos pocos pudieran mandar en tantos y dispusieran de tantos medios para seducirles. Luego la corneta vibró y la música enmudeció. Ante esos cientos de reclutas desvencijados un oficial con el pecho lleno de medallas les largó un encendido discurso. Luego comenzó la separación según destinos y armas. Muchos se quedaban en Ceuta destinados y otros esperarían a que los transportaran en barco a Larache, Arcila y Alcazarquivir. Los demás, entre los que se encontraban Manín y amigos, irían a Tetuán. Salvo los destinados a Ceuta, todos fueron conducidos a un cuartel de transeúntes, donde les dieron de comer por turnos. Al anochecer, los asignados a la capital del Protectorado fueron embarcados en un tren estrecho. Era una unidad estrictamente militar, con correo y bastimentos de intendencia y armamento, protegida por soldados armados en todos los vagones. El embarque se hizo con rapidez a pesar de la numerosa tropa. Más tarde, el tren pasó con lentitud por una pequeña estación cuyo cartel rezaba: Castillejos.

—Ésta es la «frontera» entre Ceuta y Marruecos —señaló Antón a sus amigos—. Aquí, en 1860, los españoles mandados por el general Prim derrotaron al poderoso ejército moro del príncipe Muley Abbas, lo que permitió la posterior toma de Tetuán para España.

Manín y Pedrín se miraron en silencio. Unos pocos kilómetros más allá, el enorme convoy se detuvo. Subieron numerosos legionarios fuertemente armados, que se distribuyeron por los vagones y por los techos de los mismos. «Dar Riffien», indicaba el rótulo del apeadero.

—Aquí está la cuna y cuartel general de la Legión —dijo Antón—. Como el Sidi Bel Abbes de los franceses en Argelia. Me han dicho que es un verdadero pueblo, sólo para los legionarios. Muchos están casados y viven aquí con sus mujeres e hijos. Hay economato, cantina, cine, iglesia y putas. Las putas son jóvenes y las cambian cada tiempo. Están controladas sanitariamente y tienen subvención del ejército para que los solteros no se arruinen.

Se echó a reír al ver la cara de sorpresa de sus amigos. Pedrín dijo, muy serio:

—O sea, que todos los españoles pagamos para que a estos tíos les salgan los polvos más baratos.

—Bueno. Supongo que ésa es la filosofía de la legión. Así estarán más satisfechos y se batirán mejor. Digo yo.

—¿Cómo sabes esas cosas? —se admiró Sabino.

—¿No recordáis a don Federico? Todo está en los libros.

El sobrecargado convoy se puso en marcha y ya no se detuvo hasta llegar a su destino. Viajaron a oscuras bajo una noche cuajada de estrellas. De vez en cuando veían puestos militares vigilando la vía y, en la distancia, siempre a la derecha, atisbaban pequeñas luces que punteaban la negrura, con el Mediterráneo acechando por la izquierda. Tiempo después, el tren entró rugiendo en un largo túnel y salió rodeado de humo, con miles de gargantas tosiendo por el hollín trasegado. A un lado fueron quedando el aeródromo de Sania Ramel y el poblado playero de Río Martín. Dos horas después de su salida, el tren llegó sin novedad a Tetuán. Allí esperaban mandos de variadas armas y más pelotones de vigilancia con los fusiles en ristre. Los amigos se admiraron de la bella y bien dotada estación, cuyo estilo árabe y sus cuatro torres verdes la diferenciaba de cuantas vieran antes.

—Bonita, ¿verdad? —dijo Antón.

—Un derroche. Dinero tirado —apuntó Manín.

—Esos millones debieron haberse empleado en mejorar las miserables estaciones que hemos visto en España —sentenció Pedrín.

Bajaron de los vagones entre gritos de los sargentos.

—¡Aquí los de Artillería!

—¡Para acá los de Automovilismo!

—¡Caballería!

Formados los grupos, fueron saliendo de la estación hacia sus destinos. El mayor contingente era para infantería. Ese numeroso grupo echó a caminar por la calle de la Luneta hacia la plaza de España, eje central de la ciudad, bordeando la Medina y subiendo por una curva y pronunciada senda de tierra. Por delante iba un camión y cerraba la marcha otro con fusileros prestos. Finalmente cruzaron las puertas del inmenso cuartel de Regulares, situado sobre los promontorios de la zona noreste de la ciudad, coronando el barrio moruno. Los hicieron formar en la explanada, antes de dividirlos por compañías. Era tarde y el teatro estaba iluminado por focos.

—Llegáis a defender esta tierra que es nuestra por mandato —dijo un comandante, flanqueado por los oficiales. De sus botas y condecoraciones salían guiños a los ojos de la abigarrada y desarreglada tropa a la que se dirigía—. Venís a ayudarnos a dominar al moro artero que no agradece los esfuerzos que hace España para civilizarlos. Bienvenidos, caballeros todos, la patria confía en vosotros.

Luego, habló un capitán.

—Mañana iniciaremos la instrucción. Será corta e intensa, porque el enemigo no da tregua. Ahora, aunque es tarde, en los comedores hay rancho preparado. Comed y obedeced a vuestros mandos. No olvidéis que estamos en guerra.

A Manín y a sus amigos les asignaron a la 10.ª Compañía del Batallón de Infantería África número 5. Entraron en una sala grande, con poca iluminación, donde había filas de literas dobles junto a las paredes laterales, separadas por un pasillo central. La mitad estaba ocupada por soldados veteranos, que les recibieron con gritos, chanzas, silbidos y risas. Manín, Pedrín y Antón eligieron camas de arriba y Sabino, César y Ramón, otro recluta asturiano, quedaron en las de abajo. Así que los cinco amigos estarían en tres literas juntas. La nave era un rectángulo alargado en el que cabrían unos quinientos hombres. En un extremo estaban el despacho de oficiales, la oficina del brigada y el cuarto-almacén de la compañía a cargo del furriel. En el otro extremo, el cuarto del suboficial de guardia y las letrinas. Después de dejar sus maletas y de peregrinar a los evacuatorios, todos fueron a cenar en turnos. Los comedores eran grandes, con mesas de madera de diez puestos cada una. Fue una buena cena a base de arroz y carne. Durante algún tiempo algunos añorarían el espejismo de aquella segunda comida en África. Poco antes del toque de imaginaria, Manín miró por una ventana, que daba sobre la alcazaba. Las estrellas brillaban en un cielo sin nubes. Pero, justo enfrente, las estrellas habían desertado de una zona extensa. Era como si una inmensa boca las hubiera absorbido y hubiera dejado una espesa negrura en la que, como luciérnagas, titilaban algunas lucecitas. Asombrado, buscó a un veterano. Lo encontró en el cabo furriel.

—¿Qué hay allá?

—¿Adónde?

—Ahí. Eso tan negro.

—Montañas. Es el macizo del Gorgues. Allí detrás, hacia el Gómara, se emboscan los cabrones.

—¿Qué es el Gómara? —Pedrín y los otros se les habían acercado.

—Una de las partes en que se divide el Marruecos español. Estamos en el Yebala. Pero la peor es el Rif, donde está Abd Del Krim. Allí terminaremos yendo todos, si el cabrón no nos echa antes de esta tierra.

—¿Qué haremos mañana?

—Tenéis el día jodido. Corte de pelo, ducha fría, vacunas, reparto de ropa y primera instrucción con fusiles de verdad. Se necesita que aprendáis rápidamente el manejo del arma.

Sonó el toque de queda. La sala quedó en silencio, se apagaron las luces y sólo quedaron las macilentas de la puerta de la compañía, de las letrinas y de la mesa de imaginaria y del retén. Pocos durmieron aquella noche. Las brasas de los cigarrillos se avivaban como una sinfonía de luces sin resplandor, con estribillo de llamas de cerillas y mecheros.

Antes del toque de diana, Manín y sus compañeros estaban ya aseados y preparados para enfrentar lo que viniera. Cuando el albor clarificó las sombras, Manín se asomó a la ventana. La visión, que iba aclarándose a medida que la noche escapaba a su cubil, le golpeó por inesperada.

A los mismos pies del cuartel se arracimaba la alcazaba, el Tetuán original, que bajaba hasta el comienzo del valle, una zona ocupada por edificios europeos entre los que destacaba la torre de la iglesia. El centro del valle, lleno de huertas y arboleda, sostenía el río Martín. Y al fondo, al otro lado del valle, lo que ayer era negrura y misterio, restallaba ahora con la claridad incipiente. El macizo del Gorgues, una semicordillera situada a unos veinte kilómetros, ocupaba todo el horizonte. Se distinguían pequeñas cabilas agazapadas entre el verdor. Era como ver su paisaje asturiano, aunque distaba de ser igual, porque el macizo moruno se escurría a derecha e izquierda en cotas más bajas, hasta humillarse en el llano, mientras que en su Asturias, las montañas, vestidas de verde inmarcesible, se perseguían hasta el fin de todos los horizontes. Pero en su punto medio esa cordillera parecía una copia de las montañas astures. Sin volverse, notó que sus amigos miraban lo mismo. Y así, en esa indeseada tierra que tantos españoles mataba, ellos sintieron por primera vez la desolación del hogar lejano y quizá perdido.

10 de marzo de 1998

A las 7.00 dejé el hotel y salí para Cangas. No paré en todo el camino. Hay un millón de curvas, las más acentuadas desde El Cruce, donde la carretera se divide a Tineo y hacia Cangas del Narcea. A la entrada de la población, a la izquierda, junto al rumoreante río Narcea y entre una intensa arboleda, surgió el aplastante monasterio de Corias, del siglo XI, llamado por algunos El Escorial de Asturias. Subí al centro del pueblo y dejé el coche cerca de la iglesia de Santa María Magdalena, construida, según informa la leyenda, en 1642. Estaba, pues, en un lugar de España donde el cristianismo había dejado sus huellas desde muchos siglos antes. Eran las 9.36 y en el cielo unas nubes acuosas y un sol litigante sostenían una dura pugna. Después de informarme abandoné el coche cerca de Cibuyo, el pueblo de la carretera a Rengos y a la Reserva Biológica de Muniellos, donde llega el correo y paran los autobuses.

Eché a andar cuesta arriba por los antiguos senderos, ahora asfaltados. Era un esfuerzo inédito, porque, aunque hago ejercicio diario, no practico el senderismo-alpinismo, valga la frase. Y no debía ser un camino muy amado para el caminar, porque no me crucé en todo ese tiempo con nadie y sí con varios coches y tractores que bajaban y subían. Reflexioné en cómo cambia todo. No había que ser muy imaginativo para establecer que por esa senda, antes pedregosa, subían y bajaban andando, hasta no hace muchos años, todos los de los pueblos situados en esas vertientes. A despecho del aire húmedo, empecé a sudar. De vez en cuando me paraba y me volvía a contemplar el paisaje. La carretera y Cibuyo quedaban muy abajo. Todo se veía como desde un avión: allá enfrente los diminutos pueblos salpicados por las otras laderas del valle bajo gigantescos montes. Incluso Cangas parecía una tarjeta postal. El aire estaba quieto y noté el semisilencio del campo. Me quité la cazadora y seguí subiendo, girando a derecha e izquierda al compás del camino. Podría haber echado a campo traviesa, ahora pintado de un verde profundo y salpicado de árboles frutales. Posiblemente la gente joven de esos pueblos habría bajado así en años lejanos, para ahorrar tiempo. Una casa apareció en una curva del estrecho y serpenteante camino. Aparecieron más casas y vi las primeras vacas ramoneando sin que mi presencia las alterara. Noté que el pueblo se ladeaba a la izquierda, en ligera pendiente. Trepé por un terraplén hasta una altura razonable desde la que poder contemplarlo. Afiancé los pies y miré. Había exactamente doce casas, sin contar los hórreos, cercanas unas de otras sin estar arracimadas. Los prados se extendían a derecha e izquierda, trepando por los montes o bajando a las hondonadas. Los espacios estaban compartimentados con muros de piedra y alambradas. Había huertas pequeñas que rompían la monotonía de la yerba. Y manzanos, perales y castaños para equilibrar la horizontalidad. Los huertos tenían cercados para que los cochinos y gallinas no destrozaran los frutos. Algunas casas estaban restauradas y una era totalmente nueva, pero las otras estaban en camino de la decrepitud, con algunas partes desmoronadas. En los prados se veían vacas pastando y algunos hombres faenando. Bajé al camino y una mujer se me quedó mirando. Dirigí mis pasos hacia ella.

—Supongo que estoy en Prados.

La mujer asintió mirándome con curiosidad.

—¿Me indica dónde está la casa Carbayón?

Se ofreció a acompañarme hasta una casa restaurada. El sonido de mi mano al golpear la puerta llegó a unas gallinas, que se alborotaron. Abrió una mujer mayor, gruesa, casi tan alta como yo. Tenía la misma cara que José Vega. Unos pelos negros sobre el labio superior intentaban conectar con otros que colgaban de su prominente barbilla. Sus ojos pardos me analizaron. A su lado había una mujer caribeña.

—¿Flora Vega?

—Sí. Usted debe ser el señor Corazón. ¡Vaya nombre! Le esperaba. —Se volvió y soltó una ventosidad—. Disculpe. Necesito peerme constantemente. Tengo muchos gases y el médico me dice que lo haga sin importarme quién esté delante, porque mi salud es lo primero. Ya ve. Como si a mi edad me importara mucho lo que piense la gente.

—No se preocupe —dije, aunque en realidad era yo quien debería haberme preocupado porque la sonata duró lo que la entrevista.

Me hizo pasar a una cocina amplia, en uno de cuyos lados se asentaba una mesa sólida y grande con tapa de granito marrón. Un banco largo sin respaldo y apoyado en la pared flanqueaba la mesa por dos de sus lados, haciendo una ele. Por la ventana entraba suficiente luz, lo que me permitió establecer la diferencia entre lo que había leído y la realidad que ahora veía sobre las cocinas de los caserones de los pueblos del occidente asturiano. No había ni horno ni pote colgando. La cocina tenía el mismo diseño que la de cualquier casa de ciudad. Muebles corridos abajo y colgados arriba. Lavadora, lavaplatos y frigorífico. Paredes y suelo alicatados en tonos claros.

—¿Le apetece un café o un Cola Cao? —ofreció.

—Cola Cao. Ayudará en mi crecimiento.

Sonrió y los pelos de la cara se le encabritaron. La caribeña trajo lo pedido y luego se retiró.

—Sírvase usted mismo.

—Debo empezar por el principio. —Saqué un bloc y una grabadora—. Descríbame a su padre.

Meditó unos instantes.

—Era un hombre muy activo. Con mis abuelos y mi madre, llevaba la casa y el ganado. Era tratante, como mi abuelo y antes mi bisabuelo. Compraba y vendía terrenos, ganados y mercancías.

—¿Cómo era físicamente? ¿Su carácter?

—Era grande, como toda la familia. Usted ha visto a mi hermano. Era como él, pero diferente en el talante. Siempre estaba de bromas.

—¿Fanfarrón?

Me miró.

—Bueno, un poco.

—Le ruego sinceridad. No es tiempo de lavar imágenes. ¿Pendenciero?

—Bueno, como muchos. Aquí la gente es muy brava. Tuvo peleas con varios del pueblo y del concejo. Era muy fuerte y supongo que necesitaba demostrarlo.

—O sea, que tenía enemigos.

—Pues sí. Ya ve que lo mataron. Está claro.

—No. Trato de establecer cuántos enemigos podía tener. Cuántos, como para matarle.

Movió la cabeza y no contestó.

—Deduzco que tenía muchos —dije—. ¿Por qué?

—Éramos familia adinerada y adicta al régimen de entonces —hablaba sin entusiasmo, forzada por el cauce del interrogatorio—. Era del grupo local de Falange. Había guerrilleros, los rojos recalcitrantes que no querían dejarnos vivir en paz. Mandaron anónimos pidiendo dinero, que mi padre pagó.

—¿Siempre?

—Casi siempre. Con esa gente no se podía jugar.

—¿No intentó conjugar esa amenaza? La Falange en la posguerra era poderosa.

—Sí. Hicieron batidas y algunos de esos fanáticos fueron eliminados.

La miré. Hablaba como si de una plaga de insectos se tratara.

—Ese aspecto político abre nueva luz para la investigación del caso. Me habla de situaciones excepcionales, diferentes de unos hechos normales.

—¿Quiere decir que algún maquis lo hizo?

—Podría ser. ¿Nadie pensó en esa posibilidad?

—Sí. Es lo que se creyó. Ahora sabemos que ellos no lo hicieron.

—Hágame partícipe de esa creencia.

—¿Un maquis lo enterraría en la iglesia?

—Con un cómplice del pueblo, cabría esa posibilidad.

—Es lo que pensó la Guardia Civil. Y por eso...

La animé con la mirada.

—No, nada. —Guardó una pausa y prosiguió—. Para nosotros la causa fue la envidia y el rencor. Mi padre se ganaba la vida trabajando y administrando bien sus recursos. La mayoría de la gente era mala administradora y acudían a él para que les resolviera sus problemas.

Se hizo un silencio, matizado por el zumbido de las moscas y las reiteraciones de su cuerpo.

—Es decir, prestaba dinero.

—Sí.

—Déjeme adivinar. Con aval de tierras o ganado.

—Sí.

—Y cuando no le devolvían el préstamo a su tiempo, se quedaba con el bien que garantizaba la operación.

—Bueno, no era un asunto tan malo como suena al decirlo usted.

—No estoy juzgando. Son datos para la investigación. —Tomé unos apuntes y proseguí—: ¿Usted vivió los hechos? Quiero decir, si estaba cuando él desapareció.

—Sí. Vivía aquí con él, con mi madre, mis abuelos y el criado.

—¿El criado?

—Sí, el criado. —Me miró, con cierto asombro—. ¿Se extraña? Aquí tenemos criados, como en la ciudad ¿Por qué hemos de ser diferentes?

—Perdone mi ignorancia. No quise establecer diferencias. ¿Qué hace un criado?

—No limpian la casa precisamente. Eso lo hacíamos las amas. Ahora que puedo poco lo hace Pilar. Los criados ayudan en el cuidado del ganado, de los *gochus* y de las pitas. Cuidan la huerta, siembran, recogen los frutos, restauran los muros y las alambradas, arreglan los tejados y recogen la hierba. Como ve, hay mucho trabajo que hacer.

—Tal parece un trabajo enorme. ¿Y todo eso lo hace un criado?

—Lo hacemos todos. Los amos y los criados. Sin ellos, y sin los hijos, que no quieren saber nada de esta forma de vida, los pueblos se vacían. ¿Vio algunas casas derribadas? Antes había diecisiete y ahora sólo quedan ocho. Los amos y los criados se mueren y los hijos se van.

—Vi doce casas.

—Sí, pero cuatro están cerradas. Nadie vive en ellas.

—¿Las cierran, sin más? ¿No las hereda nadie?

—Las casas que cerraron desde que estaba mi padre las compramos. Los Muniellos se quedaron con dos y nosotros con tres.

—¿Nosotros?

—Mi hermano y yo.

—O sea, que son ustedes más ricos que antes.

—Bueno, tenemos más terreno. Pero lo de más ricos es otro cantar. Estos prados valen poco ahora, porque nadie quiere venir a vivir aquí. Veremos si alguna cooperativa o financiera el día de mañana los quiere. Antes sí valían mucho los prados. Era lo más importante de las casas. Pasaban de los padres a los *moirazos.* Y todos conservaban las tierras.

—¿Moirazos?

—Ustedes les llaman mayorazgos. El que hereda es siempre el mayor. Así la propiedad nunca se dispersa y se conserva durante siglos. Pero todo ha cambiado.

Era una mujer conversadora. No necesitaba tirarle de la lengua.

—¿Tiene criado ahora?

—Sí, José. Está con las vacas en este momento. Es ya viejo. Pronto no valdrá para nada. No encontraré a otro. Veremos qué decide José. Aquí siempre tuvimos criados, desde que se fundó la casa, en el siglo XVIII.

—Volvamos a los hechos. ¿Qué edad tenía usted?

—Diecisiete años.

—¿Qué recuerda?

—Había llovido mucho en días atrás. Ese día y el anterior salió el sol y todos aprovechamos para sacar las vacas a los prados. Pero de repente volvió a llover con intensidad. César se encargó de recoger el ganado.

—¿Quién era César?

—El criado que teníamos entonces. Era muy bruto, pero muy trabajador. El mejor que tuvimos. Por eso mi padre lo perdonó.

—¿Lo perdonó? ¿Es que les robó o hizo algo mal?

—Se fue con los rojos en octubre del 34 y luego en julio del 36. ¿Le parece poco? Cuando volvió derrotado como sus falsos ídolos mi padre lo mandó a buscar y le dio una nueva oportunidad de rehacer su vida en orden. Quería mucho a mi padre.

—¿Qué hacía su padre ese día?

—No estaba en Prados. Había ido a Cangas a tratar un negocio. Llegó tarde y ayudó al criado a buscar a las remolonas. Y desapareció.

—¿Usted lo vio?

—¿Que si vi a quién?

—A su padre. ¿Lo vio llegar de Cangas?

—No. El criado lo vio y habló con él.

—¿Era creíble el criado?

—Hombre, no era el más listo del pueblo, porque ningún criado lo es, pero no se iba a inventar una cosa así. Además, estaba su caballo.

—¿Dónde estaba su caballo?

—En la cuadra. El criado le había quitado los arreos. No hay mayor prueba de que mi padre había llegado. —Hizo una pausa y continuó—: Seguía lloviendo y mi padre no aparecía. Empezamos a buscarlo. Corrimos la voz. Algunos del pueblo nos acompañaron en la búsqueda. Enviamos al criado a Cangas para avisar a la Guardia Civil.

—¿Qué hizo la Guardia Civil?

—Nada. No vino.

La miré.

—No lo tomaron en serio. Acudieron dos días después.

—¿Y los falangistas?

—Vinieron juntos. Batieron la zona. La lluvia no cesó en todo el tiempo. Ese mes no dejó de llover ningún día. Pero no apareció. Nosotros supimos que algo le había pasado. Pero el pueblo se dio a murmuraciones.

—Explíquese.

—Decían que se habría ido a Madrid con una querida. Allí teníamos casas y acudía de vez en cuando a controlarlas. Otros decían que se habría ido a Cuba. Barbaridades. Cuando una semana después desapareció Amador Muniellos, la cosa cambió.

—Perdón, pero si el caballo estaba en el establo y César lo había visto, ¿qué es eso de que se había ido a Madrid o a Cuba?

Movió la cabeza de un lado para otro.

—La verdad es que nadie creyó al criado. Sólo él lo había visto aquella noche. Pensaban que mentía, que era una coartada convenida de antemano con mi padre. Ya le dije que estaba muy vinculado a él. Sólo le creímos nosotros.

—Dice que algunos del pueblo participaron en la búsqueda. ¿Por qué no todos?

—Los Muniellos, Teverga y Regalado no participaron. Era lógico.

Volví a interrogarla con la mirada.

—El odio de Manín Teverga y Pedrín Regalado por mi padre venía de lejos. Un maestro anarquista les llenó la cabeza sobre esos cuentos de las diferencias sociales y las luchas de clases. Manín y Pedrín se hicieron anarquistas. Y ya sabe lo que es eso.

—No, no lo sé.

—¿No lo sabe? No me diga. Un anarquista es un hombre sin patria, sin rey, sin religión. Una mala persona.

—¿Eran malas personas esos... —miré el papel— Manín y Pedrín?

Se quedó callada.

—Hombre, planteado así, no lo eran. Pedrín era callado,

pero Manín fustigaba a los que teníamos grandes propiedades. Eso de que la tierra es de todos. Había estado, con Pedrín, en la revolución del 34 y en la Guerra Civil con los rojos. Una pena de muchacho, siempre equivocado. Hubiera podido ser... —Guardó silencio y un punto de nostalgia aleteó en el aire.

—A usted le gustaba Manín —apunté. Me miró y bajó la vista.

—Sí, mucho. Por qué no decirlo. —Movió la cabeza—. Pero era imposible. Él estaba instalado en su rencor. Y estaba enamorado de Rosa.

—¿Rosa? —Miré el agitar de sus bigotes e intuí una frustración no extinguida. Había una sensación de asfixia en la cocina, ayudada por las emanaciones ventrales—. ¿Le importa si abro la ventana?

Ella se levantó y la abrió. Luego dijo:

—Sí. Rosa de Muniellos, la hermana de Amador.

—¿Se casó con Manín?

—No. Ella se casó con un madrileño, primo de mi padre.

—Parece que esa mujer tenía muchos pretendientes.

—Sí. Reconozco que era la mujer más bonita que haya habido nunca por aquí. Y la más simpática. Siempre cantando y riendo. Todos los mozos se enamoraban de ella cuando la veían. Mi padre también estaba colado por ella. Pero después de lo que pasó ya no hubo oportunidad para él.

—Déjeme que ponga un poco de orden. Antes de llegar a eso, dígame por qué no era extraño que... —miré las notas—, Amador Muniellos no participara tampoco en la búsqueda de su padre. ¿También era anarquista?

—No. Era falangista.

—Me pierdo un poco. ¿Falangista de aquellas horas? Deberían haber sido amigos. Ambos combatían al mismo enemigo.

—Es que es el mismo asunto de Rosa. ¿No le explicó mi hermano lo que ocurrió entre los Carbayones y los Muniellos?

—Me dijo de pasada que su padre había adquirido un prado a los Muniellos. ¿Es relevante?

Se levantó de nuevo, esta vez a por un vaso que llenó de agua. Bebió un sorbo largo, desplazando de su cuerpo un volumen igual de aire.

—No lo sé. Pero Amador desapareció siete días después que mi padre.

Volvió a sentarse y espantó a las moscas que estaban sobre el vaso que yo había vaciado de Cola Cao.

—No fue una simple compraventa —añadió.

—Dígame por qué no.

—Es un asunto que nunca entendí bien. Se ha hablado mucho de ello. Prefiero que mi hermano le dé toda la información.

—¿Por qué se sospechó que hubo robo?

—Mi padre guardaba el dinero en escondrijos, como todos. Al buscarlos, encontramos las monedas, pero ninguna botella.

—¿Botellas?

—Los billetes y los documentos se guardan en botellas. Las ratas no comen el vidrio.

—Podría haber sucedido que su padre se las hubiera llevado antes.

—Ya ve que no.

—¿Lo dice por sus cuerpos enterrados? Podía haber dado el dinero a esos extorsionadores políticos.

—Averígüelo usted.

—Su hermano habla de un millón de reales. ¿Por qué piensan que hubo tanto dinero?

—Él era de la vieja estirpe. Como mi abuelo y bisabuelo. No confiaban en los bancos, que por entonces parece que había sólo uno en Cangas. La gente escondía el dinero dentro en las casas. Mi padre había hecho operaciones importantes. La posguerra dio ganancias a muchos.

—¿Estraperlo? —sopesé.

—Bien, sí, por qué ocultarlo. Era una forma de sobrevivir.

—¿Sobrevivir? ¿Quién sobrevivía?

—Todos.

—Perdón, todos no. Tenía entendido que era el estraperlista quien se enriquecía con la miseria de los que realmente intentaban sobrevivir.

—No era exactamente como dice. En todo caso eso ya pasó. No está aquí para juzgar esas cosas.

—Es cierto. Disculpe. ¿Llevaba su padre un control o un cuaderno donde apuntaba las transacciones?

—Sí, pero también desapareció.

—¿Quién hay en el pueblo ahora que haya sido testigo como usted?

Movió la cabeza.

—De esta casa, sólo yo. De Muniellos, Remedios, la mujer de Jesús, el hermano de Amador. Y su hija, menor que yo. De Regalado, Adelina, la hermana de Pedrín, pero está chiflada. También una hija suya. De Teverga, Susana, la hermana de Manín. No queda nadie más de aquellos días.

—¿Nadie? Parece que la longevidad tradicional en estas zonas, según su hermano José, solamente se ha dado en cuatro de las diecisiete casas que había en aquellas fechas.

Guardó un momento de silencio y añadió:

—No, no es así. Hay vivos algunos testigos de aquello. Pero no le servirán.

—¿Por qué no?

—Porque a los que la Guardia Civil relacionó con los casos, aparte de las familias afectadas y los guerrilleros, fueron Manín y Pedrín.

—¿Están en el pueblo?

—No. Hace años que marcharon, allá por el 70. No volví a verlos. Murieron poco después.

Miré mis notas y los subrayados.

—Ese criado, César, ¿qué se hizo de él?

—Era de la misma quinta de mi padre y los otros. Tiempo después de las desapariciones se fue a la mina y nos dejó empantanados. Según dijeron, echaba mucho de menos a mi padre. Luego le dieron una plaza de guarda en el Parque de Muniellos. Los últimos que lo vieron dicen que vivía solo en el asilo de ancianos del convento de monjas que gestionan las Hermanitas de los Ancianos Desamparados en Cangas del Narcea. Así se llamaba entonces, al menos. Ya ve. Al final, el rojo equivocado fue amparado por la buena gente.

—¿Nunca fue usted a verle?

—No. ¿Por qué?

—Dijo que fue el mejor criado y que quería mucho a su padre.

—¿Y qué?

Negué con la cabeza.

—Olvídelo. —Hice una pausa para tomar notas—. ¿Qué me dice de lo que ocurrió en la segunda desaparición?

—No fue como la de mi padre. Los Muniellos creyeron que Amador estaba en Cangas, que se habría quedado por el mal tiempo. Pero al ver al burro rondando por el pueblo, bajaron a Cangas y preguntaron. Les dijeron que el domingo lo vieron de camino hacia La Regla. Ese día se inició la búsqueda por la Guardia Civil. Esa vez se lo tomaron en serio desde el principio. Los interrogatorios fueron más duros y las pesquisas más prolongadas.

—En todos estos años de ausencia de noticias, ¿qué llegaron a pensar ustedes?

—De todo. Lo de la guerrilla persistió. Era lo más razonable, pero algunos murmuraban que se los había llevado el *cuélebre.*

—¿Qué es eso?

—Bueno. Una serpiente con alas que custodia tesoros y que fulmina a quienes intentan robárselos. ¡Qué decir! Hasta yo creí que se los había llevado el *busgosu*, un ser misterioso cubierto de musgo y que ataca a los cazadores. Mi padre y Amador eran grandes cazadores. Son leyendas, pero a falta de noticias en tantos años casi todos llegamos a creer en esas cosas sobrenaturales. Incluso en las *bruxas*, que no necesito explicarle lo que son.

Me puse en pie. Eran las 11.20. Tenía tiempo.

—¿Podría ver dónde se guardaba el dinero?

—Sí, acompáñeme.

Salimos. Una vieja panera estaba a unos cuatro metros. Pegada a dos de sus pilares una pared mostraba una puerta que se abría a un amplio establo, con una gran entrada sin puerta por el otro extremo.

—Tenga, póngase estas madreñas. Si no, acabará perdido.

Me remangué los pantalones y me puse los zuecos. Anduve en equilibrio como quien usa patines por primera vez. Había nueve vacas y un hombre faenaba entre ellas. Debía ser José. Se volvió a mirarnos. Era realmente viejo. Ella me condujo a un lugar bajo el comedero.

—Aquí, debajo. —Señaló un agujero tapado con un ladrillo y disimulado con paja—. Ése era el lugar.

Estuve mirando con atención. Luego calculé. Por lógica, el hombre entraría por la puerta grande, más distante de la casa. ¿Cómo sabría el lugar exacto? ¿Lo intuiría? Se lo pregunté.

—No era tan difícil. Más o menos todo el mundo lo guardaba en el establo o en el pajar. Lo difícil era saber el sitio exacto y que no lo oyéramos.

Quedé en silencio.

—¿Dónde dormían ustedes?

—En la casa, arriba.

—¿Todos?

—Sí, menos los criados, que duermen siempre aparte de los amos.

—¿Dónde duerme el suyo?

—Al otro lado, cerca de la cuadra de los cerdos y gallinas. Venga, se lo enseño.

Volvimos a la entrada pequeña, pasando por debajo del hórreo, pero en vez de cruzarlo, bajamos, bordeando la casa. En la parte interior había un espacio grande. A un lado, en una especie de habitación pequeña, se veía un camastro.

—Ahí es donde duerme el criado.

—¿Era así cuando su padre desapareció?

—Sí, con algunas modificaciones. Antes no estaba el cuartito, sino que dormía en el rincón.

Salimos. Me liberé de las madreñas y puse los pantalones en orden. Le pregunté por las casas de los Muniellos, Teverga y Regalado. Me despidió con una ventosidad, que se escurrió por la puerta abierta.

—Consiga encontrarlo —dijo. Entendí que se refería al asesino.

La casa de los Muniellos era la nueva que había visto desde mi atalaya, al llegar al pueblo. Era similar a las miles que pueden encontrarse en todos los pueblos y afueras de cualquier ciudad. Ningún guiño a la arquitectura tradicional de la comarca. En la puerta se enmarcó una mujer de baja estatura, pelo castaño y ojos oscuros, algo menor que yo.

—Verá —le dije, después de presentarme—, necesitaba hacerles algunas preguntas sobre los cadáveres aparecidos en la iglesia.

—Espere, voy a buscar a Segundo, mi marido. —Desapareció tras un hórreo. Una niña de unos diez años asomó su rubia cabeza por la puerta.

—Hola —saludé.

Sonrió y me devolvió el saludo. Luego, se metió en la casa, dejando la puerta abierta. La mujer volvió con un hombre delgado, moreno como un gitano, de poca altura y de unos cuarenta y tantos. Estaba cubierto de briznas de paja y se adornaba con una barba entrecana. Me hicieron pasar a una cocina que era casi un calco de la de Flora Vega. Incluso las moscas estaban contabilizadas. En ese momento apareció la niña con otras dos mujeres. Segundo me las presentó como su madre María y su abuela Remedios. La mayor arrastraba un bastón y era la cuñada de Amador, el segundo asesinado. Había, pues, cuatro generaciones delante de mí.

—Ignorábamos que alguien tuviera deseos de sacar trapos sucios de las familias —dijo María.

—¿No les dijeron nada los Carbayón?

—Carbayones. No. No tenemos trato desde hace años.

—José Vega cree que el responsable de las muertes debe ser identificado. Supongo que ustedes compartirán ese deseo.

—Supone mal. Para nosotros es un asunto tan muerto como esos huesos que aparecieron.

Debí poner la misma cara que el que destapa una botella de champán en una reunión de directivos y le da con el tapón en un ojo al director general.

—Puede que algo de interés para ustedes surja de la investigación.

—Lo dudo. Pero si los Carbayones han destapado el cagadero, por nosotros que no quede. Le haremos los honores.

Me cedieron un asiento y todos se acoplaron en uno de los lados de la gran mesa, también con tablero de granito. Les hice un resumen de lo contado por Flora Vega, omitiendo lo que consideré innecesario.

—¿Qué pueden decirme? —Miré a Remedios. Tenía el cuerpo inconformado y el rostro negligente del que una pungente nariz trataba de escapar. Ella me miraba con atención. Era una mujer menuda, como su hija, y su pelo entrecano se concretaba en un sólido moño.

—Los Carbayones son mala gente —contestó María—. Egoístas, despiadados. Siempre han querido todas las tierras. Hubieran deseado ser los únicos amos del pueblo.

—¿Qué recuerda de la desaparición de José Vega?

—Yo tenía quince años. Me acuerdo de todo, aunque puede que parte de los recuerdos sean los que mi madre me transmitió. Llovía mucho. Eso no se me olvida. Luego los cuchicheos, la Guardia Civil, los amigos falangistas. También recuerdo a ese hijo grande de los Carbayones, el que le ha contratado, que vino de Madrid amenazando a todo el mundo. Acusó a mi padre, a mi tío Amador, a Manín Teverga y a Pedrín Regalado. Tuvimos miedo porque tenían mucha mano con la Guardia Civil. Pero éramos inocentes. Y no creímos que Pedrín ni Manín tuvieran nada que ver. ¿Por qué iban a hacer una cosa así? Pensamos en el *cuélebre*. Por eso nos guardamos con miedo. Pero mi tío decía que eso eran tonterías y siguió haciendo su vida. Por poco tiempo, ya sabe. Nadie dudó ya del *cuélebre* ni de las *bruxas*, porque no hubo rastro de ellos.

—¿Qué puede recordar de la noche que desapareció su tío?

—Cosas sueltas. Mi tío iba a Cangas los viernes y pasaba el fin de semana con la putona.

—¿La putona?

—Prefiero no hablar de eso. —Miró a su madre, que permanecía estática, mirándome—. Mi tío era un señorito. Trabajaba tres o cuatro días a la semana y el resto a divertirse. Ventajas de ser el amo. Mientras, mis padres sin dejar de faenar duro toda la semana. Los domingos por la noche volvía para empezar su turno el lunes.

—¿Cómo iba y venía?

—En burro. Cuando llovía se ponía el tabardo.

—¿Qué recuerda de ese domingo?

—Llovía que Dios tenía agua. El *ñuberu* había traído toda la tormenta. Dieron las ocho y luego las nueve de la noche, y Amador no aparecía. Nunca se retrasara tanto. Padre mandó a Alfredo a ver.

—¿Quién era Alfredo?

—El criado. Vino mucho más tarde y dijo que había encontrado al burro lejos del pueblo, calándose de agua. Así que empezamos la búsqueda. Y, aunque no quisimos alarmar, los vecinos se enteraron y varios nos acompañaron para lo buscar. Pensamos que se habría caído, porque con frecuencia llegaba con más vino que sangre en las venas. Pero no lo encontramos. Ni nos pasó por la cabeza que pudiera haber desaparecido como José Vega. Temprano, en la mañana, padre y Alfredo bajaron a Cangas. Hablaron con la fulana, que dijo no lo haber visto desde que se despidieran después de comer. Él había ido a jugar las partidas de cartas con sus amigotes. Ellos dijeron que marchó sobre las seis de la tarde, que lo vieran montado en el burro bajo la lluvia con el oscilante farol. Fueron a la Guardia Civil después, que hizo una intensa búsqueda por terraplenes y barrancos. Pusieron todo patas arriba, incluso miraron en la iglesia y en el sótano. Ya ve. Cómo iban a imaginar que estaban allí enterrados. Finalmente llegaron a la conclusión de que había sido secuestrado como José. Interrogaron a todo el mundo, en especial a Manín Teverga y a Pedrín Regalado porque, dados sus antecedentes, creyeron que pudieran estar en colaboración con la guerrilla. No los dejaron en paz durante mucho tiempo.

—¿A qué antecedentes se refiere?

—Bueno, eran rojos. —Me miró un tanto sorprendida.

—¿No sospecharon de José Vega hijo?

—Los Carbayones tenían muchos apoyos en el gobierno local. Más que mi tío Amador, que era algo roñoso. No podía competir con el populismo ni con la generosidad hacia los símbolos del poder con que José se manifestara. Aun siendo falangistas ambos, había escalas entre los dos. De todas maneras parece que sí lo interrogaron. No sabemos hasta qué punto, porque era totalmente leal al Movimiento y no tenía lógica que hubiera matado a un camarada, como no era lógico que Amador hubiera matado a Carbayón. En los días siguientes se dijeron las mismas barbaridades que en su momento de José Vega.

—Dígame alguna de esas barbaridades.

—Bueno. Él tenía una querida en Madrid...

—Antes dijo que estaba en Cangas —observé.

—No, ésa era la putona. Esta otra era viuda, algo mayor que él, sin hijos. Se conocieron en las fiestas de Pola de Allande, donde había nacido. Vivía en Madrid, donde trabajaba de planchadora y costurera en casa de un aristócrata, por la calle de Alcalá. Se engolfó con ella. Iba a verla con frecuencia; lo dejaba todo y, por supuesto, también a la putona, que cogía unos berrinches terribles y amenazaba con lo matar si seguía visitando a la otra. Ella, después de ser interrogada por la Guardia Civil, insinuó que Amador pudiera haberse ido a Madrid. Fue una estupidez, pero la Guardia Civil telefoneó a Madrid para que la viuda fuera localizada e interrogada. Después de su declaración hubieron de aceptar que esa mujer no sabía nada del hombre desde hacía semanas; lo que se comprobó como cierto.

—Parece que su tío tenía éxito con las mujeres.

—Era guapo, delgado, con bigotito a lo John Barrymore. Eso decían los que entendían de cine. Tenía modales finos y siempre estaba contando acertijos.

—Esa... putona, ¿era la novia?

Ella guardó silencio. Todos los ojos se volvieron a mirarla.

—Si me oculta cosas, será más difícil aclarar el misterio.

De pronto la anciana habló. Su voz era lenta, carrasposa, y su nariz se movía como si quisiera detectar olores perdidos.

—¿A quién importa eso? ¿Qué sentido tiene? Sólo mentes retorcidas como la de Carbayón pueden querer hurgar en el pasado para recordarnos lo miserables que fuéramos todos.

—¿Miserables?

—Sí.

—No es ilógico que un hijo quiera saber quién mató a su padre.

—Ese hombre no fuera bueno. Amador tampoco. Mi cuñado estaba casado cuando se liara con la putona y con la otra, y quién sabe con cuántas más. Tenía la bragueta floja. A su mujer verdadera, Soledad, la estaba matando a palizas. Tuvieron que llevarla a un hospital de Oviedo y allí muriera la pobrecita. Él nunca se dignara a verla. Así que ya tenía vía libre para esa puta de Cangas, que intentara hacerse con todo, porque él fuera el *moirazo*. Nos amargara la vida. Si se hubieran casado, ahora estuviera usted hablando con ella y no con nosotros, porque todavía vive la muy zorra.

—Parece que a ustedes les benefició la desaparición de Amador...

—Sin ninguna duda. Dios viniera a ayudarnos, y a él, por malvado, se lo llevara al infierno.

—Al beneficiarse de su muerte, podían haber sido considerados sospechosos. ¿No lo entendieron así las autoridades?

—Ya lo creo que sí —terció la hija—, pero nadie que conociera a mi padre podía ver en él a un asesino. Además, estuvo con nosotros todo el tiempo. ¿Cómo iba a matar a su hermano? Pero sí hubo interrogatorios.

—¿Por qué dijo que todos fueron unos miserables? —Miré a la anciana. En el silencio prolongado se miraron unos a otros.

—Tiene que ver con Rosa, mi cuñada, la hermana menor de Amador y de mi marido —dijo Remedios—. Ella fuera la causa del odio que se estableciera en el pueblo. Amador y José habían sido amigos desde niños, corrieran tras las mismas faldas, se alistaran juntos a Falange, se emborracharan juntos, pero desde lo de Rosa, se odiaran a muerte.

—¿Qué les hizo esa mujer?

—¿Ella?, ¿hacerles? Nada. Todo lo contrario. Entre los dos le destrozaran la vida.

—Sería bueno que me informaran de eso.

—¿No le han dicho nada los Carbayones?

—No.

—Dígalo, madre —propuso Segundo.

—No, la abuela —invitó la interpelada a su madre, quien, tras una pausa, explicó:

—El abuelón —el abuelo de Amador, Jesús y Rosa— hiciera testamento siendo todavía recio. Donara a Rosa el prado grande, el mejor de todo el pueblo. Era lógico. Estaba loco por esa chiquilla, según contaban. Fuera la primera mujer que naciera en esta casa desde hacía varias generaciones. Cuando era bebé, él dejara muchos días el trabajo para acunarla. Resultara un encanto de criatura. El abuelón daba gracias a Dios constantemente por haberle concedido esa ventura. Llevara años haciendo rogativas al santo para que naciera una niña. Y cuando llegara Rosa creyera que el santo había escuchado sus ruegos y la enviara. Como agradecimiento, hizo mejoras en la iglesia. Trabajara mucho en el sótano, que estaba muy abandonado. Ella creciera y fuera la alegría de todo el pueblo. Siempre riendo, con una felicidad contagiosa y desbordante. Y siempre con el abuelo, que en las noches de invierno y de nieve le contara cuentos e historias de la región, que ella seguía con ojos muy abiertos. El abuelón era un caso especial. Tuviera las energías que desgraciadamente no tuvieron sus hijos ni, luego, sus nietos Amador y Jesús. Él engrandeciera el patrimonio, comprara prados, agrandara la casona. Su hijo, el padre de Rosa, mi suegro, fuera también un hombre trabajador como Jesús. Pero una cosa ye ser trabajador y otra ye ser especial. Curiosamente, la energía que echara a faltar en sus descendientes masculinos, la heredara Rosa. Puede usted suponer que eso a Amador le doliera mucho porque, según la ley del Mayorazgo, también ese prado debía haber sido para él. Fuera egoísta y vago. Pasara una adolescencia mala, siempre enfadado, celoso de su hermana y cabreado con Jesús, al que acusara de idiota por no rebelarse contra la tiranía del abuelo. Sólo era feliz cuando marchara de parranda con José Carbayón —interrumpió el discurso para beber despacio un vaso de agua que le ofreció su nieto. Tosió un poco—. Rosa fuera una muchacha que impresionaba. Era una *Xana* auténtica.

—¿Qué es una *Xana*?

—Un hada de los bosques y los lagos, de cabellos dorados que alisan con peines de oro. Cantan melodías que curan los males de las gentes y reparten amor a todo el mundo. —Quedó un momento absorta y prosiguió—: De joven fuera alta, rubia, bien formada, con una belleza y unos ojos increíbles. Todos se enamoraran de ella, incluso José Vega. Creyéramos que casaría con Manín Teverga, un mozo hermoso donde los haber, que fuera primo hermano de ella. O con Pedrín Regalado, que también estuviera enamorado de ella aun siendo una niña, antes de irse a luchar a África. Pero casara con un madrileño, un primo hermano de José Carbayón, que apareciera un verano para estar unos días en el pueblo. Se prendaran el uno del otro. Él fuera un mozo muy atractivo, alto, de natural elegante y de fina conversación. Pero no tenía un real. Hicieran una boda por todo lo alto, según dijeran, casando a su hermana al mismo tiempo y pagando todos los gastos, hotel incluido. ¿Me escucha?

Asentí. Ella guardó silencio, algo fatigada. Su hija tomó la palabra.

—¿De dónde salió el dinero? ¿Se imagina? Del prado de Rosa. Miguel, antes de la boda y a sus espaldas, pidió prestado dinero a su tío, Carbayón, el padre de José. Mil quinientas pesetas. ¿Garantía?, el prado tan ansiado por los Carbayones. Rosa firmó todos los documentos que su amado le presentaba, sin sospechar que estaba firmando la ruina de su futuro. Creyó que firmaba papeles para la boda, porque su amor era puro y confiado, como había sido siempre, porque nunca conoció el mal en su breve existencia. Tenía veinte años cuando se casó. —Nueva pausa—. Miguel no pudo devolver el dinero en el corto plazo que estableció Carbayón. La situación laboral en aquella España era muy mala. Miguel trabajaba a intervalos. Había mucho paro. Recibía ayuda del sindicato, pero era lo justo para ir tirando. El prado pasó a propiedad de los Carbayones. Menos mal que el abuelón había muerto. ¡El abuelón! ¡Pobre! Seguro que se revolvió en su tumba.

Miré a la anciana.

—Si Miguel no tenía el dinero y el prado era tan vital para los Muniellos, ¿por qué su marido y su suegro no le hicieron un préstamo para cancelar la deuda con los Carbayones? Tendrían así un deudor, pero también el prado.

—Lo hicieron, pero fuera tarde —respondió María—. La operación se hizo muy en secreto. Los Carbayones habían ejecutado el contrato. Mi padre y el abuelo hablaron con ellos en persona. Fue una reunión tensa. No llegaron a las manos de milagro, pero ellos no cedieron.

—¿Qué hizo Rosa?

—Amador cizañó que era Rosa la culpable. Si ella firmó, tenía que haberse enterado de qué iba el asunto. Los abuelos y mi padre no lo vieron así, pero la cizaña surtió su efecto.

—¿Y no pudieron aclararlo durante la boda?

—Ninguno de los Muniellos estuvimos.

Levanté una ceja.

—¿Tan terriblemente doloroso fue, que no pudieron ir a la boda de la hija y hermana respectivamente? —pregunté a Remedios.

—Amador controlara la correspondencia. Iba a la posta de Cibuyo para recoger las cartas y dejar las que escribiéramos. Ocultara las de su hermana. No supiéramos que ella casara hasta pocos días antes, cuando a mi suegra se lo dijera su hermana, la madre de Manín. Pero como no hubiera carta directa de ella, la familia, excepto Amador, creyéramos que no nos invitara por estar avergonzada por lo del prado. También yo lo creyera. Naturalmente, todo lo que le estamos contando no lo supiéramos entonces; lo supiéramos después, al presentarse aquí Rosa.

—¿Cuándo ocurrió? —Miré a María, que contestó.

—Días después del enlace. Según nos dijeron, en el desposorio, ella no hizo más que preguntar a todos si sabían qué ocurría con su familia. Su tía, la madre de Manín, sin saber lo del prado, porque ni los Carbayones ni nosotros lo habíamos dado todavía a publicidad, le dijo que los Muniellos no habíamos recibido ni cartas ni invitación. Se llevó el disgusto que puede imaginar, porque ella sí había escrito para informarnos de sus esperanzas. —Miró a su madre, que permanecía con la vista fija en un punto del espacio—. Amador se lo soltó de golpe, brutalmente. Y quiso la echar de la casa, pero mi padre y el abuelo se lo impidieron. Aún tengo la imagen de ella cuando empujó a Amador y lo tiró al suelo. Debo reconocer que estuvo magnífica. Nunca vi a una mujer igual. Toda la vida quise parecerme a ella.

Se hizo un profundo silencio. No necesité concentrarme para visionar la situación. Dos fuerzas enfrentándose, llenas de ambición, celos y poder, y, en medio, una inocente a quien destruían.

—Como dije antes, yo era adolescente —añadió María—, pero tengo un recuerdo imborrable de ese día. Ella tenía un pelo rubio, hermoso, distinto a todos. Cuando mi tío le dijo lo del prado, se le volvió blanco de golpe, como si le hubiera caído un saco de nieve en la cabeza. Fue tremendo. Quedé aterrorizada por la impresión. Si no lo hubiera visto, no lo habría podido creer. Y dicen que a partir de ese momento ya nunca volvió a cantar, porque se le quebró la voz.

—Mi marido, que en gloria esté, quisiera mucho a su hermana —terció Remedios—, pero debería haber hecho más por esa chica, que fuera toda inocencia. Amador y Jesús Vega no volvieran a hablarse; los dos fueran unos canallas sin perdón. ¿Comprende ahora por qué no nos interesan las cosas que usted quiere buscar?

—Les he oído hablar de Manín y Pedrín. ¿Qué parte representaron ellos en este asunto?

—Estaban colados por Rosa —habló Remedios—. Sufrieran mucho cuando ella casara. Los dos quedaran solteros, porque no encontraran mujer que la igualara. Cuando ella marchara a Madrid, en el año 31, un año antes de que desposara, todos los mozos del pueblo la acompañaran a Cangas, y la vieran partir en el autobús. Cogieran luego una borrachera y pelearan con los de la capital. Pasaran la noche en el cuartelillo. Cuando Manín supiera lo que hicieran a Rosa, se volviera como loco. Le diera tal paliza a Amador que guardara cama varios días. Le viniera bien para justificar su vagancia congénita. A Carbayón le diera otra buena tunda. José fuera muy fuerte, pero no pudiera compararse con ese minero trastornado que pareciera poseído por todos los diablos. Luego, fuera a Madrid para lo hacer con Miguel, pero estaba en la cárcel, por lo de las huelgas. Así se librara, pero se la tuvo jurada.

—¿Y Pedrín?

—Fuera muy callado y muy guapo, ¡tan alto y delgado! Como ese artista americano... —Miró a su hija.

—Gary Cooper.

—Ése. Al enterarse, reaccionara de forma diferente a Manín. Yo estaba presente cuando Jesús se lo dijera. No abriera la boca, pero, al mirar sus ojos, tuve yo un espanto del que nunca curara —noté que se estremecía—; en su mirada se viera la muerte.

La frase bloqueó mi mente. Vi que los demás se agitaban.

—¿Qué hizo, qué dijo, a todo esto, el marido de Rosa?

—Fuera un hombre tranquilo y muy simpático. Lo viéramos de nuevo en febrero del 36, en Madrid, aprovechando un viaje de Jesús a la capital. Vivieran en la calle de Santa Engracia, malamente, en una habitación, con dos niños. Fueran malos tiempos, muchas huelgas, jóvenes que se tiroteaban por las calles. Miguel fuera un buen hombre, confiado. Seguramente pensara, cuando hiciera el trato con su tío, que pudiera pagar la deuda antes de que el plazo venciera. Quizá creyera que todo se arreglara con el tiempo. El abuelón dijera siempre que las cosas no quedaran para mañana. Miguel fuera de los que creen que todo vuelve a su cauce sin forzamientos. Prometiera a Rosa que el prado sería recuperado porque los Carbayones, su familia, fueran gente noble y a él se lo juraran. Pero luego con la guerra todo fue diferente.

—Explique eso. ¿En qué fue diferente?

Me miró como si hubiera dicho una inconveniencia.

—¿Es que no sabe lo que es una guerra?

—Sí, eso lo cambia todo, pero la titularidad de un prado perdido en un lugar remoto de España no tiene por qué haberse visto afectada por la contienda.

—La guerra llegara a todas partes. Aquí fuera muy violenta. Estallaran los odios y los ajustes de cuentas; usted no se imagina. No es agradable de recordar.

—¿Cuándo volvieron Rosa y Miguel aquí?

—A él no volviéramos a verle. Muriera a mediados del 38. Rosa viniera en una ocasión a principios del 38. Dijera a sus padres y hermanos que iba a conseguir el prado y que lo integraría en la casa. Amador jurara no lo querer y maldijera que ella volviera a pisar esta casa. Padre cogiera un cinto y golpeara al hijo endemoniado. Nunca lo viera tan fuera de sí. Tiempo después, comprendimos la maldad agazapada en la postura de Amador, porque, si Rosa devolviera el prado, que era el más hermoso del pueblo, él ya no pudiera ser el dueño de la casa de forma casi absoluta.

—No parece tener lógica un odio así a una hermana, sólo por haber heredado ese terreno —dije.

Volvieron a mirarse.

—Rosa —dijo María— quería mucho a su cuñada Soledad. Se casaron en el 26, y en la misma noche de bodas ya empezó a pegarle a la infeliz. Cuando Rosa creció, ya pudo enfrentarse a él y le impidió que siguiera pegando a Soledad. Rosa tenía una fuerza desusada, más que muchos hombres. Tantas veces intentaba dominarla, ella lo vencía y lo echaba de la casa. Puede creerlo. Él dejó de zurrar a la mujer, pero el odio hacia su hermana se acentuó. Ella le amaba, porque quería a todo el mundo. Tenga en cuenta que era su hermano mayor. Pero ¿qué hacer con un ruin así? Cuando ella marchó a Madrid, él reanudó las palizas.

—¿Y no hicieron ustedes nada al respecto?

—El matrimonio es sagrado. Nadie debe entrometerse. Rosa lo hacía porque era una *Xana.*

—¿Qué ocurrió cuando Rosa y Miguel consiguieron el prado?

Todos me miraron como si hubiera dicho un insulto.

—¿Conseguir? No lo consiguieron. Los Carbayones no hicieron honor a su palabra; no lo devolvieron. Después, con la muerte de Miguel y la pérdida de la guerra para ellos, Rosa se quedó sin recursos para lo comprar; bastante tenía la pobre con salir adelante ella sola con sus hijos.

—¿Y después?

—Después, qué.

—Después de la guerra, cuando se quedó sola. Supongo que volvería aquí, a su tierra, con los suyos.

Tornaron a mirarme nerviosas.

—No volvimos a verla nunca. Ella no volvió.

—Y ustedes, ¿fueron a buscarla?

—Padre estaba muerto. Amador fuera el amo —dijo Remedios.

La miré. Bajó los ojos y añadió:

—Por eso dije que fuéramos unos miserables. Mis suegros murieran invocando el nombre de Rosa. Él se fue primero y menos de un año después ella siguiéralo.

Estuve un rato pensando. Segundo habló:

—No le estamos ayudando mucho con nuestras historias, ¿verdad?

—No lo creas. —Miré mis notas y añadí—: ¿Qué fue de Alfredo?

—Murió de cáncer de pulmón hace unos diez años —dijo María—. Era muy trabajador. Quería mucho a Rosa; como un hermano mayor. La cuidaba, siempre la estaba ayudando. También de eso tenía envidia Amador. Le gritaba que él era el criado de la casa, y no sólo de Rosa. Al saber lo que le hicieron, enfermó. Estuvo unos días en el catre. Tuvimos que llamar al galeno. Antes era alegre y se volvió taciturno.

—¿Llevaba mucho tiempo de criado?

—Vino en el 26 a ocupar el lugar de Sabino, el anterior, que murió en África, en la guerra contra los moros.

—¿Qué años tenía Alfredo cuando las desapariciones?

—Estaría sobre los cuarenta y tantos. Nació en el siglo pasado.

—¿Cómo era?

—Trabajador y honrado, y muy risueño antes de lo del prado.

—¿Físicamente?

—No era alto, pero sí recio. Cogía las pacas de yerba como si nada, él solo, cuando por lo general se necesitan dos personas. Un día se atascó una rueda del carro en un pozo lleno de barro. El buey no podía sacarlo. Él empujó y entre los dos, el buey delante y Alfredo detrás, sacaron el carro. Luego, trajo grandes piedras y las puso en el pozo, lo cegó y lo puso a ras, como hacen los peones camineros.

—Antes dijo algo que subrayé. —Miré mis notas—. Aquí; dijo que Alfredo tardó en volver cuando salió en busca de Amador.

—Sí.

—¿Por qué lo recuerda?

—No sé. Lo recuerdo. Quizá porque dijera haber encontrado el burro en las afueras. No es tan lejos como para tardar.

—¿Cómo justificó esa tardanza?

—Dio razones, sin duda. No lo recuerdo bien. —Me miró—. ¿Piensa que podría haber sido él? Olvídelo. Era incapaz de matar una mosca.

—¿Dónde vivía cuándo murió?

—En Tineo, con su hija. La tuvo con una mujer, sin estar casados. Pero la reconoció y le mandaba dinero cuando podía. Era muy ahorrativo. En él no gastaba nada.

—¿Qué sueldo tenía aquí?

—¿Sueldo? Los criados no tienen. Dependen, como los amos, de cómo viene el año. Si ye bueno, ye bueno para todos, y si no, a pasarlas duras.

—Pero ¿le pagaban con dinero?

—No. Se le compraba ropa o se le daba algún *gochu* o gallinas. Él lo vendía y sacaba su dinero.

—Puede decirse que realmente no salió de la humildad.

—Hombre, cuando llegó no tenía donde caerse muerto, pero aquí, al menos no pasaba hambre y, además, algo pudo ahorrar para la hija.

—¿Estuvo aquí hasta su jubilación?

—Aquí no había jubilaciones, como ahora. La gente trabajaba muchos años, no tenía otra forma de alimentarse. Por estas duras tierras, todos trabajamos muchos años. Todos hemos vivido muy administrados.

—¿Cuándo se fue?

—Sería... —se miraron para echar cuentas—, en el 56, sí, en 1956.

—¿Cómo vivía con la hija?

—Bien. La hija casó algo mayor, con un minero. Era feílla, pero buena chica. Segundo iba a verlos a veces. —Miró a su hijo.

—Sí, él trabajaba en la misma mina que yo.

—¿Trabajabas en la mina?

—Sí, hasta que me rompí una pierna. Soy algo cojitranco. ¿No lo notó? No pude seguir. Pero él, que es mayor que yo, todavía aguantó un tiempo. Al principio, era picador. Ganaba mucho dinero. Compraron una casa guapa cerca de la calle principal. Es grande, soleada, con buenos muebles. Tienen tres hijos, ya mozos.

Terminé de tomar notas y apagué la grabadora. Me levanté para irme.

—No hemos hablado del robo —dijo María.

—Ya me informó de ello Flora Vega.

—¿Del nuestro también?

Me volví en redondo.

—¿Cómo del suyo?

—Sí, también a nosotros nos robaron.

—¿Cuánto?

—Creemos que unos sesenta mil duros.

—Me asombra que tuvieran tanto dinero escondido.

—Había más. El ladrón dejó las monedas de oro y plata, los pequeños lingotes de oro y alguna botella con billetes. Posiblemente no las viera o no le diera tiempo a cogerlas.

—¿Lo denunciaron?

—Está en las declaraciones.

—¿Podría ver dónde estaba ese dinero?

—No es posible, la casa vieja y el establo fueron derruidos.

—El dinero, ¿estaba dentro o fuera de la casa?

—Estaba en el granero, debajo de la casa.

—¿Podría alguien ajeno a la casa hurgar y merodear en el establo sin que ustedes le oyeran desde la casa?

—No era fácil que un extraño pasara desapercibido. Los perros y las vacas lo hubieran advertido.

—Perdone la indiscreción. Antes dijeron que vivían humildemente. ¿Cómo podían vivir de esa manera teniendo tal fortuna guardada? ¿No era lógico vivir mejor?

Miró a su madre, que contestó.

—No. Gastamos lo necesario. El ahorrar es una forma de vivir.

—Una última cosa. ¿Saben qué se hizo de Manín y de Pedrín?

—Murieran en Argentina.

—¿En Argentina? ¿Los dos?

—Sí, claro.

—¿Por qué es tan claro?

—Siempre estuvieron juntos. Donde iba uno iba el otro —dijo María.

—¿Recuerda en qué año fallecieron?

Estuvo un rato pensando. Se miraron.

—Creo que en el 69. Quien se lo puede explicar mejor es Susana, la hermana de Manín, o alguno de los Regalado. Estuvieron en el entierro.

—¿Tienen idea de por qué estaban allí?

Después de mirarse, María habló.

—Los Regalado son una familia muy antigua en el pueblo. El abuelo de Pedrín fue el mayor de ocho hermanos, que se desparramaron por otros pueblos, por Madrid y por América. Los abuelos de Pedrín tuvieron tres hijos, Pedro, Carmina y Onofre. El *moirazo* fue Pedro, el padre de Pedrín, que se quedó aquí. Carmina se casó con un chico de Castañedo y Onofre marchó a Patagonia con uno de esos tíos emigrados años atrás. Cuando las guerras de África, Onofre reclamó a sus sobrinos mozos para que fueran allá y se libraran de ir a luchar. Pedrín no fue, porque desde jovencito estaba por Rosa y prefirió tentar a la suerte antes de no volver a verla, pero el primo suyo de Castañedo, Marcelino, hijo de Carmina, no le hizo ascos a la llamada y allá que se fue dejándolo todo. Nunca volvió a España. Es allí donde fueron Pedrín y Manín, invitados por la familia. Y allí murieron. Eso es lo que nos contaron los Teverga y los Regalado.

—Parece extraño que tuvieran esa querencia familiar después de tantos años.

—No lo entiendo.

—Podían haber ido antes, y no de mayores.

—Es que antes fueron una o dos veces, que sepamos.

—¿Saben como murieron?

—Dijeron que en un accidente. Estuvieron mucho tiempo de luto. Susana no le ocultará una cosa así. Vaya a verla. Hoy la he visto en la casa.

—¿Es que no vive en el pueblo?

—Sí. Pero salen y entran. A veces desaparecen por semanas. Ella y los hijos. A veces también la nieta. Es muy trotamundos, a pesar de los años que tiene.

Eran las 12.47. Salí. El cielo seguía encapotado y esta vez se apreciaban las avanzadas de lluvia a lo lejos. Vaharadas de nubes bajas se enganchaban en los carbayones.

La casa Teverga estaba restaurada. Me abrió una niña de unos seis años, mirándome con unos ojos grandes, color de cielo de Madrid en verano. De la penumbra surgió una mujer de unos treinta años, con los ojos calcados de los de la niña.

—Déjeme adivinar. ¿Su hija?

—Sí —contestó, sin sonreír.

—Buenos días. He venido para tomar unos datos sobre los cadáveres aparecidos.

—Ya estuvo aquí la Guardia Civil y le dimos todos los datos.

—No soy policía, sino periodista para cubrir un reportaje.

—¿Verá a todos los del pueblo?

—¿Cómo dice?

—Sabemos que ha estado con la Carbayona y con los Muniellos. Es usted noticia para un pueblo tan pequeño.

—En realidad, desearía hablar sobre Manín, el que hizo la guerra.

—Murió.

—Quizá con su hermana.

—Mi abuela. Está, pero es mayor y no quiero que se la moleste.

—Sería bueno...

—No sé qué le habrán contado los demás —terció—, pero nosotros no tenemos ningún interés en salir en la prensa ni en hablar del asunto.

—Sólo quisiera...

—Adiós, señor —dijo, e interpuso la puerta entre ambos. Quedé ahí, como un pasmarote. Qué le vamos a hacer, me dije, y eché hacia la casa de los Regalado, procurando evitar los charcos y las bostas. Oí la voz.

—¡Señor, usted! —Me volví. La mujer había abierto la puerta y me hacía indicaciones. Regresé hacia ella—. Mi abuela quiere verle.

Me hizo pasar a la cocina y vi lo que era un hogar a la antigua. El espacio era casi original. En un extremo el horno, apagado; en otro, el caldero colgando de la cadena. Como innovación aprecié que la mesa tenía también el tablero de granito verde pulido, que había pila con agua corriente, lavadora y un televisor. Las paredes estaban pintadas de blanco sobre una superficie original discontinua y el suelo, aunque restaurado, conservaba los bloques de piedra antiguos. En el techo, las vigas de madera lucían un barniz mate, que mostraban la originalidad de la construcción primitiva. Había olor de hogar a la antigua, con el tenue vapor que salía del caldero. Una anciana estaba en un sillón alto situado frente a un ventanal. Caminé hacia ella despacio y observé su perfil de barbilla suave y nariz recta, el cabello corto y totalmente blanco. Un bastón la custodiaba como si fuera un arma. Se volvió y me miró con fijeza y el gesto pleno de gravedad.

—¿Qué miraba con tanta atención? —Su voz era delgada y sin balbuceos.

Quedé admirado. Realmente había examinado la cocina de un solo vistazo, sin girar la cabeza, pero ella había apreciado mi flash.

—Tenía ganas de conocer una cocina original asturiana.

—Bah, no es original. Ha habido cambios. A mí me gustaba como estaba antes.

—A pesar de ello...

—Usted no es periodista —me interrumpió—; es un maldito detective pagado para averiguar quién les dio su merecido a esos dos cabrones. No hay por que mentir. Debería darle vergüenza.

Me quedé como cuando uno recibe una comunicación de Hacienda indicando que la declaración de la renta presentada no es a devolver, sino a ingresar. Creía que la misión encomendada por José Vega era confidencial y resultaba que lo sabía todo el pueblo. Debí haberme imaginado que, a fin de cuentas, un pueblo es como mi comunidad de vecinos. Miré a la mujer. Tenía el rostro moreno de soles que contrastaba con su blanco cabello. Unos pequeños pendientes de piedra rosa pegados a las orejas punteaban su proporcionada cabeza. No había amistad en sus ojos azules.

—Queda usted contratada para mi departamento de investigación.

—No me dé coba. Todos sabíamos que vendría un fisgón. Esa gentuza lo ha ido pregonando por ahí a todo el mundo.

—Me llamo Corazón Rodríguez —dije, no muy seguro de cómo empezar.

—¿Corazón? Vaya un nombre más ridículo.

—Realmente...

—Al grano. No sé si mi hermano Manín los mató. Ojalá lo haya hecho. No le voy a ayudar en nada. Si le he hecho pasar es para echarle la vista encima. Siempre me ha gustado ver al enemigo de frente.

—¿Enemigo? ¿Por qué cree que vengo contra usted?

—¿A quién quiere engañar? Le pagan por buscar pruebas. Con ellas, los tricornios meterán de nuevo las narices. ¿Cree que en los pueblos somos tontos?

—¿Vive su hermano?

—No señor. Hace años que nos dejó.

—¿Dónde está enterrado?

—A usted no le importa un carajo.

—¿Qué teme?

—¿A mi edad? Me encorajina que su gente siga dando por el culo como entonces.

—Tarde o temprano las cosas salen a la luz.

—¿Qué cosas? El que quitó de en medio a esas víboras hizo un buen trabajo. ¿Sabe que desaparecieron muchos contratos privados, recibos y títulos de propiedad que guardaba José Vega? Eso salvó a mucha gente a quien el prestamista despiadado tenía acojonados. De la noche a la mañana esa gente quedó libre de las amenazas de pérdida de sus tierras y bienes. Y no eran pocos.

—No estoy aquí para juzgar eso.

—Pero necesita ser informado de todo y no sólo de lo que le interesa.

—Debo recordarle que no sólo hubo robos. También asesinatos que destrozaron a dos familias.

—¿Está seguro de eso? Nadie les echó de menos por sus virtudes. Ni en sus propias casas. En realidad todos salieron ganando.

—Mi presencia aquí demuestra que los Carbayones, al menos, no participaron de esa felicidad que usted indica.

—Paparruchas. Esa gente no quiere a nadie, ni nadie les quería. Son tremendamente egoístas, sólo piensan en ellos.

—Parece que, en contra de lo que dice, el padre y el abuelo del actual dueño gozaban de mucha estima y tenían muchos amigos.

—Amigos de ésos, para el diablo. Ninguna persona honrada. Odiaban todo lo que eran las izquierdas.

—Ésa no es una razón válida. Identificar a las izquierdas con la bondad es un espejismo. En todos los sitios cuecen habas.

—La gente de izquierdas que yo conocí era de lo mejor del mundo. Usted no tiene ni idea.

—Sin embargo, cuando la guerra terminó, Carbayón mandó buscar a un criado, que le había dejado para ir a luchar con la República. ¿Cómo lo explica?

Me miró achicando los ojos en un esfuerzo por recordar.

—¿Se refiere a César? Pobre diablo. No hubo generosidad en ello, sino una forma de obtener mano de obra eficiente y barata. Sabía que no encontraría un criado mejor. No le hizo ningún favor. No tenía horas de descanso. Menudo negocio hizo Carbayón con él. —Movió la cabeza con el ceño fruncido y habló como para sí—. Intentan que vuelva el terror.

—¿De qué terror habla?

—No lo sabe, ¿verdad?

Moví la cabeza horizontalmente.

—Claro, ustedes saben sólo lo que les interesa. Mire, en esta casa no hicimos penitencia por esos dos. Se los había llevado el diablo. No merecían otra cosa. Cuando la primera desaparición, nada les hicieron a Manín y a Pedrín, pero a los dos días de faltar ese Amador, los de la *brigadilla* se los llevaron.

—¿La *brigadilla*?

—Sí, la maldita *brigadilla*. ¿No le dijeron nada ni Flora ni Remedios?

—No. ¿Qué era esa *brigadilla*?

—Era un cuerpo especial de los tricornios y de la Falange, creado para la eliminación física de la guerrilla antifranquista por métodos directos, sin juicios. Iban de paisano. Con amenazas, torturas y sobornos conseguían delaciones de gentes afines a los guerrilleros. Sus procedimientos eran brutales. No advertían, no pedían rendición. Disparaban a matar. Mataban a cuantos hombres y mujeres se pusieran por medio, aunque sólo hubiera sospechas. Creyeron que mi hermano y Pedrín estaban en contacto con esos hombres por el solo hecho de que estuvieron en lo del 34 y con la República durante la guerra.

Un silencio se desparramó por la cocina. Se oyó un primer trueno deshaciéndose en temblores sonoros que buscaban la huida. Yo estaba de pie ante esa mujer de voz inflexible. Miré un pequeño broche plateado con forma de rosa que destacaba en su vestido negro. Ninguna otra joya aderezaba su cuerpo, salvo las rosas de sus lóbulos.

—No es mi intención molestarla, pero supongo que esa *brigadilla* podría tener su propia versión de los hechos.

—La tuvieron —dijo ella, con fiereza—, con toda la impunidad que les daba la represión, la censura y la indefensión de los vencidos.

—Quizá los motivos de la detención no fueron sólo políticos.

—¿Qué tontería está diciendo?

—Me dijeron que un día su hermano apaleó a los por usted despreciados.

—¿Se lo han dicho? Sí —su rostro se había animado—, les dio de lo lindo. No sabe lo que gozamos con ello.

—En los interrogatorios...

—¿Interrogatorios dice? ¿Está de broma? —Su rostro se había agrietado mientras se erguía en el asiento—. Fueron torturados hasta la extenuación. Les daban palizas con los vergajos. ¿Sabe lo que eran los vergajos? Eran pichas de toro a las que se adhiere la piel de los castigados. Muchos de los torturados se suicidaban por no poder resistir ese horror, pero a Manín y a Pedrín nada pudieron sacarles porque nada sabían de una pretendida Agrupación Guerrillera de Asturias. Y si algo sabían de las desapariciones, fracasaron en sus intentos de hacerles hablar. Tuvieron que dejarlos en libertad, lo que no esperábamos, porque nunca soltaron sus presas. Dejarlos en libertad no significa que fueran libres. Les obligaron a presentarse en el cuartelillo durante años, como si fueran delincuentes con la condicional. Pero pudieron salir de esas mazmorras. Los vimos llegar una mañana, cuando el *urbayo* dejaba todo gris y en silencio. Los trajeron unos amigos en burros. Manín estaba encorvado y seco como una rama vieja. Le habían reventado un testículo, pero tenía la misma mirada irreductible. Pedrín venía peor. Un torturador le había golpeado y un anillo que llevaba en la mano dio en su ojo izquierdo, cegándoselo. Tuvieron que extraérselo. Tenía dolores internos y creímos que le habían reventado. Tardó semanas en curar. Pero al fin sanaron y volvieron a cuidar de sus haciendas y a trabajar en la mina, aunque hicieron lo posible porque no los readmitieran. La vigilancia a que fueron sometidos duró años, pensando que algún día sacarían el producto de sus pretendidos robos. Pero ellos siguieron igual de humildes que siempre.

De nuevo se impuso el silencio.

—¿Le explico otra vez lo que es el horror que usted quiere actualizar? —señaló.

—Según creo, en el 77 hubo una amnistía general por temas de la guerra civil. Perdón y olvido.

—Los que sufrimos el terror ni perdonamos ni olvidamos. Nos moriremos con ese espanto en nuestros corazones.

—No me relacione con esa tragedia. No había nacido aún.

—Huele a policía. La policía siempre es fascista.

—Quizás el mayor crimen que cometieron con ustedes —dije, moviendo lentamente la cabeza— es que les han dejado esa manera de pensar. Eso es lo triste, porque en democracia, en la democracia por la que lucharon, la policía no es fascista. Pertenece y defiende al pueblo.

—Hemos terminado, señor Corazón.

En ese momento se abrió la puerta y aparecieron un hombre y una mujer sobre los sesenta y cinco años. Colegí que ella, por el parecido, sería la hija de la matriarca. Venían con un chico de unos diez años, con aspecto despabilado y mirada interrogante. La mujer tenía una imagen más moderna, con ropas y peinado actuales. El hombre tenía una pinta acorde con el estereotipo del pueblerino, con su boina encasquetada y su cigarrillo colgando de una comisura plagada de arrugas, como si fuera el delta de un río.

—No cierres, hija —dijo Susana—, este hombre se va.

—¿Por qué no me dice lo que ocurrió con Rosa?

Ella volvió a sulfurarse.

—¿Rosa? ¿Se refiere a Rosa Muniellos? ¿Quién le ha hablado de ella?

—Algo me dijeron Remedios Muniellos y Flora Vega.

—Si se lo han dicho, ¿para qué pregunta?

—No estoy seguro de que todo lo que me dijeron sea cierto.

—Madre —dijo la recién llegada—, si quiere oír lo de Rosa, háblele.

—Tienes razón. Hablaremos de ella. Pero siéntese. ¿Qué hace de pie como un tonto? —Con el bastón me señaló el extremo del banco.

Me senté y la contemplé, ahora más cerca. Debía haber sido una mujer bella. Tenía la dentadura arreglada. Era la única concesión a un cuidado personal externo. El pelo estaba cuidado, pero no de peluquería.

—A esa chica uno le robó su herencia y otro su dignidad como persona —dijo.

—¿Cómo era?

—¿Cómo era? —Volvió la mirada hacia el resto de la familia, que se había sentado y nos contemplaban en silencio. Vi como la mirada perdía brillo y se situaba en el pasado—. Era... ¿cómo describirla? Una *Xana* auténtica, distinta al resto de todos los de los pueblos del concejo. Diferente a todo el mundo. Nadie entendimos cómo de esa familia pudo salir nadie así. Los Muniellos son todos feos, de baja estatura, estrafalarios, ¿los conoce, dice? Ni los ojos los tienen bonitos.

—Al parecer, Amador Muniellos era hombre guapo.

Me miró, reprendiéndome con los ojos por la interrupción.

—Bueno. En el reino de los ciegos el tuerto es el rey. Era monillo, para quien le gustara ese tipo de hombre. En realidad era un hombrecín. Mi hermano le sacaba la cabeza. ¡Ah!, pero ella. Era especial, como si hubiera bajado directamente del lugar de los sueños. De niña, una muñeca y de joven el rostro más bello en el cuerpo más armonioso. Alguien quiso llevársela a Madrid para hacerla una artista, porque cantaba como los ruiseñores desde niña. Cantaba como El Presi, que fue el mejor intérprete de la canción asturiana de todos los tiempos. Yo la oí desde sus años niños hasta que marchó a Madrid para casarse. Éramos primas y amigas. Era lo único que teníamos en común...

—Creo que usted ha debido ser muy guapa de joven.

Me miró y no vi agrado en sus ojos.

—Es madrileño, ¿verdad? —Al asentir, añadió—: Zalameros, embaucadores. Como Miguel con esa chica. —Hizo retroceder su mirada—. ¿Por dónde iba?

—Estaba en cómo cantaba Rosa —situó la hija.

—Sí. No puedo expresar cómo cantaba. Pocos testigos quedan para atestiguarlo. Pero puede creerme. Cuando lo hacía, todos paraban de faenar y enmudecían. Su voz era lo más dulce y armonioso que nunca sonara, ni antes ni después, por esos lugares. Sus trinos se esparcían por los prados y el eco repetía ese hechizo por los montes. Era asombroso ver a la gente paralizada, de pie en las vegas, en las huertas, en los caminos, en las casas. Y esas notas cayendo como gotas de lluvia en primavera cuando bajan de una nube pasajera y dejan el aire lleno de puntos cristalinos para que el sol las convierta en arcoiris. —Su rostro había adquirido una extraña paz. Hablaba con una voz cálida y suave, diferente a la que antes le escuchara. Estaba trascendida por remembranzas, como una médium que presta su boca a otras voces. Si yo jurara, podría decir que empecé a *ver* a aquella Rosa juvenil tal y como la estaba viendo Susana Martín. Ella había corrido la cortina que separa el tiempo, y Rosa estaba *allí*, delante, no en esa cocina, sino al aire libre, en esos paisajes con alma de esa desconcertante tierra.

»Vino un mejicano, un oriundo de Asturias, pero ya de aquellas tierras, un familiar de esos que marcharan en el siglo pasado para hacer las Américas. Venía triunfador, indiano con fortuna, haciendo que los jóvenes soñaran con el oro de las Indias. Él la oyó cantar y quedó hipnotizado. ¿Sabe qué dijo? Lo recordaré siempre por la magia de esas tierras invocadas y soñadas por muchos: «Canta como el quetzal, el pájaro de los bosques brumosos que subyugó a los españoles en la conquista.» Estaba tan emocionado que habló de llevarla a Londres y París, como si sólo en esos lugares se supiera reconocer a los artistas nacientes. Pero ella no era una artista, era una *Xana*, un ser mágico de este paisaje. Nadie la sacaría de esta tierra. Y ya ve. Ocurrió algo que torció su destino. Llegó el madrileño cuentista y se la llevó. Dejó el paisaje y se llevó la magia.

La cocina se llenó de silencios que atosigaron nuestros oídos. No era fácil desprenderse del encantamiento destilado de esa atmósfera trasplantada del pasado.

—Es raro que una mujer hable tan bien de otra —observé, con esfuerzo.

—¿Lo dice por lo que oye?

—Y por lo que dicen Flora Vega y los Muniellos. Todos coinciden en resaltar la singularidad de esa mujer.

—Es que era... Siempre con la risa en la boca, ayudando a los viejos, jugando con los niños, cuidando animales, desinteresada, trabajadora, fuerte. El solo verla curaba las amarguras a la gente.

—¿Qué más puede decirme de ella?

—¿Más? Sobre qué.

—Su boda, el prado.

—No fue nadie de su casa a su boda y ése fue su primer encuentro con la maldad del mundo. Para una mujer, el día de su boda era antes el día más importante de su vida. Ahora no, claro. En estos tiempos, las chicas llegan con el coño descacharrado al matrimonio. Qué más les da, si la mayoría se divorcia enseguida. Rosa preguntaba a unos y a otros. Nosotros sólo pudimos decirle lo de las cartas no recibidas por obra y gracia de ese Amador que Belcebú tenga en su seno y que usted está representando ahora. Así que, dos semanas después se presentó aquí. No estuve en la conversación, que mantuvieron dentro de su casa, pero oía las voces de Amador y de su padre. Culpárala el malvado de la quiebra producida en la familia. ¿Se creerá una cosa? La vi entrar con su cabello rubio y salir con él emblanquecido, como si le hubieran teñido de nieve la cabeza. Todavía me dura la impresión. Ella vino a esta casa y estuvo aquí con la madre, mi tía, sin volver al hogar que el mayor se había apropiado, por más que mi tío le pidiera que regresara a casa, que el amo seguía siendo él. Esa tarde llegó Manín. Estalló como una bomba. Fue a Muniellos, sacó a Amador a rastras y le diera tal paliza que lo dejara hecho un guiñapo. Luego fue a donde los Carbayones. No estaba José, pero sí Carbayón. Sabía de qué iba la procesión y no abrió la puerta. Mi hermano la golpeó y el otro tuvo que abrir para que no la echara abajo. Carbayón era hombre enorme, debía pesar ciento veinte kilos, y pasaba por ser uno de los más fuertes del concejo. Estaba por los cincuenta y tantos. Salió embravecido al oír los insultos de Manín. Mi hermano le dio tales puñetazos que cayó como un fudre, desmayado, haciendo retemblar la tierra. Manín le gritaba: «¡Aguanta cabrón! ¡Si eres capaz de hacer canalladas, capaz serás de recibir el premio!» Esperó al hijo. Cuando apareció, se arrojó sobre él como un toro. El otro se le resistió un tiempo mientras se daban puñadas, patadas y cabezadas. Pero Manín estaba como poseído. Nadie en el pueblo éramos capaces de pararlo. Carbayón quedó muy castigado. Aquella noche los llevaron a él y a Amador al médico de La Regla. Los curó, pero tuvieron que guardar cama unos días. No hubo denuncias, porque a nadie le interesaba que salieran los trapos sucios a relucir. Pero, ¡cómo se la guardaron esos cabrones! Bien se vengaron después. Pero no quiero hablar de ello porque me pongo muy mala.

Nuevo silencio plagado de remembranzas.

—Rosa marchó al día siguiente. Volví a verla durante la guerra, a principios del 38. Venía a ofrecer el prado a la casa cuando se lo devolviera Carbayón, como les había prometido. Volvió a dormir en esta casa, también con mi tía aquí. Ese día mi tío estuvo aquí con ella toda la tarde, mientras que Amador bajara a La Regla para no estar presente. Pero el prado no fue devuelto. Con la guerra perdida y Miguel muerto, pocas posibilidades tenía ella de hacer trueques. Y, aunque hubiera tenido dinero, ese desnaturalizado de José hijo no lo hubiera aceptado.

Golpeó fuerte el suelo con el bastón repetidas veces.

—¡Malvados todos! Sabían de sus privaciones tras la guerra y nada hicieron por esa chiquilla. Sólo Manín y Pedrín, lo que pudieron.

—¿Por qué no la ayudaron sus padres?

—Cuando terminó la guerra, ellos habían muerto. Nunca levantaran cabeza. Los vimos consumirse, siempre pensando en la hija ausente. Un día él no despertó. Su rostro tenía expresión de amargura. Meses después, mi tía le siguió. Su cara estaba tranquila, como si hubiera encontrado el consuelo buscado. Y no pasó mucho tiempo sin que mi madre tomara el mismo camino.

Silencio.

—¿Sabe qué ha sido de Rosa?

—No tengo idea.

—Me hubiera gustado conocerla.

Me miró fijamente sin pestañear, sopesando su siguiente movimiento. Luego dijo:

—Bueno. Tenemos algunas fotos suyas y, aunque no es lo mismo, podrá hacerse una idea. —Hizo una seña a la nieta, que salió en silencio.

»¿Le dijo Flora Vega algo sobre mi hermano?

Creí notar cierto temblor en su voz. Moví la cabeza.

—Ella estaba muy enamorada de él. Y Manín de Rosa. Ambos quedaron solteros por pasión a unos ideales para ellos irrepetibles. Ya ve cómo son las cosas. Yo también estaba enamorada de Pedrín. Pero él me desengañó y me casé con un buen hombre de una familia de Otás. No me arrepiento. Pero a veces se me viene la imagen de aquel hombre bello.

La nieta volvió con una caja de madera, que puso en las rodillas de la anfitriona. Ella buscó y sacó dos retratos del tamaño de una tarjeta postal. Estaban en color sepia y los firmaba Alfonso. Eran fotos de boda. En una estaban de cuerpo entero, con trajes de ocasión. El de ella era negro, vestido completo, con falda hasta la pantorrilla, ajustada, y un cordón en una cintura estrecha. Él vestía un traje oscuro con lazo. Era atractivo, ligeramente grueso, con el pelo echado hacia atrás según la moda. Ambos estaban de pie, él detrás de ella. La habitación tenía mobiliario estilo años treinta y debía ser el estudio del fotógrafo. Ella realmente aparecía como la obra maestra de la naturaleza que habían ponderado las cuatro mujeres. Su rostro aparecía natural, sin afeites. Se apreciaban el dorado de sus ondas, sus ojos claros y sus dientes simétricos. Las piernas eran largas, bien torneadas y sus pies se escondían en unos zapatos de largo tacón de aguja. En la segunda fotografía aparecía ella sola y sólo el rostro, en el mismo lugar y tiempo que la otra. Entré en sus ojos y en su sonrisa y desaparecí de la cocina. Era como entrar en algo mágico, alucinante. Era más que un rostro y que una melodía plástica; era la realización de lo inalcanzable.

—Señor Corazón, ¿está usted ahí?

Volví, pero no solté las postales.

—Parece que a usted también le ha cazado, a pesar del tiempo.

—¿Puedo quedarme con las fotos? Haré copias y se las devolveré.

Volvió a mirarme y luego se fijó en las fotos.

—No se la dé, abuela —dijo la joven.

—¿Para qué quiere las fotos? ¿Para espiar? —preguntó Susana.

—No. No sabría decirle. No haré mal uso de ellas.

—Bien. Le dejaré una, la que quiera. Haga su copia y mándeme el original. ¿Sabe por qué lo hago? —Me miró con agresividad—. Vi cómo le conmovió. Espero que la posesión de la foto le haga humano y ecuánime.

Me quedé con la que mostraba su rostro. Me levanté y guardé mis notas y las fotos. No había sacado la grabadora. Eran las 13.40.

—¿Dónde va ahora?

—A los Regalado y a ver la iglesia.

—¿A estas horas?

—Puedo verla solo.

—La llave la tienen los Regalado, precisamente. Ellos se la darán.

—¿La llave?

—Sí. La iglesia se cierra, como cualquier casa.

Me costaba despedirme de esa mujer tan lúcida y combativa. Le di la mano. No me la cogió.

—No encontrará lo que busca, porque el destino hizo justicia, en este mundo donde hay tan poca. Pero quizás encuentre algo que no imagina.

Sonó un nuevo trueno, potente, cercano. Me cogió de improviso. Miré los ojos de la anciana y noté una luz extraña brillar en un fondo imposible. Pareció que ella había mandado el trueno.

A pesar de los truenos, la lluvia seguía prisionera del cielo. Tuve que caminar poco entre el gris del paisaje. La casa era antigua, aunque bien conservada. Al igual que la de los Teverga, las restauraciones habían sido hechas con respeto. Con toda seguridad, mejoraba la construcción original. Deduje que estaban informados de mi presencia en el pueblo y esperaba su animosidad. Golpeé la puerta. Silencio. Esperé y volví a llamar. Salió una mujer de unos treinta años, con el rostro serio. Detrás de ella vislumbré a otra joven de la misma edad y a una señora de edad media. Asomaron por la puerta tres niños, de entre seis y ocho años.

—Diga.

—Buenos días. Perdona que os moleste a estas horas...

—Usted molestaría a cualquier hora.

—Lo siento. Me dicen que tenéis la llave de la iglesia.

—Sí.

—Desearía que me la dejaras. He de ver algunas cosas.

—¡Que le den por el culo! Cierra la puerta —oí una voz masculina saliendo del interior de la casa. Olía a guiso y entendí que estarían almorzando.

—Es mi cuñado. Ya ve cómo están aquí los ánimos por su visita.

—No vengo a causar problemas, sólo quiero la llave. —La miré, y ante sus titubeos, aclaré—: Sabes que no puedes negarte a entregármela. La iglesia no es sólo vuestra.

—Espere. —Cerró la puerta. Oí voces y discusiones. Al poco, abrió y me entregó una llave grande en un llavero con forma de aro.

—¿Podrías acompañarme? —sonreí de forma seductora—, no quisiera descolocar algo.

Era delgada, alta, atractiva, con el aspecto de mujer de ciudad. Tenía el pelo castaño y su mirada parda no era amistosa.

—Por favor, no debes temer nada de mí.

Se volvió y anunció que regresaba enseguida. Luego, cerró la puerta y echó a caminar por el prado, que descendía en pronunciado talud, en el que había vacas pastando. Íbamos a campo traviesa, pisando la yerba y los terrones de barro entre hondos surcos. Atravesamos el cercado y ella retiró una alambrada. La iglesia estaba a unos cincuenta metros.

—¿Cómo te llamas?

—Rosa.

—Muchas rosas hay en Asturias.

—¿No hay rosas en Castilla?

—Sí, pero más amapolas. ¿Los niños son tus hijos?

—No, de mi hermana. Yo vivo en Cangas, con mi marido. Soy médico del hospital. —Me miró un momento—. En realidad estoy aquí por usted. Tenía curiosidad por ver la cara que podría tener un hombre que se llama Corazón. Mi hermana me avisó por teléfono cuando llegó. Sólo tuve que subir y esperar. Ya ha visto que ella y mi cuñado no participan de esa curiosidad.

—¿Decepcionada?

—No me impresiona. Además, quiero que sepa que le estoy acompañando para mostrarle la cordialidad asturiana, pero en absoluto voy a ayudarle en sus intenciones.

La miré. Estaba atenta en poner los pies en lugar seguro.

—Sabemos a lo que viene —añadió—. Le haré una pregunta, ya que es usted de Madrid. ¿Sabe quién era otro madrileño llamado Luis Candelas?

—Un bandido, al que mataron las autoridades.

—No tan simple. Hoy ningún juez lo hubiera condenado a muerte. Ni siquiera estaría mucho en prisión, porque nunca mató a nadie; se limitó a quitar bienes a los que tenían mucho, para repartirlo entre los desheredados.

—Aparecieron dos cadáveres en la iglesia. Eso no lo hizo un Luis Candelas.

—Quién sabe. Y, aunque el propósito no fuera ése, el resultado fue el mismo. Dio su merecido a dos seres despreciables y alegró la vida a muchos angustiados al destruir documentos de infamia.

—Pero se quedó con el dinero.

—No puede afirmarlo. Quizás un día aparezca. ¿No aparecieron los cuerpos sin que nadie lo imaginara?

—El dinero nunca aparece, porque se gasta.

Tropezó y cayó de rodillas. Intenté ayudarla, pero se levantó rápidamente.

—¿Sabe? A pesar de tantos años de torturas, no nos han hecho cambiar; seguimos siendo anarquistas de pensamiento. Somos libres.

—Susana Teverga también dijo algo sobre torturas a Manín y a Pedrín. Tenéis muy fijada esa palabra. Quizás exageráis.

Se paró en seco. Tenía la nariz recta y el pelo peinado suelto.

—¿Qué tipo de espécimen es usted? ¿Exagerar? ¿Es posible que no sepa de las atrocidades cometidas por los franquistas?

—¿Te refieres a la *brigadilla*?

—¿*Brigadilla*? Eso fue años después. La represión indiscriminada comenzó durante la guerra, tras la felonía del coronel Aranda. En Asturias, la guerra terminó a finales del 37. A partir de ese momento las autoridades franquistas decidieron acabar con las ideas izquierdistas y aplicaron diferentes medios de tortura, según los «delitos» cometidos por los rojos. ¿No oyó hablar nunca de la alucinante Ley de Responsabilidades Políticas, instituida en 1939, pero con vigencia retroactiva desde el mismo día de la proclamación de la República? ¿Sabía que por ella, todo aquel que hubiera dado su apoyo al régimen republicano podía ser puesto bajo arresto sin más preámbulo? La sanción podía ser desde prisión, léase palizas y tormentos, hasta el fusilamiento. —Me miró heladamente—. Por lo que vislumbro en usted, tampoco sabe de otras leyes perversas que se instauraron en aquellos tenebrosos años para legalizar lo ilegal, como la de Seguridad del Estado, la de Orden Público, la de Represión de la Masonería y el Comunismo... ¿Le cito la colección entera? Se trataba de dar forma legal a la represión física ejercida contra los vencidos y de legitimar otro tipo de represiones como la económica, la confiscación de bienes, la vigilancia permanente sobre las vidas privadas... Fue por su magnitud la más decidida y despiadada campaña de eliminación de personas e ideas como jamás hubo hasta entonces en España. La Inquisición fue un juego de niños en comparación. Así que los que se echaron al monte por no tener otra salida, ya que a los que se entregaban los mataban sin contemplaciones, fueron perseguidos como animales, al principio por los moros del ejército africano y luego por el ejército regular. Ya terminada la guerra, los que actuaron fueron cuerpos de voluntarios integrados generalmente por falangistas y tricornios, bajo la autoridad militar. Esos cuerpos se llamaban *contrapartidas*, y fueron los que más tarde dieron lugar a esa *brigadilla* que usted menciona. Algún día se sabrá, con nombres y fechas, de las salvajadas que hicieron esas gentes por estos pueblos. Familias enteras destruidas, hombres y mujeres asesinados, palizas sin cuento.

Calló un momento, sin dejar de mirarme con rencor, sin ser consciente de la admiración que me causaba su conocimiento sobre esos hechos.

—Le diré algo. Cuando mi tío abuelo y su amigo volvieron de la guerra y de la cárcel, los tricornios los mandaron llamar. Acudieron sin sospechar nada. Sin más, les dieron una paliza. «Para que sepáis quién manda aquí y que se os acabó la chulería de los años pasados.» Los obligaron a ir cada semana, el mismo día, el sábado, para darles la paliza asignada. A la cuarta semana no volvieron. Vinieron a buscarlos por la tarde seis civilones. Y aquí mismo, en el pueblo, delante de todos los vecinos y de las familias, mientras dos les apuntaban con los fusiles, los otros les dieron tal paliza con los vergajos que les dejaron como muertos. Advirtieron a nuestras familias que les dijeran que los esperaban a la semana siguiente en el cuartelillo. Así estuvieron dos semanas más, a razón de paliza semanal, hasta que tuvieron que llevarlos al hospital de Oviedo. ¿Imagina quién dirigía la orquesta? —Me miraba con furor. Lo adiviné.

—¿Él mismo les pegaba?

—No. El padre de su amo no se manchó las manos. No estuvo en esas faenas. Para eso estaban los civilones. Pero él era el instigador. La venganza acumulada por la paliza recibida de Manín y por los desprecios que los dos amigos les dedicaban a él y a Amador por su cobardía y su egoísmo. Pero ahora él dictaba las normas como mando de una Falange envilecida en su misión de verdugos.

—¿Cuándo cesó el castigo?

—¿Castigo? ¿Qué atropello al lenguaje y a la realidad es ése? Castigo implica culpa, delito, falta, daño. Pero ellos no eran delincuentes. Nada malo hicieron. Sólo lucharon por sus ideales, limpiamente. Hable con propiedad. Lo que hicieron con ellos fue un crimen. ¿Se entera de una vez?

—Bueno... ¿Cuándo...?

—¿Qué le contó Flora Vega?

—Sobre qué.

—Sobre este tema de las palizas.

—No mencionó nada en absoluto.

—Claro, ¿cómo iba a decir nada? Quieren que se olvide, como si no hubiera existido. Borrarlo. El silencio. Morir sin arrepentimiento y sin temor al castigo humano y al divino con que atemorizan a tantos borregos.

Había en su rostro el gesto de infinita frustración de quien no puede vengar dolorosos agravios sufridos.

—Flora estaba muy enamorada de Manín, como muchas chicas, según decían. Se cuenta que ella pidió a su hermano que terminasen con las palizas. No le quería muy desbaratado por si llegaba el caso de que él accediera a sus pretensiones. Qué disparate. Todos sabían que Manín, y mi tío abuelo Pedrín, estaban enamorados de Rosa, incluso después de que ella se casara. Pero el caso es que, al retornar del hospital de Oviedo, ya no hubo más palizas. Quisieron quebrantarlos y no pudieron. Regresaron con su arrogancia. Ambos eran de constitución diferente pero muy fuertes. Volvieron a la mina. Luego, tras la segunda desaparición, reanudaron las torturas. Casi los matan. Nunca pudieron quebrar su espíritu, pero esa vez sí les fastidiaron. Eso rompió la mente de mi abuela. Lleva años sin saber quién es. Así que de exageración nada, subalterno de misiones vergonzantes. Todo lo contrario. María se quedó corta.

—Tenéis una capacidad intrínseca para el insulto.

—Eso cree, ¿eh? No sabe de la que se ha librado. Mi cuñado quería haberle puesto la mano encima. Y no sabe lo dura que la tiene.

Moví la cabeza.

—¿Amador también se implicó en lo de las palizas?

—No. Ni para eso servía. Pero mostró su satisfacción sin recato. Parece que decía: «Les llegó su san Martín.»

Reanudó el paso y se detuvo ante la iglesia.

—Entre usted solo. —Se volvió e inició el camino de vuelta. Llevaba un pantalón vaquero adherido a sus largas piernas. Me di la vuelta. Estaba ante el lugar del crimen o, mejor dicho, del enterramiento.

La iglesia de Prados no es un templo relevante. Uno más de los que salpican el verdor de los concejos de Asturias. Sin cura ni eucaristía semanal, sólo se celebran misas en las fiestas de los Santos a ellos consagrados, o cuando alguien del pueblo se casa o bautizan a los hijos, lo que cada vez es menos frecuente, ya que las bodas y bautizos prefieren realizarlos en iglesias con mayor renombre dentro del concejo.

San Belisario tiene planta prerrománica y ha ido incorporando aportes góticos para, finalmente, con el correr de los años, quedar en una mezcla de estilos. La lluvia seguía amenazando, pero sus vanguardias estaban detenidas. Decidí dar una vuelta por el perímetro, lo que no pude hacer por estar plantada en dos laderas. Un lateral se apoya en un pronunciado talud reforzado por gruesos árboles que actúan como muro de contención. El ábside románico se apoya en un cimiento de bloques de piedra que sustituye el piso que la pendiente no garantizaba. Ese muro-cimiento se apoya a su vez en una terraza pedregosa que hace de verdadero cimiento. La altura entre el nivel de la terraza y la base del ábside es de más de dos metros, espacio suficiente para abrir una puerta exterior. Fijándome bien, aprecié una viga granítica horizontal entre los bloques de piedra, como si alguna vez hubiera sido el dintel de una puerta.

La iglesia no es pequeña. Hice una medición a pie: 33 × 8 metros exterior. Tiene una sola puerta en la fachada contraria al ábside, bajo un porche porticado. Encima, una espadaña ancha para dos campanas. Los muros son de piedra desigual, canto y pedrusco, con grosor cercano al metro. El tejado, bien conservado, es de anchas láminas de pizarra con borde curvo. Flanquea la entrada un árbol grandioso. La edificación está a unos trescientos metros del pueblo. Miré. Sería difícil precisar si alguien de alguna casa podría divisarme en ese momento. Empujé las dos puertas sin cerradura que abren hacia dentro y entré. Hasta la otra puerta, un espacio de unos 4 × 6 metros. A la derecha una escalera de tablones desiguales de madera cruda que lleva al campanario. A la izquierda unos arcones torcidos por la edad. Crucé hasta la segunda puerta, también de doble hoja, pero con cerradura y también con unos ventanucos con cristales situados a unos ciento sesenta centímetros del suelo. Abrí con la llave que me prestó Rosa Regalado y entré en la nave. Dos pequeños ventanales en la parte alta de los muros laterales, cerca del techo, contribuían a que hubiera luz en la sala. El techo es de viguería de madera gruesa cruzada, de apariencia sólida. El suelo, como el descansillo de la entrada, es de losas de piedra cementadas. Entre el altar y la puerta, una sola nave de unos 20 × 6 metros donde, dejando un pasillo a la derecha, se alinean quince bancos de madera en buen estado. El ambiente era muy húmedo. Todo estaba limpio y ordenado. El ara es de madera sólida y cuidada, con tallas en la parte frontal. La encimera es una losa de piedra pulida sobre la que se posaban dos juegos de candelabros de tres brazos. Miré el fondo de uno de ellos. Plata. Unos floreros de vidrio azulado transparente con peanas de plata se inundaban con profusión de flores frescas diversas. El reflejo del conjunto sobre la espejeante superficie producía un efecto fascinador. Un retablo, de encolumnado, friso y zócalo de madera oscura restaurada, ocupa todo el hueco del ábside. Describe pictóricamente santos y alegorías, rodeando la imagen central: la Virgen de Covadonga, bien definida en sus trazos. En una hornacina central, de dorada superficie, una talla de madera de unos ochenta centímetros de altura expresa al santo. Sostiene un báculo en su mano izquierda y con la derecha apunta al cielo con los dedos índice y corazón. No tiene ni ropajes ni corona añadidos. La pura talla de madera en la que rostro y vestidos están pintados de colores sobrios. Tiene gorro bicornio y su gesto es de total perplejidad.

Al fondo, a la derecha, vi una trampilla abierta. Me asomé. El ancho hueco mostró el comienzo de una escalera, semejando una boca deseosa de tragarme. Encendí la linterna-bolígrafo que siempre porto e inicié la bajada. Había un interruptor en la pared, que pulsé. Una tenue luz surgiendo del centro del techo alumbró la cueva, de menores dimensiones que la nave de arriba. Unos dos metros de altura. La humedad estaba acentuada. El techo se sostenía con gruesas vigas de madera cuyas puntas se empotraban en los muros laterales y se apoyaban en tres rudimentarios pilares de ladrillo alineados a lo largo del espacio central. El suelo era de tierra pisada y pedrusco. Había varios arcones. Los abrí. Estaban llenos de donaciones de feligreses al santo: piernas y brazos de cera, gorras de soldados, viejos fusiles sin cerrojos, vestidos, candelabros de hierro deteriorados, uniformes, algún traje de boda. Caminé por el perímetro. Se apreciaban en algunos lugares las obras de refuerzo que dieron lugar al descubrimiento de los restos. El silencio era abrumador. Retrocedí, cerré la trampilla, apagué la luz y me senté en un escalón. Tan tremenda era la oscuridad que fue como si hubiera caído en un agujero negro del espacio.

Llamé a la puerta, acompañado por los ladridos de dos perros de feo aspecto. Abrió uno de los niños. Nos miramos en silencio.

—Hola —dije.

No contestó. Me miraba con notoria insolencia.

—¿Cómo te llamas? —añadí, con mi mejor sonrisa, intentando confraternizar.

—Pedrín. Y tú eres el cabrón, ¿a que sí?

En ese momento apareció la madre del descarado. Sus ojos me embadurnaron de desprecio.

—¿Ve cómo respiramos por aquí?

—Me doy cuenta. Lo siento.

—Rosa. —Se volvió—. Aquí está tu hombre.

Ella vino. Le di la llave.

—Gracias. Desearía un dato. —La vi dudar—. No tiene nada que ver con el caso. Es un dato cultural, referido a la iglesia.

—¿Cómo subió hasta el pueblo?

—Caminando. Dejé el coche en Cibuyo.

—Vuelvo a Cangas. Puedo llevarle y así hablamos.

—Vale. Es más de lo que esperaba.

Montamos en su Seat Ibiza aparcado junto a un establo. Manejaba con soltura por las alucinantes curvas descendentes.

—Debo pedirle disculpas —dijo—. Hemos dado una imagen de salvajes. Al fin, usted cumple con su trabajo. Supongo que en ocasiones le surgirán casos en los que luche por la justicia. —Me miró—. ¿Qué es lo que quería saber?

—Me llama la atención que la iglesia tenga sótano. No es frecuente.

—No, pero no es insólito. Hay varias así por toda Asturias.

—¿Qué sentido tiene?

—No estuvo en la construcción original. ¿Vio la parte absidal? Un basamento de piedra sostiene esa parte. No se eligió bien el lugar y colocaron el templo en un terreno con talud. Con los años hubo corrimientos, los más pronunciados por la parte absidal. La iglesia se hundía por ese lado. En la parte central se abrió una grieta grande. El templo se partía en dos. De eso hace muchos años. Había dos opciones; hacer una nueva iglesia en otro lugar más llano o reforzar ésta. Al final, se decidió por esto último, para poder conservar el testimonio del pasado románico. Hicieron el asentamiento en terraza y, sobre él, el muro que sirve de cimiento bajo el ábside. Fue durante ese trabajo de consolidación cuando a algunos se les ocurrió aprovechar el desnivel para hacer una cripta. Entibaron el suelo, vaciaron el espacio y pusieron los pilares y las vigas. Fue un trabajo de años. Se hizo la puerta, que después quitaron y se decidieron por un sótano en vez de una cripta.

—Ya que la puerta estaba, habría sido mejor dejarla. El acceso sería mejor.

—Por eso precisamente se quitó.

La miré.

—Tiene que ver con la invasión francesa. Esa gente arrasaba con todo. Las iglesias pequeñas se convirtieron entonces en receptoras de bienes expoliables. Por eso se eliminó la puerta y se abrió la entrada a la cueva por el altar.

—No soy muy ducho en historia, pero creo que los franceses no estuvieron por aquí.

—Claro que estuvieron. De Llanes a San Antolín de Ibias, para llegar a Lugo, no dejaron de pasar. Aparte de por mar, era el camino más lógico desde el oeste de los Pirineos a Galicia. No por estos cerros y valles, pero sí por las ciudades, donde robaron riquezas en palacios y catedrales. El monasterio de Corias fue saqueado, pero se pudieron salvar muchos objetos de valor que se guardaron en iglesias como la de San Belisario. Cuando el enemigo fue derrotado, los sótanos se usaron para albergar otras cosas. No se sabía si volverían los franceses. De hecho, volvieron los Cien Mil Hijos de San Luis para sostener en el trono a Fernando VII. Supongo que eso sí lo sabe. Y aún quedaba la duda de si se irían o se quedarían.

—Sabes más que mi vecina.

Se echó a reír.

—Debo creer lo que dices. Me sorprende una cosa. No hay una línea de coincidencia entre tu conocimiento de las iglesias y...

—¿Nuestro ateísmo? Bueno. No son posturas antagónicas, sino producto del mismo misticismo telúrico. Aquí anduvieron a coñazos los cristianos y los moros. Dos religiones monoteístas y enemigas. A lo largo de la historia, la mayoría de las guerras han sido para imponer unas religiones sobre otras. Incluso, en nuestra miserable Guerra Civil, se estableció un fundamentalismo religioso por parte de las derechas: los creyentes contra los *sindios*. Los ateos no hacemos daño a nadie. Siempre hemos estado en minoría.

—Lamento no coincidir contigo. Hay ejemplos de barbaridades cometidas por no religiosos.

—¿Sí? Cíteme alguno.

—La Rusia de Stalin, la China de Mao...

Permaneció un momento en silencio.

—La religión es un virus nunca eliminado del todo. Nos lo han transmitido, como los genes, desde el instante en que el hombre tuvo consciencia de su pequeñez e invocó a un Dios, hace un millón de años. Es algo larvado, algo que está detrás de los desastres que el hombre produce contra el hombre. Cita a Rusia. Ya ve. Ahora resulta que se llenan las iglesias y que los chechenos establecen su diferenciación no sobre bases de raza sino de religión. ¿Y los chinos? La tierra de las mil religiones. Puede apostar a que le pasará como a Rusia y Buda saldrá de su escondrijo.

—Sigo sin ver la relación entre tu ateísmo y...

—Nuestra tierra está impregnada de un sentimiento que nos lleva a lo sobrenatural. Supongo que no dudará de que las religiones son la manifestación más clara de la adoración a lo sobrenatural. Bien, pues esa adoración ha sido capaz de realizar obras arquitectónicas magníficas. En mi casa nunca vamos a misa, pero a mí me gustan los templos, no como guarida de religiones, sino como muestras del intelecto del hombre, el arte de la arquitectura. Las catedrales me impresionan, aparte de por su innegable belleza, por el desafío que implicó su construcción en épocas de técnicas primarias. Ya ve que el mismo efluvio de la tierra puede producir dos diferentes sensaciones: la que ama lo sobrenatural y la que ama la realidad, lo palpable.

—Si no vais a misa, ¿por qué sois depositarios de la llave?

—Por la razón expuesta. La llave la guarda una casa por turnos anuales. Todos pagamos para la conservación del templo, que es el signo de identidad de este pueblo. Unos, como lugar de culto y otros, como en nuestro caso, para salvaguardar el monumento. ¿No tienen templos en Madrid, que cuida el Episcopado a través de los impuestos generales? Aquí cada año una familia contribuye con su trabajo a que la iglesia esté limpia por dentro y alrededores. Así, el día de la fiesta del santo todo debe de estar impecable para que, después del rito, la gente esté contenta cuando se tumben, familiares, amigos y visitantes, sobre el prado para comer, beber, hablar, cantar y bailar. Tradiciones que prolongan la vida de los pueblos.

—He visto pocas iglesias tan limpias y bien conservadas. Ese retablo, el altar, los candelabros, el propio templo... Hay una atención que no coincide con la pequeñez de la aldea y desborda la tradición de que hablas.

No contestó. Inicié una sonrisa.

—¿Sí?

—Creo que al final te pasará como a los chinos y os saldrá el Buda que ronda por estos paisajes para llevaros al huerto.

—Perdería la apuesta —dijo, asociando su sonrisa con la mía—. No conoce cómo somos los Regalado. Y, hablando de ello, ¿cuál es su posición sobre todos estos temas?

—¿Todos? ¿Sobre todo lo que me has ido contando?

—Sí.

—Quizá te sorprenda saber que tenemos muchos puntos en común.

—¿De veras? ¿Cuáles?

—Déjalo ahí. Prefiero ser sólo un buen alumno. Pero dime, observé un árbol enorme, extraño para mí, pegado a la iglesia.

—Un *teixo*, tejo, dicen ustedes.

—Un magnífico ejemplar. Me llamó la atención.

—Es más que un árbol. Tiene un componente místico.

Le hice un signo de interrogación con los ojos.

—Sí. Los pueblos y razas del norte rendían culto a los árboles. Creían que a través de ellos podían comunicarse con sus dioses. Los celtas vinieron por mar y se fundieron en estas tierras del noroeste de la Península. Con ellos trajeron sus *teixos*. Bajo ellos, hablaban con sus divinidades, hacían sus rezos, coronaban a sus jefes y hacían ofrendas por sus victorias en las batallas. Era el centro de la vida de la tribu, como en general las iglesias lo han sido en todos los sitios y bajo todos los credos. Cuando llegan Roma y el cristianismo, las iglesias se construyen precisamente donde el pueblo, ya autóctono, rezaba: junto al *teixo*. En aquellos lugares donde no lo había, al iniciar la construcción plantaban el árbol totémico. Cuando el árbol original caía por diversas razones, se plantaba otro en su lugar. No podía haber iglesias sin *teixos*. El que usted ha visto tiene varios siglos, nadie sabe cuántos. De las tradiciones y recuerdos que se han ido transmitiendo oralmente a través de generaciones, nadie recuerda que lo plantara ningún ancestro. Eso da idea de la edad de ese gigante, un monumento vegetal que nos llena de orgullo.

Habíamos llegado a Cibuyo. Detuvo el coche. Se quedó un momento pensando.

—Cuando estaban aquí mi tío abuelo y su amigo Manín, sus casas nunca guardaban las llaves. Decían que era un amuleto maligno, porque abría la puerta a la incultura y al sometimiento. Al irse, nosotros reanudamos la tradición, no así los Teverga, que siguen sin entrar en el juego. Son incorruptibles, como aquellos dos viejos amigos fieles a sí mismos que nunca entraron en ninguna iglesia. —Movió la cabeza ensoñadoramente—. Hombres como mi tío abuelo ya no nacen.

—Siempre hay gente extraordinaria en todas las épocas.

—Él fue una leyenda para todos nosotros. Sobrevivió a dos guerras y a una revolución, fue torturado por sus ideas y por amor a una mujer, y por ese mismo amor nunca se casó. ¿Se imagina algo así?

—¿Llegaste a verle?

—Claro, muchas veces. Escuchar sus anécdotas y sus vivencias era como aprender lecciones de historia y de cómo deben ser los comportamientos humanos. Sabía de todo.

—¿De todo? ¿Qué estudios tenía?

—Ninguno. —Me miró—. Los estudios no dan la sabiduría. Dan cultura y conocimiento, pero la sabiduría no se aprende; se tiene o no.

—O sea que Pedrín era un hombre sabio.

Acentuó su mirada sobre mí y su rostro dejó de ser amable.

—Puede usted burlarse. No era un sabio, pero sus enseñanzas nutrieron los espíritus familiares. Era autodidacta y, a lo largo de su vida, aprendió mucho de todo lo que le rodeaba: de su viejo maestro, de un amigo que tuvo llamado Antón, de las tradiciones orales, de sus experiencias, de escuchar a tantos como conoció en sus guerras, de lo que vio...

Durante un momento no pude sustraerme al encanto de su evocación. Miré el río. Era de color acero y estaba acechado de verdor en sus orillas.

—Me gustó mucho vuestra casa de Prados —dije, para romper su tristeza.

—Gracias. Ya ve. Precisamente él la restauró. Aunque no lo parezca, tiene más de doscientos años. Entre hacer una nueva o ampliar y conservar la vieja, él decidió lo segundo. Hoy, es un orgullo para nosotros. Ahí nacieron diez generaciones. Es más que una casa, es un legado.

—¿Cuándo murió Pedrín?

—En 1970.

—Es curioso —dije, sin dejar de observar el río.

—¿Lo qué?

—Que guardes tantos recuerdos de él. Aquel año debías de ser todavía muy niña. Me descubro ante tu gran memoria.

—Bastardo, hijo de puta. No ceja, ¿eh?

La miré sorprendido. Su gesto estaba lleno de ira.

—Tenían razón cuando me dijeron que no me fiara de usted. Debí dejar que mi cuñado le diera una paliza.

—No entiendo tu reacción.

—Es su doblez. Me ha estado dando cuerda para luego darme el zarpazo. Como el guepardo a la gacela.

—Sigo sin entenderte.

—Me entiende de sobra.

—No. Las cosas que me has venido diciendo son de mi interés y ajenas al trabajo. Te aseguro que he aprendido mucho —busqué en sus ojos apoyo a mi sinceridad. No lo encontré.

—Bájese.

—Siento esa actitud.

—No lo sienta. Se cree muy listo, pero fracasa.

La vi alejarse estruendosamente, como si estuviera en un *rally*.

23 de septiembre de 1925

Civilizamos la tierra tumba tras tumba.

LOUIS SIMPSON

Tenemos voluntad de Imperio. Afirmamos que la plenitud histórica de España es el Imperio.

JOSÉ ANTONIO PRIMO DE RIVERA

Hasta las primeras estribaciones del Malmusi, había una zona despejada, seguramente sembrada de minas, con cañaverales e higueras a la izquierda. Como ocurrió el día del desembarco en las playas de Cebadilla e Ixdain, los primeros en atacar serían los del Tercio, los de Regulares y los de las Mehallas. Tenían que ganarse el sueldo. Luego les tocaría a ellos, los soldados de cupo, para demostrar al mundo que todo el país estaba por esa guerra. La noche era profunda y pocos dormían. En las fortificaciones provisionales, hechas en los días anteriores algo lejos del campamento base, asentado en la playa desde su toma el día 8, diez mil hombres esperaban, de los veinte mil desembarcados bajo el mando del general Saro Martín, con la misión de conquistar el macizo donde en cuevas, grietas y reductos se atrincheraban los moros, poco dispuestos a facilitarles el trabajo.

Pedrín tiró la colilla y miró en derredor, bien guarecido

en la trinchera, y apreció el derroche inmenso de hombres y medios puestos en una causa de tan colosales proporciones que no entendía. Se hablaba de que era la flota más grande formada por España desde la Armada Invencible. Más de ochenta buques de todo tipo, entre ellos un portahidroaviones, varios acorazados y destructores, más de cien aviones, la mayoría bombarderos. No había que ser muy listo para calcular el gasto ingente que esa operación representaba, si, además, a ella se añadía el apoyo logístico: municionamiento, intendencia, combustibles y sanidad. De locura. ¿Qué motivos políticos habían producido ese disparate? ¿Qué resolvería, del permanente atraso español, ese espantoso absurdo? ¿El español normal iba a vivir mejor cuando, si ello deviniera posible, ganaran esa guerra? ¿Qué les iba a dar esta tierra, aparentemente desértica y miserable comparada con su Asturias natal?

Habían pasado ocho meses desde su llegada a África y habían sido preparados intensa y adecuadamente, ejercitados en técnicas de desembarco y ataque contra posiciones atrincheradas, en las costas de Cádiz y Ceuta. Estaban fuertes y alimentados para ser devorados por esa hecatombe inacabable, como tantos miles anteriormente durante años, como en la guerra de Cuba. Pensó en su padre, atrapado en aquel otro infierno. Allá, en la última batalla, en la Loma de San Juan, él y otros quinientos soldados enfermos de malaria y desnutrición se enfrentaron al ataque de más de seis mil gringos bien pertrechados y frescos para el combate. Allí quedó. Entre los pocos supervivientes, estaba el padre de Manín, con heridas y fiebres que fueron desgastándolo hasta morir en su juventud. Ahora ellos, los hijos de aquella escabechina americana, habían de tomar otras lomas. Ellos eran ahora los gringos, bien pertrechados y avituallados, pero la situación era la misma. En ambos casos, España estaba en lugares en los que no debía haber estado.

Anticipándose al alba, se encendieron los reflectores de los buques de la escuadra y los del campamento base, convergiendo su luz en el monte. De inmediato estalló el trueno desasosegante de las baterías. El cañoneo, unido al bombardeo de los Fokker, Rolls y Potez, incidió sobre las posiciones del enemigo. Los impactos se sucedieron, desmochando las laderas para neutralizar las defensas moras. Pedrín contempló el espectáculo sufriendo el incesante rugido de los cañones. Miraba fascinado las pasadas de los aviones soltando bombas. Se dijo que tenía que vencer el miedo y el rechazo de lo que estaba viendo. Recordó a don Federico, el viejo maestro ácrata que durante toda su juventud recorrió los pueblos y aldeas del concejo para desasnar a los *guajes* montaraces. «La guerra de África es injusta. Un embrollo colonial para beneficio exclusivo de los militarotes que asfixian a España. Esos miles de millones de pesetas gastados hubieran servido para dar cultura, trabajo y comida a nuestro desfallecido pueblo. Y los miles de muertos desde Prim hasta Annual hubieran sido brazos para levantar el país y evitar el desconsuelo sin justificación de miles de madres. En realidad, esto es consecuencia del desastre del 98, una forma absurda de lavar aquella vergüenza. Solamente combatiendo al Estado desde dentro, podrá el pueblo español desenmascarar a los farsantes y lograr un reparto equitativo de la riqueza que algunos pocos atesoran, mientras la población sigue analfabeta y apenas gana para un mendrugo.»

Tenía esas lecciones grabadas, y suponían una barrera para entrar en la acción. Pero tendría que cumplir. Como sus amigos. Los observó en el silencio que producía el continuo tronar. Allí estaba Manín, su faro. El hombre fuerte, sin miedo a nada, arrollador, vital, viril. El líder. Siempre primero en todo, para bien o para mal. Amigos desde las brumas de la niñez. Siempre juntos, como ahora en este batallar, aunque, además de por la coincidencia adversa en el resultado del sorteo, por razones diferentes.

—Vete a Argentina, con tu tío, como ha hecho tu primo Marcelino —le instó don Federico, cuando fue a despedirse de él—. Dejar el ejército en estas circunstancias no es desertar. Que se queden los panzudos con sus guerras. ¿Por qué morir por ellos?

—¿Y no volver nunca a Asturias?

—Asturias es uno mismo. Allá donde estés estará Asturias.

—No, don Federico, no quiero vivir de los recuerdos. Necesito ver estas montañas, aspirar el aroma de esta tierra. Y necesito ver a Rosa, la prima de Manín.

—¿Enamorado? Llévala contigo a América.

—¿Qué dice? Este amor es cosa mía. Ella no lo sabe. Tiene trece años.

—¿Trece años? Joder, pues sí que corres tú. ¿Cómo puedes estar enamorado de una niña?

—Presiento que será una moza guapa cuando regrese.

—Si es que regresas —se habían mirado con sus almas desnudas—. Olvídala.

—No puedo olvidar todo lo que es mi mundo, mis gentes, mis paisajes.

—Todo tiene un precio. Tu vida es lo primero. Si vas a África, lo probable es que todos tus paisajes se apaguen de golpe.

—Lo sé. Pero irme para siempre es un precio demasiado alto. Prefiero la lotería de la guerra. Está la posibilidad de la supervivencia.

El caso de Manín era diferente. Él no pensaba sólo en Rosa. Había un motivo más para acudir a este matadero, para él muy poderoso. Se lo contó al profesor.

—Mi padre me enseñó que un hombre debe cumplir siempre. No daré ocasión a los cabrones emboscados para avergonzar ni a mi familia ni a mi apellido. Ellos son unos cobardes que pagaron a otros para cumplir en su lugar. Si caigo, que me den por el rasca. Pero, si tengo suerte, seré yo el que les esté dando por el culo para que no vivan tranquilos.

—¡Qué absurdas cosas tiene uno que oír! ¿Qué te importa esa gente y lo que diga? ¿Eres acaso uno de esos hidalgos castellanos para defender un honor trasnochado? Si sobrevives, ¿qué estúpida satisfacción será la de pavonearte ante ellos, mostrando que tú seguiste un código ético y ellos no?

—Soy como soy.

—Si mueres, habrá un hombre joven menos en España para luchar en la verdadera batalla: la del pueblo contra la opresión capitalista.

—¿Y cuándo será esa batalla?

—No lo sé, aunque confío que pronto, porque esta monarquía inútil no puede durar. Y con la República, auténtica voz del pueblo, vendrán los días ansiados en que en estos prados no haya sólo el verde color de la esperanza, sino los colores blancos de una vida mejor.

Estaba claro que don Federico no había hecho del todo bien sus deberes con ellos. Otros, sin embargo, sí adoptaron sus enseñanzas. En varios pueblos del concejo, varios mozos dijeron adiós a la tierra y emigraron a América.

Pedrín miró a Antón, el mujeriego impenitente, el paleto ilustrado. Compañero de juegos y luego de juergas. No tenía ideas políticas. Decía que, al contrario de lo que promulgaba don Federico, cuanto más cultura hubiera menos políticos existirían. La política y la cultura eran dos conceptos antagónicos. Él creía que la mejor manera de liberar al pueblo, además de darle cultura, era creando empresas cooperativas, obteniendo diversificación de la riqueza por la vía del trabajo comunal, no por la vía del enfrentamiento. Era católico y guardaba los preceptos del cristianismo, pero nunca criticaba ni trataba de disuadir a quienes denostaban a la Iglesia, porque entendía las razones de sus posturas. «La Iglesia es nefasta para España. Es una lacra porque no es la verdadera Iglesia. Cuando haya una democracia, la Iglesia ocupará su lugar, y no todo el lugar.»

Y ahí estaba Sabino, tan cándido, sin miedo a nada porque «Dios dispone de nuestra vida. Él nos la da y a él hemos de encomendarnos». Nunca había usado un arma ni tenía disposición para ello, lo que supuso que fuera un desastre como recluta. Gracias a la ayuda de ellos tres pudo llegar a soldado sin que le martirizaran mucho los sargentos. A todos ellos, pasados los meses de instrucción en Tetuán, los trasladaron con el batallón a Ceuta, de donde salieron para Alhucemas, tras su específica preparación anfibia en tierras gaditanas. Manín, Antón y él montaban a caballo, lo que, sin proponérselo, les permitió conseguir los galones de cabo, circunstancia que benefició a Sabino. Pedrín recordó el rigor de los entrenamientos. Se hablaba de grandes planes para derrotar al moro, que ahora se estaban cumpliendo con ese espectacular desembarco. Manín y él se descubrieron aptitudes que nunca creyeron poseer: serenidad, obediencia, frialdad ante situaciones comprometidas. Pero la revelación fue César, el hombre que provocaba burlas que no le hacían mella. Resultó ser el soldado perfecto. Número uno en tiro de todo el batallón. Incansable en marchas y ejercicios, infatigable en guardias y retenes. Hablaba lo imprescindible, nunca se quejaba, apenas se reía. Les había tomado un cariño profundo y su mundo empezaba y acababa en ellos. Le miró. Estaba con su habitual impenetrabilidad, esperando. Como el día 8, cuando en el buque mercante requisado a Transmediterránea y convertido, como los otros, en una de las seis flotillas que transportaron unos dos mil quinientos hombres cada una, cruzaron las aguas para acercarse a las playas, tras un infernal bombardeo previo. El mismo gesto ausente cuando pasaron a las barcazas *kaes* de desembarco, entreviendo delante de ellos, difuminados por el humo de cobertura, las primeras banderas del Tercio y las Harkas de Tetuán y Ceuta adentrarse en el mar con el agua hasta el cuello, portando los fusiles sobre sus cabezas hasta poner pie en tierra. Según decían fue un desembarco inteligente. El Jefe de gobierno y General en Jefe del Ejército de África, Primo de Rivera, cerebro e impulsor de la gigantesca operación y presente en el desembarco desde el puente de mando del acorazado *Alfonso XIII*, buque insignia de la flota española, acertó de pleno. Abd el Krim lo esperaba en la bahía de Alhucemas frente a la isla-peñón del mismo nombre y no por las playas del otro lado de Morro Nuevo y Punta de los Frailes. Cuando quisieron darse cuenta, ya había diez mil hombres desembarcados. Establecida la cabeza de puente, ellos habían formado parte de la segunda ola de desembarco, sumergidos también en el agitado mar, porque los lanchones embarrancaron a unos cincuenta metros de tierra, sintiendo el silbido de las balas, los surtidores de agua inventados por los obuses y el endiablado cañoneo. Vieron algunos hombres caer a su lado con tiros en la cabeza. No entendían por qué el ejército no les proporcionaba cascos de acero, como los que llevaban los tripulantes de los buques franceses.

Ahora sería igual, el mismo despliegue, sólo que en vez de por mar tendrían que caminar por pedreguería desigual, esquivando el hoyo artero y confiando en no pisar una mina y que las balas pasaran de largo.

En los días transcurridos desde el desembarco, se establecieron los asentamientos. Los zapadores trabajaron rápido y efectivo. A los pocos días, una red de trincheras cubría el frente consolidado. Ahora, quince días después, Pedrín y sus compañeros estaban adecuadamente protegidos en esas trincheras. Su columna, la tercera, al mando del coronel Martín, tenía encomendada la cobertura de las dos primeras cuando iniciaran el avance. Debían hostigar al enemigo con las baterías de campaña y la sección de ametralladoras. Pero habría que estar preparados por si el coronel decidía la salida de algunas secciones para apoyar el asalto en caso de necesidad.

De repente las baterías de la costa y de los buques enmudecieron. Era como si el mundo se hubiera parado. Notaron la sordera producida, no mitigada por el menor alboroto de los aviones. Alguien debió de dar una orden. Botes de humo fueron lanzados y los carros de asalto de las columnas una y dos se abalanzaron hacia delante. Detrás, las banderas del Tercio y las Harkas de Tetuán. Los atacantes marcharon escalonados y disgregados para dificultar el blanco al enemigo. Los soldados fueron ascendiendo a saltos enérgicos, apoyados por el fuego de cobertura de la tercera columna atrincherada y auxiliados por los granaderos. El enemigo, bien fortificado, respondía con tremendo derroche de proyectiles de mortero, cañón y fusilería. Súbitamente, la tierra se abrió por la explosión de un campo de minas. Algunas unidades quedaron muy dañadas y hubo desconcierto en las filas atacantes, lo que aprovecharon los rifeños para salir de sus escondrijos y tratar de subvertir la situación. Con grandes pérdidas, las dos columnas se reagruparon. En su ayuda, el coronel Martín mandó la salida de dos escuadras.

Los cinco amigos saltaron del refugio junto a otros soldados. Manín y Pedrín, por su envergadura, avanzaban más lentos. Antón, Sabino y César se les adelantaron. Cruzaron unas vaguadas y corrieron por unas depresiones, separados pero unidos por el fragor. Varios soldados cayeron como yerba segada por la guadaña. Antón recibió un balazo entre los ojos y cayó de golpe hacia atrás. Sabino se detuvo a mirar a su amigo. César corrió hacia él y le lanzó al suelo, rodando juntos.

—¡Cúbrete!

César levantó la vista hacia sus otros amigos. Unos veinte metros por detrás ambos avanzaban de forma escaqueada por la suave pendiente. Notó el impacto en el pecho de Pedrín. Lo vio caer e intentar arrastrarse hasta una pequeña trinchera natural. César, adherido al suelo, observó a Manín correr hacia su amigo. Un tiro en la espalda lo arrojó al lado de Pedrín y ambos quedaron tendidos. Desde las cuevas y crestas, la lluvia de proyectiles era incesante. Recordó la orden expresa del General en Jefe: «Nadie se detendrá a recoger a los heridos a excepción de los camilleros.» Giró la cabeza y sólo vio a soldados caer. No había camilleros.

—No te muevas —dijo. Se levantó y se lanzó hacia atrás, dando saltos como una rana gigante, mientras géiseres de arena silueteaban sus pies. Oyó un gemido a su espalda. «Sabino», pensó sin volverse. Rodó antes de caer a la trinchera, entre turbiones de piedrecillas y polvo. Sus amigos vivían. Al menos respiraban. Las balas jugaban con la posición y algunas encontraron blanco. Sin asomar la cabeza, César atrajo por los pies a Manín y luego a Pedrín hasta ponerlos a cubierto. Los miró. Estaban chorreando sangre y respiraban entrecortadamente. Era primordial que les atendieran. Sacó la cabeza con precaución y oteó en torno, sintiendo el moscardoneo de los proyectiles. Ningún camillero a la vista. Él no tenía idea de lo que significaba tal concentración de hombres y ruido. Únicamente sabía que sus amigos necesitaban asistencia urgente y sólo conocía un medio de salir de ese agujero. De espaldas al suelo sopesó su Máuser modelo 1.893. Cuatro kilos de perfección y maldad. Echó el cerrojo para atrás y comprobó que el peine de cinco cartuchos estaba en posición en la cámara y que un cartucho más esperaba en la recámara. Cerró el mecanismo moviendo la palanca. Les habían adiestrado para esta misión, pero él ya era aventajado tirador. Se rebulló y asomó los entrecerrados ojos acostumbrados a distinguir corzos y lobos camuflados en las frondas de Muniellos. Agudizó la vista como cuando buscaba al urogallo o al jabalí entre la floresta sin pistas.

Detrás del humo de los disparos divisó nítidamente, como si los viera con prismáticos, a los moros y las armas que accionaban. La mayoría eran Rémingtons, con su identificable cañón largo. También Máusers como el suyo y hasta una ametralladora Hotchkiss que tableteaba sin pausa, imponiendo respeto y muerte. Dos defensores miraban y disparaban hacia su posición. Sintió las balas silbar y el impacto de algunas sobre el débil parapeto. Sin duda eran buenos tiradores. Acopló el fusil al borde, situó el alza y apuntó con cuidado, sin pasión y sin odio. Accionó el gatillo. Vio reventarse la cara de un emboscado. Tiró del cerrojo hacia atrás y luego lo impulsó hacia delante poniendo otro cartucho en el alveolo. Apretó el disparador. El segundo tirador abatió hacia un lado su cabeza destrozada. Vio los gestos de alarma en los otros. El de la ametralladora giró el arma hacia él. Su tercera bala le dio en la frente y lo echó hacia atrás con fuerza. El ayudante dejó la cinta de proyectiles e intentó con urgencia empuñar la máquina. La bala le entró por un oído y lo lanzó hacia las sombras. Los otros se volvieron agitadamente y concentraron su interés sobre ese sorpresivo peligro. César, mecánicamente y con calma, accionó de nuevo el mecanismo y apuntó.

Lo condujeron a empujones ante un grupo de jefes y oficiales componentes de las diversas unidades de ataque que comentaban las incidencias. Se volvieron a observar al soldado sujetado por los legionarios.

—¿Qué pasa con éste? —preguntó un comandante.

—Le vimos correr hacia atrás y refugiarse tras unos heridos.

—Desertor, ¿eh?

—Peor —dijo un coronel del Tercio, bajito, delgado, moreno, con bigotito—. Es cobardía. Y yo odio a los cobardes. Tú, acércate.

César se adelantó, parándose delante del jefe.

—¡Cuádrate, cabrón! Estás ante un superior.

César compuso su figura sin lograr adecuarla a lo exigido.

—¡Joder! Vaya unos soldados que tenemos. ¿Qué dices a eso?

—No soy un cobarde.

—¿Corriste hacia atrás?

—Sí.

El coronel lo miró con desprecio. Con la fusta que llevaba en la mano derecha golpeó al soldado en la cara. El golpe fue violento y la carne se abrió como una sandía al paso del filo de un cuchillo.

—Que me lo fusilen. Allá abajo —señaló, donde había numeroso grupo de soldados descansando—, para que lo vean todos.

Llevaron al muchacho hacia la zona indicada, le ataron las manos a la espalda y se formó el pelotón al mando de un sargento, todos del tercio.

—¡Eh, eh! ¡Alto ahí! ¡Qué coño vais a hacer! —Un capitán de cazadores venía a gran paso entre otros oficiales y se acercó al pelotón.

—Hay que fusilar a este desertor, mi capitán —dijo el sargento.

—¿Quién cojones ha ordenado una cosa así?

El suboficial señaló al grupo de jefes que los miraban desde unos veinte metros más arriba.

—Os ordeno esperar. No le toquéis ni un pelo. ¡Y quitadle las ligaduras!

Escaló la pedregosa cuesta hasta donde estaban los mandos superiores.

—A sus órdenes. ¿Quién ha ordenado el fusilamiento de ese soldado?

—¿Quién eres tú?

—Capitán Jaime Navarro Folgoso, décima compañía, batallón Segorbe, 3.ª columna al mando del coronel Martín.

—He sido yo —dijo el de la fusta—. Servirá de escarmiento. Sin disciplina no hay ejército.

—Perdón, mi coronel. Este hombre es de mi regimiento. Nos corresponde a los oficiales del mismo aplicar los castigos a que hubiera lugar. Es el coronel Martín el único con potestad para tomar decisión tan grave.

—No está aquí. Yo decido. ¡Y ponte firmes!

El capitán no lo hizo. Sostuvo su mirada con ira. Era un hombre alto, de gesto impaciente y aspecto marcial, delgado como un huso y un poblado bigote negro.

—Se equivoca, mi coronel. Este hombre está bajo mi mando. Sólo yo puedo ordenar algo tan grave sobre él, en ausencia de mis superiores de unidad.

—Capitán, ¿quieres que te fusile a ti también?

Hubo un murmullo entre los jefes y oficiales.

—¿De qué se acusa a este soldado? —habló el capitán, dominando su furia.

—Deserción y cobardía ante el enemigo.

—Pero qué cojones... ¿Quién lo dice?

—Esos caballeros legionarios lo vieron. —Señaló con la fusta al grupo donde estaba César retenido.

—Con su permiso, mi coronel —dijo el capitán. Se volvió a los legionarios y les gritó—: ¡Venid acá con el soldado! ¡Ya!

El pelotón de castigo obedeció. Llegaron hasta el oficial y se pararon a unos tres metros.

—¿Quién vio la deserción?

Un legionario se adelantó y se cuadró marcialmente.

—Yo, mi capitán, y otros cuatro más.

—¿Dónde estaba él cuando lo aprehendisteis?

—Arriba, en la posición tomada.

—Si hubiera huido no estaría allí sino agazapado en algún sitio. ¿No lo habéis pensado?

—¿Adónde podría ir? No con los moros. Estaba emboscándose entre nosotros, quizás esperando que nadie le hubiera visto huir.

—¿Opuso resistencia?

—No.

—¿Quién cojones os dio autoridad para aprehender a este soldado?

—Bueno, mi capitán, creímos que...

—¡No estáis aquí para creer ni pensar! Vuestro deber, en un caso así, es el de informar a vuestros superiores, que son quienes deben tomar las decisiones. Habéis suplantado la cadena de mando.

—Pensábamos que...

—¡Mierda! No sois policías. Estáis aquí para obedecer, ¡joder! —Los miraba con verdadero desprecio—. Maldita sea, ¿qué visteis realmente?

—Vimos que corría hacia atrás hasta esconderse detrás de dos cadáveres. No nos paramos a ver qué hacía después. Seguimos las órdenes: siempre adelante hasta vencer o morir.

—¿Cómo lo habéis reconocido? No es fácil distinguirse unos de otros en la distancia y en pleno fragor del combate.

—A él le reconocería cualquiera, mi capitán. Es el más feo del ejército —lo dijo serio, pero algunos legionarios se echaron a reír. La mirada fulminante del capitán ahogó sus risas. El oficial retornó su atención a los jefes.

—¿Comprobaron la acusación?

—Todos ellos lo vieron —contestó el coronel—. Y él mismo confesó.

El oficial miró a César, que permanecía indiferente, como si el asunto no fuera con él.

—¿Qué tienes en la mejilla? —preguntó, al ver caer la sangre por la cara del soldado.

—Nada, señor.

El oficial analizó al coronel y a la fusta que movía en su mano. Luego sacó un pañuelo y lo ofreció a César.

—Posición descanso. Toma, sécate. —Lo miró restañar desgarbadamente la sangre de su herida—. ¿Dijiste que habías huido?

—No, señor.

—¡Cobarde cabrón y embustero! Todos te oímos decir que corriste hacia atrás —dijo el de la fusta.

—Corrí hacia atrás, pero no huía.

Jaime Navarro Folgoso se volvió al jefe.

—Señor, ¿es ésa la comprobación requerida para decidir el fusilamiento de un soldado? ¿No es bastante que nos los maten los moros, que tenemos que matarlos nosotros mismos? —Miraba al coronel desde su altura, apreciando que la diferencia de estaturas hacía al otro más irascible.

—¡Cuidado con lo que dices! Se le halló culpable. Esto es una guerra, no un tribunal. Un cobarde que escapa produce muertes de compañeros.

—Se cometería un enorme error y una cruel injusticia, porque ése no es el caso, mi coronel. Yo, con el capitán Andreu y el teniente Arizmendi, aquí presentes, vimos lo que ocurrió desde nuestras líneas de posición fijadas por el mando. Desde esas líneas hostilizábamos al enemigo con nuestras ametralladoras y baterías, y desde ellas salieron dos escuadras en apoyo de las columnas una y dos. Observamos a nuestros hombres en su progresión hacia el Malmusi. Y, en efecto, vimos también correr hacia atrás a este soldado, lo que en ese primer momento interpretamos lo mismo por lo que se le acusa. Alcanzamos a verle guarecerse detrás de dos cuerpos, aparentemente sin vida. Miramos con atención por los prismáticos. Los soldados caídos estaban vivos y no se protegía con ellos sino en una pequeña trinchera natural que había detrás. ¿Y saben lo que hizo?

Todos estaban en silencio expectante. Más arriba, lejos de las líneas de tiro, se oían disparos esporádicos.

—Los heridos, que se movían pero que no podían valerse, estaban siendo tiroteados. Entre ellos y la trinchera natural habría como un metro de separación. Él los arrastró hacia el parapeto hasta quedar cubiertos. En realidad fue increíble cómo lo hizo, sin dejarse ver. Los cuerpos fueron arrastrados uno tras otro, mientras las balas rebotaban cerca. Parecía que se hubieran deslizado solos. Después vimos asomar un fusil, del que fueron saliendo disparos espaciados. Dirigimos los anteojos a la colina. De dos cuevas salían las nubecillas de los disparos del enemigo. Una a una fueron apagándose hasta que desaparecieron todas. ¿Les digo lo que eso significa? Observamos que este soldado, al que absurdamente se quiere sacrificar en el nombre de no sabemos qué disciplina, llamaba a los camilleros y les hacía señas en posición agazapada, como un veterano experimentado. Lo vimos ayudarles a poner los heridos en las camillas. Recuperó los fusiles y los colocó en cada camilla. Luego corrió hacia donde yacía otro soldado, más arriba, indicándoselo a los camilleros. También les ayudó y recuperó el fusil. Todo eso es lo que ocurrió, mi coronel. Ninguna bala le hostigó en esos momentos. Él solo había neutralizado a los que les tiroteaban, una ametralladora incluida.

Los mandos se miraron entre sí en silencio.

—Venimos del hospital de campaña —continuó el capitán—, porque teníamos especial interés en ver si los esfuerzos de este soldado sirvieron para algo. He visto a esos hombres. Dos tienen el cuerpo agujereado por varios sitios, pero parece que vivirán. El tercero está muy grave y está siendo operado.

—¿Qué hizo después este soldado, una vez evacuados los heridos? —dijo un comandante.

—¿Qué hizo? Subió por las quebradas y luego por las escarpaduras, agazapado como un felino, disparando de vez en cuando desde la posición de rodilla en tierra y desde el suelo. Se unió así a los que tomaron los Cuernos de Xauen. Lo vimos unirse a granaderos y a otras unidades. Lo perdimos de vista cuando entró en una de las cuevas para desalojar a quienes hacían defensa suicida. —Se volvió al de la fusta—. Este fusilero, mi coronel, merece una medalla y que se le licencie con honor. Salvó la vida a tres soldados, ha eliminado él solo a un montón de enemigos. Nunca ha dejado el frente de combate, subió bravamente por las cuestas y contribuyó a la conquista del objetivo. Es lo que ha hecho este hombre, un simple soldado de reemplazo y no un profesional voluntario.

Hubo murmullos y comentarios.

—Quizás habría que preguntarle por qué hizo una cosa así, sabiendo que la orden es la de no retroceder y de que los heridos quedan para los camilleros —dijo el comandante mirando a César—. ¿Por qué desobedeciste, soldado?

—Son mis amigos. Iban a matarlos. Tenía que salvarlos. Los camilleros no venían —dijo, mirando de frente a su interlocutor.

Hubo nuevos comentarios en voz baja. El capitán habló:

—El único cargo que cabe aplicar aquí es el de desobediencia. Pero esa desobediencia salvó la vida de tres soldados, permitió la eliminación de un sinnúmero de enemigos y, a la postre, coadyuvó a la toma de la posición. —Miró al superior—. Ahora, usted decide, mi coronel.

Todos los ojos se clavaron en el menguado jefe. Él jugó con la fusta sabiendo que debía de revocar la orden y eso era algo que nunca había hecho. Buena parte de su fama y ascendencia ante sus legionarios se debía a su inflexibilidad y a su ausencia de emociones. Pero si persistía en mantener su orden ante un hecho tan palpable de inocencia podría verse sometido después a investigaciones que no le favorecerían.

—Bueno —dijo de mala gana—, lo perdonamos. Que lo suelten. Desobedeció una orden del alto mando por lo que ni medallas ni pollas. Me opondré. Que se vaya a su compañía. Al fin, quedan muchas oportunidades para morir. En cuanto a ti —se dirigió expresamente al capitán—, considérate arrestado por insubordinación. Preséntate a tu coronel. Que me vea.

—A sus órdenes —dijo el oficial, cuadrándose y saludando—. Pero pido un castigo para estos secuestradores por usurpación de funciones, violencia e incitación a un crimen. No otra cosa es lo que ha acontecido.

—¡Vete de una puta vez!

El capitán miró a César y le hizo una seña con los ojos. El soldado recompuso su figura y saludó al coronel, pero éste ya les había dado la espalda ostensiblemente. César retrocedió dubitativamente y se unió al capitán. Caminaron hacia el campamento base de la playa por los terraplenes atormentados, en un remedo imposible de Don Quijote y Sancho, junto con los otros dos oficiales de la columna.

11 de marzo de 1998

—¿Señor Vega? ¿Puede venir esta mañana?

—Puedo —dijo—. Estaré ahí en media hora.

Salí a la sala donde David y Sara hablaban.

—¿Qué tal el viaje a Asturias?

—Intenso. Es tierra que cautiva.

Les conté las entrevistas e impresiones primeras.

—O sea, que el asesino puede ser un vengador, Charles Bronson.

—Quizá la realidad sea distinta.

—Hace su venganza, pero se queda con la pasta.

No respondí.

—Es sorprendente lo que dicen de esa mujer, Rosa. ¿Hay mujeres así, realmente? —dijo Sara.

—Tú no puedes quejarte —señaló David—. Eres un sueño para muchos hombres.

—Cuidado jovencito. Podría ser tu madre.

—Ése es el problema. Si tuviera veinte años más esa sonrisa sería para mí solamente.

—¡Eh! Vamos —interrumpí—. Me vais a dar celos.

—El hombre de hierro —dijo David—, el que rechaza el amor. En este tipo de conversaciones nada tienes que decir.

Sara me miró fijamente. Retorné al despacho. Volví con la foto de Rosa. Ambos la miraron con atención.

—Venga, decid algo.

—Realmente guapa, pero un poco antigua.

—No —dijo Sara, sosteniendo la foto—, es actual. Podría caminar por nuestras calles y causaría la misma sensación de entonces. Mira sus cabellos y sus ojos. Y eso que están en blanco y negro. Imagina si la foto fuera en color. ¿Qué tienen de antiguos?

—¿Y la boca? —señalé.

Sara volvió a mirarme. Luego regresó a la foto.

—Especial, como todo lo demás.

La puerta se abrió. Allí estaba José Vega con su impresionante masa corporal que todo lo achicaba. Le presenté a David. Dio la mano a Sara.

—Tiene una secretaria muy atractiva —dijo.

—¿Ves? —habló David—, el sueño.

—Pase, señor Vega.

Nos sentamos en el despacho, con la puerta cerrada. Nos miramos fijamente, sin que nadie cediera. Al fin habló.

—¿Qué tiene que decirme?

—Es usted quien debe decirme cosas. Me ocultó datos.

Saqué la foto de Rosa y se la puse delante. La miró un buen rato y luego volvió sus litigantes ojos hacia mí.

—¿Y bien?

—Dígamelo usted.

—No sé qué tiene ella que ver en este asunto.

—¿La conoció? —dije, conectando la grabadora a su vista.

—Sí, claro. La vi todos los días desde que crecí hasta que se vino a Madrid. También la vi después algunas veces aquí. Y una vez en el pueblo.

—¿Qué le parecía?

—¿En qué sentido?

—En todos los sentidos. Como mujer y persona.

—Era un monumento. También la recuerdo muy bondadosa.

—Acláreme eso.

—Se portaba bien con la gente. Durante la guerra protegió y salvó a muchos nacionales del terror rojo. Familiares, conocidos, gente que pedía ayuda. Sé que también escondió a algunos rojos cuando la guerra acabó. No era nada egoísta. Repartía lo que tenía, ya desde pequeña.

—¿Qué supo de ella cuando la guerra terminó?

—Vivía en Madrid. Parece que no le iban bien las cosas.

—Sin embargo, ni usted ni su padre la ayudaron a paliar sus penurias.

Puso gesto de asombro.

—¿Por qué habríamos de hacerlo?

—¿Me lo pregunta en serio?

—Completamente en serio. No hay por qué ir socorriendo a la gente. Cada uno debe cuidar de sí mismo.

—Según ha dicho, esa mujer sí socorrió a gente necesitada.

—Sí... —Movió la cabeza—. Bueno. Es que ella era especial. La gente no es así. Y menos en esos años. Todos pasábamos necesidades.

—¿Usted las pasó?

—Bueno —dudó—, no exactamente. Pero a nadie le sobra. El que reparte se queda sin parte.

Parecía un chiste, pero su semblante estaba con el gesto hosco de siempre.

—Según parece a ustedes les fue bien. Nunca tuvieron problemas económicos. Y les causó mucha alegría y beneficio el triunfo de Franco.

—Naturalmente. Si usted hubiera vivido aquello también lo habría celebrado. Eran bárbaros, chapuceros, contrarios a la ley de Dios. ¡Albañiles! Ya me dirá usted cómo iban a ganar.

—Claro —dije.

—En cuanto a si vivíamos bien o no, y si nos favoreció el haber estado al lado de los vencedores, es cosa nuestra. Mi abuelo murió en guerra y mi padre no lo tuvo tan fácil.

Nos miramos en silencio sabiendo ambos que él mentía en lo de la dificultad.

—Volviendo a Rosa. Usted dijo que ayudó a mucha gente y que no era egoísta.

—¿Y qué?

—Pues que quizá debieron haber sido solidarios en sus dificultades.

—Ella tenía una familia. Si tuvieron problemas no era cosa nuestra.

—Sí era de su incumbencia. Si no hubieran comprado su prado, a ella no la habrían echado de su casa. Porque usted sí sabe que la echaron de casa, ¿verdad?

—Sí —dijo, mordiendo la palabra.

—Por tanto, y tras la guerra, posiblemente hubiera vuelto con sus hijos al lugar donde nació. No habría pasado esos apuros que tan indiferentes les dejaron a ustedes. Ya ve que sí es cosa suya. Y mucho. En realidad, la ambición de casa Carbayón provocó la ruina de esa chica.

—¿Con quién ha hablado en Prados?

—Con su hermana, desde luego. Y hay como un tabú con este tema, porque no me quiso decir nada. Y usted me lo ocultó.

—No se lo oculté. Simplemente no lo consideré pertinente. No le voy a decir todos los secretos de mi familia como si fuera mi confesor.

—Debe hacerlo. Un caso de asesinato no se resuelve con secretos.

—¿No se está extralimitando en sus modales? Plantea sus preguntas como si fuera un interrogatorio. ¿Así trata siempre a quien le paga?

—Señor Vega. —Lo miré a los ojos—. No estoy seguro de poder continuar con el caso.

Sus ojos indicaron lo poco dispuesto que estaba a negociar sobre la repentina crispación de su rostro.

—Creí que sus dudas de hace unos días habían quedado superadas.

—No eran dudas, sino imposibilidad temporal. Lo de ahora es una cuestión de ética profesional.

—¿Puede explicarse? —dijo, apretando los puños. Eran grandes, como cabezas de bebés.

—No me gusta estar en el lado equivocado de las contiendas. Entienda la idea.

—No la entiendo. ¿Puede ser más explícito?

—El caso hunde sus raíces en odios y venganzas. Todo lo que hablan de ustedes les desmerece.

—Concrete ese «ustedes».

—A los Carbayones. Tangencialmente, también a los Muniellos.

—¿Qué le importan los cotilleos? Un profesional como usted debe ir al grano, a buscar al asesino.

—Puede que finalmente sea usted quien cuestione mi capacidad y no me quiera para el caso.

—No estoy equivocado en su elección. Son sus formas y sus juicios de valor lo que no me gustan.

—Hagamos un esfuerzo ambos por entendernos.

—Si mi hermana no le dijo nada, ¿cómo sabe lo de Rosa?

—Hablé con los Muniellos y con los Teverga. También con una chica de los Regalado.

—Es decir, con los envidiosos y con los incapaces. Pero incluso ellos le dirían que el prado no se compró, sino que se pignoró por deuda no satisfecha.

—El resultado es el mismo. Ella perdió el prado.

—Todos perdemos algo durante nuestra vida. Son pruebas que nos manda el Señor.

—Para algunos aquello no fue una pérdida normal. Parece que en el pueblo esa operación no sentó bien. ¿Qué me cuenta de la paliza que dicen dio un tal Manín a su padre?

—¿Hemos de seguir con esto?

—Me temo que sí. Creo que estos hechos tan indeseables para usted pueden ser el meollo de la cuestión.

—De ninguna manera. No sabe lo que dice.

—¿Por qué no? Pudo ser pasional el origen.

—Rosa y Amador eran hermanos. No veo que ahí hubiera pasión.

—La pasión no es siempre amorosa o sexual. Usted debe saberlo. Cubre otros sentimientos que pueden ser desbordados. El odio, por ejemplo.

—El dinero desapareció. Fue un simple robo. No veo ningún crimen pasional en ello.

—Cierto. Alguien robó el dinero. Pero pudiera ser que los asesinatos estuvieran relacionados con las desgracias de Rosa.

—Pura coincidencia. La verdad es que éramos los más ricos del pueblo, por eso nos robaron a los dos. ¿A quién iban a robar? Su teoría no tiene sentido.

—¿Por qué matarlos? Si el móvil fue el robo, podían haberlo hecho sin matar.

—El que lo hizo conocía bien a mi padre. Sabía que no pararía hasta encontrarlo. Se quitó de encima esa amenaza.

—Su padre dio dinero a la guerrilla. Era extorsión. Robo a fin de cuentas. Y no tuvo deseos de venganza. ¿Por qué iría a adoptar distinta actitud para un caso similar?

—No es lo mismo aceptar los chantajes de una organización terrorista que sufrir un robo de cualquier cabrón.

—¿Y en el caso de Amador?

—Igual. Aunque no era un hombre de peleas, siempre podría denunciarlo. Además, ése es su trabajo. Averígüelo.

—Empiece por hablarme de Rosa y de la venta del prado.

—Poco hay que decir, aunque se empeñe en lo contrario.

—¿Cómo es o era ese prado?

—Corriente. Nada del otro mundo. Hicieron mucho ruido con eso. No valía la pena.

—¿Qué pagaron por él?

—No pagamos. Se obtuvo como garantía de un impago.

—Cuánto.

—Seis mil reales.

—Es decir, y por lógica, el prado valía mucho más.

—Ya le dije que no. Mi padre y mi abuelo perdieron dinero porque deseaban ayudar sinceramente a mi tío primo. Le dieron más de lo que valía la prenda.

—Eso es absurdo.

—Lo que usted quiera. Pero así fue.

—Parece que el padre de Rosa, cuando se enteró de la operación, les ofreció recuperar el prado dándoles el valor del préstamo, intereses y una propina en compensación. Y que su abuelo y su padre lo rechazaron. Y me han contado que durante la guerra Rosa y su marido quisieron recomprar el dichoso terreno por dos mil pesetas. Y tampoco esa vez lo aceptaron su abuelo y su padre. ¿Ve la contradicción? Si el terreno no valía ese dinero, si el préstamo se hizo por ayudar a un familiar necesitado y si su padre y abuelo querían recuperar el capital, ¿por qué rechazaron la petición de la antigua dueña?

—No lo sé. Alguna razón habría.

—En realidad hay que deducir lo obvio: casa Carbayón deseaba ese prado, ya desde lejanos tiempos. Ese deseo ha ido pasando de padres a hijos. Y cuando surgió la oportunidad se quedaron con el predio. Pura acción de acaparamiento de bienes anhelados. Cabría preguntarse si el préstamo habría sido hecho si la prenda no hubiera sido ese prado.

—¿Qué le ocurre a usted? No le acepto que vaya por ese camino. Está insultando a mi familia.

Me miraba moviendo las poderosas mandíbulas como si tuviera algo dentro de la boca.

—¿Le puedo contar otra impresión mía, que quizá tampoco le guste? —añadí. Asintió con los ojos—. Creo que si la guerra la hubieran ganado los del otro bando, el prado habría sido devuelto. Sin sobreprecio. De inmediato.

—¿Por qué esa obsesión con el prado? ¿Por qué insiste tanto?

No contesté.

—Dígame qué ha averiguado —dijo.

—Muchas cosas, pero insuficientes e inconexas. Por eso necesito hacer muchas preguntas a diversas personas, empezando por usted.

—Pregunte.

—Hábleme de Rosa.

—¡Joder, otra vez! La cogió llorona. Hay que joderse.

—No hemos hablado lo suficiente.

—No me joda. Desde que he llegado estamos hablando de Rosa. No hay más que decir.

—Su padre estaba enamorado de ella.

Dudó.

—Bueno, sí. Creo que un poco. Como todos. ¿Y qué?

—Parece ser que cuando ella fue por segunda vez a Prados, a finales del 38, para insistir que le revendiera el terreno, su padre le dijo que lo podría obtener por otros medios, ahora que Miguel había muerto.

—Eso es mentira.

—Hay testigos.

—¿Qué testigos puede haber de eso? Le han engañado.

—Pero eso corrió. Y el odio que muchos tenían a su padre se acrecentó. ¿Ve por dónde voy? Esa indecencia, haya sido verdad o no, quizá fuera un motivo para el asesinato.

—Pero es falso, una falacia.

—Vamos, señor Vega. ¿De qué se escandaliza? El otro día me confesó que su padre no le hacía ascos a ninguna mujer. Que su energía era inagotable. Me habló de amantes. No es función mía saber si eso fue verdad o no. Pero ¿es tan difícil de creer que hiciera a Rosa esa proposición?

Se levantó lentamente irradiando poder físico. Se agarró las manos y las entrelazó delante de mis ojos. Eran enormes.

—Sí. Porque mi padre sabía a quién hablaba, cuando de mujeres se trataba. Y jamás hubiera propuesto una cosa así a Rosa, sabiendo cómo era.

—Dígame dónde puedo encontrarla.

—No tengo ni idea. Hace muchos años que perdí su pista.

—Empecemos por aquellos años.

Dio unos pasos por la habitación. No me miraba y eso era relajante.

—Creo recordar que vivía en los mataderos, por el paseo de los Chopos o algo así.

—¿Puede precisar más?

—Era un campo de huertas, cerca de Legazpi. La casa era grandona, de seis pisos, con unos corredores muy largos. Si no la han tirado la encontrará.

Apagué la grabadora y me levanté.

—¿Qué me dice? ¿Acepta el caso o no?

Permanecí en silencio unos segundos.

—Haremos una cosa. Seguiré la investigación a ver qué derroteros toma y decidiré en consecuencia.

—No. Eso no es serio. O lo acepta o no. Desde el principio.

—Ésa es mi posición. Usted decide.

Dio la vuelta a la habitación como un oso enjaulado. Se paró.

—De acuerdo. —Me miró—. Y espero que recuerde que dos hombres fueron asesinados. Lo demás son patrañas. No sé dónde le llevará el caso. Pero deje de formular posiciones negativas hacia mi familia. Uno de los asesinados fue mi padre. No lo olvide.

No supe discernir si era un recordatorio o una amenaza.

—En cuanto a Rosa y sus problemas, dejémoslo a un lado. El único culpable de sus desgracias fue su marido. No hay que salpicar a nadie más.

—Tengo que estar en desacuerdo con usted otra vez. Véalo como yo. Él necesitó dinero y lo pidió prestado a su primo. Todo el mundo ha pasado por eso. No es excepcional una situación así. Los bancos viven de prestar dinero a la gente. No es un crimen. Sí lo es la rapiña y la usura.

—Si hubiera sido sólo eso, no habrían ocurrido los problemas.

—¿Es que hay más?

—Es obvio que los maledicentes no le han contado todo.

—Como qué.

—La realidad es que Miguel no estaba enamorado de Rosa, aunque parezca increíble. Le gustaba, claro; no era tonto. Pero no es lo mismo, ¿verdad? Él tenía una novia del barrio desde la adolescencia, con la que no dejó de verse nunca, incluso después de casado. De ella siempre estuvo enamorado. Era muy amiga de su hermana Josefina, desde niñas. Tanto Josefina como su madre la hubieran preferido a Rosa. —Hizo una pausa y miró el sillón que antes había abandonado—. Sentémonos. Tenemos para un rato. Pero no conecte el aparato.

—Antes apuntó que no había nada más que decir sobre Rosa —dije, mientras ocupábamos nuestros asientos.

—Sí, bueno. Pero usted hurga y hurga. Posiblemente sea una condición sobre la que se asientan sus logrados éxitos. —Hizo una pausa y sopesó—: ¿Quién urdió la trama, él o la familia?

—Es decir, la familia de usted.

—No. Nosotros estábamos en Asturias y Miguel fue allí e hizo la petición a mi abuelo y a mi padre. Ellos no intervinieron antes. Me refiero a su madre y a su hermana de él. —Cerró la boca y la movió como antes, como si tuviera un caramelo. Imaginé que sería un movimiento nervioso—. Esa novia, que llamaban La China porque tenía los ojos para los lados como los asiáticos, tenía una hermana. Y, al igual que la de Miguel, su familia no tenía un duro. En definitiva, el dinero de mi padre...

—De Rosa, querrá decir.

—Como quiera. Ese dinero pagó las tres bodas: la de Rosa, la de Josefina y la de la hermana de La China. A la vez. En el mismo hotel.

—Me contaron lo de que el dinero prestado por el prado pagó la boda de Rosa y de su cuñada Josefina. Nadie me habló de La China.

—Pues amigo, ése fue el embrollo. Mucho dinero gastado, difícil de reponer luego.

—Usted estuvo en la boda, ¿verdad?

—Sí, con mis padres y abuelos. Mi abuelo era tío carnal de Miguel.

—Dígame, ¿Rosa no se percató de nada?

—No tenía ni idea. —Movió la cabeza—. No era una mujer de este mundo. Nadie le había explicado lo del préstamo con el aval del prado. Nadie le había explicado de dónde salió realmente el dinero que pagaba las dos bodas, tres en realidad. Estaba creída que lo aportaba Miguel, que por entonces trabajaba de escribiente en una contrata de obras y tenía una posición razonablemente estable. Incluso estuvieron jefes y compañeros, como ese Cipriano Mera, que fuera luego uno de esos generales de milicias que mandaban divisiones. ¡Así les fue! Pero Miguel tenía agujeros en los bolsillos. —Se volvió a mirarme—. Ella no hacía más que preguntar por su familia, por qué no había ido nadie de los Muniellos. Preguntaba si alguien sabía algo, si había ocurrido alguna desgracia. Usted puede entender que no podíamos decirle lo que ocurría en cuanto al tema del prado. También nos extrañó que nadie de su familia estuviera en la boda, porque estaba todo el pueblo. Luego supimos que ese cabrón de Amador, su hermano, retuvo las cartas y la familia supo de la boda demasiado tarde.

Hizo una pausa y desvió la mirada hacia la ventana.

—Fue una boda por todo lo alto. No hubo mengua en el vino. La mayoría acabó borracho, como esos amigos anarquistas.

—¿Qué amigos?

—Usted citó a uno. Manín y Pedrín. Se quedaron con un palmo de narices, porque se les había casado la mujer de sus sueños.

—¿Qué sabe de ellos?

—Nada. Nunca volví a verles.

Me levanté y fui hacia la ventana. Era un día gris, a mi gusto.

—Por supuesto —siguió Vega—, ella no imaginaba que había una tercera boda que su dinero también pagaba. Era un hotel donde se celebraban varias bodas a la vez. Y la de la hermana de la amante de su marido era una de ellas. Incluso durante la fiesta, en la que nada faltó, tanto Miguel como Josefina pasaban discretamente, de vez en cuando, al salón donde estaba La China celebrando la boda de su hermana. ¿Cree que Rosa podía imaginar que cosas así pudieran ocurrir? ¿El día de su boda, además, cuando antes era el día más feliz para una mujer? Incluso para los experimentados en la vida, como mi padre y mi abuelo, fue demasiado.

—Pero callaron —le dije, sin mirarle—. ¿Nadie notó nada?

—Sólo los que estábamos al tanto.

—¿Qué ocurrió cuando Rosa se enteró? Porque se enteraría, ¿no?

—Lo supo tiempo más tarde. Toda la historia. ¿Se lo imagina? La vida no fue lo mismo para ella.

—Y esa China, ¿qué fue de ella?

—Siguió viéndose con Miguel. Incluso se prolongó durante la guerra. Cuentan que fue a verle al cuartel y luego al hospital cuando lo hirieron, haciéndose pasar por la esposa verdadera, asignando el papel de querida a Rosa. Racionalmente tenía sentido. Engañó a muchos, ya que lo normal es que una querida sea más hermosa que la cónyuge y no al revés. Porque la verdad es que esa mujer era fea.

—¿Fea, dice? Debió haber sido un monumento.

—En absoluto. Era bajita, tirando a gruesa y nadie la hubiera mirado dos veces por la calle. Muy ordinaria. Su única virtud: era muy simpática, según decían.

—¿Sólo con eso camelaba al hombre?

—Quizá, como experimentada mujer de ciudad, aportara una imaginación en lo sexual más placentera de la que pudiera tener la aldeana. Vaya usted a saber. Lo cierto es que Miguel era tan putero como mi padre.

Ambos quedamos en silencio un tiempo, cada uno en sus cogitaciones.

—O sea, que la familia de Miguel participaba en ese proceso de deslealtad conyugal.

—Sí. La China seguía entrando en la casa de su madre, como siempre. Allí se veía con Miguel, merendaban y luego salían para fornicar.

—¿Rosa hizo algo al respecto?

—Una amiga le dijo un día lo que ocurría. Al principio no se lo creyó. Pensaba que Miguel se había portado muy mal con ella con lo del prado, pero que la quería. La amiga la obligó a acompañarla y un día se apostaron a escondidas, vigilando el portal de la suegra. Era una calle corta, unas siete casas por lado, y había mucha gente paseando y conversando en grupos, porque entonces se hacía mucha vida fuera de las lóbregas viviendas. Como en los pueblos, todo el mundo se conocía y tenían los cotilleos al día. Vieron salir a Miguel, con La China del brazo, seguidos por la suegra y la cuñada con su marido.

Me contempló sopesando la expectación que su narración me causaba.

—¿Qué ocurrió?

—Rosa se abrió paso entre la gente y se colocó frente a ellos.

Vega aportó un nuevo silencio, como si estuviera negociando con las imágenes que proyectaba. Seguí mirándole sin responder.

—La China salió despavorida al verla. Rosa miró a su marido y a los otros, uno por uno y a los ojos. Cuentan que en su mirada había tanto dolor que toda la calle fue enmudeciendo como si hubiera ocurrido un prodigio. Sin decir nada, ella se alejó y ahí quedaron ellos, entre los cuchicheos, llenos de pasmo y perturbación.

La quietud de mi insonorizado despacho se hizo insoportable.

—Es decir, que Rosa estaba en medio de un torbellino que no entendía y al que no estaba preparada para enfrentarlo. Con dos familias a las que no podía acudir. Sola. Y sin medios propios.

—Así es.

—¿Por qué me ha contado todas esas cosas?

—¿Qué me dice? Usted ha estado sermoneando sobre esa mujer. Estoy correspondiendo a su interés por ella.

—No le pedí cosas tan íntimas, sin aparente conexión.

—¿Y yo qué sé lo que para usted es apropiado o no? —Hizo una pausa—. Así tiene usted todos los datos y puede que comprenda de una vez que lo del prado fue el resultado de muchas actuaciones no provocadas por mi familia.

Le miré y volví a mi asiento.

—Ese prado, ¿les ha producido grandes beneficios en estos años?

—No especialmente. Uno más de la casa. Lo alquilábamos a quienes tenían ganado pero no terreno propio.

—O sea, hubieran podido vivir sin él.

—Claro, como tantas cosas. Acaparamos más de lo que podemos digerir. —Guardó silencio y pareció reflexionar—.

Sé por donde quiere ir. Mire, la vida es como es. Viene como viene. Hacemos lo que creemos que debemos hacer en cada momento, pero el tiempo cambia nuestros enfoques. Hoy sé que debimos devolver el prado. Qué quiere que le diga. No tiene ningún valor. Nada tiene valor en los pueblos. Ahora queremos vender la finca y no encontramos comprador. ¿Qué le parece?

—Usted es hombre ilustrado. Ha viajado por el mundo. Sabe lo que es la emigración interna. ¿No previó lo que podría ocurrir en su pueblo?

—La vida pasa deprisa. Más de lo que uno imagina. Es fácil especular a toro pasado. Ya ve. Tuve oportunidad de venderles el prado a los Teverga y a los Regalado.

—¿No me dice que no volvió a ver a esos hombres?

—No fueron ellos quienes hicieron la oferta, sino sus familias.

—¿Cuándo ocurrió eso?

—Sobre 1975. Unos veinte años atrás.

—¿Cuánto le ofrecieron?

—Medio millón y millón respectivamente.

—¿No lo encontró de interés?

—No, entonces.

—¿No le extrañó que esas familias, sucesivamente, quisieran comprar ese prado?

—No. ¿Qué tiene de extraño? Viven en el pueblo y tienen ganado. Era lo más natural.

—Necesito que me consiga los informes de la Guardia Civil sobre el caso. Creo que tampoco tendrá problemas con el juez.

—¿Qué informes?

—Todos, desde 1943.

—Los tendrá. —Se levantó y miró el suelo—. Le diré lo que pienso. Creo que esos dos cómplices, Manín y Pedrín, lo hicieron. Por eso quiero que los encuentre y que canten.

—¿Y el dinero? Si fueron ellos, ¿por qué lo guardaron?

—Ahí me pierdo. Es el punto ilógico. Sólo hay una vida. ¿Por qué no lo gastaron?

—Porque, quizá, no fueron ellos.

Movió la cabeza dubitativamente. Le acompañé hasta la salida. Lo vi caminar por el pasillo hasta uno de los ascensores como si fuera el dueño del edificio.

—¡Qué tío! —dijo David, saliendo de su despacho—. Casi no cabe por la puerta. ¿Te imaginas a alguien matando a una persona de ese tamaño, cargándolo y enterrándolo en el sótano de una iglesia? Ni siquiera tú podrías hacerlo.

—Pero alguien lo hizo. Y, quienquiera que fuera, logró un trabajo perfecto.

—¿Qué es perfecto?

—¿Necesito decirlo? Como trabajo en sí. Hizo dos asesinatos, robó una fortuna. Y más de cincuenta años después nadie sabe quién es. Eso es eficacia.

Llegué con diez minutos de adelanto. El restaurante estaba completo de comensales. El camarero buscó la mesa reservada para cuatro. Íbamos a ser tres pero es el truco para tener una mesa más grande y un espacio para dejar las alforjas. El tiempo había hecho un guiño y lucía un sol dubitativo. Pedí una cerveza y saqué el bloc de notas.

Cuando ellos llegaron, quince minutos después de lo acordado, sabía ya cuáles iban a ser los próximos movimientos sobre el caso Vega. Carlos es de mi estatura y complexión atlética, culo estrecho y piernas largas. Tiene en su rostro atractivo una sonrisa permanente, como esculpida, herencia de su madre. Lleva el pelo largo, flotando en ondas castañas sobre su cara alargada de nariz afilada. La chica es de estatura media. Forman una pareja algo desigual. Me levanté.

—Hola. —Carlos me besó—. Ésta es Sonia. Mi padre.

Nos besamos. La contemplé mientras ella me valoraba. Tiene unos ojos color caramelo, grandes, como si expresaran una sorpresa contenida. Esbelta, bien formada y con piernas. En mi lenguaje significa que lleva faldas en vez de pantalones, prenda que ha pasado a ser el uniforme femenino. Llevaba zapatos de aguja, quizá para encaramarse a la altura de Carlos, lo que tampoco es corriente hoy día.

—Hola —dijo—. No me habías dicho que tienes un padre tan atractivo y tan joven.

—Sí —dijo Carlos—. La gente cree que es mi hermano mayor.

—Venga, sentaos —invité.

Sonia llevaba una gabardina color arena y él un cuero negro tres cuartos. Se quitaron las prendas y las dejaron en la cuarta silla.

—Toma —dije, entregándole a Sonia una rosa color rosa, que había comprado para tal fin—. No sé si esto se lleva ahora.

—¡Oh! Gracias. —La tomó y olió su perfume—. ¡Humm! ¿Por qué no se va a llevar?

—Porque no sé si es cursi o pasado de moda. Los jóvenes tenéis otro lenguaje y otras maneras.

—Vamos papá, no hables como un viejo, que no te sienta. Somos del mismo rollo consumista.

—De acuerdo con Carlos —dijo ella—. Nada tienes de antiguo en tu aspecto. Mi padre sí es de otra época. Dice que las chicas han de ir vírgenes al matrimonio y que el divorcio no debería de existir.

Me sacó una sonrisa. Se acercó el camarero y nos dejó las cartas. Ambos pidieron cervezas de aperitivo. Miré a Carlos.

—¿Qué tal os va?

—De fábula —contestaron a la vez, riéndose y mirándose con ojos admirativos. Se agarraban de una mano, exactamente como hacíamos Paquita y yo. Qué inmensa ilusión perdida. Qué breve dentro de lo breve...

—¿Y en lo demás?

—Bien. Ella trabaja en la revista *Tentaciones*. Es periodista. Hace entrevistas y lleva la sección de discos y libros.

—¿Hiciste la entrevista a Guti? —dije, achicando los ojos.

—Sí.

—Un diez —acompañé su sonrisa.

—Mi padre dice que Guti es el mejor jugador de España. Y que algún día se verá.

—Es Redondo, pero con más clase, más joven y goleador. Si no lo estropean las políticas del club, tiene un gran futuro.

Vino el camarero. Sonia pidió guisantes y solomillo de vaca. Carlos espárragos y también solomillo. Yo, ensalada y lenguado sin guarnición. Pedí un reserva de La Mancha y agua. Carlos levantó su copa.

—Un brindis. Porque mi padre encuentre a la mujer que anda buscando.

Vacilé un instante y ellos lo notaron. Bebimos.

—No es exactamente como dices. No voy como Diógenes buscando con el farol.

—Debes rehacer tu vida. Mamá ha rehecho la suya. Tienes 41 años. Bastante más joven que Richard Gere y que Harrison Ford.

Los grandes ojos de Sonia estaban enfocados sobre mí.

—No sé qué te habrá contado Carlos. No te creas todo lo que dice. Es un tramposo —dije.

—Me habló de que tú y tu mujer os separasteis.

—Eso es verdad.

—Que eres muy exigente —apostilló.

—Sí. Conmigo mismo.

—Es una cualidad que has transmitido a Carlos. Me gusta.

—¿Por qué? Un exigente puede provocar situaciones insoportables.

—Pero es signo de protección. A las mujeres nos gusta la seguridad de un hombre entero y el pecho protector en que apoyarnos. Quien diga otra cosa miente.

Trajeron los platos y hubo un segundo silencio.

—Mi padre no come carne. Dice que los animales tienen alma y que el hombre, por su inteligencia, debería buscar medios alternativos para alimentarse. Que matar un animal para comérselo no es exactamente de humanos de este siglo.

Sonia me miró.

—Los peces son también animales.

—Sí —contesté—. Mi teoría tiene prioridades y defectos. No estoy formado para eliminar todo lo malo que el mercado nos ofrece. Es cuestión...

—Es cuestión de tiempo que te hagas vegetariano —interrumpió Carlos.

—¿Y eso del alma de los animales? —inquirió Sonia.

—Bueno, no exactamente el alma según define la Iglesia. Es la certeza de que los animales palpitan como nosotros, exactamente igual. Es el mismo hálito, la misma luz desconocida que llamamos vida. Sólo nuestra inteligencia nos hace diferentes. Pero esa misma inteligencia debe conducirnos a respetar y no dañar esas otras formas de vida.

La chica me miraba con atención.

—Los animales son como nuestros hermanos pequeños. Ni siquiera son conscientes de su existencia. Carecen de raciocinio. Igual que los niños. ¿Y qué hacemos con los niños? Los protegemos.

Bebí mi cerveza y escancié el vino en las copas. Concluí:

—Sí. Los animales están bajo nuestra protección, también.

—Sin carne, ¿qué pasaría con la cadena de alimentación?

—Ningún problema. La carne sólo ocupa una parte de esa cadena.

—Sí, pero es la parte básica.

Quedé en silencio. Era un tema insoluble.

—Sabes que nunca se dejará de comer carne —apuntó Carlos.

—Nunca es mucho tiempo. Es bonito pensar que algún día la Humanidad se alimentará de otra manera.

Carlos miró a su novia.

—¡Vaya! Te ha camelado. Ahora te contará lo de los toros. Dice que hay que suprimir las corridas.

—Algo difícil, ¿no? —dijo ella—. Los intereses y el dinero que se mueven en ese mundo hacen de tu idea una misión imposible.

—Sí —corroboró Carlos—. Además, ¿qué iban a hacer esos miles de personas que no saben hacer otra cosa?

—Cambiar de oficio. Mi bisabuelo era aguador en Madrid. Subía el agua en barricas a las casas. Era un oficio de larga tradición, todavía en uso en muchas partes del mundo. Desaparecieron. Conocí a un vecino que había sido paragüero-lañador. Iban por las casas anunciándose, soplando una suerte de instrumento característico. Al principio iban andando, cargados con los útiles. Luego iban en bicicleta, a la que transformaron como mesa de trabajo. Arreglaban paraguas, hacían cacitos con asas de envases vacíos de leche condensada, taponaban los agujeros de los pucheros, que eran de aluminio o cinc, porque entonces no había de acero inoxidable. Mi tío abuelo era quesero-mielero ambulante. Caminaba por las calles pregonando su mercancía en una letanía invariable, que era canto y también lamento: «El quesero buen queso, de la Alcarria miel.» Llevaba los quesos manchegos en unas bolsas de redecilla colgadas de un hombro, como alforjas, y la miel en un barrilito de madera suspendido de una mano con una cuerda. La gente lo llamaba y él subía y bajaba por las escaleras de las casas sin ascensores haciéndose muchos kilómetros diarios. Estaba más seco que una castaña pilonga. Servía la miel con un cazo que estaba introducido en el barrilito y que hacía las veces de medidor. Pesaba las porciones de queso en una pequeña báscula romana que portaba a la espalda como si fuera un carcaj... Esos y otros oficios se esfumaron —establecí una pausa añorante—. ¿Y qué decir de los constructores de catedrales góticas? Un viento barrió a esos maestros de las arcadas asombrosas, a los alarifes, canteros, escultores de la piedra. ¿Por qué no puede ser barrido el mundo de los toros? Los creadores de las catedrales desafiaban la lógica. Lo mismo que la gente del toro. Sólo que estos últimos lo hacen sobre la sin lógica del sufrimiento y la humillación de un animal noble, lo que es una aberración porque el hombre es inteligente y sensitivo. Los maestros de las catedrales dejaron esos monumentos, imposibles de realizar hoy. ¿Qué monumentos de la capacidad del hombre para la búsqueda del conocimiento, la belleza y la conservación dejará el mundo taurino cuando desaparezca?

Hubo un silencio prolongado. Carlos miró a Sonia, que no me quitaba ojo.

—Y eso que no te ha hablado de la caza. —Se echó a reír—. Son temas recurrentes en nuestras conversaciones. En el fondo lo comparto. Pero ¿quién para el sistema? Son los políticos quienes pueden cambiar o mejorar las leyes.

—Cierto. Pero, ¿no es imaginable que alguna vez los políticos puedan prohibir tan lamentable espectáculo? Al fin y al cabo, en Europa somos los únicos que persistimos en esta barbarie, los únicos que torturamos toros en cada fiesta de cada pueblo.

—Los políticos tienen que hacer lo que pida el pueblo, y sabes que el pueblo español está mayoritariamente a favor de las corridas.

—No estés tan seguro. Si hubiera un referendo, quizás habría sorpresas para quienes pensáis así.

—Suprimir las corridas, prohibir la caza... Cambiar lo que se lleva haciendo desde hace siglos. Son ideas revolucionarias. La anarquía.

Quedé un momento absorto.

—¿Qué te ocurre? Te has quedado mudo.

—Hablas de anarquía. No hace mucho que alguien me habló de los anarquistas. Quizá no fueran tan rompemundos como la mala fama que les cargaron los que les combatieron.

—No me digas que te vas a hacer anarquista también —bromeó Carlos.

—El anarquista postula por la libertad individual frente al Estado. ¿Qué hay de malo en esa idea? El hombre quiere, necesita la libertad. Los asombrosos descubrimientos, tanto geográficos como en los campos de la medicina y de la ciencia, fueron logrados no por la curiosidad inherente en el hombre ni por la búsqueda del conocimiento, como se cree habitualmente, sino por el ansia de libertad. La manifestación más genuina de ello es el arte, donde el hombre no tiene barreras para explorar espacios inacabables. El arte es anarquismo puro. En la práctica, cabe decir que el anarquismo revolucionario se significó al principio con magnicidios, para devenir en luchas libertarias, las barricadas, que luego fueron aplastadas por los Estados con ayuda de los ejércitos y de la policía. El orden. La libertad individual, vieja aspiración ácrata por la que tantos murieron, no existe. Quizá nunca existió. El sistema ahora vigila nuestras vidas con el NIF y nuestras rentas con las declaraciones anuales. Por eso sorprende que hoy algunos escritores y gentes del cine y de la música, con el mayor desparpajo y cómodamente instalados en la sociedad sin luchas, se autodefinan anarquistas, ofendiendo la memoria de aquellos que realmente bregaron para alcanzar su Arcadia.

—Joder, papá, ignoraba que supieras tanto de este tema.

—No he dicho nada que no sea sabido.

—Hablas como un profesor. Podrías meterte a político.

—No serviría. ¿Y sabes por qué? —Dejé que una pausa larga mantuviera la intriga—. Porque en mi trabajo, todavía, a veces, y sólo a veces, imagino, como aquellos viejos anarquistas, que soy libre.

Siguieron mirándome un rato y luego lo hicieron entre ellos, poniendo todos un silencio que fue interrumpido por el camarero al traer los segundos platos.

—¿Cómo van tus estudios? —pregunté a mi hijo.

—Bien, bien. Espero conseguir el título este otoño.

Carlos tiene veinte años y es fisioterapeuta. Trabaja en una clínica y tiene tiempo para afianzar su porvenir estudiando algo que le gusta: profesor de Educación Física. Vive con Paquita, aunque está buscado vivienda.

—No te pregunto cómo te va con lo del piso.

—¿El piso? Estoy de acuerdo: no me lo preguntes porque me cabreo. Es la vergüenza del país. Una especie de terrorismo.

—Es cierto. Pero también es cierto que siempre fue un problema, para todas las generaciones.

—Nunca como ahora.

—No coincido. Tú vives con tu madre. En tiempos no muy lejanos vivían juntos padres, hermanos y abuelos e incluso algún que otro pariente. Cuando algún hijo se casaba, se quedaba en casa y más estrecheces.

—¿Crees que deberíamos vivir ahora así?

—Sabes que no. Lo que quiero decir es que ahora todos los jóvenes queréis piso propio, vuestra independencia. Es lógico. Pero es muy difícil porque en general falta solvencia económica, como siempre.

—Hay algo más. Hay corrupción y especulación.

Quedamos en silencio mientras terminábamos nuestros platos.

—Sabes que puedo ayudarte en eso.

—Sí, pero quiero hacerlo por mí mismo.

—Lo ofrezco para que lo hagáis bien.

—¿Qué hagamos bien qué? —preguntó Sonia.

—Lo del sexo. Sé lo mal que se pasa haciéndolo por los rincones de mala manera. Cuanto antes tengáis piso, mejor.

Ella había abierto la boca como si le faltara el aire. Sus ojos estaban al límite del desbordamiento.

—Ya te dije que mi padre es la polla. —Sonrió Carlos. Cambió de tercio—. ¿Qué hay de tía Diana? ¿Qué vas a hacer con ese cerdo?

—Lo hice.

Me interrogaron con sus miradas y les expliqué lo que había realizado con Gregorio. Sonia mostró una admirativa sorpresa.

—¿Realmente has hecho eso?

—No lo dudes —dijo Carlos.

—¡Fiu! Es fantástico. Si hubieran muchos como tú se acabarían esos canallas.

—Nunca se acabarán. Forman parte de la condición humana. Como los asesinatos. Por cierto, he aceptado un caso especial.

—Casi todos los tuyos son especiales.

—Éste es distinto. Debo encontrar a un asesino.

—No es difícil. —Rió Carlos—. Hay miles. Están por todas partes. Puede que en esta misma sala haya algunos.

—Éste que debo buscar es uno concreto.

Sonia dejó los cubiertos, se secó con la servilleta y retiró el plato. Puso los codos sobre la mesa y me lanzó su mirada de golpe. Les expliqué los datos que recibí de José Vega. Cuanto terminé, Carlos dijo:

—Ya te dije que tengo un padre especial. —En efecto, ella me miraba con admiración.

—¿Llevas esas cosas? —dijo Sonia.

—¿Qué cosas?

—Pistola, esposas, cosas así.

Reí y Carlos se unió a mí.

—¿Cuántos años tienes, Sonia?

—Diecinueve.

—El trabajo de un policía y de un investigador es como el de un científico en su esquema y rutinario como el de un panadero. No hay *chacheneggers*. Si averiguo quién asesinó a esos hombres, será por procedimientos analíticos y deductivos. Haciendo preguntas, estudiando datos... Nada de heroicidades. Nada de pistolas. Y detrás del caso habrá seguramente una historia sórdida, simple y egoísta generada por personas anónimas y rutinarias. Siempre es así.

A continuación les conté mi viaje a Asturias. Luego les enseñé la foto de Rosa. La miraron largamente.

—Ya no hay tías así —dijo Carlos.

—Eh, eh —protestó ella, riendo.

—Nada. Lo que digo. Pero tú también eres especial.

—Debo encontrarla, si es que existe —dije.

—¿Los mató ella?

—No. No vivía allí cuando los hechos, pero me subyuga la idea de que quizá pudieron matar por ella.

—No hay que matar a nadie por nadie ni por nada —apuntó Sonia.

—Ya lo creo que sí. El mundo iría mejor si desaparecieran algunos de los bocazas que se creen los amos del mundo —dijo Carlos.

—Aparte bromas, no es lo mismo matar a una mujer que matar por ella. Pensad un momento. ¿Veis las noticias? Casi a diario torturan y matan mujeres. Y eso sin contar a las pobres chicas a las que secuestran y esclavizan para la prostitución y la droga. Millones de mujeres en el mundo sufriendo. Pero ¿recordáis haber leído que por amor a una mujer maten a alguien? No me refiero a los «si no eres mía, no serás de nadie», porque ésos matan por celos o por venganza, no por amor. Y si recordáis algún caso, ¿cuántas veces más?

—Antes dijiste que seguramente detrás de estos asesinatos habría una historia sórdida. Ahora dices que pudieron matar por amor. Eso no es sórdido.

—Me refería a las situaciones que provocaron el crimen, a los motivos para una situación tan extrema. No me expresé bien antes. Lo que me desconcierta es lo del dinero. Eso siempre tiene un componente egoísta.

Miré la fotografía. Ella me llamaba desde el pasado.

—En algún lugar del tiempo está guardada esta historia. Necesito descubrir lo que pasó.

Nos miramos y fuimos conscientes de que algo sutil nos enmarañaba en las escaleras de lo infinito. Dejamos de oír a los otros comensales.

19 de octubre de 1928

Del monte en la ladera
por mi mano plantado tengo un huerto,
que con la primavera
de bella flor cubierto
ya muestra en esperanza el fruto cierto.

FRAY LUIS DE LEÓN

Mira hermano, en nuestro valle
se me perdieron dos lágrimas...
¡las más grandes que tenía!
y yo no puedo buscarlas.

MIGUEL HERNÁNDEZ

Juan Fernández Marrón salió de la mina por el túnel entibado, detrás de Pedrín y Manín. Caminó a la zaga, admirando la sólida amistad de ambos y sus altas figuras. Entró al galpón de aseo y, como ellos, se dispuso a lavarse. Vio en la ancha espalda de Manín las huellas de dos heridas de bala, que hablaban sin palabras de costosos envites con la vida. Había un trasiego incesante de mineros. Se oían pocas conversaciones y sí gestos airados por cualquier cosa.

—¿Os llevo? —dijo Juan al grupo formado por Pedrín,

Manín y otros dos afiliados a CNT, cuando iniciaban la bajada. Juan era de Vega de Rengos y tenía interés en hacer amistad con esos enigmáticos compañeros, a los que, como otros, admiraba por su condición de excombatientes de África. Eran de su quinta, pero él disfrutó en Ponferrada de una mili más placentera que la de ellos.

—Bueno —dijo Manín.

Subieron los cuatro al carro y se acomodaron en la caja. En el pescante, al lado de Juan, se colocó otro compañero. El sol estaba alto y unas nubes temerosas procuraban no ocultarlo. Bajaron por las cuestas y curvas de la sierra de Caniellas. Las cubiertas metálicas de las dos ruedas de radio ancho golpeteaban con fuerza contra los cantos del camino y les hacían rebotar en sus asientos.

—Está mal la cosa —señaló Juan, deseoso de buscar opiniones—. Se dice que habrá despidos.

—Sí —dijo el que estaba al lado—. Debemos forzar una huelga.

—Sí —convino Juan—, haremos lo que diga Belarmino.

Guardaron silencio y observaron el verdor que desfilaba a ambos lados.

—¿Qué dices tú, Manín? —inquirió Juan, apartando la vista de la mula y volviéndose al interrogado, que fumaba en silencio y miraba las frondas del paisaje.

—Haremos lo que tenga que hacerse; no lo que diga Belarmino, sino lo que mande nuestra confederal.

—¿Qué más da? Belarmino sabe lo que hace.

—Tú y éste sois de la UGT, como él —terció Pedrín—. Nuestro objetivo final en esta lucha no es exactamente el mismo.

Juan le miró. Pedrín había hablado sin girar el rostro. Contempló su perfil griego antes de volver la vista al animal, que caminaba con las riendas flojas por la conocida senda. Esos dos compinches eran la hostia. Parecían gemelos en sus acciones. Callados, pero cuando uno hablaba el otro le secundaba. Un rato más tarde cruzaron el Narcea y entraron en Vega de Rengos, en las estribaciones de la sierra de Caniellas y vanguardia hacia la selva de Muniellos. Manín, Pedrín y sus dos compañeros silenciosos se incorporaron.

—¿Tomamos un vino? —ofreció Juan.

—No. Hemos quedado en La Regla.

—¿Una reunión de vuestro sindicato?

—Sí.

—¿Podemos ir con vosotros? No es nuestro sindicato, pero es el mismo frente. Quizás aprendamos algo. Debemos colaborar.

—Bueno —dijo Manín.

Salieron del acuciante verdor que protege la villa y echaron por la carretera de tierra compactada, mientras oían sonar el río a su derecha. No hablaron mucho. El que viajaba junto a Juan sacó un ejemplar de *Avance*, órgano socialista, y se puso a leerlo a pesar del traqueteo. Pedrín siguió su ejemplo y sacó un número de *Solidaridad Obrera*, periódico anarquista de distribución clandestina, proscrito, como la CNT. Para no ser menos, el que rebotaba junto a Manín extrajo de entre sus ropas un *La voz de Asturias* del mismo día. Distraídamente, Manín miraba de lado los titulares de las noticias según el compañero iba pasando las hojas. De repente un titular atrajo su atención:

—Déjame un momento —dijo, cogiéndole el periódico. Leyó para sí:

> Oviedo. En la Caja de Reclutamiento el próximo domingo 21 de octubre, y con presencia de todos los Alcaldes del Concejo, tendrá lugar el sorteo del reemplazo de 1928, al que acudirán los nacidos en 1907 para determinar, entre otros Destinos, quienes constituirán los Cuerpos y Unidades de la Guarnición permanente del territorio de África.

Devolvió el diario a su compañero e hizo retrospección de su mili de guerra, tan presente todavía que a diario escuchaba como si fuera real el toque de diana, el ruido de las bombas y de los disparos, el grito de los heridos. Era como estar encadenado a contemplar los horrores vividos sin esperanzas de olvido. ¿Olvidar? Los quintos de este nuevo reemplazo no tendrían ya que lidiar con los moros, ya pacificados. ¿Pacificados realmente? Un ministro español en Tánger había dicho desesperado: «Nadie podrá gobernar estas tribus. Son la gente más intratable de la tierra.» Manín recordó a sus compañeros ausentes. Antón y Sabino habían donado sus huesos para que esa yerma tierra diera frutos. Fue una muerte sin sufrimientos para ambos. Un tiro certero y ya la nada. Pero en su recorrido bélico había visto soldados sin ojos, con los genitales metidos en sus bocas, cadáveres sin manos y sin cabeza, cuerpos empalados o abiertos en canal con los intestinos fuera, troncos sin brazos ni piernas, con palos requemados metidos en el ano. Nunca pudieron entender la inhumanidad de esa gente, su crueldad primaria. Estaba claro que defendían su independencia y que luchaban por su tierra, pero la forma que empleaban era salvajismo puro. Y lo hacían contra gente igual a ellos, soldados enrolados forzosamente y que allí estaban por mandato de quienes se habían disociado de las necesidades del pueblo al que sojuzgaban. Ellos, los españoles, al menos los de reemplazo, luchaban limpiamente para defender sus propias vidas y pensaban que los otros no eran enemigos suyos sino adversarios.

Manín miró el perfil de Pedrín. Cómo admiraba a ese muchacho serio y eficaz. Cómo admiraba su tranquilo temperamento. Recordó el sorteo de su quinta, en aquel ya remoto 1924. Entonces eran amigos los del pueblo: José, Amador, Antón, Pedrín, él y otros.

En Cangas de Tineo bebieron hasta el anochecer y organizaron una buena juerga. Hicieron campeonato de pulso en el que intervinieron muchos mozos de Cangas y se cruzaron apuestas. Fueron duelos muy disputados porque todos eran de recia porfía. Quedaron finalistas José Vega y Manín. Con dificultad, pero sin dudas, Manín venció. Al final, y sin que nadie recordara por qué motivo, se organizó una discusión seguida de una pelea entre los pradeños y los de Cangas. Ahítos de alcohol y de golpes, tuvieron que subirlos al pueblo en burros, escoltados un trecho por la Guardia Civil. Boabdil no lloró tanto al perder Granada como Amador por haber sido destinado a África. José lo tomó con tranquilidad. Iría sin problemas a África a «darles una lección a esos moros de los cojones». Más tarde supieron el verdadero motivo de la tranquilidad del hacendado. Los Carbayones habían comprado a un chaval para la permuta. Y para no ser menos, en lugar de Amador iría el criado de casa Muniellos, Sabino, ambos pobres como las ratas. Hay que joderse. Cómo se puede vender a un hijo. Ahí empezó el distanciamiento real entre ellos, que ya venía larvado por la diferencia entre los modelos de sociedad que ambos defendían: el capitalismo, que en Asturias seguía siendo feudalismo, y la utopía libertaria.

Después de Alhucemas quedaba mucho para que la paz fuera restablecida, porque ese anhelo pasaba por la rendición total de los rifeños. Curaron sus heridas y enfrentaron incontables peligros. Así, avanzaron por los cinco territorios del Protectorado, desde el *Kert* hasta el *Lucus*, participando en batallas, pero sin sentirlas como suyas. Targuist, Xauen y otros hitos importantes fueron cayendo en poder español. Abd el Krim se entregó a los franceses a finales de la primavera de 1926, cuando las lluvias estarían disolviendo las capas blancas de las laderas de las montañas astures. Y cuando en el verano de 1927 se dio por terminada la pacificación del Protectorado, las vacas pastarían ya libremente por las *brañas* y los frutos de las huertas estarían siendo recogidos. Pero ellos tendrían que esperar todavía. Si las batallas habían cesado, quedaba por afirmar la autoridad española. Había que hacer algo diferente a pegar tiros: restaurar cuarteles, acondicionar carreteras, obras en los puertos. El ejército participó en todas esas acciones de recuperación civil y transmitió el mensaje a los marroquíes vencidos de que los españoles estaban allí «para ayudarles a mejorar sus condiciones de vida». Luego, el tiempo de África cesó. Un día de principios de primavera del 28 les llegó el licenciamiento. Al dejar el fusil, algo de ellos quedó en esa muestra de una industria que el hombre había creado para matar. Más de tres años cargando con él, compañero y salvaguarda. Manín recordaba las primeras arengas en la instrucción: «El golpe fuerte a la caña con la mano abierta al grito de ¡firm...! ¡Con toda potencia! ¡El que rompa el fusil del golpe, se va a casa licenciado!» Y la palmetada simultánea sonaba como un cañonazo y el aire levantaba polvareda. Meses más tarde, otro era el mensaje: «Al desclavar la bayoneta del cuerpo enemigo, se aprovecha la misma acción para aplastar la cabeza de otro moro caído, con la culata del fusil, que es una maza. ¡El fusil es vuestro mejor compañero! ¡Ni para cagar habéis de soltarlo!» Y ahora quedaba allí, con las pequeñas muescas grabadas en la dura madera. Allí quedaría como un amigo más de los que fueron inmolados.

Salieron de Tetuán en tandas, con otros licenciados, en convoyes custodiados reglamentariamente, pero sin vigilancia extrema, porque el territorio estaba pacificado. En Ceuta, permanecieron unos días viendo embarcarse a los diferentes grupos. Cuando les llegó su turno, ya habían trocado sus uniformes por las ropas de paisano que habían guardado durante esos años de nostalgia y que, al volver a vestirlas, apreciaron que ya no les cuadraban. Las ropas habían envejecido y estaban arrugadas. Como ellos, habían cambiado. Llegaron vírgenes de belicismos y regresaban matadores de hombres. Tenían algo de dinero ahorrado y el espíritu abierto para hacer grandes cosas. No habían vuelto a España desde aquel lejano enero de 1925. Subieron al buque con sus traqueteadas maletas y pasaron en cubierta todo el trayecto, sintiendo como la salina bruma lavaba sus cabellos de los recuerdos de polvo, frío y sudor. Era un vapor de Transmediterránea, el *Virgen de África*. A estribor, y al poco de navegar, vieron venir hacia ellos el espolón tremendo de la roca de Gibraltar. ¿Qué pensarían los lugareños de esa parte de África, miles de años atrás, cuando vieran emergiendo en la distancia, con el tiempo limpio, ese capricho de la naturaleza, al otro lado de ese peligroso mar? Manín y Pedrín recordaron al rubio patriotero que en la cubierta del barco que les llevaba a África lloraba por la afrenta de la ocupación inglesa. Al pasar por su lado, pareció que la mole, mostrando su abrumador perfil, era la que se desplazaba hacia África. Pedrín sintió entonces un toque en un hombro. Se volvió. Allí estaba el vascongado a quien César le había roto el brazo tres años antes. Tenía una sonrisa distendida y ofrecía su mano. Pedrín se la dio. Seguía siendo un muchacho de impresión, pero había adelgazado notablemente. Su rostro era afilado y mostraba una buena colección de cicatrices.

—Me alegro de veros —dijo, estrechando también la mano de Manín—. ¿Cómo os fue?

—No podemos quejarnos. Ya vemos que tú tampoco.

—Ha sido duro. Perdí muchos amigos.

—Sí.

—¿Qué fue de aquél...? Bueno, aquel muchacho que...

—Sobrevivió. Lo licenciaron hace un mes.

—Me gustaría haber podido decirle que siento lo que pasó. Entonces yo era un imbécil.

—Entonces éramos jóvenes. Olvídalo.

—No podré. Me dio una lección que no olvidaré nunca. Mi vida cambió desde entonces.

—¿Qué tal tu brazo?

—Curó muy bien. Peor fueron los balazos. Ésos están ahí, como los recuerdos.

El desembarco fue lento por la gran cantidad de pasajeros y el gentío que esperaba en los muelles de Algeciras. Caminaron hasta la estación de ferrocarril en grupo. El tren era el normal, de viajeros. El sargento repartió las autorizaciones de viaje y se dispuso a subir. Manín le encaró.

—Oye, sargento, se te olvida algo.

—¿El qué? —dijo el otro, un hombre barrigudo, de mediana edad y estatura, gafas ópticas y las insignias del arma de Infantería.

—No te hagas el tonto. El dinero de las *sobras*.

—Os lo daré cuando lleguemos a Madrid.

—No. Lo repartes ahora —dijo Pedrín.

El suboficial montó en cólera y empezó a vocear.

—¡Lo daré cuando me parezca!

—No me toques los huevos, sargento de mierda —dijo Manín achicando al otro con su estatura—. Estamos licenciados. No tienes ninguna autoridad sobre nosotros. Danos el dinero o te lo quitamos a la fuerza antes de volver al puerto y tirarte al agua.

Las *sobras* eran las cantidades resultantes del licenciamiento de los soldados. De la parte asignada a cada uno por el ejército, en ese acto final se les descontaba el pasaje del barco, la comida y el billete de tren. Restaban pequeñas cantidades, pero los sargentos de expedición se las arreglaban para influir en los licenciados, entre gestos de amistad o autoridad, siguiendo la inercia del mando y la obediencia, con lo que normalmente se quedaban con todas las *sobras* de cada expedición, lo que suponía una cantidad importante.

El sargento se quedó blanco, sin saber cómo reaccionar. Todos los ex soldados se acercaron y le rodearon. El suboficial admitió que tenía perdido el juego. Sacó la lista y fue pagando a cada uno la parte correspondiente. Al llegar a Manín le miró con tal odio que, a través de los dióptricos cristales, parecía que se le habían salido los ojos de los huecos oculares.

—No me mires de esa manera, cabrón. Siempre he deseado dar una paliza a un puto tripero.

El militar, casi a punto de la apoplejía, subió al tren y ya no volvieron a verle en el resto del viaje. Ellos subieron y se acomodaron en compartimentos de tercera clase. José, el vasco, se sentó a su lado.

—Joder macho, tú sí que sabes ir por la vida.

—Tres años aguantando a esta gentuza. Ni un minuto más. ¿Quién nos paga estos tres años perdidos, eh? —dijo Manín con la desesperación batallando en su mirada.

Cuando el traqueteante convoy estuvo en marcha, varios lugareños con trazas de hambre de siglos les pidieron permiso para colocar bultos entre sus maletas. Uno de los licenciados se opuso, pero Manín anuló la oposición y lo permitió. Claro que era contrabando. De algo había que vivir. ¿No lo hacían los militarotes con la impunidad que daba la aquiescencia de los gerifaltes de ese monstruo llamado ejército?

En cada parada del largo trayecto fueron bajando excombatientes. A Madrid llegaron veinticuatro y se quedaron cinco. No había fanfarrias ni muchedumbres para recibirlos. El disminuido grupo montó en el tranvía 60, que llevaba a la estación del Norte. Desde sus cuadradas y abiertas plataformas vieron cómo la dinámica ciudad se deslizaba hacia atrás bajo un sol tempranero y un cielo azulísimo. Con sus pases de ejército sacaron los billetes y dieron una vuelta hasta la plaza de España, un espacio cuadrado rodeado de feos edificios salvo el de la Real Compañía Asturiana de Minas. A la noche salió el expreso y los paisajes quedaron borrados por la negrura del confín. Estaciones en penumbra y gente de rostros cansados. Eso no había cambiado. En Venta de Baños bajaron siete, entre ellos los vascongados. José dijo, al despedirse:

—Si vais a Tolosa alguna vez, visitadme. Aquí tenéis mis señas.

Pedrín lo miró fijamente.

—Eso está por San Sebastián, ¿verdad?

—Cerca, a unos cincuenta kilómetros.

—¿Sabes que cuando lo de Alhucemas nuestra reina inglesa, Victoria No Sé Qué, estaba veraneando con la corte en San Sebastián? ¿Sabes que el Rey proyectaba ir también y no lo hizo, quedándose en Madrid por consejo de Primo de Rivera?

—Sí, me lo dijeron desde casa. Van allí todos los veranos.

—Miles de muchachos muriendo y ellos veraneando —escupió Pedrín.

—Les importa su España imperial, no el pueblo al que deberían proteger y dar trabajo —añadió Manín.

—Bueno —dijo el vasco— esa gente de la realeza es diferente a nosotros. Son como de otra raza. Piensan de manera distinta.

—Y se gastan buenos reales cada año en vuestra región, dándoos los beneficios de esa diferencia —siguió Pedrín.

José lo miró y no supo dónde ponía su rencor el asturiano.

—Mira mis cicatrices —aclaró—. ¿Ves en ellas algunos de los beneficios que dices? Yo tampoco quiero a esta monarquía.

—No va por ti. Las cosas son como son. Vuelves a un lugar afortunado en el que esta monarquía que no quieres está invirtiendo en tu zona. Los palos con pan duelen menos. También nosotros llevamos repertorio de cicatrices. ¿Y sabes qué encontraremos al volver a nuestro concejo? La miseria y el abandono de siempre.

En León se despidieron ocho, la mayoría gallegos. Quedaban cuatro. Había sido un largo y alegre recorrido desde África, pero ahora, ellos, como supervivientes del sacrificadero, notaron el temblor de las emociones. Dispersos en la patria tierra quedaban buenos camaradas de jornadas intensas. Quizá no volvieran a verse, pero estarían siempre con ellos en los días nostálgicos del vino. No dormían cuando cruzaron Pajares. El alba bostezaba y de la oscuridad brotaban abrumadores el macizo de Peña Ubiña, las estribaciones de la Picarota y, allá, la sierra de Solledo como dándoles la bienvenida. Pedrín miró largamente hacia un punto cercano. En la parte sur de la cúspide del puerto destacaba un edificio blanco y de líneas modernas sobre el verdor del fondo. Lo señaló a Manín:

—Mira, ¿qué ves?

Su amigo oteó y estuvo un rato callado. Sin variar la postura dijo:

—El hotel de Antón.

Se volvió y se miraron. Y miraron sus miradas en el recuerdo de tres años atrás, en ese mismo punto, cuando al cruzar hacia las tinieblas y la incógnita Antón prometió no morir y ellos dejaron que esa promesa se diluyera en la esperanza. Y luego rememoraron la canción eterna en la voz de aquella simpática chiquilla, Rosa Muniellos, que Pedrín tanto añoraba. A la amanecida llegaron a Oviedo. La ciudad no los reconoció. ¿Es que no veis? Venimos de África, de matar moros, de ver compañeros morir. Hay miles de tumbas de asturianos jalonando los caminos de aquella ingrata tierra. ¿Es que no lo notáis? ¿Qué os pasa? ¿Por qué no nos decís nada?

Uno de ellos se quedó en la ciudad. El otro seguía a Gijón. Se abrazaron emocionados sintiéndose restos indeseados de un horror que estaría con ellos para siempre. En un autobús, volvieron al terruño anhelado. En Cangas notaron que eran desconocidos, aunque no en la taberna de las broncas. Allí les agasajaron y brindaron por ellos, dándoles de comer y reiterando los palmetazos en las espaldas. La taberna pertenecía a la fonda. Siempre había gente ante el mostrador o sentada en las mesas.

—Acabasteis con ese moro. Sois un orgullo. Vuestra quinta es la de la victoria —había dicho el mesonero—. Brindemos por ello.

—No quiero que vuelvas a decir eso en mi presencia —dijo Pedrín.

—¿Por qué no? Es la verdad.

—Si hubieras visto lo que nosotros, no hablarías así. Han muerto muchos más españoles que moros en esta guerra de mierda. ¿Cómo se puede llamar victoria a eso?

—Bueno, vale. Brindemos por otra cosa. Por Cangas del Narcea.

—¿Qué es eso?

—Que ya no somos Cangas de Tineo. Somos concejo separado.

—Vale. Antes éramos una mierda junta. Ahora cada uno arrastrará la suya propia.

Algo cargados subieron al autobús hasta Cibuyo. Luego, caminaron por las curvas del angosto y empinado camino oliendo los aromas que creían olvidados. No hablaban, notando que las sombras iban tapando los colores del suelo. Y después, la llegada al hogar, el ladrar de los perros, los gritos de las familias, la alegría de los paisanos, los llantos. Se reunieron en el camino entre las huertas. Alguien llevó vino y sidra, y se abrieron las paneras. Manín vio llegar a José Vega y a Amador Muniellos. Venían con el rostro recompensado y el cuerpo bien adobado. José se dirigió a Pedrín y le extendió la mano. Pedrín le escupió en la palma. Con un gesto de ira, el gigante se abalanzó sobre el ex soldado. Se encontró como si hubiera chocado con un poste de hierro. Cayó al suelo y a la luz de los faroles contempló con asombro al delgado ser al que antaño siempre había vencido y que ahora mostraba unos recursos que le superaban.

—No os queremos —dijo Manín—. Ni a ti ni a éste.

Los desertores con bula y sus familias se alejaron hacia sus casas y dejaron su odio esparcido entre la alegría general. Cobardes. No eran como los señoritos del sur, quienes, según decían, no trabajaban y siempre andaban a caballo, entre los toros y las romerías. Pero eran señoritos al modo duro de las norteñas tierras, agravado en el caso de José por su dedicación a la usura y a la especulación. Y la fiesta continuó. Y, de repente, entró un rayo de luz en la reunión. Los recién llegados creyeron estar viendo visiones. Era una *Xana* surgiendo de la penumbra. Sus defensas quedaron bloqueadas. ¿Quién era aquella criatura que destellaba como una pepita de oro en la batea de un buscador? Y lo más increíble sucedía. Se acercaba a ellos, les abrazaba y besaba sus enjutos rostros ante un espanto sin mesura que no tuvieron durante los terribles días de Marruecos. «Soy Rosa, ¿no me conocéis? ¿Qué os pasa?» No lo entendían. ¿Cómo era posible si, cuando salieron del pueblo, dejaron una chiquilla desgarbada y apaletada? Ahora aparecía una mujer de hermosura destellante. ¿Quién imaginaría que en el pueblo surgiría una mujer así, como un milagro? Todos, menos los Carbayones y los Muniellos, con excepción de Rosa, durmieron felices aquella noche, porque todos habían encontrado motivos de esperanza.

Pero la realidad fue imponiéndose. Los llegados de África apreciaron que nada había cambiado en los años perdidos salvo los derivados de las leyes naturales. Susana se había casado con Ángel, un rapaz de casa Lastra de Otás, y vivían en Prados, con una niña rubia como el oro que correteaba por el verdor. También se había casado la hermana de Pedrín con un chaval de casa Camuñas, en Larna, y también vivían en Prados. Tenían un hijo moreno, con los ojos del tío que había vuelto de África. José Vega se había casado también y tenía un hijo de tres años y una chica de dos. Amador y Jesús Muniellos también se habían desposado. El primero no tenía hijos y el segundo una niña de meses. Otros del pueblo también habían modificado su condición familiar. Aunque habían muerto algunos, había más gente y más *guajes*, pero el pueblo estaba hundido en la gandulería, las casas sin arreglar y algunas decrépitas; los muros derruidos y las alambradas derribadas. Todo el pueblo, como el país, estaba instalado en la desidia y el costumbrismo. Nadie invertía en mejorar los lugares comunes. Encontraron basura en los recovecos de los caminos, tal y como los recordaban. Los mismos árboles caídos, las mismas latas de sardina vacías, ahora oxidadas, la misma cagarruta en la piedra antes del riachuelo. El tedio, el fatalismo. Faltaba savia joven y emprendedora. Y ellos eran una muestra.

Repararon los muros de sus haciendas, restauraron sus casas y las pintaron de blanco, igual que las que vieron en el sur de España y en los pueblos marroquíes. Estimularon a los paisanos, sacándolos de su letargo. Formaron brigadas para los trabajos generales. Cortaron los árboles muertos y plantaron otros. Eliminaron el albañal y crearon zonas dispersas más higiénicas para las evacuaciones intestinales, copiadas del ejército. Limpiaron, ampliaron y fortalecieron los caminos internos y de entrada y salida del pueblo, echaron piedras en las zonas que los inviernos convertían en barrizales. Trabajaron sin descanso, estimulados por la presencia de aquella *Xana* milagrosa que tanto bien les hacía con sus cantos y risas. Pero la riqueza de sus casas no creció. Por ello, y dada la ascendencia que habían conseguido en el pueblo, creyeron que había llegado el momento de poner en práctica las teorías absorbidas de mentores como don Federico. Se pusieron manos a la obra. Escribieron una especie de bando, que invitaba a los vecinos a una reunión de interés el domingo próximo, bajo el *teixo*, tres horas antes de la misa de Cibuyo. Y ese domingo se juntaron los hombres del pueblo, quedando las mujeres como oidoras por carecer de derecho al voto. Ellos explicaron que el pueblo no progresaba y que, uniendo sus esfuerzos en una acción autogestionaria, podrían prosperar todos. La idea era unir los recursos (prados, huertas) y trabajar la tierra comunalmente. Harían una carretera más ancha hasta la general y construirían una escuela para que los niños del pueblo y de las aldeas cercanas pudieran estudiar.

—Porque la mayor riqueza está en la enseñanza y en el conocimiento —había dicho Pedrín.

—Y tú, ¿qué pondrías? —preguntó Carbayón.

—Mi prado, mi huerta, mi ganado, mi trabajo, todo lo que tengo.

—Y yo lo mismo —dijo Manín.

—¿Yo pondría mis prados y vosotros esas míseras tierras?

—Haríamos una tasación y nos asignaríamos un valor por hora trabajada. Trabajaríamos las horas necesarias para igualar la diferencia de bienes de ahora. Los pastos unificados ganarían en extensión; habría mayor producción de leche y la venderíamos a mejor precio. Aumentaría la cabaña. Y también el producto de la huerta, al hacer uno y no dieciséis miserables sembrados. En unos años tendríamos beneficios que reverterían en el pueblo y todos viviríamos mejor.

—¿Te crees el más listo? No sabes administrar tus recursos y quieres administrar los de todos.

—No es verdad. Yo sé administrar bien mis recursos. Lo que ocurre es que son escasos.

—Pide un crédito y demuestra que puedes hacer lo que dices sin arrastrar a nadie.

—Claro. Pedírtelo a ti, ¿verdad?

—¿Por qué no? Mejor yo que nadie. Soy del pueblo. Todo quedaría aquí.

—Quedaría aquí pero en tu poder a la mínima oportunidad —contestó Pedrín—, como habéis hecho con otros prados y con los de mi bisabuelo.

—Sabes que el proyecto no es ése —añadió Manín—. Que se enriquezcan sólo algunos del pueblo no es lo que conviene. Lo estamos viendo. Dos ricachones y el resto tratando de esquivar la pobreza.

—Así es la vida. Unos nacen blancos y otros negros, unos ricos y otros pobres. Siempre ha sido así.

—Es eso precisamente lo que hay que cambiar. Se trata de que todo el pueblo progrese, no unos pocos. Nadie debe estar estigmatizado de por vida por haber nacido pobre. Todo el mundo tiene derecho a una buena vida que nazca de un trabajo honrado.

Los Carbayones se habían echado a reír.

—El cuento de la lechera. No os necesitamos para nada. Sabemos cómo ganarnos la vida.

—Si el pueblo se hace grande, serías más grande. Ahora eres el más importante de un pueblo sin importancia, es decir, una mierda importante. Pero lo fundamental es pensar en los *guajes*.

—¿Hay cuatro *guajes* y quieres hacer una escuela? ¿No estás un poco loco?

—Sería para todos los pueblos de la zona.

—¿En qué nos beneficiaría?

—Ampliar el conocimiento ya es un beneficio. Además, el pueblo sería un centro de irradiación cultural para el bien de la región.

—No necesitamos cultura, sino trabajo.

—La ilustración crea trabajo, porque el ingenio se ayuda de los conocimientos técnicos capaces de mejorar los bienes de producción.

—Hablas como el anarquista que eres. ¿Qué ejemplo puedes darnos? ¿De qué te ha servido lo que has estudiado?

—Yo no he estudiado. Ninguno de este pueblo lo ha hecho. Sé cuatro cosas y una de ellas es que no quiero que nuestros *guajes* sean unos iletrados como todos nosotros.

—Y claro, sería una escuela a vuestro estilo, sin Dios.

—Laica, por supuesto. La religión amordaza la inteligencia. Pero cada uno puede llevar su propio Dios interno sin que nadie lo imponga.

—¿Y la iglesia?

—¿Qué pasa con la iglesia?

—Sería destruida, ¿verdad?

—¿Por qué dices eso? Empleas el terror como arma contra la razón. ¿Qué nos han hecho esas piedras? El templo quedaría para quienes profesen la fe en esos símbolos.

—No vamos a rechazar a Dios a priori porque vosotros lo digáis. Proponéis el comunismo ateo, sin más.

—No. La autogestión productiva, cultural y sin aborregamiento.

—No interesa. Y tened cuidado con esas ideas revolucionarias. Os pueden costar muy caras.

—¿Amenazas? Se acepta por todos, a votación, o no se acepta. ¿Por qué las amenazas? No estamos imponiendo nada.

—Palabras, palabras. En el fondo vuestro deseo es que repartamos con vosotros los que algo tenemos. Eso realmente es mendigar.

Pedrín se había acercado despacio al enorme hacendado. Se movía como si flotara. Se había parado a un metro de José Vega, que estaba junto a su padre y abuelo, tan excesivos como él.

—He visto hacer crueldades a los moros, pero luchaban por algo, todos unidos, con la esperanza de que les cambiara la vida. Eran patriotas. Tú te las das de asturiano, pero, en realidad, eres como los barrigudos que nos mandaban. Vas a lo tuyo y cuanto peor le vaya al pueblo, mejor para vosotros. Todos sabemos de qué pie cojeáis. Ahora bien, no vuelvas a decir que mendigamos o que queremos quedarnos con tus tierras. No te lo diré dos veces.

Todos miraron a José. Algo estaba pasando. ¿Cómo el más fanfarrón del concejo se achantaba? Miraron luego a Pedrín, sus escasas carnes, su estatura de ciprés, su despreocupada figura, y todos notaron que el odio entre esos paisanos nunca se disolvería.

A pesar de ello, Pedrín sugirió una votación. Sólo los Castro apoyaron la propuesta. Los de las otras trece casas, que deberían haber apostado por la iniciativa que les haría mejorar y salir de su estado de postración, se escabulleron sin decir nada y dejaron inamovible la vida del pueblo. Fue un rotundo fracaso. Estaba claro que costaría mucho lograr que la gente entendiera el mensaje y, lo más importante, que venciera el miedo de siglos.

Así, el tiempo fue pasando y su espacio de gloria acabó. Ya no eran ejemplos a seguir, sino héroes apócrifos, contrarios a la santa tradición. Se negaban a entrar en la iglesia. Pelayo había iniciado la Reconquista luchando por la Cruz y ellos, a pesar de haberse batido contra los moros, renegaban de ella, lo que era abjurar de su estirpe, de su raza, de sus raíces. Así que optaron por buscar otra forma de sacar partido a sus energías. Decidieron hacerse mineros. Las más famosas minas estaban en las Cuencas, donde también estaban las mayores siderurgias y los centros del sindicalismo libertario. Por definición, los sindicalistas de CNT eran obreros metalúrgicos y los de UGT eran mineros, con las salvedades lógicas. Pero ellos no querían salir del concejo, donde no había ninguna empresa de altos hornos. Necesitaban ver y oír cada día a esa misteriosa *Xana* que había irrumpido en sus vidas para siempre, pasara lo que pasara.

Pedrín, cuando la contempló aquella noche del regreso, notó que todos sus sueños se derrumbaban. Esperaba encontrar una joven normal donde antes había una chiquilla, con el solo encanto de sus canciones y simpatía. Ahora, su belleza increíble se interponía entre ellos. ¿Cómo pensar que esa diosa podría compartir su vida con él? Lo de Manín fue diferente. Él se encontró con algo inesperado. Su primita ofrecía ahora un molde excesivo. Pero él también era un buen ejemplar. Podrían formar una buena pareja, aun siendo primos. Mas, cuando los días pasaron, Manín también apreció que ella estaba por encima de sus sueños. Como Pedrín, supo que sólo un milagro podría hacer que ella lo mirara de forma diferente a como mira un hermano. Y él nunca creyó en los milagros.

Buscaron en el concejo, donde había tres zonas mineras: la de Rengos, en la cuenca del río Gillón; la de Hermo, en el nacimiento del río Narcea y la de Carballo, en la serranía del Acebo, todas de extracción de antracita. Aun cuando era mal año para la minería en la región, con despidos altos en las cuencas del Nalón y del Caudal, les aceptaron en la de la Rengos, donde los problemas laborales no tenían la virulencia que en el este.

El general Primo de Rivera había fundado Unión Patriótica para integrar a todos los hombres de buena voluntad para que España alcanzara el bienestar deseado. Las organizaciones obreras que no se adscribieron fueron ilegalizadas de inmediato y perseguidas. El Dictador había acometido esfuerzos notables en infraestructuras para dinamizar el país, aun a costa de vaciar las reservas del erario público, pero, en cuanto al carbón, se vio obligado a permitir la entrada de mineral inglés y alemán con precios de *dumping*. Eso era parte de lo que Llaneza y sus compañeros negociaban en la corte, esperando conseguir que se impusieran aranceles altos al carbón foráneo. Manuel Llaneza era el fundador del sindicato minero asturiano y presidía entonces la Federación Nacional de Mineros, además de ser miembro de la Comisión Nacional del Combustible. Era socialista, como Belarmino Tomás, a la sazón presidente del SOMA. Belarmino, como Ramón González Peña, era discípulo de Llaneza y ferviente sindicalista, pero el ala radical del movimiento socialista, en el que destacaba Teodomiro Menéndez, les acusaba de tibieza ante el Dictador. La CNT, creada en 1910 por Anselmo Lorenzo entre otros, fue declarada ilegal por Primo de Rivera, a pesar de contar con más de un millón de afiliados en toda España. Había hombres como Eleuterio Quintanilla o Avelino González Mallada que propugnaban la conciliación no sólo con renovadores de otros sindicatos, sino con fuerzas políticas no sindicales, por lo que se acercaban a los postulados de Belarmino en UGT, en contra de la ortodoxia de los de base, entre los que destacaba el revolucionario nato y excelente organizador José María Martínez. Los radicales de UGT y CNT querían controlar los sistemas de producción para acabar de una vez con el drama enquistado de un proletariado hambriento, inculto y sin libertades.

El esfuerzo que ambos amigos dedicaron, tanto en la mina como en sus casas, hizo mejorar sus haciendas, aunque al precio de muchas horas de trabajo. Mientras ellos no daban descanso a sus cuerpos, veían a Amador y a José deambular, con reiteración en la abstención hacia sus propias labores. En realidad esos dos no necesitaban estar con la azada al hombro todo el día. Tenían sus prados, su amplia cabaña y sus criados. La vida no era un trueque de esfuerzos para ambos ricachos.

Un día, Roque, el criado de los Carbayones, enfermó, reventado de trabajar. Cerró sus ojos de pocos paisajes cuando el verano pasaba los exámenes. Y en la fiesta del santo, cuando septiembre empezaba a desnudar algunos árboles de envejecidas hojas, en lo alto del camino apareció una figura grotesca. La gente lo miró caminar hacia el pueblo andando como los monos y llevando un hatillo al hombro. Corrió la voz y desde el prado donde celebraban la fiesta del patrón todos miraron a aquella descontrolada figura mostrando sus peores modales de labriegos. ¿Quién era aquel ser desconocido que se acercaba a ellos semejando la imagen física de los pecados del mundo que señalaba don Julián, el cura, en sus letanías? Los niños se escudaron tras sus mayores y los perros ladraron asustados, mientras los adultos miraban con una mezcla de sorpresa, temor y rechazo. Era César, a quien Carbayón había mandado llamar ofreciéndole la plaza vacante del criado fallecido y olvidado. Manín y Pedrín corrieron hacia él y le abrazaron con sonoras y emotivas muestras de cariño, lo que asombró a todos. Entonces Carbayón y su hijo José se acercaron, le hablaron y le llevaron a casa. Salieron luego sin él. Manín se plantó ante la casa de los Carbayones y llamó a César. Cuando el criado salió, Manín le echó un brazo por un hombro y lo llevó a la zona donde su familia comía en su manta, junto a la de Pedrín. José se acercó a ellos.

—Es mi criado —dijo.

—De acuerdo —aceptó Pedrín—, pero hoy es fiesta. Ya tendrás tiempo de ponerle a trabajar. Lo llevas a tu manta a disfrutar como todo el mundo o se queda aquí con nosotros.

—Quedaos con él —asintió Carbayón.

Al principio el muchacho fue aceptado con cierta renuencia por todos. No era frecuente ver a alguien tan singular. Pero llegó Rosa y, con esa espontaneidad y alegría que la caracterizaban, le abrazó y besó, dejándole aturdido. Y luego todo fue más distendido. Los familiares vieron que era un chico sencillo y tímido. Cuando dijeron lo que había hecho por ellos en el Rif, todos lo aceptaron como un familiar más. Él nunca había visto reír a César durante los años de guerra. Ni un solo día. Por eso se maravilló al ver sus dientes sanos y poderosos en sonrisa reiterada cuando miraba a Rosa. Nunca lo vio tan feliz. Y cuando Rosa empezó a cantar, todos fueron felices también y sintieron cómo se les encogía el alma por amor a aquella severa y amada tierra.

Hora y media después entraban en La Regla de Perantones, cruce de caminos para Cangas y San Antolín de Ibias. Juan dirigió la mula al bar, al pie de la iglesia. Bajaron y entraron. Allí estaba, entre otros, Pablito Montesinos Baragaño, un cabecilla del comité siderometalúrgico confederal. Era obrero metalúrgico en Duro-Felguera, donde la implantación de la CNT era casi absoluta. Nato de Cibuyo. Tenía un permiso y, como siempre, venía desde las Cuencas a instruir a sus amigos cenetistas y a estar con sus padres. Había un numeroso grupo que recibió a los recién llegados con sonrisas, palabras tenues y al grito de «¡Salud!». Juntaron unas mesas, formaron un círculo y se acomodaron. Pedrín dijo:

—Éstos son de la UGT. No son espías. Trabajan en nuestra mina. Quieren estar aquí para aprender.

Todos rieron.

—Bueno —dijo Juan—, unos consejos nunca vienen mal. Van a despedir a algunos.

—¿A cuántos? —preguntó Pablito.

—Quién sabe. Unos veinte.

—Eso no es nada. En el Nalón y el Caudal han echado a más de cuatro mil este año.

—Posiblemente veinte aquí sean más que cuatro mil en Langreo y Felguera. Allí hay muchos.

—Pocos o muchos, a todos nos afecta. Debemos estar listos para hacer la huelga en cuanto nos lo indiquen.

—No toda la culpa la tienen los patrones. El carbón de Asturias no se vende. El mineral alemán e inglés está entrando a unos precios irrisorios. Es ahí donde deberemos actuar —dijo Manín.

—El problema no es de la región —señaló Pedrín—. Es un problema institucional. Hay que mover el gobierno.

—Llaneza está en Madrid hablando con Primo. Ése es uno de los puntos a tratar —dijo Juan.

—Es el Dictador. ¿Qué nos va a dar? —indicó Pablito.

—No es el peor de la banda —señaló un minero de pelo cano y larga nariz—. El rey es el freno. Río Tinto vendido a los ingleses y carbón inglés entrando a cuatro reales. ¿No es inglesa la reina?

—Primo está dando trabajo a otros sectores, como ferrocarriles, obras públicas, viviendas —dijo Juan—. Hay que tener paciencia. Debemos pensar en nuestro problema asturiano. Dejemos que otros se ocupen de resolver a esos niveles.

—Estás equivocado —dijo Pedrín—. Sacar al país del atraso de siglos no se hace con inversiones viarias. Es todo un concepto de sociedad lo que hay que cambiar. No podemos estar siglos para cambiar injusticias de siglos.

—Mover al rey es la única solución. Caña al poder ya —insistió el del pelo cano.

—Primero se echa a Primo y luego al rey —le señaló otro—. Necesitamos una República, gente que hinque el lomo, como nosotros.

—La huelga tiene que ser general en todo el país, no sólo minera y local. Llaneza pactará y todo seguirá igual.

—Llaneza es un hombre honrado —dijo el compañero de Juan—. Ha luchado siempre por los obreros. ¿Os olvidáis que después de Pablo Iglesias es el que más ha hecho por los trabajadores? Es un ejemplo para nuestra clase. No permitiré insinuaciones de entreguismo.

—De acuerdo —terció Pablito—, nadie puede hablar mal de Manuel, pero es demasiado cándido. No es momento de pactos. Mirad la historia, nunca se ha conseguido nada con los pactos.

—Los enfrentamientos tampoco traen remedio a nuestra pobreza —dijo Juan—. Muertos, torturas y hambre. Porque siempre ganan ellos. Es mejor un mal pacto que nada.

—Un mal pacto significa seguir malviviendo. ¿Hasta cuándo? Las mejoras sociales sólo han venido después de luchas. Los capitalistas no dan nada por sí mismos, a no ser que se les obligue.

—No podemos aceptar que mientras convenís con el Dictador la farsa de los Comités Paritarios, nosotros, la CNT, estemos fuera de la ley y reprimidos sañudamente —dijo Manín.

—Hay que ir a la alianza obrera. Belarmino debería entender que su sindicato nos necesita. Quizá se le haya olvidado que en su juventud era sindicalista de tendencia anarquista, como nosotros. Sin la CNT el mundo obrero no podrá ganar.

—La alianza obrera, sí. Pero para ir a por todas. Llaneza o nuestro Quintanilla son teóricos. Hay que estar con vuestro Teodomiro y nuestro José María. Es el momento de la acción. Hay que cambiar las estructuras sociales y económicas del país, controlar los sistemas de producción para acabar con la desigualdad y la indignidad en que vive el pueblo.

—El problema es que la vida pasa y los pobres seguimos siendo pobres —dijo Montesinos—. Los socialistas, que son la gran fuerza política de izquierdas, van muy despacio. Lo dice incluso Largo Caballero. Tendremos que ser los sindicalistas los que hagamos lo que se tenga que hacer. Somos la gran masa social trabajadora, la mayoría. Sólo tenemos que unirnos todos los proletarios en un único fin: subvertir el Estado. Sólo dentro de la República se eliminarán las clases.

—Y vendrán los colores blancos —dijo Manín.

De La Regla, Manín, Pedrín y Pablito volvieron caminando, cuando en el cielo hacía tiempo que se habían apagado los incendios. Los demás se desperdigaron para sus lares. Formaban un trío compacto y singular. Pese a su juventud, los pradenses iban en silencio custodiando el que mantenía su compañero. Montesinos era un veterano. Tenía treinta y dos años y había sido minero desde su primera juventud. Era un sindicalista de convicción «desde antes de fundarse el sindicato», lo que le costó haber sido expedientado antes de ser definitivamente expulsado de la mina. Transmitieron su nombre para que en ninguna otra mina pudieran emplearlo. Pudo, sin embargo, entrar en la siderurgia y allí andaba revolucionando a la gente. «No puedo ver la miseria en que viven las familias de los obreros. Hay que acabar con eso.» Estaba casado, pero ese veneno del libertarismo hizo naufragar su matrimonio. No tenía hijos y un día encontró una nota de ella en la que le decía que no lo aguantaba más. Le dijeron que estaba en Madrid, pero no la buscó. Si quería regresar, ya sabía el camino. Nunca volvió a entrar en la casa en que vivieron en Cibuyo, junto a la de sus padres. Ellos, que tenían un colmado en el pueblo y que servía también de posta de correos, limpiaban y conservaban la casa del hijo esperando que algún día la mujer volviera y pudieran corretear por ella los nietos añorados. Nadie le había visto reír desde esos hechos. Su gesto hosco, agravado por una cicatriz que le cruzaba un lado de la cara desde el ojo hasta la barbilla, que se hizo al salvar a unos compañeros que habían quedado bloqueados al estallar una bolsa de grisú, le daba un aspecto feroz. Pero todos sabían que tras esa máscara latía un hombre dispuesto siempre a los mayores sacrificios.

Iban por la carretera empedrada a tramos y estrecha en las curvas. Había poca circulación. Carros, bicicletas o jinetes en burros o caballos pasaban de vez en cuando. A veces, un camión o una berlina, como perdidos en el espacio. Una luna grande y bonachona se había adueñado del adormecido e invariado paisaje. Fumaban y caminaban sumidos en sus pensamientos, con el monótono sonar del Narcea corriendo a la izquierda en dirección contraria. Y más allá, los altos montes del Pando silueteados por la blanca luz.

Al llegar a Cibuyo, se despidieron de Montesinos.

—Salud y libertad —se desearon.

Ellos siguieron ladera arriba, atravesando trochas y senderos secundarios iluminados como si el alba apuntara. Al doblar el recodo, apareció el pueblo, pintado de plata, como si fuera un lugar encantado.

12 de marzo de 1998

El paseo de la Chopera mide lo que el antiguo Matadero Municipal, que ocupa todo el ala oeste de la calle. Detrás de su prolongado muro de piedra y ladrillo, y en el centro del rectángulo, se destaca una torre de estilo neomudéjar donde un reloj, con esferas en cada plano, da las horas y los cuartos con sonido quejumbroso. Es una vía ancha con una doble línea de grandes chopos que custodian cada lado de las aceras desde el puente de Praga hasta la plaza de Legazpi. Pude aparcar el coche y me acerqué a un grupo de tres casas con patios exteriores profundos y fachadas enfoscadas de crema. Según mis averiguaciones una de éstas debía de ser la casa. Pulsé un botón en el portero automático de una de ellas.

—¿Quién?

—Busco a alguien que lleve muchos años viviendo aquí.

—Llame al 3.º D o al 4.º A.

Desde ambos sitios respondieron a mis llamadas, pero cortaron la comunicación cuando les expliqué el motivo de mi visita. Crucé la calle, me aposté bajo un árbol y esperé. Entraban y salían de vez en cuando personas jóvenes y maduras. Al ver salir a una anciana, crucé de nuevo la calle y la abordé.

—Perdone señora. No se asuste. Soy investigador. —Le mostré la licencia—. Sólo le pido que me diga si recuerda a esta mujer. Se llamaba Rosa. Vivió aquí a principios de los 40.

La mujer cogió la foto de mi mano y la miró largamente. Era de baja estatura y cuerpo resoplón. Su mano resistía el paso del tiempo pero no su rostro desvirtuado.

—La recuerdo —dijo al fin.

—¿Podría concederme unos minutos para hablarme de ella?

Negó con la cabeza.

—No puedo decirle mucho. No tuvimos gran trato. Oiga, son muchos años. —Miró al suelo cavilando—. Sí, pregunte a la señora María. Vivían puerta con puerta. Eran amigas. Llame al 1.º D, en ese portal de allá.

La señora estaba. Cuando le expliqué por el telefonillo a quien buscaba, me abrió el portal de hierro. En el extremo de un largo pasillo una joven iberoamericana me esperaba junto a la puerta. Me hizo pasar a un salón-comedor y luego a una salita donde el televisor imponía su rutina. Advertí que tenía varios relojes de pared y todos con la misma hora. La señora María era una anciana bien conservada, alta y atractiva, de grandes ojos azules. Inclinaba la cabeza a un lado, signo de sordera en un oído. Tenía muy blanca la tez y su nariz era recta y equilibrada. Me recibió de pie, apoyada en un bastón con su mano derecha, mirándome inquisitivamente, valorándome.

—Rosa... cómo olvidarla. Siéntese. ¿Le apetece tomar un café?

—Agua. Muchas gracias.

—Muy bien. El agua aclara la vista y mejora el entendimiento. ¿Qué desea usted saber?

Saqué la grabadora y la puse sobre una mesita.

—¿Para qué es eso?

—Es como si tomara notas. La conversación queda grabada y es más fácil luego recordar los datos. Si usted lo permite, por supuesto.

—No sé si permitirlo o no. ¿Qué hará luego con esa grabación?

—Nadie la escuchará salvo yo. Quedará guardada en mis archivos. Podemos hacer una prueba. Una vez que hayamos terminado, puede oírla. Si no le gusta la destruimos y si no ve inconveniente, la conservo. ¿Le parece bien? —Asintió y conecté el aparato.

—Alguien la busca para una herencia. Ese alguien me ha contratado para encontrarla.

—¿Herencia? Llega muy tarde. Le hubiera venido bien en aquellos años.

—¿Sabe usted dónde está?

—Ni donde está ni si vive siquiera.

—¿Qué puede decirme de ella?

—¿De Rosa? —Quitó su mirada de mí y la puso en el recuerdo—. Nunca vi una mujer tan hermosa. Impresionaba. Tenía el cabello blanco como la nieve, a pesar de su juventud. No tenía treinta años siquiera. Destacaba de la miseria en que vivía como si fuera una Cenicienta. No hacía corrillos con la gente del barrio, por eso nos hicimos amigas. Su única preocupación era sacar a sus hijos adelante.

—¿Vivía sola?

—Sí. Al marido lo mataron en la guerra. Nunca vino a verla ningún familiar. Bueno, sí, un primo suyo, ¿cómo se llamaba? —intentó recordar.

—Manín.

—Sí, eso, Manín ¿cómo lo sabe? Alto, rubio, muy guapo a pesar de una cicatriz en una mejilla. Cojeaba un poco, como yo ahora. Pero lo mío es de los huesos, ¿sabe? Se me dobla. —Se miró la pierna derecha—. Venía con cierta frecuencia. Hasta que dejó de venir.

—¿Nunca...?

—Al principio venían a verla también algunos amigos, hombres y mujeres. Compañeros de ella y del marido durante la guerra. Miguel fue capitán de intendencia y decían que siempre hubo buena comida en la mesa de Rosa. Quizá pensaban que también tras la guerra Rosa haría el milagro de hacer brotar los alimentos como Moisés. No fueron gente agradecida. Cuando vieron el panorama de desilusión continuada, dejaron de venir, en vez de echar una mano. La situación había cambiado y se trataba de dar, no de recibir, y la mayoría no estaba por esa labor. Quienes no dejaron de venir nunca fueron su amiga Gracia Muñoz y los Ortiz.

Buscó el silencio. Pero el tictac de los relojes mantuvo los oídos ocupados. Al cabo prosiguió:

—A veces venían excarcelados, excombatientes salidos de prisión y de camino hacia sus casas de Asturias. Compartía con ellos lo que tenía. Algunos venían agotados y ella les permitía reposar unos días en su casa. Dormían en unos jergones puestos en el suelo de uno de los cuartos vacíos. El corazón se me desbordaba. No puedo explicar las emociones, el sufrimiento de esa mujer cuando hablaba con ellos, que abatidos, humillados y torturados volvían a sus hogares. Recuerdo a uno, muy amigo de su primo y tan alto como él, muy guapo y muy delgado. Estuvo más tiempo que los demás y le traía alimentos al final del día. Se sentaba en el suelo y se ponía a jugar con los niños como un niño más. Cuando la miraba no podía disimular la admiración y el dolor que sentía por ella. Nunca entendí por qué Rosa no cogía a los niños y se iba al pueblo.

—¿No le explicó nada sobre su vida anterior?

—Nunca. Era muy reservada y orgullosa. No hacía chismes. Con la simple bata que vestía tenía la arrogancia de una reina. Decía que su pueblo era el mejor de Asturias, aunque nunca me dijo el nombre. Pero ¿por qué no volvía? Algo grave debió de ocurrirle, pero lo guardó para ella sola.

No era yo quién para decirle cuál era ese secreto.

—Ella necesitaba trabajar en lo que fuera, no le importaba. Sus hijos necesitaban comer. Intentó un trabajo en las colas de los trenes de Atocha, pero le salió mal —de nuevo la mirada se le escabulló hacia el pasado—. Luego se lo cuento.

—¿Cómo era la vida de ustedes entonces?

—¿Se refiere a cómo vivíamos aquí? ¡Oh!, ni se lo imagina. Casi nadie teníamos nada de valor. En los veranos de la reciente posguerra las puertas de las casas estaban casi siempre abiertas, con un trapo como cortina. No había ladrones, ¿qué iban a robar? No había agua caliente, ni calefacción, ni bañera, ni ducha, ni muebles. Sólo un grifo en la pila de la cocina. Y la taza del retrete. Y gracias. Porque en otros sitios había que compartir el cagadero con los demás vecinos y esperar la vez. No había ni televisión ni radio. Bueno, radio sí, pero años después. Algunos vecinos pudieron comprarlas y como todas las ventanas estaban abiertas oíamos las canciones de Pepe Blanco, Juanito Valderrama y el Príncipe Gitano. ¿Oyó hablar de ellos?

—Sí.

—Mi marido tenía una cosa llamada radio galena, que había que ponérsela en el oído para escucharla. Sólo la podía oír una persona. Como en los aviones. Yo la escuchaba mientras cosía, cuando mi marido no estaba. A veces creo que este oído quedó sordo de aquellos años. No lo sé, porque mi marido escuchaba los partidos de fútbol a todo volumen y cuando murió oía como un conejo.

—Su marido...

—Trabajaba en el mercado de Legazpi, que era la lonja donde se recibían y se subastaban las frutas y verduras. Mi marido mercadeaba, sirviendo a los asentadores. Nunca nos faltaron esas cosas. Rosa estuvo trabajando allí, como un hombre, hasta que no pudo aguantar el ambiente promiscuo y procaz. A diario le dábamos a Rosa parte de las frutas y verduras que mi hombre traía. Ella nunca pidió nada. Lo aceptaba para sus hijos, claro. Pero carecía de otras muchas cosas elementales. ¿Dice que una herencia?

—Sí.

—A buenas horas mangas verdes.

—Hay acontecimientos que no controlamos. Éste es uno de ellos.

—Entonces todo estaba racionado, pero hacía falta dinero para comprarlo. Se vendían los cupones de aquellas cosas que menos interesaban para comprar las que sí interesaban. Pero aun así... Manín fue un santo con ella. Fumaba mucho. Todos los hombres fumaban. A la mayoría de edad los jóvenes conseguían su cartilla de fumador. Para muchos era parte del alimento. No se veían colillas por las calles. La gente las reunía y con ellas hacían nuevos cigarrillos. Manín, y ese otro chico guapo, espaciaban su vicio y vendían a buen precio los cuarterones, dándole el dinero a ella, como préstamo. Bueno, eso decían ellos. Todos sabíamos que Rosa no iba a poder devolverles esos préstamos.

Me llevaba por sus recuerdos y no veía cómo interrumpirla.

—Además, ellos le traían comida básica: garbanzos, judías, azúcar, harina... La harina era de almortas, ¿oyó hablar de ella?

—No.

—No era harina de cereal sino de legumbre. Era lo que se comía. Y boniatos. ¡La de boniatos que habremos comido...! ¿Y la leche? Había tres clases de leche dependiendo del agua que el lechero echase en ella. Estaban en unos pilones de piedra, como bañeras pequeñas. El lechero metía el cazo correspondiente, que era de hojalata: un litro, medio, cuarto... Los tenderos eran unos ladrones. Robaban en el peso, con las básculas alteradas para dar menos cantidad de alimentos. Un kilo nunca era un kilo, sino menos. ¿Y el aceite? Eso sí que era una vergüenza. Lo despachaban en una especie de bomba con paredes de cristal. Giraban la manivela hacia un lado y el aceite subía impulsado por el vacío provocado por el émbolo hasta la medida señalada. Luego ponían la botella del cliente en la espita y giraban la manivela al lado contrario. El aceite pasaba de la bomba a la botella. El truco era que, además de que nunca hacían tope ni al llenar ni al vaciar la bomba, lo hacían a gran velocidad con lo que el aceite llevaba muchas gotas de aire. Cuando una llegaba a casa el aceite se había depositado y del litro faltaban tres dedos. Con esas y otras argucias todos los tenderos en la década de los cuarenta se hicieron ricos.

Movió la cabeza como si quisiera ahuyentar los recuerdos.

—Ese chico, Manín, ¿era sólo su primo o algo más? —pregunté.

Levantó la mirada.

—¿Dice?

—Una viuda hermosa, tan necesitada. Hay gente que sólo ayuda a cambio de algo.

—No puede haber nada noble en las personas, ¿verdad? ¿Y qué si se hubiera acostado con él o con algún otro? ¿Usted tiene hijos?

—Sí, uno.

—¿Hasta qué punto es capaz de sacrificarse por él?

No respondí.

—Pero se equivoca. No tiene idea de cómo era esa mujer. Nunca hubo para ella otro hombre que su marido, antes vivo, entonces muerto. Es seguro que su primo la quería y el otro también. No había duda. Pero era mayor su respeto. La protegía. ¡Y de qué manera! Hubo un asunto con el jefe de casa, un falangista de los primeros tiempos. Un fanático, que veía comunistas en todos los sitios. En aquellos años en cada casa había un jefe, que vigilaba para mantener el orden establecido. Aquello dio mucho que hablar. En contra de él, claro.

—¿Recuerda que viniera alguien especial a verla?

—¿En qué sentido?

—Alguien distinto a sus amigos, distinto a los que regresaban al pueblo. En realidad, si recuerda que alguien de Asturias viniera expresamente para verla.

Movió la cabeza tratando de recordar.

—No. Casi a diario venía Gracia a traerle el pan. Se lo traía gratis, porque durante muchos meses, desde la inmediata posguerra, Rosa había escondido a su compañero, un ideólogo y periodista de izquierdas a quien buscaban para fusilarle. ¡Ya ve usted! Ese hombre, Leandro Guillén se llamaba, nunca empuñó un arma. Pero a él sí querían matarlo, sólo por las ideas que transmitió de libertad, igualdad y democracia para todos. Le salvó la vida. Y de milagro, porque una vez vino la policía acompañada por el chivato del falangista. Los vi venir por el pasillo a través de esta ventana. —La señaló. Miré. Se veía el largo corredor por el que había entrado, único lugar de acceder a la casa—. Corrí a la cocina y grité a través de la ventana. Él siempre estaba preparado. Saltó por la ventana de la cocina al campo y cuando entraron los guardias no le encontraron y tuvo que disculparse el muy canalla. Luego le enseñaré por donde escapó Guillén.

Se echó a reír, rememorando el hecho narrado.

—La organización clandestina pudo pasarle a Francia y desde allí a Argentina. Gracia nunca lo olvidó y se lo agradecía trayéndole gratis el pan, lo que no era poco en aquellos años de racionamiento. Era una chica muy guapa y alegre. Supongo que con ella compartiría los secretos que a mí me negaba. Era lógico. Habían convivido durante la guerra.

—Me habló antes de los Ortiz.

—Sí. Venían con frecuencia. Tampoco estaban casados. Eran pareja desde los años esperanzados del amor libre. Ellos eran una muestra de que una pareja no necesita casarse para ser feliz. Llevaban juntos más de seis años y se querían de verdad. Se conocían desde la guerra, porque sus hombres estaban en la misma brigada. Él era factor o algo así y estaba a cargo de una zona de trenes de mercancías y de personal de vías, en la RENFE. O en una de las contratas de la RENFE, no recuerdo bien. Estaba en la estación Imperial del paseo de los Pontones. Él dejaba a Rosa coger carbón del almacén, una cesta que ella traía caminando, sin ayuda de nadie, aunque debía pesar sus treinta kilos. Era muy fuerte. Ese carbón lo vendía a algunos vecinos mucho más barato que el de las carbonerías. Era el único dinero real que entraba en esa casa. Hacía dos o tres viajes al día en horarios discretos. Puede usted suponer las palizas que ello representaba para esa chica. Del esfuerzo y de la mala alimentación, enfermó. La cuidamos entre Carmen Ortiz, Gracia y yo misma. Cuando se recuperó no volvió a lo del carbón. Como Gracia, los Ortiz estuvieron viniendo hasta que ella se marchó.

Movió la cabeza lentamente. Luego se levantó y me dijo que la siguiera. Avanzamos hacia el interior y pasamos a una pequeña cocina, sencillamente amueblada y limpia. La chica abrió la ventana. Daba a un pequeño patio. Enfrente, a menos de dos metros había una pared. Era la trasera de otra casa.

—¿Ve esa vergüenza? ¿Qué decían del muro de Berlín? Seguro que era mejor que esto, porque el muro podía saltarse. Esto es como una cárcel. Pero ahí delante estaba la vida. Un campo inmenso y natural que nunca había sido modificado y que llegaba hasta el paseo del Canal, allá, a lo lejos. Usted no se lo puede imaginar. Se asomaba una a esta ventana y se veía la hierba, las flores, los pájaros, las mariposas, la luz... Oh, sí, había también moscas, abejorros y escarabajos que nos fastidiaban bastante, y grillos que no nos dejaban dormir. Ya ve. Ahora echo de menos todo eso, porque era una vida natural.

La contemplé. Miraba ese campo en su evocación y no el ominoso muro golpeando nuestras caras.

—¡Cuántas tardes hemos pasado asomadas a esta ventana, o a la de ella, viendo pasar a la gente o contemplando a los niños jugar hasta que se hacía de noche...! Luego empezó a llenarse de chabolas. Cientos. Era como un pueblo de chabolas. Seguro que usted no vio nunca nada parecido. Y muchos años después hicieron casas y esa cosa horrible ahí enfrente que nos quita la vida. Pero ella no vio todo esto. El recuerdo que habrá tenido sería el de ese campo magnífico. —Hizo una pausa y luego levantó el bastón apuntando a la pared medianera del patio en la que estaba pegado el muro de la otra casa—. ¿Ve ese tabique? Ahí terminaba el patio. Al otro lado empezaba el campo, justo donde se acuesta la otra casa. Guillén saltó de esa ventana al borde de la pared del patio y de ahí al campo, y les dejó con un palmo de narices.

Me obligué a dominar mi impaciencia. ¿Nos damos cuenta de que no prestamos atención a los mayores? Yo había ido a buscar unos datos, con mi tiempo hipotecado. Iba a lo mío. Conseguir la información y salir a otras prisas, sin pensar en cómo quedaría esa anciana tras haber alterado su mente con los recuerdos que saqué de su escondrijo.

—¿Mencioné las moscas? Alguien debería hacer una tesis sobre el barro y las moscas. No se lo puede creer. Había millones de moscas. Convivían con nosotras de manera natural. Se caían en los guisos y en los platos cuando comíamos. Las echábamos agitando trapos. Era un trabajo inútil. Cuando abríamos de nuevo la ventana, entraban. Poníamos unas cintas impregnadas de pegamento, que entonces vendían para tal fin. Las colgábamos de las bombillas. Quedaban adheridas hasta que la cinta no tenía más huecos. Había que poner otras, y otras. Al final desistíamos del invento, porque no teníamos dinero para tantas cintas. Y, además de las moscas normales había moscones grandes, otras de color verde cuya picadura era dolorosa, y unas que llamábamos moscas borriqueras. No se espantaban. Se agarraban a la piel y tenía uno que arrancarlas con los dedos. Eran muy difíciles de matar. Todos los jueves se celebraba, enfrente de las puertas del matadero, en las entonces anchas aceras, al aire libre, un mercado de ganado caballar. Apenas pasaban coches. Venían gentes de todos los sitios trayendo sus caballos, burros y mulos. Era una tradición. ¡Cómo describir el sonido, el ambiente, el color...! Había carros de comida y ropas, y los niños corrían por entre las bestias averiguando lo que era la vida real. Cuando terminaba la feria, nos pasábamos toda la noche quitándonos todas esas moscas borriqueras que habían venido por manadas.

Se calló, pero siguió mirando el campo en su indesmayable recuerdo.

—Debí de haberme ido de aquí hace tiempo. He quedado encerrada, sin vista alguna, como prisionera. Todo el día con la luz encendida.

—¿Qué le impidió hacerlo?

—El amor a las cosas y a los recuerdos. Parece absurdo, pero soy así. Y eso que Salvador y los hijos insistieron, pero fui más porfiada que ellos. Ocurre que vinimos aquí en el 40, la casa sin terminar. No había barandillas en los pasillos de afuera ni puertas en la entrada ni en las habitaciones. Ni luz. Todo eso lo fueron poniendo después. Con el tiempo hicimos pequeños arreglos con el permiso del administrador. Tuve mis hijos y aquí crecieron. Y un día, a mediados de los 60, salió esa ley de Propiedad Horizontal. Y todos los caseros empezaron a desprenderse de sus inmuebles, porque no les compensaba tener inquilinos con rentas bajas. Estaban bloqueadas las subidas de los recibos y, además, habían de acometer reparaciones obligadas, a veces costosas. Así que, como habíamos recibido ese dinero, compramos el piso al contado y en armonía ya que teníamos derecho de tanteo. Fue una buena compra. Figúrese: cuarenta mil pesetas. Parece una broma pero es cierto.

—Dice que recibieron ese dinero...

Se me quedó mirando durante un rato con los ojos muy abiertos.

—Nos tocó la lotería. Mi marido jugaba siempre y algunas veces le había tocado, pero esa vez fue un buen pellizco. Hicimos las reformas necesarias: agua caliente, baño completo, todas esas cosas. ¿Cómo iba a querer irme si la casa estaba preciosa? Fui egoísta y estaba equivocada. No pensé en los sentimientos de mi hombre. —Movió la cabeza y habló con abstracción—. Salvador... Se fue silenciosamente una noche del 74. Siempre se levantaba ligero, aún de noche, y se iba al mercado. Era muy inquieto. Esa mañana estaba allí, a mi lado, cuando desperté. Le llamé, Salvador, te has dormido. No me contestó. Nunca más me contestó...

De nuevo quedó absorta. Respeté su pausa. Se volvió y me miró. Hizo una seña y volvimos al saloncito bajo la mirada de la cuidadora. Apuntó el bastón como si fuera una espada y señaló mi asiento. Obedecí y miré sus ojos azules. Aunque ella me miraba no me veía.

—Y hablando de ganado. En el matadero se mataban corderos, vacunos, cerdos y hasta caballos. Había una línea de tren que entraba directamente dentro de los muros. Pero mucho más frecuente era que los trajeran en manadas, al paso. ¡La de miles de animales que he visto pasar...! Le puedo decir que el ganado caballar que traían eran animales decrépitos y lisiados, algunos en las últimas. Caballos y burros cojos, llenos de heridas, huesudos como el caballo de Cantinflas, explotados en una vida de trabajos. ¡Pobres animales! Los veo todavía...

¿Cómo parar ese caudal de recuerdos? Pero, sorprendentemente, se me había quitado la prisa y me encontré a gusto oyendo esos mensajes del pasado.

—En ocasiones traían toros jóvenes y con cierta bravura. Los conducían hombres a caballo, con largas varas, que impedían que los animales se salieran de la manada. Pero muchas veces algún toro se espantaba y echaba a correr, solo o seguido de otros, paseo arriba o se metía en el campo. ¡Qué momentos aquéllos! —Se echó a reír—. Parece que lo estoy viendo. Las mujeres y los niños salíamos pitando hacia las casas. Entonces no había ni un solo árbol en el paseo. Habían sido cortados durante la guerra. Los toros enfilaban a la gente como en San Fermín. Una vez un toro se metió en este portal y entró en el pasillo de este piso. Era enorme. Y no podía darse la vuelta. Fue algo digno de ver. Tuvieron que sacarlo de culo hasta la escalera entre varios hombres, tirándole del rabo. En el descansillo pudo darse la vuelta y salió como un vendaval. ¡Cómo decirle...!

Me contagió y nos reímos un rato. Luego, de repente, se quedó triste.

—¡Desdichados animales! Los Viernes Santos permitían entrar a ver cómo se los mataba. Igual que si fueran a una fiesta, las familias iban endomingadas con sus hijos, niños de corta edad muchos de ellos, quizá para habituarlos a la crueldad humana. Yo fui también una vez por curiosidad, como una tonta. Nadie me había dicho la barbaridad que era. No debí haber ido. No volví más. Era brutal. Ignoro por qué los responsables consentían el hacer un espectáculo de esa violencia inhumana. Todo lleno de sangre y frenesí. Muchos se arrepintieron de ponerse en primera fila y tan acicalados, porque salieron con sus mejores ropas arruinadas de sangre y barro. Por si no lo sabe le diré que entonces la gente vestíamos mal durante la semana, pero los domingos y fiestas nos poníamos nuestras mejores ropas, lo mejor que teníamos, que eran prendas únicas cuidadas con esmero para que duraran años. A los toros y vacas los mataban juntos, por recuas, en una gran sala, varios matarifes a la vez. Les daban con una especie de puñal redondo y puntiagudo, como un atornillador, en la nuca. El animal caía, aterrorizado, entre mugidos. Sin pausa le abrían el cuello y le dejaban desangrar. La sangre corría como agua por todo el encharcado piso hacia los desagües. Los animales intentaban escapar, se escurrían y caían, con un espanto tal en sus ojos que no se me olvida. A veces un toro presentaba batalla. Los matarifes, hombres insensibilizados, rodaban por el suelo con sus monos y botas chorreando. Entonces, venían unos con una especie de tijeras largas terminadas en cuchillas. Las aproximaban a las patas delanteras y les cortaban los tendones y las rótulas. El animal caía y luego daban cuenta de él. Desangrados, les partían el cráneo a hachazos, quitándoles los cuernos. Muchos latían todavía cuando les colgaban de unos ganchos y los transportaban a otras salas donde los descuartizaban a gran velocidad.

Se calló. Miré a la cuidadora, que permanecía impasible.

—¿Y a los cerdos? Eso sí que era una barbaridad. Les asían con unos hierros terminados en ganchos, por debajo del cuello. El animal no dejaba de gruñir y de resistirse. Le clavaban un cuchillo para desangrarlo y aún pataleando lo echaban a unos calderos de hierro con agua hirviendo para el despellejado. Pero a veces, bien por cansancio, broma o simple crueldad, echaban al animal vivo directamente al caldero. Era atroz ver al cerdo gritando y revolviéndose hasta quedar quieto entre las risas de sus torturadores. Desde entonces no he vuelto a comer carne.

—¿Es la receta, quizá, para que se conserve usted tan bien?

—¿Qué receta?

—No comer carne y beber agua.

—No. Depende de la naturaleza. No a todo el mundo le van bien las mismas cosas.

Guardó silencio y entrecerró los ojos.

—¿Por dónde iban mis recuerdos? Ah, sí, el matadero. De una u otra forma muchos vivían de él. Los chicos iban a las cuadras de los cerdos y les robaban las bellotas, disputándoselas a golpes. Los más grandes robaban corderos pequeños. Los más golfos escarbaban la piedra y se llevaban las tuberías de plomo, que entonces estaba carísimo. En las madrugadas con luna los aspirantes a toreros saltaban los muros y seleccionaban toros, cambiándoles con habilidad de unas cuadras a otras. Todas las cuadras de toros tenían burladeros de hierro. Toreaban y toreaban. A veces aparecían los guardas jurados, la llamada brigadilla, un cuerpo de vigilancia de las instalaciones y del ganado. Disparaban con balas de sal. Bueno, eso decían. Hirieron a varios muchachos. Se decía que habían muerto algunos de esos maletillas. Nunca se supo si era o no verdad, porque ya sabe que la censura de la prensa era total.

—Antes se interesó por cómo vivíamos —prosiguió, los ojos esquivados hacia un pasado que mi presencia actualizaba—. Entonces nos conformábamos con poco. Los precios de las cosas, aunque ahora puedan parecer ridículos, eran prohibitivos para la mayoría. Casi todo el mundo compraba de fiado. Cuando se recibían las pagas, se cancelaban las deudas con los tenderos y vuelta a empezar. El cine costaba 50 céntimos. Pero a pesar de ser casi la única ventana a un universo de sueños, nuestra ínfima economía nos impedía disfrutar a menudo de ese lujo. Con los hijos hacíamos la excepción. Era de las pocas cosas buenas que podíamos darles, aunque supusiera un esfuerzo. Siempre había colas enormes para entrar y eso que funcionaban muchos cines. Le diré. En el área del paseo de las Delicias, que siempre ha sido el eje comercial del distrito, y hasta Atocha, estaban: Legazpi, Montecarlo, Elcano, América, Candilejas, Lusarreta, Pizarro y Delicias. En menos de un kilómetro. Todos de sesión continua y proyección ininterrumpida. Dos películas en blanco y negro, el Nodo y algún que otro anuncio. El color vino mucho más tarde y ya la entrada era bastante más cara. Ninguno de esos cines ponía cintas de estreno. Los niños iban a la primera sesión y se estaban hasta que los recogíamos a las diez de la noche, incansables en ver las mismas películas una y otra vez... —Suspiró profundamente como si quisiera subrayar lo que narraba—. ¿Sabe cuántos cines quedan? Ninguno. La televisión acabó con ellos. En algunos cines daban, un día a la semana, y al final de la última sesión, un «Fin de fiesta». Alzaban la pantalla y el lugar se transformaba en un escenario, con decorados simples. Salían artistas conocidos y otros que buscaban la fama. Cantaban en directo, acompañados por una orquesta y siluetados por tres focos que cambiaban los colores de las luces. Allí actuaron Tomás de Antequera, Pedrito Rico, Margarita Sánchez, Estrellita de Palma, Antonio Machín y otros muchos. A la gente que atiborrábamos la sala, ellos nos dieron un poco de felicidad, capturada entre tanta sombra. Y todos recobrábamos la esperanza por un mundo más amable.

De repente me miró.

—Estoy abusando de usted. Es muy paciente y sabe escuchar. Es muy raro. ¿Cómo se llama?

—Corazón.

—¡Corazón! ¿Se llama así realmente? Conocí uno en la guerra, amigo de mi marido. Era de un pueblo de Toledo. Allí tienen nombres muy raros. Conocí hombres que se llamaban Amable, Loreto, Sensible, Rosario, Concepción y otros así. ¿Es usted de Toledo?

Negué con la cabeza.

—Tiene que perdonarme. ¿Sabe que hace años que no hablo tanto? Tengo hijos y nietos, pero vienen poco a verme. De vez en cuando llaman por teléfono. Pero casi todos los días estoy sola. Bueno, con Lucrecia. —Señaló a la cuidadora—. Es de Santo Domingo, ¿sabe? Está todo el día conmigo y por las noches se va a su casa. Me cuida, sí. Pero no es lo mismo. Los hijos... con su vida agitada. Los recuerdos me dañan. De cuando vivía mi marido y los hijos eran pequeños. Aquellos tiempos felices... Si usted es casado no debería morirse. No deje sola a su mujer como me dejó mi marido. ¿Qué es una mujer sin su hombre? No saben lo solas que nos dejan.

Permití que su discurso se diluyera. Un reloj carrillón dio las doce campanadas y simultaneó sus acordes con los de otros relojes menores. Miré sus ojos. Volvía lentamente al presente.

—¿Se encuentra bien? —pregunté, enviándole una sonrisa.

—Bueno, sí. Pero le he ayudado muy poco, ¿verdad?

—No lo crea. Quizá necesitaría un esfuerzo suplementario de su memoria.

—Diga.

—¿Sobre qué año se fue Rosa?

—En el 43. No se me olvida. Recuerdo que recién las nieves se habían ido y que aún los alemanes estaban en guerra contra los ingleses.

—¿Nunca la escribió?

—Sí. Al año o así recibí una carta agradeciéndome los cuidados cuando su enfermedad. Decía que nunca olvidaría la ayuda que la presté.

—¿De dónde vino la carta?

—De los Estados Unidos. Miami.

—¿Miami?

—Sí. La tengo por algún cajón. Pero no le serviría, como a mí no me sirvió, porque vino sin remite. —Miró hacia el espacio y los tictac se abalanzaron sobre su silencio. Al cabo añadió—: Nunca volví a verla, pero conservo su imagen imborrable. La vi alejarse andando con sus tres hijos, una mañana de primavera, con su bata resaltando su alta figura. Todo cuanto poseía cabía en dos maletas de cartón. No se volvió. Hacía un pequeño viento y el pelo se le agitaba alrededor de la cabeza...

—No le dijo entonces dónde iba.

—No. La carta fue una sorpresa.

—¿Y esa amiga, la del pan?

—No lo sé. Supongo que se iría a Argentina con su marido. Esperaba ansiosa que la reclamaran desde allá... En aquellos tiempos sólo daban visados de salida a contadas personas. Una manera de obtenerlos era con una carta de un familiar y enseñando el pasaje pagado. Espero que lo haya conseguido. De ella tampoco volví a saber nada.

—¿Sabe dónde viven ese primo Manín y su amigo?

—No, ¿cómo iba a saberlo?

—¿Y los Ortiz?

—Los Ortiz, los Ortiz..., no recuerdo.

Apagué la grabadora. Ella me dijo:

—Quiero oírla. Es lo que prometió.

Rebobiné la cinta y la conecté. La escuchamos en silencio. A veces ella sonreía. Al final dijo:

—Está bien. Ha sido muy interesante escucharme la voz. Qué rara suena. No parezco yo.

—Tiene un timbre muy agradable. Podría haberse dedicado a doblar películas —dije, mientras me levantaba para despedirme.

Ella permaneció sentada.

—Deme un beso —pidió. Me incliné y la besé. Me abrazó durante unos largos segundos. Sus bellos ojos azules estaban húmedos cuando me alcé. Retuvo mi mano.

»Gracias por escucharme. Vuelva por aquí. Cuénteme si la encontró.

Lucrecia había abierto la puerta de entrada. La anciana dijo:

—Los Ortiz... Él tenía una hermana por la glorieta de Bilbao, en una pajarería. —Me miraba profundamente—. Vuelva.

Salí. Y me llevé sus ojos y sus recuerdos, ya míos para siempre.

8 de octubre de 1941

Despiértenme las aves
con su cantar suave no aprendido...

FRAY LUIS DE LEÓN

La estación estaba como siempre, con la muchedumbre moviéndose en todas direcciones, cargada de bultos y maletas, saliendo y entrando en los andenes. El ferrocarril era el medio de locomoción más utilizado y diariamente los trenes partían y llegaban llenos. Había un rumor de conversaciones y ruidos que no permitían una audición sosegada. Ante las ventanillas, se alineaban largas colas de gente impaciente y esperanzada por conseguir los billetes antes de que las plazas quedaran cubiertas.

Rosa avanzó con sus dos hijos mayores, de seis y cinco años, niño y niña, y los colocó en sendas colas, situándose ella en una tercera. Inmediatamente fueron colocándose detrás otras personas. Las filas iban avanzando lentamente. Cuando faltaba poco para llegar a las taquillas, Rosa rogó al de detrás que le cuidara la vez y fue al final de la cola para ofrecer su puesto al que estaba en último lugar. El hombre aceptó encantado y le dio veinticinco céntimos, después de que Rosa le llevara al sitio que ocupaba. Esa forma de ganarse la vida pacientemente en esos años de penurias le había sido sugerida a Rosa por su vecina la señora María, que lo había oído hacer. Rosa fue a donde estaban sus hijos e hizo la misma operación, logrando otros dos clientes. Volvieron a ponerse en las colas. Pasó un tiempo. Repentinamente, Rosa sintió que la sacaban de la fila a la fuerza. Eran dos mujeres de aspecto duro y chulesco con rostros iracundos.

—Fuera de aquí. Esto es nuestro. Te vas o cobras.

—¿Por qué tengo que irme?

—¿Eres idiota o estás sorda? Aquí no tienes nada que hacer. Este trabajo es nuestro.

—Este trabajo es libre —dijo, poniéndose otra vez en la cola. Ellas volvieron a agarrarla. Rosa se desasió y les dio un empellón, tirándolas al suelo. Miró hacia sus hijos y vio que otras mujeres los echaban de sus sitios y se ponían ellas. Como una pantera se dirigió hacia una de ellas y la proyectó con fuerza, tirándola al suelo. En un momento, todas se le echaron encima y la golpearon mientras ella se defendía bravamente. Al oír la escandalera, dos uniformados grises aparecieron y las separaron sin contemplaciones. Uno de ellos cogió a Rosa de un brazo.

—¡Tú! ¿De qué grupo eres?

—No lo entiendo —inició Rosa.

—¡Es una intrusa! ¡No es de nosotras!

El gris no se anduvo por las ramas. Empujó a Rosa sin miramientos hacia la salida, por entre la gente, y le dio un vergajazo en las nalgas.

—¡No te quiero ver por aquí! ¡La próxima vez vas a comisaría!

La ira hizo que sus ojos se inundaran de lágrimas. Miró al guardia fieramente.

—¿Por qué me has pegado?

—Y más te daré si no te vas.

—Déjame recoger a mis hijos.

—Aquí no entras más. Y llámame de usted.

Rosa impulsó al guardia y entró de nuevo en la algarabía a buscar a los niños. Los encontró juntos, en un rincón, con sus caras llenas de susto. Al agacharse para cogerles, notó al policía armado encima de ella y atisbó su mano en alto con el vergajo. El chiquillo se cruzó ante su madre y recibió el porrazo en la endeble espalda, cayendo al suelo entre el estupor de la gente. Rosa se lanzó sobre el guardia y le clavó las uñas en los ojos. El agente se debatió, soltó la porra y se llevó las manos a la cara. Ella cogió el vergajo y empezó a golpear al gris con una furia desbordada. Luego sintió un golpe en la cabeza y se refugió en la nada. Cuando despertó, vio que estaba en un mohoso cuartito sin más mobiliario que el banco de madera corrido donde estaba tumbada. A su lado estaban sus hijos. Intentó levantarse y un dolor profundo en el cráneo le provocó náuseas y un semidesvanecimiento. Se recobró y se tocó la cabeza. Un bulto nacía con decisión en la parte cercana a la oreja derecha. Abrazó a los niños y los consoló.

—¿Cómo estás? —preguntó al niño.

—Me duele mucho.

—Déjame ver. —Le levantó el jersey y le miró la espalda. Un moratón alargado tomaba forma en la pálida piel.

—Iremos al médico —le dijo, para tranquilizarle. Miró en derredor y vio a un agente en la puerta que les contemplaba ceñudamente, por lo que supuso que estaban en una celda. Por un ventanal alto entraba un poco de luz diurna para ayudar al opaco resplandor de una moribunda bombilla.

—¿Qué hora es? —le preguntó.

—Las seis de la tarde.

—¿Qué hacemos aquí?

—Se te informará a su debido tiempo.

—Al niño debe verle un médico.

—Te aguantas hasta que te llamen.

La vergüenza, la frustración y la incomprensión la ahogaban. Hizo un esfuerzo y puso su mirada en imágenes interiores. El tiempo fue pasando y nadie apareció. Horas más tarde entró otro agente, que le ordenó seguirle. Por un desnudo pasillo apenas iluminado, fueron a una salita en la que había un mostrador. Tras él estaban un policía uniformado, sentado frente a una máquina de escribir, y un hombre de pie con un traje gris, ceñido como la funda de un paraguas. Ambos fumaban y el humo flotaba como algo sólido. El de paisano observó a Rosa fijamente durante un largo rato sin que ella arredrara su mirada. Tenía el pelo muy negro, peinado liso hacia atrás, con reflejos de brillantina. Era delgado, con aspecto de tísico, de media estatura y llevaba un bigotito fino y cuidado. A Rosa le recordó a los falangistas pandilleros de las algaradas previas al estallido civil. Tosía a intervalos, como si fuera un tic. En la pared, Franco la miraba desde una fotografía en sepia, mientras que José Antonio disimulaba en blanco y negro mirando hacia su derecha.

—¿Sabes lo que has hecho? —El hombre apuntó la boca hacia arriba y exhaló un chorro de humo que se elevó recto hacia el techo como si quisiera clavarse en él. Mantenía el cigarrillo como si fuera una jeringuilla.

—Defender a mis hijos.

—Has agredido a un agente de la autoridad. Eso es un delito.

—¿Autoridad? ¿Qué autoridad es esa que consiste en golpear a mujeres y niños?

—Estamos para mantener el orden. Lo alteraste.

—Sólo estaba ganándome la vida honradamente, sin meterme con nadie. Esa banda es la que organizó el escándalo. Parece que la policía lo consiente.

—No mejoras tu situación haciendo esas acusaciones —matizó el oficial, mirándola. Realmente no le era fácil quitarle los ojos de encima. No era frecuente ver a una mujer tan notablemente hermosa todos los días. Miró su vestido simple y su ajado jersey, que no conciliaban con su altiva presencia. Le pidió el nombre y otros datos, que el uniformado transmitió al papel. En él Rosa vertió su versión de los hechos. Después le hicieron firmar. Ella dijo:

—Necesito que al niño le vea un médico.

—¿Para qué? —dijo, convulsionando su cuerpo al compás de la tos.

—¿No te lo han dicho? —dijo ella. Dio la vuelta a su hijo, le subió la camisa y el jersey y le mostró la espalda. La huella del vergajo se apreciaba nítidamente en la débil carne.

El moratón dejaba sitio a nacientes zonas negras. El policía que estaba sentado tras la máquina miró a su jefe, quien le devolvió la mirada en silencio.

—No le ocurrirá nada. Se le pasará. Es sólo un golpe.

—Se ve que no lo recibiste tú.

—Llámame de usted.

—Tú primero a mí.

—Tienes la lengua larga. Eso te puede perjudicar.

—¿Perjudicar? He sido golpeada —volvió su rostro y mostró el chichón—, han pegado a mi hijo brutalmente. ¿Qué más pueden hacerme?

—La multa. Iba a ser de 25 pesetas. Por deslenguada ahora deberás pagar el doble.

Rosa puso un gesto como si en el cuartucho hubiera estallado una bomba.

—¿Qué dices? ¿De dónde voy a sacar ese dinero?

—No me importa.

—Tenía cinco pesetas. Me las han quitado.

—Te las hemos requisado. Las obtuviste de forma fraudulenta.

—Eso no es cierto. ¿A quién he robado o engañado?

El hombre no contestó. Siguió mirándola y fumando, tosiendo de vez en cuando.

—No tengo dinero —dijo ella.

—Bueno. Tendrás que dormir en el calabozo. Que se vayan los niños.

Rosa movió la cabeza con incredulidad.

—No saben volver solos. Y aunque supieran, no les dejaría. Debo volver a casa. Tengo allí al pequeño.

—Si está en casa, estará bien.

—Es que no está en casa, sino en la de una vecina. Se preocupará si no llego.

—¿No tienes familia?

—No tengo a nadie. Por eso dejé al niño con la vecina. Mi única familia son mis hijos.

El hombre arrojó la exangüe colilla a un rincón. Parsimoniosamente sacó de un bolsillo un librillo de papel de fumar, cuadrado, de pastas rojas, marca Smoking, de donde extrajo dos hojitas que unió por el filo engomado de una de ellas. De una petaca de cuero muy sobada se sirvió una generosa ración de picadura negra de Tabacalera Española y empezó a porfiar expertamente con el tabaco y el papel duplicado, con dedos amarillos de fumador contumaz, interrumpiéndose a ratos para quitar los trocitos de ramas, hasta conseguir un artístico cigarro grueso como un palolú. Como si estuviera en un concurso lo encendió afectadamente con una cerilla de mango de papel encerado que extrajo de una cajita de Fosforera Española. Hechizados por el espectáculo, Rosa y los niños vieron la inmensa felicidad que embargaba al hombre cuando inhaló el humo antes de vomitarlo mezclado con toses cavernosas. Cogió la declaración y la leyó mientras el uniformado miraba a la mujer. Veintiocho años, viuda, tres hijos, de cuatro años el menor. Levantó la vista. Tan joven, con su rostro sin arrugas ni afeites, de belleza sorprendente y con el pelo blanco como la nieve. ¿Qué secretos escondería su vida? Luego leyó otro papel, que ella supuso sería la declaración de alguien más, quizá del policía que la agredió.

—¿Por qué fuiste a armar jaleo a la estación?

—¿Dice eso ahí? No es verdad. Necesito ganarme la vida, traer dinero a casa. No me metí con nadie. Esas mujeres se metieron conmigo y el guardia les ayudó en contra mía.

—Te irían mejor las cosas si tuvieras otra actitud. Eres muy arrogante.

—No sé qué actitud debo tener.

—Agrediste a un policía. A ver si te enteras. Deberías suplicar perdón, decir que te arrepientes.

—¿Suplicar? Es el policía quien debe pedirme perdón.

El oficial hizo un gesto de impaciencia. Llamó a un agente y le dio instrucciones. Por un pasillo distinto, y bajando unas escaleras, les llevaron a una habitación del sótano, enrejada, y los metieron dentro. Era un lugar malsano, con piso de cemento y un camastro en la pared. En el fondo, en el suelo, un agujero indicaba el lugar para vaciar la vejiga o el vientre. Se sentaron, ella entre los dos. Rosa movía la cabeza y a la mortecina luz de una bombilla su pelo ponía matices en la sordidez del lugar. Hacía frío y se acurrucaron unos contra otros. Pasó el tiempo. La niña se durmió y ella cerró los ojos. El chico miró a su madre, la cabeza apoyada en la pared y la barbilla levantada. Respiraba quedamente. El niño tocó sus rizos blancos con suavidad, llenándose los ojos de ella.

Una hora después apareció el mismo agente. Les dijo que le siguieran. Subieron y cruzaron el pasillo, ahora lleno de humo y policías charlando, que los miraron con curiosidad. Entraron al cuartito donde le habían tomado la declaración. Allí estaba el mismo inspector fumando, mientras que Franco seguía indagando desde la pared y José Antonio se hacía el desentendido.

—Vete a casa, pero traerás las pesetas que puedas cada mes hasta pagar la multa. Y da gracias a Dios que tengo hijos y entiendo lo que es estar lejos de su madre, que si no te enviaría al juez.

Salió sujetando a las criaturas por la mano. Los guardias del pasillo los contemplaron con rostros inescrutables. Era muy de noche y las calles estaban desiertas y apenas iluminadas. Chispeaba y las aceras se barnizaban de charol. Echaron a andar hacia abajo, por la oscura calle, al paso corto de los niños.

13 de marzo de 1998

La residencia de ancianos se asienta a la salida de Tordesillas, en el lado derecho de la parte antigua de la N-VI, yendo hacia Benavente. El edificio es nuevo, de dos plantas y exhibe el dibujo impersonal de centros similares. Hay zona de juegos deportivos, amplios jardines y una pequeña capilla. El tiempo acompañaba y un sol tibio ponía color en esa parte de la meseta castellana. Detuve el coche en la zona de aparcamiento y me dirigí al edificio, en cuya entrada hay un amplio porche donde estaban, sentados en sillas de ruedas, varios ancianos silenciosos que me miraron fijamente. Los saludé y la mayoría me contestó con curiosidad. Entré a un vestíbulo grande donde descansaban también otros ancianos con miradas ausentes. Al fondo, el mostrador de piedra protegía a las oficinas de administración. El asistente social que me atendió tendría unos treinta años y mostraba una sonrisa invitadora.

—¿Agapito Ortiz López? —repitió—. Un minuto.

Movió el *ratón* hasta encontrar el dato en el ordenador.

—Habitación individual 143, pero no está. Sale y entra cuando quiere, porque se vale bien. Puede esperarle en la cafetería o volver dentro de un tiempo. Él cena siempre en el primer turno, a las 8 de la noche.

Miré la hora. Las 19.15.

—Estaré fuera. Cuando llegue dile que le espero.

Salí al jardín arbolado. Los residentes paseaban en grupos, algunos en sillas de ruedas, acompañados por familiares jóvenes y menos jóvenes. Se oían algunas risas y alguna que otra voz alta destacaba, pero el tono general era de sosiego. Al rato, oí movimiento de platos. Empezaba la preparación del primer turno. Parte de los familiares se despidieron y algunos ancianos entraron a la casa. Varios coches llegaron para dejar residentes y las escenas se repitieron. Algo después, con la luz solar ya acostada, vi venir a algunos hombres y mujeres en grupitos separados. Había dos hombres, ambos de mediana estatura y de una edad indefinida. Andaban con lentitud pero con cierto porte, sin señales de desvalimiento. Uno de ellos se apoyaba ligeramente en un bastón. Tuve la premonición de que mi hombre era uno de ellos. Entraron al edificio. Eran las 19.30. Esperé. Vi salir al del bastón y buscar con la mirada. Me puse en pie y caminé hacia él. Era barbado pero con cuido. Unas lentes semioscuras y de cristales ópticos impedían interrogar sus ojos. No todo el pelo había huido de su cabeza y unas hebras de plata custodiaban sus sienes. Le faltaban partes de sus orejas, mostrando el resto cicatrices de quemaduras. Me dio una mano semirrígida, con ásperos costurones y duros tendones. Una fea cicatriz le deformaba la boca, mostrando restos de labios por los que asomaban unos dientes en lo que parecía una sonrisa insistente. Me presenté y le invité a sentarnos en el mismo banco donde había estado esperándole. Era un anochecer templado y sin viento.

—Usted dirá, señor. —Leyó en la tarjeta—. Corazón. —Levantó la cabeza—. ¿Corazón? ¿Qué nombre es ése?

—¿Y usted lo pregunta? Durante la República hubo nombres mucho más desconcertantes.

—Es demasiado joven para haber vivido la República.

—Pero no mis abuelos.

—¿En qué puedo ayudarle? ¿Qué quiere de este viejo?

—Perdón. Creo que pronto empezará su turno de cena. Puedo esperar a que termine.

—Depende de lo que quiera.

—Busco información que creo puede darme.

—Hable.

—¿Qué tal la vida aquí?

Sus gafas me escrutaron.

—¿Es ésa la información que quiere? ¿Es de sanidad? —Volvió a mirar la tarjeta—. Investigador privado. ¿Quién necesita un detective? ¿Es la puta de Socorro quien le manda?

—Tranquilícese. Con usted no va el caso. Quería simplemente relajarle, conocer de primera mano cómo se vive en estos centros.

—Pues qué quiere que le diga. No hay nada mejor que la casa de uno cuando se tiene compañía. Pero cuando se está solo, qué más da. Aquí al menos está uno atendido. Y si la pata se te pone rígida te la enderezan enseguida, en un sentido u otro.

—¿Lleva mucho tiempo en este lugar?

—Un año, el que lleva la Residencia. Pero antes estuve en otras, en Madrid. Soy culo de mal asiento.

—¿Recuerda usted a Miguel Arias? Fue compañero suyo en la guerra.

Silencio prolongado.

—Entraré en el segundo turno —y añadió—: Claro que me acuerdo. La memoria me rige muy bien. ¿Y sabe por qué? Porque no fumo ni veo la televisión. Bueno, algún partido de fútbol y los documentales de la 2. Paseo mucho y con Paco juego a dominó y a ajedrez. No sabe lo bueno que es eso para el coco. También leo mucho. No todo lo que quisiera. La vista...

—¿Qué recuerda de él?

—¿Que qué recuerdo? Me salvó la vida. ¿Ve estas orejas y estas manos quemadas? El maldito avión alemán tumbó el coche en que viajábamos. Quedé inconsciente. Él, a pesar de estar herido, me saca de entre las llamas, saca también a los otros dos, al conductor y a un sargento jovenzuelo, y muere allí mismo. ¿Qué le parece? Herido de muerte nos saca del coche ardiendo, todavía al cabo de los años no entiendo cómo lo hizo, y muere. ¿Ha conocido usted en su vida algo igual? Le dieron una medalla a título póstumo, que el tirano anuló como hizo con todo lo republicano.

Hizo una pausa.

—Fue un valiente, un gran amigo. Nunca vi un hombre más desinteresado. Todo lo repartía. Estuvimos luchando juntos desde los primeros años de guerra. A él le hicieron capitán y a mí, teniente. Luego, a mí me hicieron capitán, pero a él ya no pudieron ascenderle. Si hubiéramos ganado aquella maldita guerra, podría haberme quedado en el ejército y podría haber llegado a general. ¿No llegó Franco a supergeneralísimo de todo lo habido y por haber, con lo zote que era?

—¿Qué me está diciendo? ¿Usted general cuando sus pensamientos estaban en eliminar a los ejércitos?

—¿Por qué dice eso?

—Sé que estaba afiliado a la CNT y a la FAI, sindicatos anarquistas. El anarquismo es antimilitarista como filosofía.

—Ésa es parte de la raíz. Cierto. Pero no generalice. No haga como Franco para el que todas las izquierdas eran comunistas. La CNT propugnaba, por encima de todo, una sociedad moderna, justa e igualitaria. Un ejército democrático no es una renuncia de la libertad. Eso ya lo vio Mera a finales del 36, y es por lo que, de la autodisciplina entusiasta, pero desastrosa, pasamos a la disciplina castrense democrática. Por eso aguantamos tres años a los militares colonialistas.

Hizo una pausa y noté que las escenas de la guerra invadían su memoria.

—¿De qué bando es usted? —preguntó de repente.

—¿A qué se refiere?

—No se haga el tonto. ¿Es de izquierdas o de derechas?

—Creo que soy apolítico.

—Se sale por la tangente. Todo el mundo tiene inclinaciones políticas.

—Aunque tuviera una tendencia, no se lo diría. No quiero condicionarle.

—Muy bien. Pero si le pica lo que digo, se rasca.

Sonreí mirando sus gafas.

—Les ganamos batallas, les aplastamos en ocasiones. Pero la suerte estaba echada desde que los ingleses y franceses nos abandonaron. No sabe la tremenda emoción que sentimos cuando vimos marchar a las Brigadas Internacionales. Fue como si quedáramos solos frente a los tres déspotas.

—¿Qué déspotas?

—¿No me presta atención? ¿Quiénes iban a ser? Franco, Mussolini e Hitler. Las acojonadas democracias, Francia e Inglaterra, traicionaron los ideales que postulaban. Aceptaron y permitieron la No Intervención para la República, pero consintieron la ayuda de Alemania e Italia a Franco durante toda la guerra. —Golpeó impaciente el suelo con el bastón—. Pero aun así les dimos caña. ¿Ve esta cicatriz? En Guadalajara una bala italiana me destrozó la boca. Ya ve cómo me dejaron. Tardé años en poder costearme unos dientes nuevos. Estaba horrible. No sé cómo Carmen pudo soportarme. —Hizo una pausa—. A Miguel también le hirieron. Pero eso ocurrió en el Pingarrón. ¡Ah!, el Pingarrón... Éramos los dos del tercer batallón de la 70.ª Brigada mixta, perteneciente a la 14.ª División de Mera. Habíamos tomado el cerro días atrás, pero los fachas nos desalojaron. Nuestro mando quería el monte a toda costa y se dispuso una gran fuerza para la reconquista, con la Lincoln, la British y otras Brigadas Internacionales. Miaja pidió a Mera que le dejara a Líster la 70.ª Brigada, que en esos momentos estaba de reserva. Y allí subimos con la 11.ª División ese aciago día que costó cientos de muertos entre ambos bandos. ¡Joder! Ésa sí que fue una batalla. Aquellos murcianos, con el pecho cruzado por ristras de ajos, subiendo por las cuestas por entre los olivos, cantando y riendo... ¿Cómo olvidarlo? Y arriba los civilones traidores y los feroces moros, todos con su puntería infalible. Acabaron con la mayor parte de los oficiales. Nuestra brigada perdió el 70 por ciento de sus efectivos. ¡Qué derroche de vidas jóvenes a causa de una felonía...! —se interrumpió—. Espere un momento. ¿Para qué quiere saber de un hombre que lleva tantos años muerto?

—En realidad, mi interés está en su mujer. ¿La recuerda?

Sus gafas me miraron. Asintió con la cabeza lentamente.

—¡Pachasco! ¿Cómo no recordarla? Rosa...

—¿Qué puede decirme de ella?

—¿Sobre qué?

—¿Sabe dónde está?

—Desapareció con sus hijos. Se fue a Estados Unidos. Quién sabe dónde estará ahora y si vive siquiera.

—¿Por qué la recuerda? El camarada fue él, no ella.

—¿Se puede olvidar el primer beso, el primer polvo? Nunca vi mujer tan deseable como ella. Y tan diferente. Ya ve. Con el tiempo olvidé las caras de la gente, familiares, amigos... Incluso la de Miguel. Pero nunca olvidaré a esa mujer de pelo de plata.

Garabateó en el suelo con la punta del bastón. A la luz agonizante, la huella mostró un perfil de mujer.

—¿Qué busca de ella?

—Tengo un encargo que darle, por eso necesito saber si está viva o, cuando menos, dónde vivió a partir de la guerra.

—¿Sabía usted que en esta población se repartieron el mundo entre España y Portugal, las potencias marítimas de entonces? Fue en 1494. Plenipotenciarios de la Castilla de los Reyes Católicos y del Portugal de Juan II, con el beneplácito del papa Alejandro VI, trazaron una raya en el mapa del mundo por descubrir. Para ti esto, para mí lo otro. Hoy parece un absurdo, pero durante un siglo, al menos, el acuerdo fue respetado por todos los países. Ahora no hay respeto ¿Qué le parece lo que hacen los gringos, invadiendo países como si el mundo fuera suyo?

Con su bastón borraba las figuras y volvía a hacer otras, siempre con un rostro femenino de perfil.

—Conocí a Miguel durante las huelgas de la construcción del 36. Había mucho paro y las condiciones de los trabajos eran vergonzosas. No se podía vivir con esos sueldos de miseria. Por eso el sindicato confederal promulgó la huelga. Había que abrir un frente social y decir basta a los capitostes, pero éstos buscaron lo más fácil y sangriento: la insurrección, que de hecho significaba la muerte de las libertades y el estrangulamiento de las reivindicaciones del mundo obrero. Decían que si lo de Calvo Sotelo había colmado el vaso, pero olvidaban lo del teniente Castillo. En realidad ya lo tenían decidido desde febrero del 36, cuando ganamos las izquierdas, porque la CNT decidió votar para impedir un segundo bienio negro.

Guardó silencio. De la residencia llegaban ruidos de conversaciones y el entrechocar de cubiertos.

—A Rosa la conocí días después de estallar la contienda. Vivían por la calle de Santa Engracia. Conocí al mismo tiempo a dos asturianos notables, uno rubio y gigantesco, que era primo de Rosa, de nombre Manín. ¿Ve qué memoria? Le aconsejo que no fume. El otro, alto también, pero moreno y delgado. Se parecía a un actor de cine americano. Era un chico muy leído, callado y retraído, en contraposición con el otro que siempre estaba liderándolo todo. De repente no recuerdo bien el nombre de ese larguirucho moreno. Desgraciadamente, las neuronas perdidas con los años nos borran muchas cosas, pero conservo los hechos tan vívidos como si hubieran ocurrido ayer. Los dos eran del mismo pueblo de Rosa. Habían venido con la columna que el 18 de julio del 36 había enviado Belarmino Tomás desde Sama de Langreo en ayuda de Madrid. Siempre estaban juntos y los vi infinidad de veces durante la guerra en el piso del paseo de la Castellana, donde nos habíamos instalado los oficiales de la brigada. Terminaron la guerra de tenientes de milicias. Creí que tenían pasión por Miguel, porque, aunque pertenecían al sindicato minero, pasaron a actuar con los hombres del de la construcción, bajo el liderazgo de Cipriano Mera. ¿Le he hablado de Mera? Un organizador nato y hombre honrado. Llegó como mayor de milicias a mandar el IV Cuerpo de ejército de la República, sustituyendo a un coronel de artillería del ejército regular. Ya ve, un albañil. Nada como una República para que se descubra el genio de los hombres, sea cual sea su extracción. Cuando el alzamiento subversivo en África, estaba en la cárcel Modelo, a la que llamaban El Abanico, por su forma, y con él Miguel y otros muchos activistas de las huelgas de la construcción. A todos les puso en libertad el general Sebastián Pozas, entonces inspector general de la Guardia Civil de Madrid, porque el enemigo era otro.

Unos días después, el Comité de Defensa Confederal organizó unidades de combate que asignó a los lugares que juzgó necesarios. El comité estaba en un palacio de la calle de la Luna, detrás de la Gran Vía, que había incautado la CNT. Lo dirigía un joven enérgico, Eduardo Val, camarero del ramo de la hostelería. Era un caserón del siglo XVIII, con hermosa escalera a dos vertientes, salones suntuosos y una magnífica fachada de amplios balcones. Lo tiró en los años 70 Arias Navarro, ese mal alcalde que permitió construir los barrios que estrangulan a Madrid, e hizo una plaza horrible en su lugar. —Movió la cabeza con un gesto característico—. Yo formé parte de esas unidades, con Miguel y Mera. Estuvimos en muchos líos: San Martín de Valdeiglesias, Tarancón... Con el tiempo, organizados ya en unidades militares, Miguel pasó a comandar la intendencia de la brigada. Él era un tío tranquilo, sonriente, haciendo bromas siempre; uno de esos hombres que hacen amigos rápidamente. No tenía dotes de mando; quiero decir que no era un tipo gritón y arrogante, pero los soldados le querían mucho. Y todos nosotros. ¿Por dónde iba? Creo que me he perdido un poco.

—Decía que había pensado que los dos asturianos del pueblo de Rosa sentían pasión por él.

—Sí. Era lo que pensaba. Luego vi claramente que la pasión era por ella, eso sí, siempre dentro de una familiaridad respetuosa. Y es que ella... Bueno. Ni Greta Garbo ni esa otra, la Loren, hubieran causado tanta expectación. Cuando llegaba a la brigada todos se paraban para mirarla. Al principio creían que era la querida de Miguel, porque él recibía también a una fulana morena, regordeta, con ojos achinados, que no tenía ningún atractivo y que resultó ser la verdadera querida. Hay cosas que no se pueden entender. —Movió la cabeza—. Había hembras tremendamente hermosas en nuestro lado. Se decía que los fachas tenían los mejores alimentos y nosotros las mejores mujeres. Pues bien: no vi nunca una mujer como Rosa. Ni antes ni después, en mi larga vida. Nunca. Por cierto, ¿quién le dio esta dirección?

—¿No lo adivina? Su sobrina Pilar.

—¡Ah!, la muy puta. ¿Así que le dijo que yo estaba aquí? Qué raro. No nos podemos ver. Dejó al marido y se lió con un moro, ¿puede creerlo? Luché contra ellos y me mete uno en mi propia casa. ¿Qué le parece? Yo vivía allí, porque ésa era mi casa y sigue siéndolo. Estaba tan feliz con Carmen, mi compañera. Esa zorra, sobrina de mi mujer, no mía, vino de Palencia enviada por su hermana. «Vosotros que sois tan buenos, os encarezco que la tengáis allí un tiempo.» ¡Joder! No se fue nunca. Se casó tiempo después y allí se quedó. Tuvieron un niño y durante un tiempo todo fueron alegrías, porque mi Carmen puso un gran cariño en esa criatura. Realmente fue ella quien lo crió. Pero algo debió ocurrir en la chola de esa mujer. Empezó a cambiar. Le gustaba la marcha. La pendeja entraba y salía como si fuera soltera. Comenzaron las discusiones entre la cachonda y el marido, un buen chico, delineante, con pocos riles. Si le hubiera pegado una hostia a tiempo se hubiera arreglado todo. Se le subió a las barbas. Cuando murió mi compañera ella se hizo el ama. Reuniones, salidas nocturnas, todas esas cosas. Y el pobre encornado aguantando hasta que se tuvo que ir, incapaz de imponerse. Tuve broncas con ella, pero todo se lo pasaba por el fandango. Me ponía la escoba para ver si me iba, la hijaputa. ¡En mi propia casa! Me harté y le puse una denuncia para echarla. Fue algo sonrojante. Como tenía al niño, que para entonces no era tan niño, el juez falló a su favor. Ya sabrá usted como están las leyes al respecto. Se tiene uno que ir de su propio hogar a la puta calle. Así que seguí aguantando carros y carretas. Pero cuando metió al moro de mierda la vida se me hizo insoportable. La oía gemir en la jodienda como a una cerda. Se ve que esa verga sin prepucio la obnubilaba. Mire, eso de que maltraten a las mujeres es repugnante. Pero ¿sabe el daño que puede hacer una mujer dominante y desenfrenada? Tuve que largarme.

Tomó un respiro y prosiguió:

—¿Pilar, le dijo? En realidad se llama Socorro. Reconozco que es un nombre absurdo, más aún que el de usted, pero es con el que la bautizaron. Figúrese: al llamarla en voz alta en la calle todo el mundo se volvía creyendo que alguien pedía auxilio. Un día decidió cambiárselo por Pilar. Nos advirtió a todos los familiares y amigos del cambio. Todos respetaron sus deseos, menos yo. En cuanto tenía la ocasión, le gritaba en la calle: «¡Socorro! ¡Socorro!» Tenía que ver la cara que ponía, ja, ja, ja. ¡Joder! Lo que disfrutaba dándole por saco a la guarra, ja, ja, ja. Fue la leche. Me lo pasaba en grande.

—¿De verdad le hacía eso?

—Ja, ja, ja. Nos ha jodío. Claro que lo hacía. Puede jurarlo.

Las primeras sombras se abalanzaban sobre nosotros. Se protegió en un corto silencio. Al cabo, habló con cierta contrariedad.

—Creo que me he perdido un poco. Iba diciendo... decía...

—Antes de lo de su sobrina hablaba de Rosa y otra mujer que...

—Sí, ya sé, no me lo repita, ¿cree que no lo recuerdo? Quisiera yo verle a mi edad... Sí, lo de aquella tipa... Yo me cabreé mucho con Miguel por lo de esa querida. Rosa no se merecía ese desprecio, ni aun en el caso de que la otra hubiera sido más atractiva que ella, lo que de ninguna manera podía haberse dado. Así que, cuando me enteré de que habían herido a Miguel en lo del Pingarrón y que esa tía había ido a visitarlo, no lo aguanté más. Sólo lo visitó esa vez. Al día siguiente esperé a que llegara. La puse la pistola entre sus ojos y puedo jurarle que se meó patas abajo. —Se echó a reír—. ¡Ja, ja! No sabe cómo corría la muy zorra, dejando el reguero.

Lo dejé sumergirse en ese agradable pasaje de su vida. Lo miré reír, subiendo y bajando la cabeza como si una corriente de juventud lo hubiera atrapado. Dejó de agitarse paulatinamente.

—¿Cómo era la relación entre Rosa y Miguel?

—Ella estaba muy enamorada de ese hombre, a pesar de su infidelidad. A veces la sorprendía ensimismada, mirando un punto perdido en sus evocaciones. Era una mujer de corazón simple. Cuando a Miguel le hirieron en el Pingarrón, le curaba ella misma. Los médicos arrancaban las vendas supurantes sin especial cuidado, porque había mucho que hacer. Los heridos sufrían con esas curas aceleradas. Ella, con paciencia, le quitaba los vendajes y ponía tiras nuevas bajo la supervisión de los facultativos. Y lo mismo hizo con los otros tres asturianos. Hubiera podido ser una gran enfermera.

—¿A qué tres asturianos se refiere?

—A los dos largos y a un enano feo. —Los recuerdos le obligaron a un nuevo silencio—. Fue una pena lo de Miguel. Con tanta vida por delante. Era un tipo que nunca se ponía enfermo. Ella acusó el golpe. Vino a verme al hospital donde me curaba de mis quemaduras. Le di una carta que él me había confiado meses atrás. No dijo nada. Nunca volví a verla reír.

Los ruidos del comedor indicaban, por su animación, que estaban por el segundo plato.

—¡Ah, Rosa! Al morir Miguel, la República le respetó el sueldo. Al término de la guerra esa ayuda desapareció, porque todas las disposiciones de la República quedaron abolidas. ¿Qué opina de ello? Leyes y preceptos hechos por un gobierno legal quedaron derogadas. Rosa, como miles de personas, quedó con una mano delante y otra detrás. Entonces, en el primer franquismo, no había subsidio de desempleo, ni seguro de paro ni Cristo que lo fundó. Eso de las pensiones que ahora disfrutamos vino después, pero, como casi todo lo bueno, fue invención de la República, que esta gente aplicó años más tarde.

—¿Esta gente? ¿Qué gente?

—Los que mandan. Son los mismos de ahora. Los de siempre. —Me miró y le vi mover la cabeza en un gesto de incomprensión—. Bien. A lo que iba. Rosa era una mujer extraordinariamente sencilla y mientras pudo ahorró dinero, que de nada le valió cuando el déspota invalidó la moneda republicana.

Calló. Le dejé conservar su silencio.

—Aquí lo paso bien con Paco. Tiene coche y conduce. Vamos por estos pueblos castellanos. ¿Conoce Madrigal de las Altas Torres? Está ahí al lado. Allí nació Isabel la Católica. Y un poco más abajo está Medina, en cuyo castillo de la Mota estuvo...

—Es curioso —interrumpí.

—¿Qué es lo curioso?

—Que siendo usted un rojo le gusten tanto las glorias imperiales.

—Se equivoca. Eso no es política, sino historia, y la historia es de todos.

Asentí con la cabeza. Prosiguió:

—¿Por dónde iba? Ah, sí. La guerra de la infamia. Cuando llegó el desastre nos fuimos a Alicante. Fue el 28 de marzo del 39. Las escenas eran escalofriantes. Miles de personas, la mayoría con sus armas y pertrechos, esperaban en el puerto la llegada de buques franceses para una evacuación, que no se produjo. Había un destructor y un mercante francés y, más atrás, dos unidades de guerra británicas. Podían haber hecho algo. Se quedaron al filo de las aguas territoriales mientras muchos desesperados se arrojaban al mar intentando ganar a nado los barcos. No puedo describir el drama de tanta gente, los gritos, los sollozos. Busqué a mis amigos, pero la presión nos había desperdigado. Encontré a varios, pero lo que más me impresionó en aquellos momentos de locura fue la postura de los dos asturianos largos del pueblo de Rosa. Estaban recostados en un camión, fumando en silencio, mirando el caos como si no fuera con ellos. Quietos, distantes, en una estampa fuera de lugar. Ellos eran buenos compañeros, valientes, confraternizaban con los demás, aunque con frecuencia buscaban estar solos, como compartiendo un secreto demasiado pesado para ser soportado por uno solo. Y a su lado, siempre, ese soldado que parecía un mono. Pero verlos allí, cuando el mundo se desmoronaba y la esperanza había muerto... Verlos con esa indiferencia, como si estuvieran en una máquina del tiempo, observando sucesos que no les incumbieran y en los que no pudieran intervenir... Fue una de las escenas con más grandeza que recuerdo de toda la guerra.

Todavía la noche intentaba conquistar la totalidad del cielo. Los del primer turno mantenían su elevado diapasón.

—Nos llevaron a la plaza de toros. Vimos las formaciones falangistas montar las ametralladoras en los tendidos. Corrió la voz de que nos iban a fusilar como en Badajoz. Supimos luego que era verdad y que el general italiano Gambara lo había impedido. Había dicho que él era la autoridad y que no permitiría fusilamientos. Así nos libramos. Días después nos dispersaron. Nos llevaron a Albatera. ¿Oyó hablar de ese campo?

Moví la cabeza horizontalmente.

—Era un campo de trabajo para reclusos creado por la República a instancias del ministro de Justicia, Juan García Oliver, anarquista, del gabinete de Largo Caballero. No fue el primer campo de trabajo, de los que establecieron en aplicación de la ley de Vagos y Maleantes para descongestionar las cárceles y para integrar a los penados en actividades urgentes y necesarias, como obras públicas, agricultura... Lo que hiciera falta para su regeneración por el trabajo honrado. El primero de esos campos fue el de Mediano, en Huesca, aunque el más famoso ha sido el de Albatera por razones obvias, por lo que allí pasamos miles de prisioneros de guerra.

Quedó un momento ensimismado.

—Los anarquistas hicimos grandes cosas, con gente socialmente comprometida, como Federica Montseny en Sanidad o Melchor Rodríguez en Prisiones, y tantos otros que demostraron la mayor eficacia en hacer cosas beneficiosas para la mayoría. Los socialeros y comunistas, y los viejos republicanos, sólo querían el poder, supongo que guiados por buenas razones, pero se implicaban en dialécticas y perdieron un tiempo precioso. Y luego, estaban los nacionalistas vascos y catalanes. Iban a su rollo, con la segregación en sus horizontes, haciendo leña del árbol caído, atendiendo erróneamente la guerra como separada y afecta sólo a sus Estados vasco y catalán, y dejando en segundo lugar el resto, como si no fuera con ellos. Cabrearon de lo lindo a Prieto, ministro de Defensa, y aburrieron al presidente Azaña. Obsesionados con la consolidación de sus Estados, Aguirre y Companys creyeron que a río revuelto ganancia de pescadores, y el único que pescó fue Franco. Así nos fue. Acepto que los libertarios pudimos cometer errores y que en ocasiones hicimos la guerra por nuestra cuenta, pero sólo queríamos cultura para todos, el reparto equitativo de bienes, la eliminación de clases en la sociedad. Ahí quedaron los logros, como otorgar a la mujer la misma capacidad jurídica que al hombre, la legalización del aborto... García Oliver nombró a Melchor Rodríguez director general de Prisiones. Era un obrero anarquista del gremio de los carroceros. ¿Sabe cómo le llamaban los facciosos?: El Ángel Rojo. No permitió *las sacas*. Creó un sistema penitenciario para que perdurase, en el que los hombres eran tratados como tales, sin perder su dignidad, con base en la atención cultural y la dedicación a un trabajo, sin malos tratos ni torturas... Podríamos haber regenerado España, si hubiéramos tenido futuro. Pero ya ve... —Volvió a silenciarse. Al cabo, continuó—: Albatera. Estaba a unos cincuenta kilómetros hacia Murcia, junto a la carretera general. Unos dieciséis barracones de unos 40 por 10 metros, con los pisos separados del suelo. Tenía una gran explanada de más de mil metros cuadrados. Estaba bien habilitado, con oficinas y enfermería. Los presos facciosos fueron llegando a finales del 37. No pasaron de quinientos, con lo que tenían espacio de sobra para vivir decentemente. Las condiciones eran muy buenas, con comida abundante y agua de sobra, libertad para recibir visitas, paquetes y correspondencia. Incluso, para algunos, había lo que ahora se llama régimen abierto. Así funcionaba la República. Después de la derrota la situación se invirtió. ¡Y de qué modo! Se llenó de presos republicanos, unos veinte mil, en unas instalaciones diseñadas para menos de mil personas. La mayoría llegamos del castillo de Santa Bárbara y del Campo de los Almendros. ¿Tampoco oyó hablar de este campo?

Le miré sin decir nada.

—Fue una zona habilitada a toda prisa, a unos dos kilómetros de Alicante, en las laderas de la sierra de San Julián.

No tenía nombre. Se lo pusimos los presos después. Era un valle enorme, partido en dos por la carretera de Valencia, bloqueado al norte por la Torregrosa, una elevación rocosa que impedía llegar al mar. La parte habilitada para los presos mediría unos tres kilómetros por uno. Había cientos de almendros, alineados como soldados mudos y con separación entre ellos. ¿Ve qué memoria tengo?

—Estoy impresionado.

—No tiene ningún misterio. Son momentos clave en la vida que se insertan en el coco... Los almendros. Supongo que sabe que el turrón original es de almendras y que los más famosos son de Alicante. ¿Ve por qué hay campos de almendros allí? Ése era uno de ellos y cuando llegamos reventaban sus flores blancas. Vinimos de la plaza de toros donde no cabíamos, pero la mayoría llegó del mismo puerto de Alicante donde estuvieron hacinados miles de ellos bajo la lluvia, la esperanza y el terror. Gambara había empeñado su palabra de que nadie nos molestaría en el puerto hasta que llegaran los barcos a recogernos. Pero una orden superior, que dieron el 31 de marzo, lo impidió. Eso, al menos, es lo que dijo más tarde. Hubo luego una primera dispersión para, finalmente, coincidir todos en Los Almendros, después de hacer el trayecto caminando. No había ni cercas, ni vallas, ni alambradas, ni puertas, pero sí centinelas por todo el perímetro con órdenes de disparar a matar, cosa que hicieron con frecuencia a quienes sorprendían huyendo. Allí estuvimos más de cuarenta mil hombres, hacinados, sin comer durante varios días, sin agua apenas, masticando los almendrucos verdes y las hojas tiernas. Escaparon muchos, a pesar de la vigilancia. Gente decidida o conocedores de lo que les esperaba. Huían sin papeles, sin dinero, sin comida... Días después nos hicieron caminar hasta Alicante. En la estación de Murcia, nos metieron en vagones de ganado y nos llevaron a Albatera. Allí estuvimos meses como sardinas en lata. Hasta que yo salí no bajaríamos de veinte mil los hombres allí hacinados.

—¿Y las mujeres?

—Ellas fueron internadas, con los niños, en cines, teatros, la cárcel, pistas de baile... Sitios así. Pero debo seguir hablando de Albatera. No había espacio. Dormíamos acurrucados, cuerpo con cuerpo, los pies contra las cabezas de otros. Luego estaba el hambre permanente y la sed. Nos convertimos en harapos humanos, huesudos, con barbas y pelambre, con una debilidad que nos hacía estar tumbados la mayor parte del día. También estaban los piojos, chinches y pulgas. Millones de estos insectos a los que al principio batallábamos, pero a los que finalmente dejamos que hicieran lo que quisieran, porque era imposible acabar con ellos. Así que la gente moría por docenas pero no había más sitio por eso. De allí era muy difícil escapar. El recinto estaba cercado por verjas y alambradas de varios metros de altura, con torres de vigilancia provistas de ametralladoras. En ese campo no se mató a nadie mientras estuvo gobernado por la República. Lo contrario que con los fascistas. Ya no estaba el general Gambara para protegernos. Una vez nos hicieron formar y a tres hombres, cogidos tras fugarse, los fusilaron delante de todos nosotros. Dijeron por los altavoces que era una muestra de lo que nos ocurriría si nos pescaban fugándonos. No puede usted imaginarse la impresión que nos produjo ese hecho. Pero lo peor estaba por venir. Un día aparecieron unos tipos con caras de mala leche. Uniformados algunos, otros de paisano, un cura, dos guardias civiles. Nos hicieron formar y fueron mirándonos a la cara fijamente uno por uno. Cuando había dudas nos preguntaban con una dureza increíble. Finalmente, sacaron a unos cuantos, los montaron en un camión y se los llevaron. Esas visitas, en las que algunas veces venían mujeres, fueron constantes. Los visitadores no eran los mismos. Acudían de diversas zonas y pueblos de España. Ninguno dudamos de que se los llevaban para fusilarlos, lo que comprobamos años después al tratar de conectar con amigos llevados en esas operaciones. Fueron días de terror y amargura. Cuando llegaban esos grupos y nos formaban, algunos no podían soportarlo y se hacían sus necesidades encima, aunque no los hubieran señalado. Fue así. Nadie me lo contó. Estuve allí.

Se calló y, al rato, vi de nuevo la mueca de su sonrisa.

—¿Qué dijo sobre las glorias imperiales? —apuntó—. Le diré algo. Un día apareció por allí un tipo estrafalario, huesudo y cicatero de carnes, más feo que Picio, con unas gafas como Ginesito. Era de la Oficina de Propaganda del Dictador y falangista compulsivo. Se llamaba Ernesto Giménez Caballero. ¿Oyó hablar de él?

—No.

—Era un ideólogo del fascismo. Nos hicieron formar y se plantó delante de nosotros con su uniforme impecable de falangista y su correaje brillando al sol, para soltarnos una arenga sobre nuestro error al haber luchado en el bando equivocado. Urgía que cambiáramos nuestras falsas ideas por las fecundas que encarnaba el régimen. Debíamos de participar en la gozosa y gran tarea de devolver a España el imperio perdido de Felipe II. España volvería a ser primera potencia mundial y volvería el asombro hacia nuestros tercios invencibles que de nuevo llevarían la fe y la cultura hispana por todo el orbe. Casi nada. Nos invitaba a todos, menos a los comunistas, que habrían de pagar por sus tremendas e imperdonables maldades. ¿Qué maldad mayor hay que pregonar que todos somos iguales y que los beneficios del trabajo deben ser repartidos entre todos? ¿No dicen que Cristo pregonaba algo similar y por eso se lo quitaron de encima? ¿Iban a ser menos que Cristo? Así que no hubo perdón para ellos. Bien que lo pagaron los pobres. —Emitió un ruido parecido a un suspiro—. Ese Giménez Caballero...

—¿Le obsesiona el personaje?

—No. Para nada. Pero lo recuerdo como un ejemplo claro de lo que es cambiar de chaqueta. Había hecho la mili en África y encontró al ejército tan agarbanzado y corrompido que decidió escribir un libro-denuncia que tuvo mucho éxito y que conmovió al estamento militar. Se titulaba algo así como *Notas marruecas de un soldado*. Señalaba las lacras que padecía ese gigante absurdo, que era como una garrapata chupando los recursos del país sin dar nada a cambio. Naturalmente, el aprendiz de Dictador lo metió en la trena.

—¿Aprendiz?

—Sí. Miguel Primo de Rivera no fue un Dictador genuino. Realmente fue un hombre contradictorio. Renegó en su día de la ocupación española de Marruecos, tuvo reuniones con socialistas, promovió infraestructuras que beneficiaron al país y originó puestos de trabajo, su pronunciamiento fue incruento, dimitió por decisión de sus compañeros del Directorio y murió en París en circunstancias nunca aclaradas. ¿Es eso un Dictador? Franco sí lo fue, a título de maestro. Ningún paralelismo con Primo. A Franco nadie le tocaba los cojones. Se fue quitando a los compañeros que le ayudaron a ganar la guerra: Yagüe, Varela, Kindelán, Queipo de Llano, Aranda... ¿Quién puede permanecer tanto tiempo *dictatoriando* sin eliminar a posibles competidores? Tiene usted más ejemplos: Castro, Pinochet...

—Así que ese tal Giménez se hizo franquista.

—Panegirista total. Pero su cambio de chaqueta no lo veo ahí, sino en su concepto moral y social. Porque inicialmente expresa su repulsa por el mantenimiento de un ejército atrofiado que impide el desarrollo del país y se adhiere luego a ese ejército, sólo que peor, porque el que se subyuga a Franco se instala en toda España como una gigantesca araña, y no en un territorio colonizado. Pero hay más: el ejército que él critica en su libro provoca la muerte de unos 50.000 españoles en Marruecos. Ese mismo ejército, que ahora ensalza, hace morir a diez veces más españoles durante la Guerra Civil, sin contar con las víctimas de la represión, y sin contar tampoco con el grado de miseria y decadencia a que la nación llega a caer en toda la vergonzosa década de los cuarenta. ¿Cómo puede cambiar tanto un espíritu crítico? Pero ¿sabe? Tampoco él sacó grandes réditos por su abjuración de los ideales de su juventud. Franco lo mandó de embajador a Paraguay, ya me dirá usted, donde se diluyó en sus sueños de un imperio nunca recobrado.

Le dejé rumiar sus remembranzas y juicios.

—¡Ah!, esos falangistas de aquellos años, tan exaltados, tan ignorantes de lo que de ellos pretendía Franco, a quien hicieron todo el trabajo sucio. Querían regenerar España y se convirtieron en cipayos del mandamás. Hicieron suyo el símbolo del Yugo y las Flechas de los Reyes Católicos. Y su deseo de que España retornara a aquellas glorias tuvo repetición en actos de gran simbolismo. —Se reservó un nuevo silencio, antes de continuar—. A la reina Isabel la llevaron en comitiva fúnebre desde Medina, donde murió, hasta Granada, en cuya catedral se conservan sus restos. En remedo de esa comitiva, los falangistas del 39, a hombros de cientos de turnantes iluminados, trasladaron el cuerpo de su fundador desde Alicante hasta Madrid, sin descansar. Cuando llegaron a la capital, descansaron por primera vez en la plaza de Legazpi. Una lápida-hito, que hasta no hace mucho estuvo en el lugar exacto donde posaron el féretro, se instaló en el centro de la plaza como memoria para tan importante acontecimiento. La circulación se detuvo. Todo el lugar estaba lleno de camisas azules y brazos en alto. Y allí toda esa caterva, tras los cánticos y las consignas, expresó a voces sus deseos de venganza por el fusilamiento de su líder. Una corriente de terror circuló por el Madrid que había sido rojo y que ahora era una población hambrienta y angustiada, a total merced de los vengativos. Lo tuvo fácil aquella horda azul. Las cárceles estaban llenas y por ahí empezaron a cumplir la venganza prometida.

Tras otra pausa retornó a su pasado.

—Como todo llega, también llegó el día de abandonar Albatera por quienes habíamos logrado sobrevivir. Es curioso: nunca volví a visitar ese lugar. No sé si existe aún ni para qué sirve en caso de que exista. Otra vez nos dispersaron. Me mandaron a Madrid, a la cárcel de Yeserías y, luego, finalmente, a Porlier. Allí estuve un montón de meses. Volví a ver a otros compañeros que creí perdidos. Las *sacas* en ese lugar eran continuas. Puedo contarlo. Es la verdad. En la galería de condenados a muerte había más de quinientos hombres destinados a ser ejecutados. Unos llegaban y otros salían al paredón. Grupos de seis, ocho o más hombres. La mayoría de ellos eran comunistas, sin más delitos que ser de ese partido. Ya para entonces el estoicismo se había apoderado de los presos. No era como en los primeros días de acabado el conflicto. Los hombres oían recitar las listas y los nombrados aceptaban su sino con indiferencia. Era terrible ver a esos muchachos... —Dio un largo suspiro—. A veces conmutaban la pena a algunos, que pasaban a cadena perpetua. Eran momentos de franca alegría. Finalmente, en octubre del 41 me liberaron sin cargos. Parece que no estaba señalado por la caza de brujas. Quizá no fui un buen rojo. No sé por qué le cuento todo esto. ¿Le aburro?

—No.

—Usted vino a buscar otra cosa y yo le estoy dando el rollo.

Le sonreí, sin decir nada.

—Pues se aguanta, no te jode. ¿Cree que es venir y besar el santo? Además, usted me tiró de la lengua al preguntar por Miguel y Rosa. Ellos forman parte de aquellas vivencias. Es como tirar del hilo y pretender que no se mueva el ovillo. —Movió la cabeza—. Son tiempos de los que me gusta hablar. Marcaron el resto de mi vida. Usted no tiene idea de lo que es haber vivido ese tipo de experiencias. En cualquier caso, ¿cómo le suena todo esto que le cuento?

Miré la sombra de su cara.

—Alguien dijo que la suya fue una generación perdida. Sobre su sacrificio se apoyó la siguiente generación. Los nietos de ustedes somos los beneficiarios del esfuerzo de las dos generaciones que nos preceden.

—Usted lo ha dicho, aunque, la verdad, no puedo quejarme. La vida, vista a esta distancia, no me fue tan mal. Pero, y no quiero que vea en mí a un viejo sentimental de mierda, puedo decirle que echo mucho de menos a Carmen, mi compañera de tantos años. Un matrimonio sin hijos es lo peor. El apoyarse uno en el otro se convierte en necesidad. Y cuando falta uno, el otro se queda muy desconcertado. ¡Qué le vamos a hacer! Pude guardar para esta espera. La guarra de Socorro quiso quedarse también con mis ahorros y con mi pensión. Intentó convencer a los médicos de que estaba fuera de mis cabales. ¿A usted qué le parece?

—No da ninguna sensación de incapacidad. Todo lo contrario.

—Le salió mal. A ella y al jodío moro. Nunca me pegaron, pero me daban empujones, me agredían de palabra, me decían que estorbaba, no me dejaban ver la tele en el salón. Tuve que comprarme un televisor pequeño y lo veía en mi cuarto. Comía en un comedero del barrio, llevaba la ropa a la lavandería. Me hicieron la vida imposible. Si hubiera tenido un hijo o menos años...

—¿Y el niño? Bueno, el hombre. ¿No salía en su defensa?

—¡Bah! Al final se desentendió. Anduvo a lo suyo, como casi todos los chicos de ahora. ¿Iba a ir contra su madre? Claro que ninguno sabe que se irán a la puta mierda cuando entierren mis pelotas, ja, ja, ja ¿Y sabe por qué? Se lo diré. Hice un trato con la dirección del establecimiento. Escrituré a su favor. Cuando me reúna con Carmen en el Wahalla, el piso pasará a propiedad del centro. Menuda sorpresa se van a llevar esos tres. Pensaban quedarse con mi piso por las buenas. —Quedó un momento en silencio—. La verdad es que ahora ese piso debe valer un montón, aunque es pequeño. ¿Sabe qué me costó en el 64?: cuarenta y cinco mil pesetas. Lo que le estoy diciendo.

—Supongo que eso sería bastante dinero entonces.

—Pues sí era un dinero. Menos mal que me había tocado la lotería poco antes. Lo pagué al contado. No hemos vivido acojonados por hipotecas, como tanta gente.

Enmudeció y siguió levantando surcos con la punta del cayado.

—Rosa —susurré.

—¡Ah!, Rosa... —Hizo una pausa—. Teníamos añoranza de los amigos perdidos. Mi Carmen decidió averiguar el paradero de esa mujer. Su suegra vivía en La Latina y allá se largó a preguntar. Estaba comenzando el 42. Fuimos a verla donde nos dijo. Una casa en construcción, creo que iniciada antes de la guerra. Estaba frente al enorme matadero, en pleno campo. Aquello era entonces como decir Navalcarnero.

Las afueras de todo. La zona se llamaba La China. La casa no estaba mal. Tenía cagadero, tres habitaciones y pila con grifo. Fue un encuentro muy emotivo, pero, al mismo tiempo, muy vergonzante para ella, porque no pudo ni darnos asiento. Sólo tenía dos camas turcas y algunos cajones como muebles. Pero refulgía como en sus tiempos de serenidad.

Vimos acercarse al amigo del narrador, sensiblemente más joven.

—¿A qué viene tanto palique? ¿No hace un poco de biruji? —señaló.

—No, se está bien —contestó Agapito.

—Va a empezar el segundo turno —advirtió el otro.

—Éste es Paco. ¿A que no sabes cómo se llama este hombre? ¡Corazón!

—¿Qué es eso de Corazón? —dijo, dándome una mano fuerte y cuidada. A la luz de las farolas mostraba un rostro de facciones desperdigadas.

—Su nombre. Se llama Corazón.

—¿Cómo va a ser? Nadie se llama así.

—Pues ya lo ves. Oye, dile a Laura que me deje algo en cafetería. Tengo que atender a mi invitado.

—Vaya a cenar. Le esperaré —ofrecí.

—Coño —dijo Paco—, que te acompañe. Tú cenas y él está a tu lado.

—¿A quién le gusta ver comer a un viejo? Qué cosas dices. Además, si se come no se habla. Ve y díselo a Laura.

El otro se alejó hacia las luces.

—Un gran amigo —señaló Agapito con aire melancólico—, aunque para amigos, los de la guerra. ¿Por dónde íbamos?

—Su reencuentro con Rosa.

—Sí, Rosa. Sobrevivía con grandes penurias, haciendo trabajos pesados. Claro que era muy fuerte y voluntariosa.

—¿Qué trabajos?

—En la plaza de Legazpi, cerca, estaba el Mercado Central de frutas y verduras, donde todos los vagones llegaban a descargar la mercancía y donde se subastaba a los asentadores. Ella, como otras y otros, con un carrito llevaba las banastas de frutas desde los vagones a los carros de los minoristas. Le daban cuatro perras y fruta. Había que madrugar mucho, a las cinco de la mañana. A mediodía todo había terminado. Era un trabajo desagradable y soez. Mucho tío y muchas palabrotas e insinuaciones. Le dije que lo dejara y, como ella no quería limosnas, le ofrecí coger el carbón que quisiera en la Parrilla. Y así lo hizo. Iba con una cesta que colgaba de un hombro con una cinta que le cruzaba el pecho. La llenaba de antracita en la Garita y la llevaba a casa para venderla luego en el barrio. Nunca me dejó ayudarla. Tenía mucha fuerza. La cesta pesaría unos treinta kilos.

Era un borrón a contraluz, cuando golpeó el suelo fuertemente con el palo.

—¡Cabrón de mí! Yo la deseaba. Ella, con su simple bata y oliendo a limpio, doblaba su juvenil cuerpo en posturas que me hacían desfallecer. Un día dejó el cogedor y se volvió hacia mí: «Agapito, sé cómo me miras, percibo tus deseos; tenemos que poner fin a esto. No vas a sacar nada de mí. No me acostaré contigo ni con nadie. Si no puedes entenderlo ni superarlo, no volveré. Si sigues mirándome así, lo dejo; ya me apañaré. Debes decidir ahora mismo.» Quedé tan desarmado como un chiquillo. Le juré que nunca más la acusarían mis ojos. Cumplí. Nunca más me salí del tiesto. Así fue hasta que desapareció.

—Dijo que se había ido a Estados Unidos.

—Sí, lo que nos sorprendió mucho. ¿Ella en Estados Unidos? ¿Con qué dinero?

—Eran sus amigos. ¿No les dijo nunca nada?

—Había enfermado y al curarse dejó lo del carbón. Íbamos a verla todas las semanas. En una de esas visitas encontramos la casa cerrada. La vecina de al lado, que la apreciaba mucho, nos dijo que se había ido para no volver. Nada había que la retuviera en aquel lugar. Pero aun así... Le había dejado la llave para que se la diera al administrador. Nos abrió. Allí estaban las dos camas turcas y los demás objetos que tanta vida tenían cuando ella estaba y que la realidad mostraba como míseros trastos. Estaba todo limpio, recogido, en «estado de revista». Pasamos a la cocina. Al mirar por la ventana hacia el campo inmenso, la señora María se echó a llorar.

—Parece que durante la guerra hicieron ustedes amigos comunes. ¿No había ninguno a quién preguntar?

—¡Ah, los amigos! Al principio éramos muchos. Miguel tenía el don de la captación. Además, como durante el conflicto él estaba a cargo de intendencia y ella era una hormiga, en su casa nunca faltaba la comida. Siempre había gente de todas las clases desfilando: carpinteros, albañiles, mineros, profesores, periodistas, escritores. Muchas veces ella se mosqueaba, porque casi no tenían vida privada. «Esto parece la Posada del Peine —decía—. Todos a la sopa boba.» «Son amigos», decía él. «Veremos cuántos de ellos son amigos de verdad», contestaba ella. Lo decía con simpatía, pero sin cortarse, delante de cualquiera que en ese momento estuviéramos. Y tenía razón. Todos, tras la guerra buscamos prolongar nuestras relaciones. Pero, al igual que Miguel, aquella vida anterior había muerto. Las situaciones eran notoriamente distintas. Rosa no tenía nada que dar y había que reorganizar las vidas propias. Menguaron las visitas, hasta que prácticamente desaparecieron. Nunca dejó de hacerlo José Sánchez, un sargento de la brigada. Era carpintero y le hizo a Rosa una mesa y cuatro banquetas. Se fue a Francia y su pista se perdió. También estaba ese joven sargento, Luis Morillo, de sólo veinte años. Fue a quien Miguel salvó de morir abrasado, el día en que me salvó a mí. Le obligaron a hacer la mili en Ceuta. Cada vez que venía a Madrid, pues era madrileño, visitaba a Rosa. Y nosotros, que no faltamos. Bueno, he de mencionar también a los asturianos. Como yo, habían rehuido el fusilamiento y lograron la libertad tras meses de cárcel. Lo primero que hicieron al llegar a Madrid fue visitar a Rosa. Me dio mucha alegría verlos, aunque se habían vuelto más taciturnos. Ella les atendió con lo que pudo. El más delgado...

—Pedrín.

—Eso, Pedrín. Joder, cómo se me pudo olvidar el nombre del gachó si tenía la misma música que el otro. Además, el tío impresionaba con su altura, su delgadez y su rostro juvenil. Formaba un dúo extraño con el otro ya que eran notoriamente diferentes. Bueno. Los dos dormían en una habitación, en el suelo. Salían por la mañana y en la tarde volvían con comida para todos y se solazaban hablando de sus tiempos de Asturias. Ya ve con qué poco se puede disfrutar. Pedrín tuvo que irse dos semanas después. Algo de un familiar grave. Manín permaneció más de un mes. Tenía una tía en la calle de Sagunto y se iba a dormir allí todas las noches desde que Pedrín se fue. Pero cada día tornaba a esa casa y llevaba alimentos para los niños. Nunca vi a nadie tan chalado por una mujer como a esos dos. Y es que ella...

Los ruidos del segundo turno amainaban.

—En las condiciones que Rosa vivía y en aquella España del terror, hizo cosas fuera de lógica: dar refugio a perseguidos. Uno era un joven comunista. No tenía ni veinte años. Cuando los sucesos del traidor Casado...

—¿Traidor?

—Sí, naturalmente. ¿Algo que objetar?

—Había oído que se había sublevado para lograr una paz honrosa.

—¡No me joda! Ha leído la historia interesada. El coronel Casado, que era el jefe del Ejército del Centro, se vendió a Franco, tal y como éste se vendió a los poderes de la derecha el 18 de julio del 36. Y su plato de lentejas fue un pasaje limpio y una vida segura en Inglaterra, mientras dejaba las cárceles llenas de izquierdistas para que fueran asesinados por los falangistas. Murió años después en un retiro dorado, ya en España, y espero que con pesadillas. Es uno de los personajes malignos de la historia. Tiempo después publicó un libro tratando de justificar su acción, pero nadie ha salido en su defensa. Su única notoriedad ha sido su golpe contra la República el 6 de marzo de 1939.

—Me parece un juicio muy severo.

—¿Qué le pasa a usted? Es de ellos ¿verdad?

—¿Quiénes son ellos?

—Los de siempre, los fachas.

—No me juzgue. Ya le dije que no me ocupo de la política. Creo que hay exceso de políticos en España.

—Vale. Es un ignorante. Pero téngalo muy claro; el coronel Casado fue traidor múltiple. Traicionó a su gobierno, traicionó a su presidente y traicionó a su palabra de militar. No hay diferencia con Franco.

—Oyéndole parece que eso fue ayer y no hace sesenta años.

—Hay hechos que no pasan nunca, porque son historia, y la historia es la base de lo que somos. ¿Tengo que recordárselo otra vez?

—No es por incordiarle, pero creo que Casado no estaba solo.

—¿Se refiere a Besteiro y a Mera? Necio uno y crédulo el otro. —Levantó el bastón y pensé que dudaba si darme con él o no—. Ahora me dirá que yo también soy culpable de aquello, pues estaba con Mera. ¿Podía rebelarme ante los que se rebelaban? ¿Qué se podía hacer en aquella locura en la que fusilaban a la gente por el menor motivo?

—Creo advertir en usted una pulsión contradictoria entre lealtades y deslealtades.

—¿Por qué dice eso?

—Porque si esa segunda sublevación contra la República fue tan injusta como la de Franco, todos los actores necesariamente fueron unos traidores, no sólo Casado. No puede exculpar a Mera, por mucho aprecio que le tuviera.

—¿Cree que es así de sencillo? —Las luces que reflejaban sus gafas parecían salir de dentro de ellas.

—Así de sencillo lo veo yo. Lo siento. ¿Quiénes más estaban en el complot?

—Hombre, estaban Miaja, jefe de los Grupos de Ejército; Menéndez, jefe del Ejército de Levante; Matallana, jefe del Estado Mayor...

Miré el brillo de sus cristales ocupando sus ojos desconocidos. Luego bajó la cabeza y comenzó a porfiar con el bastón contra la tierra.

—Usted trata de cambiar mi mundo.

—No. Sólo estoy dando mi opinión. No intento saber más que usted, que sí vivió aquello. En cualquier caso, todo ha quedado muy atrás y no es el objeto de mi visita. Perdone si le he ofendido.

Puso de nuevo un tenso silencio entre nosotros.

—Viene y me da cuerda. Y yo raja que te raja. Me deja hablar de mis viejos fantasmas. Y con sólo dos frases, me pone en mi sitio. ¿Quién coño es usted?

—Alguien que le admira.

—¿Me admira? ¿Por qué?

—Ha llegado usted a una edad alta y con la mente clara. Es un ejemplo. Como lo que me ha contado de su vida.

—¿Qué sabe de la guerra española, de las sinrazones que la provocaron, de la feroz represión?

—Poco. Mi generación se ha dejado adoctrinar por los estrategas del consumo. No nos hemos esforzado en conocer nuestra reciente historia. Ni siquiera intenté informarme de mis abuelos. Ya no están y nunca me podrán decir sus vivencias.

—¿De qué lado estaban?

Negué con la cabeza.

—No se lo diré. Soy para usted sólo un escuchante.

—Le comprendo. Aplica bien la lógica. Al cabo de tantos años no he podido llegar a comprender las razones de Mera para apoyar a esa Junta traidora. Recuerdo siempre con asco y vergüenza las banderas blancas que el Consejo Nacional de Defensa mandó ondear ante las tropas de Franco aceptando la rendición. La mayoría de los gerifaltes salieron huyendo luego como conejos. No como el coronel Prada que, según creo, el 28 de marzo rindió el Ejército del Centro al general Espinosa de los Monteros, constituyéndose en prisionero. Un ejemplo de hombría. ¿Por qué no hizo eso el principal traidor? ¿Por qué tuvimos que hacer el trabajo sucio a ese agente británico y a los socialeros?

—Cuando dice socialeros supongo que se refiere a los socialistas.

—Así les llamábamos. Eran la gran fuerza política de la

izquierda, pero no representaban realmente al pueblo trabajador. Éramos los anarquistas quienes teníamos la confianza de los proletarios. Salvo Largo, todos fueron unos burgueses. Al final se cagaron todos. Dejaron solo a Negrín, a pesar de ser socialista. Era el único hombre que pudo habernos salvado.

Lo dejé reflexionar.

—Estos socialeros de ahora, los de Suresnes, tampoco simbolizan a la izquierda. Parten de un olvido y se miran el ombligo. Han erradicado el nombre de la CNT y han anatemizado insensatamente a Negrín. En el primer mandato de Felipe no se les podía pedir mucho tras 50 años de gobiernos reaccionarios, pero en las dos siguientes legislaturas, ¿qué hicieron? Forrarse las andorgas, como los otros. ¿Usted ve diferencias entre los peperos y los socialeros? Sólo en los modos, pero en el fondo son los mismos señorones a quienes les crece la panza. ¡Ah, los anarquistas...! Nuestro patrimonio inmobiliario, incautado por Franco tras la guerra, nos ha sido devuelto en una parte ínfima por los gobiernos de la democracia, por una ley llamada algo así como del Patrimonio Incautado, emitida, creo, durante el Gabinete de Adolfo Suárez. Unos 250 millones frente a los miles de millones que recibió UGT. Una miseria. Ni siquiera tenemos un local suficiente por lo que nuestro legado documental sigue todavía en Amsterdam. Y eso porque nunca tuvimos un partido político que nos apoyara, como lo tienen UGT y Comisiones. No recibimos subvenciones del Estado. Subsistimos gracias a las cuotas de nuestros afiliados, unos cinco mil del millón largo que llegamos a ser. Pero la CNT no morirá, porque somos un poso de grandeza, una tecla vibrando en quienes no olvidan nuestra contribución a la lucha por la igualdad de clases que los socialeros se arrogan en exclusiva. Por eso no los he votado nunca.

—¿A quién votó?

—Siempre en blanco.

—Entonces ha permitido que otros decidieran por usted.

Apuntó sus gafas hacia mí y presentí el desconcierto en su ánimo. Lamenté verle tan vulnerado.

—¿Sabe?, han sido muchos los años de temor a represalias, de censura mental. A fuerza de callar, hay una historia oficial escrita por los vencedores que no tiene nada que ver con la real. Esa historia real está saliendo de las catacumbas. Se ha de saber el horror de la dictadura franquista, sumando las tragedias individuales. Yo le cuento lo que vi. A mi edad no tengo miedo a nada. Digo lo que pienso. Y lo que pienso es el fruto de la verdad que viví y de sus consecuencias.

—Le creo.

—¿Por dónde iba? Se me ha ido el santo al cielo.

—Decía que Rosa había amparado a un joven comunista.

—Cierto. Era un chico de La Latina y en principio encontró acogida en casa de la madre de Miguel. Estaba herido en una pierna. No estaba curado aún cuando terminó la guerra. La hermana de Miguel lo llevó a casa de Rosa, porque le buscaban por el barrio, y ella lo albergó sin dudarlo. Lo curó y estuvo allí hasta que pudo valerse. Nadie sospechó en la casa de que ese chaval era buscado para ser fusilado. Menos tranquilidad tuvo Leandro Guillén, un periodista adscrito a la brigada que escribía en nuestros órganos de información y que les daba caña a los fachas con su ardorosa pluma. La Falange lo buscaba para acabar con él. Rosa lo tuvo escondido largos meses. Dormía en una de las habitaciones, en el suelo también, en un petate hecho con mantas. Era muy cuidadoso y estaba siempre alerta como las ardillas. Salía y entraba de noche y dejaba el jergón bien colocado para que nadie lo asociara con la cama de un refugiado, en caso de registro. Y eso le salvó a él y a Rosa, porque tuvo dos registros policiales de los que se libró de milagro. En el primero pudo escaparse por la ventana de la cocina, oportunamente avisado por la vecina, según me dijeron. En el segundo estuve de testigo. Se lo contaré. Merece la pena.

—Tal parece que Rosa fue una especie de ángel protector para algunos.

—¿Para algunos? Habrá unos pocos por ahí viviendo de prestado gracias a ella. Familiares y otros que no lo eran buscaron su amparo durante la guerra. Gente que había sido alistada pero de cobardía congénita. Miguel impidió que fueran al frente a instancias de ella. Los colocó en los almacenes, en las naves de armamento, en servicios. Tiene cojones. Él, en el frente, donde le hirieron en varias ocasiones y fue muerto. Y esa caterva de cabrones sin coger un fusil. Y luego estaban los familiares fachas escondidos, a los que también protegía. Había uno grandón, primo de Miguel, un tipo sólido que, como estaba amparado, se jactaba en decirnos que perderíamos la guerra, porque habíamos olvidado a Dios. Pues bien: unos y otros, al terminar la guerra, hicieron mutis por el foro. Nunca les vi que visitaran a Rosa.

Discretamente miré la hora. Las 21.47.

—¿Qué, se cansó?

—Dijo que no veía. ¿Cómo lo notó? —comenté, admirado.

—¡Bah! No veo bien para leer, pero no soy tonto. Todavía no he terminado. ¿Podemos cambiar de lado?

Nos levantamos y ocupamos cada uno el asiento del otro.

—¿Le hablé de un ordenanza feo que tenían los asturianos? He estado recordando y no sitúo su nombre. Era bajito el andóbal. Debía medir poco más del metro y medio. Aparte de su natural fealdad, le habían desbaratado la cara. Más o menos como a mí. En el Pingarrón un disparo le desprendió la mandíbula. No se la soldaron bien y le quedó torcida como a Popeye. Y una cicatriz le cruzaba el lado izquierdo. Estábamos una tarde con Rosa, cuando sonó un golpe en la puerta. Abrió. Allí estaba. Rosa lo recibió con gran alegría. Le habían puesto en libertad tras haber estado enfermo y solo en esas cárceles. Recuerdo que traía una naranja inmensa. Debía pesar más de medio kilo. Dijo que en el penal les daban naranjas todos los días y poca comida normal, por lo que había llegado a repugnarlas. Ya ve. En Madrid era al contrario. Sólo había naranjitas, porque las buenas eran reservadas para la exportación. Para los hijos de Rosa la naranja fue una fiesta y dieron buena cuenta de ella. Rosa le hizo una tortilla con mucha patata y poco huevo. Hacía unas tortillas de concurso. Vimos al hombre comer y nos dimos cuenta del hambre que arrastraba. No tenía a nadie en Madrid y le obligó a quedarse para que se repusiera, porque estaba famélico como los perros que se veían por las calles. Estuvo algunas semanas hasta que se restableció. ¿Se fija? Ella y sus hijos dormían en una habitación y en las otras el refugiado y el feo. Así era esa mujer. Pues bien, a lo que iba. Una tarde estábamos allí cuando sonaron fuertes golpes en la puerta. Eran los grises, que entraron como Pedro por su casa, acompañados del chivato, el jefe de casa, un falangista malo donde los hubo, que ya se había chivado en la anterior requisa que hicieron por Leandro. Registraron la casa y sin más nos llevaron a la comisaría al chico feo y a mí. No había ningún hombre más. Allí demostramos, cada uno con nuestros papeles, que no éramos refugiados. Eso le sentó muy mal al comisario, porque prorrumpió en denuestos contra el chivato. «¡Es la segunda vez que ese imbécil nos toca las pelotas! ¡Que se presente a mí!» Nos dejaron ir con una íntima satisfacción. ¡Vaya chasco! Pero el cabrón no quedó satisfecho y porfió para quebrantar a Rosa. Y a punto estuvo de conseguirlo si no hubiera sido por Manín, pero eso ocurrió meses después.

Le dejé navegar por sus recuerdos.

—Supongo que usted sabe que existía el racionamiento. Lo que daban era insuficiente para una alimentación normal. Gracia, la compañera de Leandro, traficaba con el pan, que le traían de los pueblos esquivando a los de arbitrios. Un pan blanco, no el serrín de abastos que nos daba el gobierno. Era una chica bajita y bonita, delgada como una puerta de madera y con menos curvas que un triángulo. Iba siempre de negro por familiares muertos en el 36. Muy enérgica y emprendedora. Había sido madrina de guerra de varios soldados. ¿Sabe qué es eso?

—Me imagino.

—Voluntarias que escribían para mitigar la tristeza, miedo o soledad de los muchachos que estaban en el frente. No se conocían, la mayor parte de las veces. Había unas listas y las chicas escogían. Fue un buen trabajo hasta que el mando decidió suprimirlo, porque en esas cartas, a veces, se filtraban noticias negativas que no ayudaban a los soldados, sino todo lo contrario. Hubo deserciones al bando enemigo, que expertos republicanos en estos temas atribuyeron a noticias desafortunadas. Gracia iba a ver a su hombre a casa de Rosa y llevaba pan para todos, a diario. Cuando la organización finalmente facilitó el viaje de él a Francia, como paso para Argentina, Gracia siguió yendo a diario a ver a Rosa para darle su pan blanco. Nunca dejó de agradecerle que salvara la vida de su compañero. Tenía un hijo de sus amores con el escritor, que cuidaba su madre mientras ella iba y venía de allá para acá. Él tardó tiempo en dar señales de vida, pero al final fueron llegando las cartas. Y un día le llegó también la reclamación y el dinero para que pudiera salir de España, lo que le permitió obtener su pasaporte y el visado. Recuerdo que estábamos con Rosa una tarde. Ella llegaba siempre por las mañanas, pero aquel día vino por la tarde. Era una mujer feliz, riendo y llorando a la vez. Nos enseñó la carta y luego le dijo a Rosa que se fuera con ella. Rosa le hizo ver la nula disponibilidad económica que tenía para iniciar esa aventura, además de que no se le había perdido nada en Argentina. Ya ve. Cuando Rosa faltó pensamos que de alguna manera habría podido reunir el dinero para el viaje y se habría ido con su amiga. Sin embargo, se largó a Estados Unidos.

Guardó silencio, que respeté. Las luces eléctricas permitían ver a los residentes salir del segundo turno.

—Cuando desapareció, acudimos a donde su suegra en busca de noticias. Ya por la otra vez, sabíamos que no se trataban, pero no nos importó. Nos dijeron que no tenían idea de su paradero. ¿Dónde buscar? Los asturianos ya no estaban y, aunque nunca nos contó el secreto, sabíamos que no podía ir a su pueblo, cualquiera que fuese. Sólo Gracia podía saber algo, aunque suponíamos se habría ido ya a América. Por si acaso fuimos a su casa y la encontramos cerrada. Los vecinos nos dijeron que la vieron con bultos y maletas irse con el niño y con su madre. Pero de Rosa ni rastro. Era como si la hubieran raptado o hubiera escapado de algo o de alguien. Porque marcharse así, sin decir nada, con lo cariñosa que era... No tenía sentido. No era propio de ella.

—¿Cómo sabe que se fue a Estados Unidos?

—Mandó una carta desde Miami. Sin dirección. La conservo.

—¿Les llegó al poco tiempo de su ausencia?

—No, un año más tarde. Nos daba las gracias por la ayuda y por la amistad y ponía esperanzas de felicidad para todos. Ojalá ella la haya alcanzado. Se lo merecía. Un día... —se interrumpió, de pronto, inquieto.

—¿Qué?

—No, nada.

—¿Cree que vivirá?

Guardó un prolongado silencio mientras su bastón escarbaba y escarbaba.

—Tengo 89 años. Ella podría tener cinco o seis menos. Si es por edad debería estar viva.

Nos levantamos y caminamos lentamente hacia la entrada.

—Pero yo estoy dándole a la chicharrilla y usted no me ha dicho para qué la busca exactamente.

—Una herencia.

Se volvió con una rapidez impensada.

—¿Está investigando para una herencia? ¿Quién hereda?

—Es complicado de explicar. Hay varios familiares. Por eso quiero ver a Rosa.

—¿Habló con Manín o Pedrín?

—No sé dónde están. Me dijeron que habían muerto.

Habíamos llegado al porche. Ahora la luz le daba de lleno, pero sus ojos seguían secuestrados por las tozudas gafas.

—Quizá pueda ayudarle en eso. Conservo algunas cartas de Manín. Venga conmigo.

Entramos. Había buen ambiente. A la derecha estaba la cafetería y todavía algunos familiares acompañaban a sus residentes. Subimos en uno de los ascensores al primer piso. La limpieza era esmerada. En un extremo del pasillo, el que se asomaba al jardín principal, se detuvo. Abrió una puerta. La habitación era como la de un hotel, amplia y con cuarto de baño completo. Paco estaba allí, arrojado en una tumbona y leyendo un libro. Había una librería grande con las estanterías desbordadas de volúmenes y revistas, con cierto desorden. En una mesa de trabajo había una máquina de escribir Olivetti línea 98. Encima, en la pared, una fotografía grande de un hombre joven sonriendo, con la estrella de cinco puntas de capitán del Ejército de la República en su gorra de plato. Intenté buscar un parecido con el anfitrión. Al lado, otra foto mostraba al mismo hombre con una mujer, también joven y sonriente.

—Dale a este hombre lo que pida —ordenó a su amigo, mientras se ponía a buscar en un cajón.

—¿Qué toma? —dijo Paco yendo a una nevera sita en un rincón.

—Agua.

Paco regresó del frigorífico, fue al baño y llenó un vaso del grifo.

—Su agua. —Me tendió un vaso, que cogí.

—Tenga —intervino Agapito—, es la última que recibí. Es del año 1969. Mis otras cartas llegaron devueltas.

—Hace veintinueve años —indiqué.

—Pachasco. Ya ve cómo pasan los putos años —dijo él.

Cogí el sobre, muy conservado. Una residencia de Gijón. Apunté la dirección y demás datos.

—Pero no investiga para una herencia —dijo Agapito, inesperadamente—. Este menda no se lo huele. Hubiera bastado con preguntar por sus señas. Pero usted aguantó el rollo. Busca algo diferente. Quiere saber cosas.

Bebí el agua y dejé el vaso en la mesita. No contesté. Paco estaba leyendo retrepado en un sillón y aparentemente no nos prestaba atención.

—Le diré una cosa —añadió Agapito—. No me parece trigo limpio. Le he filado. Tiene aspecto de facha. Pero le concedo una virtud: sabe escuchar a los malditos viejos.

—Le diré otra. En su caso parece que la geriatría ha actuado con éxito. Su intuición y clarividencia es la de una persona de cincuenta años.

—¿Le has oído, Paco? ¿No es un jodido pelotillero? —dijo, volviéndose hacia su amigo, que asintió con la cabeza sin dejar de leer. Giró la mirada hacia mí—. Prométame una cosa.

—Sí.

—Si les ve, si ve a Rosa y recupera a esos asturianos, dígales que me escriban. Ellos están todavía en mis recuerdos.

Más tarde, al cruzar el puente sobre el ancho Duero, de vuelta para Madrid, pensé en el ilustrado y castizo ácrata, testigo de un tiempo que se fue. Pero aparte de las tremendas cosas que contó, tuve la sensación de que algo me sonó chocante cuando lo dijo. Intenté recordar pero la memoria no me ayudó. Dejé de pensar en ello porque, si era algo de importancia, en su momento lo recordaría.

12, 13 y 14 de abril de 1942

Miré los muros de la patria mía,
si un tiempo fuertes, ya desmoronados...

FRANCISCO DE QUEVEDO Y VILLEGAS

Manín salió en la estación de metro de Embajadores, última hacia el sur de la línea 3, por la única salida situada frente al bulevar que unía el llamado Portillo con la plaza de Atocha. Divisó enfrente la Casa de Baños Municipal y el enorme edificio neoclásico marrón de Tabacalera Española. Tranvías, taxis y un enorme gentío se entrecruzaban para no desmentir la fama de animación de la desordenada plaza. Como siempre que salía al Portillo de Embajadores, recordó la primera vez que la cruzó en el imposible 1925, caminando con sus amigos hacia la estación de Atocha, rumbo al africano albur. Echó hacia abajo por las anchas aceras de tierra, al tiempo que observaba las casas. Salvo los sólidos pabellones del Instituto Farmacéutico del Ejército, más conocido por Sanidad Militar, que ocupaban una manzana entera, la mayoría eran casas de una sola planta. Algunas tenían una planta encima, abuhardillada, y todas lucían un aspecto miserable. En un enorme y degradado espacio, cruzado por la calle de Embajadores, en el que se adivinaba el dibujo de una futura plaza, observó una recua de burros y mulos abrevando en unos espaciosos pilones de piedra en el que caía sin desmayo un caudaloso chorro de agua de manantial. Allí los niños y jóvenes se remojaban en los calurosos veranos, cuando los bochornos no tenían nada que envidiar a los de Écija, según contaban. Cuando los animales bebían, los chicos se mantenían apartados, no por amor a la fauna, sino por imposición del garrote del mayoral de turno, cuya aviesa melodía ya la habían sentido algunos sobre sus espaldas. A ese extenso espacio horadado por la Renfe se le conocía por Los Bebederos. Los trenes pasaban varios metros por debajo del nivel de la calle, sobre temblorosos raíles al aire libre. La abierta calle del Ferrocarril y la cercana estación de mercancías de Peñuelas, peligrosamente hundidas en la inmensa zanja, dejaban ver las traviesas y arcenes de las vías llenos de suciedad y materiales de desecho. La calle ancha de tierra que bajaba hacia el río era el paseo del Canal, en cuyo lado izquierdo, por detrás de la Yeguada de la Policía Armada, se abría un vasto campo natural que se perdía hacia el paseo de la Chopera.

Manín siguió por la calle de Embajadores y dejó el campo a su derecha, pues un disforme vertedero, cual montaña hedionda, establecía una suerte de frontera en ese espacio abierto. Bajando hacia la calle de Jaime el Conquistador, volvió a ver a la izquierda solares, desperdigadas casas mal conservadas y la ausencia de árboles. Los bombardeos franquistas no habían actuado sobre esa parte de la ciudad. Se llenó de ira al ver esa fealdad urbana, testimonio de una desidia congénita, el Madrid opaco y agotado como paradigma de un país sepultado en el atraso, al que la doble maldición de un renacido catolicismo fustigante y de la inmisericorde actuación de los vencedores, condenaban por años a la estulticia y a la incuria.

En el lado oeste de esa calle, junto a unas solitarias y quejumbrosas casas, el campo natural se esparcía a sus anchas. En una zona cercana a las casas se había aplanado la tierra para habilitar un campo de fútbol, sin vallas, con superficie de tierra pisada. Allí jugaban los domingos y festivos equipos de regional, siendo los líderes «El Colonial», de un grupo de casas-chabolas de gente obrera que se extendía entre las calles de Embajadores y Jaime el Conquistador, y el «Colegio Hernández», academia de pago situada en el paseo de las Delicias, donde estudiantes de clase media cursaban sus estudios. Entre ambas formaciones se repartían, año tras año, los títulos de los campeonatos. Cuando se enfrentaban, la pasión quedaba garantizada. Cientos de espectadores se apretujaban en los cuatro lados del rectángulo, de pie en los montecillos y laderas. El vocerío era tremendo y rara era la vez que el partido terminaba sin pelea campal entre los contendientes y grupos afines. La mayoría simpatizaba con «El Colonial». Ésa era una zona obrera y los muchachos del «Colegio Hernández» representaban, sin proponérselo, a la clase dominadora, a los que reprimían las libertades y tenían las cárceles llenas de republicanos. Eran las dos Españas luchando en el campo como pocos años antes luchaban en otros campos.

Ese día no era festivo y Manín cruzó la explanada del campo de fútbol, subió los terraplenes de la parte oeste y salió al campo primario, huérfano de árboles. Caminó entre espigas, ortigas y flores silvestres, espantando a su paso saltamontes y mariposas. Vio corrillos de chicos que jugaban y distinguió al hijo mayor de Rosa. Se acercó a él.

—Miguelín.

El niño, rubio y de intensos ojos azules, levantó la cara hacia él, que se acuclilló.

—¿Qué tienes en la mano?

El niño dejó que por su mano cerrada asomara la cabeza de una lagartija.

—¿Qué vas a hacer con ella?

—Vamos a lucharla con un ciempiés.

Ya los otros chavales habían terminado un hoyo profundo en el fondo del cual el insecto multipatas se movía buscando una salida. Miguelín echó el reptil al hoyo y los niños gritaron de alegría. Tenían varas con las que impedían que los bichos escaparan y con las que los achuchaban. Manín se levantó y anduvo hasta la casa. Esquivó las ropas tendidas sobre la hierba y en cuerdas suspendidas entre palos. Todas eran ropas viejas, prendas muy usadas y bicolores: sólo blanco y negro. El sol que escapaba realzaba la blancura en las bragas y calzoncillos agujereados. Manín salió al paseo de la Chopera, vía amplia, con anchas aceras de tierra custodiando una calzada estrecha de adoquines por la que apenas pasaban coches. No había árboles, que fueron sacrificados para combustible en los fríos inviernos del Madrid sitiado durante la guerra. Todo el lado oeste lo ocupaban las enormes instalaciones del Matadero Municipal. En ese momento, unos hombres con largas y finas varas conducían una manada de toros, desvencijados la mayoría, por la acera de enfrente. Con un repertorio de chistidos, voces, chasquidos y silbidos mantenían compacto el grupo evitando que algunos animales escaparan. Se cruzó con corrillos de gente parada o sentada en sillas y banquetas, como en los pueblos. Entró en el portal, cuya puerta nunca se cerraba ni de día ni de noche, subió hasta el largo pasillo y caminó hasta el fondo del mismo. Golpeó con los nudillos la señal convenida. Mientras esperaba, aspiró intensamente el cigarrillo. Lo apagó y se guardó la colilla en un bolsillo. La puerta se abrió y el rostro terso y amado llenó su espíritu una vez más.

—Hola.

—Pasa. Estoy lavando.

Cogió a la niña en brazos y siguió a Rosa hasta la cocina, la pieza más utilizada de la casa.

—Hola, pequeñarra. ¿Por qué no estás en la calle jugando?

—Tengo miedo.

—¿Por qué tienes miedo?

—Por el *piojo verde*. Está ahí y nos puede comer.

Manín miró a Rosa, que hizo un gesto de circunstancias. El *piojo verde*, el tifus exantemático, una variable de las fiebres tifoideas, causadas por los piojos y la desnutrición, que estaba produciendo mucha mortandad, sobre todo en niños de familias desfavorecidas.

—¿Tú has visto al *piojo verde*? —preguntó Manín a la niña.

—Sí, te lo enseñaré. Acércame a la ventana.

Manín se aproximó al hueco y el campo se adueñó de su visión.

—¿Lo ves, allí, a lo lejos? —señaló la niña.

Él miró. Difuminándose en la distancia, unas frondas verdes protegían la empresa maderera, la metalúrgica Boyer y el cuartel de Caballería de la Policía Armada.

—¿Ése es el *piojo verde*?

—Sí.

—¿Pues sabes cómo le ganaremos? Con esto que traigo. Come lo quieras, pero deja para tus hermanos.

De una bolsa extrajo una botella con leche y varias cajitas de galletas. Un niño más pequeño, con la cabeza cubierta de rizos dorados y los ojos de verdor oscuro, se acercó ilusionado. Manín puso a la niña en el suelo, revolvió las ondas de la cabeza del niño y les ayudó a abrir un paquete de galletas. Miró a la mujer que lavaba en la pila de piedra y aclaraba al chorro de agua fría que un grifo simple de metal dejaba escapar. Daba frotadas fuertes a la ropa con el trozo de jabón de sosa casero. Contempló su perfil silueteado por la luz que entraba a raudales por la ventana cerrada, sin visillos ni cortinas. La plata de su pelo orlaba el contorno de su cabeza, mientras movía el cuerpo con enérgicos empellones.

—No lavas más que trapos —musitó.

Ella se detuvo y permaneció en silencio con las manos metidas en la espuma.

—Sí..., y mientras, mis sábanas, toallas y ajuar en la Casa de Empeño.

—Las sacarás, no te preocupes. Cuando vuelvan los nuestros, la vida volverá a sonreírnos, mientras cuidamos la becerra. ¿Recuerdas?

Ella aclaró la ropa y la dejó en un barreño de cinc. Luego se sentó en una banqueta. El fogón de hierro fabricado en Zumárraga por Orbegozo estaba encendido y prestaba calidez al ambiente.

—La vieja canción de las viejas emociones. Pero es inútil. Ya no quedan esperanzas.

—¿Qué ocurre, Rosa?

Ella suspiró.

—El vecino Ramón. Estaba echando el carbón en la carbonera, agachada. Vino por detrás y me metió la mano entre los muslos.

—¿Es que has vuelto a llevarle el carbón después de los chivatazos de Leandro?

—No. Fue en casa de sus padres. Ellos son otra cosa.

—Ella es una beatona y él un civilón. A saber a cuántos habrá matado.

—Son mayores y me aprecian mucho. No me sobran clientes para elegir.

—¿Que no hay clientes? Al precio que pones el carbón, todo el barrio puede ser cliente.

—Sí, pero la mayoría no paga. Piden fiado y luego se olvidan.

—¿Y los viejos del cabrón, no estaban presentes?

—Sí, el padre.

—Dime qué ocurrió después.

—Le di un tremendo bofetón. Cayó sobre una silla y la rompió. —Hizo una pausa—. Se levantó y quiso pegarme. El padre se interpuso y le afeó su conducta. Le habló duramente. La madre, que llegó al oír las voces, intentó mediar, muy avergonzada. No hacía más que pedirme perdón.

Manín la miraba intensamente y en silencio.

—Empezó a gritarme. Me llamó zorra roja. Dijo que lo lamentaría, que estaba harto de mi presencia y del refugio que daba a mis amigos comunistas.

Hablaba con aire fatalista, sin emoción. Unos bucles, donde la luz tornasolaba de amarillo su pelo de plata, cayeron sobre sus ojos. Con gesto cansado los llevó hacia atrás y los dominó con una horquilla.

—Pero ya no tienes refugiados.

—Él quedó muy frustrado con las dos intentonas fallidas. Lo tiene guardado. Ve enemigos por todas partes y quiere hacer méritos ante su clan —dejó escapar aire entre sus labios—. Es malo. De él temo cualquier cosa.

Manín se acercó a la ventana y contempló el campo. En el horizonte se desdibujaba el paseo del Canal. Estuvo un rato sin hablar.

—No te preocupes, yo me ocuparé. Hablemos de otras cosas.

—Ni se te ocurra entrometerte. Ya te metiste en demasiados líos por mí. Me las apañaré.

—De acuerdo. Dejémoslo.

Se miraron. Ella sabía que él no dejaría correr el asunto.

—No estás en la mejor situación para meterte en problemas con ese hombre. Tiene mucho poder y, si interfieres, le será más fácil hacerte daño que a mí. Al fin, soy una mujer y tú, para esta gente, un rojo desprotegido al que pueden volver a meter en la cárcel.

—Vale —dijo él, haciendo un gesto con la mano como señal de que el asunto había terminado—. Quería decirte antes que vuelvo a casa.

—Volver a casa...

—Tengo mucho que hacer allí. Susana y mi cuñado no pueden con todo Y yo..., qué poco les he ayudado con mis guerras y mis historias sindicalistas.

—Claro que debes regresar. Hace más de un mes que saliste de prisión. Tu deber es estar allí.

—Sé cuáles son mis deberes. Tú eres uno de ellos.

—No quiero serlo. Quiero que encauces tu vida en la dirección acertada. Busca una buena mujer, cásate, ten hijos. Deja de quererme.

—Eso es como pedir que la tierra deje de girar.

Ella intentó con fuerza que las lágrimas no asomaran a sus ojos. Pedrín había llegado de prisión y tampoco mostró prisa por volver a su casa. Sólo la llamada urgente lo hizo regresar al pueblo. Su hermano mayor había quedado atrapado en la mina junto a otros dos compañeros. Los equipos de rescate intentaban llegar hasta ellos.

—¿Y Pablo? ¿Consiguieron sacarlo del pozo? —inquirió.

—Sí —la miró—, pero está mal.

Dos lágrimas aparecieron con fuerza en los ojos de ella. Eran grandes, y se independizaron de las pupilas bajando por las mejillas. Dejó que se extinguieran en su boca.

—Pobre Pedrín. —Movió la cabeza. Lo veía ahí delante, jugando con los niños, silencioso y tierno. Al marchar, se llevó la serenidad que impartía, pero también la situación de angustia, porque su amor por ella la agobiaba y la llenaba de culpa. La misma situación de angustia que con Manín. ¿Por qué no podía enamorarse de uno de ellos, cuando tan buenas cualidades atesoraban? Miró a su primo. Tan diferentes y tan iguales.

»¿Qué voy a hacer con vosotros?

—Deberías de elegir a uno de los dos. Es decir, a mí.

Un destello de luz en las pupilas de la joven fue lo más parecido a una sonrisa. Él se despegó de la ventana y se sentó en otra banqueta.

—Quiero que recobres la felicidad que te robaron.

—Eso es imposible. La felicidad sólo existe en la niñez y en la adolescencia. Y eso ha quedado muy lejos.

—Si no te hubieran quitado el prado, tu vida hubiera sido otra.

—¿Quién decide nuestros destinos? Cuando con sólo veintiún años os mandaron a África a Pedrín y a ti, no sólo jugaron con vuestras vidas. De golpe eliminaron vuestra juventud y pusieron en cuestión vuestra felicidad. Cuando con 18 años vine a Madrid, también acabaron para mí muchas cosas.

—Quizá se pueda recuperar ese prado todavía.

—No lo quiero. Quise obtenerlo para dárselo a mis padres. ¿Quién me queda allí ahora? Dos hermanos. Uno que reniega de mí, que me odia, y el otro pusilánime e indiferente. No podría convivir de nuevo con ellos.

—El pueblo no son ellos ni los Carbayones.

—No creo que quiera regresar nunca.

Salió del portal cuando las sombras se anunciaban. Vio a los chicos cazando murciélagos con botes de humo cogidos con largos alambres, que movían en círculos sobre sus cabezas para activar las brasas. Jugaban en medio de la calzada.

Vio que se apartaban al aproximarse un camión. Luego, siguieron con sus juegos en la misma calzada vacía. Echó hacia abajo por el centro de la acera. Los faroleros iban encendiendo las luces de gas en los faroles de hierro. Con su mechero de palo metálico, como si fuera una lanza, abrían la espita del gas, situada alta en la base del farol, y daban a la chispa de encendido. Tanteaban primero para ver si los bulones roscados estaban o no. Como eran de plomo los robaban y dejaban el casco suelto. Se dieron cuenta de esta circunstancia cuando a un farolero se le cayó encima la caja y lo mató. El gasista miraba que la llama de gas fuera estable, se cargaba luego la barra al hombro como si fuera una escopeta y se dirigía a otro farol, haciéndose varios kilómetros cada noche. Manín caminó por la calle de Guillermo de Osma dejando a su derecha las Casas Baratas de Primo de Rivera. Desde la glorieta circular de la Beata María Ana de Jesús divisó la Alcoholera, situada en la calle de Embajadores. Estuvo aguardando hasta que vio salir al personal. Lo divisó entre otros, luciendo su hábito morado de Jesús de Medinaceli y sus rizos negros como la obsidiana. Lo observó y siguió hasta verlo caminar solo. Se le acercó. Ramón se sobresaltó al ver surgir su alta figura ante él.

—¡Coño!, qué susto me has dado.

—¿Sabes quién soy?

—Claro. Entras y sales de casa de mi vecina como el amo en su guarida. ¿Qué quieres?

—Poca cosa. Que la dejes en paz.

Ramón se echó hacia atrás mirando hacia arriba furibundo.

—¡Qué dices! ¡Que me deje ella en paz a mí! ¿Qué te ha contado esa zorra? ¡Voy a denunciarla! ¡Y a ti también, por amenazar a un hombre honrado que sale de su trabajo! ¡A ver si acabamos de una vez con toda la morralla roja!

—Sólo te lo diré una vez más; déjala en paz.

Se apartó y empezó a alejarse. Ramón estalló:

—¡Qué te has creído, desgraciado! ¿Sabes con quién hablas? ¡Soy el jefe de casa! ¡Echaré a esa roja!

La gente se paraba a mirar brevemente. Gritos y peleas eran tan normales como la pobreza que, con frecuencia, las provocaban. Manín se diluyó en la noche y el otro quedó mascullando.

En la mañana del día siguiente Rosa oyó fuertes golpes en su puerta. Abrió. Los uniformes grises volvieron a torturar su mirada.

—¿Rosa Rodríguez Lastra? —preguntó uno de los agentes—. Preséntate en comisaría mañana.

—¿Esto qué es?

—Una denuncia contra ti y contra un tal Manín. ¿Vive aquí?

Ella negó y preguntó:

—¿Quién me ha denunciado y por qué?

—Mañana. Sin falta, o atente a las consecuencias.

Los vio alejarse por el pasillo y observó los corrillos de los vecinos espiando con fruición. Cuando Gracia llegó, se lo contó con los ojos arrasados de impotencia.

—¿Qué vas a hacer?

—Tendré que ir y ver de qué me acusan.

—No digo mañana, sino después. ¿Piensas seguir aquí?

—Claro. ¿Adónde voy a ir?

—A Argentina, conmigo. Aquí no tienes a nadie. Cuando me vaya te puedo reclamar.

—Qué dices. ¿De dónde sacaré el dinero, y los papeles?

—No te atormentes. Ya lo arreglaremos.

—No hay arreglo. Vivamos de realidades.

—La Rosa que conocí era valiente y alegre.

—Entonces yo tenía marido y esperanzas. ¿Qué tengo ahora?

—Tienes tus hijos. Y me tienes a mí. Vente conmigo.

—¿Qué se me ha perdido en Argentina?

—Un país nuevo, abundante. Sería como si estuvieras en Asturias, porque está lleno de asturianos. Olvídate de este Madrid de miseria.

—Aún me quedan amigos aquí.

—¿A quién? Todos dejaron de venir, salvo Agapito y

Carmen, Pedrín y Manín. Pero ellos tienen sus propias vidas. Y tus paisanos no estarán toda la vida como mayordomos tuyos.

Rosa no contestó.

—Porque la vida sigue y con los años cada uno busca su propia vivencia —siguió Gracia—. A no ser que te decidas por uno de esos admiradores indesmayables. ¿Quieres a Manín o a Pedrín?

—A los dos. Como hermanos.

—Se irán, aburridos. ¿Y qué será de ti, aquí sola?

—Sacaré a mis hijos adelante. Lucharé para darles una educación.

—¿Cómo te vas a arreglar? ¿Con el carbón?

—¿Esto es un examen? Plancharé, bordaré, fregaré.

—Trabajos pesados, mal pagados, peor que el carbón.

—¿Qué trabajos podemos hacer las mujeres, y más con este régimen? Aún recuerdo cuando mis dos amigos hicieron una asamblea en el pueblo y expusieron un modelo de sociedad basado en una educación laica e igualitaria para hombres y mujeres... Ya ves lo que nos vino después. Quizás en un futuro ello pueda ser posible.

—Seguramente lo será, después de que desaparezca este horror. Pero para entonces se te habrá pasado tu tiempo.

Manín llegó a media tarde. Traía su sonrisa comedida y su paquete de alimentos. Vio a los niños abalanzarse sobre él como las crías de los pájaros cuando llega el padre con la presa. Contempló a Rosa que, en el comedor, huérfano de muebles y adornos, hurgaba con una astilla en los recovecos de una de las camas turcas. Le miró brevemente, esbozó una sonrisa mediatizada y mandó a los niños a la cocina para que no estorbaran en la faena.

—¿Te ayudo?

—No.

Con la punta de la madera desalojaba las chinches del somier, que caían al suelo de baldosas desnudas para ser aplastadas por un pie implacable. El hedor de los insectos era intenso. Manín se sentó en un taburete y contempló a la joven mientras ésta levantaba la cama por una esquina y la dejaba caer con fuerza contra el piso. A cada golpe, nuevas chinches caían abundantemente e intentaban escabullirse. El mosaico estaba sembrado de sangre y restos. Finalmente, Rosa impregnó de petróleo todo el somier con una vieja brocha. El olor a combustible se extendió, pero no eliminó el agrio de los parásitos, a pesar de la ligera corriente que producían las ventanas abiertas. Ella trabajaba concentradamente. Colocó la cama en la habitación italiana, junto a la otra que relucía de aceite. Luego, fregó todo el suelo con estropajo y asperón, de rodillas, retrocediendo hacia la cocina. Manín la oyó vaciar el agua sucia en la taza del váter y limpiar frotando enérgicamente la bayeta, el estropajo y el cubo de cinc en la pila de la cocina. Regresó al comedor, seco ya para entonces. Cerró la ventana, tomó asiento en otra banqueta frente a su amigo y clavó en él sus ojos imposibles. En ellos él notó una disfunción.

—Algo va mal, ¿verdad?

—Me temo que sí.

—Dime que ha pasado.

—Me han puesto una denuncia. Y a ti también. —Le mostró la citación. Le vio leerla sin menguar en su alentadora sonrisa.

—¿El vecino? —sugirió, devolviéndole el papel.

—Creo que sí.

—Bueno. Vas y en paz. No te pasará nada.

—¿Y tú?

—No iré. No estoy notificado oficialmente.

Tiempo después, con los chicos acostados y la noche cayendo él dijo:

—Posiblemente me vaya mañana. No te preocupes por lo de la denuncia. No te ocurrirá nada.

—Y tú, ¿no correrás peligro?

—¿A qué te refieres?

—Los Carbayones. Estarán crecidos. Ahora pueden vengarse impunemente.

Manín se encogió de hombros.

—Afrontaré lo que sea. —De pronto tuvo un arranque—. ¡Maldita sea, Rosa! ¿Porqué no te decides y vuelves conmigo? No soporto la idea de dejarte aquí sola.

Ella movió la cabeza.

—No insistas. Me dañas. Sé mi amigo, mi hermano, mi fuerza, como hasta ahora. ¿Qué es más que un sincero amigo?

Él emboscó sus ojos en la sombra para que no viera su dolor.

—Hace años que no te veo reír. Pronto podrás hacerlo de nuevo.

Ella lo miró con extrañeza. No entendió su significado. Se levantó y lo abrazó. Notó el temblor diferente de su cuerpo enfrentándose al suyo. Lo vio alejarse luego, salir al pasillo exterior y cerrar la puerta tras de sí. Miró la mesa. Había varios billetes sujetos por un clip.

Se levantó, sintiendo una desoladora impotencia. Se acercó a la ventana y miró a través de los cristales, espantando las moscas. El campo, sin ninguna luz, era una sombra inmensa sin bordes, como si fuera un monstruo agazapado.

Ramón salió de la fábrica. Caminó con sus amigos y pararon a echar unas partidas en Bodegas San Juan. Luego se despidieron. Frente a las Casas Baratas, unos grandes solares ocupaban el lugar proyectado como plaza futura, vigilados por el edificio de El Reloj del Matadero. Los solares prolongaban el espacio hacia las casas de la colonia y los desperdicios cubrían buena parte del suelo de tierra. A un lado, unos gruesos troncos de madera se amontonaban desde hacía años, sin saber quién los dejó allí y por qué no se les daba mejor destino. Los de abajo estaban hundidos parcialmente en la tierra y los chicos jugaban de día, porque formaban una montaña vegetal. Como siempre, Ramón pasaría junto a ellos. Iba un poco alegre. La vida le sonreía. Era el jefe de la sección de mecánica de Alcoholera Española y su hacer le permitía distraer alcoholes que luego vendía a un traficante amigo. Había que aprovechar. Cada tiempo tiene su tratamiento, como lo tuvo el de la guerra. Mientras más durase el racionamiento, más podría incrementar sus ganancias. Obraba con cuidado, pero sin temor. ¿Quién podría echarle de la fábrica? La Falange suponía la protección asegurada. Gracias al partido y a los méritos que iba acumulando, conseguiría que le nombraran jefe de barrio; es decir, jefe de todos los jefes de casa. Eso significaba poder, y el poder significaba inmunidad y más dinero, lo que revertiría en más poder. Era una rueda imparable. Sonrió, orgulloso de sí mismo. Había sabido elegir el partido adecuado a pesar de los momentos de sobresalto. Sin embargo, no había alcanzado aún el premio a sus desvelos. Reivindicaría con más fuerza los días de esfuerzos junto a José Antonio desde la fundación de Falange en el 33 hasta la ilegalización del refundado partido en FE y de las JONS; desde los días de terror a que se descubrieran sus maquinaciones quintacolumnistas en la retaguardia del Madrid rojo, durante la guerra, hasta los días gloriosos del triunfo del ejército salvador bajo el brazo justiciero de Franco. Él no tenía alma de guerrero, por eso no había seguido el ejemplo de su padre, y antes de su abuelo, ambos miembros de la Benemérita. De las armas, le gustaba la precisión mecánica, no su relación con los valores castrenses. Siendo todavía un niño, dejaba admirados a su padre y amigos del Cuerpo al desmontar y montar con notoria rapidez y perfección la pistola y el fusil de su progenitor. Su padre le puso al cuidado de uno de los mejores armeros de la institución, y en los talleres de mecánica y mantenimiento desarrolló su natural disposición hacia la técnica manual. Obtuvo el nombramiento de maestro en todas las especialidades, con notable rendimiento en torno, fresa y ajuste. Al crecer, no pudo rehuir el tremendo politicismo que imperaba en la España del primer tercio de siglo. En su natural ambiente, los movimientos liberales no eran bienvenidos. Así que se dejó influir por las ideas renovadoras de José Antonio. Sentía que el país iba hacia el caos por culpa de una República permisiva con los nacionalismos y con las izquierdas, por lo que se adscribió a ese movimiento que propugnaba ideales sociales dentro del orden establecido. Pero él no poseía pasta de líder como Hedilla, Fernández Cuesta o Ruiz de Alda. Le gustaba estar en los despachos, medrando en la sombra, haciéndose ver en los momentos justos y en los lugares adecuados, lejos de las decisiones y de los peligros. Nunca había disparado un arma. Lo dejaba para los otros, para los que se enfrentaban a tiros con los proletarios en las confrontaciones callejeras desde lo del teatro de la Comedia hasta el estallido del conflicto civil. Pero después de la Victoria... ¡Ah, la Victoria! Todavía persistía en él, como en casi todos los miembros del partido único, la indescriptible alegría por la derrota del comunismo disgregador de las esencias patrias.

Conocía las *limpias* que se venían haciendo en Madrid desde el triunfo armado. Él había participado en algunas con sus delaciones. No tenía remordimientos por ello. Esa horda merecía el castigo por sus crímenes contra las personas de bien, por sus hechos blasfemos contra la Iglesia y por los asesinatos de curas y monjas y la destrucción de templos. Pero por encima de todo, por el asesinato de su guía, José Antonio. Había que eliminarlos a todos, como la mala hierba. Gentuza roja. Se le vino de repente la imagen de Rosa, su vecina, otra roja. Joder, cómo estaba la tía. Él hozaba en el cuerpo de la gorda Jacinta, cerraba los ojos y ayuntaba con ella pensando que lo estaba haciendo con esa vecina increíble a la que deseaba, a veces con angustia. Sus movimientos al echar el carbón, su culo, su rostro. Notó una erección. No podía evitar el tormento de la carne. Era como el burro del sardinero, que en cuanto olía a una hembra rompía a rebuznar y se le desarrollaba el miembro. Él no rebuznaba, pero se empalmaba en cuanto veía a una tía buena. Como su vecina Rosa. Maldita mujer, con ese aire de desprecio con que le miraba. ¿Quién se creía que era, con la miseria que arrastraba? No tenía ni mierda en las tripas y se comportaba como si fuera la duquesa de Alba. No quería que fueran amigos, pues que se atuviera a las consecuencias. A tomar por el culo. A él ningún rojo le golpeaba. Estaría bueno. A ver cómo salía de la denuncia que le había puesto. Ella se lo buscó. No pudo lograr en su día que la policía encontrara a los refugiados, porque fueron más listos que él y que sus espías. Pero ahora le pasaría factura por todo. Y lo mismo a ese primo grandón. Bueno, eso decía ella. Habría que ver lo que realmente hacían cuando estaban a solas. Que soy tu primo y te la arrimo. Como si él no supiera cómo estaba el patio en eso del fornicio. ¿Qué se había creído ese matón, amenazándolo? Ya era raro que a un tipo así no le hubieran dado el pasaporte. Era demasiado arrogante y bien plantado para dejarle que diera buena publicidad a la ralea roja. Su imagen no era precisamente la de un demonio o un monstruo, según la propaganda que de ellos habían hecho los buenos españoles, pero ahora le había llegado su san martín. No sabía con quién se estaba jugando los cuartos. Iba a saber lo que costaba un peine.

De pronto tuvo una premonición. Algo no iba bien. Sintió que se le erizaba el vello como cuando ronda el lobo. Con la alarma recorriendo su menudo cuerpo, se volvió. Una sombra más inmensa que la noche y que era la suma de todas las sombras del mundo se abatió sobre él.

Ramón abrió los ojos y estuvo tratando de poner su cerebro en razón. Poco a poco, fue descubriendo que se hallaba tumbado en un suelo terroso de un lugar cuyos límites y configuración estaban secuestrados por las sombras. Tenía las manos atadas a la espalda, los pies atados también por los tobillos y la boca sellada por un esparadrapo. Una luz espectral surgía de una velita situada en el suelo, junto a él, y hacía fluctuar las cercanas sombras. Se movió intentando ponerse en pie, pero sólo consiguió ponerse de rodillas, porque los pies estaban atados hacia atrás a sus manos. No había ningún sonido. Probó a soltarse, pero las ligaduras eran sólidas. Notó una inflexión en la luz. De las sombras surgieron unos pantalones caminando hacia él. Miró hacia arriba intentando descubrir al dueño del cuerpo, pero el rostro estaba diluido en la oscuridad. Él no era un valiente y sintió un atisbo de terror al ponderar su situación. Hubo un movimiento en el cuerpo cuando el desconocido flexionó las rodillas para acuclillarse, y un rostro apareció a la tambaleante llama. Manín, quien habló sin preámbulo.

—Te presentarás en la comisaría y quitarás la denuncia que has puesto en contra de tu vecina Rosa. Un muerto no puede declarar. Por eso sigues con vida.

Hizo una pausa y buscó algo en un bolsillo.

—Así que te dejaré libre y entero dentro de un rato. Pero existe la posibilidad de que, aunque me lo prometas, no hagas lo que te he dicho y busques otras opciones. Por ejemplo, que en comisaría ratifiques tu denuncia e interpongas una nueva contra mí, basada en la experiencia que estás viviendo ahora. Y que luego lanzarás a tus camisas azules para darme caza.

Manín mostró a la luz lo que tenía en la mano. Un frasquito donde se debatía una cucaracha negra y grande como un abejorro. Brillaba como si fuera de charol. Ramón estaba acostumbrado a las cucarachas, negras o rubias, porque circulaban con profusión por todos lados, pero le pareció que nunca había visto una de ese tamaño.

—Si haces lo que sospecho quieres hacer, no conservarías mi inmunidad. Al día siguiente, a los diez o a los cien días, caería sobre ti. Tu cadáver no aparecería nunca. Pero quiero que vislumbres el infierno que experimentarías antes de tu desaparición.

Manín sacó la cucaracha del frasco y la atrapó con una mano. En una acción rápida, quitó la mordaza al prisionero, le metió el insecto en la boca y le amordazó de nuevo. Impactado por el asco y por lo insospechado del acto, Ramón se echó hacia atrás, cayendo al suelo y agitándose convulsivamente. Notaba al bicho moverse dentro de la boca. Tragó saliva y con ella la cucaracha. La notó descender por el esófago. Las arcadas le hicieron vomitar. El vómito llegó a su boca tapada y le salió por las fosas nasales. Se ahogaba. Manín le quitó el esparadrapo, le puso boca abajo y le dio un golpe en la espalda con la mano abierta. Con la cara en la tierra, Ramón expulsó toda la masa, tosiendo, llorando y gritando. A la flameante luz, observó que del vómito se independizaba lentamente la cucaracha, oculta su negrura por la capa de detritus. Manín lo colocó sentado en el suelo, limpió su boca con un trapo y volvió a ponerle el esparadrapo. Buscó algo y luego puso ante los aterrados ojos del secuestrado su mano derecha enguantada y cerrada, por la que asomaba la cabeza de un ratón, agitándose nerviosamente y mostrando sus malignos ojos. Ramón desbordó los suyos. Manín le quitó la mordaza y, a pesar de la resistencia desesperada, logró meterle la cabeza del roedor en la boca. El impacto sobre su razón fue indescriptible. Se echó al suelo moviendo la cabeza e intentando escupir al ratón. Manín le sujetó fuertemente el cráneo con la mano izquierda, conservando la presión con la mano derecha sobre la boca. Ramón quiso imponer a su conciencia que estaba viviendo un sueño. Pero el ratón se movía en su boca realmente. No soñaba. Creyó que el asturiano quería meterle todo el bicho en la boca y apretó los dientes para impedirlo. El débil cuello del animalito estuvo a punto de ser seccionado. Una chispa de razonamiento lo impidió. Se hubiera quedado con la cabeza dentro y podía tragársela. Intentó entonces mantener la presión necesaria en los dientes para impedir la progresión del ratón hacia el interior. Miró a Manín, implorándole con los ojos llenos de lágrimas. La mirada del secuestrador le apabulló de miedo por su impiedad. Manín le abrió la boca y retiró al roedor, poniéndole el esparadrapo. Buscó luego un botón en el hábito, lo abrió, metió al ratón dentro de la prenda y cerró el botón. El roedor, totalmente vivo, empezó a corretear por su pecho y espalda buscando la salida. Ramón vio a Manín sacar un frasco mayor que el anterior, lleno de cucarachas negras. Espantado, vio que quitaba el corcho, ahuecaba el cuello del hábito, introducía el gollete del frasco y sacudía enérgicamente. Todas las cucarachas desaparecieron en el interior de la prenda. Ramón se retorció en el suelo sintiendo el asco físico y mental. La velita fue apagada y la total oscuridad unificó el espacio, y le golpeó como si fuera algo sólido. Los animalejos se movían por su piel en todas direcciones. Ramón lloraba, contorsionándose, inmerso en un pavor jamás sentido.

El tiempo fue pasando en el mayor silencio y sin que el horror cesara. Su vientre y su vejiga se habían abierto y la materia impregnaba su pantalón. ¿Dónde estaba? Se imaginó un espacio infinito, lleno de terrores sin fin que se abalanzaban sobre él con la mayor inclemencia. Una eternidad después, a punto de locura, notó algo en su espalda. Unas fuertes manos le desataban los brazos. ¿Cómo podía nadie ver en tan profunda oscuridad? Tardó en reaccionar por el caos mental en que se hallaba. Impelido por la angustia, se quitó las ligaduras del todo, se arrancó el esparadrapo y gorjeó entre hieles y saliva. Se abrió el hábito a tirones y notó que los bichos abandonaban su cuerpo. Desató sus pies y trató de erguirse. Palpó temblorosamente en busca de alguna pared, mientras emitía sonidos espasmódicos. Una débil luz surgió y dividió el espacio en dos zonas. Era una velita y estaba algo alejada. Se acercó a trompicones, mirando con ojos enfebrecidos. La vela estaba en el escalón superior de una escalera de ladrillos medio rota. Subió por ella. Una trampilla de madera tapaba a medias la entrada. Empujó y la levantó. La vela se apagó. Pero a través del hueco percibió la claridad de las estrellas. Salió, tropezando con cascotes y desperdicios. Apreció el vano de una puerta. La cruzó, enloquecido, cayendo por unos escalones escombrados y rodando hasta un terreno vegetal. La noche era negra, y la zona ausente de luces. Sólo la luz del manto estrellado. Se puso en pie y echó a correr. Tropezó y cayó de bruces. Sintió que algo le agarraba por los pies. Pataleó y gritó sumido en una angustia sin límites. Se dio la vuelta y continuó pataleando. Pero nadie le agarraba. Estaba solo. Se arrastró por la tierra, de espaldas, alejándose del horror. Conocía el lugar, la parte de terreno sin desbravar situado antes del campo de fútbol y del campo natural. A un lado, alejadas, las casas humildes de la calle

Palos de Moguer. Debía ser tarde, porque nadie pasaba por el caminito. Ni rastro de Manín. Estaba a salvo. Quedó inmóvil respirando ahogadamente. Más allá de sus pies, vio el lugar donde había estado. El viejo hotelito de tres plantas, que en sus tiempos lució su bella estructura, cuando la zona aún era campo, sin la primaria urbanización existente. El hotelito envidiado donde vivió una familia adinerada hasta que el Ayuntamiento declaró ilegal la construcción. La casona, situada a unos veinte metros de la pared medianera de la finca donde él vivía, mostraba el esqueleto desafiante a pesar de su ruina. Nada habitable quedaba. Sin techos, ni tejados, las paredes interiores derribadas, sin postigos en las ventanas. Los chicos con sus juegos destructivos y la acción del tiempo habían arruinado lo que en su día fue una belleza arquitectónica. Sólo conservaba los muros de las fachadas. Un poco más alejada, la gran nave de los talleres y cocheras del parque automovilístico del Ayuntamiento, por su parte trasera. Lo demás era el gran campo hasta Jaime el Conquistador. Manín lo había torturado en el sótano de ese hotelito. Había estado en un espacio acotado y de medidas no muy grandes, al lado de su casa. Pero Ramón no podía aceptar esa realidad. Sobrecogido y febril, veía y recordaba un lugar tenebroso e infinito como el que atravesaba la barca de Caronte. Ahora estaba tumbado en un lugar conocido, pero antes, una hora o una eternidad, había estado en el infierno con el que su religión amenazaba a los malvados e impíos. Lloró hasta quedarse sin lágrimas. Y con todas sus fuerzas rezó a Dios para no volver allí.

Rosa, con su hija de seis años, subió caminando hasta la Ribera de Curtidores. Ya había estado en esa comisaría meses antes. Varios guardias que hablaban en la puerta se interrumpieron para mirarla. Mostró el papel y la hicieron pasar. Esperó en la salita que recordaba, junto a personas de variadas cataduras, a quienes iban llamando mientras otras llegaban. Bastante tiempo después citaron su nombre. Entró en la sala de denuncias y declaraciones. José Antonio y Franco no se habían movido de la pared, aunque tenían más cagadas de moscas en sus rostros. El oficial y el humo del ambiente tampoco habían desertado. Allí estaba el hombre con su palidez y su ingrávido cuerpo embutido en un traje desvaído, que a ella le pareció el mismo cruzado de antaño, ahora con brillo en los estrechos hombros y en las bocamangas. Fumaba compulsivamente y tosía secamente. Rosa se preguntó si no estaría tuberculoso. Era una enfermedad que hacía estragos en esas fechas y que no respetaba ni a vencedores ni a vencidos. Él la miró fijamente, achicando los ojos y soltando chorros de humo.

—Yo te conozco. —Cogió el informe correspondiente—. Rosa... Claro. Eres la que hace tiempo agredió a un policía en la estación de Atocha. Vaya, vaya. Otra vez aquí. ¿Pagaste la multa?

—Sí. Pago mis deudas, aunque sean injustas.

—No se te ha calmado el resabio, a lo que veo. Parece que te gustan los problemas.

Ella no contestó. Él miró el papel, mientras hacía jugar el cigarrillo con los dedos de su mano derecha.

—A ver qué tenemos. —Leyó en silencio, inhalando de vez en cuando y mirándola de hito en hito—. ¿Es verdad lo que dice aquí?

—No sé lo que dice ahí.

—Actos deshonestos e incitación al vicio sexual en la persona del jefe de la casa, cofrade del Santísimo Corazón de Jesús.

La miró y notó su cansancio. Observó sin comedimiento sus pechos mareantes, su bello rostro, su equilibrada figura, sus ropas humildes. Desplazó los ojos hacia la niña, delgada como una correa. Miró de nuevo el papel y estuvo leyendo un rato.

—Aquí dice que el mismo vecino te denunció anteriormente en dos ocasiones por albergar rojos buscados por la justicia, seguramente asesinos, y que, aunque acudió la policía en ambos casos y no se encontraron ni a los delincuentes ni evidencias de ser un refugio, él insiste en que sus denuncias estaban justificadas. Señala que se ven muchos hombres entrar y salir de tu casa lo que podría ser... —Se detuvo, la observó y apreció que ella sostenía su mirada con firmeza—... Podría ser que se estuvieran produciendo hechos inmorales constitutivos de delito, por lo que pide se haga llegar al juez esta denuncia y que se someta a inspección tu domicilio.

El silencio fue demasiado intenso. El uniformado sentado tras la máquina y el inspector la miraban fijamente. Ella esperó callada sin quitar los ojos del hombre de la tez pálida.

—¿Qué tienes que alegar?

—¿Servirá de algo lo que yo diga ante lo que manifiesta tan importante personaje?

—Estás aquí para declarar. Di lo que sea.

—Ese hombre intentó forzarme.

—¿Por qué entonces no lo has denunciado tú?

—No me gustan las denuncias.

Él miró un segundo papel, volvió a fumar y a toser y levantó otra vez la vista hacia ella.

—¿Ha ocurrido algo entre ese hombre y tú, después de la denuncia?

—No sé a qué te refieres.

—¡De usted! No vuelvas a tutearme —dijo, tosiendo y mirándola con dureza. Ella guardó silencio—. ¿No ha habido ningún acuerdo entre vosotros?

—¿Acuerdo? No entiendo. Hace días que no veo a ese hombre.

—Aquí hay una comparecencia del citado, de ayer por la noche. Ha quitado la denuncia, diciendo que todo ha sido un error y que lo lamenta.

Ella expandió sus ojos en un gesto pleno de sorpresa.

—No lo entiendo —dijo el policía—. Posiblemente tendrás que agradecérselo a la piedad de ese cofrade ofendido. ¿Ves cómo los que creemos en Dios somos capaces de perdonar las ofensas que nos hacen los criminales?

Ella siguió en silencio.

—Puedes irte. Y reza a Dios. Te has salvado de una buena.

Rosa cogió de una mano a su hija y salió. El inspector estuvo mirando la puerta un buen rato, fumando calmosamente y tosiendo a intervalos, mientras que el agente uniformado miraba hacia el mismo sitio con un mutismo compartido. Luego se miraron.

—¿Cree usted que esa mujer...? —sugirió el agente.

—¿Que si creo qué?

—Eso de que le incitó y de que se dedica al follamiento.

—No, no lo creo.

—Yo tampoco.

—Lo que es muy extraño es que tras una denuncia tan prolija haya decidido retirarla. No es normal.

—Venga, jefe, ¿no acaba de decir que hay piedad en los que creemos en Dios?

El subinspector examinó a su subordinado e intentó ver algún signo de zumba. No lo apreció. Tiró al suelo la exhausta colilla y de un bolsillo sacó una arrugada cajetilla verde de tabaco negro Ideales. Cogió uno, sin invitar al uniformado, y lo encendió. Dio una ansiosa calada como si fuera un pez fuera del agua y retuvo el humo con avaricia hasta el límite, antes de expelerlo entrecortadamente al compás de la tos.

—Haz pasar al siguiente.

14 de marzo de 1998

Hollé con mi coche el verde indefenso de un bosquecillo invadido por docenas de automóviles, que habían escalado cuestas entre los altos árboles, semejando una manada de monstruos metálicos devorando la yerba desarmada. Miré al Salón de Bodas, un local en las afueras de Las Rozas que atemorizaba, como un espolón gigante, el campo nunca antes violado. Noté como un lamento en los añosos árboles, sentenciados a desaparecer mientras sus sombras apagaban los brillos de un sol todavía beligerante.

Se casaba Valentín, un amigo de la niñez. Trabaja en una empresa de Australia desde hace seis años. Es un matricero muy bueno y un amigo entrañable. Se casaba tarde, con su primera novia formal, por emplear un lenguaje ya en desuso. Nuria, diseñadora de espacios vivenciales, según su expresión. Te dicen cómo colocar los sillones en el salón, qué color conviene al cuarto de baño y cosas así. Tras la boda, se instalarán en la casita con jardín y *jacuzzi* que él atesoró en un barrio extremo y residencial de Sidney. Siempre me sorprendo de cómo la vida distribuye sus dones de forma tan diferente entre quienes nacieron en el mismo barrio con las mismas expectativas. Tan diferentes los caminos de Valentín y el mío. Me casé a los 20 años, ahíto de amor y esperanzas para regularizar el embarazo inesperado de Paquita. Él tiene mis años, pero sus correrías no dejaron huellas. Es alto, moreno, de risa fácil y estentórea. De pequeños dibujábamos cómics juntos. A mi boda vino con su risa contagiosa y las manos en los bolsillos. Nunca ha sabido cómo ponerlas para que no le estorben. Dice que el único lugar donde no están de más es en las tetas de una mujer. Entonces no tenía novia. Un día le presenté a unas amigas, entre las que se encontraba Nuria. Él tenía 33 años y ella 26. Se enamoraron al instante. Siempre creímos que aquello no duraría, porque él era un correcaminos y ella una chica muy temperamental. Estábamos equivocados y la evidencia era la boda celebrada ese mismo día.

Era una tarde todavía invernal aunque más parecía a la primavera precoz. Caminé hacia la entrada y fui mezclándome con los invitados. Había mucho colorido y cámaras disparando. Todos se apostaban en un amplísimo jardín donde camareros desganados servían bebidas y canapés. Diana estaba en un grupo, con Berta y Arancha, de espaldas. Me acerqué a ella y la abracé por detrás, pasando las manos sobre su vientre. Echó su cabeza hacia atrás y puso sus manos sobre las mías.

—Mi hermano —dejó caer con fuerza la palabra.

Después de lo de Gregorio, se quedó a vivir en mi apartamento de la calle de Atocha, con Berta, su amiga de siempre y a la sazón en situación de paro amatorio desde su separación, un marido no maltratador en este caso, sino buscabragas ajenas. Yo me quedé en el piso de Moralzarzal. El del aeropuerto, donde vivieran Diana y Gregorio, seguía a la venta.

En el grupo había rostros nuevos de ambos sexos luciendo gestos joviales. Al ver tanto mocerío, tuve la sensación de ser muy viejo. Un ninfo alto y moreno, muy acercado a Diana, me saludó con efusión cuando me presentaron. No me gustó, a pesar de su buena planta. O precisamente. Gregorio la tenía y salió rana. Fui consciente de que me había vuelto perro guardián de mi hermana. Sabía que ella tenía derecho a elegir, pero quizá no superase un nuevo fracaso. Estaban sus amigas y amigos de años. Todo muy bien, menos la admiración que algunas de las nuevas amigas mostraban hacia mí. Propaganda de Diana. Al volverme para tomar un vaso con jugo de tomate, la vi venir.

—Tu ex cuñada —susurré.

—La he visto antes y nos hemos saludado —contestó en el mismo tono apagado—. ¿Podrías quitármela de encima?

Salí al paso de la pareja. Hacía más de cinco años que no la veía. Estaba igual que en mis recuerdos. Alta, esbelta, con su larga cabellera tipo Wella, protegiendo su agraciado rostro. Reía y los hoyuelos de sus mejillas se me hicieron imprescindibles. Sentí una punzada en el corazón. Algo de ella parecía quedar dentro todavía y acentuaba mi soledad. Arrastraba a un tipo grande como un globo aerostático y con el rostro de Charles Laughton. El espacio aconsejado para su nariz lo ocupaba un condominio de bultos, como una verruga de concurso. ¿Puede entenderse que una mujer se enamore o se encapriche de modelos de hombre tan diferentes? Se acercaban, ella ejerciendo el mando. Quizá, soterradamente, su deseo de dirigir la contienda familiar estuvo larvando nuestra relación y pudo haber sido uno de los causantes del rompimiento. ¿Cómo saberlo? En realidad, ¿qué importaba ya? El caso es que allí estaba, espléndida, con sus pecas suaves rodeando sus ojos verdes, remolcando aquel plantígrado y poniéndose ante mí.

—¡Corazón! —Avanzó su cara y juntamos nuestras mejillas sin besarnos, como si fuéramos Fred Astaire y Ginger Rogers en *Sombrero de copa*. Tuve que cerrar los ojos para no romperme—. Éste es Rafa; éste, mi ex.

Nos dimos la mano. La de él parecía una reunión de salchichas.

—Tenía ganas de conocerte. Paquita me ha hablado mucho de ti. —En su cara de tragabolos había una ancha sonrisa, como si hubiera acabado de oír un chiste la mar de gracioso. ¿Qué gilipollez era aquella de que deseaba conocerme? No tenía sentido. Contesté que me alegraba mucho de que el Gijón y el Oviedo estuvieran considerando la posibilidad de hacer un solo equipo de fútbol entre los dos clubes. Se me quedó mirando más despistado que un colibrí en un bolsillo.

—Siempre el mismo —dijo ella, intentando justificar su propia sonrisa.

—Sí, del que te enamoraste.

La sonrisa se le había enfriado, pero sólo para mí.

—Aquello no fue amor. Ahora sí lo es —dijo, mirando al paquidermo, que nos miraba a su vez con el gesto descolocado, sin columbrar el choque de voluntades que se desarrollaba delante de su estruendosa nariz.

—Sí lo fue. Ahí está el resultado. —Señalé con la barbilla al hijo común que nos miraba desde el grupillo—. Hubo mucho amor en ello.

Paquita miró a su hijo y por unos momentos un resquicio del pasado penetró en su guardia. Luego volvió los ojos hacia mí. El tiempo se había ido, pero el recuerdo nos enlazó y, por instantes, recreamos la entrega generosa de nuestros cuerpos, cuando el futuro era sólo un presente lleno de irresponsabilidad y pasión. Movió la cabeza y salió del trance.

—Dejémosle fuera de nuestras vidas, ¿hace? —dijo, imponiendo la tiranía de sus hoyuelos.

—Imposible. Está en ellas. Cada vez que uno de nosotros le mira, aparece el recuerdo del otro. Siempre.

—Vale. Que sea sólo el recuerdo. Eso no hace daño.

—Te equivocas. Los recuerdos hacen mucho daño.

—Olvidemos entonces los recuerdos.

No pude por menos de sonreír ante semejante simplificación. Estuvimos un rato tratando de parecer sociables como esos personajes de las películas americanas simples. Pero las espadas seguían cruzándose.

—Dice Carlos que te va muy bien. Me ha contado alguno de tus casos. Aunque no lo creas, estoy muy orgullosa de ti.

Otra estupidez sin sentido.

—¿Por qué has de estarlo?

—Bueno, has sabido salir de tus crisis y crearte fama en tu medio. En cierto modo tus éxitos tienen origen en nuestra separación. De haber estado juntos hubieras sido un funcionario.

—¿Qué pasa con los funcionarios?

—Nada, pero la rutina no es para ti.

—Así que me querías tanto que me dejaste para que no me aburriera y pudiera alcanzar el éxito que me estaba esperando.

—Bueno, no exactamente, pero el resultado ha sido el mismo.

—Quizá debería haber tenido yo esa percepción. Debí de haberte dejado y así hubieras triunfado por tu lado.

Me miró intentando dar seriedad a los rasgos siempre festivos de su rostro. No lo consiguió. Observé al rorcual. Estaba absolutamente perdido e intentaba disimularlo, lanzándonos sonrisas apaciguadoras.

—Te conozco —dijo Paquita—. Siempre hablas poniendo doble sentido a las cosas. ¿Qué quieres decir?

—Con él —señalé al testigo con la barbilla—, ¿dejaste ya de buscar?

—¿De buscar qué?

—¿Lo preguntas? Tu propio triunfo.

—Creo que deberíamos dejarlo.

La vi marchar, llevando al globo casi a rastras. ¿Sería él el último experimento? Desde nuestra separación probó con otros hombres, casi uno por año. Algo ardía dentro de ella y no encontraba el bombero adecuado. De nuevo me pregunté si puse todos los medios para ayudarla. Era casi una niña cuando la hice mujer y quizás ignoré el hecho de que a esa materia virgen había que dar un tratamiento acorde con su sensibilidad, miedos y distintas necesidades. Quizá no lo hice bien. Quizá si...

Al acercarme al mostrador de bebidas, vi a Alfredo y Alicia integrados en un grupo sonriente.

—El hombre misterioso. —Rió ella, besándome efusivamente. Es una mujer de grandes pechos, nariz aguileña, palabra rápida, pelirroja.

Alfredo es arquitecto y el ocurrente de las fiestas. En cada reunión destaca por su colección inacabable de chistes. Por los rostros circundantes, adiviné que le había interrumpido en plena faena. Me dio un abrazo prolongado. Es tan alto como yo y lleva el cabello largo y barba en una clara intromisión hacia los derechos de los peluqueros.

—Ni una puta llamada a los amigos durante años —señaló—. Joder, ¿qué le pasa a tu vida? La de veces que...

—Cada día empuja a otro sin piedad para ocupar su lugar. Cuando te quieres dar cuenta, los años han pasado.

—Absurdas excusas. Entiendo que Eduardo y Valentín, por su lejanía, marquen distancias. Pero tú estás aquí, en el foro. Te he llamado un millón de veces. Me pasas por los huevos.

—Venga. ¿Cómo olvidarme de vosotros? Los amigos de la niñez no se reemplazan.

—Te contaré uno de amigos inseparables. —Hizo una pausa teatral para que los demás prestaran atención—. Entra un hombre a un bar y pide cuatro vasos de vino. Al bebérselos, uno detrás de otro, le dice al sorprendido barman: «Es una promesa. Somos cuatro amigos supervivientes de la guerra. Al separarnos, prometimos que ese mismo día, cada mes, allá donde nos encontrásemos, entraríamos a un bar y nos beberíamos cuatro vasos de vino. De esa manera sería como si estuviéramos de nuevo todos juntos, brindando por nosotros.» El hombre entra cada mes a la misma fecha al bar y repite el acto, ante el comprensivo tabernero. Pero un día, entra y pide tres vasos. Se los bebe. El camarero le dice: «Qué, se le murió uno de los amigos, ¿verdad?» El otro le mira y le dice: «No, es que he dejado de beber y el mío no me lo bebo.»

Reímos un buen rato. Ella celebra los chistes de Alfredo como si los oyera por primera vez. Me gustan mucho, son animosos y viven sin complicaciones. Se compenetran. Antes de casarse decidieron no tener hijos. Por ser tan evidentemente felices, dejé de llamarles y de verles cuando lo de Paquita. Nunca me ha gustado trasladar a otros mis problemas y aparecer como el aguafiestas. Además, sabía por Carlos que seguían viéndose con Paquita. De estar con ellos, hubiera podido parecer un mendigo pidiendo mediación para la reconquista del amor perdido.

—¡Mira quién aparece! —dijo Alicia, señalando a Eduardo y a Maite, que se acercaban sonrientes con tres de sus hijos.

—Joder, qué alegría —dijo Alfredo—. Sólo nos vemos de boda en boda. La próxima, la vuestra.

—Ya estamos casados —dijo Eduardo.

—No. Yo digo por la Iglesia. Lo del matrimonio civil es un rollo para ahorrarse lo de la fiesta.

—Entonces siéntate. Ya ves. Con hijos casaderos.

—Nunca es tarde y cuanto mayores, mejor. Ya se os habrán pasado las ganas de separaros. Os contaré un chiste de bodas tardías.

Y nos lo contó.

Más tarde, en un aparte, Eduardo se interesó:

—¿Cómo llevas el caso?

—Qué decirte. Ninguna pista. Sólo intuiciones.

—Te dije que no sería fácil. Si la Guardia Civil lo dejó...

Estuvimos charlando hasta que otras parejas nos separaron. Quedé un momento solo mientras un ejército de sombras avanzaba sobre el acobardado sol. Miré hacia Carlos, que reía con sus amigos. ¿Dónde estaba Sonia? La noté antes de volverme. Llevaba un vestido amarillo destellante y altos tacones de aguja.

—El hombre en su soledad —dijo, levantando su copa y brindando con la mía.

—Como el viejo león al que los más jóvenes echan de la manada.

—Seguro. —Nos besamos—. He visto cómo te miran las mujeres. Las hay de cine. No te sería difícil encontrar pareja.

—No me gustan las mujeres. —Enarcó las cejas—. Me gusta la Mujer.

—Si no la buscas no la encontrarás.

—Si ha de venir, vendrá. No tengo prisa.

—Y mientras, ¿cómo te apañas con lo del sexo?

Miré sus ojos risueños.

—¿Para que están las muñecas hinchables?

Cruzamos sonrisas de complicidad. Y aunque ella, con sutileza, trató de sonsacarme, el nombre de Sara quedó a salvo.

—He visto a tu ex. Está guapísima. Tuviste buen ojo.

—Sí, no envejece, como Dorian Gray.

—¿Me dices que tiene su propio espejo satánico?

—No, sólo digo que está exactamente igual que cuando la conocí; lo mismo de encantadora.

Me miró fijamente con una punta de seriedad.

—Hay muchas tías encantadoras en esta fiesta, no sólo ella. ¿No te has fijado?

—Tengo la muestra delante. Te sienta el vestido como si fueras una princesa. Eres de lo más bonito que hay en este prado. Y con esos zapatos, me recuerdas a las chicas de mis tiempos.

—¡Eh, eh!, señor atrevido. No se le olvide que tengo novio. Además, está usted irresistible con ese traje y el lazo.

Vimos acercarse a Carlos con sus amigos.

—Mi padre, mis troncos —presentó.

A algunos los conocía, como a Ricardo y a Nacho. Todos me miraban como si fuera el personaje que seguramente les había exagerado Carlos. Me hizo una seña y nos apartamos.

—¿Qué te parece el tío ese de mamá?

—Prefiero no opinar. No quiero influirte en ningún sentido.

—Soy más adulto que tú cuando tenías mi edad. Habla.

—Es tu madre. Es su vida.

—Venga. El fulano es amorfo. Parece un choto. ¿Cómo le puede gustar? ¿Viste el tocho que tiene?

—Una nariz destartalada no es signo de idiotez. Puede que ahí resida su encanto. Te recuerdo a Cyrano. Con su narizota era el rey del mambo.

—¿Te burlas de mí? ¿Qué tiene de encantador ese napión?

—El tipo algo tendrá. Tu madre no es tonta.

—¿Es eso lo que realmente piensas?

—¡Qué decirte! Quizá busca una seguridad que no encontró conmigo ni con los otros.

—¿Seguridad? ¿Qué tipo de seguridad? ¿Quién está seguro de nada hoy día?

—No sé. Estar juntos el mayor tiempo posible, ver los mismos programas de televisión, ir a muchas reuniones de amigos, hacer la compra asidos de la mano. ¿No les ves? Y un marido siseñor.

—¿Me cuentas películas? Veo mucha mezquindad en esa forma de vida. Es vivir sin libertad, sin independencia de actos propios.

—Normalmente ésa es la esencia del matrimonio.

—Entonces nunca me casaré. Yo entiendo el matrimonio de otra forma. Como dos amigos que se aman, se respetan y conservan la fidelidad hacia el otro. Pero sin cortapisas a sus movimientos para el estudio, el trabajo y la creatividad. Y eso precisa de tiempo en soledad.

—Pides un sueño. La realidad matrimonial es más prosaica. Si damos por hecho que nada es perfecto, no podemos pedir perfección al matrimonio.

Hurgó en la hierba con la punta del pie, sin mirarme.

—¿Qué no soportó de ti como para separarse?

—Quizás eché demasiada responsabilidad sobre sus hombros. Puede que creyera que el punto de locura que me poseyó cuando lo de mis padres no desaparecería. De todas maneras tampoco era de envidiar la propuesta de vida que teníamos con anterioridad al accidente. Un hombre complicado que busca huecos hogareños para el necesario estudio y la lectura, un policía sin horario, escasos momentos para el diálogo, prohibición de más hijos tras la imposición del primero... Demasiados enfrentamientos, demasiados errores.

—¿Fui un error? —señaló él riendo.

—No seas cabrón. Ya lo hemos hablado. En su momento sí lo fuiste.

—Para mamá, no para ti. Lo sé. Quisiste darme hermanos... ¿Por qué ese terror a tener hijos?

—No debes juzgar negativamente a tu madre. Ella es como es. Pero te dio el ser.

—Te quiero, viejo —dijo, sin mirarme. Le contemplé. Tan delgado como una lanza y con tanto por descubrir todavía.

—Lo sé.

—Espero que al cetáceo no se le ocurra nunca llamarme hijo, como si fuéramos gringos. Le doy una hostia.

—Él no es responsable de esta situación. Tendrás que asumir su presencia.

La gente abandonaba el jardín hacia los salones. Sonia se nos acercó.

—Siéntate con nosotros.

—No. Los héroes debemos estar aparte.

Entramos en uno de los salones, ya abarrotado. No había reserva de mesas para invitados, pero casi todos se habían agenciado lugares para sus grupos. Diana y sus amigos agitaron sus manos hacia mí, desde su mesa. Le hice un guiño. Sabía que no estaría a su lado. Soy su protector, pero no su camiseta. La música era suave como no queriendo competir con el vocerío. Alfredo levantó una mano y señaló una silla vacía a su lado. Junto a él estaba Alicia. Vi que a su lado se sentaban Paquita y el cencerro. Miré a Alfredo, que entendió. Hizo gestos para indicarme que no importaba. Todas las mesas estaban ocupadas. No tenía opciones. Además, entre Paquita y yo estarían Alicia y Alfredo. Enfrente tendríamos a Eduardo y a Maite. Le dije que sí con la cabeza. En ese momento, la música cesó y los altavoces anunciaron la llegada de los novios. La gente hizo el pasillo y sonaron los acordes correspondientes. Aplausos, apretones de manos, vivas. Valentín es huérfano desde hace muchos años, pero estaba su hermano Edmundo, que lo cuidó como a un hijo. Y sus hijos y la tropa familiar de Nuria. Me acerqué y me vio. Arrastró a su mujer para abrazarme.

—Corazón, cabronazo. Me gustaría que te sentaras con nosotros.

—Déjame besar a la novia. —Me volví y la besé en los labios. Hubo murmullos y risas.

—¡Hum! —dijo ella con los ojos cerrados—, esto sí que es besar y no lo de este mecánico.

—¡Eh, eh! Soy tu marido y no este bribón.

—Te la presenté. Me lo debías.

—Comencemos la fiesta —ordenó Valentín, indicando el camino hacia la mesa principal y aferrando a su mujer por el talle—. Ni se te ocurra irte como acostumbras, sin decir ni pío, ¿vale? —dijo volviendo la cabeza, pero sin dejar de caminar—. Tenemos luego una fiesta y quiero que estés.

Horas más tarde, cuando el baile estaba en su apogeo y el griterío más intenso, me escurrí sigilosamente y salí del local sin despedirme de nadie. Había luna en cuarto creciente y los coches estaban bañados de plata. El ramaje oscilaba a impulsos de una suave brisa y el fragor de la fiesta se oía débilmente. Ahí, en ese local, estaban todos los familiares y parte de los amigos que tenía. Mi mundo. Entré en el coche y noté un desasosiego invencible. Era el momento ideal para echar un cigarrillo, pero no fumo. Quedé un tiempo abstraído, dejando batallar mis angustias. No había nadie a la vista. Era una soledad huérfana, atemperada por el murmullo del viento y la música lejana. Los coches tirados por doquier, chatarra inútil cuando no ejercen su función, parecían seres metálicos muertos de película de ciencia ficción. Saqué la foto de Rosa Muniellos y la miré a la luz de la noche clara. Sentí el peso de una añoranza indefinible. El golpe al parabrisas por fuera me estremeció en ese momento por lo inesperado. Una rama baja se movía delante del cristal. Volvió a golpear una y otra vez. No era una rama desnuda sino un ramo pletórico de hojas blancas. Yo había invadido el entorno del bosque y la agresión vegetal era natural, pero había algo extraño en la reiteración del contacto. Como si fuera un aviso. Recordé aquella mañana en mi apartamento de Atocha, días atrás. La misma urgencia en la llamada, la misma sensación de mensaje inaplazable. ¿Era mi soledad la que buscaba connotaciones con lo enigmático? Volví a mirar la foto y oí el golpeteo insistente de la rama. Supe entonces que debía encontrar a Rosa y su mundo si quería vivir sin pesadillas el resto de mi vida.

9, 10 y 11 de septiembre de 1933

Coged de vuestra alegre primavera
el dulce fruto, antes que el tiempo airado
cubra de nieve la hermosa cumbre.
Marchitará la rosa el viento helado,
todo lo mudará la edad ligera,
por no hacer mudanza en su costumbre.

GARCILASO DE LA VEGA

A través de la ventanilla del autobús contempló los paisajes de su tierra, que se abrían y permitían ver bosques que subían por laderas camufladas de verde o que se abalanzaban sobre el automóvil, rodeándolo con densas cortinas arbóreas. Sentía la alegría del retorno en lucha con la congoja producida por el misterioso silencio de los suyos. El coche había llegado a El Cruce, había hecho una parada frente a la fonda y se había puesto en marcha de nuevo para cubrir las más de cien curvas, la mayoría muy cerradas, que llevaban a Cangas del Narcea. Suspiró profundamente. El coche se había ido vaciando y el pasaje ocupaba menos de la mitad del espacio inicial. Los niños se habían rendido y los vómitos por los mareos habían cesado. Sólo se oía el ruido del motor y algunos ronquidos.

Rosa recordó la doble emoción que vivió en su boda, que tan lejana le parecía aunque no habían pasado ni tres semanas. A la emotividad de su enlace con el hombre guapo y mundano al que amaba, se enfrentaba la estupefacción de no haber visto a nadie de su familia durante el enlace. Ni una noticia al respecto. No podía entenderlo. Había preguntado a su tía, a sus primos, a Manín, a Pedrín, a sus amigos, a todos los del pueblo que acudieron. Nada sabían. En sus rostros no había encontrado signos de contradicción con la sorpresa que de verdad manifestaban. Al día siguiente, bajó a la central telefónica de Cuatro Caminos con una aflicción sin límites, porque ya nunca habría consuelo para ella, aunque pudieran darse explicaciones justificativas. Ése fue su día y ellos no estuvieron. Y ni volvería a casarse ni se repetiría la boda. Había pedido una conferencia, para citarlos dos días más tarde, pero nadie se presentó en la oficina de Cangas. Había vuelto a emplazarlos para dos días después, pero el resultado fue el mismo. Había hablado con Miguel de ello.

—Algo ocurre. No es posible lo que está pasando.

—Alguna explicación tendrá, mujer. No te preocupes.

—¿Cómo no me voy a preocupar? Deberías estar tan intrigado como yo. Toda tu familia estuvo. Todo mi pueblo, pero ninguno de los míos. No es normal. Iremos a Asturias. Necesito saber qué ocurre.

—No dejaré que vayas. Si no han venido, allá ellos. A lo mejor es que no te quieren tanto como crees.

—¿Qué barbaridades estás diciendo? Ni en broma se te puede ocurrir un disparate semejante. No te comprendo.

—Pues irás sola. No voy a acompañarte.

Ella le miró con un asombro tal que sintió dolor como si hubiera sido algo físico.

—Eres mi marido, debes estar conmigo. Ahora y siempre. Es lo que le dijiste al cura.

—No debes ir, pero si insistes, irás sola.

—¿Acaso sabes algo, algún motivo, y me lo ocultas?

Él había caminado unos pasos por la pequeña habitación de alquiler del piso de la calle Maudes. La ventana abierta daba a un lóbrego patio interior donde se acumulaban desperdicios. Comenzaba el mes de septiembre y la suma del calor y los hedores hacían la atmósfera irrespirable. De espaldas a ella dijo:

—No sé nada. No hay nada que ocultar.

—Entonces, vente conmigo.

—No.

Esa noche anduvo hasta la estación de Príncipe Pío, compró un billete de tercera clase para el expreso y salió para Asturias. No había dormido en toda la noche, mirando la negrura del otro lado del cristal, como si fuera la promesa de un castigo por algún pecado ignorado. Al pasar Pajares, el corazón le había dado un vuelco. Consiguió no llorar pero el esfuerzo la había dejado sin fuerzas. Recordó la otra vez que pasó el puerto, camino de Madrid, tan sólo un año antes. Tantas veces había cantado la vieja canción que lo había magnificado y lo imaginaba un lugar mágico, el fin de Asturias. Había abierto la ventanilla y a través de la oscuridad sólo vio montañas similares, nada espectacular. Castilla por esa parte era como su tierra. Había viajado sola desde Oviedo, con sus emociones tan cercanas que aún la ahogaban. Rememoró la salida del pueblo, la canción última que desde lo alto de la cuesta le hicieron cantar como despedida los mozos y familiares que la acompañaron hasta Cangas en el carro grande de tío Segundo, la compañía de su padre, Manín y Pedrín hasta Oviedo... Como en esta ocasión, aquella noche, lejana y cercana a la vez, no había dormido. En la estación del Norte de Madrid la había esperado su tía Sole, su guía y consuelo en todo el tiempo que transcurrió desde que llegara a la capital. Su primera impresión de Madrid la asustó. Aquellas altas casas, los coches, las muchedumbres por las calles, el habla tan diferente, la ausencia de montañas y de prados... Pero luego el tiempo pasó deprisa. Y ahora estaba allí, cerca de la solución a un misterio que se había instalado en su vida, tras haber descendido del tren en Oviedo con su pequeña maleta de cartón y haber partido de la estación de autobuses sin haber tomado un solo bocado. Vio el monasterio de Corias y enseguida entraron en Cangas. Subió por las estrechas y pendientes calles hasta cruzar la plaza de la iglesia y llegar a la parada de taxis. Allí estaba Félix, un familiar lejano, con su vetusto Citroën.

—¡Rosa! ¡Felices los ojos!

—¿Puedes llevarme a Cibuyo?

—Claro que sí. Sube.

Aunque él preguntó, supo mantener a distancia su curiosidad. Sin embargo, durante el trayecto vio sus ojos clavados en ella y entonces tuvo noción de lo sola que se sentía.

El taxi paró en Cibuyo, ante la posta regentada por los padres de Pablito Montesinos, que se alegraron mucho de verla e intuyeron a qué se debía la visita, ya que ellos sí estuvieron en su boda. Félix no quiso cobrarle el recorrido. La hermana de Pablito y un mozo amigo, llamado Pelayo, quisieron acompañarla hasta Prados, pero ella pidió ir sola. Abrió la maletita, sacó unas zapatillas y se las calzó metiendo en la maleta los zapatos. Luego echó a andar cuesta arriba. Al llegar al primer giro, miró hacia abajo. Todos la contemplaban todavía. Atravesó el terreno virgen, cruzando por entre el verdor y las flores, y sintió henchirse su espíritu con los olores de la tierra añorada. Se detuvo y se sentó en una de las rocas que brotaban por distintos lugares como si fueran dientes de un animal gigantesco enterrado. Serían las doce, calculó. Hacía calor y el sonido de los insectos siseaba a su alrededor. Vio los lejanos montes, ahora cubiertos de una ligera neblina por el reverberar del sol. Abajo estaban los valles salpicados por las pequeñas aldeas. Se vio de niña, no hacía tanto tiempo, correteando por esas laderas. No quiso esconder el llanto, guardado durante demasiado tiempo. Lloró largo rato para vaciarse de lágrimas, ahora que estaba sola. Nadie la vería llorar, fuera lo que hubiera de encontrarse. Escucharía lo que tuvieran que decirle, perdonaría lo imperdonable y todo volvería a ser como antes. Se levantó. No. Nada podría ser como antes, nadie podría compensarle de la inmensa decepción. Pero todo quedaría dentro de ella, como un secreto, el primero de su vida. El pueblo apareció de repente, como si fuera él quien la buscara. El sol era ya una inmensa losa sobre el verdor húmedo. Algunos la vieron y corrieron hacia ella. El vocerío hizo salir a la gente de las casas. Al aproximarse a la suya, vio a Amador y a Remedios, la mujer de Jesús. Llegó a ellos y notó la frialdad de sus miradas, lo que ponía un nuevo pozo de incomprensión en su ánimo.

—¿Qué haces aquí? ¿Para qué has venido? —dijo su hermano, a modo de bienvenida, sin moverse del umbral.

—¿Qué ocurre? ¿Qué os pasa?

—No entrarás más en esta casa —dijo él, tapando la entrada con su cuerpo.

Ella subió los escalones y le enfrentó.

—Debes haberte vuelto loco. Ésta es mi casa tanto como la tuya. ¿Dónde está la *mama*?

—¡Rosa!, hija mía, pasa —brotó una voz desde el interior.

—Dije que no, madre —insistió Amador.

Rosa le dio un empujón y lo desplazó a un lado. Miró a su cuñada, que se echó hacia el lado de Amador. Entró en su casa. Al fondo del corto y ancho pasillo estaba su madre, alta como ella. Sus ojos se inundaron cuando abrazó a la joven. Se sentaron en el *iscanu*, junto al caldero, cuyos efluvios recordaron a Rosa que llevaba muchas horas sin probar alimentos. Amador y Remedios asomaron sus inamistosos semblantes desde el pasillo.

—Tome, madre —dijo la joven, entregándole una caja de bombones que sacó de la maletita. Ella cogió la cajita sin dejar de mirarla. Luego, acarició los rubios bucles de su cabeza sin permitir que su silencioso llanto menguara.

»¿Qué está ocurriendo, *mama*? ¿Por qué la actitud de Amador? ¿Por qué no fueron a mi boda?

—No nos avisaste ni nos invitaste. Supimos que te casabas por tu tía Susana.

—¿Qué dice, madre? Mandé cartas y telegramas desde hace dos meses, quizá más. No pueden haberse perdido todas.

La mujer elevó la mirada y la clavó en su hijo, con una sorpresa tintada de amargura. Rosa captó el gesto y volvió la cabeza hacia su hermano, mirándole con ojos desbordados.

—¿Retuviste las cartas y los telegramas? ¿Y todas las citas para las conferencias? ¿Por qué?

—No te hagas la tonta —dijo él, manteniéndose tras el quicio de la puerta—. Sabes muy bien por qué.

—¿Hiciste eso? ¿Retuviste las cartas? —preguntó la madre al hijo.

—Sí, lo hice.

—Sabía que algo ocurría —dijo la mujer, mirando a su nuera, que, a su vez, miraba a su cuñado con gesto embobado—. Os lo dije, era imposible que mi hija se hubiera olvidado de nosotros.

—¿Olvidarme? ¿Qué locura es ésta?

—¿De verdad no lo sabes?

—¿Saber qué?

—¡Vendiste tu prado a Carbayón! ¡Vendiste tu herencia! —estalló Amador—. ¡Rompiste nuestra propiedad! ¡Nada te queda en esta casa! ¡Vete de aquí!

—¡Amador! Deja ya ese maldito odio —reclamó la madre.

—¡No! Siempre ella, la mimada, la más querida. ¡Y ya ve cómo nos paga!

Rosa contemplaba la escena como si no fuera parte de ella. Era como las películas que de tarde en tarde veía en los cines de la calle Bravo Murillo, más allá de Cuatro Caminos, en Madrid. Gente diciendo cosas a veces incomprensibles. Como ahora. Pero estos personajes eran su familia, sus seres más queridos.

—¿Qué dice Amador? ¿Qué es esa barbaridad? Dígamelo, madre.

Y allí sentada en su hogar irreemplazable, Rosa supo que Carbayón se había quedado el mejor prado del pueblo, el suyo propio, la herencia de sus progenitores, la dote del abuelón. Y sería difícil que volviera a ser de los Muniellos. Aturdida, miró a todos, uno por uno. Vio cariño y comprensión en todos menos en Amador. Pero algo poderoso e intangible se había aposentado en el hogar donde nació. Algo frío, maquiavélico, desconocido. En ese momento los vio abrir mucho los ojos. Las mujeres se echaron hacia atrás, llevándose las manos a la boca y emitiendo exclamaciones. La miraban a ella.

—¿Qué ocurre? ¿Por qué me miráis así?

En ese momento la puerta se abrió y entraron dos hombres. Eran iguales, tanto de cuerpo como de rostro, aunque de diferentes edades. La miraron en silencio. Rosa se acercó al mayor y le abrazó.

—Padre.

Él le acarició la espalda y la cabeza. Era más bajo que ella. La separó de sí y volvió a mirarla.

—¿Qué te has hecho en el pelo?

—¿En el pelo? Nada.

La madre vino con un espejo y se lo tendió. Ella miró y al principio no reconoció a la mujer que le devolvía la mirada. Finalmente, recuperó su imagen. Se volvió.

—Madre, ¿y mi pelo rubio?

La madre se tapó los ojos y luego se acercó a Rosa, quien se dejó abrazar. Tras una pausa, contó a los recién llegados lo que habían hablado. Rosa se volvió a su progenitor.

—Pero ¿quién vendió mi prado? Si es mío, sólo yo puedo venderlo. Y no he he... —De repente se acordó de los papeles que Miguel le hizo firmar diciendo que eran para la boda.

—¿No firmaste ningún papel? —inquirió el padre.

—Sólo..., sólo los de mi boda. No he firmado ningún otro en mi vida.

—¿Te fijaste bien en lo que firmabas?

—No..., yo...

—¡No la creáis! Tan tonta no es —vociferó Amador—. Nadie firma nada sin leerlo. Si no hubiera firmado no tendríamos este problema.

El padre tenía sesenta años y un cuerpo magro, fatigado de soles y lluvias. Llevaba la boina incrustada como si fuera parte de su cráneo. Un tumulto de pelos asomaba por su nariz barroca. No era fácil distinguir la raya de su boca de las múltiples rayas que castigaban su rostro. Anduvo calmosamente hasta el caldero, cogió el cazo, lo metió en el pote y vertió su contenido en dos cuencos. Fue a su sitio en el *iscanu*, tomó asiento y puso los humeantes recipientes delante de él.

—Ven, Rosa. Siéntate a mi lado. Tómate este caldo.

Ella le obedeció, pero no tocó el cuenco. Todos estaban en silencio mirado al patriarca. Él sacó la bolsa del tabaco y lió parsimoniosamente un cigarrillo, que encendió luego en la yesca del mechero de chispa. Cuando levantó la cara, mientras absorbía el humo, una lágrima gorda rodó por una de sus mejillas y se enmarañó en la pelambrera de su rostro hasta desaparecer, como si la piel fuera un material secante.

—Todo parece indicar que firmaste los papeles del préstamo junto con los de la boda. Tu marido te engañó.

—No es posible..., no puedo creerlo... —dijo Rosa.

—Nunca me gustó ese madrileño. Ni sus primos, los Carbayones. Gente envidiosa, a los que nunca vi doblar el espinazo en la tierra. Mal destino nos hizo Dios colocándonos en el mismo pueblo. —Hizo una pausa, dio una chupada al cigarrillo y continuó—: Tengo muchos años y los huesos se me están ablandando. Ésta fue una casa feliz desde que viniste al mundo. —Miró a la joven—. Han sido años en los que la dureza de esta tierra tenía el sosiego de tu luz, de tu alegría, de tus canciones.

Rosa le agarró una mano y agradeció en silencio haberse quedado sin lágrimas. Él miró a sus hijos, a su mujer, a su nuera, a las dos niñas de Jesús. Luego paseó su mirada por el hogar, por las negras paredes donde sus ancestros habitaron. Vio a su padre y a su abuelo en las sombras de la memoria. Ellos también gozaron de la fortuna de esa presencia angelical, antes de desvanecerse en el misterio.

—¿Por qué ocultar la verdad? Rosa hizo importante a esta casa. Alegró, mientras vivieron, a mi abuelo y al vuestro. Ellos decidieron el destino de ese prado y hubo justicia al dárselo a esta *Xana* nuestra.

—Sí, ya vemos la que nos ha liado tú... —inició Amador, pero calló de golpe ante la mirada de su padre.

—Este problema no debe ser una desgracia. Tiene solución. Haremos lo siguiente: le daremos a José lo que tu marido nos debe...

—¡Cuatro mil reales! —interrumpió Amador.

—¡Cállate, me cago en Dios! —dijo el patriarca, dando un puñetazo sobre el tablero de la mesa, volcando los cuencos. Remedios cogió un trapo y secó la mesa.

—Le daremos a ese cabrón lo que prestó a Miguel. Y si no traga, le daremos más. Pero ese prado debe volver aquí. —Miró a Rosa—. Aunque es tuyo, es patrimonio de la casa.

—Padre —dijo Rosa—, no sé cómo ha podido ocurrir, pero lo arreglaré. Hablaré con Miguel.

—¡No hace falta que arregles anda! Ya has hecho bastante. ¡Ve con tu marido y no vuelvas! —chilló Amador.

El padre se levantó con furia, pero Rosa le impidió ir donde su hijo. El hombre tomó asiento otra vez y habló con voz saturada de amargura.

—Algún castigo debo merecer para que Dios te haya hecho nacer de mi esperma. La única hermana que tienes, la única mujer nacida en esta casa en generaciones, y es lo que más odias y envidias. Estás tocado por el diablo.

—¡Os engatusó a todos! ¡No me creo que no supiera nada!

El hombre le miró con tal desprecio que Amador se echó para atrás.

—Ella es más mujer que tú hombre. Ella ha trabajado duro mientras estuvo aquí, lo que tú no hiciste. Y alegró la vida a todo el pueblo, cosa que nunca has hecho. Debí dejarte ir a África en vez de al pobre Sabino. Esa maldad que arrastras... Ocultar las cartas de tu hermana, su boda, sus llamadas telefónicas... No entiendo que seas tan ruin. Eres tú quien desprestigia a esta casa con tu comportamiento increíble. Maltratas a tu mujer, estás siempre de juerga, odias a todo el mundo. Nos amargas a todos. —Miró a Rosa—. Él será el *moirazo*, es la ley de estas tierras, pero ahora lo soy yo. En esta casa soy el que manda. Y quien no esté de acuerdo que se largue y que espere a que yo estire la pata. Te quedarás aquí el tiempo que quieras, Rosa. Es tu casa.

Ella le abrazó y luego se puso en pie.

—Gracias padre. Le quiero mucho y le respeto, pero veo cómo están las cosas. Me muero de vergüenza y de dolor, pero no dormiré aquí mientras no recupere mi prado. Yo he traído esta desgracia y les pido perdón a todos. —Se apartó y cogió la maleta.

—¿Adónde vas? —dijo su madre.

—Con la tía Susana. Dormiré esta noche allí. Mañana vendré a despedirme de ustedes.

—Si no duermes aquí, me dañarás —dijo su padre.

—Se quede o no, el daño está hecho —habló Jesús.

—Compréndame, padre, y perdóneme.

Se alejó hacia la salida, seguida de su madre. No quiso mirar a su padre, pero notaba su mirada sobre ella. Salió de la casa. Allí estaban su tía y su prima. No hablaron. Todo el pueblo había oído las voces. Ya no era un secreto lo del prado. Vio acercarse a Alberto. El hombre estaba conmovido y sus ojos tenían huellas de llanto. Ella le abrazó y notó temblar ese poderoso y duro cuerpo como si fuera el de un gorrión en un invierno nevado. Siguió luego a casa Teverga con las mujeres. Se encontró mal y la acostaron después de vomitar el vaso de leche que le hicieron tomar. Tenía fiebre. Oyó a Manín vocear, ruidos, otras voces. Entre sueños vislumbró a sus padres, a Manín y Pedrín, a su prima, a Alberto. A las cinco de la mañana despertó de golpe, sin fiebre, con pleno dominio de su mente. Sus padres, su tía y su prima dormían sentados en las sillas, pero Manín y Pedrín la miraban desde cercos oscuros alrededor de sus ojos. Se levantó y salió a asearse. Cuando entraba a la cocina para dejar la palangana usada, vio que en la mesa había pan tostado al fuego, tazones con leche y un plato de jamón. Todos estaban allí, incluidos Jesús y Remedios, José, los padres y hermanos de Pedrín, los padres y algunos hermanos de Antón. Se obligó a comer y compartió con ellos unos momentos para recordar. Ya el sol había salido y las sombras nocturnas se habían ido, pero no las de su vida. El peso de la situación gravitaba sobre ellos, por más que Manín y su prima intentaran poner notas de jovialidad. Al volver la cabeza, una de las veces, Rosa vislumbró, en la puerta que daba a los establos, una figura inconfundible. César. La miraba fijamente, intentando enmascarar su cuerpo en la penumbra. Se levantó y fue hacia él, que se echó atrás en un gesto de confusión y timidez. Le abrazó, como había hecho con cuantos vinieron a saludarla.

—Yo..., bueno, el amo no me dejó venir, pero...

—Gracias por venir a verme. Ten cuidado, que no te vea.

Le vio retroceder y desaparecer en la sombra. Más tarde llegó el momento de partir. La despedida de sus padres fue una nueva prueba. En la anterior hubo tristeza y esperanza. Ahora había tristeza y soledad.

—Lo siento, padre; recuperaremos el prado.

—Claro que sí, no te preocupes. Es más importante tu felicidad que ese pedazo de tierra.

Los vio muy vulnerados. Se preguntó si volvería a verlos. En ese momento deseó quedarse, recuperar con ellos su niñez. Ahí estaba su felicidad, pero no podría volver a usarla mientras las cosas no tornaran a quedar como siempre estuvieron. Cuando subió la cuesta para llegar al camino, miró hacia atrás. Allí estaban, agitando sus manos junto a gentes del pueblo. Se dio cuenta de que estaba llena de lágrimas otra vez. Hizo un esfuerzo y las obligó a retenerse. Movió una mano y se reunió con Manín y Pedrín, que la acompañarían hasta Cangas. Bajaron a campo traviesa, como siempre hicieron.

—Cuando bajábamos a las fiestas, tú siempre cantabas —dijo Pedrín—. Podrías cantar también ahora.

—¿Crees que estoy para eso ahora?

—Inténtalo —añadió Manín.

—No puedo. No soy capaz ni de hablar casi.

En Cibuyo tomaron un taxi. Ya en Cangas, y ante el autobús, ambos hombres la contemplaron. Su pelo blanco y sus profundas ojeras marcaban su afilado rostro. Sólo tenía veintiún años y había dejado de ser joven. Manín sintió que su ira se desbordaba. Contrariamente a Pedrín, nunca supo dominarla. Ella les abrazó para buscar la energía que transmitían, como si fueran el norte magnético de su vida, donde siempre podría renovar su confianza en la bondad, ignorando que ella era el faro que a ellos guiaba. Los miró a través del cristal cuando el coche empezó a rodar. Les vio allí plantados, mirando cómo se alejaba. El garaje y las gentes fueron empequeñeciéndose a medida que aumentaba la distancia, pero sus amigos seguían sin disminuir su tamaño, gigantes en su pensamiento. Atardecía cuando llegó a Oviedo. Compró su billete en la estación y más tarde subió al tren expreso. No durmió en toda la noche. A la mañana siguiente caminó despaciosamente por las solitarias calles viendo a los carros de recogida de basuras. Eran tirados por mulas, y sus ruedas metálicas golpeaban el empedrado. Los portales estaban abiertos y los hombres y mujeres subían a las casas, en cuyas puertas los vecinos dejaban sus cubos de basuras. Echaban el contenido en unas seras y, cuando estaban llenas, las bajaban al carro, abierto por arriba, y vaciaban su contenido en él como si fuera un vertedero. Vio también a algunos barrenderos tardíos regando las calles. Llegó a casa y abrió la puerta. Miguel dormía. Se despertó al oírla. Se incorporó en la cama y la miró.

—¿Qué te has hecho en el pelo?

—En el alma, ¿qué me has hecho tú en el alma?

—No sé que dices.

—¿Cómo has podido quitarme mi prado? ¿Qué derecho tienes? Ya estás viendo a tu primo para deshacer la operación.

Él se levantó y fue hasta el palanganero. A pesar de tan temprana hora, hacía calor y estaba sudando. Cogió el aguamanil y echó agua en la jofaina. Se frotó con energía como si tuviera algo pegajoso. Tomó una toalla y empezó a secarse. Luego miró a su mujer, que no le quitaba ojo.

—No es posible, por el momento.

—Claro que es posible. Le devuelves el dinero y que él te devuelva el prado.

—No hay dinero. Se gastó todo en las bodas.

Ella abrió los ojos como si la hubieran golpeado.

—¿El dinero de las bodas salió de ahí?

—Sí, no había otro.

—Dijiste que tenías dinero ahorrado.

—Se gastó. Lo siento.

—¿Se gastó todo en las bodas? ¿Cuatro mil reales?

Él la miró, sorprendido de que supiera la cifra.

—Bueno, tuve que pagar deudas que tenía.

—¿Por qué no me lo dijiste, por qué me engañaste, por qué hiciste esa monstruosidad?

—Bueno, bueno. ¿Qué problema hay? Cuando reúna esa cantidad, se deshace la operación. Confía en mí —dijo él, mostrando su cautivadora sonrisa. Ella venció la tentación de rendirse a ese encanto natural. Caminó hacia el ventanal y vio las basuras del patio. ¿Dónde estaban los infinitos paisajes de Asturias?

—Me has mentido, como en lo del trabajo. Estás aquí, en vez de estar trabajando. Te han despedido, ¿verdad? ¿En cuántas cosas más me has mentido? ¿En tu amor? ¿Me quieres realmente?

—Claro que te quiero. Me casé contigo.

Ella lo miró entre la sorpresa y la amargura.

—¿Qué significa realmente eso? Estoy viviendo una realidad muy distinta a la que me pintabas. Todas esas promesas...

Él se acercó a ella e intentó cogerla por la cintura. Ella se retiró al centro de la habitación.

—Si me quieres, no esperes para devolverme lo que es mío. Es mi tierra, mi herencia. Deshaz ya la operación. Que tu primo te fíe.

—Las cosas no funcionan así. Es un préstamo avalado por el prado, que sigue siendo tuyo. Cuando devuelva el préstamo, se anulará el aval. Ya ves que no tienes por qué preocuparte tanto.

—¿Cómo vas a devolver esa barbaridad de dinero? ¿De dónde lo vas a sacar? Intentas tranquilizarme, que no piense. Y ni siquiera tienes trabajo.

—Lo arreglaré. Ya lo verás. Estoy sin trabajo, porque estamos en huelga. No soy vago. Los patronos no tienen conciencia, pero claudicarán. Percibiré mejor salario y saldremos adelante. Te lo aseguro.

Ella lo miró y sintió un gran desamparo. Promesas. Contempló a su hombre como si fuera un desconocido para ella. Supo entonces que su matrimonio había sido un error.

—Estamos casados. Seguiré a tu lado, pero mientras ese prado no me sea devuelto no habrá ningún cariño por mi parte en nuestra convivencia.

16 de marzo de 1998

Miré mis notas y las reflexiones apuntadas en los márgenes. José Vega me había hecho llegar fotocopias de los informes oficiales, tanto de las investigaciones seguidas en las fechas de las desapariciones, como en las recientes actuaciones. No es fácil el acceso a determinados documentos oficiales en casos abiertos, y mucho menos conseguir fotocopiarlos. Estaba claro que mi cliente había movido influencias.

Los informes de 1943 formaban un voluminoso *dossier*. Las fotocopias agudizaban el mal estado de los textos originales. Utilizaron una máquina muy deficiente, con letras fuera de línea que embarullaban una escritura ausente de sintaxis, pésima ortografía, palabras montadas, múltiples tachaduras y puntuaciones enloquecidas. Las páginas estaban con rayajos y grandes manchas. A pesar de ello pude descifrar lo fundamental de las declaraciones, que correspondían a cuarenta y seis personas, la mayor parte de las cuales testimoniaron dos veces debido a las dos desapariciones. Tenía frente a mí setenta y tres legajos, que indicaban que hubo interés en aclarar los casos por parte de las autoridades. Inicié la lectura por el sistema de eliminación y por fechas. Así, los primeros que examiné fueron los que hacían referencia a las pesquisas iniciadas tras la primera desaparición, el 9 de enero. Ese día José estuvo en una taberna de Cangas reunido con los hermanos Avelino y Juan Caneja Arias, de treinta y treinta y cinco años, para convenir un negocio de compraventa de ganado vacuno, como en ocasiones anteriores. Los

Caneja eran de León y venían de los Vaqueros de Alzada, llamados así por ser trashumantes y viajar de un sitio a otro, todos en familia, buscando los mejores pastos y atendiendo a la climatología. Los Caneja se habían hecho sedentarios y engordaban sus ganados en *brañas* determinadas. En esa ocasión, José les compró treinta vacas, que vendería posteriormente en el concejo a mayor precio. Convinieron el pago al contado cuando llevaran el ganado, semanas después. Comieron juntos, echaron unas cartas y se despidieron en la cuadra de la posada de la que formaba parte la taberna. Le vieron alejarse en su caballo bajo la lluvia, mientras ellos se quedaban en la fonda para dormir esa noche. No volvieron a verle. Estaban los testimonios del ventero y del cuidador de la cuadra.

Los siguientes informes eran ya de la gente de las diecisiete casas del pueblo. Estaban hechos por familias y se citaban en el mismo oficio todos los miembros, desde el *moirazo* hasta los hijos o nietos de edades suficientes para declarar. Básicamente, coincidían en todo. Fueron avisados por la familia Carbayón, les ayudaron en la búsqueda al día siguiente, llovía mucho, no habían visto a nadie de fuera del pueblo, habían oído decir que no volvió al pueblo esa noche, sino que marchó a Oviedo o a Madrid. César Fernández Sotrondio, criado de los Carbayones, aseguraba que su amo había llegado en el caballo, aunque nadie más lo había visto. La madre de José, los abuelos y Flora coincidían en lo que la misma Flora me había dicho hacía unos días cuando la visité en su casa. Amador Muniellos dijo que estaba cenando. Había llegado, como todos los domingos, de Cangas. Había visto en la tasca a José, pero no se hablaron. Él había salido antes de que José terminara su partida. Oyeron el rumor y ajetreo de los Carbayones muy tarde, cuando estaban en la cama. Se enteraron de la causa, pero no intervinieron en nada. Pensó que su ex amigo estaría en una de sus juergas y a él no le importaba lo más mínimo. Incluso, cuando se inició la búsqueda dos días después, los Muniellos no ayudaron. Se mostró convencido de que José aparecería cuando le diera la gana. No entendía tal alboroto, porque «todos sabemos cómo es». Jesús Muniellos, su mujer, Remedios, y su hija, María, corroboraron la declaración.

Por razones obvias, había dejado para el final los testimonios de los Teverga y Regalado. Pedrín había llegado de la mina con Manín. Ayudó a sus padres y abuelos a meter el ganado. No había visto a José desde hacía días ni sabía lo que hacía o dejaba de hacer. No le interesaba. No eran amigos. No creyó que hubiera desaparecido, sino que se habría ausentado. Tampoco entendía tanta preocupación por un hombre tan incontrolable. Aparecería días después y se reiría de todos. Lo mismo dijo la familia. La declaración de Manín era más larga. Se apreciaba la desconfianza de las autoridades hacia él. Había llegado con Pedrín de la mina, después de tomar unos vinos en el bar de los padres de Montesinos, amigo suyo muerto en la guerra. Sí, iban siempre juntos, porque eran inseparables desde la niñez. Habían estado en la guerra de África, también en los sucesos del 34 y en la Guerra Civil. Habían terminado de tenientes del ejército republicano. Habían estado en prisión tras la guerra y fueron excarcelados, sin cargos de sangre, tres años después. No tenían relación con guerrilleros ni con organizaciones clandestinas contrarias al régimen. No eran amigos de José Carbayón ni de Amador Muniellos por asuntos particulares y que esa enemistad no tenía nada que ver con la política. Que sólo tenían el dinero que ganaban en la mina y en sus trabajos en sus tierras. Como confirmación respecto a su trabajo en la mina, había testimonios de dos encargados de la misma, mediante los cuales certificaban lo dicho por ambos amigos y añadían que eran buenos mineros, de los más fiables y trabajadores, que nunca faltaban a sus trabajos, aunque, a pesar de que se habían eliminado los comités sindicales, siempre estaban entre los que pedían mejoras para los mineros, lo que a veces los enfrentaba con la dirección.

Los testimonios, tras la desaparición de Amador Muniellos, no variaban. Nadie había visto nada y la búsqueda fue hecha por todos los vecinos menos por los Carbayones, Teverga y Regalado. Estaba la declaración de Francisca López

Antuña, amante del finado. Habían estado juntos el viernes y el sábado en Cangas «comiendo, charlando y tomando café». El domingo estuvo con él en la iglesia, almorzaron juntos y luego se despidieron. Ya no volvieron a verse. Ella había sugerido a la Guardia Civil que investigaran en Madrid a Leticia Álvarez Martínez, porque «a menudo le ponía los cuernos con esa golfa». También se aportaban las declaraciones de los tres amigos, vecinos de Cangas, que habían estado con Amador en la tarde del domingo, después de su comida con Francisca. Estaban sus datos. Uno soltero y los otros separados. Jugaron a las cartas y así siguieron hasta bastante después de que Amador marchara, lo que ocurrió sobre las seis de la tarde. También estaba el testimonio de Alfredo Cosme García, el criado de los Muniellos desde la muerte del criado anterior, Sabino, ocurrida en el Rif. Había salido a buscar a Amador por órdenes de Jesús y había encontrado al burro parado muy a las afueras del pueblo, lo que coincidía con lo expresado por sus amos. Alfredo quería mucho la casa, en la que llevaba desde 1926. No había visto nada ni tenía idea de dónde podía estar Amador. Sí, sabía que era un mujeriego, pero eso a él no le incumbía.

En cuanto a Manín y Pedrín, sus respectivos informes eran extensos y estaban unidos en el mismo cartapacio, lo que evidenciaba que se les sometió a investigación diferenciada de los demás. Cubrían varios días y había anejos de meses y años después. Comenzaba con: «Puestos a disposición de las autoridades competentes, el día 2 de febrero de 1943, los súbditos Pedro Menéndez Llanera, alias Pedrín, y Mariano Martín Lastra, alias Manín, solteros, de treinta y nueve años ambos, vecinos de Prados donde tienen tierras, en las dependencias de la Guardia Civil de este concejo de Cangas del Narcea se procede al interrogatorio separadamente de ambos sujetos por las sospechas de connivencia con los grupos de traidores a la patria denominados Federación Guerrillera de Asturias, que tanto malestar y perjuicios causan a la feliz convivencia de la gente de orden. De sus declaraciones no se deducen por el momento circunstancias de culpabilidad ni de inocencia por lo que esta comandancia estima conveniente retenerlos en estas dependencias para proseguir los interrogatorios.» Una semana después se añade una extensión: «Sin haberse podido determinar su participación en los hechos objeto de estas investigaciones ni su vinculación a grupos armados, la superioridad decide dejar libres y sin cargos a los vecinos de Prados indicados en este informe, aunque se les apercibe de su obligación a presentarse en esta comandancia los días sábados últimos de cada mes.» Había dos extensiones más, una de 1945 y otra de 1950, en las que se informaba de que la «situación económica y las actividades de ambos sospechosos no han variado». Una apostilla de 1952, hecha por el sargento instructor, señalaba que «no habiendo pruebas concluyentes ni pistas vinculantes, esta investigación se inclina por la hipótesis de que las desapariciones han sido causadas por la guerrilla». Con relación a los presuntos robos, el informe concluía: «Ya que no es posible que ambas familias se pusieran de acuerdo sobre robos ficticios por razón de que entre ellas no mantienen relación y porque son gente de orden, se admitió como cierto la falta del dinero a pesar de la ausencia de pruebas y de la nula constancia de cantidades concretas. Sin embargo, tras los años transcurridos sin que nadie haya mejorado ostensiblemente su nivel económico, se concluye que la denuncia sobre los hurtos no se apoya en hechos consistentes, por lo que la teoría de las sustracciones debe quedar descartada o atribuida también a la guerrilla».

Lo realmente curioso para mí fue no encontrar ninguna referencia policial ni vecinal al tema del prado de Rosa. Toda la investigación parece haber girado sobre sospechas por robos o por venganzas de tipo político. Que nadie haya mencionado lo que en su día debió de haber sido una conmoción en el pueblo era algo sorprendente.

Me había retrepado en la silla. En los casos que investigo, procuro sumergirme mentalmente en las situaciones que leo. Así hice al estudiar los informes y al recrear las entrevistas realizadas. Cerré los ojos y vi el alboroto causado por las desapariciones en un pueblo atrasado de ese atrasado cuartel que era la España de 1943. Vi el temor de los lugareños de izquierdas y el odio hacia ellos de las autoridades, así como el miedo de los adictos al régimen por si continuaban las desapariciones y les tocaba a ellos el turno. Fui testigo de las palizas a Manín y a Pedrín, y capté su rabia y desesperación por su desvalimiento e impotencia, así como la frustración de quienes investigaban sin cortapisas a sus métodos, ante la falta de resultados.

¿No hablaron porque eran realmente duros, hombres de un temple acerado inusual o, lo que era más simple, porque ellos no fueron los autores y nada podían decir?

Había buscado, luego, los escasos y parcos informes de 1997, redactados aceptablemente y limpios de tachaduras. El primero de ellos era el de los obreros que descubrieron los cuerpos. Pertenecían a Contratas Hermanos Sierra, del mismo Cangas. «Que al excavar en el piso de la pared norte donde había mayor humedad, aparecieron unos huesos que identificaron como humanos, lo que confirmó la aparición de un cráneo. Dieron aviso a sus jefes, quienes avisaron a la Guardia Civil. Se les dijo que salieran y dejaran todo exactamente como estaba, incluso sus herramientas y ropas. Vieron llegar a la policía científica de la Guardia Civil y al juez. Se les impidió continuar las obras hasta autorización pertinente, les tomaron la declaración en el cuartel y se les dijo que se les avisaría para que prosiguieran los trabajos.» El informe de la policía era más técnico. Al llegar, al lugar habían instalado un sistema portable de alta iluminación y habían procedido a la exhumación de los restos, actuando de la forma habitual. De su trabajo, que duró dos días, se hizo un minucioso informe que recogía los trámites realizados hasta la fecha última. Se evidenciaba que habían excavado todo el piso del sótano y que de resultas de esa excavación se habían extraído restos pertenecientes a dos cuerpos: restos que posteriormente se identificaron como correspondientes a dos hombres. Los esqueletos estaban completos, sin que faltara ningún hueso. Las dentaduras estaban bien conservadas y destacaban en ambos casos algunas piezas de oro. Las ropas habían desaparecido y entre los objetos reconocibles había llaves y monedas no identificables, botones y lo que parecía el cristal de un farol de aceite. No había anillos ni sortijas. Habían sido enterrados uno encima del otro, con una ligera capa de tierra entre ambos. El más hondo estaba a metro y medio de la superficie aproximadamente. El juzgado no había iniciado diligencias, se había limitado a conservar los datos. Sólo cuando hubo denuncia por parte de José Vega Palacios, quien fue decisivo en el establecimiento de la identidad de los despojos, el juez decidió la apertura del caso para asignar las responsabilidades de los crímenes. Los agentes iniciaron las pesquisas con lo que tenían a mano, que no era mucho. Pocos testigos quedaban vivos o localizables. Interrogaron a Flora Vega, a Susana Teverga, a su hija y a su yerno. También a la sobrina de Pedrín Regalado e, incluso, a las sobrinas-nietas. También a la cuñada de Amador Muniellos, a su hija y a su nieto. Todos ellos expresaron, según cada caso, que no recordaban nada, que lo que sabían es lo que dijeron en su día, que eran muy pequeños cuando ocurrió o que no habían nacido aún. En cuanto a Manín y Pedrín habían estado trabajando en la mina hasta 1954. Permanecieron, luego, cuidando sus respectivas casas hasta 1965, año en que decidieron «no estorbar» y pasaron a una residencia que, contrastada, resultó ser la misma cuyas señas me diera Agapito. Se daba noticia de la muerte de ambos en 1970, en Argentina, donde fueron enterrados. Había constancia de los viajes hechos por las familias a los sepelios y de las esquelas publicadas en periódicos bonaerenses y asturianos. No había más gente a quien interrogar. Un apunte indicaba que no se habían dado hechos significativos diferenciales en la forma de vivir de las familias del pueblo. Las restauraciones hechas en las casas de algunos vecinos se entendían como normales en gente que trabaja a lo largo de su vida. El criado Alfredo era quien tenía un punto sospechoso ya que el piso habitado por la hija tuvo un alto costo el día de su adquisición, sin que hubiera una justificación clara de dónde salió el dinero. Estuvo hasta 1953 con los Muniellos. Tenía cincuenta y siete años. Parece que ayudaba a su hija en una mercería que ella abrió en Tineo. Era el caso más claro de cambio de nivel social, pero Alfredo estaba muerto y su familia declaró total ignorancia de los hechos.

Yo deseaba que Manín y Pedrín estuvieran vivos, pero lo indicado en el informe policial anulaba mi esperanza. Ni en Hacienda ni en Seguridad Social había datos a su nombre. No hacían declaraciones de la renta, no cobraban pensiones, no tenían cuentas en ningún banco ni cajas del país. Simplemente no existían en España. Estaban muertos. En una separata dentro del informe general, se hacía mención a César, citado por Flora Vega, quien dijo que tras los sucesos de 1943 había seguido siendo criado de la casa hasta 1946, año en que se fue a la mina donde trabajaban Manín y Pedrín, en la cuenca del río Gillón. En 1954 pasó al monte Muniellos como guardabosque, en la nómina de Muniellos, S. A., la empresa propietaria de entonces. En 1969, ingresó en un asilo de Cangas, tal y como había indicado Flora Vega. Confronté el nombre; era el mismo asilo en el que habían estado Manín y Pedrín. Tenía lógica. ¿Estaría muerto también?

Después de releer los informes más relevantes, busqué la cinta que grabé cuando estuve en el sótano de la iglesia de Prados. No me apareció, lo que era frustrante porque recordaba haber percibido clarividencias que, aunque ahora no serían tan indudables, algo habían dejado en mi memoria. Con todo ello fui plasmando sobre papel las conclusiones derivadas de mis reflexiones.

1. Los asesinatos y presuntos robos no los cometieron los guerrilleros, sino una sola persona del pueblo. Más de una persona habría sido demasiado llamativo y alguien extraño en el pueblo habría sido recordado después.

2. La fosa y el traslado del cadáver de José Vega hubieron de ser hechos por un hombre muy fuerte que, como todos en el pueblo, supiera de las costumbres de los ultimados.

3. Si los robos existieron, aunque no había ninguna prueba de ello, salvo las denuncias de los Muniellos-Carba-

yones, el asesino debía de haber sabido el sitio exacto donde estaba el dinero. Al llegar aquí tracé un guión de sospechosos posibles.

a) Los que salieron beneficiados (asesinatos por interés).

b) Los que odiaban a José y a Amador (asesinatos por venganza).

c) Los que pudieran asesinar por sentimientos amorosos.

Y luego los cruces lógicos:

d) Interés-venganza, e) interés-amor, f) venganza-amor.

En a), Jesús Muniellos. Es el único que oficialmente obtuvo réditos con la muerte de su hermano. Evitó que la casa pasara a manos de la querida de Amador, quien, con el tiempo, los hubiera echado a todos. ¿Matar a un hermano? La historia está llena de fratricidios, pero Jesús no tenía el vigor físico necesario para realizar semejante tarea. ¿Entonces? Ahí aparecía Alberto, hombre silencioso y de gran fuerza física. Por dinero, podría haber sido el brazo ejecutor. Al fin, su patrimonio experimentó, tiempo después, gran mejora sin que hubiera clara explicación de esa mejora. ¿Por qué matar también a Carbayón? Como coartada o pieza de distracción. Dos asesinatos modifican la normal investigación desviándola a un contexto diferente del verdadero propósito. Pero ¿por qué Carbayón y no otro del pueblo? La elección entraba de lleno en la lógica antes apuntada, aunque no sólo para desviar la investigación sino para conducirla. La Guardia Civil apreciaría similitudes entre los dos asesinados. Ambos eran los más ricos del pueblo y ambos eran odiados por muchos, en particular por Manín y Pedrín debido a motivos políticos y personales. Ahora bien, si los robos no existieron, ¿quién podría demostrar que Jesús mentía sobre un dinero controlado por él? Habría sido otra intoxicación razonable para confundir a los investigadores, dejando libre de sospecha lo de la heredad. En el caso de Carbayón, si hubo robo, el ladrón arriesgó mucho, y más si fue Alfredo, hombre corpulento. Cabía la posibilidad, también, de que el dinero pudiera haber sido autosustraído por el propio asesinado, tiempo atrás, para satisfacer compromisos. Pero, si no hubo robo, ¿por qué los Carbayones lo denunciaron? Lo habrían hecho para magnificar el caso, incentivando la imaginación y el interés de los investigadores con el brillo de una fortuna desaparecida.

En b), Manín y Pedrín, por ajuste de cuentas por los años de agravios y torturas. Los investigadores siguieron esta pista a plena conciencia, pero el móvil podía haber sido por lo que ambos asesinados hicieron con Rosa, motivo este último que apunta también a Alfredo, que podía haber cometido el doble asesinato bajo su propia inducción dado lo mucho que adoraba a la muchacha.

En c), Manín y Pedrín, enamorados indesmayables de la mujer de su vida, a quien los dos presuntos malvados habían destruido su normal existencia y su futuro.

En d), la misma reflexión que en a), pero con botín en este caso. Dado que los enamorados no experimentaron cambios económicos de consideración en toda su vida, el único a considerar aquí sería Alfredo. El dinero robado lo administraría años después, aunque, si la cifra sumada de ambos hurtos fuera aproximada a la que dijeron las dos familias perjudicadas, hubiera sido tan desmesurada que no hubiera podido manejarla sin levantar sospechas. Con lo que una vez más había que considerar que, o el dinero era mucho menos que el denunciado o no había habido robos. En esta última hipótesis, el premio percibido por Alfredo por su acción hubiera sido la posible recompensa generosa de Jesús, punto a), o no hubo premio, con lo que se volvía al punto b), implicando sólo a Alfredo.

En e), dos propósitos contradictorios. Donde hay amor no hay interés. Aquí sólo aparecen los dos amigos. Pero si hubo botín, ¿por qué no disfrutaron de él, años después, cuando pudieran hacerlo, jóvenes todavía? Si no hubo robos, el punto se iba a los b) y c).

En f), Manín, Pedrín y Alfredo.

En las conclusiones de los informes de 1997, la Guardia Civil expone la dificultad de continuar con el caso. No le ven sentido, ya que casi todos los testigos estaban muertos y los sobrevivientes eran ancianos de credibilidad mental escasa. Seguían dando la autoría de los hechos a la guerrilla e introducían la novedad de que otros del pueblo pudieran haber estado en contacto con los guerrilleros y fueran ellos los que cometieron los asesinatos o los entierros. El móvil: la venganza. Manín y Pedrín quedaban fuera de sospecha porque tras los interrogatorios, hubieran hablado de haber sabido algo. No había ninguna mención a los robos ni tampoco al asunto del prado de Rosa.

¿Por qué no podía ser acertada la conclusión de la Guardia Civil y los Manín y Pedrín eran tan inocentes como señalaban los informes?

Releí los apuntes. Manín y Pedrín aparecían en b, c, e, f. Alfredo en a, b, d, f. Rosa se vislumbraba en el fondo de b, c, e, f. Estaba claro que en gran parte del frío y objetivo estudio latían señales de atención hacia la tragedia que en sus vidas experimentaron algunas personas por lo del prado de Rosa. La Guardia Civil no lo vio. Yo veía destellos, como un SOS amortiguado y lejano pero aún activado, a pesar de la enorme distancia temporal. Tampoco podía engañarme a mí mismo. Deseaba que los informes fueran paralelos a mis anhelos, pero Rosa no aparecía en ningún escrito. Para encontrarle vinculación, debería seguir la investigación buscando su huella. ¿Dónde? Rosa y Gracia desaparecieron más o menos a la vez. ¿Coincidencia o propósito? Su amiga fue a Argentina y Rosa escribió a sus amigos un año después desde Miami. ¿Qué hacía ella allí? ¿De dónde sacó el dinero para viajar si estaba viviendo en una gran penuria? A no ser que lo de Miami fuera una coartada y que se hubiera ido desde el principio con Gracia a Argentina, con el costo del viaje sufragado por los Guillén. Pero en ese caso, ¿por qué ocultarlo? ¿Por qué no decir a familiares o amigos que se iba a Buenos Aires? Así que la lógica me orientaba hacia el país austral. Los amigos muertos, los Guillén... Pero me faltaba alguna pista más concreta para decidirme. Volví a escuchar las declaraciones y a releer las notas. Me concentré. Al llegar a la declaración de Agapito, recordé que algo llamó mi atención en su día. Le di varias vueltas. De repente lo vi. Lo sopesé. Me levanté, me puse la cazadora y salí a recepción. Sara levantó los ojos. Eran las 11.20, hora limpia de tráfico.

—Salgo. Estaré fuera un par de horas. ¿Comerás conmigo?

Me mostró su mejor sonrisa.

—¿Qué le pasa al gran jefe? ¿Algún hombro sobre el que llorar?

—Más o menos.

—Sabes que te voy a decir que sí.

Bajé hacia el río y conduje hasta el Puente de Toledo. Crucé al paseo de Yeserías y llegué al paseo de la Chopera. Miré la hora: las 11.45. Toqué el pulsador de la señora María. Me abrieron la puerta cuando dije quién era. La señora me recibió con alegría. Entendí lo mucho que necesitaba que la visitaran. Me hizo sentar y pidió a Lucrecia que me trajera un vaso de agua. Sus ojos relucían de agrado, y más cuando le ofrecí la caja de bombones que había comprado para ella.

—Gracias por el ramo de rosas que me envió el otro día. Mire, todavía se conservan.

Las flores estaban en un florero de vidrio transparente, intentando prolongar su lozanía.

—¿Viene para decirme que encontró a Rosa?

—No, pero encontré a Agapito.

—¡Agapito! ¿Lo vio realmente? ¿Cómo está?

—Muy bien. Con gran sentido del humor y una memoria como la de usted.

—Me gustaría verle.

—Si quiere, puedo llevarla un día a visitarle y abrazarle.

—¿Lo promete?

—Prometido.

Le dije dónde estaba y mencioné parte de lo que me había contado. Luego decidí abordarla.

—Realmente estoy aquí para que me diga la verdad sobre un hecho que me contó cuando estuve aquí el otro día.

—Todo lo que le conté es verdad —dijo, abriendo mucho los ojos.

—Me dijo que este piso lo pagó con el importe de un premio de la lotería —le recordé, sonriendo para animarla.

Su mirada se ensombreció.

—Sí...

—Creo que eso no fue lo que pasó. Creo que ese dinero fue una donación de alguien. No hubo tal premio de lotería.

Noté que un intenso rubor coloreaba su blanca piel. Bajó la mirada. Cuando la levantó miré a la cuidadora. Entendió.

—Lucrecia, ¿quieres dejarnos solos? Ve al parque un rato.

Al cerrarse la puerta tras la joven, la señora María apuntó sus ojos hacia mí. La afabilidad había desaparecido de su semblante.

—Me causó muy buena impresión la otra vez.

—No tiene por qué variar esa impresión.

—Me pregunta cosas muy íntimas. ¿Qué tiene que ver este piso con Rosa?

—Para hallarla debo saber dónde está. Esto puede ser una pista. También usted me ha causado gran impresión. Dígame la verdad.

Me miraba fijamente sin decir nada. El sonido de los relojes se hizo agobiante. Una bien conservada máquina de coser alemana Wertheim daba calidad a una de las esquinas del salón.

—Verá, estoy convencido de que ese dinero se lo donó alguien. El hecho de ocultarlo supone que fue un regalo secreto. Pero ¿quién regala algo y pide que nadie lo sepa? En aquella época había responsabilidades políticas, pero no con Hacienda, como ahora. Por otra parte, ¿quién es capaz de regalar nada a nadie, y menos en aquellos tiempos donde todavía la economía era de bajo nivel? Sólo personas con posibles o de gran corazón y de memoria agradecida, virtudes que ustedes han concedido a Rosa. Ya ve que sí puede haber relación.

Su rostro se llenó de confusión. Se miró las manos, de largos y delgados dedos.

—No estoy investigando ningún delito —mentí—. Ni a usted ni a Rosa les pasará nada, si es que ella vive y si es que tuvo algo que ver en ello. ¿Qué habría de pasarles? Nadie les va a acusar de nada ni a reclamarles por esa donación. Es un asunto cerrado que a nadie importa. Sólo a mí y para mí, porque quiero encontrar a su antigua amiga y debo seguir todas las pistas.

Súbitamente sentí una fría punzada de remordimientos. Mi trabajo consiste en llevar a buen fin los casos que me encomiendan. El fin es lo que importa, a despecho de cómo obtener los necesarios datos. Pero aquí estaba alterando el sosiego de una anciana amable y cariñosa, sin pensar en el daño que podría hacerle en su propia estima si rompía algún juramento por mí. ¿Quién era yo para llenar de pesadumbre un alma sencilla y solitaria y para traicionar su confianza? Me invadió un sentimiento de culpabilidad insoportable. Quizá me quedaba una fibra sin endurecer. Me levanté.

—No me diga nada. Perdóneme. No tengo ningún derecho a pedirle nada. Creo que me he extralimitado con usted.

Le di la mano, que me retuvo.

—Espere, espere, ¿qué le pasa de repente? ¿Qué prisa tiene? Le hablaré de ello. Sé que no hará mal uso de la información. Por supuesto, no quiero que conecte su aparatito. Pero antes permítame coger uno de sus bombones.

Abrió la caja concentrándose en esa operación. Su rostro expresaba satisfacción.

—Tenga, coja uno —dijo, y me alargó la caja. Tomé uno y ella hizo lo mismo.

—Siempre me han gustado mucho los bombones. Y a quién no, dirá usted. Pero en aquella época, ¿quién los comía? Me estoy refiriendo a los años del hambre, a los años de Rosa. Teníamos un amigo valenciano que trabajaba con mi marido. Como le debiera el favor a mi hombre, el haberle metido en eso de la fruta, una vez me regaló una cajita. ¡Fue increíble! Yo había probado los bombones antes, claro, pero nunca tuve una caja completa. Era una caja metálica con ramos de flores pintadas en la tapa, que luego utilicé para poner cosas de la costura. Todavía la tengo por ahí guardada, aunque ya no coso nada. ¿Qué mujer cose ahora? Ahora las ropas se rompen y se tiran. Entonces se zurcía, se echaban piezas a las ropas, se daban vueltas a las prendas... Ahora es el tiempo de las mujeres. Las veo por la televisión y son las que más hablan... —Hizo una pausa para saborear el bombón—. ¡Hum!, qué rico. Aquellos bombones. Los recordaré siempre. Ese amigo vivía en las chabolas. ¿Le hablé de ellas la otra vez?

Negué con la cabeza.

—Empezaron poco a poco. Primero una, junto a la hilera de pequeñas huertas que había pegadas al paseo. Era muy bonita, con un emparrado exterior y asientos de ladrillo para sentarse fuera. Enseguida llegó la segunda. Y de repente empezaron a florecer como la hierba en primavera. Al principio como algo pintoresco y luego como una plaga. Se fueron comiendo el campo, llegaron hasta las tapias de un almacén de maderas, con secaderos a cielo abierto, y de una empresa metalúrgica llamada Boyer, que hacía unos depósitos cilíndricos enormes y otros trabajos en hierro, y a las del cuartel de caballería de la Policía Armada. Los tres estaban pegados al paseo del Canal que era una calle ancha, de tierra, que terminaba en el río porque no había ningún puente para que los coches cruzaran al otro lado. Años más tarde, pavimentaron ese paseo, lo integraron en el de Santa María de la Cabeza y construyeron el puente de Praga. Pero eso fue mucho más tarde. Entonces, las chabolas, como si fueran un ser vivo, bordearon esos establecimientos por la izquierda, el campo de fútbol por la derecha y un enorme vertedero que había en el centro ocupando lo que ahora es una parte de la calle Cáceres, hasta llegar a la plaza de los Bebederos. En todo ese enorme triángulo se instalaron montones de chabolas. Al final no cabía ninguna más. La mayoría era de un solo hueco, aunque algunas las hicieron más grandes y tenían una división por dentro. Incluso algunos empalmaron dos o tres chabolas y vivieron con más desahogo. Algunas tenían una especie de jardincito. Era como un pueblo enquistado en esta parte de la ciudad. Estaban muy apretujadas. Por eso hubo una gran alarma cuando el almacén de maderas se incendió. Fue terrible. Duró varios días y las llamas parecían no querer apagarse nunca, a pesar del esfuerzo de los bomberos. Al estar muchas chabolas pegadas a las tapias, tuvieron que ser evacuadas. Esa fila de chabolas fue destruida, para evitar posteriores desgracias.

—¿Qué gente vivía allí?

—Como usted y como yo. Quiero decir normales. Claro que entonces la gente iba muy mal vestida. Casi todos los hombres llevaban el *mono* o el *peto* a diario como única prenda de vestir. No eran delincuentes. Venían de todos los sitios de España. Era increíble ver a familias muy numerosas viviendo en chabolas de doce metros cuadrados. Pero así era... El espejismo de la gran ciudad y su promesa de dar una vida mejor. Sobre este tema de la huida de la gente de los pueblos al engaño de las luces de la ciudad, en este mismo barrio de chabolas, Ana Mariscal, que era una gran actriz, rodó como directora una película que tuvo mucho éxito. Creo que se llamó *Segundo López* y en ella trabajaron chicos que vivían en las chabolas. El personaje principal era un labriego auténtico que vino del pueblo para descubrir que en ningún sitio atan los perros con longaniza. Aquello fue muy celebrado por todos. Nos dio mucha importancia. Figúrese: salir en el cine, con esa pobreza que reflejaba la película. No era como para sentirse importante, la verdad, pero entonces teníamos pocas cosas que rompieran la monotonía.

—¿Se llevaban bien entre los de las casas y los de las chabolas?

—Prácticamente éramos de la misma escala social, la mayoría vencidos en la guerra y obreros. Pero también maestros, oficinistas y gente que, por haber trabajado en ministerios, ayuntamientos y oficinas de la República, habían sido depurados y represaliados. Ésos, lógicamente, no usaban *mono*, porque nunca se lo habían puesto, pero sus ropas eran un compendio de remiendos y zurcidos. Por supuesto que tener estas casas era algo que envidiaban. Bueno, en un aspecto estaban mejor que nosotros, porque no pagaban nada, ni casa, ni luz, ni agua. Al principio del todo, se iluminaban con velas y acarreaban el agua desde el Ayuntamiento. Cuando aquello se hizo pueblo, engancharon a los tendidos y llevaron la luz eléctrica a sus casas como si tal cosa. Respecto al agua, lo solucionaron de una manera más simple, utilizando las bocas de riego. ¿Sabe lo que eran? Lo digo porque han desaparecido. En las aceras, cada equis metros había un pequeño registro con una boca de salida de agua y un cierre, para regar las calles, porque entonces se regaban las calles de verdad, y no como ahora que emplean unas cisternas que lo único que hacen es regar los desperdicios y dejarlos como estaban. Los barrenderos (realmente los «regaderos») enganchaban una manguera negra y gruesa a la boca, abrían el cierre con una llave de hélice y salía un hermoso chorro. Regaban las calzadas y dejaban los adoquines como los chorros del oro. Eso sí que era limpiar. Claro que antes no había envases de plásticos, ni botes de Coca-Cola ni casi basura. ¡Qué basura iba a haber si nos comíamos hasta las mondas de las patatas! Los barrenderos terminaban y se iban a otra boca arrastrando la manguera como si fuera una serpiente, aunque lo normal era que la llevaran entre dos, uno en cada extremo. Pues bien, en algunas de esas bocas de riego los de las chabolas pusieron trozos de manguera y las transformaron en fuentes caudalosas, manando sin parar para mitigar las necesidades de tanta gente. Además, antes, en muchas calles y plazas había fuentes de piedra con caños de hierro por los que manaba agua constantemente. Algunas, como la que había junto a Correos, en Cibeles, eran de agua gorda, llamada así por contener muchas sales. De esas fuentes se nutrían no sólo los de las chabolas, sino muchos otros madrileños. Pero las quitaron —tuvo un quiebro en su voz—, como tantas otras cosas buenas. Era una bendición; el agua era gratis, nadie tenía escasez de ella.

—Conocí esas fuentes —dije—. No las quitaron. Dejaron de manar. Se secaron. No volverán, porque los manantiales subterráneos que las alimentaban se estrangularon por los cimientos de los edificios. Las que aún quedan, para testimoniar el pasado, no son de manantial sino de canalización.

—¿Es así?, ¿usted cree? —Su rostro mostró un gesto de marcada desilusión. Intenté neutralizarlo.

—¿Las autoridades no controlaban la construcción de chabolas?

—¿Qué iban a hacer? ¿Cómo parar ese aluvión de gente buscando un futuro mejor? Eran cientos de personas en docenas de chabolas. Cuando aún el campo no se había llenado del todo, para frenar la expansión, los municipales destruían las casetas que estaban a medio hacer. Las que habían logrado ser culminadas con el techo, se respetaban. Si viera usted cómo llegaban familias y amigos con carros cargados de ladrillos y materiales. Empezaban al anochecer a poner los cimientos y cuando amanecía, al día siguiente, ya estaba la chabola terminada y con el tejado puesto. Metían una cama y acostaban a los niños. Cuando aparecían los de las *dos pesetas*, nada podían hacer. En general, eran chabolas mal construidas, aunque algunas estaban bien hechas por albañiles cualificados. Ésas se vendían de unos a otros y no a bajo precio. La compañía eléctrica tuvo que aguantar. Llegaban los inspectores y cortaban la luz. Pero en cuanto se iban enganchaban otra vez. El poblado tenía una calle principal y varias secundarias que la cruzaban. El Ayuntamiento puso bombillas para dotar de iluminación nocturna. Supongo que eso lo pagaría la municipalidad. Esas calles eran auténticos barrizales y, aunque con el tiempo pusieron ladrillos y losas, nunca dejó de ser un fangal en los inviernos. Pero también lo eran las calles normales, no vaya usted a creer. No se puede imaginar lo que llegó a ser el dichoso barro en la vida madrileña, al menos en este barrio. Todas las casas estaban siempre llenas de ese lodo odioso, arrastrado por los zapatos y las zapatillas. En el comedor, en los dormitorios... Hasta en el colchón.

Hizo acopio de recuerdos en silencio, para continuar.

—No había más peleas que en las casas de los barrios. No era un gueto, ¿se dice así? Uno podía pasar por el poblado, para ver a alguien. Nadie se metía con nadie. Había, cómo no, un jefe de poblado, ayudado por otros hombres. Ellos rendían informes a las autoridades, cuando algún asunto trascendía. Los niños que podían iban al colegio, las mujeres cuidaban las casuchas... Como en cualquier barrio normal. Al principio, algunas familias tuvieron gallinas y cerdos, que fueron desapareciendo a medida que el poblado se..., cómo le diría, se urbanizaba.

Tomó otro bombón y continuó hablando, con los ojos muy abiertos.

—Las primeras chabolas se hicieron sobre el 44, en plena época de hambre. No se puede ni imaginar lo que es el hambre, si no la ha experimentado. Las tripas duelen, viene el cansancio, se ceban las chinches y los piojos, surgen las enfermedades e infecciones... A muchos chicos les salían enormes granos llamados forúnculos y muchos acababan en el hospital. Era el tiempo en que los padres nos íbamos a la fría cama sin cenar por habérselo dado a los hijos. En el 39 se había instituido la cartilla de racionamiento, que duró hasta bien pasado el 52. Según me decía mi Salvador, ésa ha sido la peor época de los tiempos modernos para los españoles. Por lo que yo puedo asegurar, nunca en mi vida las había pasado tan mal. El gobierno hacía la vista gorda al estraperlo y todos buscábamos ganarnos la vida según su habilidad. Fueron años muy duros, esos primeros. No era fácil encontrar trabajo. Ninguna mujer trabajaba fuera de casa, si acaso algunas en lo del estraperlo. Luego, con el paso de los años, todo fue cambiando. El matadero, la lonja de verduras y frutas, Boyer y Euskalduna no fueron los únicos sitios donde pedir trabajo. Surgió Standard Eléctrica, Manufacturas Metálicas Madrileñas, Papelería Española, Linoleum, Alcoholera, Central Lechera, Empresa Nacional Calvo Sotelo... Qué pena. Sólo me acuerdo de las más importantes que había en el barrio.

—Me deja totalmente pasmado con su memoria.

—Yo era muy joven entonces. En esos años se graban las cosas para siempre, como en la niñez. Le decía... sí. Todas esas empresas empleaban a mucha gente. Entonces, todo se hacía con mano de obra, no como ahora, que las máquinas hacen casi todo. Para esas fechas, los niños habían dejado de serlo y los cientos de chicos y chicas se emplearon en esas empresas. Durante muchos años hubo trabajo para todos. Ya el hambre fue quedando arrinconada. Y, con relación al poblado, nunca dejó de asombrarme ver a esos jóvenes salir de las chabolas totalmente acicalados, ellos con traje y corbata y ellas con falda y trajes de chaqueta, porque a las oficinas, bancos y comercios no se podía ir vestido de otra manera. En aquella época ninguna mujer llevaba pantalones. Así que puede imaginar el equilibrio que teníamos que hacer para que los jóvenes vistieran de esa forma con los sueldos tan bajos que había. Al final, como trabajaban el padre y los hijos, y entonces las familias tenían muchos hijos, el bote común, controlado por la madre, hizo que las familias fueran mejorando. Ya había más alegría. A las salidas de las empresas, las calles se llenaban de gente, los bares estaban a rebosar, las zapaterías, las camiserías, las casas de bolsos, los cines... Nadie quería volver pronto a casa, que eran lugares inhóspitos y desalentadores. Imagínese, volver de las oficinas, con todas esas comodidades como tenían, y encontrarse con la miseria aún no aventada. Eso en general, pero en el caso de las chabolas, se puede imaginar. Y luego la promiscuidad y la tremenda falta de intimidad, sobre todo para las chicas. En las casas teníamos cagaderos, que era una cosa bendita. ¿Sabe cómo resolvían ellos ese asunto?

Procuré no descomponer el gesto.

—Al principio hacían sus necesidades en el propio campo, como si estuvieran en el pueblo. Cuando éste desapareció, y ya hasta el final, usaban orinales y cubos, que luego vaciaban en las bocas de las alcantarillas, porque había, y hay todavía aunque no se ve, una red muy buena de alcantarillado. Las bocas estaban elevadas unos cincuenta centímetros sobre el ras del suelo. Eran de granito, cuadradas, con la tapa circular situada en el centro, también de granito. En el buen tiempo, la gente se sentaba en ellas, como si fueran bancos, a charlar y descansar. Naturalmente, no en las que echaban la mierda, que estaban sin tapa, como si fueran chimeneas. Por la noche, llegaban los de las mangas de riego y ponían un poco de orden en ese enlodado. Echaban el agua a presión por el brocal hasta arrastrar la porquería. Ahora, ¿usted se imagina a esas gentes, limpias durante el día en sus oficinas, yendo en la noche, con lluvia o no, con el orinal en la mano a vaciarlo en la letrina? Porque aunque habría reparto de trabajos y se supone que serían las madres y niños quienes hicieran esas funciones, en algunas ocasiones les tocaría a ellos.

—Y un día aquel poblado desapareció —dije, mirando subrepticiamente a uno de los impertérritos relojes.

—Sí, pero no de golpe. Empezaron a verse claros poco a poco. Los guardias tiraban las chabolas vacías y dejaban los escombros en el lugar. No ponían vigilancia. Ya nadie quería chabolas, al menos aquí. El tiempo de construcción había pasado y el terreno ya no era municipal. Al final de la década de los cincuenta casi todo el espacio estaba vacío. Abría una la ventana y ahí estaba el amplio espacio recuperado, con algunas pocas chabolas resistiéndose a lo lejos. Pero ya no era el campo hermoso y lleno de vida natural que había cuando llegamos. Ahora era un terreno baldío lleno de escombros, como si lo hubieran bombardeado. Era un paisaje desolador que desapareció como llevado por el viento, como le pasó al anterior. Y al poco empezó la tortura del ladrillo.

Acarició la caja de bombones, sin coger ninguno.

—Ese hombre vino una tarde, anocheciendo. ¿Cómo olvidarlo? Oímos sonar la puerta. No teníamos timbre. Abrimos y allí estaba. La verdad es que nos asustó. Preguntó si vivíamos mi marido y yo. Dijo nuestros nombres. Nos quitó parte de la preocupación inicial al decirnos que no venía para informarnos de nada malo sino todo lo contrario. Nos pidió educadamente si podía pasar. Era muy agradable y durante todo el tiempo que permaneció con nosotros se esforzó en mantener una atmósfera de tranquilidad, para que fuéramos eliminando nuestras suspicacias y temores. Estaban presentes dos de nuestros hijos, Salvador, de diecinueve años, y Juanita, de dieciocho. Nos dijo que debía mostrarnos algo, pero a nosotros solos, sin testigos. Así que nuestros hijos salieron. Pidió a mi marido su cédula de identidad. La cotejó. Y cuando sacó el dinero, contante y sonante, casi nos da el patatús. Setenta mil pesetas en billetes de diversos valores. Dijo que era un regalo de alguien que quería mantener el secreto. Nos aseguró que era un dinero honrado, entregado sin contraprestación. Era nuestro y podíamos gastarlo como quisiéramos. Sólo había una condición: no decir nunca nada a nadie de ello. Nos hizo firmar un recibo y un documento de confidencialidad. No nos dejó ningún papel, sólo ese dinero deslumbrante. Él fue quien nos sugirió lo de la lotería, si en algún momento necesitásemos justificar esa pequeña fortuna. Pero como usted bien dijo antes, entonces no había control y uno podía tener lo que fuera que, salvo denuncia expresa, nadie metía las narices.

—El asunto seguirá en secreto —prometí—. ¿Cómo era ese hombre?

—Alto, con ojos verdes, sonriente. Bien vestido, pero sin lujo. Unos veintitantos años. No volvimos a verle, pero jamás se me borró su imagen. Nadie nunca nos habló más de ese dinero.

—¿No tiene idea de quién pudo hacerles ese regalo?

—Una vez que se fue, estuvimos dando vueltas al tema. No teníamos familiares ni nadie conocido que pudiera hacer una cosa así. Tras largas consideraciones llegamos a pensar en Rosa.

—¿Por qué pensaron en Rosa?

—No sé. Pues como usted, ¿por qué lo pensó usted? Ese hombre tenía acento argentino. En Argentina sólo estaban los Guillén, de los conocidos. Pero Gracia no era una chica muy dadivosa, además de que habían pasado casi veinte años desde que se fue y nunca recibimos ninguna carta de ella. Quedó descartada. Pero era amiga de Rosa. Quizá se hubieran reunido en Buenos Aires. Pensamos en ello. Finalmente también lo descartamos.

—¿Por qué lo descartaron?

—Por dos razones. Porque habían pasado muchos años, y eso crea una distancia en la gente, y porque si hubiera sido ella, ¿por qué iba a ocultarlo? Era mujer directa y clara. Así que el misterio subsistió hasta que el tiempo lo relegó. Llegamos a creernos, a fuerza de repetirlo, que realmente nos había tocado la lotería. ¿Qué opina?

—Tiene sentido lo que dice. Pero creo que apostaré por la teoría de Rosa.

—Me dirá por qué considera esa posibilidad, a pesar de mis razones. Pero antes, dígame. ¿Cómo sospechó que fue una donación y no la lotería?

—Recuerde que estuve con Agapito.

—¿Qué sabe él de este dinero?

—Supongo que nada, pero a él también le tocó la lotería en las mismas fechas. Demasiada coincidencia. Era posible, pero no probable. Por eso sospeché.

Me miró poniendo en sus ojos una desmedida sorpresa.

—¿Quiere decir que él también recibió una donación?

—Estoy seguro de que sí.

—¿Él se lo dijo?

—No. Mi reflexión ha sido esta mañana. Podría ir a preguntarle, pero no es necesario. Ahora dígame: ¿Quién podría haberles hecho ese regalo? ¿Quién que les relacione y haya sentido gratitud hacia ustedes?

Movió la cabeza.

—Rosa... —dijo.

Más tarde, en la calle de Guillermo de Osma entré en una floristería. Ordené un gran ramo de rosas multicolores: rojas, amarillas, rosas y blancas. Di la dirección de la señora María. En la tarjeta escribí: «La llamaré para llevarla a ver a Agapito. Gracias por todo. Su admirador. Corazón.» Bajé a Legazpi y salí a la M-30 dirección norte. Había un tapón de mil demonios. Eran las dos de la tarde. Entré en la oficina a las 14.50.

—¿Preparada?

—Sí —dijo Sara, sonriéndome.

—Andando entonces.

El ascensor se fue llenando mientras bajaba, parando en todas las plantas. Sara es separada y tiene hijo e hija de veinticinco y veintitrés años respectivamente, que viven con ella. El marido es director de hotel y tiene su vida amorosa cumplida con otra mujer, separada también y con un hijo.

Buscamos un restaurante y lo encontramos en El Mesón de Logroño, donde habíamos estado en varias ocasiones. A pesar de que estaba lleno, el dueño nos buscó una mesa en el piso de arriba. Mientras caminábamos, aprecié cómo los hombres miraban a Sara. No es para menos. Aparenta quince años menos por su figura esbelta y, sobre todo, por su tez lisa y su gesto siempre sonriente. Podría muy bien haber ganado un concurso de belleza en su juventud. Después de ordenar nuestros platos, ella me ofreció su sonrisa.

—¿Cómo llevas el caso?

Le conté en qué situación estaba, el estudio de los atestados, incluida la declaración de la señora María.

—Un doble crimen y, aparentemente, ningún beneficiado. No tiene sentido —dije.

—El hecho de que estos dos ancianos hubieran recibido en su día sendas donaciones puede significar que Rosa fuera la donante. Y si lo hizo, es que tendría una posición económica alta. ¿Cómo conseguiría esa posición si, como dices, era de una humildad absoluta?

—Era mujer excepcional. Pudo haberse casado con algún rico. Lo que demuestran las donaciones es que era mujer agradecida, no que su dinero tuviera origen oscuro.

—Sin embargo, mencionas mucho a esos Pedrín y Manín. ¿Tan involucrados los ves?

—Fueron enemigos declarados de los asesinados.

—Eso en sí mismo no es una prueba.

—Verdad. Y su vida posterior no da ninguna evidencia de culpabilidad. Sin embargo, no tengo otra pista más sólida.

—Si ellos están en tu punto de mira, también debería estar Rosa, dado que sus mundos estaban en conexión. En realidad, creo que tus tiros van por ahí.

—¿Por qué lo dices?

—Creo que esa mujer, Rosa, te ha magnetizado demasiado y buscas ahondar en su vida a través de las vidas de esos dos enamorados.

—Ves mi mente como si fuera de cristal.

—Son ya algunos años juntos. —Sus ojos me desafiaban. Busqué su mano sobre la mesa. Apretó la mía.

—Encuentra un hombre digno y que te quiera, con el que vivir. Eres muy atractiva y tienes grandes virtudes.

—Sabes que estoy enamorada de ti.

No contesté, pero sostuve su mirada con ternura.

—No te pido nada —siguió ella—. Sé cuál es mi posición. Tú no me amas. Las cosas son como son y las acepto. No veo fácil encontrar a un hombre que te reemplace en mis sueños.

—Soy un egoísta. Me gustas y recibo tus caricias, pero no soy dueño de mis sentimientos.

—Lo sé. Nada te pido a cambio. También me das felicidad con nuestros encuentros. El simple hecho de verte. Y no tienes mujer. Siempre queda una esperanza.

—En el caso que investigo, hay varias historias de amor y desamor. Vidas que permanecieron fieles a sus ideales. Hay tanta grandeza que no veo paralelismo con los casos tenidos hasta ahora. Es vivir los hechos más cruciales en la España de este siglo, a través de las vidas de unos seres extraordinarios. Y por encima de ellos, y dentro, dirigiendo esas vidas, el amor intocable y duradero.

—Es la clase de amor que yo creo te dedico.

—Aprende a buscarle defectos. No a tu amor, sino a mí. Seguro que los encuentras.

Hablamos luego de cosas diversas. Salimos y bajamos por la calle en cuesta, cruzando por delante del palacio de Liria. Sin saber por qué, dije:

—Este palacio fue bombardeado en varias ocasiones por

la aviación de Franco. Muchas dependencias quedaron destruidas, así como objetos de arte. Las autoridades republicanas habían sacado la mayoría de los cuadros y piezas artísticas y las habían guardado en almacenes, lo que permitió que se salvaran de la destrucción. Había una Brigada de Protección de Monumentos y otra de Desescombro. Funcionaron impecablemente.

Cruzamos Princesa por Ventura Rodríguez y desembocamos frente al templo de Debod. Subimos a los jardines y nos sentamos en uno de los bancos. Teníamos todavía un tiempo por delante.

—¿Sabes que en 1936 había aquí un hermoso cuartel llamado de la Montaña?

—Sí.

—Era una bella construcción. Fuerte, grande, equilibrada. Un cuartel de corte clásico. Similar al de Conde Duque de tamaño.

—¿Lo destruyeron los republicanos?

—No. Los insurgentes lo bombardearon hasta dejarlo en ruinas. Tras la guerra decidieron demolerlo del todo. Y años más tarde se hizo este parque.

Ella me miró y capté un destello extraño.

—¿Qué? —dije.

—Este caso tuyo te está invadiendo. Me hablas de cosas que sucedieron en la guerra, como si tú hubieras participado. Pero no estabas allí.

Desvié la mirada y contemplé la Torre de Madrid sobresaliendo como una jirafa de entre los bellos edificios modernistas del entorno. Tenía razón. Estaba viviendo en la retrospección, en un tiempo que no era el mío. Todavía no me daba cuenta de qué era lo que tiraba de mí hacia ondas del pasado.

—La guerra ha sido para mí un tema histórico. Como la toma de Granada. De ella sólo opinaba que fue una salvajada. En estos días he descubierto que hubo algo más. Tienes razón. Es extraño, pero creo que he vivido esa guerra. O que debería de haberla vivido.

—¿Cómo puedes añorar una guerra? Es lo peor del hombre.

—Sí, pero aquella generosidad, aquella abnegación...

—Eso es sólo el poco lado bueno. En el otro está el dolor, la muerte, la ruina.

—Lo sé. Sólo que...

—Además, te posicionas en un bando, lo que carece de lógica tratándose de ti. Pero en el otro bando también habría esos sentimientos que tanto te sugestionan.

—Sí; antes y durante el conflicto bélico, pero, al vencer, ya no existió para la parte vencedora otro sentimiento que el de la venganza y el castigo. No, espera —recordé a Rosa Regalado—; el castigo no: el terror sistemático. Un terror y una represión que duraron muchos años.

Caminamos hacia la Torre de Madrid y entramos en uno de los ascensores.

—¿Cuál es tu próxima actuación en el caso? —preguntó ella, cuando entramos en la oficina.

—Me voy a Buenos Aires.

Hubo una pausa en el aleteo de sus pestañas.

—¿Cuándo irás?

—Lo antes posible. Veremos, con David, cómo están los otros asuntos y buscaremos un día.

—¿Qué crees que encontrarás allí?

—Una Rosa de plata. O su huella.

18 y 19 de julio de 1936

Ya se van los quintos, madre,
a la guerra, a pelear,
van cantando himnos de lucha
cuesta arriba, hacia el canchal.

ANÓNIMO

Cantan los gallos el día,
yérguete, mi bien, y parte.
—¿Cómo partir, dulce mía,
cómo partir y dejarte?

ROSALÍA DE CASTRO

—Me voy, madre.

Ella movió la cabeza intentando no llorar. Había visto llegar a Pablito Montesinos a caballo y entregarle un periódico. Era sábado y tenían día libre en la mina. Les había visto gritarse excitados. Supo en ese momento que su hijo había sido alcanzado por una nueva tragedia. Vio llegar a Pedrín y a otros para recabar noticias. Luego, Manín había entrado en la casa y les había dado el periódico, a ella, a Susana y a José, mientras Pedrín corría a su casa y Pablito desaparecía en el caballo. El periódico era el socialista *Avance* y daba la noticia a toda Asturias de que el ejército de África se había levantado contra el gobierno de la República. En su portada decía: «Cojones y dinamita.» Sindicalistas como Pablito estaban difundiendo la noticia por todos los pueblos del concejo y, sin más preguntas, los proletarios dejaban sus trabajos para concentrarse en Cangas. Como su hijo. Lo miró guardar algunas pertenencias en la vieja maleta de madera de África.

—¿Por qué has de ir? Ni siquiera te han llamado.

—No necesito que me digan lo que he de hacer. Soy un hombre, madre.

—Tal pareces un chiquillo en busca de aventuras. Siempre metido en líos.

—Debo luchar por la República. No es una aventura.

—Deja que otros lo hagan. Ya luchaste en dos guerras. ¿Olvidas lo de la revolución de hace dos años?

—No lo he olvidado. ¿Y sabe por qué? Porque es la misma guerra. En el 34 muchas cosas quedaron pendientes. Ahora podemos resolverlas para siempre.

—No lo entiendo.

—Se trata de conseguir que en España desaparezcan el hambre, la miseria y las desigualdades. Que todos tengamos derecho a la educación y a un trabajo digno. Es fácil de entender.

—Hace dos años querías lo mismo. Entonces luchaste contra la República y ahora quieres luchar a su favor. ¿Cómo quieres que lo entienda?

—Hace dos años no luchábamos contra la República, sino contra las derechas de la República, que habían tomado el gobierno para destruirla. La República tiene defectos, pero es parlamentaria. Los ciudadanos tenemos derechos. Con los fachas no hay diálogo. Querrán asesinar la República y, si lo consiguen, se acabó.

—¿Qué se acabó?

—Madre, madre, ¿cómo es posible que no se dé cuenta? Si triunfan, como son militares, engendrarán una dictadura y se acabarán los derechos para los obreros. Se acabaría la libertad. Y para muchos, se acabaría la vida.

Su hermana Susana y José, su cuñado, les escuchaban en silencio. Ella con el periódico en la mano, mientras las dos niñas miraban la escena con sus grandes ojos vestidos de inocencia.

—Lo que dices está por encima de mi comprensión. Sólo sé que te quiero y que quisiera que estuvieras a mi lado.

—Siento dolor de que haya parido un hijo tan inquieto. Sólo le he causado sufrimiento. Pero ¿qué puedo hacer?

Ella contempló la desesperación en sus ojos. Recordó las otras despedidas. La misma mirada enfebrecida, la misma desolación. Se volvió y miró las cumbres del otro lado del valle.

—Tu padre murió por la guerra de Cuba. Temo que tu suerte se acabe algún día. Cuando ello suceda, también se acabará mi vida.

Él la abrazó. Era mujer alta, pero él le sacaba la cabeza. Con infinita tristeza musitó en su oído:

—¡Qué malos tiempos nos ha tocado vivir, madre...!

A pesar de haber sido un susurro, las palabras se extendieron por la cocina como si se asfixiaran y desearan huir hacia el valle. Susana hizo un enorme esfuerzo para contener las lágrimas. La madre dijo:

—Quisiera verte casado, feliz y con hijos, aquí, en nuestra tierra, como nuestros antepasados, como tu hermana.

Manín no respondió. La retuvo con fuerza para evitar que ella siguiera inspeccionando sus ojos, pero se encontró con los de su hermana y entre ellos se estableció un puente de comprensión.

—Déjalo, madre —habló Susana—. Ha de ir, debe ir. En Madrid está su destino... y su corazón.

Sosteniendo su mirada, él dijo:

—Sí. No puedo remediarlo. No quiero remediarlo.

Soltó a su madre y se dirigió hacia su hermana. Ella se echó hacia atrás y dejó de mirarle.

—No quiero abrazarte. Mis fuerzas flaquearían. Rezaré por ti.

—Hermana, ¿cómo vas a rezar por alguien que niega a Dios? No te hará ni puto caso. Mírame. —La agarró por un hombro con fuerza. Ella no le obedeció. Su perfil jugaba con el contraluz—. Si has de pedir algo, pide que la República no sea destruida.

La soltó, abrazó al cuñado y a las niñas y salió de la casa. Vio venir a Pedrín por el camino. También a César. Se reunieron y subieron el repecho. Un sol menguado ponía oro en los prados, cuando se volvieron para agitar sus manos antes de empezar a patear el pedregoso camino.

En Cibuyo había ya un grupo numeroso, en el que destacaba Montesinos por sus dotes de mando. De todos los pueblos situados a ambos lados del Narcea, venían jóvenes animosos al grito de «¡Hala, camaradas!», algunos con escopetas de caza, otros con fusiles que en su día escondieron. Se enteraron de que las organizaciones del Frente Popular habían decretado la huelga general. El comité provincial había llamado a la concentración en Oviedo, para reunirse ante el Gobierno Civil y ante la Comandancia Militar. Hicieron requisa de camiones y partieron hacia Cangas, recogiendo por el camino gente hasta el abarrotamiento. En la capital del concejo había varios enlaces organizando un convoy. Sin esperar a los vehículos, docenas de hombres, impelidos por una impaciencia incalmable, se lanzaban decididamente por la carretera general hacia Oviedo, aunque al cabo eran recogidos por los camiones y autobuses. Al pasar por Corias, Pedrín miró a Manín. A través del bullicio leyó sus labios.

—¿Te acuerdas de aquel cura, cuando íbamos a África?

Asintió con la cabeza. ¿Cómo olvidarlo? ¿Cómo olvidar lo inolvidable?

—Entonces íbamos a luchar en su ejército. Ahora vamos al nuestro. Les derrotaremos.

—Ojalá. Esos legionarios son unos salvajes. Recuerda la que nos liaron hace dos años.

—Bah. Ahora el gobierno está con nosotros y nosotros con él. Todos los poderes de la República se pondrán en marcha. Construiremos un país para todos y veremos por fin llegar los colores blancos.

En Trubia vieron camiones parados y una fuerza vociferante ante la fábrica de armas. Pararon y se unieron a ellos. Consiguieron unos trescientos fusiles. Llegaron a la capital de la provincia a media mañana. Contingentes de obreros inundaban las calles y plazas cercanas al Gobierno Civil. Muchos llevaban armas que habían tenido ocultas desde octubre del 34, principalmente en nichos de los cementerios. Se enteraron de que Indalecio Prieto había llamado insistentemente a lo largo de la mañana, pidiendo ayuda para asegurar la defensa de Madrid, porque temía que las guarniciones de la ciudad se unieran a los rebeldes. Si Madrid caía, el país entero caería de inmediato en manos de los facciosos. Los voluntarios sobrepasaron las expectativas. Todos querían salvar la capital. Finalmente, se organizaron dos columnas, una ferroviaria y otra por carretera, que partieron de Sama al atardecer. En Mieres se unieron más hombres y camiones. Unos cuatro mil entusiasmados obreros, la mayoría mineros, cruzaron apuestas a ver qué columna pasaba antes el puerto de Pajares. El coronel Aranda les había entregado unos doscientos cincuenta fusiles, con lo que la fuerza estaba armada en menos de la cuarta parte, sin contar con los dinamiteros.

Manín miró a Pedrín, que fumaba a su lado distraídamente, sentado en el duro asiento de madera. Su figura juvenil y su gesto soñador le sorprendían siempre. No había envejecido lo más mínimo desde los nunca lejanos tiempos de África, a pesar de las heridas y del duro trabajo en la mina y en el campo. Tenía los ojos más profundos que de costumbre, como si una alegría secreta circulara por su mente. De repente, se volvió y ambos quedaron con sus sentimientos al descubierto. Pedrín habló por los dos, por encima del traqueteo del tren y del rigor de las conversaciones:

—¿Por qué no la olvidamos?

—Porque no podemos.

—Cuando lleguemos, iremos a los sindicatos confederales y allí preguntaremos por Miguel. Seguro que ya tiene algún cargo.

—Sí —dijo Manín. Sacó el cuarterón de tabaco y lió un cigarrillo, después de ofrecer a los otros. Lo encendió con un mechero de chispa y cuerda—. ¿Y tú, Montesinos, qué piensas? Esto no va a ser como el 34.

—Pienso que era la oportunidad que esperábamos. Lo de hace dos años falló porque no hubo sincronización por parte de algunos, pero ahora son ellos los que nos han dado el motivo. Vamos a joder a esos cabrones.

—¿Y tú, César? ¿Le dijiste al amo que venías?

—Sí.

—¿Y te dejó venir?

—No.

—¿Qué harás si perdemos la guerra? —señaló Pedrín—. Porque ese mamón no querrá volver a emplearte.

Al mismo tiempo que César se encogía de hombros, Manín y Pablito exclamaron al unísono:

—¡Vamos a ganar! No hay otra opción.

—Claro que ganaremos. Era un decir —dijo Pedrín. Luego volvió a mirar a César.

—No me importa —dijo César—. Voy con vosotros a donde vayáis.

En el tren circulaban periódicos, que se pasaban de unos a otros. César cogió la *Sole*, como llamaban a *Solidaridad Obrera*, el diario anarquista. En la portada estaban las fotografías de Mola, Franco y otros generales rebeldes. César miró las fotos en silencio un largo rato y luego miró a Manín.

—¿Qué ocurre, César? —dijo Manín, interpretando el silencio del siempre silencioso hombrecillo como una pregunta.

—Este hombre. Lo conozco —César señalaba a Franco.

—Claro. Era uno de los coroneles que estaba en el Rif cuando nosotros. Mandaba la legión.

—Es el que quiso fusilarme y el que me hizo esto. —Señaló su cicatriz. Los tres amigos se miraron y convinieron un silencio.

—Procuraremos hacerle pagar por todo el daño que

hizo y que hace. Recibirá su merecido cuando ganemos la guerra —dijo Pablito.

Llegaron a León atardeciendo. Se dirigieron a la comandancia en solicitud de armas. El comandante militar era el general Bosch. No estaba y hubo que buscarlo. Puso muchas trabas hasta que comprendió que esa masa enardecida podía asaltar el cuartel. Decidió la entrega de 250 fusiles, varias ametralladoras y un número importante de munición. Era de noche y los mandos de las columnas, Montesinos entre ellos, decidieron permanecer en la ciudad en espera de novedades. Mientras, mineros de la zona se unían a sus camaradas astures. Nadie durmió esa noche, durante la que fueron recibiendo noticias de la rebelión. A mitad del día siguiente, les llegó la noticia de que el coronel Aranda se había sublevado. Desde Oviedo, los dirigentes del Frente Popular empezaron a pedir insistentemente el regreso de las columnas para reducir a los traidores. Tras arduas deliberaciones se decidió la vuelta de las columnas con excepción de 250 hombres que deseaban luchar en Madrid. Entre ellos, Manín, Pedrín, Montesinos y un gigante de ojos azules y músculos prominentes llamado Avelino Lanas. Con sólo veintitrés años era ya un líder de UGT en la federación asturiana. Por la tarde ambos grupos se dividieron y emprendieron la marcha. El convoy hacia Madrid lo formaban nueve camiones. Llegaron a Benavente con los rayos del sol mirándoles casi horizontalmente. Buscaron noticias. En todo el norte de Castilla la rebelión estaba triunfando. La capital se mantenía en manos del gobierno, pero había habido movimientos en los acuartelamientos de Carabanchel, Leganés y Getafe y se temían intentos golpistas en el Cuartel de la Montaña y en Alcalá de Henares. No había tiempo que perder. Antes, Avelino, Marcelino y Manín decidieron inspeccionar los fusiles. Comprobaron consternados que la mayoría estaban inservibles por defectuosos y porque les faltaban los mecanismos.

—Aranda nos engañó bien —dijo Montesinos con ira—. Nos ha dado mierda y se nos quitó de encima. Lo tenía todo preparado el golpista cabrón.

—Como el Bosch. También nos dio mierda. Seguro que es otro traidor. No había más que verle la cara.

Hicieron recuento. Había cuarenta y nueve fusiles válidos, más los que algunos llevaban de las jornadas del 34. Las ametralladoras se las habían llevado los que regresaron a Asturias, pero muchos llevaban dinamita.

—Podemos encontrarnos con resistencias a lo largo del camino —dijo Avelino—. Será necesario que esos fusiles sean para quienes sepan disparar.

—Cierto. No podemos jugar con esto. Los que no hayan manejado armas o no tengan buena puntería, que se echen atrás —añadió Manín—. Nuestras vidas estarán más seguras si las armas las llevan quienes sean buenos tiradores.

Cuarenta y uno aseguraron saber disparar con precisión. Todos practicaban la caza. Para ellos, entre quienes se contaban Manín, Pedrín, Avelino, Pablito y César, fueron los mejores fusiles. Montaron en los camiones y se dirigieron a toda marcha hacia la capital. En Tordesillas, un grupo de falangistas les estaban esperando apostados en las casas. El tiroteo produjo algunos heridos leves, pero los emboscados eran pocos y fueron desbaratados. La población estaba perpleja por los acontecimientos. Avelino Lanas ordenó la requisa de armas, gasolina y alimentos. La mayoría de la población colaboró gratuita y solidariamente con la fuerza expedicionaria. Hubo un cambio de pareceres entre Avelino Lanas, Pablito Montesinos y Manín. Ignoraban lo que estaba pasando en esos momentos en el país, porque la situación podía cambiar a cada momento. Finalmente, se tomó la decisión de dividir la columna para garantizar la llegada a Madrid de toda o una parte de la fuerza expedicionaria, en caso de emboscadas, aunque hubo quienes preferían no separar el contingente porque, precisamente en caso de ataques, la mayor fuerza de choque del grupo unido superaría el enfrentamiento.

Cuatro camiones, con la mitad de los hombres, atravesarían Guadarrama por el Alto del León. La otra mitad se desviaría para acceder a Madrid por Navacerrada. Sin más dilación subieron a los camiones, se pusieron en marcha y cruzaron el puente sobre el Duero. En Arévalo se dividieron. Manín y Pedrín optaron por el grupo de Navacerrada, con Avelino Lanas. Hubo rápidas despedidas a los gritos de «¡Salud, compañeros!» «¡Salud y libertad!», y luego se lanzaron velozmente hacia sus destinos. Sin novedades, llegaron a Segovia, todavía con luz en el cielo. La gente se quedó mirando el paso de los camiones. El grupo sabía que había una comandancia militar, por lo que con buen criterio decidieron no consultar y cruzaron la ciudad a la mayor velocidad posible, con tiempo de ver a varios paisanos y soldados correr gesticulantes tras ellos. Poco después estaban en La Granja, con las primeras sombras avanzando por oriente. A la salida un nutrido fuego de ametralladora y fusilería les detuvo. Les estaban esperando, apostados convenientemente en algunas ventanas de las últimas casas y tras una barricada de urgencia formada por carros, coches viejos y sacos terreros. Dos hombres del primer camión resultaron muertos y algunos heridos en el ataque. Pero iban alertados. Avelino Lanas estaba en el camión de cabeza y ordenó embestir el obstáculo, mientras los otros camiones se detenían y desde las cajas devolvían el fuego contra los de las casas. El vehículo abrió un tremendo boquete en la barricada, se paró unos metros más allá con el motor en marcha y los hombres entremezclados en la caja intentaron recuperar posiciones de defensa. Los del parapeto quedaron entre dos fuegos, cuando los de Avelino pudieron empezar a disparar contra ellos. Corrieron a guarecerse, con sus camisas azules cruzadas por cartucheras. Los certeros disparos de los mineros abatieron a algunos, mientras los demás escapaban y en las ventanas se hacía el silencio. La batalla había acabado. Pedrín saltó al suelo desde el segundo camión y corrió hacia el de Avelino. Él y el conductor estaban heridos, pero no de bala sino por el encontronazo. Oyó a Manín gritar:

—¡Las armas! ¡Coged las armas, rápido!

La orden se cumplió con rapidez. Recogieron seis pistolas y nueve fusiles flamantes de entre los muertos y heridos, a quienes quitaron todas las cartucheras.

—Mira —dijo Avelino—: No hay ningún militar. Son todos falangistas.

—Por eso disparaban tan mal. Éstos sólo saben disparar a la cabeza por detrás.

Colocaron a los obreros muertos y heridos en un camión y prosiguieron la marcha. A unos 400 metros, enfilando ya los árboles de la falda del monte, volvieron a ser tiroteados desde un cerrillo. Hubo nuevos heridos. Manín, que había tomado el mando, dio instrucciones a voces de no exponerse, intentando ver una solución rápida a la situación. Oyó el tableteo de la ametralladora capturada en la anterior confrontación. La manejaban Pedrín y otros. Vio desmocharse la parte superior del escondite como si una pala gigante la hubiera golpeado. Dos hombres se adelantaron y arrojaron cartuchos. Uno de los obreros cayó antes de que la dinamita explosionara en la cima abriendo géiseres de tierra. Un numeroso grupo de mineros escalaba ya el altozano, gritando y disparando. Echó tras ellos viendo cómo coronaban la cumbre. Disparos, gritos, más disparos esporádicos. Luego el silencio. Llegó al lugar y vio cuerpos desperdigados.

—Falangistas —dijo Pedrín—. Algunos consiguieron huir.

Bajaron con doce nuevos fusiles, ocho pistolas y varias cartucheras, pero con los rostros ceñudos y sin alegría, porque tenían un muerto y varios heridos más.

—Fíjate que armas tiene esta gente. ¿Dónde las conseguirán? Igualitas que las nuestras.

—¿Cómo creían que podrían detener a cinco camiones llenos de hombres?

—Su entusiasmo les hizo creerse superhombres.

—La emboscada pretendía hostigarnos para causarnos el mayor daño posible. Era buen plan.

—No. Intentaban bloquear el convoy, entretenernos el tiempo suficiente para que nos alcanzaran fuerzas militares que seguramente ya habrán salido de Valladolid y Segovia. Su idea era la de impedirnos llegar a la capital.

—Y aniquilarnos. —Se miraron unos a otros.

Una vez todos agrupados, reanudaron la marcha. Llevaban tres muertos y doce heridos, algunos de gravedad. El camión de Manín abría la marcha, porque el de Avelino se había quedado sin parabrisas y el motor renqueaba. Las altas montañas de la cordillera se les echaron encima, aplastándoles por su magnitud. Subieron atentos la sinuosa carretera flanqueada de vegetación. Por entre los árboles, se perfilaba algo de luz desde el oeste, pero la noche había caído por lo que llevaban los faros encendidos. Al fin, alcanzaron la cima del puerto de Navacerrada. No había movimiento de tropas ni de grupos armados. Sin detenerse, bajaron las interminables curvas, algunas cerradas y peligrosas, hasta llegar a Becerril de la Sierra y allí pusieron rumbo a Colmenar Viejo. Vieron entonces unos camiones subir con gente cantando y desplegando banderas republicanas. Ambas columnas se detuvieron y también pararon las canciones. Se oyeron ruidos de cerrojos de fusiles en el grupo de Madrid. Con los faros encendidos, alguien gritó:

—¡Alto! ¿Quiénes sois?

—Mineros de Asturias, obreros del metal, sindicalistas. Venimos a ayudar a la República —dijo Pedrín saliendo a la luz.

Hubo vivas a Asturias y gritos de «¡UHP!» coreados con entusiasmo.

—Somos de las milicias socialistas. Vamos a cubrir la sierra.

—Daos prisa, si queréis dominar el puerto —dijo Avelino—. En La Granja hemos sufrido una emboscada. Seguro que estarán viniendo ya los de Segovia.

—Venid con nosotros. Si venís a luchar, éste es el mejor momento.

—No, hombre. Llevamos muertos y varios heridos. Necesitamos ayuda médica. Luego hemos de presentarnos a las federaciones locales de nuestros sindicatos.

—En Colmenar os atenderán. Está a unos ocho kilómetros.

—¿Cómo va todo por ahí abajo? —inquirió Manín.

—Hay movimientos en los cuarteles. El gobierno ha cambiado. Los gerifaltes están acojonados. El pueblo pide movilización general y armas, pero los militares las retienen.

—Por lo que vemos, vosotros no habéis tenido ese problema, vais bien armados.

—Conseguimos las armas esta misma tarde en el Ministerio de la Guerra. No todos pudieron decir lo mismo. No se sabe bien quiénes serán los militares fieles o los traidores, y siempre hay dudas sobre la Guardia Civil. Éste es un gobierno cagón. Desconfiad. Id a vuestras organizaciones si queréis estar seguros.

Se despidieron con el puño en alto y al grito de «¡UHP!». En Colmenar Viejo pararon en el Ayuntamiento. Allí se hicieron cargo de los muertos e hicieron una cura de urgencia a los heridos. Los de mayor gravedad hubieron de quedarse. Pedrín tomó las documentaciones de los cadáveres. Miró a Manín:

—Alguien deberá escribir a sus familiares.

Era noche cerrada cuando entraron en Fuencarral, pequeño pueblo al que los ediles republicanos proyectaban unir con la lejana Madrid a través de una amplia avenida que empalmase con el paseo de la Castellana. Desde allí, la negrura de la noche volvió a engullirles. Campos ilimitados, huertas frondosas que los faros del convoy extraían de la oscuridad. En la estrecha carretera apenas circulaban coches. Tiempo después, el camión que iba en cabeza se detuvo. Habían llegado a un gran espacio abierto, con chozas esparcidas en límites aparentes. En el centro, un montículo donde atisbaron tubos y diversos materiales de construcción. Manín y Pedrín se bajaron y vieron acercarse a Jorge, uno de los cabezas de la expedición, que conocía muy bien Madrid porque había estado de enlace entre las organizaciones centrales y las de Asturias.

—¿Qué ocurre, Jorge?

—Sólo quiero que convengamos el camino a seguir.

—¿No estamos en Madrid?

—Realmente no. Esta zona se llama Chamartín de la Rosa. El lugar donde nos encontramos está destinado para una extensa plaza que se llamará de las Castillas o algo así.

—¿Una plaza aquí, en medio del campo?

—Sí, no se entiende. Tan lejos de Madrid, donde nunca habrá casas.

—¿Eso de ahí no es Madrid? —dijo Manín señalando a la derecha unas casuchas pueblerinas punteadas de agónicas luces por donde desaparecía la estrecha pista adoquinada que ellos habían seguido.

—No. Eso es Tetuán de las Victorias. La carretera de Francia, que es por la que hemos venido desde Fuencarral, cruza ese pueblo y llega a la plaza de Cuatro Caminos, que ya es Madrid. Se sigue a la glorieta de Bilbao, luego por la calle de Fuencarral y, cruzando la Gran Vía, a la Puerta del Sol. Es el camino normal para ir a Francia y viceversa.

—Sigamos ese camino entonces. ¿Dónde está tu duda?

—En que habrá mucha circulación, semáforos, gente manifestándose, barullo, calles estrechas. Tardaríamos en llegar.

—¿Qué otro camino hay?

—El que nos llevaría a la prolongación de la Castellana. Ése de ahí. —Señaló hacia las sombras.

—Pero eso es campo.

—Son terrenos privados de marqueses, huertas y zonas de esparcimiento de ricachones. Pero son unos tres kilómetros. A partir de ahí hay una avenida que conecta con la Castellana. Llegaríamos en un momento. Sólo hay que rodar por uno de los dos caminos que confluyen donde ahora construyen los Nuevos Ministerios.

—Vamos por la Castellana.

Subieron, bordearon el montículo y se metieron por un camino de tierra y yerba con huellas de carros de caballos. A la izquierda dejaron una pequeña edificación de dos plantas con la entrada iluminada y un cartel que pomposamente indicaba Hotel del Negro. A pesar de la intensa oscuridad, apreciaron algunas quintas y hotelitos. Alcanzaron, finalmente, la recta del nuevo trazado en cuyo lado derecho se mostraba la gran zona de obras donde se estaban levantando los enormes edificios para los Nuevos Ministerios, a instancias de Indalecio Prieto, ministro de Obras Públicas, sobre los terrenos del antiguo hipódromo. La estatua ecuestre de Isabel la Católica, en el centro de la calle, y la Escuela de Sordomudos asentada a la derecha del paseo, constataban que habían llegado a la capital. Desde la plaza de Castelar, la Castellana, con sus nobles palacios ajardinados del siglo anterior, presentaba un aspecto diferente, con automóviles cruzando a gran velocidad haciendo sonar las bocinas. En Cibeles, doblaron por delante del Ministerio de la Guerra. La multitud llenaba la calle. Al ver las banderas, los fusiles y las matrículas, algunos gritaron:

—¡Mirad, los mineros asturianos! ¡Bravo! ¡UHP!

La calle de Alcalá estaba llena de gente que gritaba consignas. Los tranvías, coches y camiones portaban banderas de UGT, CNT, FAI, aunque las más ondeadas eran las de UHP. Era domingo y, a pesar de la hora tardía, todo el mundo había abandonado sus hogares y esperaba en la calle acontecimientos. El griterío era formidable. Con lentitud, los cinco camiones llegaron a la Puerta del Sol. Vieron el Ministerio de Gobernación bloqueado por guardias de asalto. No se detuvieron, atentos a las recomendaciones. Siguieron por la calle Mayor. Al girar hacia la calle de Bailén, la inconclusa y oscura Catedral atrajo la atención de Manín y Pedrín. Se miraron.

—¿Recuerdas a Antón? Pasamos por ahí abajo camino de África. —Movió la cabeza—. El bueno de Antón. Dijo que no moriría en esa guerra.

—De eso hace mil años —apuntó Pedrín.

—Sí, pero él estará siempre con nosotros, en nuestra memoria. Como Sabino. Como todos aquellos desgraciados que conocimos y que murieron sin saber por qué.

—Quizás ahora nos llegue el turno. ¿Lo has pensado? —Pedrín colocó sus ojos soñadores en los fieros de su amigo—. Llevamos mucho tiempo jugando con la muerte.

—No es mi turno todavía. Tengo algo que hacer antes.

Sus miradas intentaron ocultar lo que sus labios nunca dijeron. Pero cada uno sintió lo que cantaba en el corazón del otro.

—Le diremos a la parca que se dé un garbeo por otro lado. También yo tengo una promesa que cumplir.

La calle sin luces estaba bloqueada con barreras y un anticuado vehículo blindado. Guardias de asalto les dieron el alto, los fusiles prestos. Desde un pelotón situado detrás, se acercó un oficial.

—Identificaos.

—Mineros de Asturias. Venimos a ayudar —dijo Manín.

—Esperad aquí —dijo el oficial. Le vieron caminar hacia atrás y en la penumbra divisaron los cuatro camiones que siguieron el camino del puerto del León. Le vieron hablar con uno de los hombres. Ambos se acercaron y, ya próximos, Manín vio que era Montesinos. Bajaron del camión y se abrazaron mientras el oficial hacía subir la barrera para que pasaran los camiones y se estacionaran junto a los otros, en la plaza de Oriente, frente al palacio presidencial. Los mineros bajaron y cambiaron impresiones, con muestras de alegría.

—Veo que tuvisteis problemas.

—Estos heridos deben ser atendidos —dijo Manín al oficial, quien pidió a un agente que llamara a unas ambulancias.

—Lamento lo de los muertos —dijo Montesinos—. Ya vemos que no es una broma lo del levantamiento. Nosotros no tuvimos ni un percance. Llevamos bastante tiempo esperándoos. Hemos tenido la misma idea de venir donde el presidente.

—¿Qué haremos ahora?

—Hemos hablado con los secretarios de la federación local nuestros y con los de UGT. Nos han dicho que esperemos aquí, que no entreguemos a nadie los camiones.

Tantos hombres armados y motorizados frente al palacio no era situación corriente. Pedrín le hizo la observación a Montesinos.

—Sí, un oficial dijo que nos largáramos, pero vino otro y nos comunicó que el Presidente Azaña nos agradece mucho que hayamos venido y nos pide que permanezcamos aquí. Parece que dijo que nuestra presencia ha sido una de las pocas buenas noticias recibidas hoy.

Las ambulancias llegaron y se llevaron a los heridos. Avelino abrazó con fuerza a Manín.

—Volveremos a vernos —dijo.

—Claro que sí. ¡Salud!

—¡Salud y libertad!

Manín, con Pedrín, Montesinos y César a su lado, miró a los guardias de asalto con sus gorras de plato, correaje con cartucheras, bien armados y perfectamente uniformados. Los admiró por su aplomo. Sabía que era gente leal y que la mayoría era fiable y profesional, que procedían del tercio y del ejército. Formaban una fuerza militar disuasoria y con ellos la revolución no triunfaría. Otra cosa era la Guardia Civil. Nunca estuvieron con el pueblo. Nadie olvidaba la inhumana represión de esa fuerza contra los mineros de Asturias en octubre del 34, ni tampoco la brutalidad que mostraron en Casas Viejas.

—¿Qué pasa allá? ¿Qué es todo ese barullo? —preguntó Pedrín, mirando por encima de la otra barrera protegida por guardias de asalto y otra tanqueta, hacia la plaza de España, donde se veían multitudes y se oían disparos espaciados por encima del griterío.

—Los facciosos se han atrincherado en el cuartel de la Montaña. La gente les ha rodeado y nadie sabe qué va a pasar —dijo Montesinos.

—¿Sólo hay paisanos?

—No, están la Guardia Civil y los de Asalto.

Manín y sus amigos se miraron. Entre él y Pedrín saltó una chispa de comprensión. Se dirigieron a un mando.

—Ved si podéis agenciarnos algo de comer. Después iremos a echar una mano a lo del cuartel ese.

22, 23 y 24 de marzo de 1998

Ezeiza me recibió con las mismas viejas instalaciones de mi visita anterior. Habían hecho evidentes mejoras en puntos concretos, pero en lo básico poco había cambiado. Una superciudad como Buenos Aires reclama con urgencia un aeropuerto más moderno que los bostezantes volúmenes y pistas de este antiguo aeródromo militar. Pero los gobernantes vienen diciendo que hay cosas más importantes que arreglar. Y quizá tengan razón.

Era verano en ese lado del mundo. Carlos me esperaba y en su Volkswagen Escarabajo nos dirigimos a la ciudad, treinta kilómetros hacia el río de la Plata. La inmensa urbe austral siempre me produce emoción. No pueden existir dudas de que es una de las más bellas del mundo. Había estado con Paquita en 1980, intentando salvar un ideal que se desvanecía. Fuimos a Iguazú y ella no entendió la visita a esa obra colosal de la naturaleza y el mensaje que transmite. No opuso resistencia cuando nos apuntamos a un viaje en bote neumático a la garganta del Diablo, porque ignoraba lo que nos íbamos a encontrar. Y encontramos la sensación indescriptible que produce el sumergirse en un mundo diferente de niebla y ruido. Una bruma sólida con lluvia interminable apenas deja ver el desplome de las cataratas desde los casi cien metros de altura, mientras el estruendo estremecedor del batallar de las aguas crea una impotente soledad en el silencio del ruido. Era como estar en el vórtice de un tornado. No había ningún riesgo en la visita, pero ella empezó a hacer gestos desesperados, que obligó al guía a volver rápidamente, lo que arruinó la excursión al resto de los turistas y a nuestros amigos argentinos. Paquita no quería esas sensaciones ni el mundo natural. Su escenario inacabable eran las tiendas de Lavalle y Florida, y su sueño, al que me opuse, obtener un abrigo de piel de vicuña. Me negué porque es un animal protegido, aunque lo venden en tiendas secretas. Lo de Iguazú no fue un buen comienzo y marcó el ritmo de la estancia, aunque Carlos y Eva procuraran con su entusiasta dedicación que el resultado fuera más allá de lo armonioso. Nos alojábamos en el Sheraton, en la verde y enorme plaza de San Martín, donde conviven gigantescos árboles y bellas esculturas, entre las que sobresale el apabullante conjunto dedicado al victorioso general, y donde veíamos a diario la Torre de los Ingleses. Para evitar el naufragio de las vacaciones, concedí la compra de un chaquetón de piel de guanaco, un animal indomable al que intentan proteger también ahora, en una tienda de Reconquista 77.

Todos estos recuerdos vinieron a mí en tromba cuando llegamos a la ciudad y nos metimos en el atasco. La avenida 9 de Julio, si no es la más ancha del mundo, que es lo que aseguran los bonaerenses, merece serlo. La parte situada entre la avenida de Mayo, recta que une la plaza de Mayo con la plaza del Congreso, y la avenida de Córdoba, impresiona de verdad. En la misma línea de presunción, los capitalinos, que son argentinos diferentes a los demás, sostienen que su avenida Ribadavia es la vía urbana más larga del mundo. Brindo por ello. Y de la anonadante plaza del Congreso, kilómetro cero de las rutas del país, con su Capitolio de airosa cúpula y sus armónicos edificios y esculturas, me quedo con los dos cóndores de bronce del grupo escultórico central, porque son piezas únicas de significación autóctona, aunque a Carlos le gusta más la fuerza que transmite el bronce de *El Pensador*, de Rodín.

Buenos Aires presentaba sus fachadas espectaculares aunque había muchas que necesitaban una urgente restauración. El parque de automóviles se veía algo envejecido, pero esos cuerpos armoniosos, esas mujeres de impresión y esos rostros de sonrisas deslumbrantes siguen, como siempre, en la vanguardia de los países. Multitudes arrogantes y dinámicas llenan sus interminables calles para establecer la sensación de que Buenos Aires es el centro del mundo.

Carlos Rosales es uno de esos viejos amigos que conservamos más tiempo en los recuerdos que en las vivencias, de esos que se ven después de un puñado de años con el gozo sano desparramándose en el reencuentro. Nos conocimos en la academia de Ávila. Una representación de la academia de policía bonaerense visitó el centro español de formación. Nos hicimos amigos enseguida y, junto con Eduardo, no nos separamos en la semana que duró su estancia. Él estaba soltero entonces y no desentonaba cuando en las noches de Madrid diluíamos las horas las dos parejas y él como árbitro, en ocasiones acompañado por alguna amiga. Cuando decía que Madrid carecía de estatura para competir con su ciudad, nos sonaba a la típica fanfarria argentina. Más tarde comprendí cuanta verdad había al loar su lejana metrópolis.

Carlos es un porteño característico. Tiene el pelo denso y de un negro azulado, peinado hacia atrás con raya en medio, al mejor estilo Gardel. Es alto, atlético y de manos grandes. Su mujer, Eva, inquietante belleza e innata desinhibición en el trato para suplicio de cualquier hombre sano. Es licenciada en Arte y quizá por eso regenta con éxito una doble tienda de artesanía y antigüedades en el barrio de la Recoleta, cerca de su vivienda. Cuando estuve con Paquita, íbamos los cuatro a cenar a diario, y a diario a las tanguerías, sin faltar a la cita de El Viejo Almacén, El Gallito o La Argentina, marcándonos los viejos tangos en noches inolvidables. Nos daban las tantas en el Café Tortoni escuchando tangos y jazz, y luego íbamos a sesiones de trasnoche a los cines, después a las librerías de Corrientes en las horas murciélagas, para acabar en los abiertos restaurantes de Costanera casi a la amanecida. Días atrás le había llamado.

—¡Corazón, no jodás! ¿Sos vos, realmente?

—Jodido argentino. Sigues vivo.

—Y..., ¿cómo decís allá? De puta la madre. Ya sabés quién soy. No hay cóndor que me amilane.

—Ni milano que te condore.

—¡Ja, ja...! —Rió—. Siempre el mismo legislador.

—Iré muy pronto a verte. Cuando me consigas unos datos.

—¿En serio, vendrás? ¡Bárbaro, ché! Pero esperá, esperá. Contame. ¿Cómo te va a vos? ¿Tenés mina?

—No exactamente.

—¿Tenés o no?

—No.

—¿Todavía recordás a Paquita?

—Aparece en los viejos sueños.

—¿Carlos?

—Como tú de alto, pero más guapo.

—Tigre, vos sabés lo que guapo significa acá.

—¿Quién tiene la culpa de que hayáis cambiado el lenguaje? A propósito, ¿por qué no te dejas de mamonadas y me hablas como es debido?

—¿Decís? Te parlo a vos el porteño porque soy criollo argentino. ¿Cómo querés que te cante?

—En castellano normal.

—Pero me entendés, ¿verdad?

—Qué remedio.

—Te será útil cuando vengás acá. Ahora decíme que necesitás.

—¿Eva?

—Macanuda. Te recordá a vos a veces. Aquellos tangos que trenzaron... Siempre dijo que tangueas más bonito que yo.

—Han pasado los años.

—¿Pues qué, amigo? Mejor tenerlos gozados que haber perdido la huella.

—Años 42-43. Matrimonio español. Él, perseguido por los franquistas. Periodista, escritor. Leandro Guillén de Pablo. A ella, Gracia Muñoz Rico, puedes rastrearla también en Montevideo.

—¿Vos sabés lo que pedís? Joder, cincuenta años. Habrán caducado.

—Los encontrarás. ¿No eres policía?

Rió a miles de kilómetros.

—No creás. Antes, cuando caminaba las calles, sí era policía. Todo el futuro era mío. Ahora sólo soy un comisario más.

—¿Comisario ya? Buena marcha. Te felicito.

—¿Por qué? ¿Sabés qué es un comisario? Un burócrata coleccionista de reportes que hacen otros. Chau.

Pero una semana después sonó su voz.

—Vos tenés razón. Laburé y encontré la pista. Él murió. Ella está viejita. Tené nietos grandes y biznietos en torrentera.

—Sigue.

—Él llegó en el 42. Se instaló en la estancia de un amigo asturiano. La hacienda creció con éxito, bien administrada. Mientras otras vinieron a quebrar ésta cabalga bien. Familia respetada, negocios inmobiliarios y otros. ¿Querés más datos?

—Cuando llegue. Pide visita turística para mí. Arrímame a algún grupo. Dame fechas para ya.

—Mirá. Iremos Eva y yo con vos. Quizás algún muchacho. Luciremos como una familia, ¿oíste?

—No quiero mezclaros. Iré yo solo. Es un trabajo y quien sabe si surgirán dificultades. Al término, pasaremos unos días juntos.

—¿Decís? Tenemos asuntos pendientes. Y, ¿sabés? Nunca hemos visitado esos fuertes. Nos vendrá macanudo. Vale, vos dispensás la guita.

Y ahora estaba allí. Me llevó a su luminosa casa. La alegría de Eva al verme no fue inferior a la mía. Se pegó a mí, clavándome sus pechos y su vientre e impregnando mis sentidos con su carnalidad amistosa. La casa podía costar en Madrid por encima de los cien kilos. ¿Qué se puede contar de la decoración hecha por una licenciada en Arte? Desde la abierta balconada de su salón se veían, abajo, las terrazas llenas de gente guapa conversando y riendo. A un lado, el museo al aire libre en que se ha convertido el cementerio de la Recoleta, con sus mausoleos y estatuas de los más linajudos personajes de la historia argentina. Sobre él, al fondo, la torre con cúpula de la basílica de Nuestra Señora del Pilar. Me presentaron a sus hijos, Carlos y Enrique, de catorce y trece años. Eran unos monigotes cuando mi anterior visita. Me llevaron a comer a La Estancia, un restaurante de lujo lleno hasta los topes, donde habían hecho reserva.

—¿Tomás tinto? Brindemos con uno de Mendoza. ¿Conocés? Tan bueno como los de allá.

Cuando el oscuro caldo fue escanciado, levantamos nuestras copas.

—¡Salud y pesetas! —dijeron, y yo repetí la vieja fórmula acuñada en toda la América hispana durante la colonia y aún vigente en muchos lugares.

—Vivís en lugar pijo.

—¿*Concheto*, decís? No. Sólo muy *copado*.

—Esa jerigonza que insistes en emplear... Eva no habla así.

—Muy propio. —Rió ella—. Tiene a gala *lunfardear*.

—¡Ah, no, mi linda! Vos sabés que esto no es lunfardo auténtico, sólo algunos gremialistas lo practican. A ellos no se les entiende, pero ustedes me descifran bien, ¿verdad, flacos?

—¿Realmente sois tan ricos los argentinos como aparentáis?

—¿Hablás con joda? —Carlos entrecerró los ojos.

—No, ¿por qué?

—El país se va al carajo. ¿No estás al tanto? La desocupación es alarmante. Tenemos más de seis millones de gentes en la linde de la pobreza, muchos de ellos de estrato medio. La tasa de inflación es del seiscientos por ciento. Y vamos a peor.

—Leo los periódicos, pero es difícil conciliar lo que ven mis ojos con lo que se cuenta fuera y con lo que dices.

—Los medios extranjeros exageran —dijo Eva—. Ya sabes. Cuanto peor es la noticia mejor se vende el cuento. No estamos cargados de hambre ni de miseria, ni en el caos económico que vocean, aunque la situación, si no hay cirugía, puede dar razón a los agoreros.

—Vos sabés que siempre, en cualquier lugar, ocurran los mayores desastres, a una parte de la sociedad nunca le afecta. Aquí vos estás viendo a la sociedad porteña que siempre está en la rueda.

—Me alegro de que estéis en el lado seguro.

—Tocá madera. Nada es para siempre. Aguantamos porque soy funcionario y porque Eva hace milagros, pero puede que, a pesar de todo, tengamos quebrado el futuro.

Ambos miramos a la mujer.

—Las antigüedades —dijo— no son ahora el remedio. Durante los buenos años, las clases medias emergentes viajaron y gastaron fortunas. Muebles y toda clase de objetos artísticos vinieron de Francia, Italia, Inglaterra. Yo nunca caí en ese error. Nunca compré fuera. Ahora, ya hecha la cagada, ese estrato medio malvende lo atesorado. Tengo la bodega llena de arte, comprado en ganga, esperando que vengan los buenos mangos. Mientras, estoy en la fotografía. Hago trabajos para artistas, diseñadores, agencias de publicidad... Son trabajos bien pagados. Siempre hay dinero para publicidad, único medio de conseguir que te miren.

—¿Qué falla en este país?

—El argentino, el criollo. Siempre hemos vivido de la Pampa: carne, cuero y grano. Todos, de una u otra forma. Nunca nos hemos esforzado en otros rumbos creativos. La improductividad permanente y la deuda externa, consecuencia de esa improductividad, nos aplastan. Yo soy un ejemplo de esa molicie. Recibimos el correctivo que merecemos.

—Vamos, comisario... —inicié.

—No, flaco. Cuando parlo con alguien de los tiempos de esperanza, como vos, tengo que sacar la realidad a la luz. ¿Qué soy? Un escalón entre la mierda de arriba y la mierda de abajo. ¿Cuál es mi contribución al desarrollo de mi país? Dame pan y llamame boludo.

—¿Qué pasa con los gobiernos?

—Acá se probó de todo. La corrupción congénita ha gangrenado cualquier régimen. Yo creo que el primer peronismo ha sido lo mejor que le ocurrió a este país. Después de él todos los baquianos fracasaron. El Menem del primer mandato empezó bien. ¡Ah, qué esperanzas trajo! Hizo la mayor transformación estructural desde Perón: Plan de Estabilización, paridad dólar-peso, rebaja de la inflación, crecimiento de la economía sobre el siete por ciento anual... Fue un espejismo. Se enajenaron de forma vil las mejores empresas públicas. La huida de capitales y el enriquecimiento ilícito continuó. Con las medidas de libre mercado, el comercio y la industria no resisten la competencia foránea. —Movió la cabeza y trasegó su vino—. Este quilombo no hay quien lo arregle.

Eva añadió:

—Durante años las otras generaciones estuvieron dislocadas por diversos conflictos. Ahora sólo hay una alarma para todos: sobrevivir donde sea. ¿Puedes creer que miles de jóvenes abandonen los campos para bloquear los consulados de Europa, Australia, Canadá porque dicen que acá no hay nada que hacer? ¡Nada que hacer en el inmenso vacío añorante de esfuerzos, en la desmesura intocada...!

—Pero nos hemos ido de mambo y te parlamos como políticos —añadió Carlos, mientras su boca recuperaba su espléndida sonrisa—. Te extrañás que, a pesar de lo contado, mucha gente siga el ritmo. ¿Sabés? Hay muchos que guardan su vida como si fuera un mueble. El mueble puede durar siglos, pero ¿cuánto dura una vida? —Movió la cabeza—. ¡Ah, la vida! Cuán corto es el camino. Cuando nacemos, llevamos la muerte adherida. Por eso es menester apresurar el disfrute. Ustedes en Europa están ensimismados, siempre pensando en lo que harán al jubilarse y las pensiones que conseguirán. Acá la gente le da al cuerpo. Vivimos para vivir. Eva y yo no nos aburrimos, aunque no siempre estamos de tragos por estos focos.

Hablamos de muchas cosas. Luego me dejaron en el

Hyat, donde había reservado plaza. Aproveché para tomar notas y llamar a Sara. Hice una salida para pasear un poco y notar el pulso de la gente. Me recogieron al anochecer y entramos en Gato Dumas.

—Pago yo —dije—. Esto es un derroche.

—¿Decís vos, con pieza en Hyat? —dijo ella, sensualizando su boca.

—No os confundáis. Son gastos de la investigación.

—Pues bien, amigo. Ya vos pagás la visita a la estancia. No nos rompas más la bola con esa bronca —finalizó Carlos.

Y en el ambiente europeo del restaurante, tras los postres, expliqué a mis amigos el caso que me había llevado hasta allí.

—Por lo que contás esta vieja no puede ser la asesina. ¿Para qué la buscás?

—En realidad busco a Rosa, la amiga de la que os he hablado. Tengo la convicción de que vino a Argentina. Si fuera así, Gracia tiene que saber dónde está.

—¿Esa amiga es la asesina? —intervino Eva, echándome una mirada que me desconcertó.

—No lo creo, pero puede proporcionarme pistas.

—Es encargo raro. ¿Quién se benefició de las muertes? —dijo Carlos.

—Nadie, aparentemente.

—Siempre hay un motivo, vos sabés. Y no creés que fueran los maquis.

—No veo a los guerrilleros enterrando cuerpos en una pequeña iglesia. Simplemente los hubieran dejado donde cayeron.

—¿Quién heredó?

—Por un lado, el que me contrató. Por el otro, su hermano, ya muerto. Mi cliente es tan descartable como los guerrilleros. La otra familia... no sé.

—Tienes buen olfato, detective —apuntó Eva—. Tu Rosa estuvo aquí.

Ambos hombres la miramos con atención. Ella sacó unos papeles, hizo sitio y los puso encima de la mesa. Luego volvió a mirarme. Hembra increíble. Cualquiera que no la conociera podría creer que era una mirada para ligar por cómo maneja los párpados, pero yo sabía que es su forma de enfrentar la vida.

—Tengo noticias para vos, querido amigo. Desde tu llamada sentí deseos de conocer algo tan argentino como las estancias, que nunca me había preocupado para mi vergüenza. He leído mucho. Mañana, durante el viaje, te informaré sobre ellas. —Se volvió a Carlos—. Y también a vos, mi amante comisario.

Él levantó su copa y nosotros hicimos lo mismo.

—Pero ahora debo decir algo. El diario *La Nación*, en un suplemento de julio del año pasado, y recogiendo la idea de proponer a la Unesco el Camino de las Estancias para la concesión de lugar Patrimonio de la Humanidad, publicó un amplio trabajo en el que, además de historiar y describir al respecto, menciona una entrevista que el periodista tuvo con una estanciera. Eligieron ésa, según citan —miró y leyó el texto—: «Por ser una estancia modelo que ofrece a los visitantes un ejemplo de lo que hombres y mujeres tenaces crearon de la nada y que constituye la esencia de nuestra herencia argentina».

Alzó la vista y me clavó su mirada amorosa.

—¿Sabes, amigo, quién era la dama y cuál era la estancia?

Moví la cabeza afirmativamente.

—Sí, Corazón, tu dama, precisamente. La que intentarás ver mañana. ¿No es casualidad?

—Oíme —dijo Carlos—. ¿Tenés un pacto con Pachamana?

Le miré. Eva terció.

—Es la diosa de la tierra, pero escucha: La señora Guillén, al final de la entrevista, dice: «Hoy veo el tiempo acabándose para mí. Tengo a mis hijos (se refiere a su hijo y a su nuera), nietos y esa multitud de bisnietos que todo lo encuentran hecho. Confío en que sus padres puedan meter en sus duras molleras el respeto y el amor por las estancias y por este modo de vida, lo más cercano a la naturaleza que se puede alcanzar en zonas civilizadas. He tenido una vida feliz desde hace muchos años. Sin embargo, mis recuerdos me hacen llorar con harta frecuencia. Los recuerdos de la Guerra Civil en España y de las gentes que conocí en aquellos años de esperanza y desdicha. Pero, por encima de todo, extraño mucho a mi hombre y a mi mejor amiga, Rosa. Ellos no están conmigo y por eso mi cuerpo tiene una zona seca, sin riego, que no puedo controlar y que abate mi espíritu.» La viejita hace una pausa (dice el periodista) y sus evocaciones parecen cabalgar por la sala. Luego continua: «Me acuerdo de la entrevista anterior que su periódico nos hizo en el 60 ¡Qué diferencia! Ahí estaban mi hombre y Rosa, con muchos años por delante todavía.»

Eva dejó el papel. Volvió a mirarme y luego buscó entre otros papeles. Dejó uno de ellos encima, cuadró sus codos y me adornó con sus ojos incesantes.

—Quedé intrigada por partida doble; por lo que esa mujer decía y porque era precisamente a quien deseas ver. Así que fui a la hemeroteca y allí estaba la entrevista, realizada el 10 de octubre de 1960, donde hablaba sobre todo de la separación de los dos socios-propietarios: Marcelino Riestra y Leandro Guillén. El asturiano se trasladaba a otra estancia ubicada también en San Antonio, recién adquirida, de unas cuatro mil hectáreas y se llevaba parte del vacuno y todos los caballos, los porcinos y los camélidos. Fue una separación altamente amistosa, porque ambas familias se profesaban un gran cariño. La enjundia y buena fama de estas dos familias, que habían trabajado como si fueran una durante años, además de que en sus nuevos proyectos siguieran apostando por las estancias cuando otras familias las abandonaban, despertó el interés de la prensa y ello fue el origen del reportaje y de la entrevista. En la operación, se barajaron muchos millones de pesos en un alarde de poder económico, que decía mucho de la buena administración que lo sustentaba, y evidenciaba la gran confianza que esas gentes tenían para el futuro. El señor Riestra seguiría con la cría múltiple de ganado, mientras que el señor Guillén aumentaría la zona dedicada al turismo y, en producción, sólo se dedicaría al vacuno. Pero es un pasaje de la entrevista que quiero leerles.

Hizo una pausa, mojó sus labios en el agua de una copa y siguió:

—El periodista, en este pasaje, dice: «Allí estaban ambos socios, tan iguales en su pasión por el trabajo y tan distintos en sus físicos. Marcelino es alto y vigoroso, a pesar de sus cumplidos sesenta. Sus manos son grandes y firmes, y muestran la dureza y cicatrices de un prolongado esfuerzo manual. Es alegre, campechano, simple en el vestir. Su mujer es de alta talla, con la elegancia de nuestras mujeres argentinas, aunque sus poses son naturales. Ha debido ser mujer de esplendor en su mocedad. Al lado de ellos, Leandro, bajito, pausado, delgado, con un pelo rubio escaso y unos ojos de añil desteñido interviniendo tras unas gafas de grandes monturas de carey. Viste un terno azul y una corbata del mismo color. Es hombre apuesto, pero no acicalado. Confiesa no haber llegado aún a los sesenta. Completa el cuadro una rubia de baja estatura, muy delgada, de ojos azules pequeños y sonrisa permanente. Dice con orgullo que no es la esposa de Leandro, sino su compañera. Estábamos en una biblioteca con las paredes llenas de libros. Pasamos a sentarnos y hablábamos de generalidades, mientras traían unos refrigerios. Leandro contestaba a mi pregunta sobre economía. Estaba diciendo que la fortaleza financiera que demostraban era consecuencia de un trabajo duro y de haber confiado en profesionales capaces y honrados, cuando la puerta se abrió y entró una dama que estaría sobre los cuarenta y tantos, con una belleza asentada que escapaba a toda ponderación. Todos se levantaron menos yo, que quedé sin resuello. Ellos notaron mi mudez y la respetaron, pero sus ojos me recordaron los modales perdidos. Me levanté. La mujer era alta y bien formada, pelo blanco increíble cayendo en ondas sobre su rostro. No había colisión entre el blancor del cabello y la textura facial. El conjunto era la evocación de la armonía, como un cuadro jamás pintado. Su gesto al mirarme no era ni amistoso ni lo contrario. Yo, que orgulloso estoy de nuestras mujeres argentinas y las pondero las más bellas del mundo, he de confesarles que esta maravilla sobrepasaba mis niveles de comparación.

»—Pasa, Rosa —dijo la señora Guillén—, te presento al señor Pagliery. Es periodista del diario *La Nación*.

»Ella contempló mi pesadumbre. Me había quedado lelo.

»—Encantada —dijo, con la voz que cabía esperarse de esa aparición. Luego miró a los demás y dijo—: Os dejo. Estáis bien sin mí. Nos vemos luego. —Y se fue, dejándome con el cuerpo desarmado y la mente confundida. ¿Dónde estaba? ¿Quién era esa mujer? Miré a los matrimonios. Se habían sentado y sonreían. Yo estaba matado. Balbuceando tomé posición en el sillón. Adivinando mi azoramiento, Leandro dijo:

»—Esa mujer es el alma de esta casa. Uno de los milagros que se producen, incluso para nosotros, los ateos.»

Eva dejó de leer y me miró. Las voces de los comensales llegaban matizadas hasta nosotros. Dijo:

—Aquí tienes las dos entrevistas, para que las leas en su totalidad. Debo concluir, sin embargo, con lo que dice el periodista al final: «Me voy con el ánimo gozoso por haber conocido a estas dos extraordinarias familias, su historia y la historia de este Edén, ejemplarizante, vivo. Reconozco que he sido tocado por el alma de estas gentes y de estos lugares, infelizmente desconocidos por muchos argentinos. Para ellos, mi agradecimiento y afecto. Pero, por encima de todo, confieso que mi ánimo claudica cuando recuerdo la imagen de Rosa, la mujer que apareció como un hada y que no he vuelto a ver. Sé que siempre vagará por los senderos de mi memoria y de mi estupor.»

Eva me dio los papeles. Habíamos quedado en un silencio saturado de emociones. Algo desconocido nos envolvía. Con esfuerzo, rompí la tensión.

—Eres una mujer imprescindible —dije—. Gracias. No sé si este grandullón te merece.

Ella sonrió escasamente, pero él permaneció serio, concentrado.

—Parece que aquí también tu Rosa rompía los corazones. ¿Tan singular era?

Saqué la foto y se la mostré. La miraron largamente. Carlos habló:

—¿Vos escuchaste lo que ella dijo?: «Ellos no están conmigo.» No dijo que habían cascado.

—Él murió. Lo comprobaste —dijo Eva.

—Pero no lo de Rosa. Puede que ella viva.

—Ella está viva —dije.

Ambos me miraron con atención.

—¿Cómo lo sabes?

—Lo sé.

No hicimos trasnoche porque a la mañana siguiente pintaba madrugar. A las siete me recogieron en su Escarabajo. Ellos dos solos. Ninguno de sus hijos quiso venir.

—¿Qué querés? Son así la gente pibe. Hijos del asfalto.

—Les hubiera venido muy bien una visita a estos lugares —dijo Eva—. No puedo reprocharles. Hasta tu llamada, tampoco yo tenía conciencia de nuestro pasado y de lo que las estancias han representado. Ahora estoy loca por verlas. Es una pasión nueva, me subyuga.

—¡Eh, eh! Yo soy la única pasión de vos, no lo olvidés —protestó él.

—Calla, ciudadano, producto de la gran ciudad. Vamos a ver cómo te enfrentas con la realidad argentina.

Iniciamos la marcha. Conducía Carlos, que volvió a protestar.

—Son los muchachos quienes le cambian a uno la vida. Tenemos que estar para ellos, ¿sabés? Ellos no van al campo, no bailan tangos. Escuchan rock y pop y beben de los cantautores europeos. No imaginás cuando aquí llegan vuestros Joaquín Sabina y el Serrat. Es la locura.

—Los gustos se globalizan —confirmé—. Si te sirve de consuelo, te diré que en España los jóvenes ya no bailan pasodobles ni boleros.

—¿No bailan boleros? ¡Qué escándalo!

Íbamos cómodos, aunque con mucho tránsito, ya en esa temprana hora.

—Este bochinche insufrible —señaló Carlos—. Esta carretera lleva a Rosario, Santa Fe y Paraná. Más adelante hay un desvío y ya camina sólo a Córdoba. Hablan de hacer autopistas separadas, incluso de peaje, pero es lento. ¿Sabés que la autopista de Buenos Aires al aeropuerto de Ezeiza fue interrumpida muchas veces por falta de guita? ¿Qué decir de la plata necesaria para hacer tantas autopistas principales como demanda el país?

—Les hablaré de las estancias —dijo Eva—, sobre todo a vos, Corazón, porque probablemente no tengas oportunidad de volver pronto, quién sabe. Así que soltaré el rollo, como allá dicen. Disculpen si parezco muy didáctica: La estancia es la definición del país argentino, como en Brasil es la Amazonia. Vacas pastando en interminables praderas con un gaucho a caballo. Es, ha sido, además de estampa, la industria cimera de este país, algo que nos llevó a una prosperidad sin límites y, después, a una depresión sin fin. Algo así como el petróleo en Venezuela. Un único producto creador de riqueza que, al no diversificarlo, hunde al país cuando los tiempos cambian, la competencia produce mejor y más barato, y no hay buena administración.

»Sin vacas no hay estancias. Y en estas tierras, que no se llamaban Argentina, no había vacas. Desde Asunción las trae Hernandarias, yerno de Juan de Garay, el refundador de Buenos Aires. Las trae por tierra, en el último cuarto del siglo XVI, en una epopeya de poblamiento ganadero sin precedentes, arreándolas desde lo que ahora es Paraguay, entonces perteneciente, como todos los territorios situados al sur, al Virreinato de Lima. Por eso es que las primeras estancias surgen en el norte de Argentina: Corrientes, Santa Fe, Entre Ríos.

»Cuando en 1776 se constituye el Virreinato del Río de la Plata, para frenar la amenaza de expansión de Brasil y la penetración comercial inglesa, esta tierra seguía sin llamarse Argentina y estaba formada entonces por Tucumán, Río de la Plata, Paraguay, Uruguay y el Alto Perú, ahora Bolivia. Teniendo como capital Buenos Aires, que ya para entonces era una gran población. Tras la independencia, que termina en 1824 con la derrota de los realistas en Ayacucho, los criollos miran hacia el otro lado de la frontera. Quieren las tierras del indio, imprescindibles para la expansión. La paz conservada durante la colonia se rompe, porque en esas interminables planicies no hay indios desorganizados, sino el Ranquel, tan fieros como los araucanos de Chile. Se inician las campañas de conquista. El ejército construye fortines a medida que avanza hacia el oeste y el sur, protegiendo los asentamientos de los blancos. Fue una lenta e imparable conquista del territorio indio, absolutamente igual a la conquista del Oeste norteamericano, que todos conocemos al detalle por las inacabables películas sobre el *western*. Coincidieron, además, en el tiempo. Pero esa epopeya, hecha por militares y colonos argentinos, no ha sido divulgada, con lo que esa parte de nuestra historia es prácticamente desconocida por el mundo, incluso por muchos argentinos, lo que en cierto modo es bueno, porque así se ignoran las salvajadas que acá cometimos con los verdaderos dueños de estas tierras, los indios autóctonos. ¿Resulto aburrida?

Negué con la cabeza. Eva tiene voz agradable, igual que el resto, además de que me interesaba lo que contaba.

—Con los malones, los indios defendieron tenazmente su forma de vida que, por otra parte, era la misma que deseaban los criollos porque se basaba en la posesión del ganado vacuno salvaje, que ambas partes querían controlar. Era un medio de existencia similar, pero bajo conceptos diferentes. Para el blanco, los miles de vacunos cimarrones suponían una verdadera fortuna en pieles. Para el indio, como el bisonte para las tribus de Norteamérica, el ganado silvestre era su medio de vida. Fue una guerra dura y salvaje, interrumpida por las guerras civiles, hasta que en 1879 se inició la definitiva Conquista del desierto, que duró hasta el 85, en la que no hubo tibiezas ni consideraciones. Sólo podía haber un vencedor y no hubo dudas de quien sería. Se inició en una primera fase llamada Campaña del Desierto, bajo el mando directo del general Roca, ministro de la Guerra. Fue tan eficaz que a su regreso le dieron la presidencia del país. Los indios fueron masacrados sin piedad y exterminados como nación. Los sobrevivientes al genocidio malviven hasta su extinción en poblados incivilizados, para nuestra vergüenza y oprobio.

»Es a partir de ahí cuando tiene lugar el estallido de las estancias, su desarrollo, fundamentalmente al suroeste de Buenos Aires, la Pampa y la Patagonia. Con repartimientos por parte del gobierno, normalmente con el fortín como centro, si bien ya no como símbolo militar sino como núcleo, incluso urbano. Irrumpe entonces el pampero auténtico, el gaucho de la imagen. La ganadería se multiplica. Y con las saladoras primero y con los frigoríficos después, Argentina se sitúa en un primer nivel mundial en la exportación de carne... hasta las vacas flacas.

—Veo que conoces bien la historia de tu país.

—Realmente ignoraba los hechos contados. Tu visita hizo que me pusiera al día. Respecto a la estancia de tus investigados, su estudio resalta un hecho sorprendente: Con la llegada de los Guillén se acometen infraestructuras claramente orientadas al turismo. Pero mejor empiezo por el principio.

—Restá poco por llegar —dijo Carlos.

—Resumiré. En 1860 un criollo emparentado con descendientes de generales de San Martín, compra un enorme predio de más de veinte mil hectáreas, donde comienza la crianza de ganado caballar y vacuno para el ejército. Construyó un Casco y un galpón para los arrieros. Eso fue lo único en que gastó plata, ya que los animales se alimentaban en las pasturas naturales, a cielo abierto. Sus descendientes fueron dos hijos, que no eran hombres de campo sino enamorados de la milicia. En las guerras de conquista contra el Ranquel, uno de ellos murió. Dada la desmesura de la finca, decidieron parcelarla. En 1895 un joven porteño entusiasta, Alberto Mendoza González, adquiere cuatro mil hectáreas y las bautiza El Guaremalito. Tiene poco más de treinta años y está casado con una argentina. Intenta demostrar su valía en el campo y su confianza en las infinitas posibilidades de la desmedida pampa. Está hastiado de la gran ciudad. Amplía la cabaña con camélidos y construye un saladero propio. Les nace una hija, a la postre única. Por iniciativa de la mujer, y siguiendo la tendencia que había entonces hacia lo inglés, aparta cien hectáreas y las dedica a bosque con especies arbóreas que trae de distantes lugares de Argentina. Cada vez necesita más gente. En 1920 aparece un mocetón de veintiún años, procedente de Asturias, de España. Marcelino Riestra Peláez. No era un emigrante normal en busca de fortuna sino un escapado de vuestra guerra del Rif. No quiso que su cuerpo se pudriera en la tierra del moro. Austero y trabajador, algo más tendría el muchacho, porque entra de resero y en pocos años ya es mayordomo. Era mozo bien plantado y sucedió lo normal en esos casos. En 1925 casó con la hija del amo. Para cuando llegan los Guillén, Marcelino ya es el dueño y tiene una familia feliz con hijos de quince y trece años. Marcelino había introducido pastos artificiales, chanchos y frigoríficos. La finca tiene ya casi ocho mil hectáreas.

»En la década de los 40, el campo argentino entra en depresión. Tras la guerra mundial, Estados Unidos se convierte, junto a Australia, en fuente de exportación barata para el mundo de vacunos y ovinos. Pero El Guaremalito aguanta. En 1944, Leandro pasa a ser socio de Marcelino. No se sabe dónde obtuvieron la financiación o a qué acuerdos llegaron. Es a partir de ahí cuando comienzan las mejoras y variaciones en la estancia, con vistas a crear infraestructuras para el turismo, actividad en la que se les puede catalogar como pioneros. El parque-bosque se duplica a doscientas hectáreas, se construye una casa para visitantes y otra para la familia Guillén. En 1960, los socios deciden separarse en armonía. Está en el anuario cuyo reportaje les mencioné anoche. A partir de ese momento hay nuevos cambios. Aunque el turismo no es rentable, alguien es tozudo en su creencia como fuente de recursos. Construyen el fortín, que nunca hubo, ni siquiera provisorio, porque la hacienda está arriba del río Salado, donde no hubo malones. Construyen la iglesia, derriban la casa para visitantes y construyen un palacio, que ahora veremos, con seis suites, catorce dobles y dos sencillas, todas con baño dentro, ¡entonces!, y música individual. El Casco lo restauran y amplían, construyen pistas para bicicletas. El parque vuelve a ampliarse, esta vez a trescientas hectáreas, con nuevas especies botánicas. Dejan una cabaña con equinos para el turismo. Queda sólo la cría bovina con alimentos naturales eliminando los sintéticos. Se eliminan los frigoríficos porque se suprimen las matanzas. Hay una pequeña manada de burros campando en libertad a los que no se somete a trabajo alguno. Una rareza. Hay circuitos en la finca para carretas donde se recorre la estancia como durante los tiempos del Camino Real al Alto Perú. Finalmente, ya en esta década, se ha instalado una pequeña pista con una avioneta propia. Los turistas tienen la oportunidad de ver desde el cielo esta propiedad y toda la zona. Hoy día es una de las estancias más visitadas. Se anuncian de forma elegante —me alcanzó un folleto— y no es fácil conseguir plaza. Ya ves vos: hicimos reservación hace veinte días, y en lista de espera. Alguien falló y pudimos venir. Quizá por el interés de vos yo veo algo extraño en esta gente.

—¿Qué es lo extraño?

—Construir una iglesia. Nunca la hubo. El asturiano nunca la necesitó. Llega Guillén, anarquista declarado. ¿Ves normal que construyeran la iglesia? ¿Y lo de los burros? ¿Y las vacas comiendo en pasturas naturales?

—¿Sos vos la policía ahora? —dijo Carlos—. Nada raro hay en lo que decís. La mejor carne es la de vaca que come en el campo. Y lo demás, bueno, la gente tené sus manías. Quizá lo único raro fue su visión futurista sobre el turismo.

—Tampoco es raro —tercié—. A mediados de este siglo, el turismo ya no era novedad en España. Nos llegaron a millones, que ya vagaban por Italia, Francia y África desde hacía años.

—¿Millones en España en los cincuenta? ¿Había infraestructuras?

—Algo que se llamó Información y Turismo. Fue eficaz.

—Aquí no hubo nada hasta hace poco. Por eso sorprende lo de El Guaremalito.

San Antonio de Areco está a unos ciento treinta kilómetros de Buenos Aires. Hay varias estancias. Nos dirigimos a la nuestra, muy a las afueras de la pequeña población. Eran la 9.05 cuando pasamos la tranquera e hicimos valer nuestras reservas en la recepción. Ya a esas horas el sol tenía modales de enemigo. Nos orientaron hacia un palacio que se adivinaba entre un frondoso parque. El palacio consta de tres plantas y es armonioso, con balconadas que rodean el exterior. Dejamos el coche bajo unos árboles, en una zona de aparcamiento. En una pequeña oficina de la entrada nos atendió una deslumbrante joven, toda dientes. Cuando estábamos con los trámites, aparecieron cuatro hombres. El mayor, delgado, de baja estatura, provisto de una elegancia natural y por encima de los sesenta años.

—Encantado de recibirles —dijo, ofreciendo una mano pequeña y cuidada—. Me llamo Luis Guillén y éstos son mis hijos Leandro, Manuel y Joaquín. Esperamos que pasen muy feliz estancia.

—Feliz estancia en la estancia —dije.

Mi rostro captó su mirada.

—¿Español?

—Sí —dijo Carlos—. Y como ves vos, confrontador de palabras.

—Iniciamos la visita en media hora, acá mismo.

El mayor de los hijos tenía estatura remolona, pero los otros dos eran auténticos bigardos. Uno de ellos nos acompañó a nuestras habitaciones. Todas se ubicaban alrededor de un patio central amplio como un claustro y con techado de vidrio. En el patio había exhibición de objetos y fotografías de las Pampas. Subimos al segundo piso por una ancha escalera de piedra verde claro, cuyas paredes mostraban grandes fotografías en blanco y negro y color de escenas de campo, paisajes arbóreos, montañosos y nevados.

El cuarto era amplio, luminoso, con cama grande, televisor y minibar. Como un hotel. Pero el diseño de las paredes y el suelo se impregnaba de esencias de tiempos escapados. Salí al mirador sin cristales. El parque se extendía por el lado este que lo aglutinaba de verdor. En el lado oeste no había parque, sino líneas de árboles caminando hacia la iglesia que se identificaba por su espadaña. Más allá, una fila de espectaculares ombúes tapaban el mangrullo del fortín. A un lado, hacia el norte, una alfombra verde se desparramaba salpicada por grupos de arbustos. En el centro, a unos trescientos metros, se levanta una casona de dos plantas de estilo colonial. Entré, cogí unos prismáticos y miré. La casa se me echó encima. Del suelo a la mitad, es de piedra, con un amplio porche-terraza en la entrada, también de piedra, con una impostada segunda planta de madera. Los balaustres del antepecho del balcón y balconadas eran también de madera, estilo castellano puro y tan bellos como los de las casas de la plaza de Armas de Lima, por lo que deduje que eran auténticos originales. No pude ver a nadie a través de los ventanales. Más allá el horizonte sin árboles, se desdibujaba en una neblina producida por el reverberar del sol. Unos niños correteaban por el césped y algunas mujeres jóvenes paseaban por entre los rosales. Volví a mirar el parque. Reconocí álamos, araucarias, arces, cedros, fresnos y laureles negros, no encimados unos sobre otros. A través de ellos se vislumbraban paseos que acababan en grandes claros con fuentes ornamentales cuyos surtidores jugaban con la luz y arrullaban blancas esculturas. Era un verdadero jardín botánico, con sus horneros disfrutando de una naturaleza domada.

Nos reunimos con un grupo formado por italianos, gringos, franceses y argentinos. En total dieciséis personas, todas parejas menos yo y una francesa llamada Annick Ratet, de la zona de Poitiers. Había una pareja de Toledo, que se mostraron muy contentos al conocerme. Él se llamaba Jesús Catalán y tenía una fábrica de ventanas de PVC. Celebraban el décimo aniversario de su boda. Salimos y caminamos hacia tres carretas altas de cuatro ruedas, como las que había antes de la llegada del ferrocarril y que se usaban para trasladar todo tipo de mercancías. Nos acomodamos en ellas y partimos hacia la iglesia. Al llegar, descendimos todos. Quedé el último, parado, mirando.

—Id —dije a mis amigos—, me reúno ahora con vosotros.

Mientras el grupo se alejaba hacia la entrada, reconocí la iglesia. Caminé despaciosamente y luego la rodeé. Estaba construida en terreno llano y era más pequeña, pero similar a la de San Belisario, en la lejana Prados de Asturias. Aunque era nueva, se apreciaba el intento de alguien por cubrirla con la pátina de un tiempo que no era el suyo. Distintos bloques de fábrica, pero la misma solidez concentrada. Destacaba porque el paisaje le era ajeno. Faltaba la tierra húmeda, el musgo reiterado, las raíces carcomidas y el olor de siglos. Entré en la construcción. El mismo zaguán antes de las puertas de acceso a la nave. Las empujé. Joaquín Guillén explicaba cómo y cuándo se construyó.

—¿Cómo se llama el santo? —pregunté en una pausa.

—San Belisario.

De allí fuimos al fortín. Habían construido una empalizada de adobe, con el alto mangrullo, que es una atalaya desde donde se espiaban las rastrilladas de los indios, en la que flameaba la bandera argentina. Es un gran recinto, en el que se ubican tres ranchos de adobe con techos de puna, vigilados por algunos cañones auténticos de la época de la Conquista del Desierto. En su interior, aperos, muebles, todo de la época. Fusiles, pistolas, lanzas, cuchillos y demás colgaban de las paredes. Aunque no soy impaciente, el tiempo se me hacía largo. Nos llevaron después al marcado de reses. Tardamos bastante en llegar y eso que pusieron las carretas al trote, porque está muy distante de la zona norte. Allí vimos pastos tan altos que el ganado se hunde en ellos hasta la panza. Observé que, junto a unos caballos, había un grupo de borricos que pacían y se movían con total libertad. Más tarde, la inevitable comida criolla de asado de vacuno. En unas parrillas de hierro rectangulares, unas junto a otras formando hileras de varios metros, pedazos de carne roja. Debajo, brasas crepitando. El cocinero, en traje de charro, maneja los pinchos. Los cachos de carne ensartados son asados y, luego, los clavan en el suelo de donde se sirven a los comensales en largas mesas al aire libre, bajo unos techos y toldos de lona para no dialogar con el sol. Como siempre, y sin poder evitarlo, di la nota en el grupo, ya que no como carne. Pero lo tenían previsto y resuelto. Me obsequiaron con un dorado, pez de agua dulce, bien cocinado. Más tarde, nos regresaron a nuestras habitaciones para esperar la noche, aunque casi todos prefirieron solazarse en la cinematográfica piscina de rugiente cascada, donde mujeres y niños de la familia se divertían.

Subí, me di una ducha y me dediqué a espiar el Casco, con la paciencia de mi oficio, relajado en el fresco ambiente del aire acondicionado. Al fin, la vigilancia rindió sus frutos. Al atardecer, vi a una anciana salir a una de las balconadas. La vi tomar asiento ayudada por una mujer morena. No pude distinguir sus facciones, pero no dudé sobre su identidad. Baje rápido y me dirigí sin vacilación hacia la casa. El sol dejaba de presionar, aunque me daba en la cara. Una ligera brisa movía el ramaje de los vegetales que hacían guardia en la parte izquierda. Escudado en mis gafas oscuras, aprecié que la mujer me miraba, porque noté que su cabeza seguía mis movimientos. Continuaba mirándome a través de los balaustres, hasta que la gruesa barandilla apagó su imagen poco antes de llegar a las escalinatas que llevaban al porche. Subí y crucé el doble portón castellano, que estaba abierto. Entré al zaguán y esperé. Había dos puertas cerradas a ambos lados y un gran arco enfrente, bordeado de madera oscura, que dejaba ver, entre dos pasillos laterales cuyos fondos se ocultaban, una ancha escalera que subía a la planta superior. Debí de haber accionado un sensor silencioso, porque al momento vi surgir por el pasillo izquierdo a la mucama. Tenía el pelo negrísimo y rasgos indios.

—¿Señor?

—Quisiera saludar a la señora del balcón.

—No, señor, no recibe. —Su voz era melodiosa.

—No la molestaré. Necesito hacerle una consulta.

—No, no señor. No se la puede molestar.

Por el pasillo lateral derecho aparecieron Luis Guillén y su hijo Leandro. No había simpatía en sus miradas.

—Le hemos oído. Lo sentimos. Mi madre no ve a nadie.

—¿Está secuestrada?

—¿Dice?

Un botoncito eléctrico colocado en un lugar del arco parpadeó en verde. Leandro se volvió y subió por los escalones. Mientras, Luis, vestido impecablemente con una camisa blanca con los faldones sobre un pantalón azul de fino paño, siguió observándome con seriedad. Era demasiado el silencio.

—Una finca increíble —inicié.

—No viene a hablar a mi madre de ello, ¿verdad?

—No, realmente.

—¿Qué quiere usted?

—Saber cosas del Madrid de la posguerra.

—¿Del Madrid de...? ¿Mi madre? ¿Qué ayuda puede prestarle mi madre? —Su sorpresa parecía sincera.

—Creo que me aportará datos de interés.

—¿Por qué ella? Yo puedo serle más útil. También nací allí.

Tenía aspecto de director de cualquier cosa, pero no de gaucho. Su piel era fina, pero su mirada fuerte.

—Eras muy pequeño entonces. Me interesan los recuerdos de los adultos que huyeron de aquello. Una generación por delante de la tuya.

—No siempre se retienen todos los recuerdos.

—¿Tu madre está...? Bueno, quiero decir...

—Tiene la mente clara y el cuerpo fuerte, si es a eso a lo que se refiere. No es tan mayor.

Sostuvo mi mirada sin rendir la suya. Leandro bajó con paso ágil.

—Decí la vieja que suba el bacán.

—No estoy de acuerdo —señaló el padre.

—Lo manda.

En el momento en que por un pasillo aparecían tres niñas de cabellos dorados, Luis, con un destello de rebeldía en sus celestes ojos, me dijo que le siguiera. Hice un guiño a las niñas y ellas se pararon a mirar y rieron. Las escaleras eran de mármol verde, igual que el vestíbulo donde se integraba y que presidía un gran cuadro de pasajes nevados. Echamos por uno de los pasillos, enlosado con mosaico rojo oscuro, tipo castellano, que distribuía distintas habitaciones. Óleos enmarcados en estrechas molduras mostraban montañas, ríos y valles que no me recordaban a la Pampa ni a la Patagonia. Luis caminaba delante como si se deslizara. Abrió una puerta y la luz pintó de oro el pasillo. Entramos en una habitación grande, al fondo de la cual había un enorme espejo. Dos conjuntos de tresillos y mesas con retratos y objetos, lámparas y relojes carrillones se repartían adecuadamente. A la derecha, raudales de luz indicaban dónde estaba el mirador, que debía medir más de veinte metros cuadrados. El tejado saliente formaba un techo sobre la superficie de la terraza para mantenerla a resguardo de las lluvias. Me acerqué a la señora, que miraba el paisaje mostrando su perfil. Se volvió y capté unos ojos de color celeste desvaído. Su tez era blanca y lisa, sin el cobre que los soles y la intemperie pintan en quienes viven en el campo. Tenía un cuerpo menguado y descarnado. Llevaba el cabello domado en un moño y estaba sentada en una mecedora, a salvo de los rayos del sol agonizante.

—Dice mi hijo que viene usted de Madrid —habló, sin darme la mano.

—Vengo de allí, sí.

—¿Viene usted de Madrid expresamente para hablar conmigo? —Su mirada era demasiado intensa.

—No, claro; con usted y con otras personas.

—Déjanos, Luis —dijo, cruzando la mirada con la de su hijo, que salió de la terraza. Oímos cerrarse la puerta de la sala. Estábamos solos. Miró hacia fuera y guardó un silencio prolongado. Pareció que se había olvidado de mí. De una fina cadena, que supuse de oro blanco, colgaba un dije del mismo color, que reconocí. Era una rosa, igual que la que lucía Susana, en la lejana Prados, cuando la visité.

—Nací en la Cava Baja, una calle bulliciosa y de las más castizas y antiguas porque se tendió sobre los antiguos fosos que rodeaban la muralla de Madrid. Aún recuerdo mis juegos de niñez corriendo entre la gente y los coches de caballos. Había muchas posadas y un gran trajín de viajeros saliendo y llegando. Más tarde, pusieron autobuses de motor. Todos iban llenos, la gente iba sentada incluso sobre los techos, por fuera. Mi hermano y yo, y toda la chiquillería, creíamos vivir en el mejor sitio del mundo. ¿Siguen esas posadas?

—No lo sé. Hay un restaurante de fama, La Posada de la Villa. Creo que fue uno de esos establecimientos.

—¿Por qué no se sienta? —invitó, mirándome. El lugar era una tribuna perfecta para apreciar el inacabable panorama.

—Volví cuando murió Franco. —Hizo una pausa y me observó—. No me gusta la ciudad que han dejado, con esos barrios ilógicos que bloquean la ciudad, en vez de permitir que las calles se prolonguen como en todas partes. ¿La especulación? Las calles más anchas son las antiguas y los edificios más bellos son los que ya estaban. ¿Qué han hecho esos gobernantes? Al lado de Buenos Aires, Madrid es un extrarradio.

—Coincido con usted en todo.

—¿Por qué su interés por esta vieja?

—Usted vivió la guerra y primera posguerra. ¿Lo recuerda?

—¿Cómo sabe eso?

—Alguien me hizo un esbozo de su biografía. Supongo que son datos públicos.

—¿Públicos? Qué palabra tan fea. Allí a las putas se las llamaba mujeres públicas. No se podían decir las cosas por su nombre. Palabras como «muslos» o «culo» estaban prohibidas. —Hizo una pausa—. ¿Por qué le interesa mi vida?

—No su vida en particular, sino como parte de una generalidad. Estoy escribiendo un libro sobre la diáspora de españoles que provocó el fin de la contienda española. La gente que se fue, los que volvieron, los que se quedaron. Sus vidas. Ya sabe.

—¿A quién puede interesarle eso hoy día?

—Espero que a mucha gente. A mí me interesa. Y el primer punto para un escritor, o quien pretenda serlo, es que el tema le guste a él sobre todo.

—No tiene usted pinta de escritor.

—El hábito no hace al monje.

—Bien. Pregunte.

—Al cabo de tantos años, ¿cómo recuerda aquello?

—No comprendo su pregunta. ¿Recordar qué?

—El Madrid de la guerra y de la posguerra.

—La guerra acabó el 1 de abril del 39. Pero quizás usted no sabe que Franco mantuvo el estado de guerra hasta abril del 48. Salvo por la ausencia de bombas y de frentes de combate, la situación de eliminación del enemigo, aunque ya estuviera vencido, permaneció en el ánimo de los vencedores. Aquello no fue una posguerra, sino la prolongación de la guerra por otros métodos, algo que asombró al mundo y nos llenó de pavor. ¿Qué quiere saber exactamente?

—Su vivencia de aquellos años.

—¿De qué años, los de la guerra o los de su prolongación?

Indagué en sus ojos y noté un temblor. Se burlaba de mí. Bien. Trataría de hacerla hablar, oír con paciencia. Es una de mis mejores armas.

—Quizá pudiera hablarme de los bombardeos sobre Madrid, cuando Mola y Varela creyeron tomar la ciudad, creo que en noviembre del 36.

Su aplomo desapareció. Había tocado un punto sensible.

—Fue en noviembre, sí, ¿cómo lo sabe? ¿Ha estudiado sobre ello?

—No mucho, pero siempre quise hablar con testigos directos.

—Bueno, de esto sí quiero hablar. Y ya que está usted dispuesto a escuchar le contaré algo de lo que viví y algunas de las enseñanzas recibidas de mi hombre.

—La escucho.

—Los bombardeos sobre Madrid duraron casi toda la guerra. Pero fue en noviembre del 36, a raíz del frustrado intento de los espadones por tomar la ciudad, cuando comenzaron. ¿Y por qué esos bombardeos sobre la población civil indefensa? Podrían entenderse como actos de terror para buscar la rendición rápida. Pero había más que eso, algo que venía de lejos en la convivencia de los españoles. El ejército, debido a una tradición predominante y golpista en la sociedad desde los más oscuros tiempos, siempre despreció al elemento civil. Para los militares, la sociedad civil debía estar subordinada a sus necesidades y exigencias. Ello alcanzó las más altas cotas durante la presencia en Marruecos. El ejército colonial, cuyo máximo exponente fue el de Franco, siempre consideró a la sociedad civil como adversaria, cuando no traidora, por su insensibilidad hacia los padecimientos que soportaban sus miembros en el cometido de su misión para engrandecer a la patria. Por supuesto que no caían en la cuenta de que estaban chantajeando al país, siempre con la posibilidad de la rebelión, pidiendo mejoras a cambio de nada. Además, albergaban manifiesta repulsa hacia el sistema parlamentario y, como algo inherente a su cualidad de patriotas, un verdadero antagonismo hacia el mundo obrero. Claro que ese elitismo diferenciador no ocurrió sólo en España. Acá, en Argentina, tuvimos nuestras dictaduras militares no mejores que la de Franco Y no hablemos de Chile, que tiene un ejército que siempre ha sido una fuerza ajena al mandato civil. Incluso en Francia, desde Napoleón III hasta la Segunda Guerra Mundial. Si bien dentro del orden democrático el ejército francés fue una instancia de poder predominante en la vida del país.

Hizo una pausa y se encerró aún más en sus reflexiones.

—Naturalmente, para ellos había dos tipos de elementos civiles. Los de las clases medias y altas, con todo su abanico de poder económico y de tradición conservadora, y la plebe, que era el enemigo a mantener a raya. O exterminar cuando son muchos, porque son una masa amenazante, infecta, analfabeta, brutal, llena de estigmas y enfermedades, que afean el paisaje. Los obreros son necesarios para realizar las grandes obras, pero sólo lo justo. Eliminar unos miles de vez en cuando es labor higiénica, como se hace con los insectos. Pero la plebe no es sólo la clase baja, sino también el mundo de la cultura. La gente de las letras y el arte, y, a veces, los intelectuales, se inclinan por lo general hacia las izquierdas, porque es ahí donde pueden encontrarse las mejores razones para que los pueblos vivan en armonía y sin diferencias clasistas. Para el ejército mercenario que se alzó contra la República, esa gente de letras llenó las cabezas de los odiados obreros de consignas igualitarias y de rechazo a lo establecido, así que los metieron a todos en el mismo saco. Obreros y librepensadores. La misma basura. Todos rojos.

—Sintetiza muy bien actitudes y conceptos nada simples.

—Tuvimos que aprender a palos sobre la marcha. Los hechos establecieron las teorías filosóficas sobre los enfrentamientos de clases, y no al contrario. —Su voz enronqueció—. No bombardearon el barrio de Salamanca, la zona de embajadas, los palacios de la Castellana, sino los barrios obreros, porque en ellos estaban los que se resistían a la civilización y al orden. Ésa fue la lógica de los bombardeos selectivos de Franco desde aquel noviembre de terror. Había que castigar, machacar, matar a cuantos más mejor antes de que se rindieran. Pero conseguido el objetivo, cuando vencen y hacen de España una cárcel, llena de masivos fusilamientos y de torturas, se dan cuenta de que la industria y las obras públicas no pueden funcionar sin obreros. Y menos con la autarquía que reinaba. Entonces, se ven obligados a excarcelar a miles de presos a los que les hubiera gustado tener en prisión durante toda la vida. Desde ese prisma, eso fue un amargo triunfo del mundo obrero.

Me miró fijamente.

—¿Y los ejecutores de aquella barbarie, para ellos limpieza social? Los flamantes pilotos alemanes, estimulados por los mil marcos que dicen se embolsaban mensualmente, lo que debió ser mucho dinero entonces, ensayaron armas y formas de hacer la guerra nuevas para aplicarlas a lo que se presagiaba que se produciría en Europa después. Todo el mundo sospechaba lo que vendría, por eso Negrín apostó por prolongar nuestra guerra, para unirla a la que se avecinaba. Los bárbaros llegaban en sus Junker y dejaban caer sus bombas de 100, 200 y 300 kilos. Era la primera vez que se bombardeaba una gran ciudad europea con el único propósito de matar civiles y aterrorizar a los habitantes. Ni siquiera respetaron a los que evacuaban Madrid, que fueron cerca de cinco mil personas diarias en los primeros días de aquel noviembre. ¿Sabe cuántas víctimas causaron esos salvajes entre la población civil en aquel amargo noviembre del 36? Más de diez mil, de ellas más de dos mil muertos. Algo más del diez por ciento de las víctimas habidas en todos los frentes entre octubre y noviembre. Y ese espanto trascendió nuestras fronteras. La intelectualidad internacional quedó sobrecogida. Una frase de un antiguo ministro de la Guerra austriaco inmortalizó la situación que vivíamos en Madrid: «La más horrenda desgracia acaecida a la humanidad.» Si usted está realmente interesado en esa parte de la tragedia, y no en otra cosa —me miró suspicazmente—, ahí tiene datos. Naturalmente yo no conté personalmente esos muertos y heridos, son estadísticas reales. Pero sí conté las docenas que toqué con mis propias manos. Le hablaré ahora de mi propio drama.

Una luz combativa surgía de su mirada. Parecía que deseaba personificar en mí la denuncia de lo que contaba.

—El día 18 lo recordaré siempre. No por ser la fecha en que un tribunal de guerra en Alicante dio la sentencia de condena a muerte para José Antonio Primo de Rivera, creador de Falange, ni porque Alemania e Italia reconocieran oficialmente al gobierno de Franco como único representante de España. Ese día cayeron tantas bombas que cuando cesaron los bombardeos la gente quedó sorda. La plaza del Progreso había quedado con grandes destrozos. Corrimos hacia allí. Dijeron que también había sido bombardeada la plaza de Antón Martín. Mi hermano, que ese día estaba en el frente de la Universitaria, vivía en la portería de una casa de esa plaza con su mujer y su hijo de cuatro años y la madre de ella, que era la portera. Corrí calle de la Magdalena arriba, sorteando escombros y gente enloquecida. El antiguo palacio del marqués de Perales, donde vivían personas en alquiler y que se utilizaba para Correos y como cámara mortuoria, no pudo escapar a las bombas, como tampoco otros tantos monumentos. Recuerdo en una visión colateral a mis anhelos, haber visto sus tejados arder, la fachada rota, fragmentada su hermosa portada de Pedro de Ribera. En Antón Martín, la casa de mi hermano era un montón de escombros. El teatro Monumental y otras casas también fueron muy dañadas. Era desolador ver todo aquello, el humo y los incendios. No había bomberos. La gente ayudaba al rescate como podía, sin temor a derrumbamientos. Yo participé, vaya si lo hice, como tantos abnegados ciudadanos. Quitábamos los cascotes con rabia y desesperación, descubriendo cadáveres sin distinción de edades.

Su voz tembló. En sus ojos había cristales secos.

—Al fin aparecieron los míos. Los últimos, rotos como peleles. Los tres: mi cuñada, su hijo y su madre. No había ambulancias suficientes. Muchos murieron porque no pudieron ser rescatados a tiempo. No fue así en el caso de los míos. Ellos no tuvieron oportunidad.

Volvió a guardar silencio y su mirada se situó en un punto fijo sobre mi cabeza. Estaba viviendo de nuevo esas imágenes nunca apagadas. Respeté su mutismo. Retornó a mí.

—El día siguiente fue de gran significación para los combatientes madrileños de la República. Murió el dirigente anarquista Buenaventura Durruti, el líder de la CNT. El hecho causó conmoción, porque eran momentos cruciales en la defensa de Madrid. Para mí ésa es otra fecha muy especial. Ese mismo día, mi hermano murió de un tiro. No había sido posible avisarle de la desgracia de la noche anterior y seguía batallando en ese sacrificadero que fue la línea de la Casa de Campo y el Manzanares. En dos días, mi familia quedó destrozada. Tuve que darle la cara al dolor. Nunca he entendido por qué no me volví loca. ¿Qué le parece mi síntesis?

Moví la cabeza sin decir nada.

—Cerca de Antón Martín estaba la iglesia de San Cayetano y el convento de las Escuelas Pías, en la calle Mesón de Paredes, que fueron quemados por las turbas incontroladas en los primeros días. Para los beatones emboscados, esos bombardeos franquistas eran una venganza divina. Para nosotros y para la historia fueron simples crímenes.

Permití que sus dolorosos recuerdos ocuparan una amplia pausa. Luego dejé caer:

—¿Qué fue para usted esa singular posguerra?

—Hambre, desolación y terror..., pero...

Esperé en silencio.

—¿Sabe? Pese al miedo, el nuevo orden no pudo acabar con la tradicional chunga de los madrileños. ¿Era esperanza o indiferencia ante lo irremediable? El caso es que mucha gente iba cantando por la calle y silbaban las melodías de moda mientras caminaban. En las obras, casi todos los albañiles cantaban y en las fábricas era normal oír a los obreros tarareando. Los vencedores presumían de que gracias a ellos las calles habían dejado de estar apesadumbradas. Ya ve cómo tergiversaron las cosas. Pero el desarrollismo lo ha cambiado todo. En las visitas que he hecho a Madrid años después, no he visto a nadie cantar ni silbar. ¿Usted ve a alguien hacerlo ahora?

Negué con la cabeza.

—¿La gente hacía eso? —dije.

—Ya lo creo. Algunos hacían florituras increíbles en el silbido, como trinos de pájaros. Era como un concurso a ver quién silbaba mejor. ¡Ah!, se habrá ganado en calidad de vida, pero se ha perdido la espontaneidad. —Movió la cabeza—. Éramos tan jóvenes...

De nuevo se olvidó de mí y noté su regocijo al reencontrarse con esa parte de su pasado. Al cabo, musité:

—¿Conserva amigos allá todavía?

Error. Noté que regresaba al presente.

—Pocos. El tiempo nunca se detiene.

—¿Tiene contacto con ellos?

—No. Los que no fueron fusilados o encarcelados largos años, supongo que habrán rehecho sus vidas. Los conservo en mi memoria, como los recuerdos. Han pasado muchos años. ¿Le interesa alguno en particular? —La burla alentó en sus ojos. El juego lo dominaba ella otra vez.

—No. Y a los que vinieron de España, como usted, ¿cómo les va?

—A unos bien y a otros menos bien. Aquí encontramos la libertad que se nos negaba en España. Claro que luego tuvimos a nuestros asesinos. ¿Quiere saber de alguien en concreto?

Era absurdo prolongar esa situación. Se estaba divirtiendo conmigo.

—Una escuela —dijo, de pronto.

—¿Perdón?

—Debería poner una escuela. Ha querido hacer el verso conmigo.

—¿Cómo dice?

—No se haga el gili. Es un maestro mintiendo.

—La vida es dura. Todo el mundo miente.

—No como usted. Matrícula de honor. Me hubiera convencido de no haber estado avisada.

—Hábleme de Rosa Muniellos —dije con suavidad.

—¿Qué Rosa? Conocí a muchas.

—Rosa Muniellos, su amiga de la guerra.

—¡Ah, sí! Una chica negra, de Guinea.

—Sí, la misma. ¿Sabe dónde está?

—¿La chica negra?

—Sí.

—Supongo que en Guinea.

—No. Usted la trajo en 1943. Y debe seguir aquí.

—No sé de qué me habla.

—Permítame —dije, levantándome. Entré en la habitación y me acerqué a una mesa llena de fotografías enmarcadas que había vislumbrado al entrar. Cogí un portafotos grande. Rosa Muniellos, a una edad indefinida, sobre la treintena, exhibía el misterio de su belleza. Volví a la terraza y tendí la foto a Gracia.

»Le hablo de esta amiga negra de Guinea.

Ella cogió el marco y pasó una mano por el cristal como si acariciara un rostro humano.

—¿Qué derecho tiene de hurgar en mis cosas? —susurró.

El sol se había ocultado tras los árboles, pero todavía barnizaba el cielo de oro. No respondí.

—Rosa merece que la dejen en paz. Nunca hizo mal a nadie.

—Lo creo.

—Rosa fue lo mejor que ocurrió en la vida de muchas personas. También en la mía. Si no la hubiese conocido, quizás ahora no estaría viviendo con tranquilidad el fin de mis días —su gesto se endureció—. Y usted ha venido a romper esa tranquilidad con sus macanas.

—Verá, señora Guillén. Hubo sendos asesinatos y robos en el pueblo de Rosa, allá, en Asturias, en 1943. Nunca aparecieron ni el culpable ni el dinero.

Ella se irguió y abrió la boca, formando una o casi perfecta.

—¡Qué cosa absurda me está contando!

—Exhumaron los restos el año pasado. Debo saber quién lo hizo.

—¿Le rige bien la cabeza? ¿De qué me está hablando? ¿La está acusando de ser ella la culpable?

—Rotundamente no, pero podría darme quizás alguna pista porque forma parte, aunque de forma involuntaria, de unos acontecimientos que la vinculan.

—¿Darle pistas ella? Jamás oí un disparate semejante.

—Eso debería de juzgarlo yo.

—Pues júzguelo en otra parte. Su historia me produce fastidio. Creo que debe irse, señor Corazón sin corazón. —Tocó un timbre que había sobre la mesita.

—Sé que está aquí, en Argentina, puede que muy cerca, quizá aquí mismo. Leí la entrevista realizada por el diario *La Nación* el diez de octubre de 1960. —Saqué el papel y se lo mostré. Me quitó la vista de encima para mirar la hoja del diario y sentí como si me hubieran quitado un dogal del cuello. En ese momento aparecieron el hijo, uno de los corpulentos nietos y la doméstica. Se me quedaron mirando.

—Adiós —dijo ella mostrándome su perfil—. No olvide su periódico.

Salí al pasillo. El hijo y el nieto me acompañaron hasta la salida.

—No es usted un visitante grato —dijo Luis, ya en el portón de entrada—. Le ruego que mañana a primera hora salgan ustedes de esta casa. Les será devuelto lo que pagaron.

—No, estaremos los tres días contratados. Mis amigos no tienen nada que ver en este asunto.

—Que ellos se queden, pero usted se raja.

—Vinimos juntos y nos iremos juntos. Dentro de tres días.

—A ver si lo entiende. Ellos pueden quedarse la visita completa, si no quiere agraviarles, pero usted se va. Mañana. Un hombre le llevará de vuelta a Buenos Aires gratuitamente.

—No —dije, enfrentando sus ojos. Sostuvo la mirada sin beligerancia. Luego, hizo una cortés inclinación y entró en la casa. Alcancé a ver la mirada despectiva que me dirigió su hijo.

Durante la cena al aire libre, iluminados por farolas eléctricas, entre el chisporroteo de las carnes al asarse y el ruido de conversaciones felices, cambié impresiones con mis amigos. Estábamos sentados en una larga mesa, donde los otros visitantes compartían la cena. La noche era oscura y seca. Hacía calor y el buen vino mendocino lo servían frío. Después de escucharme, Carlos apuntó:

—Malo que te hayan tropezado a la primera.

—Estaban avisados. Debí haberlo previsto.

—Pueden correrte. Tené cuidado.

—¿Qué pueden hacer?

—Recordá que son los amos de la finca. ¿Qué harías vos en su lugar?

Hicimos inmersión en nuestros propios pensamientos. Eva dijo:

—Creo que damos otra vuelta y luego rajamos. ¿Qué sentido tiene continuar? Van a estar encima.

—Habéis venido a disfrutar. Dejemos mi asunto y cumplamos el programa como cualquier turista. Buscaré otra oportunidad en otra ocasión.

—Vos no soltás el hueso tan fácil. Te conozco. No sos un desertor ni un tango caminando —dijo Carlos.

—Me portaré como un chico bueno de ahora en adelante. No os causaré problemas.

—¿Les dijiste que Carlos es policía? —preguntó Eva.

—No. ¿Por qué había de hacerlo?

—Quizá te ayude a evitar situaciones comprometidas.

—Eh, un momento. Se ve que no fui lo suficientemente explícito por teléfono. —Miré a mi amigo, afilando mi sonrisa—. Esta familia no ha cometido ningún delito ni en España ni aquí. Lo mío es una investigación particular sobre personas ajenas. La policía argentina no debe estar en esta indagación ni siquiera de forma testimonial. ¿Vale?

—Viejo —musitó Carlos—, pero si surge...

—Comisario —le interrumpí—. Mírame —lo hizo—; pase lo que pase no intervendrás como policía. Estás como amigo. ¿Queda claro?

Movió la cabeza, dudando.

—Carlos —concretó Eva—, prométetelo.

—Lo que vos te parezca. Tenés mi promesa —dijo él.

Aquella noche tardé en conciliar el sueño. Me sentía algo frustrado por mi imprevisión. Debí haber tenido en cuenta que existen teléfonos y que a nadie le gusta que un sabueso marque en territorio ajeno. Pero había atinado en mi decisión de venir a Buenos Aires. Mis pesquisas molestaban a alguien. Estaba en una pista razonablemente acertada.

Desperté de golpe, con todos los sentidos alerta, pero ya era tarde. Dos sombras me sujetaron los brazos con fuerza, mientras que una tercera hacía lo mismo con las piernas. Atisbé a un cuarto hombre sacando mis cosas del armario y metiéndolas sin sosiego en mi bolso y mi maletín. En un santiamén estuve atado con las manos a la espalda y la boca enmudecida con cinta adhesiva. Me levantaron y, desnudo como estaba, me sacaron a hombros y en silencio, horizontalmente, como si fuera un cadáver. El inmenso manto estrellado era de una belleza increíble. Parecía una colcha gigantesca cubriendo la oscura y silenciosa pradera. En la altura infinita, entre las inacabables estrellas, vi la Cruz del Sur tan nítidamente como si la hubieran dibujado. Me introdujeron en un Ford Bronco. Me llevaron fuera del área cívica hacia el campo abierto, rumbo a la vega. Con el conductor, eran cinco los hombres. Ninguno hablaba ni me miraba. Mocetones graves, fibrosos, con rostros serios. Una pequeña luz se insinuó en la lejanía y fijó un punto discordante en la oscuridad. Se fue haciendo grande hasta que llegamos a ella. Era una hoguera crepitando, con los hierros de marcar ganado sumergidos en el fuego. Alrededor, otros dos hombres bombachudos. En unos palenques, varios caballos estaban sujetos por las bridas. Me tumbaron en el áspero suelo boca arriba y me inmovilizaron. A la luz tambaleante de las llamas, vi acercarse, paso tardo, a un tipo sólido con guardamontes en las piernas. Sus espuelas tintineantes debían ser de plata y hacían juego con un cinturón cubierto enteramente por antiguos reales españoles, remachados por sus centros al cuero. Entre el cinto y la ancha faja llevaba un largo facón de afiligranada empuñadura de plata, haciendo juego con la artística vaina. Su pelo era negro, lacio y largo y, aunque desde mi posición su figura quedaba distorsionada en escorzo, aparentaba ser de mayor envergadura que las de sus compañeros. Al mover la cabeza, algo captó la luz sobre las alas de su negro sombrero. Más plata. No tuve duda de que era un pampero auténtico, acorde con la tradición, y no una figura reinventada para el turismo. Me miró fijamente mientras, junto a mi cabeza, dos hombres colocaban una gruesa tabla de madera. De un tirón me arrancó la cinta. Por el dolor, creí que un labio se había ido pegado a ella. Con voz padecida de pisco, y como de mala gana, ofreció:

—Aura, chancho abombao, vamos a trapiarte el mate.

Hizo una seña y uno de los gauchos sacó un hierro de la lumbre. Su punta incandescente semejó, visto desde el suelo, un sol surgiendo del espacio y secuestrando el parpadeo de las estrellas. Con lentitud y sin temblor, la mano del hombre hizo recorrer el hierro sobre mi cuerpo desde los pies hasta el rostro, a unos veinticinco centímetros de distancia de la carne. Me fijé que terminaba en una especie de círculo donde había una letra que no supe leer. Al pasar por mis partes y por el torso, la mano se detuvo más de lo razonable. Una bocanada de calor mortificante se abalanzó sobre mi piel en ambos casos. Noté hervir la carne. Luego el hombre clavó el círculo, ahora rojo, en la madera. Sentí cerca la claudicación del tablón, el sonido de la quemadura, el olor espeso y un humo que cegaba. No era mala prueba. A mi estilo, pensé. Terminado el número, me pusieron de pie y me sujetaron fuertemente entre dos, sin desatarme. Miré mi pecho y vi ampollas crecer en la parte quemada. El de los reales de plata se me acercó y señaló mis partes.

—No son tan grandes —aseveró. Deshizo el nudo de su cinturón, se bajó el pantalón y mostró sus trofeos—. ¿Apreciás? Acá sí hay peso y no en lo de vos.

Todos reían a carcajadas. Se lo estaban pasando en grande. Reconozco que el tipo estaba bien dotado para ese reto. Lo miré en el fluctuar de las llamas. Reía bravamente echando la cabeza hacia atrás y mostrando el agujero de su boca como si fuera la entrada de una cueva.

—¿Es un concurso? —le dije, notando sorpresa en los gestos.

—¿Qué opinás vos?

—Vale, para ti el premio. Ahora desatadme. Me gusta ver feliz a la gente. Pero os estáis pasando.

—Mirá, mirá lo que dice el pendejo —dijo el de la plata, subiéndose el pantalón con parsimonia. Sabía que ahora llegaría lo peor. Por eso estaba al tanto cuando vi venir su bota derecha hacia mi entrepierna. Apoyándome con los codos en mis centinelas pude ladear las enlazadas piernas y subir las rodillas. El impacto lo recibí en el muslo izquierdo. Al caer hacia atrás con mis guardianes, la cantarina espuela me rasgó la pantorrilla como si fuera de mantequilla. Me revolví en el suelo, pero mis manos estaban bien atadas.

—Párenle —ordenó el hombre de plata con voz aburrida.

Otros vinieron y entre cuatro vencieron mi resistencia y me colocaron erguido. El exhibicionista se aproximó y me obsequió con dos fieros puñetazos en el estómago, que no pude esquivar. Pegaba bien. Demostraba práctica. Vencí las ganas de vomitar y el mareo, y miré su rostro atezado, unos centímetros por encima del mío. Atisbé su puño derecho viniendo y ladeé la cara logrando que el golpe fuera en el cuello. Quedé sin respiración, lo que implicó recibir otros puñetazos de forma plena. Las rodillas se me aflojaron. Noté sangre en la boca, el retumbar de mi cerebro y un dolor imposible en la mandíbula. Me soltaron y caí al suelo de rodillas, mientras intentaba llenar de aire mis pulmones. No me dieron cancha. Volvieron a tenderme boca arriba y me sujetaron los pies y la cabeza fuertemente. Vi que el campeón levantaba el pie derecho. No podía moverme. Tensé los músculos. El taconazo lo recibí en la zona del abdomen. El dolor fue tan profundo que relajé el cuerpo. Me soltaron y me enrosqué en posición fetal eludiendo las tentadoras ganas de abandonarme al sueño. Cuando el primer dolor pasó, noté que algo se había roto en mi cuerpo. De nuevo me izaron. Apenas podía abrir los ojos, pero oí a mi verdugo:

—Gringo boludo, tenés la advertencia. Dejá de joder a la vieja.

Medio inconsciente me introdujeron en la parte trasera del coche y me colocaron entre dos de ellos. Otro se puso al volante y arrancó. No dijeron nada durante el trayecto a Buenos Aires. De vez en cuando, los custodios me miraban y yo a ellos. Intentaba retener sus facciones difuminadas. Llegamos a la desbordante urbe cuando las estrellas iniciaban una descarada huida. Cruzamos las ya animadas calles antes de que el Bronco se detuviera delante de las puertas del Hyat. El de la izquierda abrió la portezuela y se bajó. El de mi derecha cortó las cuerdas de mis pies y manos, por ese orden. Puso la dura suela de su bota en mi espalda y distendió la pierna. Caí a la roja moqueta que cubría la acera de la entrada del hotel. Aunque mi cuerpo instruido se revolvió en el aire para evitar fracturas, el golpe aumentó mi sufrimiento. No vi el bolso ni el maletín volando hacia mí. El doble impacto en mi cara incrementó el brío de su mofa. Decididamente se lo estaban pasando madre. El coche se puso en marcha y lo vi desaparecer, mientras un enlevitado portero me auxiliaba. Ya había gente suficiente para formar corrillos. Pasé entre ellos y, goteando sangre, entré en el vestíbulo, el sexo tapado con el bolso. No sabía qué parte me dolía más, pero la verdad es que estaba muy fastidiado. Al acercarme al mostrador, ante el estupor de los presentes, vi al recepcionista hacer una seña a una chica, que desapareció por una puerta trasera. Cuando me apoyé en el mármol ya tenía delante una toalla de baño de fuerte color amarillo.

—Si me permite —dijo el hombre, intentando parecer mundano—, creo que le será útil.

Dejé los dos bultos y me enrollé la toalla a la cintura.

—Sin ánimo de molestarle —siguió el recepcionista, en tono de complicidad—, le diré que tiene usted mal aspecto. Necesita un médico.

—Estoy de acuerdo. ¿Tenéis en el hotel?

—No a estas horas.

—Consígueme uno con urgencia. Y un auto para larga distancia.

—Lo tendrá —dijo, agarrando un teléfono—. En cuanto llegue el doctor le avisaré.

Un botones me acompañó a los ascensores. Había varias parejas esperando, que trataban de no mirarme de frente, algo que las mujeres no pudieron dejar de hacer. Mi pinta debía ser espectacular, desnudo y lleno de sangre.

—El casino —dije, guiñándoles un ojo—. Así le dejan a uno.

La ducha me reconfortó, aunque mi herida del muslo seguía sangrando y el dolor en el abdomen no cesaba donde el tacón había dejado su herencia en forma de moratón palpitante. Me envolví la pierna con una toalla y me eché en la cama con los ojos abiertos. No mucho después, sonó la puerta. Abrí. El mismo empleado de antes.

—El médico está en el botiquín. Le acompañaré.

Me cubrí con un albornoz y bajamos a la planta de oficinas. El botiquín era pequeño, pero estaba bien preparado. El facultativo, un hombre alto y amable, sobre los cincuenta, ya tenía la bata puesta. Examinó los daños y movió la cabeza.

—Tiene una costilla rota. Y esa pierna... ¿Qué le ocurrió?

—Soy del River y me encontré con unos cuantos del Boca.

—No milonguee. Sus heridas son de cuidado. Esa pierna necesita puntos de sutura.

—¿Puede hacerlo aquí?

Asintió. Me puso una intravenosa calmante y me cosió los veinte centímetros abiertos en el muslo. Cubrió la herida con desinfectante y apósitos. Me vendó fuertemente el abdomen y los costillares. Las quemaduras tenían aspecto serio. Extendió una pomada sobre ellas y las protegió con gasas y esparadrapo. Atendió los cortes del rostro y no pudo hacer nada con las hinchazones de la barbilla y los pómulos. Tenía partidos los dos labios, pero mi dentadura no había sufrido. Los brazos, las piernas y la espalda estaban muy arañados. Los dolores no eran de ficción.

—Necesita usted descansar —dijo, mientras me inyectaba un antibiótico—. Le haré un informe por si necesita hacer una denuncia.

Me vestí sin prisas, ya en mi habitación. Bajé, y fui consciente de algunas miradas y murmullos. El coche, un Cadillac Seville azul era del propio hotel y el conductor estaba uniformado. Noté sus miradas discretas a través del retrovisor, mientras viajábamos. Me relajé al ver cómo la luz solar sacaba los colores al campo. Cuando llegamos a la estancia eran las 8.12 horas. Ya había gente deambulando. Una brisa delgada y fría matizaba la vega e intentaba enfrentar el ardor del naciente sol. Di instrucciones al conductor de entrar en la pradera, atravesando el césped de la zona turística para no dar un rodeo.

—Pero señor...

—Hacia allí. —Señalé a lo lejos.

En lontananza, a varios kilómetros, la vega se esparcía en suaves ondulaciones. Los vacunos pastaban bajo un cielo sin nubes, todavía azul en la lejanía sin bordes. Nos acercábamos a grupos de peones de campo marcando ganado. Hice parar el coche en uno de ellos. Los hombres me miraron. No reconocí a ninguno. Bajé.

—¿El hombre de la rastra con reales de plata?

—¿Santiago? Es el capataz de campo. Estaba en el Casco hace un rato, con el patrón.

Cogí uno de los hierros. Estaba caliente, pero su punta no era roja. Me volví para subir al coche. Tres jinetes venían a galope en una estampa inolvidable sacada de otros tiempos. Escondí el hierro a la espalda y los vi detener sus cabalgaduras violentamente a unos cinco metros de mí. Uno de ellos era el hombre que buscaba. Reconocí a los otros dos. Santiago impacientó su caballo, que caracoleó, se puso a dos patas y batió el suelo briosamente, inventando gran polvareda. El chófer del hotel gritó y corrió a parapetarse tras el coche. La fuerza del bruto enfurecido me impresionó, aunque no me inmuté, como dicen las crónicas que hizo Atahualpa ante Hernando de Soto en Cajamarca, en la primera ocasión que el emperador inca supo de un caballo. Desmontaron a unos cuatro metros de mí. En su cobrizo rostro el capataz portaba un gesto entre sorprendido y furioso, mientras hacía tañir las espuelas al acercarse.

—¿Por qué volvés, pendejo? ¿Sos loco?

Su brazo derecho, prolongado en un rebenque cuyo mango de plata no tapaba del todo el fiero puño, se distendió hacia atrás para castigar. Me adelanté y le golpeé en la pierna izquierda con el hierro. El ruido de la rodilla al quebrarse fue acallado por el grito del herido. Evité que cayera hacia delante con el patadón que le di en plena cara. Noté que algo se rompía, y no era mi pie, antes de verle caer hacia atrás chillando, con los reales rielando al sol, mientras su sombrero rodaba hacia la pradera como si tuviera un motor y el rebenque giraba en el aire como un bumerang. Sin pausa, amagué con el hierro a la cara del próximo. Se cubrió con los brazos y dejó el vientre al descubierto. Mi golpe favorito lo lanzó contra uno de los caballos, que se encabritó y alarmó a los otros, pateando los tres el suelo y levantando turbiones de polvo. El hombre yacía de rodillas, se sujetaba la entrepierna y gemía. Levanté el hierro y le golpeé en un hombro. Algo se partió y fueron dos los deteriorados. Observé a Santiago moverse atontado, poniéndose a cuatro patas como si fuera un musulmán rezando hacia La Meca. Bajé el hierro sobre su espalda, que sonó como un tambor. Quedó desmayado boca abajo como una rana gigante. Sin detenerme, encaré al tercer sujeto mientras los caballos escapaban al galope. Retrocedió sin huir. Miré su rostro demudado. Ni rastro de risas. Avancé hacia él. Se acercaba un coche a gran velocidad. Quedé quieto con el hierro en la mano mientras el amnistiado corría hacia los caballos. Descendieron Carlos y los tres nietos de Gracia, con un tipo grande y cobrizo con pinta de peón. Contemplaron en silencio a los caídos, que estaban siendo atendidos por los del grupo con quienes hablé a mi llegada. Venía más gente corriendo, otros a caballo. El aire estaba como aplastado y los ojos de mi amigo eran un pozo de confusión.

—¿Podés acompañarme? —Leandro Guillén no escondía su desprecio hacia mí.

—Te sigo en el taxi. Carlos, ven conmigo. —Solté el hierro y entramos en el Cadillac, cuyo conductor reflejaba en su rostro la impresión de la violencia vivida. Durante el trayecto informé a mi amigo de lo acontecido. Llegamos al Casco. Eva nos esperaba junto a la entrada. Pasamos al vestíbulo todos menos el conductor del hotel, a quien dije que esperara en la zona de aparcamiento. Por el pasillo de la izquierda llegamos a una espaciosa biblioteca situada al fondo. Había cientos de libros, revistas y legajos en las estanterías y en largas mesas de superficie mate. Una escalera móvil, fijada a una guía horizontal, permitía acceder a los paneles más altos. Había zonas descolocadas y libros abiertos, lo que significaba que ese lugar no era un museo sino un espacio para el estudio y la reflexión. Un hombre rubio con gafas y una edad sobre el medio siglo nos contempló desde un óleo dentro de un marco rústico. El hijo de la estanciera, de gran parecido con el hombre del cuadro, estaba de pie flanqueado por sus tres hijos y dos cenceños empleados de aspecto rudo y caras de pocos amigos. Leandro estaba contando a su padre el resultado de mi actuación mientras Joaquín me concedía largas miradas inamistosas. Oí a Carlos resumir la situación a Eva y vi a Manuel abandonar el recinto. El aire acondicionado sólo se notaba en la agradable temperatura. Luis me miraba ceñudo.

—Somos argentinos —señaló, tras un breve silencio—. Ésta es una tierra generosa y amiga. Usted ha irrumpido en nuestra casa y en nuestras vidas burlándose de nuestra hospitalidad y de nuestra intimidad. El porqué se porta así no nos interesa. Pero no se lo vamos a consentir. Su agresión a nuestros empleados, sin motivos, va a tener un costo para usted.

—¿Sin motivos? ¿Te dice algo mi cara?

—Explíquese. —Su gesto al revisar mis heridas respiraba franqueza.

—Siete valientes. Paliza nocturna y sesión de marcado a fuego. Una curiosa forma de hospitalidad.

—¿Qué dice este hombre? —Luis volvió la vista a sus hijos. El mayor sostuvo su mirada.

—Convine con los muchachos que corrieran a este tipo. Un rato de diversión. Supongo que no habrá sido tanto para un cabrón tan duro.

Me quité la camisa y me bajé los pantalones. Todos miraron mis heridas abriendo mucho los ojos. No había trucos en mi cuerpo maltratado. No pude evitar mirar a Eva y ver su gesto lleno de alarma y asombro.

—Como veis, me he divertido de lo lindo.

—Leandro —dijo el anfitrión mirando a su hijo con dureza—, ¿cómo se te ocurrió? ¿Te volviste loco? Pide disculpas a este hombre.

—No se me canta. Ha quebrado a Santiago y a Enrique. Ya se vengó el pelotudo.

—No necesito disculpas, sino una explicación por la agresión recibida. No hay justificación para acción tan desmedida.

—No tengo esa explicación. Es tan desproporcionada para mí como para usted.

—Dime algo creíble.

—Quizá se lo buscó. Y puesto que resolvió su contencioso con mis hombres, estamos en paz.

—No eres Salomón ni juez para dictaminar nada. Y el contencioso no es con tus hombres sino contigo. Ellos obedecían órdenes.

—Fue una equivocación. Déjelo como está. No haremos denuncia contra usted.

—¿Así que no harás denuncia? Tienes un raro sentido del humor.

—Creo que debemos dar por terminado este incidente. Deben entender que hay hombres afuera que le han tomado ganas. Hemos de evitar que vuelva a España en peores condiciones.

—¿Te preocupás por ellos o por mi amigo? —dijo Carlos.

—No sea absurdo. Quiero que ahora mismo recojan sus bártulos y se vayan. —Miró a Eva—. Ustedes son argentinos. ¿Cómo se han juntado con este bárbaro?

—Pues amigo —habló Carlos—, apalizar a un turista...

—No es turista —terció Leandro—. Vino a joder.

—... Golpear alevosa y brutalmente a un invitado —siguió Carlos— no es de buenos argentinos, ¿sabés? ¿Quién es el bárbaro? Tenés derecho a largarnos, pero si él denuncia tené razón. Yo lo haría, ¿oíste?

—Vámonos, Corazón —dijo Eva—. Esto no camina. Agredir con nocturnidad a un hombre... —Miró heladamente a Luis—. ¿Presumimos de argentinos? De repente quiero rajar de aquí. No es la gente noble que había imaginado.

Ellos se movieron impacientes y desconcertados.

—No diga eso —se lamentó Luis—. No merecemos un juicio tan negativo. No nos conoce lo suficiente.

—La adhesión de tus hombres es digna de elogio —dije, mirando la confusión de su rostro—, pero han ido demasiado lejos. Explícaselo, Carlos.

—Pues bien, señor. Cometiste varios hechos delictivos: secuestro, tortura, coacción y amenazas a un turista que nada reprobable había hecho. Hay testigos de todo ello. Una querella representará para vos no sólo sustancial cuantía económica, que no dudo podés cancelar, sino un baldón para los intereses turísticos de vos, que no podés soportar, ¿oíste? Por tanto, querido estanciero, prestá atención a lo que proponga mi amigo.

El silencio reinó en la habitación.

—Usted parece saber mucho de estas cosas. ¿Abogado?

—No. Pero vos sabés que lo hecho por esos gauchos demandará atención judicial si él denuncia.

—Dígame lo que quiere —dijo Luis Guillén, mirándome con chispazos de rencor en sus ojos.

—Hablar con la señora.

—No hay trato. Si ella no quiere, no voy a obligarla.

—Ningún mal puede hacerles una simple conversación.

—Asunto cerrado. No vamos a hacer lo que se le cante el culo. Arrostraremos con lo que venga. Esta familia tiene una larga tradición de lucha.

—Buenos días a todos. —La voz de la anciana nos pilló de sorpresa. Ahí estaba, en la puerta, en una silla de ruedas y flanqueada por su nieto Manuel—. He oído todo lo que se ha dicho aquí. Vamos a acabar con este desagradable asunto.

—Mamá, no.

Ella se levantó y caminó hacia el interior de la biblioteca. Tomó asiento en un alto sillón.

—Malicio que el señor Corazón cumplirá su empeño de no dejarnos en paz. Ha demostrado ser una auténtica mosca cojonera.

Nuestras miradas se enlazaron. En la de ella había un brillo nuevo.

—Venga, siéntese aquí. —Señaló una silla—. Quizá podamos darle alguna satisfacción. Luis, quédate conmigo. Los demás, dejadnos. Y ustedes —se dirigió a mis amigos— disfruten de su estancia. Les ruego olviden lo ocurrido. Estamos felices de tenerles. Albergo la seguridad de que al final de sus vacaciones habrán cambiado su dolorosa opinión sobre nosotros.

Miré la mirada de Eva cuando salía con los demás. Tomé asiento frente a la dueña. A su lado se acomodó su hijo. Aguanté un silencio largo lleno de miradas duras. La mujer fue al grano.

—Usted habla de Rosa y de unos asesinatos y robos. Es como si hablara en chino. Vincularla con actos criminales es de criminales.

—¿Nunca observó nada fuera de lo normal en Rosa a partir de 1943?

—¿A qué se refiere? Ella nunca fue normal. Su preocupación por la gente era inconcebible.

—Me refiero a cosas fuera de su normalidad.

—No. Y me importa un rábano lo que crea. En realidad, pocas cosas me importan a estas alturas de mi vida.

No contesté. Miraba sus pequeños y vivaces ojuelos.

—Hablar de Rosa es hablar de bondad, algo que usted debería meter en su mollera. Busque en otro sitio. No pierda su tiempo. No enfangue la memoria de gente admirable, aunque me temo que sus cualidades morales le harán insistir.

—¿Qué sabe usted de mis cualidades?

—Aunque mira de frente y sus ojos parecen nobles, tiene el rostro desabrido y sus ademanes son fríos. Vive en la violencia y en el escepticismo. Seguro que no le gusta lo que ve cuando se mira al espejo.

—Estoy aprendiendo a controlar esa sensación.

—No es usted tan listo como cree. Nos avisaron desde España de que un fisgón podría venir a hurgar en nuestro pasado. Incluso nos dieron su nombre y aspecto. Por simple deseo de tranquilidad, no por alguna cuenta que rendir, decidimos que si finalmente se presentaba haríamos valer nuestro derecho de admisión. Luego me sedujo la idea de burlarme de usted, por eso le di cancha ayer.

—¿Lo consiguió?

—El qué.

—Burlarse.

—No. Alborotó en demasía mis recuerdos más odiados.

—Lo lamento. Ello no justifica la violencia de sus hombres.

—Usted vino engrupido, amenazando porfía —terció Luis—. Mi gente pensó que era su deber bajarle los humos. Se excedieron, claro.

—Ni yo sabía que iba a venir. ¿Cómo pudieron advertirles?

—Posiblemente sea usted un libro abierto para algunos. Malo para su profesión de husmeador. —El rostro de Gracia se contrajo en infinitas arrugas al sonreír.

—Me alegro de que se encuentre bien.

—¡Oh, sí! Gracias. Estoy bien, incluso excitada. Hablar de Rosa en voz alta es revitalizador después de tantos años de rumiar su recuerdo.

Se levantó y caminó cuidadosamente hacia el cerrado ventanal, un rectángulo de baja altura y tan ancho como el mirador del piso superior. Desde mi posición veía la desmesurada pampa. Miré su figura, despiadadamente menuda. Su voz rebotó en el limpio cristal.

—Conocí a Rosa en tiempos difíciles pero esperanzados para nosotros, los de izquierdas. Había dos Españas irreconciliables —tornó su rostro y me miró—. Parece que eso no se ha superado del todo. Es una herida sin cerrar. No mientras los culpables de la feroz represión sigan sin ser llevados a los tribunales, vivos o muertos.

No contesté.

—Es curioso. Se habla de juzgar a los criminales de las dictaduras de Chile y Argentina, ¿por qué no hacen lo mismo en su país? —Siguió mirándome—. ¿Se lo digo? Porque los españoles no tienen conciencia histórica, porque la izquierda de ahora es cobarde.

—Mamá —terció el hijo—, este señor no está aquí para esas cosas. Además, los españoles viven bien, están en democracia y son europeos. Una salvajada como la del 36 no volverá.

—No lo quiera el diablo. Pero los verdugos viven en la impunidad. Meterlos en la cárcel no sería abrir una nueva guerra.

—Mamá...

—Rosa era definitivamente especial. La conocí a principios del 37. Mi compañero, el padre de Luis —señaló a su hijo—, era un intelectual muy comprometido. Sus crónicas periodísticas y sus libros hacían más daño a los facciosos que las balas. Cuando fue alistado, Miguel, el marido de Rosa, le retuvo en retaguardia y allí siguió todo el tiempo, incluso después de que Miguel fuera matado. Ellos vivían en la Castellana. La organización les había dado una vivienda incautada, como a otros mandos, que Rosa cuidó con respeto y esmero. Un día, Leandro me llevó para presentármelos. Cuando la vi, quedé muda. Cualquier cosa que pueda decirle de ella sería insuficiente. Ni en las películas americanas había visto una joven tan bella y agradable. Alta, imponente, algo especial. Aunque luego he estado y vivido con ella, la impresión que esa primera vez me produjo permanece inalterable, como si hubiera sido ayer. Tan joven y con todo el pelo blanco, brillante como la nieve. No imaginé entonces que la bondad y el desinterés personal de esa mujer nos fuera a cambiar la vida y nos fuera a unir para siempre.

Retornó a su sillón y se acomodó en él.

—Al terminar la guerra; bueno, es imposible describir la inhumana represión que hubo por parte de Franco y sus sicarios, los falangistas. Había muchas delaciones y las *sacas* eran diarias. Mucha gente se suicidaba. Para las izquierdas, para los que perdimos la guerra, fueron años de terror, persecuciones, torturas y asesinatos. Porque no otra cosa fueron esos fusilamientos sin juicio previo. Quizás algún día salgan a la luz las barbaridades causadas por los franquistas.

»Mi hombre estuvo escondido en alcantarillas. Estaba fichado. No sabíamos dónde cobijarle ni a quién acudir. Me acordé de Rosa y de su bondad. No sabía dónde estaría, porque el final de la guerra fue una desbandada. Su suegra me dijo dónde vivía. ¡Y cómo vivía! Habitaciones desnudas, sin muebles, sin nada. Sólo una cama donde dormían ella y sus tres hijos. Y unos cajones de envasar fruta como mesa y asientos. Pero allí estaba, dispuesta como siempre. Nos brindó su ayuda. Mi hombre dormía en una habitación, en un jergón y mantas que él mismo agenció, en el suelo. La habitación no tenía bombilla. De noche estaba a oscuras y a oscuras él entraba y salía, como los murciélagos, siempre con el temor de ser descubierto por el jefe de casa, un falangista con ganas de hacer méritos. Yo le llevaba comida todos los días y, de paso, llevaba algo para esos niños. A veces llegaba algún amigo de Rosa del pueblo, al que habían puesto en libertad. Dormía algunos días junto a mi hombre, en el mismo suelo. Eso le servía de distracción, porque no hablaba con nadie. Así estuvo más de un año hasta que la organización pudo sacarlo a Francia y de allí a Argentina.

»Mi hombre tardó en dar señales de vida. Finalmente, recibí una carta suya escrita a máquina y un texto en clave. Me enviaría dinero y pasaje para mí, el niño y mi madre. Pero los meses pasaban y no recibí ninguna otra misiva. Comenzaba a creer que se había olvidado de mí, cuando recibí noticias, esta vez con remite y bajo otro nombre. Al mes siguiente me enviaría el pasaje. Pero yo no podía dejar a Rosa, después de su sacrificio, sola con su miseria. Llevaba tiempo tratando de convencerla de que viniera conmigo. Soy pequeña, pero muy tenaz. Ella aducía razones. Confiaba en volver a vivir dignamente. Y no tenía ni un real para hacer la travesía. Escribí a mi compañero pidiéndole pasaje para Rosa y los niños. Él los envió. Vinimos juntas y allí quedó el horror, pero no los recuerdos.

—¿En qué año fue el viaje?

—En el 43, abril.

—Usted dijo de darme una satisfacción. Pero casi todo lo contado no es nuevo para mí.

—¿Lo sabía?

—Una señora, vecina de Rosa de esos años: María.

—María... —abrió los ojos—. Sí, María. ¿Vive todavía?

—Y Agapito Ortiz.

—Agapito... ¿Agapito? ¿También lo vio?

—Parece que, después de todo, los sufrimientos les han dado muchos años de vida a todos ustedes.

—No han sido los sufrimientos sino la mala leche.

—No me cuadra.

—¿Qué no le cuadra?

—Es tan inocuo lo que me ha contado, que no justifica el rechazo violento que han tenido para conversar conmigo. Lejos de ello, deberían haber estado deseando contarlo. ¿Por qué ocultar algo tan hermoso?

—Verá, señor usted, nadie puede decirnos lo que hemos de hacer y cuándo —interrumpió Luis—. Además, viene con fines que nos repugnan. Asociar a Rosa con asesinatos y robos es un crimen en sí mismo. Llévese su fango a otro sitio.

No le miré mientras hablaba. Mis ojos miraban a la dueña.

—Ustedes sabían que habían aparecido los cuerpos. Los que desde España les avisaron se lo dijeron. Algo ocultan en ese pasado de que me habla. Sólo eso explica la alarma que mi presencia les ha producido.

—Es muy libre de conjeturar. Usted no nos ha alarmado, porque nada hemos de temer. Simplemente nos ha incordiado. ¿Quién se cree que es para husmear en nuestras vidas? —señaló él.

—Punto final, señor —dijo ella—. No hay más que decir.

—Sí. Esos dos asturianos, Manín y Pedrín.

Madre e hijo se miraron. Él dijo:

—¿Qué asturianos?

—¡Oh!, vamos, dejen de fingir. Saben quiénes son. Entrañables amigos de Rosa. Estuvieron en Argentina varias veces. Es lógico que, si Rosa vivió aquí, ellos vinieran también.

—Usted es un sabelotodo. ¿Por qué pregunta? Contéstese.

—¿Dónde están?

—Eran gente definida. Nunca se entregaron. Llevan muchos años enterrados.

—¿En qué lugar?

—Usted cree que va ganando. Averígüelo.

—¿Y Rosa?

—¿Qué pasa con Rosa?

—¿Vive?

—Sí, por fortuna.

—¿Dónde está?

—Se extravió por ahí, en la vida que se fuga.

—Es usted una señora agradable. No perturbe esa imagen.

—Me importa poco su opinión. Usted no me tomará la posta.

—Dígame al menos en qué ciudad se encuentra.

Madre e hijo se miraron. Luis dijo, con voz ahíta de aburrimiento:

—El mundo es ancho. Búsquela. Quizá la encuentre antes de que nos sorprenda el diluvio.

23 y 26 de febrero de 1937

Suma horror al horror, suma combate a la espera; suma hombría a la infancia, suma cantar a llorar. ¡Oh, colinas del Jarama!, ¡casa blanca de Morata! Habíamos dicho que la hora no nos sorprendería dormidos.

SUPERVIVIENTE DEL BATALLÓN BRITÁNICO
DE LAS BRIGADAS INTERNACIONALES

No era como en Alhucemas, aquella mañana final. Allí reinaba el silencio, aun siendo las mismas horas de madrugada. Aquí estaban los murmullos, las canciones templadas en inglés, los chistes en español con su acompañamiento de risas, el sonido nostálgico de una armónica. Hacía frío, el ambiente era húmedo, aunque no llovía. No había más luces que las luciérnagas de los cigarrillos. Las primeras claridades se insinuaron por el este y el hombre pudo ver la loma que ascendía hacia el cerro Pingarrón, tomado por los republicanos unos días antes y perdido un día después por el arrojo de las fuerzas moras y los aviones de la legión Cóndor. Ahora conquistarían de nuevo el cerro. Era la consigna del alto mando. La 70.ª Brigada mixta, al mando del mayor de milicias Eusebio Sanz Asensio, había sido *prestada* a la 11.ª División de Líster que, con ayuda de las Brigadas Internacionales, llevaba semanas de calvario perdiendo cientos de hombres en esa trampa del Jarama. Los batallones 1 y 4 lo componían hombres de la CNT de Murcia y Alicante. Él pertenecía al tercer batallón bajo el mando del comandante de milicias Álvaro Gil. La 70.ª Brigada se había constituido en enero de ese año y estaba como reserva del Cuerpo de Ejército del Centro bajo el mando único del general Miaja, que tenía como jefe de Estado Mayor al teniente coronel Rojo. El mando entendía que el futuro de la capital se estaba dirimiendo en el Jarama, uno de cuyos puntos clave era el Pingarrón, porque controlaba la única carretera que enlazaba Morata de Tajuña y San Martín de la Vega. Además, de la 11.ª División, ahí estaban la XI Brigada Internacional, con los resonantes batallones Edgar André, Comuna de París y Dombrowsky, y la XV Brigada Internacional con los no menos resonantes batallones Lincoln, British, Washington y Dimitrov. Unas fuerzas conjuntas de unos quince mil hombres con moral de victoria, a pesar de la mortandad habida entre los extranjeros en los días de lucha precedentes. Él no entendía del todo a esos hombres tan jóvenes que venían a derramar su sangre por una causa que, en la pura realidad, no era la suya. Sus hogares no estaban siendo invadidos, sus países no estaban en guerra, sus familias no estaban amenazadas. Y ellos venían imbuidos por sus ideales en un ejemplo nunca hecho antes, porque no eran mercenarios. No venían por dinero, como los alemanes enviados por Hitler, sino para luchar contra el fascismo, simplemente. Además, eran alegres, cantaban, reían y no exigían nada, lo que contrastaba con su temperamento norteño en general y con su circunstancia particular, porque él tenía algo profundo que resolver, además de su aportación a la lucha por conseguir una España libre de opresores. Volvió a mirar al cerro. Allí estaban esos demonios de apariencia insensible que venían autorizados por los mandos del ejército colonial para violar y asesinar sin freno. Era como estar en Alhucemas de nuevo, pero con las dotaciones de los combatientes cambiadas. Ahora los moros estaban ahítos de botín y alimentos, en tanto que ellos distaban de ser unidades suficientemente pertrechadas. Tendrían que superar esa barrera mental. Al fin, muchos de los que subirían a la colina eran hombres experimentados en el arte y miseria de la guerra. Él mismo era superviviente de una guerra anterior más despiadada que ésta. Sabían lo que era estar en el frente, donde lo heroico normalmente está más cerca de la estupidez que de la valentía. Miró a su amigo, que fumaba silenciosamente unos puestos más alejados de él. Nunca le habló de lo que le rondaba por la cabeza y cuya puesta en práctica inicial sería hecha hoy. Aunque sospechaba que él tendría las mismas intenciones, sabía de qué forma pensaba. Pero se le adelantaría. Nadie podría realizar por él esa misión. Buscó luego a César con la mirada. Allí estaba, asiendo un pesado fusil ametrallador 2B26/30 checo. Jodido hombrecillo. Con él nadie podría. Se oyó de pronto el crepitar de motores y el ruido de orugas metálicas, cuando los T-26 soviéticos se lanzaron hacia arriba haciendo retumbar el suelo. Se había acabado el descanso. Algún jefe dio una orden. Los capitanes arengaron a sus compañías. Con un griterío de miedo y rabia la tropa inició la subida entre sufridos olivos y castigadas encinas bajo un infierno de fuego. Oficiales y soldados caían abatidos entre surtidores de tierra. El ruido de las ametralladoras, granadas y obuses anulaba los gritos. Los camilleros no daban abasto y muchos de ellos caían también por el fuego de los atrincherados. El hombre avanzaba como aprendió años antes. Llevaba el Máuser 1893. Había ya mejores armas, como el fusil soviético de 7,92 mm y otras. Pero el mejor armamento, igual que los equipos y pertrechos, estaban en manos de los comunistas de Líster y Modesto. Los anarquistas eran los peor equipados de todos los combatientes. Era notorio que los de la Confederación debían predicar su ideario de humildad incluso a costa de sufrimientos mayores. Pero a él no le importaba. El arcaico fusil era una pluma en su fibroso brazo. Se detenía, apuntaba, disparaba y volvía a correr. Veía caer a compañeros, pero él sabía que no moriría. No antes de culminar sus propósitos. Buscó la espalda del capitán Miguel Arias. Él sería el primero en pagar. Le veía mover su corpulento cuerpo, escaqueándose a derecha e izquierda, agitando su brazo derecho hacia delante y gritando arengas. El hombre puso rodilla en tierra y encaró el fusil. La espalda del capitán era un blanco tentador, pero él buscó la cabeza, donde nadie extrañaría el impacto. Amartilló. Pero el dedo se aquietó en el gatillo. Aunque el fragor era ensordecedor, él estaba aislado en un silencio interno, con pleno dominio sobre sus emociones. Pero las acciones eran fulgurantes. El capitán se movió y las posibilidades de acierto se esfumaron. Volvió a correr agazapado y buscó otra ocasión de disparo. Por segunda vez el gatillo no alteró su posición. Se dio cuenta con alarma de que no podía dispararle. El capitán Arias era un valiente. Ahí estaba, enfrentando las balas, dando ejemplo de sintonía con el deber asignado. No era mala persona, no podía serlo quien estaba comprometido en la liberación del pueblo oprimido. Nada que ver con los otros dos cabrones, Amador y José, que ahora estarían bien guarecidos en el pueblo, rezando para que ganaran los facciosos y seguir con sus formas de vida. Era campechano, amistoso, carente de egoísmo personal. Quien le trataba, quedaba prendado por su simpatía. Quizá por su falta de ambición originó el drama, por el que debía ser castigado. Se levantó y siguió tras él. De nuevo intentó ejecutar su plan. Lo había jurado, pero supo que no podía hacerlo. No hoy. Algo desconocido se lo impedía. Quizá más adelante. Volvió a la realidad del momento. Los hombres avanzaban, disparaban y morían inmersos en ese enloquecido estruendo. La puntería de los moros y de los tricornios era temible. Vio a dos murcianos caer, sus pechos cubiertos por cananas de ajos y sus ojos llenos de adolescencia. Miró a su izquierda. Vio estallar la cabeza de un brigadista inglés. El cuerpo sin cabeza, aventada por la granada, avanzó unos pasos antes de desplomarse. Un poco más allá, César avanzaba como un gamo. Se volvió a mirarle y notó la simpatía de su rostro simiesco antes de que estallara como si le hubieran echado un vaso de tinta roja encima de la cara. Lo vio desplomarse sin soltar el arma. Miró a su derecha. Su amigo enfrentaba su propia situación avanzando y disparando. Tuvo un momento de indecisión. No sintió entrar la bala, sino el golpe por el impacto. Tuvo un acceso de rabia antes de la repentina oscuridad.

El hospital de Sangre estaba saturado de heridos. Afuera, en la rotonda de la plaza de la Lealtad y frente al museo del Prado, coches y ambulancias traían heridos continuamente desde los frentes. También salían ambulancias y furgones con cadáveres para los cementerios por lo que el barullo era continuo de día y de noche. Adentro, los médicos operaban con urgencia. Un sinfín de enfermeras y ayudantes se movían por los espacios prestando su colaboración y trabajo. No existía el orden normal de un centro médico. Todos entendían, soportaban y disculpaban la confusión y el desconcierto reinantes por lo extraordinario de la tragedia común. Fallecían muchos heridos en los hospitales. En un momento determinado llegó a evaluarse que morían más que en el frente mismo. Ello motivó sospechas hacia el estamento médico, elite social normalmente inclinada, en su mayoría, hacia los sublevados. Las purgas efectuadas inicialmente a otros colectivos no se extendieron hacia los médicos, porque se les necesitaba. Sin embargo, y dado el número de fallecidos, las organizaciones sindicales y otras decidieron establecer secciones de vigilancia. Esos hombres y mujeres vigilaban las operaciones, la gravedad de las mismas, el tiempo de curas y el trato postoperatorio, además de los medicamentos. Y bien fuese por esa vigilancia o porque la mayoría de los facultativos cumplían con su juramento, el caso es que la mortandad hospitalaria disminuyó considerablemente.

Manín se despertó y contempló la sala llena de luz donde cosas blancas se movían silenciosamente. Tardó en comprender que eran enfermeras y médicos y que él estaba postrado en una cama. Vio mujeres sin batas junto a otras camas. Familiares. Giró la cabeza un poco y su corazón tomó impulso. Allí estaba Rosa, sentada a su lado, mirándole con ojos inundados de sufrimiento.

—Rosa... —Tenía la boca amarga y dolor en el pecho.

—Sí, no hables.

—Supongo... que me estoy muriendo y que vienes a despedirme.

—No. La bala te entró en la parte alta del pecho. Te ha hecho menos daño que ese tabaco que fumas. Vivirás.

—¿Y Miguel?

—También fue herido en varios sitios, pero está fuera de peligro. Descansa allá, en esta misma sala.

—¿Qué pasó?

—Perdimos el Pingarrón. El frente del Jarama se ha estabilizado. Habéis tenido suerte. La mitad de los hombres de la brigada cayeron.

Él sintió una rabia inmensa. Tantos muertos y sacrificios para nada.

—Pedrín fue herido en un hombro y en la frente. Un poco más y no lo cuenta. No se acuerda de nada de lo que le pasó. También está aquí.

Un fuerte dolor en la nuca le hizo sentir un mareo. Cerró los ojos e intentó mover un brazo. Rosa se lo impidió.

—No te muevas. Tienes la cabeza vendada también, como el pecho. Al recibir el tiro caíste para atrás y te golpeaste con una piedra. El médico dice que es un milagro que no te hayas roto la mollera. Él no sabe lo dura que la tienes.

Él intentó reír y el dolor le laceró.

—Ésta es una sala de oficiales, en el hotel Ritz. ¡Quién te lo iba a decir! El mejor hotel de Madrid. Lo que vas a presumir en el pueblo cuando lo cuentes. —Pretendía mostrarse alegre, pero su gesto sombrío lo desmentía. Permanecieron un rato en silencio. Luego ella se levantó.

—Vuelvo con Miguel. Luego iré a ver si encuentro a César.

—¿César?

—Pedrín lo vio caer. Ojalá esté vivo.

—Rosa... —Ella lo miró.

—Yo... bueno. Gracias por venir a verme...

—Qué cosas dices. ¿Cómo se te ocurre darme las gracias?

Se levantó, le tocó una mano y se alejó llevándose la mirada del yacente. Más tarde fue al registro de entradas y dio el nombre de César. Sintió un gran alivio al saber que había ingresado allí como los demás de la Confederación. Le indicaron la sala. Caminó entre la gente viendo las hileras de camas ocupadas, muchas de ellas por heridos terminales. Se sintió desfallecer por un momento. Era como un matadero. Bajó unas escaleras y entró en una sala más grande sintiéndose observada. Su alta y recta estatura y su cano cabello, en contraste con su terso y joven torso, no era una visión corriente. La sala era para soldados sin rango. Había muchas camas y también hombres y mujeres junto a la mayoría de los heridos. Médicos y enfermeras pasaban de vez en cuando. No había camas para tantos heridos. Algunos estaban en los pasillos, en camillas de mano. Andaban escasos de todo. Las vendas y algunas gasas usadas se lavaban, luego se hervían, se planchaban y se utilizaban para otras curas. Había un silencio salpicado de murmullos, toses y lamentos. Ella fue mirando y encontró una cama solitaria. El hombre estaba dormido y tenía la cabeza totalmente vendada. Parecía una momia. Salvo las zonas de ojos, agujeros de la nariz y boca todo era una máscara blanca. Sólo el cartel colgado al pie de la cama identificaba esa masa informe con César. Un médico se acercaba y le preguntó qué daños tenía el paciente. Luego se sentó en la silla metálica que estaba junto a la cabecera. Giró la vista y se conmovió al contemplar las filas de camas ocupadas. Esos muchachos querían cambiar el mundo. La mayoría sólo tenía su vida y la ofrecía generosamente. Sumergió la vista en el fondo de sus vivencias. Su marido y amigos habían caído, finalmente, tras meses de lucha en la primera línea de todos los frentes. Recordó los días en que Madrid parecía que iba a capitular. Del 6 al 18 de noviembre del año anterior Madrid entró en la leyenda de las ciudades sitiadas a lo largo de la historia. Como Bizancio ante los turcos de Mehmet IV. Pero los mahometanos que empujaban desde la Casa de Campo a Carabanchel, al otro lado del río, no pudieron forzar los muros de valor que defendían la capital. Mola había dicho que el día 12 de noviembre comerían en Madrid. Incluso había invitado a corresponsales extranjeros a su toma. Para tal ocasión, y en honor de tan distinguido fanfarrón, en la Puerta del Sol se había colocado una mesa con mantel y cubiertos. En el plato, una mierda auténtica. Mola tuvo que desistir a la invitación a la fuerza. ¿Seguiría allí el excremento? Rosa sonrió brevemente. Pero luego evocó la venganza facciosa por el fracaso. Franco había dicho, según publicó *The Times* de Londres: «Destruiré Madrid antes que dejárselo a los marxistas.» Y estuvo a punto de conseguirlo. Desde el 23 de octubre, los bombarderos alemanes dejaron caer sobre la capital cientos de bombas, además de proyectiles incendiarios, mientras que, en una orgía de destrucción, desde el Cerro de Garabitas la moderna artillería pesada alemana lanzaba cientos de obuses sobre las zonas a su alcance. Recordó el día 19, que fue el más terrible de todos, con grandes incendios que iluminaban la noche como si fuera de día mientras devoraban los barrios obreros y el centro de Madrid. Había visto caer bombas en Cuatro Caminos y en la Puerta del Sol y a los heridos y los muertos como testimonio de esa atrocidad inhumana. Vio con sus ojos a decenas de mujeres, ancianos y niños caminar por las calles cargando con sus enseres tras haber perdido sus viviendas, buscando la seguridad en las calles del intocado barrio de Salamanca. Nunca podría olvidar el horror, la miseria y el sufrimiento del pueblo llano al que ella pertenecía, ni su propio dolor y miedo por sus hijos en aquellos días terribles. Los bombardeos no habían cesado todavía, pero no tenían la tremenda continuidad de aquellas tres semanas de noviembre en las que hubo miles de muertos, según informaron los periódicos. El general Varela quiso llevar la guerra total para quebrantar la moral de la población. Casi consiguen sus propósitos. El gobierno en pleno abandonó Madrid y se instaló en Valencia. Pero se formó una Junta de Defensa que aglutinó y encauzó la desesperación de los ciudadanos. Las proclamas de los líderes y políticos como Miaja: «Madrid no se rendirá jamás»; Dolores Ibarruri en Radio Madrid: «¡No pasarán!»; el diputado Varela por Unión Radio: «Aquí en Madrid se encuentra la frontera universal que separa la libertad de la esclavitud», y, sobre todo, la llegada de la XI Brigada Internacional el día 8 y su desfile por la Gran Vía hacia los frentes, hicieron el milagro de que una población atemorizada, indefensa y mal alimentada, con la amenaza añadida de una Quinta Columna facciosa camuflada, cuyo propósito era atacar desde dentro, resistiera los feroces embates del bien entrenado y pertrechado ejército traidor. Ni la negra noticia del reconocimiento por parte de Roma y Berlín del gobierno de Franco como el único interlocutor legal en España apagó la esperanza de victoria final sobre los antidemócratas. Y más cuando el día 24 Franco decidió cancelar la fracasada ofensiva y estabilizar los frentes alrededor de la capital. Era la primera victoria del pueblo sobre el terror amenazante. Y, aunque Inglaterra, Francia y Estados Unidos insistían en la tremenda injusticia de la No Intervención, no les importaba. Rusia, México y otros países no les abandonarían porque el enemigo era el mismo para todos los países de Europa, aunque las democracias no lo vieran. Y llegarían más brigadistas para ayudarles, la hermosa y generosa juventud mundial que respondía a la llamada irresistible común a la humanidad: la defensa de la libertad. Llorando de emoción, ella había visto a esos jóvenes de la XI Brigada. Demostraban un valor y una despreocupación increíbles al enfrentar a ese ejército colonial que había «liberado» a sangre y fuego poblaciones enteras y que pretendía hacer lo mismo con Madrid.

Volvió a mirar a César. Unas vendas sujetaban sus brazos por las muñecas a la cama. Notó que se movía ligeramente. Vio surgir una luz allá dentro, donde estaban los ojos. La luz enfocó el techo y luego vagó por la zona frontal. Después, de golpe, se fijó en ella como si fuera algo físico. Se estremeció. Era un chorro de luz finísimo y espectral brotando de la nada.

—César —le sonrió—, no intentes hablar.

Él no pestañeaba. La luz seguía posada en sus ojos.

—Una bala te entró por un lado de la cara y te salió por el otro, más abajo de la sien. Se te ha desprendido el maxilar. Tendrás que estar aquí varias semanas. ¿Me entiendes? Si lo has entendido aprieta mi mano.

Le tomó una de las manos, dura, con cicatrices; mano con dedos torcidos por miles de horas de trabajo rudo. Él se desasió y luego le cogió la suya como si hubiera capturado un gorrión. Se la apretó.

—Bien. No te preocupes. Te cuidarán. No puedes comer, sólo beber con una paja. Tienes que descansar, ¿vale?

Él repitió el apretón. Rosa le contó lo del Pingarrón, porque pensaba que algo tenía que decirle, aunque todos tuvieron siempre dudas de que él entendiera magnitudes superiores a su propio entorno y vivencia. Vio que de la boca le salía una baba sanguinolenta. Intentó desprender su mano para secársela con una de las gasas que había en la mesita, pero él no la soltó. Hizo la limpieza con la otra mano mientras él continuaba mirándola.

—Así, tranquilo. Tus amigos y Miguel, tu capitán, están heridos también. Pero curarán. Igual que tú. ¿Te duele? —Notó un apretón en su mano. Se volvió e hizo una seña con la otra mano. Al cabo se acercó una enfermera—. Tiene dolores. ¿Podéis darle algo para mitigarlos?

La enfermera miró la ficha. Era tan joven como ella y su pálido rostro mostraba el cansancio de jornadas sin pausa. Se alejó para volver más tarde con una cajita de acero inoxidable. La abrió. Dentro había varias agujas hipodérmicas en agua. Echó alcohol en la tapa vuelta hacia arriba, lo prendió e hirvió las agujas durante unos minutos. Cargó una jeringuilla con un líquido de un tubito, colocó en la punta una aguja hervida e inyectó el calmante en una nalga del herido.

—Gracias —dijo Rosa, viendo cómo recogía los útiles y se alejaba sin haber abierto la boca. La vio dirigirse a otra cama en respuesta a otra petición. Rosa movió la cabeza y luego se volvió a César.

»Eso calmará tus dolores. Te pondrás bien. Vendré a verte todos los días y ayudaré en las curas. No estarás solo.

De nuevo y con suavidad intentó liberar su mano, sin resultado. La mano de él parecía un cepo. Ella notó su soledad latiendo en la áspera piel. Sabía lo que era eso. Necesitaba que le reconfortaran con una presencia amiga. Se acomodó y le sonrió, notando fijas en ella esas luces incombustibles que salían de esos pozos profundos que ocultaban sus ojos. Estaría a su lado hasta que se durmiera, lo que no parecía cercano, dada la intensidad de su mirada. Recordó el atardecer que lo vio por vez primera. Una figura grotesca. Qué diferencia con la figura de Miguel cuando en otro atardecer lo vio llegar al pueblo. Se enamoró de él al instante. Y él le robó su niñez, su juventud y su futuro en sólo unos días. Sintió un nudo en la garganta y las cadenas de la impotencia. El día anterior había acudido al hospital, avisada por Mera, llena de urgencia y angustia para buscar al compañero herido, a pesar de todo. Un médico la había acompañado a la sala donde yacía su hombre mientras le explicaba sus heridas. Miguel había recibido metralla en brazos y pecho, un balazo de refilón en la cabeza que le llevó la oreja derecha, y otro disparo en un brazo. Tenía la cabeza los brazos y el cuerpo vendados pero las heridas no eran graves. Junto a él estaban algunos hombres de la brigada, Agapito entre ellos, quien más tarde, cuando las luces se hicieron eléctricas, la acompañó a la salida. Y hoy, al volver, la informaron de que Pedrín y Manín también habían sido heridos.

El recuerdo la hizo suspirar. Sintió presión en la mano de César. Él seguía mirándola fijamente notando los cristales que bautizaban sus ojos. Desvió la mirada. ¿Qué mundo era el que le cayó encima? No la guerra, causada por fuerzas poderosas, sino su mundo, que de ser un Edén pasó a convertirse en un purgatorio inmerecido. Volvió a la realidad tiempo después, cuando apreció que la presión de la mano de César había disminuido. Lo miró. Se había rendido al cansancio y a los narcotizantes y del oscuro abismo de sus ojos no salían luces. Desprendió su mano lentamente, no sin esfuerzo. Se levantó y estuvo observándolo durante un rato. Luego se alejó hacia la salida.

Descendió por las escalinatas y salió a la luz. Eran las dos de la tarde y en el cielo se peleaban las nubes con el sol como si quisieran emular el conflicto humano. Cruzó el paseo del Prado dejando Neptuno a la izquierda. Subió por la carrera de San Jerónimo y pasó por delante del Congreso de los

Diputados sintiendo un escalofrío al contemplar los feroces leones de bronce fundidos con los cañones tomados a los moros en las guerras africanas. Qué ironía. Ahora los tenían al otro lado del Manzanares esperando violar a las madrileñas como habían hecho con las andaluzas, extremeñas y toledanas. Al llegar a la plaza de las Cuatro Calles sonaron alarmas aéreas y el ruido de aviones. Eran de Franco. Muchos se paraban a verlos mientras las bombas empezaban a caer. Oyó decir que el objetivo era el edificio de la asamblea, la voz del pueblo. Los silbidos de los proyectiles eran terroríficos. La gente corrió hacia la estación de metro de Sevilla. Rosa bajó por la escalera forcejeando con la muchedumbre asustada. Los andenes estaban llenos de gente hacinada, sentada o tumbada, que se había instalado con bultos y enseres. No circulaban los trenes. En los rostros había más expresiones de cansancio que de temor. Tiempo después el peligro pasó. Rosa salió a la calle de Alcalá donde algunas bombas habían levantado el pavimento. Oyó decir que el Congreso no había sido dañado. Caminó hacia Sol. Frente al hotel París, una bomba había hecho un tremendo agujero en la boca del metro dejando inutilizada toda la zona. Había milicianos tratando de despejar los escombros. La plaza estaba llena de gente. Subió por la calle de la Montera hasta la Red de San Luis. El edificio de la Telefónica mostraba tremendas heridas en las fachadas. Los cascotes se amontonaban en algunas partes de las aceras, con hoyos mostrando sus vientres de tuberías. Estaba en la «avenida de los Obuses», bautizada así castizamente porque casi a diario y desde octubre caían los proyectiles de las piezas artilleras de los facciosos situadas al otro lado del Manzanares. Pero la ciudad seguía su ritmo. Cruzó a la calle de Hortaleza y se desplazó por esa arteria que, junto con la de Fuencarral, era una de las vitales de la ciudad en dirección norte. Andaba a paso largo sobre zapatos de tacón bajo y protegida del frío invernal con un fino abrigo de paño negro. Pasaban mujeres con rostros urgenciados portando colchones y bultos, con ristras de niños de ojos preguntadores. Llegó a la plaza de Alonso Martínez y enfiló la calle de Santa Engracia hasta alcanzar la de Trafalgar. Buscó un portal. Estaba cerrado. Golpeó la puerta varias veces hasta que salió la portera, que, al citar al inquilino, le franqueó el paso. Subió las escaleras y llamó a una puerta del tercer piso. Esperó un rato sabiendo que la observaban por la mirilla. María, la mujer de José Vega *Carbayón*, abrió. Detrás de ella, al fondo del pasillo y entre una nube de humo de tabaco, el enorme cuerpo del cacique bloqueaba la luz mientras fisgaba al visitante.

—¡Rosa! Qué alegría verte. Pasa, pasa. —La mujer expresaba auténtico agrado.

—¿Por qué tenéis tanto miedo? —dijo Rosa, entrando.

—No son buenos los tiempos que corren para las gentes de orden —rezongó Carbayón desde el salón, yendo hacia un sofá en el que se despanzurró.

—Puedo dar fe de ello. He tenido que refugiarme de un bombardeo de tus amigos, los salvadores de la patria —contestó ella.

—Entra al comedor y siéntate —ofreció María—. ¿Has comido? Te prepararé algo.

Rosa hizo un gesto negativo con la cabeza y abrazó cariñosamente a la mujer, que la abrazó a su vez con lágrimas que nacían de sus ojos claros. Luego pasó al salón lujosamente amueblado, pero no se sentó.

—¿Qué te trae por aquí? —dijo él con voz cavernosa, dando una larga chupada al puro y soltando un chorro de humo por entre sus enormes mostachos. Calzaba zapatillas de fieltro y vestía un batín de color oscuro. La mesa tenía brasero en la parte baja y la temperatura era cálida. Rosa miró el inmenso cuerpo desparramado en el sofá, que le recordó al oso de la Casa de Fieras del Retiro.

—Vengo del hospital de sangre. Han herido a Miguel.

—¿Miguel herido? ¿Dónde? —Se incorporó y su rostro expresó algo parecido a una preocupación.

—En el frente. Donde ahora están los hombres de verdad.

—¿Cómo está? —dijo él, dejando pasar la puya.

—Por supuesto que no tan bien como tú.

—¿Qué quieres, que me ponga a pegar tiros a mi edad?

—¿Por qué no? Vosotros habéis empezado la sangría. Hay un gobierno y no lo habéis respetado.

—¿Eso es un gobierno? Menuda panda de inútiles y criminales. En cuanto sonaron dos tiros corrieron cagados a Valencia. Bonito ejemplo para los suyos.

Rosa movió la cabeza.

—Ahí fuera la gente muere por defender unos ideales, mientras que tú estás aquí escondido y acobardado. ¿Por qué no te vas al pueblo con tu hijo, otro cobarde? ¿Qué haces en Madrid? ¿Tienes miedo a que te quiten tus propiedades?

—Sí —contestó él, poniendo y quitando el puro de su boca invisible—. Nos quitáis las casas, los muebles, el dinero. Nos quitáis todo.

—No es cierto. Se han incautado casas, sí, como ocurre en todas las guerras. Es una ocupación temporal. Cuando la situación se normalice la gente recuperará sus bienes. Ahora no es lógico que la mayoría de las casas estén vacías mientras que miles de personas pasan frío y no tienen techo. Además, a nadie se le ha echado. Huyeron dejando todo abandonado.

—Claro. Es mejor huir a que te peguen un tiro.

—Ésa es una verdad a medias. A ti no te lo han dado.

—Procuro pasar desapercibido, pero no creas que estoy tranquilo.

—Porque eres un intrigante en contra del Estado. Seguro que estás en la Quinta Columna.

Él no respondió. Siguió echando humo por la maraña de pelos.

—Esta casa —dijo ella—, todo lo que se ve, aquí no hay estrecheces. ¿Cuántas casas tienes? ¿Para qué quieres tanto? Sólo vives para atesorar. ¿Sabes cómo vive el pueblo de Madrid?

—¿Qué me importa la gente? A mí nadie me dio nada. Todo lo que tengo lo conseguí trabajando.

—¿Trabajando? Di más bien explotando y engañando.

El hombrón la miró con exasperación.

—Siempre con la lengua larga, ¿eh? Hablas porque tienes boca.

—No me harás callar. No soy la tonta de hace cinco años.

—Te has vuelto lenguaraz. Me tratas de tú. Faltas el respeto a los mayores. ¿Eso es lo que os ha enseñado la República?

—Sí, hemos aprendido lo que es la igualdad y no el servilismo. El respeto es algo diferente a lo que entiendes por tal. Para ti el respeto es la humillación de los demás. ¿Respetas tú a alguien? —Señaló a María—. ¿La ves? ¿Realmente alguna vez la has mirado, salvo para violarla cuando era joven? ¿Sabes cómo piensa, cuáles son sus sentimientos?

—¿Qué barbaridades dices? Estás loca. ¿Qué le falta?

—¿Que qué le falta, egoísta insensible? Es tu mujer. Tiene sólo 50 años y desde hace tiempo parece una vieja. Mírala, es una sombra. No es nadie ya para ti, ni siquiera la madre de tus hijos. Ahora tienes otros cuerpos donde gozar. Le vaciaste su juventud.

El hombretón se puso de pie e hizo un gesto amenazador. Su enorme masa no intimidó a la joven.

—¿A qué coño has venido realmente?

Ella caminó hacia la ventana y la abrió. El humo se abalanzó hacia fuera, nublando las casas de enfrente.

—¿Cómo puedes respirar con esta peste sin reventar? —espetó—. ¿Has pensado en el daño que le haces a María?

Él no dijo nada, atragantado por la indignación. Rosa dio unos pasos en torno a la habitación.

—Quiero que me devuelvas mi prado.

El hombrachón abrió la boca y el puro se le cayó, chocando con su prominente barriga y yendo a parar a los pies de Rosa, que le dio un puntapié y lo envió a un extremo de la habitación. María corrió hacia la colilla para recogerla, pero Rosa la detuvo con un grito.

—¡No la cojas! Que la coja él.

Carbayón era un hombre fuera de lo común. Ciento diez kilos en un cuerpo cercano a los dos metros. A sus sesenta años todavía albergaba una fuerza capaz de asustar. Se acercó a las dos mujeres con el rostro desencajado y apuntó hacia María un dedo grueso como un salchichón.

—¡Cógelo y tíralo! ¡Y tráeme vino! —bramó. Se aproximó a la ventana y la cerró de un golpe mientras la mujer cogía la colilla y salía disparada hacia la cocina. Luego se acercó a Rosa con mirada furibunda, pero ella no retrocedió—. ¡Ésta es mi casa y vienes a ofenderme! ¡Te echaré si no te comportas!

Rosa le sostuvo la mirada sin decir nada. María llegó como una sombra y le tendió un vaso de vino tinto.

—¡La botella! —gritó él. Ella dejó el recipiente en una mesita, al lado del sillón, y se alejó a toda prisa.

—Tu criada —dijo Rosa con gesto de asco—. Sigues pegándole palizas, ¿verdad? ¿Y el canalla de tu hijo lo consiente?

Él hizo un esfuerzo por serenarse. Se volvió y se desplomó en el sillón. María acudió con la botella y la colocó sobre la mesita. Él cogió el vaso y lo vació de un trago por detrás del bigotón. Eructó ruidosamente, dejó el recipiente y apuntó con un dedo a la joven.

—¡Cállate y no te metas donde no te llaman! También necesitarías que alguien te pusiera las manos encima. Eres una potra sin domar. Tienes suerte de tener un marido como Miguel.

Rosa lo miró con dureza.

—El hombre que pega a una mujer no es más que un miserable. Nadie me tratará como tú tratas a esta mujer cuya desgracia fue conocerte.

—Muy segura hablas porque tenéis la fuerza. Siempre puedes mandar a uno de esos animales a que me pegue un tiro. En realidad, no sé por qué no lo has hecho ya, con toda la rabia que albergas.

Elle le miró mostrando la repugnancia que le producía.

—No soy como tú. La delación es de almas innobles.

—Supongo que no soportarías el cargo en tu conciencia. De todas maneras, Miguel es mi sobrino y me protegerá.

—Te está protegiendo desde hace tiempo. Y no ve la maldad que anida en ti. Te proteges con alguien cuyos principios y fundamentos atacas desde la impunidad clandestina proporcionada por esa protección. Quieres destruir a alguien cuya protección y parentesco invocas.

—No voy contra Miguel. Es un buen muchacho, aunque equivocado. Voy contra el régimen rojo usurpador de la verdadera España.

—Lo que no entiendo es por qué no te han encontrado algunos de tantos inquilinos como has puesto en la calle con sus familias por no haber podido pagar el alquiler.

—No soy una institución benéfica. Administro mis bienes. Si caigo en la tentación de dar a los pedigüeños, me convertiré en uno de ellos. No puedo acabar con la miseria del país.

—Al fin reconoces que en el país hay miseria.

—¡Que trabajen como yo! Te diré lo que me han hecho. Mi finca de la calle de Alonso Cano, conseguida con esfuerzo, treinta y seis viviendas, veinte alquiladas. Ahora están llenas de esos rojos tuyos. Nadie paga, ni siquiera los veinte que pagaban religiosamente sus recibos. El desorden. Eso es lo que ha traído este gobierno.

—O sea, tenías dieciséis pisos vacíos porque habías echado a la calle a gente sin recursos, no porque necesitases la renta de esos pisos para vivir, sino por indiferencia hacia las desgracias ajenas.

—No soy la Beneficencia, ¿te lo repito?

—Hay miseria, hambre y desolación en el pueblo. ¿Qué es el país para ti? Son españoles que nada tienen y a quienes se les niega el trabajo incluso. ¿No puedes tener un rasgo de humanidad?

Él hizo un gesto de impaciencia.

—Hombres sin trabajo, con niños pequeños, sin comida. Los echaste al frío y a la intemperie... —Movió la cabeza—. No me extraña que tengas tanto miedo. Esas injusticias se acabarán cuando ganemos la guerra.

Él se alteró otra vez. Para calmarse le dio otro tiento al vino.

—¿Injusticias? Hablas con muchas ínfulas, como si fueras alguien. Crees que sabes mucho. Te diré lo que eres: una simple aldeana sin estudios. Y volverás a serlo cuando esto acabe con la victoria de Franco. No os va a durar siempre este chollo.

—Sí —repuso ella—, una aldeana, pero no una ignorante. Ya no. Vine a Madrid hace cinco años y algo he aprendido de abnegadas gentes de izquierdas. Pero ¿y tú? Mírate. Un cuerpo hinchado de comilonas conseguido sobre las tragedias ajenas. No has cambiado.

—Son ideas desde el rencor y la envidia. De gente sin orden ni respeto a Dios. El ejército salvará a España.

—¿Es que no sientes repugnancia de que el ejército se rebele contra el pueblo que le paga, precisamente para que le proteja?

—No. Siento alegría. El país se iba a la mierda. Había que evitar la quiebra del Estado.

—El país está en quiebra en parte por el ejército. Es el estamento mejor pagado y dilapida el presupuesto en funciones represivas. Toda esa caterva de barrigudos es una sangría para la nación. Azaña...

—¡Azaña! —interrumpió él—. El anticristo, la anti-España...

—... Él intentó poner orden en ese escándalo y, ya se ve. Fracasó. Era chocar contra un muro. No es el Estado el culpable, sino el despilfarro de sostener a ese insaciable gendarme.

—Se nota que te han lavado el cerebro esos rojos con los que andas.

Ella lo miraba sin eliminar la frialdad de su gesto.

—Dices rojo como si tuvieras la boca llena de pus. El rojo significa humanidad. ¿O es que no sabes que la sangre es roja?

—No vais a ganar. Las cosas volverán a ser como es debido.

—Los de tu calaña queréis que siga habiendo dos clases. Eso se acabó. La República vencerá y las oportunidades serán para todos.

—¡La República, la República! La has cogido llorona ¿Qué me dices de las *sacas* nocturnas, de los asesinatos de gente inocente, sólo por llevar corbata? Es el reinado del terror. ¿Qué me dices de las iglesias incendiadas, de los conventos destruidos?

Ella varió la expresión a la sorna.

—El fuego purifica. ¿No es eso lo que hizo la Iglesia durante los siglos de Inquisición?

—Blasfemas. Te congratulas con esas salvajadas.

—No —Rosa cambió el gesto—, nunca. Pero eso acabó hace meses. Fue consecuencia del terror que creasteis con vuestros amenazadores bandos y proclamas. ¡La Quinta Columna! ¿Hablamos de Sevilla, Badajoz, Toledo? ¿Quién hizo más barbaridades? ¿Qué se ha hecho con los pobres durante siglos?

—¡Ricos y pobres! El cuento de siempre. Pero a todo el mundo le gusta vivir bien. Lo que ocurre es que unos pueden y otros no. Tú ahora parece que vives muy bien. ¡Joder con los pobres!

—Mira mi pelo —dijo Rosa—. ¿Qué ves? ¡Míralo!

José la miró y buscó un puro en su boca. Al no encontrarlo se levantó y caminó unos pasos haciendo retemblar el suelo.

—¿Qué le pasa? ¿Que está blanco? Yo también lo tengo blanco.

—Tú eres un viejo gastado por la maldad. Mi pelo está así desde los 21 años. Por tu culpa.

Él se encogió de hombros.

—No se te ve tan mal. Tíñetelo, si tanto te preocupa.

—Terminemos. No me has contestado. Quiero mi prado.

—No es tu prado.

—Siempre será mío. Me lo dio mi abuelo.

Dos cristales de agua refulgieron repentinamente en sus ojos, pero desaparecieron con la misma rapidez.

—¿Se lo has dicho a Miguel?

—Naturalmente. Él sabe que sólo seré feliz si me lo devolvéis.

—No es tuyo. ¿Cuándo te vas a enterar?

—Tú y tu hijo os aprovechasteis de una situación de apuro económico de Miguel. Pactasteis el negocio a mis espaldas y a mis expensas. Fue un robo.

—Lo hecho, hecho está.

—Le diste a Miguel mil pesetas. Te doy el doble por él.

—¡Fiú! ¡Ocho mil reales! ¿De dónde sacarás el dinero?

—A ti no te importa. Pero puedes estar seguro que no es de chanchullos, como tú haces.

—¡Ah, los rojos! —exclamó él triunfante—. Claro. Ahora tenéis dinero. No hay cosa mejor que hacer una guerra para embolsarse el dinero de otros. Y luego decís que lucháis por la solidaridad y otras gilipolleces.

Rosa movió la cabeza sin ocultar el desprecio que sentía.

—Escucha —dijo, mirándole intensamente—: Tienes mucho, más de lo que puedes digerir. No me importa. Pero mi prado es mi propia vida, mi dignidad como persona, la dote de mi abuelo, mi sentido de la vida. Sólo mis hijos y ese prado tienen importancia para mí. Tienes que devolvérmelo.

—Me cabreas mucho. No vienes con humildad ni con respeto. El prado es mío y exiges que te lo dé. Una mierda.

—¿Rogarte? No quiero que me lo des sino que me lo vendas.

—Estás llena de odio.

—No sé qué es eso. Tengo amargura. Apenas había empezado a vivir y matasteis mi alegría.

En el silencio brusco que se hizo, se oyó el sollozo de María.

—¡Cállate! —vociferó Carbayón. Luego se escanció un buen trago y lo sorbió de un tirón, expeliendo el aire ruidosamente y con fruición.

—Miguel te lo pedirá —dijo Rosa—. Me prometió que recuperaría el prado. A ver si a él se lo niegas cuando se haya restablecido.

Echó a andar hacia el pasillo, con María detrás. Se detuvo y se giró hacia el hombre, que ya estaba con un puro en la mano, dispuesto a encenderlo.

—Se me olvidaba. También están en el hospital Manín y Pedrín.

—¿Ésos? ¿Y qué me importan? ¿Olvidas lo que ese primo tuyo nos hizo a mí y a mi hijo? Tienen lo que se merecen.

—También está allí César. Puedes verle cuando visites a Miguel.

—¿César? —barbotó el gigante—. ¿Ese rojo desagradecido que abandonó a quien le daba de comer por irse con el puño en alto? ¡Que se joda! Para mí es como si hubiera muerto ¡Que revienten él y los otros!

—Ese rojo no es desagradecido. Trabaja para vosotros como un esclavo, sin sueldo, sólo por la comida y algo de ropa, ¿crees que no sé cómo tratáis a los criados? Pero, además, es fiel a tu hijo, al que parece querer mucho. El que esté en la guerra del lado del gobierno legal no debería hacerte olvidar lo mucho que ha hecho por vosotros.

—¿Hacer? Se le contrató para trabajar y eso es lo que hace. Y ya puede querer a José. Nadie, salvo él, hubiera contratado a un ser tan deforme.

—No era tan deforme cuando pagaste a su padre para cambiarlo por tu hijo y evitar que José fuera a la guerra de los moros.

—Bueno, ¿y qué? Todo el que podía lo hacía. No era un delito. Eso es una cosa y otra meterlo en casa.

Rosa miró a María. Sacó un pañuelo y le secó las silenciosas lágrimas. La abrazó fuerte un momento. Luego abrió la puerta y salió. Cerró tras de sí con tiempo de oír el vozarrón del hombre.

—¡Deja de gimotear y ponte a hacer cosas! Te quedas atontada cada vez que viene esa advenediza.

7, 8, 9 y 10 de abril 1998

El hotel está a la entrada de Llanes, a la izquierda desde la carretera de Oviedo a Santander, a unos cuatro kilómetros de la población. Es de reciente construcción y desde las terrazas de las habitaciones se ven los cercanos montes del Cuera.

La joven de recepción tenía grandes ojos en su agraciado rostro. Al darle el carnet para los datos, surgió el inevitable comentario.

—¡Corazón! Qué nombre tan original.

Me preguntó si llegaba como turista, porque podría aconsejarme lugares de interés. Le dije que buscaba a antiguos familiares llegados de Argentina. Quizás ella podría darme alguna pista.

—Hay argentinos por todas partes —dijo, sin rendir su sonrisa.

—La matriarca es prima lejana y me dijeron que se hace llamar Rosa Muniellos.

Me pareció que su sonrisa se enfriaba. Dijo no conocerla.

—¿Cuánto tiempo estará con nosotros, señor Corazón?

—Unos días, hasta terminar mis averiguaciones. ¿Tu nombre?

—Rosa.

Subí a la habitación y dejé el equipaje. Eran las nueve de la mañana y el *urbayu* se había instalado en el paisaje. Miré las montañas. Una cortina de niebla impedía su completa visión. Tiempo después, tras redactar notas y mirar el mapa del concejo, salí. Cuando bajaba las escaleras hacia recepción, miré al mostrador. Por detrás de Rosa se cerraba una puerta y, entre varias personas, vislumbré el rostro en escorzo de una mujer joven. Me detuve en seco. Ella ladeó la cabeza levemente, justo antes de que la puerta se cerrara, y quedé enganchado en unos ojos que creía conocer, aunque en espíritu y en otro rostro. Quedé hipnotizado durante unos instantes intemporales. No podía ser. Su hechizo quedó flotando como el humo del tabaco en el vagón restaurante de un tren. Me acerqué.

—¿Quién es esa mujer?

—¿Qué mujer? —La sonrisa seguía en la boca de la recepcionista.

—La que ha entrado en ese despacho.

—Ah, es la directora.

—Quiero verla.

—Lo siento. Está en una reunión importante. Le dejaré una nota.

—Ni modo. Quiero verla ahora.

—Ahora no es posible —dijo la chica con gesto de confusión.

Puse las manos sobre el mostrador y salté sobre él limpiamente.

—¡Señor! —exclamó, mientras yo llegaba a la puerta y asía el pomo. Estaba cerrada con llave. Di la vuelta al mostrador y la encaré.

—Haz la buena acción de hoy. Dile a tu jefa que necesito hablar con ella.

—¿De qué?

—Es sólo para sus oídos. Díselo.

—No puedo interrumpirla —intentaba recuperar su sonrisa perdida. La miré fijamente.

—¿Tendrá para mucho?

—No lo sé. Supongo que sí.

—Esperaré.

Tomé un periódico y me senté en un sillón, vigilando la puerta. Dos horas después la puerta seguía sin abrirse. Algo no marchaba. Me acerqué a Rosa y la miré sin decir nada.

—Iba a avisarle. Me temo que la directora tendrá que atenderle en otro momento. Tuvo que salir con prisas.

Debí poner la misma cara que la del marido que sorprende en la cama a su mujer... con otra mujer.

—El despacho tiene dos puertas —adiviné.

—Sí —dijo ella, abriendo la visible. Dentro no había nadie.

—Tocado. Eres una secretaria muy eficiente.

—Intento hacer mi trabajo.

—Voy al pueblo. Déjale el recado.

—Pierda cuidado. Si viene le daré aviso —noté su alivio.

El BMW 320 me llevó a Llanes. A la izquierda, vi mansiones nuevas y antiguas, restauradas, con el estilo característico de las construcciones de indianos, todas vigiladas por las inevitables parejas de palmeras. Unas con pequeños jardines y otras con amplias zonas de plantas y árboles. Seguí hasta el casco urbano, conduciendo lentamente y apreciando que la mayoría de las casas, de estilo modernista y bien construidas, estaban limpias y restauradas. Giré varias veces para apreciar el pulso de la población. A pesar de que la época del año no parecía propicia, observé que había bastantes turistas extranjeros. Finalmente, dejé el coche estacionado en un hueco que encontré en la parte derecha de la bocana donde el río Carrocedo se une con el mar, junto a la Lonja de Pescado. Fui a una cafetería bien decorada, con mesas en la acera y un nombre evocador: Xana. Había una camarera joven y morena, con dientes blancos retadores que se le escapaban de unos labios negros. Ecuatoriana o colombiana.

—Una tónica y unas preguntas. ¿Qué hay por allá? —Señalé hacia donde el río pierde su forma.

—Restaurantes, chiringuitos, playas.

—¿Viviendas?

—Algunas de los dueños de los comederos. Y varios chalés nuevos frente al mar.

De vuelta al hotel torcí a la derecha por la zona de mansiones. Recorrí las calles espaciosas sombreadas de árboles con casonas desperdigadas y me fijé bien en ellas. Mi olfato me decía que Rosa viviría en una de esas mansiones. A Gracia Guillén se le había escapado decir que Rosa profesaba gran admiración por estos palacios de indianos. De hecho, el edificio para invitados y turistas en la estancia argentina era arquetipo de esas construcciones y creí recordar que ella había indicado cómo tenía que ser. Así que mi búsqueda paciente, a falta de datos, debía comenzar por estos palacios. Hubiera podido iniciar el rastreo por el occidente, la parte de Asturias donde Rosa nació. Pero desde Castropol a Salinas toda la costa era tan lejana y diferente a Cangas del Narcea como la zona oriental. Por eso decidí, una semana antes, probar desde Ribadedeva, el extremo más oriental de la costa asturiana ya que Colombres, la capital del concejo, alberga desde hace años el Archivo de Indianos, concretamente en la Quinta Guadalupe, una finca con gran jardín vigilada por variedad de árboles de imponente presencia. El edificio es hermoso y el color azul de las fachadas, cuando no hay nubes, se diluye en un cielo del mismo tono. Para mi sorpresa, no tenían un censo de todos los palacios de indianos del Principado. Así que empecé la búsqueda visitando cuantas casonas pudiera encontrar desde esa población siguiendo el litoral hasta el oeste, aunque me llevara meses. No encontré en Colombres indicios de la familia buscada ni tampoco en Borbolla ni en Purón. Ahora estaba en la segunda concentración de palacetes.

Dejé el coche frente a una reja y llamé al timbre. Rosita decía el rótulo. Tuve que repetir la llamada un par de veces antes de que la puerta de la casa, a unos cincuenta metros de la verja, se abriera. Una mujer de buen porte, sobre los cincuenta, se acercó y se paró al otro lado del hierro. Le hice la pregunta. Negó. No conocía a nadie con ese nombre y con esos datos. Fui a las otras mansiones. Nadie conocía a esa familia. Miré la hora. Las dos. Decidí dar por terminada la indagación. Volví al hotel y me dirigí a recepción. No estaba Rosa. En su lugar un hombre joven y delgado de aspecto relamido, impecable en un traje gris, me dijo que la chica tenía turno de mañana. Al fondo, en la otra esquina del mostrador, un hombre grueso de estatura media con aspecto de cajero tecleaba en un ordenador. Pregunté por la directora. No estaba.

—¿Cómo se llama?

—Quién.

—La directora.

—Ah, Rosa —dijo, algo zumbón.

—Rosa qué.

—Rosa Arias —¡Arias! La luz rompiendo las sombras.

—Rosa Arias qué.

—No lo sé —contestó, mirándome con demasiada suficiencia.

—Almorzaré en el restaurante. Por favor, si viene dile que deseo hablar con ella.

—Dígame su habitación. —Se la di. Me miró —. Señor... ¿Corazón?

—Sí.

—Pensé que estaba mal escrito. La primera vez que oigo ese nombre. —Se echó a reír sin recato—. Le dejaré una nota.

Pero no vino en el resto del día. Por la tarde volví a las averiguaciones. Acudí a todos los palacetes y casas con apariencia similar, sin olvidar los chalés de lujo frente al mar. Ninguna pista. Podría ir al Ayuntamiento para ver los empadronamientos, pero no quería dar sensación oficial al caso. Actuaría con mi sistema deductivo y pacienzudo, salvo en las actuaciones de dominio público. Además, existía la posibilidad de que la familia hubiera cambiado de identidad.

A la mañana siguiente encontré a Rosa en su sitio. Era relajante contemplar su sonrisa.

—¿Qué tal día tuvo ayer, señor Corazón?

—Bien, ¿y tú?

—Oh, como siempre. Nada de particular.

—¿Algún problema con la directora?

—¿Por qué lo pregunta?

—Desapareció. ¿La raptaron quizá?

—¡Oh, no, señor! —Su sonrisa no variaba, como si fuera una fotografía grabada—. ¿Por qué tanto interés?

—Estoy enamorado de ella.

Lanzó una pequeña carcajada, que no secundé.

—Vendrá y podrán hablar. No se preocupe.

—No estará ahí dentro, ¿verdad?

Ella fue a la puerta y la abrió. El despacho estaba vacío.

—¿Satisfecho?

Preferí desayunar en el pueblo. El encapotado cielo se iba abriendo con renuencia. Dejé el coche donde el día anterior y entré en la misma cafetería. Me atendió la chica de los dientes formidables. Pedí el zumo y la leche cafeada.

—¿Está tu jefe?

—Jefa. ¿Quién pregunta?

—¿No me recuerdas de ayer?

—Sí, pero he de dar un nombre.

—Dile que un forastero preguntón.

Mostró al completo su dentadura y concluí que debería dedicarse a hacer anuncios de dentífricos. Estaba mojando un churro en la leche amarronada cuando vi acercarse a una mujer de agradable aspecto con una sonrisa puesta, más o menos de mi edad. Le di la mano y me presenté.

—¿Llevas mucho en el pueblo?

—Unos tres años.

—Necesito encontrar a una familia. Un asunto de herencia.

—¿Buena o mala, esa herencia? —Me miró irónicamente. Tenía la boca bonita y una sonrisa estimulante.

—A decir verdad, no lo sé. Sólo soy el buscador.

—Veamos.

Tras escuchar mis datos y mantener unos segundos de concentración, negó. Luego dijo:

—¿Por qué no preguntas en la joyería? Ya sabes que las mujeres tenemos pasión por esas cosas.

La joyería se llamaba Monje. Me pareció un comercio grande para el pueblo, con dos escaparates, uno haciendo esquina a dos calles. Debía existir una prosperidad que justificara el nivel de esa tienda. El dueño, bajito y grueso, con risa de profesional del ramo. Eran las 9.40 y acababa de abrir. Le expuse el motivo de mi visita. Negó con la cabeza.

—Pienso que debe vivir en uno de estos palacios. Pero los he visitado todos y nadie los conoce.

—¿Todos? —se extrañó el hombre.

—Sí, los que hay a la salida, a la derecha, antes de tomar la carretera nacional.

—¡Ah!, pero hay más.

Acentué la mirada sobre él.

—Ésta es zona de playas. Y hay muchas casonas antiguas y modernas junto a ellas. Pruebe en la playa de Barros, en Porrúa o en Parrés, incluso en Posada. En todos esos sitios hay hermosos palacios.

Conduje en la dirección indicada por una serpenteante carretera y empecé a ver los palacetes. Eran del mismo estilo que los otros, pero más grandes y con profusa masa forestal. Había también modernos chalés. Conté hasta veinte mientras movía el coche a velocidad lenta, hechizado por el paisaje circundante. Me subyugó ver cómo el sol se filtraba por entre las copas de los árboles y se inventaba charcos de luz.

En la primera de las mansiones me dijeron que con esas simples señas no sería fácil encontrar a quien buscaba. En casi todas había señoras de esa edad y familias de esa índole. «Y no es como antes, que la gente se conocía y hablaba; ahora la gente se guarda y casi nadie conoce a nadie.» Visité seis más, algunas no habitadas. Resultado nulo. En la séptima, una mujer madura me atendió a través de la verja.

—¿Una familia argentina? Hay varias de aquí a Ribadesella. Cerca de Porrúa hay gente de allá. Son varios hermanos con los niños. Hay una señora a la que se ve poco, a pesar de que llevan varios años residiendo. Tienen un palacio magnífico. No sé si serán los que usted busca.

Siguiendo sus indicaciones avancé por una estrecha pista curva y asfaltada. Subí una corta pendiente y giré la vista. Un tejado sobresalía apenas de unos espesos ramajes, algo alejado. La forma me pareció familiar. Estacioné el coche en una pequeña zona despejada y descendí hacia la espesura. El tejado se escondió. Avancé por entre los árboles pisando húmedos vegetales. Unos doscientos metros más allá, salí a un claro. Allí estaba. Una casa muy parecida a la dedicada a los turistas en la estancia de los Guillén en Argentina. La diferencia estaba en el paisaje, aquí húmedo y boscoso. La finca está rodeada por una verja sobre basamento de piedra. Dentro, zonas amplias de césped que rodean la casa, con tandas de árboles repartidas formando pequeños bosques, algunos, verja por medio, enmarañando sus hojas con las del bosque libre que por algunos lados acecha la propiedad. Paciendo parsimoniosamente y en plena libertad divisé una pareja de asnos y un pollino adolescente.

Protegiéndome por la umbría cortina vegetal, me desplacé hacia la puerta del cercado. Vi un coche doblar la casa y rodar por el camino interior de gravilla. Forcé el paso. La cancela se abrió eléctricamente. Era un Ford Mondeo azul. Miré a través de los helechos y moreras. El coche pasó por delante. Un rayo furtivo de sol se filtró e iluminó brevemente el asiento trasero. El rayo ascendió y se enganchó fugazmente en unos ojos azules. Un destello. Quedé paralizado. Era ella, la Rosa de la fotografía. Salí al camino cuando ya el coche mostraba su trasera antes de desaparecer en una curva.

Eran las once cuarenta de la mañana. Volví a la espesura y me dispuse a esperar el retorno del Mondeo. Pasaron los minutos y luego las horas. El tiempo cambió a plomizo y mostró su generosidad con una lluvia intensa y sostenida que me obligó a esforzarme en la guardia. Algunos coches pasaron bordeando el camino exterior de la verja, seguramente a otras mansiones. Pero ninguno volvió a entrar o salir de la que yo acechaba. Las sombras empezaron a caer como si fueran lluvia de tinta. Mantuve el puesto según costumbre. Pero ni un monje budista podía ser tan esforzado. Tiempo después miré la hora en mi reloj luminoso: las 22.10. Con gran frustración, subí hasta el coche y me alejé hacia el hotel. El mismo joven estirado de la tarde anterior, al verme, me hizo una seña.

—Quedan diez minutos para el cierre del comedor. Seguramente necesitará cenar —observó, haciendo un guiño de complicidad.

—¿Por qué dices eso? ¿Por qué necesito cenar?

—Bueno..., pensé que...

—¿Ha venido la directora?

—Sí, vino esta tarde. Le dimos su recado.

—Bien. Y qué.

—Y qué que —dijo, pareciendo muy satisfecho de sí mismo.

Estaba claro que alguien no me tomaba en serio. Y yo con el cabreo. Reflexioné un momento poniendo las manos y la mirada sobre el granito. Luego agarré al tipo por el cuello y lo atraje por encima del mostrador. Lo arrastré hasta una fuente con surtidor situada en un lado del amplio vestíbulo, junto a una enorme pecera con rutilantes pececillos. Le metí la cabeza en el agua repetidas veces, pese a sus manotazos, hasta que pidió tregua. Desde el salón de recepción varias personas observaban la acción con gestos de asombro. El cajero salió de detrás del mostrador e hizo intención de acudir. Le miré, haciéndole un gesto con la mano. Quedó quieto. Volví a mi asunto con el cicutrino, que estaba de rodillas, tosiendo.

—Verás, capullo. He tenido un día malo. Explícame eso de que tengo que cenar.

—Yo..., verá —hipaba— dijeron..., dijeron...

—No tengo toda la noche. Qué te dijeron.

—Dijeron que usted... no había... que no había comido nada... en todo el día.

Había sido vigilado en mi vigilancia. Desde la casona. Y yo en la inopia. Le ayudé a ponerse en pie.

—Arréglate —le dije—. Estás hecho un desastre.

Subí a la habitación, cerré la puerta, apoyé la espalda contra ella y metí la llave electrónica en su receptáculo. Las luces se encendieron. De un solo vistazo observé que había cambios. Las cosas no estaban como las dejé. Miré la maletita y el bolso. Habían sido registrados. ¿Por qué? Si sabían quién era, ¿para qué registrar? Luego, bajo la ducha, empecé a relajarme. Había encontrado el eslabón. Lo comprobaría en poco tiempo. Cuando un huésped actúa como hice con el recepcionista, lo normal es recibir la presencia de alguien de dirección con la orden de desalojo. Y si no hacía caso, habría una llamada a la policía para legalizar el derecho de admisión. Si nada de eso ocurría, es que alguien tenía algo que ocultar. Me puse ropa limpia y bajé. Eran las once y cuarto. No estaba el joven agredido. En su puesto estaba el cajero mirándome aviesamente. Nadie me detuvo, ni al volver del pueblo una hora más tarde.

A la mañana siguiente, Rosa no lucía para mí su encantadora sonrisa.

—¿Qué se ha hecho de tu alegría? —pregunté.

—¿Necesita algo, señor Corazón?

—Sí. Ya sabes lo que deseo.

—No está. Le daré su recado cuando venga. ¿Quiere ver el despacho?

¿Qué iba a hacer con tan encantadora joven? Le di la llave y salí al pueblo. Desayuné en la cafetería de siempre.

—¿Encontraste lo que buscabas? —me preguntó la dueña, que atendía la barra. No estaba la camarera de labios oscuros.

—No. Debí equivocarme de población.

—Hay muchas casonas esparcidas por estos lugares. Como sabrás, Asturias ha sido tierra de emigrantes. Ahora no emigra nadie. A miles partieron para América. Fueron muchos los que volvieron con fortunas y lo primero que hicieron fue construirse una casa, su casa. Era como una señal de identidad. El signo de su triunfo a cambio de una juventud gastada en el esfuerzo y en el ahorro.

—¿Por qué de repente noto nostalgia en tu voz?

—Siempre me han entristecido los desarraigos de esos paisanos míos, que eran casi niños cuando marcharon y volvieron, en muchos casos, justo para construir su casa y morir en su añorada tierra.

—Ellos hicieron realidad sus sueños —dije—. Tuvieron más suerte que nosotros.

Fijó en mí su mirada húmeda.

—¿Por qué dices eso?

—Porque la mayoría vivimos sueños que no son nuestros. Son los sueños de otros, globalizados, los sueños de la indiferencia y de la rutina.

—Quizá tengas razón, pero es muy duro oírte hablar así.

Quedamos ambos en el silencio un buen rato.

—¿Quiénes habitan esas mansiones? ¿Los herederos?

—Oh, no. Hay pocos palacios conservados por los descendientes. La mayoría han sido comprados por gente nueva, con dinero. Hace años estas casonas estaban abandonadas en gran parte. Algunas se desmoronaron o fueron tiradas para hacer modernos chalés. Varias de las mejores se salvaron porque las adquirieron los ayuntamientos o mecenazgos para diversas causas culturales. Pero, de repente, mucha gente volvió a mostrar interés por estas estructuras características. Y ahora no hay quien encuentre una en venta, salvo a precios desorbitados. Como habrás apreciado hay algunas nuevas del mismo estilo. Fueron construidas por quienes no encontraron ninguna original, pero querían vivir en un remedo de ellas.

—Me deprime lo que dices, porque desearía comprar una.

Me miró, captó la broma y sonrió conmigo.

—No tienes pinta de venir a un sitio tranquilo como éste. Hueles a ciudad grande.

—Me estimula haberte quitado la tristeza que te invadía.

—Está claro que sabes manejar los momentos.

—¿Crees que por aquí encontraría una buena esposa?

Su mirada mantenía la expresión divertida.

—Claro que sí. ¿Y sabes? Es una pena, porque estoy casada y feliz. Si no, se habría acabado tu búsqueda en este mismo instante.

Tenía risa cantarina y contagiosa. Reímos y con nosotros los clientes cercanos. Parecíamos una orquesta con ella de directora. Al salir, me sorprendió mi actitud festiva, que claramente había reemplazado a mi habitual gesto taciturno. ¿Sería el eslabón? ¿Sería esa tierra abusada de lluvias y menguada de soles?

Volví a los paisajes del día anterior y dejé el coche algo apartado de la casona de mi interés. Estaba *urbayando.* Bordeé el palacete caminando agazapado entre los árboles y los matorrales hasta apostarme tangencialmente al artístico portalón, en lugar distinto al del día anterior, escondido entre las frondas. Cuando, tiempo después vi abrirse la puerta y salir un Range Rover TT, apunté con mi Canon de disparos múltiples. Esta vez iba preparado. Bueno. Es un decir. Porque aunque intuí el golpe, mis ejercitados sentidos no pudieron evitarlo. Como en la estancia argentina aquella noche del rapto. Caí al suelo sintiendo un dolor insufrible en la parte baja del cráneo y una crítica interna por mi falta de cuidado. ¿Me estaba volviendo lerdo? Mis reflejos respondieron convenientemente. Giré en la yerba y vi a dos hombres jóvenes abalanzándose. Intenté con el primero lo de la patada, pero mi posición era mala y fallé. Mi pie lo golpeó en un muslo, lanzándolo al follaje. El otro ya estaba sobre mí, aplastándome con su corpachón tan duro como una armadura. Recibí un tremendo puñetazo en la boca y noté que me había reventado el labio de arriba. No me lo podía quitar de encima. Inopinadamente recordé a la señora María y lo que me había dicho sobre las moscas borriqueras, comprendiendo en ese momento y en todo su significado lo que era un agobio semejante. El tipo no me daba respiro. Con su frente golpeó la mía y un chorro de sangre le saltó a la cara procedente de mi rajada ceja izquierda. Busqué sus ojos y hundí mis pulgares en ellos. El muchacho lanzó un alarido y se cubrió con las manos. Lo aparté no sin esfuerzo. Rodé y me puse en pie, no con la suficiente rapidez. El otro dio un saltó en el aire apuntando su pie derecho hacia mí, haciéndome recordar a esos atletas que anuncian los trajes de Emidio Tucci. El apabullante golpe lo recibí antes de que hubiera podido adecuar mi defensa. Era rapidísimo. Lo miré entre lágrimas. Tenía la clásica postura de un karateca. Me hizo obsequio de otra patada en la cara, en una acción tan fulgurante que sólo sentí romperse mi nariz antes de que las sombras me envolvieran.

Primero fue como el trinar lejano de un millón de pájaros. Eran tucanes, los pájaros de mis sueños selváticos. Luego fue llegando la claridad y los pájaros se desvanecieron. Un zumbido se instaló en mis oídos antes de que el dolor en mi nariz desplazara otras sensaciones. Abrí los ojos. Me habían sentado en el suelo y mi espalda se apoyaba en un carbayón. Había luz suficiente a pesar de la suave penumbra ofrecida por la masa arbórea. Allí estaban los dos jóvenes que me agredieron, algo apartados. Uno tenía los ojos rojos y llorosos y el otro me miraba tieso y sin moverse, como si lo hubieran clavado al suelo. Aprecié que vestían trajes de corte impecable. Había un tercer hombre, más cercano a mí, alto y enjuto. Habría superado los sesenta y aunque sus cabellos habían desertado, su porte era impecable y diferenciado. Vestía un abrigo azul oscuro y unos zapatos inmaculados, a despecho del húmedo piso. Miré alrededor. Nadie más, ni casas. Había un ruido reiterado que identifiqué como olas rompiendo en una playa cercana. Analicé la posibilidad de un escape. Podía hacerme con el viejo y tenerle como escudo en el principio de un nuevo choque. Pero el aspecto de la reunión era distendido. No parecía que pudiera haber más violencia si yo no la provocaba. Querían decirme algo y yo no estaba en condiciones de llevarles la contraria con mi boca, mi ceja y mi nariz en ese estado. El hombre mayor hizo una señal y el joven hierático aproximó una banqueta plegable de lona. Con una elegancia no estudiada, el hombre se sentó frente a mí.

—Podría traer otra para mí —dije—. Me estoy empapando el trasero.

—Así está bien. A ver si se ablanda. —Su voz tenía un suave acento argentino. Me tendió un pañuelo blanco impoluto.

»—Séquese —ofreció.

Cogí el pañuelo y me restañé la sangre cuidadosamente procurando que el hueso suelto de mi nariz no se enfadara. Tenía la boca hinchada y no podía abrir bien el ojo izquierdo. Contemplé al hombre, que me miraba fijamente. Tenía unos ojos tan azules que al mirarlos sentí el vértigo del vacío. Los reconocí. Dentro de ellos estaba la imagen de Rosa.

—De haber estado atento, no les hubiera resultado tan fácil.

—Lo creo. Debió haberlo estado. Es su oficio. Lo mismo le ocurrió en Argentina.

—¿Qué sabe de aquello?

—Todo. El mundo es un pañuelo. Es un asco. Ya no hay secretos.

—Sabe entonces que estas cosas me cabrean mucho.

—Los argentinos son gente confiada. Aquí no le daremos oportunidad de que se arme y nos agreda.

—Eso suena muy bien de labios de quienes atacan a traición y dan palizas gratuitas.

—¿Qué cree que está buscando realmente? —En su voz latían inflexiones de juventud—. Se lo diré. Busca problemas. ¿De qué se queja? ¿Quiere juego limpio en su profesión?

—¿Qué ocultan ustedes?

—Mire. No nos interesan ni usted ni su vida. Déjenos con la nuestra.

—Es mi trabajo. Ya sabe cómo son estas cosas. Debo cumplir. Debo saber.

—La curiosidad mató al gato. ¿Le digo lo que realmente debe saber? Que está aún vivo. Ahora podría no estarlo. ¿Y de qué le serviría haberse tomado todo este trabajo? ¿Lo capta?

—Debo entenderlo como una amenaza real.

—Ya va viendo la luz. Pero no es sólo una amenaza, que lo es. Es el deseo de que se percate de la diferencia entre usted y el que le ha contratado. Usted puede morir o quedar perniquebrado o desorejado mientras que el otro sólo pierde dinero. ¿Cree que le merece la pena?

—Dicho de esa manera parece que no hay muchas opciones.

—Bien. ¿Ve como hablando se entiende la gente?

Se levantó y me dio una mano delgada y dura, ayudándome a ponerme en pie. Era realmente alto. Le dio la silla a uno de los jóvenes. Los movimientos de los dos guardaespaldas definían la belleza de las artes marciales genuinas.

—Lo que hizo con el pobre recepcionista no estuvo bien.

—Simplemente le bajé un poco los humos Es un descarado cotilla. Alguien debe frenar sus tendencias de reírse de los clientes.

—Tomaré nota. Bien. No queremos verle más por aquí. Seguro que hace más falta en otros lugares. Su coche está por ahí. —Señaló detrás de unos árboles—. La cámara está junto a usted.

Echaron a andar. Circulaba un leve viento que agradecí.

—¡Eh! —grité.

Se volvieron.

—Si he de morir, dígame su nombre.

—¿Por qué ha de morir?

—Sabe que seguiré indagando.

Movió la cabeza.

—Sí, me lo temía. Es de los que no escarmientan.

Se alejaron, perdiéndose entre los árboles. Me sacudí las ropas. Estaba empapado y dolorido. Encontré el coche cerca de la playa. Miré las olas e imaginé mi cadáver flotando como un tronco hinchado. Volví al hotel. Algunos clientes se apartaron al ver mi aspecto. En el mostrador, Rosa puso gesto sincero de susto al verme.

—¿Qué le ha pasado?

—¿Puedes mandarme a alguien con algo para curarme?

Subí, me quité la ropa y entré en la ducha. Me sentí relajado y, cosa curiosa, no demasiado cabreado. Dejé que el agua hidrolizase mi piel un buen rato. Sonó la puerta.

—Botiquín —la voz era de mujer.

—Salgo. Un momento.

Me sequé y me puse un pantalón chino limpio. Abrí la puerta descalzo. Allí estaba ella.

—Pidió un botiquín. —Fijó sus ojos en mi cara, bajándola luego hacia mi pecho desnudo y todavía húmedo—. Realmente lo necesita. Le curaré.

Estaba fascinado. Abrí más la puerta.

—Soy la directora. Parece que deseaba verme.

—Lo sé. Te conozco.

Enarcó una ceja, de línea fina.

—Tiene un aspecto verdaderamente lamentable.

—Estos parajes son peligrosos.

—Sólo para quienes no conocen el terreno.

—Estoy de acuerdo, ¿quieres pasar?

Entró lentamente con paso largo subida a unos zapatos de tacón de aguja. Cerré, fui al armario, saqué una camisa y me la puse.

—Siéntese —dijo, abriendo el botiquín. La dejé hacer sucumbiendo a su hechizo. Vi entonces un broche que adornaba su vestido. Lo reconocí. Una rosa de plata como la de Susana Teverga.

—¿Oro blanco? —Su mano se aquietó y me miró a los ojos, absorbiéndolos—. La rosa de tu pecho.

—Plata. ¿Por qué oro blanco?

—Pensé que la plata le daba poco valor.

—Su valor no está en el metal.

Restañó mis heridas, puso tiritas en los puntos necesarios y me cubrió la nariz con un esparadrapo sobre una venda. Sus manos eran como el aleteo de un colibrí. Deseé que no acabara. Terminó, me contempló:

—Así está mejor. Debe operarse esa nariz. —Guardó los útiles—. ¿Qué busca exactamente, señor Rodríguez?

—Llámame Corazón. Verás que suena mejor.

Una luz aclaró aún más el azul de sus ojos.

—Bien. ¿Qué buscas, Corazón?

—Te favorece ese acento argentino.

—Soy argentina.

—Así que eres el rostro que escapaba. Finalmente tú.

—No has contestado a mi pregunta.

—Busco la verdad.

—No existe una única verdad.

—Cierto. Diré entonces que busco una verdad.

—¿Y cuál es?

Intenté quitar intensidad a mi mirada.

—Tú, con, posiblemente, cincuenta años más.

—Tendrás que esperar esos cincuenta años para descubrirme.

—No. Estáis aquí. Las dos.

Caminó hacia la terraza desprendiendo sensualidad. Miró afuera, hacia las altas montañas. La contemplé con voracidad. Llevaba un vestido negro entero y ajustado, remarcando su breve cintura y su alta figura. Era delgada, pero con las formas del cuerpo sabiamente distribuidas. Sus piernas colgaban largas y torneadas de la punta de la falda. Estaba de perfil, con los brazos cruzados bajo su pecho generoso. Miré su nariz recta y la curva airosa de su barbilla.

—Me gustan las grandes ciudades —dijo—. He estado en muchas. Pero al final vuelvo. No puedo vivir sin estos paisajes.

Me acerqué a ella. Los montes se dibujaban en la neblina. Se volvió hacia mí. Tenía los ojos de un azul muy pálido con puntos verdosos luchando por imponer su fulgor. Costaba trabajo permanecer impasible ante tantos dones.

—Salvo que tus lesiones sean insoportables, podemos bajar a comer. Te invito.

—A quien no nos conozca, al vernos juntos les parecerá que somos marido y mujer y que me maltratas.

Su boca al reír, dos hileras blancas perfectas, invitaba a pensar en la eternidad y cosas así.

—Te espero abajo.

Salió dejando su aroma en suspensión. La rotura de mi nariz era un verdadero suplicio. Pero estar con esa mujer formaba parte ya de mis ansiedades. Para ir al restaurante tuve que pasar junto al mostrador de recepción. Ahí estaba el cicutrino del día anterior. Le hice una señal levantando el pulgar. Él me contestó levantando el dedo corazón. El restaurante está metido en un amplio jardín, como una burbuja. Había ya muchos comensales. Rosa había elegido una mesa apartada cerca de la mampara de vidrio y no supe discernir si la luz que la envolvía entraba por el cristal o surgía directamente de ella.

—Bien. Ordenemos antes de entrar en la batalla —dijo, haciendo una seña al camarero.

—¿Hemos de batallar?

—Depende de ti. —Tomó la carta—. ¿Te sugiero algo?

—Me encantaría. Pero no olvides que soy un herido de guerra. Estará bien tortilla a la francesa de dos huevos, agua y dos yogures.

Ella encargó ensalada, filete, flan y agua.

—Bueno —dijo, poniendo los codos sobre la mesa y las manos bajo la barbilla—, adelante.

Admiré el óvalo alargado de su rostro y las ondas rubias que formaban sus cortos cabellos.

—Lo siento —dijo, sonriendo y provocando un nuevo golpeteo en mi pecho.

—¿Por qué lo sientes?

—Sé el efecto que produzco. No siempre es agradable causar admiraciones y silencios. No puedo hacer nada al respecto.

—Si hicieras algo para eliminar ese efecto, deberías ser multada. —Moví la cabeza—. En realidad, y yendo al nudo, lo sabes. Poca cosa. Busco al autor de dos asesinatos.

—Ah, ya veo. De grave no tiene nada. ¿Y qué muertos son ésos? ¿Qué tienen que ver conmigo?

—Contigo nada.

—¿Con quién entonces?

—Venga, Rosa. Llevo muchos kilómetros recorridos. He sido golpeado en Buenos Aires y aquí. En ambos sitios he sido amenazado de muerte. ¿Podemos dejar de jugar?

—Tú decides. ¿Hasta dónde quieres llevar tu juego? ¿No crees que ya es suficiente?

—No, mi nariz merecía un respeto.

—¿No te has parado a pensar que si aquí hubiera un asesino, ya estarías muerto y no sólo amenazado y contusionado?

Trajeron los primeros platos y el agua. Sonó un trueno cercano y las luces, encendidas a pesar de ser de día, titilaron. Empezó a llover furiosamente.

—Lo que nos tiene perplejos es el porqué nos investigas. Por qué a nosotros —hablaba con una tenue sonrisa, animando a la distensión.

—Es una línea de indagación como otra cualquiera.

—No. La persistencia indica algo más. No es normal.

—Las trayectorias de tu abuela y de sus amigos tampoco son normales.

—¿En qué sentido?

—En el mejor. Parece que fueron seres admirables.

—No sabes cuánto.

—Lo sé.

—¿Qué sabes?

—Casi todo. De tu abuela, el prado perdido, la desolación... De ellos, el ensañamiento, las palizas...

—¿Sabes todo eso? —Me miró, asombrada, y luego sus ojos se volvieron acusadores—. Las palizas... Ellos no eran terroristas, ni pusieron bombas, ni hicieron delaciones, no formaron parte de pelotones de fusilamiento. Eran idealistas y sus luchas fueron nobles. ¿Por qué tuvieron un destino tan amargo?

Me miraba como si yo hubiera sido el verdugo.

—Si piensas así, ¿para qué buscas a mi abuela? ¿Por qué ese empeño?

—Es una llave. Las llaves abren puertas.

—¿Qué llave puede ser? ¿Por qué insistes en relacionar a tus cadáveres con ella? No tiene nada que ver. Es tan ajena a ese asunto como Sharon Stone.

—Puedo suscribir lo que dices de tu abuela. Pero alguien de su entorno sí estaba al tanto. Y supongo que tú también.

—Nadie de la familia sabía que dos hombres habían desaparecido hace años en el pueblo de mi abuela. Puedes creerlo. Es la verdad. Lo supimos cuando el año pasado los periódicos dieron las noticias de la aparición de los restos. Pero en absoluto lo relacionamos con nosotros. No era un secreto de familia desvelado, sino un total desconocimiento de hechos ajenos. Lo leímos como se leen tantas desgracias que ocurren a diario.

—Pero ahora ya sabéis que existe una relación. Uno de los cadáveres es el de un tío abuelo tuyo.

—Ni siquiera nos vimos afectados por el caso cuando, según supimos, el Carbayón lanzó a la Guardia Civil. Aquello pasó. Realmente eres tú quien nos involucra y quien no nos deja en paz.

—¿Qué opina tu abuela sobre todo esto?

—No tiene ni idea. A ella le dijeron hace muchos años que su hermano había muerto, sin más. Como le dijeron después que su otro hermano también se había ido. La gente fallece por muchas causas y no sólo asesinadas. A mi abuela la hemos mantenido ignorante de tus elucubraciones y lucharemos para que siga así.

—Y tú, ¿qué piensas realmente? Dime tu verdad.

—¿Sobre esos hombres desconocidos que aireas ante nosotros? Que son tan ajenos a nuestras vidas como puede serlo el presidente Clinton. El parentesco es circunstancial. No sabemos quién les apartó de la vida, ni nos interesa.

—¿Apartados de la vida? Un bello eufemismo. ¿Por qué usas esa expresión?

—Por lo que luego supimos, parece que no eran unos angelitos. Alguno o algunos muy agraviados debieron decidir el ejercicio del propio derecho.

—La ley tiene nombres para quienes se toman la justicia por su mano.

—La ley casi siempre es contraria a la justicia.

—Es verdad. Pero si no dejamos a los jueces hacer su trabajo, ¿para qué les pagamos? Yo sólo quiero hacer el mío.

—¿Eres una máquina ciega cumpliendo órdenes, como el personaje de *Los miserables*, o reflexionas sobre los casos que te encomiendan?

Intenté concentrarme en la tortilla.

—No tengo una respuesta sencilla.

—No eres policía. ¿A qué juramento te debes?

—Explícate.

—Tienes libre albedrío. Tus misiones no son un destino

manifiesto. Al contrario que un policía, tienes la potestad y la decisión de cómo concluir una investigación.

—¿Intentas...?

Estaba maravillado por su aplomo. No había descompuesto la suave sonrisa que iluminaba su rostro.

—Intento que no hagas daño innecesario. Estoy segura de que en estas semanas has descubierto cosas que no hubieras creído.

Temía sus ojos porque podían hacerme claudicar de mis convicciones.

—Vuestra historia, es decir, la de tu abuela y amigos, puede llegar a conmover, pero debo ir hasta el fin.

—No lo puedo entender. ¿Aunque ello suponga sufrimiento ajeno?

—Nunca llevo dolor a gente inocente.

—¿Estás seguro? A los inocentes, hasta que lo demuestran, se les hace temblar en los interrogatorios, declaraciones, veladas acusaciones y todas esas cosas. ¿Crees que esas zozobras se olvidan, que no duelen? De todas formas has dicho algo esencial. Ya puedes dejar el caso, porque aquí sólo hay inocentes.

—¿Te recuerdo mi cara? No la tenía así esta mañana. La gente inocente dialoga de otra manera.

—Tus heridas son el resultado de meter la nariz donde no debes, según gente con puntos de vista diferentes al tuyo. No tiene nada que ver con tus cadáveres. La cosa es simple. Estás molestando a personas que pasaron infiernos en su juventud. Y a otras depositarias de las tragedias familiares. No consentirán que conviertas su vejez en otros infiernos. Se defienden, simplemente. Podían haberte roto más cosas.

—El hombre tranquilo que organizó el encuentro de esta mañana, se parece a ti. ¿Tu padre?

—No. Mi tío. Adora a mi abuela. Es una historia de agradecimiento personal por su abnegación y amparo en los años difíciles. Por ella nunca se casó y no consentirá que en nuestra casa vuelva el dolor. Ella es toda su vida. Puedo contarte algo al respecto.

Trajeron su filete.

—¿Por qué estás comiendo conmigo? Soy un extraño para ti.

Volvió a marearme con su mirada.

—Para ser detective estás algo descaminado. Mira, no estoy comiendo contigo, sino conversando con un cliente que ha insistido en hablar conmigo. No tenemos otro sitio mejor para hacerlo. Eres un huésped del hotel y no un extraño. Además, tengo noticias tuyas desde que empezaste a fisgarnos. Te has instalado en nuestras preocupaciones, como un panadizo.

—Eso es sólo una parte de la verdad.

—¿Te digo una cosa? Sabía que tarde o temprano aparecerías. Pura intuición. Por eso te reconocí anteayer en recepción.

—¿Me reconociste?

—Rosa, la recepcionista, me confirmó lo que me habían hablado de tu aspecto. Y como sabía de tu determinación, cerré la puerta del despacho. Por cierto, ¿es una costumbre tuya la de saltar sobre los mostradores de los hoteles?

—Era un obstáculo para mis urgencias.

—Parece que estás en forma.

—Lo estaba antes de los saludos de tu tío y sus chicos.

—Te recuperarás, si no te metes en más líos.

—Finalmente, ése es el mensaje, ¿verdad?

Cortó un trocito de carne y lo introdujo morosamente en la boca mientras achicaba sus ojos. No contestó.

—¿Por qué me observabas?

Terminó de masticar y bebió un sorbo de agua. Siguió callada, aunque su gesto invitaba a la confidencialidad.

—¿Por qué te escondiste?

—No me escondí. No estaba preparada para hablar contigo. Simplemente.

—Y ahora, ¿por qué lo haces?

—Te lo he dicho. Te atiendo como cliente.

—Te diré como veo las cosas. Todas las amenazas contra mí no han dado resultado. Tu presencia real delante de mí, porque en sueños estás desde hace tiempo. —Nos miramos y me sentí como el niño al que su madre sorprende mirando a través de la ventana a la vecina desnudándose—... Bueno, es un cambio de táctica. Te envían como último recurso para conseguir lo que otros no pudieron. Y doy fe que es difícil negarte nada.

No contestó. Dejó el filete, apenas empezado. Me miró en silencio y su magia me poseyó. Seguía lloviendo a mares. Trajeron los postres. Busqué recuperar el distendido ambiente.

—Y ahora, ¿cuál será el siguiente acto? ¿Aparecerá un marido, duro como esta tierra, para esparcir mis miembros por el comedor?

Sentí un atisbo de nostalgia en su mirada.

—No hay marido.

—Yo también estoy divorciado —dije, notando un alivio interior.

—No es eso. Un accidente de coche. Yo...

Surgió el horror en mi recuerdo. El choque tremendo y la tragedia nunca cerrada. Mis padres entre los hierros, una chica muerta, mi hermana con lesiones insobornables. La desesperación estaba ahí, como si fuera un viejo vicio. Y ahora estaba ella, frente a mí, con el mismo drama en su existencia, sacándonos las ganas de vivir.

—Tengo la misma experiencia —dije—. También tocó mi vida.

Una lágrima brotó de uno de sus ojos y quedó en equilibrio sobre sus pestañas inferiores. No parpadeaba. Y la gota no caía. Se hizo más y más grande y luego se colgó del borde de las pestañas como un poso de lluvia en una hoja de un árbol. Le tendí mi pañuelo. La enorme gota se aferraba a los filamentos como un bebé a la teta materna. Finalmente cayó sobre el mantel, como si fuera una bomba de agua en miniatura. Miré fascinado la huella agrandarse sobre la tela.

—Tengo un hijo de siete años —oí su voz mientras yo seguía mirando la lágrima vencida—. Ahora soy su madre y su padre. Como hizo mi abuela con sus hijos. Tragedias distintas, iguales comportamientos.

El murmullo de la lluvia al caer apagaba las conversaciones de las otras mesas.

—Nadie nos arrebatará lo que tenemos, nuestra forma de vida, la tranquilidad, el amor por lo nuestro.

Atrapó mi mirada con sus ojos increíbles. Intuí lo que puede ser la mirada de una pantera en peligro.

—Es cierto —continuó—. Estoy contigo para pedirte, a mi modo, que te olvides de nosotros.

—Ya no. Quiero volver a verte.

—Tú tienes tu vida. Vuelve a ella.

—Mi vida está dedicada al trabajo. Por él te he conocido. Ya formas parte de mí.

—No lo entiendes. No cabes en mi mundo. Nadie más cabe de fuera.

—Hubiera sido mágico que estuviéramos hablando por nosotros mismos y no por nuestras obligaciones. Pero es cuestión de tiempo. Llegaré a ti como tú llegaste a mí. Sois dos mujeres en una y ahora ambas os habéis adueñado de mis esperanzas. Es como sembrar y no desear el fruto.

—Yo no sembré nada en tu vida.

—Ahora sé que alguien lo hizo hace ochenta años.

En la cafetería, la mujer me vio entrar.

—¿Eres tú? ¿Qué te ha pasado? —Su rostro expresaba preocupación y sorpresa.

—Me di contra un árbol.

Enarcó una ceja y sonrió.

—Encontraste a los herederos, pero no les gustó el testamento.

—Sabes cómo son estas cosas. Algunos no están de acuerdo con la decisión del testador y la pagan con el emisario.

—¿Quién es esa familia?

—Secreto profesional. Pero te agradeceré unos datos —mentí—, ajenos al asunto que me trajo aquí. Pernocto en el hotel Verdes. Está muy bien, me gusta. ¿Sabes quién es el dueño?

—Pertenece a una cadena de establecimientos hoteleros. Llevan varios años por la zona. Están comprando caserones antiguos, palacios, conventos, cuarteles y los restauran, transformándolos en hoteles y refugios. Algo similar a la cadena Paradores, pero sólo en Asturias. El hotel Verdes es el único moderno de la cadena. Tienen también residencias para mayores y adultos. Hay una cerca de aquí, al pie del Cuera, hacia Ribadedeva, que dicen es una maravilla, con las mejores atenciones médicas. Parece que el grupo financiero que promueve esta iniciativa procede de Argentina.

La miré tan fijamente que ella se sonrojó.

—¿Estás bien? —preguntó.

—Nunca estuve tan bien, a pesar de mis heridas. Pero tengo una duda. En el listado que el Principado distribuye de residencias para mayores, no aparece ninguna por donde dices. Hay una en Posada y otra en Llanes.

—Claro. No viene como residencia de ancianos, sino como centro médico, porque realmente es un establecimiento médico. No sólo hay ancianos, también hay gente de edad media, incluso jóvenes. Allí van ejecutivos a relajarse y poner el cuerpo al día. No hay niños ni adolescentes.

Me incliné y la besé en una mejilla.

—¿Cómo agradecerte tu paciencia con este peregrino?

—Ponte bien. Cúrate el rostro y vuelve para decirme si encontraste tu sueño.

25 de mayo 1942

El sol y la luna quieren
que nunca nos separemos.
Nunca. Pero el tiempo.
¿Y de qué está el tiempo hecho
si no de soles y lunas?
Pero el tiempo... Nunca.

MIGUEL HERNÁNDEZ

Él había sentido el golpe tremendo en su boca y en su frente y había notado que algo se le había roto. A pesar del impacto, que le sumergió profundamente en la poza de agua turbia, no perdió el sentido. Próximo al llanto, no por el dolor, sino por la desdicha que llevaría a su abnegada madre, manoteó para salir a la superficie entre remolinos, burbujas de aire y cuerpos de otros. Pero sus fuerzas flaqueaban a medida que los pies ajenos le impedían los movimientos. Con el peso de una culpa infinita notó que se hundía más y más en las oscuras aguas. Próximo a la rendición, sintió unas fuertes manos. Era uno de los mayores sacándolo de un tirón de un destino que no hubiera sido justo. Ya arriba, vomitó y expulsó el agua, rodeado de rostros desconocidos y gritos insonoros, notando el sabor a sangre y pequeñas partículas en su boca. Sólo pensaba en sus zapatillas con puntas de cuero recién estrenadas, que había llevado sujetas a la cintura. Miró sobre el pozo de agua a través de un velo de sangre y de los chavales que se interesaban por su estado. Chicos en calzoncillos y algunos, menores, desnudos. Con urgencia apartó los cuerpos, buscando, medio cegado. Allá, rebotando sobre las piedras del lecho del agónico río Manzanares, sus zapatillas, como seres vivos, le llamaban mientras se alejaban desamparadas hacia la memoria sin olvido. Luego, soportando una congoja infinita en su ya larga vida de seis años de penurias, se dejó llevar por los amigos del baño a la Casa de Socorro del edificio de El Reloj, en el matadero. Había más de medio kilómetro, que hicieron andando, él descalzo y con la raída camiseta envolviendo su cabeza para detener la sangre de su ojo, en aquel atardecer de verano tempranero y sol declinante.

Como la mayor parte de los niños, él se escapaba de casa para jugar. La calle era su vida como el espacio para los pájaros. Sus juegos tenían cuatro escenarios de aventuras como puntos cardinales irresistibles: el Matadero Municipal, fuente inagotable de temeridades, con sus naves inacabables y el ganado numeroso y variado; el mundo del ferrocarril, cuyas vías cruzaban en superficie desde la estación del Norte hasta la de Atocha y que les proporcionaba viajes gratis en los trenes de mercancías, a los que subían y bajaban arriesgadamente en marcha creyéndose vaqueros e indios en un remedo del viejo Oeste americano; el campo natural inmenso donde practicaban el salvajismo con los insectos y las aves, de acuerdo con la conciencia imperante que propugnaba acabar con todo bicho viviente, y, en los meses cálidos, el río Manzanares, que permitía soñar con paisajes y tierras encantadas más allá de lo que podía alcanzarse con la mirada. Las márgenes del río, desde el puente de Segovia hasta el de la Princesa, habían sido canalizadas por vez primera de acuerdo con un diseño pensado para las personas, cercano al ideal de unas riberas naturales que permitieran a la gente acercarse a las orillas y tocar las aguas. La canalización consistía en unos muros de piedra de poca altura que impedían los desbordamientos posibles, situados en ambas márgenes a lo largo del curso de la corriente. Desde ellos había una franja en declive de unos veinte metros bajando hasta los bordes del río. Al atardecer de los fines de semana, en los meses caniculares, multitud de familias llegaban con sus botijos, botas de vino y capachos con comida, y se instalaban sobre esas suaves rampas cubiertas de verdor, acomodándose en mantas y ocupando el espacio hasta donde alcanzaba la vista. Por regla general, comían tortillas, pimientos fritos, ensaladas, sardinas fritas y pan. Pocos filetes de carne adornaban el menú. Los mayores charlaban animadamente y los niños jugaban. Antes del ágape, en pequeños remansos, sobre todo cerca del puentecito de madera, las mujeres se remojaban levantándose las faldas hasta las pantorrillas, mientras que los hombres se bañaban en calzones y los niños en calzoncillos. En ocasiones él había ido con su madre y hermanos, acompañados por la señora María, su marido y sus hijos. También, a veces, les habían acompañado la señora Gracia, su madre y Luis, ese hijo tan rubio y tan callado. Era agradable jugar, bañarse con las primeras sombras y divertirse, antes de cenar los parcos alimentos para tumbarse luego en la manta, soñando aventuras con esos amigos gigantes de su madre que ya se habían ido lejos, mientras contemplaba las miríadas de estrellas en noches sin lunas. Le habían contado que esas luces celestes eran almas de los que se fueron para no volver. Había una más grande que las otras. Era el Lucero, el jefe del cielo. Su madre le había dicho que ahí estaba su padre. Hablaba con él y luego empezaba a contar las estrellas antes de quedarse dormido en la oscuridad, arrullado por el sonido del agua, único ruido que poblaba el confín en ausencia de coches y aparatos de radio.

A diario y bajo el calor, y sin la vigilancia de los padres, los niños golfeaban en un trecho de la melancólica corriente, disputando juegos, pescando, cruzando las aguas a nado o saltando sobre los cantos redondeados por el fluir de las aguas y de los siglos. En los pozos dejados por las extracciones de arena aprendieron a nadar algunas generaciones de chavales. Los más anchos y profundos estaban al final del paseo del Canal, en una zona denominada El Embarcadero porque en tiempos el río formaba una laguna y la gente paseaba en barca como en el estanque de El Retiro. Ahora las aguas se habían retirado hasta la corriente principal y el lugar había dejado de ser navegable. Quedaban los pozos, donde se bañaban los hombres jóvenes y niños, ninguna mujer, las cuales se remojaban en otros tramos del río. Un puentecito de madera situado entre el muro norte del matadero y la parte sur del parque de la Arganzuela servía para que las personas cruzaran al otro lado del río al no existir ningún otro puente entre el de Toledo y el de la Princesa. El otro lado no era Madrid, propiamente dicho, sino los Carabancheles y Usera, barrios aledaños. Desde el muro oeste no había casas ni verdor. Sólo tierra hasta llegar a una línea de miserables casas acompañando a la calle de Antonio López por donde pasaban estruendosos tranvías. Más hacia el norte, mirando desde el parque, el verdor nacía desde el muro y subía hasta los cementerios de San Justo y San Isidro, sin casas que los enmascarasen, perdiéndose en un frondoso laberinto de espesura y arbolado. Entre ambos bordes, las deficitarias aguas bajaban semilimpias, porque el río recogía los desagües de la ciudad y diluía las aguas negras. A veces flotaban animales muertos, tremendamente hinchados, así como parte de los desperdicios de la gran población incluyendo maderas, trapos y objetos diversos desechables. Las aguas permitían ver los peces y el fondo en las represas y lugares de escasa profundidad, pero no en los pozos de gran hondura. No era el mejor de los lugares para correr aventuras, porque algunos niños morían ahogados o infectados, para caer en tifus y paratíficas, pero no había otra forma de atenuar el agobio del estío para aquella chiquillería.

En la Casa de Socorro le restañaron la sangre y le examinaron. Tenía un corte limpio entre la ceja izquierda y el párpado. Más abajo, el golpe le habría dejado tuerto. Le cosieron la raja con unas lañas de metal y le vendaron la frente tapándole el ojo dañado. Lo de la boca era más grave. Tenía el labio y los dientes de arriba partidos, formando un triángulo de negrura en su boca. Para el corte del labio el remedio fue otra línea de puntos metálicos. Para los nervios al aire, la Casa de Socorro no tenía remedios. Caminó hacia su casa custodiado por sus amigos, que le informaron que el golpe lo recibió de un mayor. Al no ver a nadie en el pozo por la negrura del agua, había saltado sin pensar que alguien estaba abajo buceando.

Incluso a tan temprana edad él captaba que en su casa no se vivía como en la mayoría de las otras. Sin padre, sin muebles, sin cosas. Y, a hurtadillas, la contemplación de su madre apostada en ocasiones en la ventana de la cocina mirando fijamente a los paisajes que, más tarde comprendió, no eran los que estaban delante de sus ojos. Por eso su aflicción cuando ella abrió la puerta y contempló su rota figura. Los amigos se atropellaron para explicar lo ocurrido. Él, sobreponiéndose, había dicho:

—Las zapatillas... Se han perdido... Se las llevó el río...

Y con su único ojo sano había visto caer dos inmensas lágrimas de los ojos admirados. Ella le había abrazado y le había hecho enjuagues de vinagre. Y durante toda la noche habían intentado mitigar su mutuo desconsuelo. A la mañana siguiente fueron al médico de cabecera de la señora María, en la calle de Alicante, acompañados por ella. Él llevaba las zapatillas viejas y rotas, que milagrosamente su madre no había tirado. El médico le curó y le dio un pase para un dentista, en otra consulta vespertina. Mientras, él no había podido casi comer, porque hasta el aire al respirar producía dolor en sus desguarnecidos nervios. El dentista mató esos nervios y calmó sus dolores. Después, con una maquinita eléctrica, le eliminó los filos que las roturas habían dejado en sus dientes, como pequeñas cuchillas, para evitar le siguieran rajando el interior del labio. Le hizo unas radiografías y les dijo que volvieran al día siguiente. Volvieron. Uno de los dientes se había astillado en toda su longitud, alcanzando el fondo de la raíz dentro de la encía. Había que quitar el diente y operar, porque la raíz se había dañado y se estaba produciendo una fístula. Podría conservar el diente, pero era imprescindible hacer la operación. El costo económico era insalvable. El dentista sugirió a su madre que fueran a la cátedra de Estomatología, en la Ciudad Universitaria, donde se realizaban experiencias y pruebas para las enseñanzas de los alumnos. Quizá podrían hacerle gratis la operación, sirviendo como cobaya. Y dio comienzo un calvario de meses, porque no era un tema prioritario para los cirujanos. Pasaron días hasta que consintieron en escuchar su solicitud. Eran hombres imponentes, graves, con trajes de verdad y encorbatados. No había hombres así en su barrio. Le imponían un temor indescriptible con sus rostros serios, sus gestos ceñudos y sus caros vestidos. Más tarde supo que, salvo el profesor, los demás eran estudiantes de algo más de veinte años, aunque a él todos le parecieran muy mayores. El profesor tenía cara adusta y unas gafas con redondeles, en cuyo fondo se veían unos ojos muy pequeños. Le hizo sentarse en uno de esos sillones altos y negros y examinó su lesión, levantándole el labio sin miramientos, mientras que los jóvenes que le rodeaban miraban y seguían sus explicaciones. Luego les dijo que volvieran otro día. Y volvieron muchas, incontables veces. Casi siempre iban andando desde casa. Cuando él se cansaba su madre le cargaba a cuestas. A veces, cuando la lluvia inundaba las calles, iban en metro, que le entusiasmaba y donde le hubiera gustado estar mucho viajando de acá para allá y ser como el hombre que, guarecido en una especie de jaula, accionaba un mando para abrir y cerrar las puertas de los vagones. Caminaban hasta Embajadores y se apeaban en Argüelles, donde se terminaban las casas de la ciudad y se abría un campo sin fin, con una carretera que llevaba, en una lejanía misteriosa, a Asturias, la mágica tierra. Desde Argüelles iban andando hasta la Ciudad Universitaria pasando por la Moncloa, una plaza muy ancha, descarnada de casas, donde se estaba construyendo, en el solar que antes ocupaba una cárcel llamada Modelo, un gigantesco edificio para el Ejército del Aire. Más allá, veía pasar un tranvía sobre un puentecito, a la derecha, donde profesores, estudiantes y empleados de la Ciudad Universitaria se desplazaban. Le hubiera gustado montar en él alguna vez porque, además, le llamaban *Pepe*, como si fuera una persona, algo que nunca nadie pudo explicarle. Llegaban al bloque de Estomatología, cerca del cual otros pabellones cercanos mostraban sus fachadas e interiores destruidos entre escombros y vertederos. Les decían que esperasen fuera. Paseaban por los campos anejos cogidos de la mano destacando entre los bien vestidos estudiantes, todos con sus semblantes exentos de racionamientos, hombres en su casi totalidad, con los que se cruzaban y que les miraban por lo que él creía la imagen diferenciada que presentaban, aunque posteriormente se dio cuenta de que a quien miraban realmente era a su madre. A él le fascinaban los zapatos que ellos llevaban, nuevos, lustrosos, caros; algo que pocas veces se veía en las personas de su barriada. Pasado un largo rato, entraban de nuevo y esperaban, hasta que salía uno de los estudiantes para, con simpatía y ensayando excusas, decirle a su madre que volvieran otro día. Corrieron las semanas y un día les dijeron que no volvieran hasta pasado el verano, porque las clases habían terminado con el final de curso. Los meses transcurrieron y vieron dibujarse los ciclos del tiempo, los vientos y los soles. Llegaron las oscuras y monótonas lluvias, que embarraron las aceras, los calcañares y las casas; luego las nieves, que escondieron el campo bajo un manto blanco del que los niños capturaban bolas para proseguir sus juegos. Con la nieve, él se llenaba de preguntas y de asombros. Trataba de ver de dónde venían esos trocitos de algodón que caían lánguidamente y que saturaban el aire como un misterioso, inmenso e inacabable bosque móvil y albo, que difuminaba los perfiles de las casas y borraba todos los horizontes. Más tarde, vinieron más lluvias, pero ésas eran claras y estaban pintadas de sol. Y un día el campo se llenó de color, el aire de zumbidos y el espacio de trinos. Y en todo ese tiempo sus heridas de ceja y labio habían curado y unas cicatrices mostrarían para siempre las huellas que también permanecerían en su mente. A él se le formaba una bolsita de pus en lo alto de la encía, donde nace el labio, que los médicos enseñaron a su madre cómo reventarla con un alfiler desinfectado, operación que hacía cada semana. Conocieron estudiantes nuevos que habían llegado en otoño, reemplazando a otros conocidos que ya no volverían a ver, porque habían terminado sus estudios. Pero continuaba el mismo profesor sin cambios en su rostro amedrentador. Un día apareció un hombre de edad media que les miró con gran interés cuando ellos esperaban sentados en el incómodo banco de madera. Entró en la sala de donde, un rato después, salió un estudiante para mandarles pasar. Se enteraron entonces de que el hombre desconocido era el nuevo catedrático, llegado en sustitución del adusto. Sin dejar de mirar a su madre, requirió información y luego, en una salita adyacente, le hizo sentarse en uno de los tenebrosos sillones y le examinó.

—No entiendo por qué no se le ha hecho la operación al niño. Hay una gran infección —dijo, mirando a su madre. Y luego, llenando de simpatía su rostro aún joven, había añadido—: Traiga nuevas radiografías. Le operaremos lo antes posible.

Ella había mirado al hombre a los ojos, como siempre hacía, y notó que el médico se conturbaba. Sabía la reacción que provocaba en los hombres y procuró hacer sus formas menos ostensibles, buscando protección en la débil rebeca. Bajó los ojos y le dijo que no podría conseguirlas sin cargo, pues el asunto había dejado de ser de urgencia y el médico que le atendió gratuitamente, a instancias del marido de la señora María que le pagaba una cuota mensual, no le daría nuevas placas sin pagarlas. Los hombres se miraron y luego el catedrático decidió:

—Venga. Se las haremos aquí.

Habían entrado en una sala grande con máquinas raras y los mismos negros y complicados asientos. Le sentaron en uno de ellos. Le pusieron una pequeña placa por detrás de cada diente, que sujetaron con un dedo, y aproximaron un brazo metálico en cuya punta había un ojo cuadrado de cristal negro. Les hicieron volver otro día para conocer lo que esas radiografías indicaban. El pronóstico médico reiteró que la fístula había crecido y la infección se extendía. Finalmente les dieron cita para un día concreto, que coincidía con una jornada de operaciones. Cuando oyó la noticia, ella se sentó y toda la tensión y desconsuelo de esos meses desbordaron su ánimo y estalló en un llanto silencioso e incontenible. Él sabía de ese desamparo y entendió el agotamiento que lo producía. Había pasado la mirada de ella a los hombres, que la contemplaban desconcertados sin decir palabra. Vio que el profesor levantaba una mano y la dejaba flotar encima de la agachada cabeza de ella, como si quisiera acariciar las blancas ondas. Luego la retiró, sin haber hecho contacto, adoptando un gesto confuso y evasivo. Su madre se levantó, pidió disculpas, les dio las gracias y se alejó con él de la mano, fuerte, protectora. Cuando iban a trasponer la puerta del final del pasillo, él se había vuelto a mirar. Ellos los estaban contemplando sin descomponer el grupo, igual que había pasado con los policías tiempo atrás. Siempre le llamaba la atención el interés y la forma en que la gente miraba a su madre. La miraban cuando llegaba y cuando se iba, como si fuera una de esas luces que en la noche hipnotizan a las mariposas e insectos voladores. Le habían dicho lo que le harían. Le abrirían la encía, levantando el labio superior y la nariz; le quitarían la bolsa de pus y el trozo de diente roto que la producía. Limpiarían todo y, luego, le coserían no con lañas metálicas sino con un hilo que en curas siguientes le extraerían. Sólo sentiría los pinchazos de las inyecciones para la anestesia local.

Y al fin el día de la operación había llegado. Él no tenía miedo, porque a su lado estaría esa madre única. Ese día habían ido en metro y, por fin, habían montado en el *Pepe* desde Moncloa a la Universitaria. Había mirado abajo durante el corto trayecto y había visto los coches y personas empequeñecidos, y no tuvo miedo cuando cruzaron sobre el estrecho y frágil puentecito sobre una calle sin edificios y con verde en las laderas llamada Cea Bermúdez. Su madre llevaba en un talego limpio una toalla nueva que él nunca había visto. La habría comprado para tal fin a costa de otras necesidades. Se habían presentado temprano, pero el médico les había dicho que volvieran a media mañana. Y ahora esperaban paseando por el campo una vez más. Era primavera y todo estaba lleno de flores nuevas entre las espigas: amapolas, margaritas, pensamientos. Como otras veces, se entretuvieron cogiendo ramas y florecillas y siguieron el errático vuelo de las mariposas y de las mariquitas. Atraparon molinillos, esas esferas de finos pétalos, como minúsculos alfileres impalpables, que nunca supo de qué plantas venían, y las soplaron para ver quién los proyectaba más lejos. Las blancas flores despegaban de las palmas de sus manos, giraban en el aire, descendían y luego aterrizaban ingrávidamente sobre el manto verde hasta que suaves vientos volvían a hacerlas volar. Y su madre reía entonces y él no comprendía por qué no reía más a menudo con aquella dentadura tan blanca y perfecta que la transfiguraba y que él nunca podría llegar a tener. Él intentó coger una de esas esferas y vio que se deshacía entre sus dedos y fue como si una vida se hubiera extinguido. No entendió por qué esa flor era tan delicada. Miró a su madre y notó que ella también había guardado su sonrisa, como si la destrucción de aquella etérea criatura la hubiera afectado. Fue entonces cuando se fijó de forma plena en su madre. Alta, delgada, el pelo totalmente blanco recogido por detrás con una cinta, y similar al rostro que de perfil se veía en las pesetas *rubias* con las que jugaban y que no servían para comprar porque eran de la República y las habían invalidado. En realidad, esa imagen de la peseta, que decían era la representación de la República, parecía haberse obtenido del rostro de su madre. Una ligera brisa movía su simple bata, abotonada por delante, que dejaba el descubierto su cuello, brazos y piernas. La veía mirar a veces a lo lejos y él sabía ya que no miraba al paisaje cercano, sino al de Asturias, aquel sitio del que tanto hablaba, el lugar donde creció cuando era una niña, como él ahora. No comprendía por qué no iban a ese lugar tan mencionado, que debía ser un sitio maravilloso. Ahora, a los siete años, había sabido de pronto el anhelo que esos recuerdos representaban para ella. Nunca la había mirado de esa manera, con tanta atención. Notó como un viento que le penetraba desde la vitalidad de ella haciéndole partícipe de un sentimiento indescriptible. Ella se volvió y puso en él sus ojos azules donde se contenía un océano de lágrimas y paisajes. Nunca vio a una mujer tan bella. Supo entonces que estaría siempre a su lado y que lucharía por devolverle con creces todo lo que ella le daba y le había dado.

28 de abril de 1998

Aquellos seres cuya hermosura
admiramos un día. ¿Dónde están?
Caídos, manchados, vencidos, si no muertos.
¡Ah tiempo cruel, que para tentarnos
con la fresca rosa de hoy destruiste
la dulce Rosa de ayer!

LUIS CERNUDA

Coged de vuestra alegre primavera
el dulce fruto, antes que el tiempo airado
cubra de nieve la hermosa cumbre.
Marchitará la rosa el viento helado,
todo lo mudará la edad ligera,
por no hacer mudanza en su costumbre.

GARCILASO DE LA VEGA

Desde el río de las Cabras, la sierra del Cuera se lanza con autoridad hacia el oriente de Asturias, para, kilómetros más adelante, acostarse plácidamente en el río Deva que, engrandecido por el Cares, se entrega al mar a un costado de Colombres. Al otro lado del Deva ya es Cantabria.

Desde Llanes, conduje por la carretera nacional N-634 que lleva a Santander, acompañado a la izquierda por el mar.

Crucé el río Purón y un poco más adelante, a la derecha, tomé el desvío hacia la AS-343 y puse la sierra Plana de la Borbolla entre mi coche y el mar, mientras a la derecha los montes del Cuera me vigilaban. No había carteles indicadores, pero me habían informado del lugar exacto. Antes de llegar a Candamos, un camino pedregoso surgió a la derecha serpeando entre un cerrado bosque mixto de un verdor agobiante. La pista derivaba siempre a la derecha, como si quisiera volver hacia el oeste, y pude apreciar la masa de robles, fresnos, arces y castaños en una sinfonía de vegetal primario. De repente, un gran valle rodeado de bosques y, en medio de esa llanura verde, con todo su esplendor, la finca médico-geriátrica. Dentro de un espacio enorme, circundado por altos muros pintados de verde, un jardín boscoso con varios pabellones blancos no encimados. Descendiendo por la leve pendiente, traqueteando por la pedreguería y antes de que el muro me lo negara, percibí gentes desperdigadas deambulando por el espacio interior, algunas vestidas de blanco. Más allá el bosque trata de escalar las faldas del Cuera. Y, más allá aún, los Picos de Europa, con los altaneros Naranco de Bulnes, Peña Vieja y Pico Tesorero rascando el cielo. Llegué al portalón macizo que impedía ver nada al otro lado. En la parte izquierda del muro una placa metálica informaba: «LA ROSA DE PLATA — Centro Médico y Residencia.» Hay una rosa dibujada y tanto la flor como las letras son plateadas y en relieve, destacando de un fondo negro. Estuve mirando el nombre un rato antes de pulsar el intercomunicador.

—¿Diga?

—Soy David Calvo —dije, mirando la doble cámara que vigilaba desde lo alto y volviendo a imitar ligeramente el acento de un argentino—. Me dieron visita para hoy.

Hubo una pausa y luego la cancela se deslizó hacia un lado. Un camino enlosado, con yerba en las junturas, me condujo hacia una limpia playa de estacionamiento llena de coches. El doble macizo del Cuera y de los Picos de Europa debían impresionar en invierno, pero era primavera y un sol adolescente deshacía las bolsas de niebla sujetas al vientre de los picachos, poniendo sosiego en las personas que paseaban y hacían juegos. Eran las once de la mañana. Las puertas de cristal del edificio de recepción se abrieron solas y me mostraron un vestíbulo con similitud de hotel de lujo. El embatado recepcionista me miró, mientras me acercaba, en su papel de perfecto anfitrión.

—Mucha cautela, ¿no?

—Es que tenemos todas las plazas ocupadas. Al que viene para pedir estancia le facilitamos un número al que puede llamar para informarse y hacer una futura reserva si lo desea. Es lo que habrá hecho usted, me imagino. Procuramos así que entren pocos curiosos para que los residentes tengan el mínimo de perturbación. No olvide que aquí lo que se busca fundamentalmente es tranquilidad. —Su sonrisa garantizaba su discurso. Añadió—: Pase por favor a esa salita. Un médico le atenderá enseguida.

La doctora era alta, muy delgada de rostro y figura. Llevaba el pelo largo recogido en cola de caballo, que le permitía aparentar menos edad que la que en realidad tendría. Su sonrisa era invitadora pero sus ojos desmentían la placidez de sus labios. Demasiado inquisitivos. Tenía los dientes tan blancos como la impoluta bata. El despacho era acogedor dentro de su ambiente profesional, con una gran librería en un extremo. La luz entraba a raudales por un ventanal que daba a una parte de los jardines. Encima de la mesa que nos separaba tenía un cuaderno de notas y un ordenador encendido. Me dio la mano y luego su nombre, antes de repetir el mío y los datos que por teléfono hube de darles al solicitar plaza.

—Señor Calvo, ¿cómo supo de nosotros?

—Estaba en Santillana del Mar, en casa de unos amigos argentinos —dije, intentando hacer cantar las palabras—. Me dijeron que aquí podría relajarme y, quizá, curarme.

—¿Cómo tiene ese acento argentino siendo español?

—Mi abuelo era argentino. Yo estuve unos años allá, en mi primera juventud, cuando pretendía hacerme colono en Patagonia.

—¿Y?

—Fue demasiado para mí. No hay sitio más bello en el mundo, pero tampoco más desolado e inhóspito. Algo menos que la *taiga* rusa, pero, ¿sabes?, a veces pienso que debí haberme quedado. Quizá no tendría este baile de San Vito. ¿Conoces Patagonia?

—No, pero sí otras partes de Argentina.

—Un gran país, sí señor, un gran país. —Moví los ojos como si estuviera viendo una película de Bruce Lee.

—Director de ventas —dijo ella, los ojos rendidos a los datos—. ¿Qué vende?

—¿Vender? Es lo que quisiera. Vendo menos que un botijero en el polo Norte. Por eso estoy aquí.

Se echó a reír y llenó de blanco la habitación.

—He querido decir que qué vendía en condiciones normales.

—Máquinas para la industria del metal. Cizallas, prensas, equipos de soldadura. Cosas así.

Me hizo preguntas sobre mi estado físico, enfermedades padecidas, operaciones quirúrgicas tenidas, si era diabético, si tenía alergia a algo, si cargaba con afecciones hereditarias y todas esas cosas tan necesarias, parece ser, a un médico en la primera visita de un paciente y tan enervantes para el que necesita urgente atención. Me explicó luego lo que podían hacerme allí y la tarifa por estancia de dos semanas, que era el tiempo mínimo que ellos consideraban debía tratarse a un desquiciado como yo aparentaba, y el costo adicional de los distintos tratamientos. La verdad es que no es un lugar para gente que a mitad de mes tiene que pedir un anticipo del sueldo. Ella debió apreciar que mis fingidos tics aumentaban y trató de justificar el servicio que daban.

—Puedo asegurarle que al término de su estancia aquí usted estará libre de los males que ahora le aquejan. Podrá volver a afrontar el agobio de su trabajo y, con nuestros consejos, evitará volver a caer en la depresión y en la insatisfacción. Pero entienda una cosa: esto es como las drogas. Es el propio enfermo quien debe poner el máximo esfuerzo para no volver a caer en el mal. En cualquier caso y desde la distancia, por teléfono o por Internet, tendrá continua comunicación con nosotros. Estaremos a su servicio mientras nos necesite.

Me informó luego sobre el centro, inaugurado en 1974 y sucesivamente ampliado en el tiempo hasta las 500 hectáreas de extensión actual. Funciona como un hospital con diversas unidades de intervención médica. Tienen facultativos a jornada completa y otros según necesidades. Hay cuerpo de guardia permanente y las especialidades incluyen Traumatología, Oftalmología, Urología, Aparato Digestivo, Otorrino, Medicina General, Psiquiatría, Reumatología, Neurología, Alergología y otras. Hay salas de radiodiagnóstico, análisis clínicos y rehabilitación, con su cuadro de fisioterapeutas, DUES, ayudantes de enfermería y celadores. Nada para el mundo del niño, del adolescente ni de la maternidad.

—Hay muchas *gías*, ¿no?

—A medida que fueron aumentando los residentes fueron llegándonos más necesidades médicas. Hubo que ir incorporando especialistas para el tratamiento aquí de algunos de los males que se nos presentaban, a veces repentinamente.

—¿Hay enfermos para tanta especialidad?

—Sí. Aunque entre los más solicitados están los psiquiatras y los psicólogos. Llegan muchos directivos como usted a relajarse y hacerse un chequeo completo, y también gente con desconcierto mental pasajero.

—¿Es una nueva enfermedad?

—Bueno, nos referimos a pérdida de memoria ocasional.

—Dime, ¿hay ancianos?

Me miró un tanto extrañada.

—Claro que sí. ¿Por qué hace esa pregunta?

—No mencionaste Geriatría.

—Es que en realidad esto no es una residencia geriátrica. Por eso, cuando hablo con un visitante joven, se me olvida decir que más de la mitad de nuestros residentes son ancianos.

—¿Cómo de ancianos?

—¿Es usted de esos a quienes estorban los viejos?

—No, de ninguna manera. Sólo es una pregunta.

—Los hay con más de cien años, aunque no lo parecen, porque aquí son felices en verdad. Y usted sabe que estar feliz prolonga la juventud. ¿Y sabe por qué están felices? Por el sistema establecido en este centro, la idea matriz. Lo peor para un anciano es meterle con otros ancianos. Ellos miran y sólo ven viejos. Se ven excluidos del mundo, como zapatos usados. Aquí ven gente joven, incluso más jóvenes que usted. Muchos de los residentes mayores han sido ejecutivos, directores, creadores, enseñantes. Y, al mezclarse con gente como ellos fueron, creen estar todavía en la misma sociedad activa que abandonaron por imperativo de la edad. Aquí no hay pabellones separados para viejos y jóvenes. En una habitación puede haber un hombre de treinta años y en la colindante un matrimonio de ochenta años. Como en un hotel.

—Me dejas estupefacto. Son ideas para exportar. ¿Por qué no las divulgáis?

—No nos dedicamos a la publicidad. Hacemos nuestro trabajo. Simplemente.

—Supongo que no todos los ancianos pueden pagar sus tarifas.

—No todos, evidentemente. Pero a nivel de mercado, le diré que lo que paga un residente anciano aquí es mucho menor de lo que paga un residente joven, porque sus tratamientos son diferentes y su estancia en tiempo también es diferente. Hay muchas residencias geriátricas en el Principado y en España, mucho más caras que este centro y los servicios que ofrecen son infinitamente menores y de otra calidad que los que aquí damos.

—Significa...

—Que nunca hay plazas libres para ancianos, salvo, claro, por fallecimiento.

—Estoy apabullado —dije, moviendo las manos como si fuera de Tembleque.

Sonrió, me dio una fecha para el ingreso y, tras unas anotaciones, se levantó. La consulta había terminado, pero para mí empezaba la labor. Moviendo el gesto como si hubiera perdido un billete de lotería premiado, le pedí echar un vistazo a las instalaciones y a los jardines. No hizo oposición. Tocó un timbre y apareció una enfermera rutilante.

—Le acompañará y le mostrará nuestro centro. Esperamos que le guste. Y muchas gracias por confiarnos su recuperación.

La enfermera parecía más una experta en relaciones interpersonales que una profesional del gremio. Sencillamente encantadora. Me enseñó las salas de consultas, las piscinas de invierno y verano, piscinas para ejercicios fisioterapéuticos, los dos bien acondicionados gimnasios, las pistas de tenis y baloncesto, los comedores, cafeterías, salas de juegos de mesa. También la biblioteca, las salas de lectura. En todos los sitios mencionados había gente cultivando sus aficiones. Nos cruzamos con enfermeras o ayudantes llevando residentes jóvenes y ancianos en sillas de ruedas. No es un sitio frío e impersonal. Había una atmósfera como festiva dentro de la quietud general reinante. Las habitaciones son para una o dos personas. En todos los casos los grandes cuartos de baño tienen pisos antideslizantes y agarraderos múltiples en duchas e inodoros. No hay bañeras. Los aparatos de televisión son de pantalla grande. Salimos a los jardines. No hay pistas de tierra. La gente andaba sobre la grama en caminos invisibles. Se veían vehículos a motor, abiertos, para el traslado de personas indispuestas, como los que se usan para los futbolistas en los campos de juego. Los jardines daban la impresión de infinitos por su vastedad. A un lado, al fondo, la joven señaló el campo de golf de dimensión media. En un estanque con surtidores se movían patos y cisnes. Aunque había bastante gente paseando o sentada en los bancos, las dimensiones del terreno hacían parecerlo poco habitado. No había más ruidos que el de los trinos de los pájaros que se movían por los árboles. El sol había acentuado su presencia y era de esperar que, al ser el puente del 1 de mayo, hubiera incremento de visitantes. Eso me comentó mi anfitriona sin dejar de sonreír.

—Me dijeron que hay gente de varias nacionalidades.

—Sí, de muchas partes de Europa. Y también iberoamericanos.

—¿Argentinos?

—Sí, por supuesto. No olvide que los dueños son argentinos.

—Me gustaría saludar a algunos. Mi abuelo, ¿sabes?, era de allá.

—Le señalaré algunos cuando los veamos.

Caminábamos tranquilamente, sin que yo mostrara especial atención por nadie, aunque no perdía detalle.

—Mire, allí hay varios argentinos.

Me señaló un grupo de ocho hombres que jugaban a los bolos asturianos. Estaban a unos cien metros. Nos acercamos lentamente. Me fijé bien en ellos. Eran mayores y se movían con tranquilidad, aunque con cierta agilidad a pesar de la edad que algunos exhibían. Había dos que destacaban de los demás por su altura. Uno de ellos cargado de hombros, delgado, de estructura aún fornida. Al otro, más delgado, le faltaba un ojo. Me paré. La enfermera me miró.

—¿Podría sentarme un rato antes de saludarlos? —le dije, moviéndome como si fuera un azogue.

—Sí —señaló un banco cercano a unos treinta metros del grupo. Me aproximé y me senté entre varias personas.

—Si no hay excesiva prisa podía quedarme a descansar un rato, mientras los veo jugar. Necesito este ambiente relajador.

—¿Le parece que vuelva en media hora?

—¿Quizás una hora? No me moveré de aquí.

Asintió y la vi alejarse con todo su esplendor. Miré a los jugadores. De repente vi a uno, que al principio me había parecido estar agachado. Era un anciano de corta estatura, feo, deformado. ¿César? Le observé un rato. Participaba en el juego de forma absoluta. Por las exclamaciones de los otros parece que sus tiros acertaban siempre. Miré a los dos altos. El más fornido tenía grandes orejas y nariz protagonista, con escaso y nevado cabello. El otro, también de pelo escaso y blanco, ¿a quién se parecía? ¿A Gary Cooper en su última etapa? Todo parecía hilvanarse. «Los dos largos y el enano feo», que dijo Agapito. Los tres mosqueteros. Si eran ellos, y no parecía haber dudas al respecto, sus funerales fueron un montaje, lo que implicaba ocultación de algo. Tendrían nombres y pasaportes argentinos, falsos. ¿Y dónde iban a estar mejor que en ese centro especial participado por la familia de Rosa, con tantos cuidados médicos y medios de distracción a su alcance? Ello significaba que la misma Rosa vivía aquí. ¿Y la casona? Posiblemente de uno de sus hijos. Los hombres jugaban ajenos a mi observación interesada. Allí estaban, finalmente. Testimonios de las convulsiones de un siglo de España que terminaba y posible ejemplo de una historia de amor y amistad infrecuente. Pero había dos muertos por medio. Con mi informe, Vega iría al juez, quien mandaría a la policía para poner todo patas arriba. Sería imposible encontrar pruebas válidas para el magistrado. Sólo satisfacción parcial para José Vega y una ganancia económica para mí. ¿Y para ellos? Ahora tenían 94 años. ¿Qué había dicho Rosa nieta? «Pasaron infiernos en su juventud. No conviertas sus últimos años en otros infiernos.» ¿Y la doctora? «Aquí la gente es feliz.»

—¿Eres residente nuevo?

Me volví. Sentado a mi izquierda, un hombre de unos treinta y tantos, moreno, de ojos brillantes, con un libro en su mano izquierda. Tenía junto a él dos bolsitas de plástico abiertas. Con la mano derecha sacaba pipas de girasol de una bolsa, las llevaba a su boca y ponía luego las cáscaras en la otra bolsita en un ejercicio limpio y metódico.

—No, todavía. Me instalo dentro de quince días.

—Aquí se está muy bien. Yo voy por la segunda semana. Esto es lo más parecido al paraíso.

—¿Cuál es o era tu afección?

—Un lunes llegué a la oficina y encontré una mosca revoloteando. Estuve tras ella hasta que la cacé y la maté. El resto de la semana estuve cazando más moscas.

—¿Cuántas mataste?

—Sólo una. La del lunes. No había más moscas.

—¿Y eso lo curan aquí? —dije, tras mirarle un rato con atención.

—Ya lo creo. Garantía absoluta. Y cosas más graves. Tengo un compañero, lector impenitente, que un día le dio por leerse la *Biblia Políglota Complutense*, la de Cisneros, edición facsímil, en sus tres lenguas: hebreo, latín y griego, y...

—Eso no tiene nada de raro, si se conocen los idiomas. Hay gente que lee cosas mucho peores.

—Ahí está. Él no tiene pajolera idea de esas lenguas. Sólo sabe español.

Sostuve su mirada. Continuó.

—Como no entendía los textos, todo el día estaba con ansia. Lo mandaron para acá. Estuvo un mes y quedó de puta madre. Y tú, ¿cuál es tu pirez?

Percibí un ligerísimo tonillo humorístico en su boca de labios finos. No sabía si me estaba tomando el pelo o si realmente me decía la verdad.

—Desconcierto mental pasajero —señalé.

—¿Qué es eso?

—Un ejemplo: estás sentado en la taza del váter y de repente no sabes si tienes que empezar la faena o la has terminado ya. Tienes que estarte el resto de la mañana sentado en el trono para averiguarlo.

—Joder. Eso sí que es un problema. Y muy aburrido.

—No, si has tenido la precaución de llevar un libro de álgebra y trigonometría para entretenerte mientras llega la comprobación.

Giré la mirada hacia un grupo que se acercaba despaciosamente a los jugadores. Reconocí a Susana Teverga y a su hija. También estaban Rosa Regalado y un hombre alto, con poblada barba, que debía ser su marido. En el centro del corrillo, una mujer con luz propia: Rosa Muniellos. Noté un frío desquiciante recorrerme el cuerpo.

—Me llamo Andrés Pérez Irazusta y vengo de Bilbao. ¿Y tú? —machacaba el otro.

—David Calvo Cifuentes. De Cuenca.

—Joder, ¿hasta allí ha llegado el piramiento?

Procuraba mirar de reojo a los grupos, ahora uno solo. Mi compañero de asiento empezó a contarme sus cuitas, lo que favorecía mi camuflaje. Hasta que llegó la enfermera. Para entonces había tenido tiempo de verlos a todos charlar y reír. No había duda de que una aureola de felicidad les envolvía. A pesar de la cháchara había podido reflexionar. Algo estaba vacilando en mis convicciones.

—¿Ya está mejor? —dijo la joven.

Rosa Regalado se volvió a mirarla descuidadamente y de forma distraída sus ojos me alcanzaron. Quedó quieta unos instantes. Luego avanzó la cabeza para escudriñar mejor mi cara. Sus ojos se desmesuraron. Habló apresuradamente con los demás, que se volvieron a mirarme. Noté como un puente eléctrico cuando los ojos de Rosa Muniellos se engancharon a los míos. De repente todo desapareció, gentes y paisajes, como cuando desciende la niebla cerrada, quedando sólo esa mirada viva y suplicada. Sentí el triunfo de la perfección, la inmortalidad de la Belleza. Segundos. Toda una vida. Pero Rosa Regalado y el hombre barbado venían hacia mí decididamente, interponiendo sus cuerpos y trayendo la realidad ausentada. Ladeé la cabeza y vi a Rosa Muniellos, Susana e hija iniciando la andadura hacia los pabellones.

Había estado rastreando a Rosa sólo para que me condujera a Manín y a Pedrín. ¿Sólo? Ahora los tenía allí, a mi alcance. Ellos me estaban mirando, por detrás de los cada vez más cercanos Rosa Regalado y compañero. Los ancianos podrían asegurarme la conclusión del caso. ¿Por qué entonces clamaba en mí el deseo de abordar a Rosa sobre el deber profesional de ir hacia los hombres? ¿Por qué ese anhelo insoportable de navegar en sus ojos y buscar en ellos ese mundo que, según sus amigos, no era de este mundo? No pude sostener la fuerza invisible que me dominaba. Me puse en pie y crucé hacia la mujer, que escapaba lentamente como el vuelo de una mariposa. Pero Rosa Regalado y su compañero fueron más rápidos y bloquearon mi paso. Me detuve, consciente de que era una ocasión sin retorno.

—¿Cómo ha entrado aquí este hombre? —preguntó Rosa a la estupefacta enfermera—. Llama ahora mismo a seguridad. No se acepta su presencia en este centro. —Se volvió hacia mí, los ojos relampagueantes—. No es usted tan malo en su oficio. Pero no llegará más lejos.

—También yo me alegro de verte. Tu marido, supongo —señalé hacia él, sintiendo el vacío de ver a Rosa Muniellos distanciándose, desvaneciéndose como el arco iris cuando se oculta el sol en tardes de lluvia.

Era un hombre joven y bien construido, alto de estatura y bien armado de remos. Se adelantó hacia mí y me agarró por un brazo con fuerza.

—Te vas ahora mismo —dijo.

Estaba harto de amenazas y malos modales. Lo volteé, arrojándolo sobre la hierba, procurando que aterrizara sin mucha desconsideración. Allí quedó, intentando recuperar el raciocinio temporalmente perdido.

—¡Genial! —dijo Andrés Pérez Irazusta.

Miré hacia los pabellones. Rosa Muniellos y las otras mujeres ya estaban lejos. Pasé junto a la boquiabierta Rosa Regalado y me dirigí a los hombres que buscaba. Pero ya estaban allí, interponiéndose, dos fornidos cuidadores con caras de querer demostrar su capacitación para el cometido exigido. Me detuve y miré a los viejos amigos. Permanecían encalmados, vigilándome, a menos de seis metros. Tan cerca y tan lejos. Había llegado hasta esas leyendas vivientes pero todo parecía indicar que era lo más cerca que podría estar de ellos. Estaba mosqueado pero no quería producir más bulla. Ellos me miraban de frente, sin insolencia, sus manos ocupadas con las bolas. El tiempo no había hecho estropicio en sus rostros. El del ojo ausente estaba muy delgado. Pero el brazo que sujetaba la bola no temblaba y mostraba nervios aún acerados. El compañero lucía barbita recortada y sus ojos eran dos rayas aprisionando el color de sus iris. En ese momento uno de los vigilantes me puso la mano en un hombro. No debió haberlo hecho. Le hice girar en el aire y lo lancé estrepitosamente al suelo, donde quedó aturdido. El otro tenía la boca abierta. Aceptó constituirse en mero espectador al ver mi gesto.

—¡Fantástico! —señaló Andrés.

Me volví a mis perseguidos. No se habían movido. Rosa Regalado se puso delante de mí.

—Por favor, no.

Contemplé la súplica en sus ojos. En ellos estaban todas las razones del mundo para que no interpelara a los ancianos. Descubrí allí también los ojos de Rosa nieta y los de la Rosa Muniellos de la foto. Todos los ojos invencibles para llenarme de dudas y desazón, todas las emociones conturbadoras reiteradamente presentidas. Fueron unos largos momentos de intercambios mentales mientras se hacían corrillos a nuestro alrededor. ¿Qué me estaba pasando? Miraba esos ojos inevitables, de los que surgieron, avasalladoras, dos lágrimas grandes como gotas de deshielo.

—Hay muchas Rosas en Asturias —dije.

—Menos que amapolas en Castilla —completó ella.

Me volví a la enfermera e inicié la retirada. La vi abrir los ojos en señal de alarma, mirando por detrás de mí.

—¡Cuidado! —gritó Andrés.

Me acuclillé velozmente y vi pasar dos bolas sobre mi cabeza. Miré desde el suelo. Tenía un frente de ancianos con aspecto tranquilo, del que destacaban los dos larguiruchos. A un lado, Rosa Regalado, su marido y el guardia derribado, ambos aún con el desequilibrio en sus rostros. Más allá unos cuantos mirones. Fui hasta las bolas y las recogí.

—¿Qué desayunan?, ¿espinacas? —dije a la enfermera.

—Ha tenido suerte. Si le hubieran dado en la cabeza hasta podrían haberle matado —afirmó, con los ojos espantados todavía.

Sopesé las esferas.

—Pesan bastante para su tamaño. ¿Tienen hierro dentro?

—No. Son de madera de encina. Pesan sobre los dos kilos.

Volví a mirar a los hombres. ¿Con esa edad y con ganas de lucha? Pedrín tenía hundida la cuenca donde una vez hubo un ojo. Pero el otro chispeaba travieso. Manín tenía los ojos muy abiertos, mostrando el azul intenso de sus pupilas.

—Sólo queríamos *birlar* el *michi* —dijo sin abrir mucho la boca.

Miré a la chica.

—Argot del juego. El *michi* es el bolo comodín. Le han asignado a usted ese honor.

Vi venir a Andrés.

—Joder con los piraos de Cuenca. Nunca vi nada igual. Me has dejado patidifuso.

—Gracias por el aviso.

—No te quedarás, ¿verdad?

—No me dejarán. La primera visita y ya ves qué estropicio.

—Lo siento. Me hubiera gustado que me enseñaras a lanzar a la gente por el aire. Me vendría bien en las reuniones del consejo.

Caminé hacia la salida acompañado por la preocupada enfermera. Algo detrás nos seguía el guardia ileso. Miré hacia los pabellones y a los jardines. Ni rastro de Rosa Muniellos. Cerca del edificio de recepción estaba la doctora entre otras mujeres y hombres con batas blancas. Dos guardias de seguridad parecían contener impulsos de enfrentamiento. Le di las bolas a la enfermera y miré por encima de su cabeza. La vi venir, cruzando el parque en diagonal. Rosa nieta. Hizo una señal a mis acompañantes y todos nos detuvimos. Llegó al grupo y les dijo que me dejaran a su cuidado. Ellos se alejaron y ella observó mis ojos.

—Dos visiones de un mismo prodigio en un mismo día. Demasiado —dije—. Me parece estar en la Grecia clásica, cuando los humanos y los dioses, en este caso diosas, coincidían.

—¿A qué te refieres? No te sigo.

—Déjalo. Son cosas mías.

Llevaba una blusa blanca de amplio escote y manga corta, y una falda hasta las rodillas mostrando sus torneadas y morenas piernas. Se recogía el pelo en una cola de caballo. Su rostro estaba decantado hacia un gesto de complacencia. Resistir la tentación de permanecer mirándola, sin hacer ninguna otra cosa, me supuso un esfuerzo tremendo.

—La Rosa de Plata. Por tu abuela, ¿verdad?

—Sí, por el pelo blanco que la acompaña desde los veintiún años.

Echó a caminar hacia el estanque y acomodé mis pasos a los suyos. Sus zapatos de tacón bajo, ya barnizados por la humedad, se hundían ligeramente en la grama natural.

—Parece que te han enojado y has hecho algunas demostraciones de Kung Fu.

—A algunos hay que recordarles que no pueden ir por ahí zarandeando a la gente. No son modales.

—¿Qué piensas hacer ahora? —dijo, sin mirarme.

—No sé. Soy un tipo que siempre busca el final. Te lo dije.

—No es eso lo que me ha dicho Rosa Regalado por el móvil. Parece que finalmente podrá vencer tu sentido global de la justicia sobre el racionalismo de tu profesión.

Nos habíamos aproximado al estanque y observamos a los gansos deslizarse por el agua como si fueran conducidos eléctricamente.

—La realidad es que empecé a enamorarme de ti a través de las fotos y acciones de tu abuela. Aun sin saber que existías, algo me hizo presentirte.

—¿Qué te hizo presentirme?

Negué con la cabeza. ¿Cómo explicar lo de las llamadas arbóreas en las noches vulnerables?

—Sentémonos —dijo, alcanzando un banco de madera. Me acomodé a su lado.

—Y ahora, ¿qué? —dije—. Estás aquí, conmigo. ¿Significa que algo de mi amor te ha tocado alguna fibra, considerando que puedo no ser ya para ti objetivo a confundir?

Se echó a reír.

—¿Es una compra de sentimientos a cambio de no lanzar la bomba de neutrones contra nosotros?

—No. Estás en mí en cada instante, cualquiera que sea finalmente mi decisión sobre el caso.

—No tienes idea de cómo soy. Te dije que mi círculo está cerrado.

—Vamos, Rosa, deja que vuelva la magia a tu vida.

—He asumido que sólo hay una vida. No la quiero con sobresaltos. Quiero una felicidad tranquila.

—No hay felicidad sin la magia del amor.

Me miró largamente y supe lo desamparado que estaría cuando no la tuviera a mi lado.

Me acompañó hasta el coche. A través de la ventanilla, dijo:

—Cuídate esa nariz. —En sus ojos todos los horizontes estaban abiertos.

Durante el largo trayecto de vuelta a casa, rememoré a la Rosa vislumbrada y a esos hombres que abiertamente me declararon su enemistad. Recordaba los versos de Garcilaso de la Vega y Luis Cernuda. Pero esa mujer y esos hombres no estaban marchitados ni parecían vencidos. Habían doblegado el poderío cruel del tiempo, a pesar de sus azarosas vidas. ¿Es que ese centro hacía milagros? ¿Realmente existen tratamientos médicos para prolongar la juventud? Ninguna de esas dos consideraciones es posible. Ninguna institución médica hace milagros y todavía, aunque puede alargarse la vida, no se puede prolongar la juventud. ¿Por qué entonces esos compinches presentaban un aspecto tan diferenciado del que deberían tener asignado?

Llegué a Madrid algo más de cuatro horas después. Todo el camino fue como una huida de mí mismo, dándole vueltas al asunto una y otra vez como si fueran los sones del *Bolero* de Ravel. No sabía lo que debía hacer. Pero sabía lo que quería.

6, 7, 8 y 9 de agosto de 1938

¿Adónde te escondiste,
amado, y me dejaste con gemido?
Como el ciervo huiste,
habiéndome herido;
salí tras ti clamando, y eras ido.

San Juan de la Cruz

El avión apareció de súbito por detrás. Miguel, que viajaba al lado del conductor, vio los surcos que dejaban las balas a la derecha del camino y luego el rugido del aparato pasando sobre ellos y tomando altura. Benjamín siguió sorteando las curvas descendentes, sin zigzaguear. Era hombre experimentado y sabía que no volvería el peligro hasta que el avión no hubiera dado la vuelta completa para volver a ametrallarlos, si es que no se conformaba con la primera pasada. Debía ganar la mayor distancia posible, cuidando al mismo tiempo de no salirse en una de las curvas. Metió la segunda para tener dominio sobre el coche y darle más potencia al mismo tiempo, aunque el motor sufriera el exceso de revoluciones. No les hubiera venido mal algo en que guarecerse. Pero era una sierra deshabitada, con árboles esbeltos y solitarios jalonando el camino.

—¿Qué hace el maldito avión? —dijo Benjamín.

Luis y Agapito, por la ventanilla trasera, vieron la maniobra del caza.

—Está dando la vuelta para volver a darnos por culo.

—¿Qué hacemos, capitán?

—Quizá deberíamos parar y dispersarnos —dijo Miguel.

—Tragacete está cerca. Si pudiéramos aproximarnos más nuestras baterías le mantendrían a raya —insinuó Agapito.

—¿Tú qué dices? —interrogó Miguel al conductor.

—Puedo esquivarle, capitán.

—Adelante entonces.

Seis días antes el Estado Mayor del Ejército del Centro había ordenado al IV Cuerpo una ofensiva sobre Guadalaviar y Griegos, al otro lado de los Montes Universales, en la provincia de Teruel, con objeto de aliviar la presión que los fascistas ejercían sobre el ejército del Ebro. Mera dispuso unos batallones de infantería y zapadores, piezas de artillería del 10,5, caballería, sanidad y otras unidades, que en poco más de veinticuatro horas se instalaron en lo alto de La Mogorrita, en la sierra de Valdeminguete. Habían tomado después Guadalaviar y Villar del Cobo y se progresaba hacia Frías de Albarracín, en el sureste, y hacia Griegos, al norte. Pero tres días después hubo orden de retirada dictada por el coronel Casado, jefe del Ejército del Centro, que no fue del agrado de Mera ni de los demás jefes. Pero obedecieron y la vuelta a las posiciones fortificadas anteriores fue ejecutada con orden y diligencia. Miguel, acompañado por el teniente Agapito Ortiz y por el sargento Luis Morillo, volvió para verificar que el repliegue no había dejado útiles ni materiales de valor. Con los prismáticos vieron movimiento de tropas enemigas viniendo de Bronchales. Recogieron algunos pertrechos e iniciaron el regreso.

—¿Qué hacemos regresando a la inactividad, en vez de luchar? —había dicho Miguel—. Estamos protegiendo a Casado y a Miaja como si fuéramos guardaespaldas. Parecemos una especie de Guardia Nacional en vez de una unidad de lucha.

—¿Qué defendemos, estando de reserva? —corroboró Agapito—. Si caen todos los frentes, ¿de qué sirve estar rascándonos las pelotas?

—No entiendo nada. Parece que interesa más poner obstáculos al doctor Negrín que acabar con los facciosos.

—¿Qué opinas de Negrín?

—A pesar de lo que dicen nuestros mandos, creo en él —apostó Miguel—. Es encomiable su determinación de seguir en la brecha ante tanto derrotista y tanto confiado en una paz honrosa. Coincido contigo. ¿Qué hace nuestro IV Cuerpo agazapado en Guadalajara? ¿Por qué esta retirada de este nuevo frente, cuando ya deberíamos haber intervenido en el Ebro?

—¿Y qué me dices de los acojonados franceses? —terció Luis—. Toneladas de material bélico nuestro retenidas en Francia. ¿Quiénes son esos cabrones para quedarse con un material que no es suyo, que ha sido pagado por nuestra República? ¡Y dicen que son demócratas!

—La pérfida no es Albión, sino Francia. Los ingleses siempre fueron enemigos de España. De un enemigo no se puede esperar ayuda. Pero los franceses, bajo los compromisos de amistad a través de los siglos, han ido socavando nuestro potencial como nación. ¿Para qué queremos amigos así? Nos han hecho más daño que los ingleses.

—Me gustaría que Hitler les diera por el culo. Para que sepan los que es luchar en desventaja.

El avión había hecho acto de presencia en ese momento, antes de haber cruzado la cúspide de La Mogorrita viniendo de Guadalaviar. Ahora iniciaba su segunda pasada cuando el coche bajaba en tromba a Tragacete dando botes por la pista casi recta construida por los batallones de Zapadores. Luis seguía el curso del aparato. Le vio completar el giro y picar hacia ellos. Benjamín apremió:

—¡Dime cuándo empieza a disparar! ¡Y sujetaos bien!

—¡Ya! —gritó Luis a la vez que se oía el tableteo.

Benjamín pisó y luego giró el volante hacia la izquierda obligando al coche a invadir y subir por la pista contraria ascendente. Se levantó una nube de polvo mientras las ruedas giraban casi en el borde del terraplén para lograr los 180 grados respecto de la dirección inicial. El avión pasó ruidosamente y largos surcos abiertos por los proyectiles ocuparon el lugar donde antes había estado el coche. Benjamín siguió girando para completar los 360 grados y volver al carril descendente que abandonara para esquivar al agresor. Puso la tercera y obligó al Citroën a mantener una velocidad controlada mientras delante veía al avión elevarse y girar.

—¡Bravo! —exclamó Luis.

—Dime si el cabrón abandona o insiste.

—Se irá. No le merecerá la pena todo este gasto para una presa tan mísera.

—Creo que el hijoputa no cejará —dijo Luis—. Es alemán, de la legión Cóndor.

—¿Cómo lo sabes?

—Es un avión nuevo, el Messerschmitt 109, con cuatro ametralladoras sincronizadas. Es el mejor caza que existe en esta guerra. No se les deja a los pilotos españoles.

—O sea que será un cabrón de nazi quien nos mate.

—Procuraremos que no sea así —dijo Benjamín con el rostro concentrado.

—¿Dónde están nuestros *chatos* y *supermoscas*? —dijo Agapito.

—Perdimos el dominio del aire hace meses.

—Y en Francia, cientos de aviones nuestros pudriéndose...

El avión había dado la vuelta y volaba ya en dirección contraria a la del coche, desplazado unos 200 metros a la derecha. Parecía querer abandonar el campo. Agapito y Luis miraron confiando en que se perdiera en la lejanía. Pero el caza inició el segundo giro. De repente a su alrededor surgieron nubes negruzcas, como globos de humo estallando, mientras el ruido del cañoneo se imponía sobre el del motor del avión. Las baterías antiaéreas de Mera habían tomado parte en el juego.

—¡Duro con el hijoputa! ¡Puntería!

Rodeado de explosiones, el ME-109 picó hacia ellos con determinación.

—¿Por qué insiste el cabrón? Ametrallar a un desvalido coche no es una hazaña para sentirse orgulloso.

—Quiere probar el puto avión.

—Creo que deberías parar para escabullirnos —dijo Luis—. Este avión es temible. No te será fácil esquivarle tantas veces. Y es difícil que nuestros artilleros le acierten. Es muy rápido.

—Mira allí —dijo Miguel, sujetándose al manillar para neutralizar los botes del vehículo—. Esa especie de camino.

—Lo veo. Voy allá —contestó Benjamín, admirándose de nuevo de la impasibilidad de su capitán en los momentos de peligro. Miguel hablaba como si estuviera en su despacho de la brigada y no en una situación extrema. Era el más tranquilo de los cuatro y eso aliviaba la tensión.

—¡Ya viene! —gritó Luis.

Sintieron el estruendo del motor y el tableteo. Una fila de balas cruzó en diagonal sobre el coche. Miguel sintió el impacto de un proyectil. Por un momento perdió la visión. Miró de nuevo. El coche se había salido de la pista y rodaba por una pendiente. Tropezó contra un saliente de roca, rebotó, volcó y dio dos vueltas de campana, quedando sobre el techo y con el motor en marcha. Miguel se sacudió el sopor. Sintió un dolor intenso. La bala le había entrado por un pulmón en sentido descendente. Notó un calor desusado pues aunque era verano la zona era fría. Vio las llamas asomar por la parte baja del motor. Miró a sus compañeros. Todos estaban inconscientes, quizá muertos. Con esfuerzo se arrastró fuera del coche. Tenía sangre en la cara. Se secó con las mangas. Se incorporó, dio la vuelta, abrió la puerta del conductor y sacó al pequeño Benjamín, arrastrándolo desde el interior, cuando ya todo el morro ardía fuertemente. Depositó el cuerpo unos metros más allá. Sintió un mareo. Tosió notando que la boca se le llenaba de sangre. Se encontraba mal. Cayó de rodillas y desde el suelo abrió la portezuela trasera a despecho de las llamas que lamían la chapa. Agarró al larguirucho Luis por el cuello de la guerrera y lo sacó, gritando de dolor por los zarpazos del fuego. Quedaba poco tiempo. Las llamas intentaban cubrir todo el vehículo. Dejó el cuerpo y con infinito sufrimiento obligó a sus noventa kilos a levantarse y dar la vuelta al coche por la parte trasera. La puerta estaba abierta y la cabeza de Agapito sobresalía. Le agarró con ambas manos y tiró de él cuando ya la pira estaba a punto de ser intratable. Rodó junto al teniente. Sentía un tremendo dolor en el pecho, en la cabeza y en las manos. Estaba boca arriba y las miró, apoyando los codos en el suelo. Estaban abrasadas, con jirones de sangre, semejando garras. Tan cuidadas que las tuvo siempre. No podía moverse ni pudo ya mover los brazos. Sus manos colgaban delante de sus ojos como ramas descarnadas. Sintió lejanamente el crepitar de las llamas y el suave ulular del viento. Miró el cielo limpio de nubes y vio pasajes de su vida corriendo delante de sus ojos. «¡Miguelín! —le decía su padre—. Ayúdame con ese barrilillo. Estoy cansado.» Y él le ayudaba a subir el balde y luego bajaban las escaleras y caminaban hacia el borriquito, él tan feliz junto a ese anciano al que nunca llegó a conocer del todo. Se dio cuenta entonces de que se estaba muriendo porque siempre le habían dicho que cuando se recuerdan vívidamente pasajes de la niñez es porque la de la guadaña está cerca. Destiló lágrimas de rebeldía. ¡Quedaba tanto por hacer, tanto por reparar...! Quedó casi inconsciente. Oyó voces, conversaciones. Luego sintió que le tocaban en la cara y en el pecho. Abrió los ojos. Destacando del azul estaba la sombra de Agapito, afanándose sobre su cuerpo.

—¡Miguel!, aguanta, Luis ha ido corriendo a buscar ayuda. Yo estoy bien, algo quemado y Benjamín tiene un fuerte golpe en la cabeza. ¿Me oyes? Nos has salvado. Y ahora te salvaremos.

—Dile... dile a Rosa...

—¡Calla! Se lo dirás tú mismo. ¡Aguanta, me cago en la hostia!

Miguel vio venir la noche. Era por la mañana de un día de sol tenue pero se hacía de noche. Comprendió.

—Rosa...

—¡No, joder, no! —gritó Agapito con rabia palmeándole la cara. Miguel tenía los ojos abiertos, como intentando mirar el misterio del firmamento. Una leve sonrisa quedó detenida en su boca de dientes perfectos.

Rosa abrió el sobre. Se lo había dado Agapito, cuando le visitó en el hospital, tras el entierro de Miguel. Era del tamaño de una cuartilla y llevaba el membrete de la 70.ª Brigada, con el indicativo, más pequeño, de intendencia.

Antes de leer, volvió a mirar el paseo de la Castellana. Más allá de las hileras de árboles se asentaban los señoriales palacios. Había escasa circulación y un ambiente de tristeza trascendía a despecho del luminoso día veraniego. Se habían perdido Bilbao, Santander y Asturias. Todo el norte estaba en manos de los facciosos. Largo había dejado el gobierno y el presidente del ejecutivo recaía en Negrín, un hombre fiable que había prometido triunfos para la República.

Desdobló los folios. Una vez más se maravilló de la bella caligrafía de su marido. Era realmente excepcional en aquellos tiempos, por lo que muchos de los escritos de la Brigada, Mera se los encargaba hacer a Miguel. Antes de la guerra había sido escribiente en empresas contratistas de obras y de ahí su adscripción al sindicato anarquista de la construcción. Empezó a leer.

HORIZONTES

Rosa: Hubiera querido que no leyeras esta carta. Significaría que me tendrías a tu lado. No hablo de estar juntos en estos momentos en los que todavía tendrás el alma apagada y el amor cerrado para mí. Hablo de estar a tu lado en años venideros, viendo crecer a nuestros hijos y caer las hojas doradas de los años por vivir.

Cuando ganemos la guerra, la situación cambiará en España. Todos tendremos las oportunidades que hasta ahora nos fueron negadas. Y compartiremos la gozosa tarea de modernizar el país con amor, ya extirpado el odio sectario y clasista.

Hablo de amor. Sí. He cambiado. De verdad. La China es un mal recuerdo. Y también las mentiras. Tú has ido viendo ese cambio paulatino y con el tiempo llegarás a sentirlo dentro de ti misma, olvidando el mal que te hice.

Tiempo. Es lo que necesito para demostrar lo que digo, para que tus ojos vuelvan a mirarme con amor.

Pero, ¿qué es el tiempo? Un horizonte. Algo a lo que llegar, un destino inaprensible. Porque cuando se llega al horizonte deseado vemos que hay otros horizontes más allá, siempre, inmateriales. Como el tiempo.

Mi horizonte ahora es volver a tenerte y reanudar un proyecto de amor en la posguerra esplendorosa de la paz republicana. Y caminar juntos hacia los otros horizontes ahora vedados.

Veo mi vida antes de conocerte. Horizontes sin relevancia en la penuria de un país medieval.

Soy hombre de ciudad. Pero cuando fui a Asturias y vi aquellos paisajes entendí lo que era la belleza y el asombro. Eso es lo que también me subyugó de ti.

Quizás en otra vida, en algún lugar del tiempo, cuando seamos energía y no materia, en algún horizonte inimaginable podamos unirnos con la plenitud del amor que ahora siento por ti.

MIGUEL

Dobló los folios y los guardó en el sobre lentamente. Volvió a mirar la calle. Tenía los ojos secos pero una congoja invencible se había instalado en su pecho.

«Quizá, quizá...».

Cuando anocheció y llegó Aurora con los niños, a los que había llevado a jugar con los suyos toda la tarde, seguía mirando la Castellana sin haber variado de postura.

24 y 25 de mayo de 1998

Abrí la puerta de la oficina y entré. Sara salió de detrás de su mesa y se me acercó.

—¿Qué te ha dicho el médico?

—Deben volver a operarme. Un huesecillo quedó suelto y es el que me fastidia.

—Lo de siempre —dijo David desde la puerta de su despacho—. Hay médicos que tienen que operar varias veces por la misma cosa.

—Supongo que será cosa de suerte. Como en todas las profesiones, habrá médicos buenos y malos —dijo Sara.

—Tú procura que no te toque la nariz el mismo.

Le miré y luego a Sara.

—¿Tenemos?

—José Vega. Que le llames.

—Ponme con él. Pásame al despacho.

Mi descomunal cliente fue al grano.

—Recibí su carta y su informe. ¿Por qué se rajó?

—No hay pistas. La muerte y los años borran todo.

—No me diga. Eso ya lo sospechaba cuando aceptó el caso.

—No es lo mismo la sospecha que la evidencia. No quiero que derroche su dinero absurdamente.

—Soy yo quien decide qué hacer con mi dinero.

—Busque otro investigador. Supongo que habrá recibido la transferencia por el anticipo que me envió.

—Olvídese de eso. Y no quiero otro investigador. Le

quiero a usted. Y no me diga que no ha encontrado nada. Siempre hay pistas, algo.

—Lo que hay ya está en el informe. Es inútil. Yo estoy fuera.

Hizo una pausa fatigosa.

—¿Cómo puedo convencerle de que siga?

—¿Qué es en realidad esto para usted?

—Diríamos que asunto de vida o muerte.

—No. Es una cabezonada, un capricho. Un juego. Porque ninguna mejora en su vida le llegaría con saber quién fue el asesino.

—No es cabezonada. Le di suficientes razones. Pero aunque así fuera, ¿qué? Mis motivos al final no le incumben. Sólo si puedo pagar una investigación. Y puedo.

—¿No recuerda nuestro convenio? Seguiría en el caso, pero con libre disposición a culminarlo o no.

—¿Qué ha encontrado de negativo para hacerle desistir, aparte de los absurdos cotilleos que le contaron en su visita a Prados?

Pensé en todo lo acumulado sobre las vidas de Rosa, Manín, Pedrín y tantos otros.

—Nada importante para usted. Adiós, señor Vega. Y gracias.

—¿Por qué me da las gracias?

Vi a Rosa nieta en mis pupilas.

—Por nada. Le deseo suerte y larga vida.

Eran las 12.35. Miré hacia la ventana. La luz colándose indicaba un cielo sin nubes. La primavera se preparaba para el relevo. Medité sobre lo ocurrido en las últimas fechas. Superaría mi decisión de abortar un caso tan cercano a su resolución, porque todo hacía pensar que uno de los asturianos amigos podía ser el asesino. ¿Por qué si no hicieron la farsa de su muerte ficticia? Bueno, ¿y qué? El caso avasallaba mis defensas. No era como los anteriores. Me había metido en las espirales del tiempo y de la historia y la enseñanza recibida pudo con la certeza sostenida hasta entonces hacia la inflexible legalidad de mi trabajo. Aquí los malos parecían los buenos y viceversa. En la lucha entre las lealtades a respetar venció la que siempre he tenido hacia los que sufren y a los inocentes. ¿Y cuándo un asesino es inocente? En determinados casos la ley establece esa excepción. Pero yo no era juez. A él competía dictar esa excepción. Mas tampoco era policía. Sólo debía enfrentarme con mi conciencia. En 1943 y en 1997 la policía había investigado sin obtener resultados. Podía disculparme a mí mismo si olvidaba el caso en honor a personas, aun culpables, cuya grandeza interior había dejado mi sensibilidad alterada. Pero había más. Estaba Rosa nieta, el segundo prodigio. Ella había removido mis convicciones y era mi corazón el que mandaba.

Y en ese momento sonó la llamada. Sara:

—Una voz de mujer. Dice que es urgente.

Conecté.

—¿Por qué te estoy llamando? No eres nadie en mi vida —dijo Rosa nieta con voz emocionada y tan nítida como si la tuviera delante.

—¿Te encuentras bien?

—No. —Hizo una pausa llena de todo—. Mi abuela murió ayer. Será enterrada mañana en el cementerio de Llanes.

Cerré los ojos. En el intervalo radioeléctrico vislumbré un espacio insondable. Era como viajar en una nave sideral a través de mundos sin vida, sin esperanzas de encontrar planetas azules.

—¿Estás ahí? —dijo.

—Sí.

—Tu carta. ¿Es verdad lo que dices en ella?

—Sí. Necesito verte.

Oí el ruido que hizo su teléfono al colgar. Puse el mío en la horquilla. La puerta se abrió. Sara, mirándome.

—¿Sabes, amiga mía? El tiempo nunca se detiene. A todos nos alcanza. —Saqué la foto de Rosa y la puse sobre la mesa—. Se ha ido.

Sara se acercó y nos miró alternativamente a mí y a la fotografía.

—Te ha afectado.

—Sí. Me hubiera gustado conversar con ella. —Miré los comprensivos ojos de Sara—. No he sido lo suficientemente eficaz.

—No es eso. La realidad es que te has implicado mucho en este asunto. No dejes que te destruya.

Me levanté, fui al armario y recogí el maletín, preparado para emergencias con mudas y útiles de viaje. Fui hacia Sara y le tomé una mano.

—Quizá ya no sea lo mismo a partir de ahora.

—Todo es pasajero en la vida —dijo, intentando sonreír.

La lluvia se brindó acompañarme mientras rodaba por las amplias curvas de la autovía hacia Ribadesella y no me dejó ya en todo momento. Era una llovizna sosegada que me confortó. En Llanes me alojé en el hotel Don Paco. No quería causar alarmas pernoctando en el hotel de Rosa. Tenía una sensación de tristeza incalmable. El pequeño pueblo me sonaba inhóspito y decidí mitigar esa sensación visitando a mi amiga del bar. Me vio entrar y sentarme. Dejó en la barra a la chica de los dientes blancos y se acercó a mi mesa.

—¿Puedes sentarte conmigo un momento?

—¿Por qué de repente noto nostalgia en tu voz? —dijo, remedando lo que tiempo atrás yo le había dicho. Se sentó y dejó que su rostro se acompasara a la gravedad del mío.

—¿Y si te digo que alcancé mi sueño y que ello me tortura?

Era un leve consuelo ver su atractiva cara.

—¿Cómo puedo ayudarte?

—Mi destino empieza mañana. No sé si tendré esperanza o desolación.

—Estás enamorado.

—Ésa es mi esperanza. Mi desolación es que mañana entierran a una mujer que busqué desde marzo y con la que no pude llegar a hablar.

—¿Quién era esa mujer?

—Una *Xana* auténtica. Una leyenda hecha realidad. Un ser de otro tiempo.

—Nada dura eternamente. También la desolación. Quédate con la esperanza.

Nos miramos y algo tenue nos envolvió hermanándonos en una placidez que me confortó.

—¿Te he dicho que tu marido tiene mucha suerte?

Cuando salí de la cafetería tenía neutralidad hacia el pueblo. Atardecía y decidí acostarme pronto. A las 7.30 salí del hotel. La carretera desde la de Llanes a Posadas no es tal, sino un camino asfaltado corriendo entre el muro sur del camposanto y una densa arboleda, detrás de la cual hay un camping. Dejé el coche en la vacía zona de estacionamiento situada frente a la entrada, sin parar el motor. Probé. La cancela de hierro estaba cerrada pero sin la llave echada. Volví al coche, lo llevé hasta cerca del camping y lo aparqué. Regresé andando al cementerio, abrí el pestillo y entré. El lugar es un rectángulo de unos 130 por 90 metros. A la derecha, los nichos. En la parte frontal e izquierda, adosados a los muros, los mausoleos familiares. Justo en medio, la pequeña capilla vestida de ocre. Caminé hacia el fondo. No llovía aunque el cielo era gris. Una suave brisa movía mis cabellos y producía ese tenue silbido que en los cementerios parece escaparse de los siglos pasados. Los panteones son pequeños. Alternan los bien conservados con los desmoronados por el olvido. Inútil vanidad faraónica en el afán de permanecer después del adiós definitivo. Sepulcros que en su día fueron lugar de peregrinación para los deudos hasta que el peso de los años borró la memoria de los descendientes. Miré hacia la entrada por encima de las tumbas perpetuas de la zona central. Unos pequeños árboles alineados en la zona de aparcamiento no impedían que la vista se escapara hacia las aplastantes cumbres acechantes. Ahí estaban de nuevo la sierra del Cuera y los Picos de Europa cargados de nubes guerreras y plenos de intenso verdor. Es un camposanto con paisaje grandioso, bueno para ser enterrado, si es que eso importa algo. Estaba solo y tuve la sensación de que miles de almas paseaban en libertad y me miraban. En la parte sur, cerca de los panteones, vi una fosa honda abierta y útiles de enterramiento. Debía ser la sepultura. Me entretuve leyendo antiguas lápidas hasta que oí coches llegando. Subí al pequeño repecho de la parte norte donde están los nichos y miré. Gente enlutada entraba y se dirigía a la fosa abierta. Vi llegar a los sepultureros. Apareció una comitiva. Una caja estaba siendo llevada a hombros por gente joven. Detrás apareció otro ataúd y luego un tercero. En la media distancia distinguí a Rosa y a su tío. También a Rosa Regalado, a su hermana, a Susana Teverga, a Luis Guillén y sus hijos. Multitud de personas que se desparramaban por entre las tumbas. Alguien me miró y luego otros ojos se volvieron hacia mí. Rosa también se volvió y también Miguel Arias. El enterramiento comenzó. Todos miraron hacia las cajas que iban descendiendo. Empezó a llover sosegadamente como rubricando la atmósfera de tristeza del acto. Hubo sinfonía de paraguas y ya no vi las cabezas. Abrí el mío. Caminé hacia la salida rodeando las tumbas de la zona norte, a distancia de la gente, oyendo el murmullo del cura. Casi saliendo vi una figura solitaria contemplando distanciado el acto. Una figura pequeña, extraña. Se volvió a mirarme y por un largo instante creí que me apuntaban dos finos rayos láser. César. Afuera, los coches bloqueaban el área de aparcamiento. Había sabido elegir el sitio en la zona apartada. Entré en mi coche y volví al hotel. Hice una llamada. Reconocí la voz de la Rosa de recepción.

—Soy Corazón. ¿Me recuerdas?

—¡Cómo no, señor Corazón! ¿Cómo está?

—Mal —quedamos en silencio un momento—. ¿Harías algo por mí?

—Depende.

—Si aparece tu directora, o si llama, dile que estoy en el Don Paco, habitación 220.

—Lo haré.

Me aseé un poco y me senté a esperar. No puse la tele, no escribí nada. Sólo esperaba y meditaba. Pasaban unos minutos de las doce, cuando escuché golpecitos en la puerta. Abrí.

Allí estaba con su traje negro y el desconsuelo volcado en sus ojos.

—¿Me esperabas?

—Toda mi vida.

Pasó y anduvo hasta el ventanal, que daba a una zona ajardinada, portando su encanto irresistible.

—Lo siento —dije—. De verdad. No sabes cuánto.

—Si tan siquiera supieses la extraordinaria mujer que fue...

—Lo sé. Investigué sobre ella.

Noté el temblor de sus hombros. Deseaba ir hacia ella y abrazarla.

—Vi tres ataúdes.

Se volvió. Sus inmensos ojos estaban llenos de lágrimas pugnando por liberarse.

—Eran ellos, ¿verdad?: Manín y Pedrín —insinué.

—Sí. Cayeron como fulminados horas después, al enterarse. No quisieron dejarla sola. Y nos han dejado a todos nosotros.

—Han sido coherentes con sus anhelos.

—Pero los tres... a la vez... No sabes lo que es eso.

Dejé correr los segundos.

—¿Cómo están tus tíos, tu padre?

—Esperemos que puedan superarlo. En cuanto a mi tío, nadie quiso a una madre como él a mi abuela. Y lo demostró estando siempre a su lado. Podría contarte tanto...

Asentí con la cabeza. Me miró con tal intensidad que tuve que apoyarme en la pared.

—¿Abandonas la investigación definitivamente?

—Sí.

—Tu nariz —señaló.

—No quedó bien. Han de operarme otra vez.

Caminó hacia una silla y se sentó. La visión de sus piernas apagó las demás imágenes.

—¿Sabes ya por qué me llamaste? —dije.

—He pensado mucho en ti —volvió a mirarme con sus ojos otra vez inundados—, pero no daría resultado. Estoy llena de recuerdos.

—Intentémoslo. Construyamos nuevos recuerdos. Juntos.

—Ahora debo estar con los míos. Sólo he venido para agradecerte que hayas dejado el caso y para darte las gracias por venir al entierro.

—Me lo pediste sin palabras.

—Sí. Quise que te dieras cuenta de que trabajabas sobre cenizas. Debías ver que tus perseguidos se han ido de verdad, que ya no hay tiempo para tu trabajo. Luego, me confortó la idea de que ellos han vencido.

—Puedes afirmarlo. Me habéis vencido porque me habéis dado mucho, aparte de palizas.

Hubo un silencio prolongado. Sus ojos seguían sumergidos. Se levantó.

—Adiós, Corazón.

—Sabes que volveré. No puedo ya vivir sin ti.

—Deja que el viento se lleve mi desdicha y que vuelvan los colores blancos.

—No esperaré mucho. El tiempo nunca...

—... se detiene —culminó ella. Fue a la puerta, la abrió y salió. Me acerqué y apoyé en la madera mi frente y mis dos manos abiertas.

Estaba en el bar del hotel admirando la nave de la pequeña iglesia del antiguo convento reconvertido, y tomando un zumo, cuando se me acercó una de las recepcionistas.

—Le llaman al teléfono, señor Corazón.

Caminé hacia el mostrador. No esperaba a nadie.

—Quizá aún me recuerde —dijo una voz.

—Señora Guillén. Tengo buenos recuerdos de usted.

—Me gustaría hablarle. Quizá pueda venir.

—¿A Buenos Aires?

—¡Oh, no! Estoy aquí, en Asturias, en el Centro Médico.

—¿Cuándo?

—Hágalo pronto. Estoy ganando tiempo.

—Estaré ahí en una hora.

Puse el dedo en el llamador. La cancela corrió hacia un lado sobre el raíl, al decir quién era. Dejé el coche como la otra vez y entré en recepción. Una enfermera me hizo pasar a un amplio y luminoso salón, lleno de mesas y sillones. Me llevó a un tresillo situado ante un enorme ventanal cerrado desde el que se podía vislumbrar una gran zona de los jardines, ahora desiertos por la lluvia. Había una mesita con vasos de vidrio y botellines de agua. Eran las 14.20 y había gente sentada formando grupos. Recordé a Manín y Pedrín, con los que no había podido hablar días antes y que ya eran sólo recuerdo para unos pocos. Sin embargo, esos pocos prolongarían ese recuerdo en sus descendientes al transformarlos en leyendas, porque las leyendas nunca mueren, como no cedió nunca el amor de esos hombres especiales hacia esa mujer fundida en molde diferente. Vi llegar a Gracia apoyada en su bastón y sujetada por el otro brazo a su hijo, mientras Leandro caminaba al otro lado atento a los movimientos de la dama. Al saludarnos, los ojos de ellos no mostraron simpatía. Ella tenía la mirada lavada de llanto y el blanco de sus ojos estaba cubierto por un velo rojo. Encontré su magro porte muy agredido por la ya indisimulada edad. Cuando estuvo acomodada en un sillón, el nieto se disculpó y nos dejó.

—Le noto diferente.

—Es la nariz, supongo.

—No. Algo ha cambiado en su expresión. La joven Rosa, ¿verdad? —sus ojos diluidos se clavaron en mí con fuerza. No contesté.

—Ella me dijo que usted dejaba de presionarnos. Si no, ahora no estaríamos hablando y parte de sus dudas seguirían en su mente.

—Bien, la escucho.

—¿Lleva grabadora? —preguntó. Negué con la cabeza.

—¿Podría jurarlo? —dijo el hombre.

—Nunca juro. No la llevo.

—Le creo —dijo Gracia. Su mirada pasó de mí a sus remembranzas—. Para mi hijo esto que voy a contar es tan nuevo como para usted. Nunca se lo dije a nadie y creí que este secreto moriría conmigo. Pero usted ha traído nuevas sensaciones y he comprendido que ciertas vivencias deben ser transmitidas incluso, o precisamente, a personas tan poco recomendables como usted lo fue hasta hace poco.

Se tomó otro tiempo de silencio, posiblemente para elegir la forma de comenzar. Cuando lo hizo, su voz mostró temblores, que fueron desapareciendo a medida que exhumaba sus recuerdos.

—Iba a llevarle el pan a Rosa, como siempre. Había estado nevando varios días y todavía quedaban montones blancos sin deshacer y barrizales en las aceras de tierra. Entonces nevaba todos los inviernos. A veces la nieve era tan alta que había que hacer caminos para el paso. Él me estaba esperando y me abordó justo en la entrada ciega del taller de automovilismo del Ayuntamiento. Hacía más de un año que no le veía y mostraba el gesto serio de siempre. Sin preámbulos preguntó si yo era capaz de guardar un gran secreto. Creí que bromeaba con ese humor seco de la gente del norte. Pero su rostro era grave y poco tranquilizador. Afirmó que era un asunto de la máxima importancia y que si no mostraba decisión de jurarlo por mis seres más queridos tendría que buscar a otra persona, pero deseaba que fuera yo por varias razones coincidentes. Quise averiguar algo sobre tan comprometedor juramento. No me lo permitió. Al contrario, me lo puso más difícil. Dijo que me entregaría algo para Rosa pero que la promesa formaría parte de mi propia vida. Si no le entregaba el encargo, si me iba de la lengua, si no me llevaba a Rosa a Argentina y, lo que más hincapié hizo, si le decía a Rosa quién era él, podría haber una cadena de desastres para mucha gente buena, incluso para mi amiga y empezando por mí. Recuerdo que me aterrorizó de tal manera que me separé de él y me puse a temblar. Hablaba poco, las palabras justas. Pero era imposible no estremecerse ante tan comprometida misión. Serían las diez de la mañana de un día de marzo de 1943. La gente pasaba por nuestro lado encogida de frío y había niños jugando, de los muchos que no iban al colegio. El día era gris, pero me pareció que de repente se hacía de noche. Le dije que no me prestaría a ese juego bajo unas condiciones tan severas. Me pidió que no le tuviera miedo. No era un desconocido y no representaría ningún peligro para mí si rechazaba el encargo, pero si lo aceptaba y no cumplía con los términos del juramento se me caería el mundo encima, estuviera donde estuviese. Estaba sobrecogida, con él frente a mí, imperturbable, aprisionándome con su mirada. Dejó claro que la encomienda era muy importante para Rosa y su futuro y entendía que, si todo salía bien, por lógica sería beneficiosa para mí también. Le pregunté por qué me había elegido. Dijo que había demostrado querer a Rosa, que el haber salvado ella la vida de mi hombre significaba una deuda de gratitud que en lógica debería pagar con lealtad, y que mi viaje a Argentina abría las mejores posibilidades para que todo culminara bien. Finalmente, accedí. ¿Por qué lo hice? Por la naturaleza de sus advertencias estaba claro que no era un cometido simple y que podría verme metida en problemas que podrían arruinar mi viaje a América, cuando al fin había sido reclamada por mi hombre. Lo he pensado muchas veces. Estaba allí, parado, sin pestañear, clavándome sus terribles ojos llenos de selva. Pero era uno de los nuestros, todavía con la derrota gravitando sobre su impresionante figura. Con aspecto que hablaba todavía de las ilusiones perdidas con la guerra y de los meses gastados en prisión. Su rostro cincelado y sufrido, la nobleza trascendida de su gesto... El encargo, cualquiera que fuese, transmitía cariño por Rosa. *No podía* ser mal asunto. Acepté por eso y por una mezcla de curiosidad, por ayudar a mi amiga, por la idea sugerente de que ella *tendría* que ir conmigo a Argentina, por prestarme a un juego que él aseguraba sería beneficioso... ¡Y vaya si lo fue!

Hizo una pausa para beber agua, que echó en un vaso de uno de los botellines. Los dos hombres nos miramos.

—El encargo —continuó— parecía fácil. Consistía en darle a Rosa un talego viejo y sucio con algo voluminoso dentro. Tenía que decirle a mi amiga: «Esto es tuyo. De nadie más. Acéptalo sin preguntar. Que seas feliz.» Me lo hizo repetir, porque me confundía, por los nervios, hasta que las cuatro frases quedaron grabadas. Tan grabadas que nunca he podido olvidar una sola línea. No deberíamos decir nada a nadie. «Y cuando digo nadie, es nadie.» Habríamos de actuar con precaución, pero sin nerviosismo. Organizaríamos nuestra vida en América. Insistió en que Rosa nunca, ni entonces ni en el futuro, debería saber quién le daba el paquete, ni darle ninguna pista, aunque pasaran los años. «Porque nunca es nunca.» Así que cogí el talego con nerviosismo y lo puse en mi capacho, casi vacío de pan. No nos dimos la mano ni nos dijimos adiós. Al llegar al portal me volví. Me había seguido. Subí, salí al pasillo. Era un primer piso. Allí estaba, abajo, mirándome como advirtiéndome. Entré en casa de Rosa demudada. Esa imagen amenazadora me persiguió hasta nuestra llegada a Argentina, para transformarse luego en estampa a venerar por el tiempo que viva. ¿Qué hubiera pasado si por cualquier causa no hubiera cumplido? Pero cumplí. Rosa notó mi excitación y temió que hubiera surgido alguna nueva desgracia ya que pocas cosas gratas se recibían entonces. Le conté lo ocurrido sin dar pista alguna del hombre. Antes me hubiera muerto, tal era el miedo que metió en mi cuerpo. Intrigada como yo, me pasó al dormitorio. Los dos niños mayores estaban en el colegio y el pequeño estaba entretenido en sus cosas. Así que cerramos con pestillo. Saqué el abultado talego del capacho. Dentro había otro, hecho con tela embreada. Todavía entonces, y a pesar del nerviosismo, no podía entender tan comprometedor juramento por el hecho de entregar un paquete. Estaba cosido. Lo abrimos con cuidado con una tijera. Cuando los billetes cayeron sobre la raída manta, casi nos desmayamos. Había tanta miseria que no era imaginable que pudiera haber tanto dinero junto. Eran billetes de Franco, de casi todos los valores, ninguna moneda. No es descriptible la impresión que recibimos. Había como una sinrazón, algo contrario a la lógica. ¿Qué hacía allí tanto dinero, cómo era posible? Nos miramos como si nos hubiéramos vuelto locas de repente.

Cuando nos embargó la certeza de que aquello no era un sueño, vino el temor, el terror. ¿Qué hacer? ¿Qué no hacer? Entonces percibí la magnitud del juramento prestado. Comprendí la seriedad de aquel fiero hombre. No había ocasión para bromas. Guardamos el dinero y Rosa no sabía dónde poner el talego ya que no había armarios ni mesillas ni nada parecido. Finalmente lo acomodó dentro del colchón, entre la borra. Luego recité el mensaje a Rosa. Después nos sentamos sobre el colchón con un sentimiento de protección y defensa de ese tesoro. Y enseguida vinieron sus preguntas. ¿Quién era ese hombre? ¿Por qué le regalaba todo ese dinero? ¿Alguno de los que protegió durante la guerra y que salvó su vida gracias a su ayuda? ¿Por qué ese misterio? ¿De dónde procedía esa fortuna? Mantuve un pertinaz silencio. Desconocía las respuestas. Sólo sabía la identidad del hombre y me había sido vedado el descubrirlo. Al fin se cansó y la urgencia y el peligro nos impulsó a pensar en cosas prácticas. Fiel al consejo del benefactor, seguimos haciendo nuestra vida con normalidad, aunque hicimos cambios. Ella no hacía ya lo del carbón ni tampoco lo de la fruta. Aparte de las esporádicas ayudas de su primo y de la fruta que le daba la señora María, el dinero que entraba en esa casa lo obtenía planchando en un piso enorme y de techos altísimos que una familia ricachona tenía en la calle de Antonio Maura, frente al Retiro. Pero con esa fortuna la casa no podía quedar sola. Así que nos turnamos. Cuando ella tenía que salir yo me quedaba en la casa. Así hicimos cuando ella tuvo que hacer los trámites. No le fue fácil la obtención del pasaporte y mucho menos fácil el visado. Por si no lo sabe, en aquellos años había que pedir visado para salir de España, cualquiera que fuera el destino, que debía circunscribirse a los pocos países a que el régimen permitía ir. Rosa debía presentar su cédula personal y la certificación, como viuda, del acta de defunción de su marido, ya que una mujer casada no tenía potestad ni libertad para viajar sin autorización expresa del marido. Las dificultades se acentuaron cuando vieron que el marido había sido capitán del ejército republicano. Yo era soltera y no tuve esos problemas. Era agotador el obtener todos esos papeles. Además, todos debíamos presentar el certificado de penales y el certificado de buena conducta.

—¿Qué eran esas cosas? —inquirió Luis.

—El primero era, obviamente, para ver si habías tenido causas con la justicia, lo que en sí mismo era una maldad porque todos los republicanos excombatientes o pertenecientes a cualquier organización de izquierdas cargaban ya con el baldón de *ser* penados. Y lo de buena conducta, podéis figuraros. Los concedían el cura párroco o el jefe de la casa o, en su defecto, servía la firma de dos comerciantes. Rosa no podía esperar nada del malvado jefe de casa y tampoco del párroco de la parroquia de la Beata María Ana de Jesús, porque nunca había entrado en la iglesia y no la conocían. Así que usó del panadero y del lechero, dos comercios distintos, porque en esos años los lecheros vendían sólo leche y los panaderos sólo pan, no como luego, que todo el mundo vende todo lo que puede. Finalmente consiguió los papeles gracias a que Marcelino, el asturiano amigo de Leandro, le envió también la carta de reclamación familiar y el justificante de depósito del costo del pasaje. Mi compañero tuvo que anular mi pasaje y enviarnos otros justificantes para mi madre, para mí y para Rosa en un buque posterior.

Nueva pausa para beber. Hablaba lentamente pero con mucha seguridad, modulando las palabras con dulzura. Era como si se desahogara aunque percibí un ligero cansancio, que el brillo de sus ojos contradecía. La escuchábamos con atención y los ruidos normales de un centro de esa magnitud no nos perturbaban.

—El dinero ocupaba mucho espacio pues la mayoría eran billetes de cien pesetas, aunque también había de cincuenta, de veinticinco, de quinientas y hasta de mil. Yo siempre he cosido bien. Así que en días sucesivos y con paciencia distribuimos los billetes por las ropas de abrigo, detrás de forros gruesos cosidos, como guateados. Decidimos que el día antes de coger el tren ella dejara su piso y se viniera a mi casa. Hizo dos viajes. En el primero nos llevamos los abrigos y algunas cosas necesarias. Vi la tristeza en su gesto cuando miró cada habitación antes de salir. Había sido su refugio durante cuatro años y allí había prolongado ficticiamente la hermandad de la guerra hasta la dispersión de todos los amigos salvo los Ortiz. Volvió ella sola en un segundo viaje para despedirse de la señora María y para recoger cosas pequeñas en una pequeña maleta de cartón. Al día siguiente cargamos con las mínimas cosas y los siete fuimos andando a la estación del Norte. Partimos para La Coruña en el expreso. Al llegar, alquilamos una habitación en una fonda cerca del puerto. Durante la revisión de los documentos en la oficina de emigración, teníamos los nervios a flor de piel. Pero todo estaba en orden. El pasaje nos costó novecientas pesetas a las tres. Los niños no pagaban. Nos temblaban las piernas al subir por el muelle de hierro del puerto coruñés al vapor *Juan de Garay*. Teníamos asignado un camarote de tercera clase para nosotras y los niños. Nadie nos registró al subir al buque ni durante la travesía ni en el puerto de Buenos Aires. No es como ahora, con lo del terrorismo. El barco estaba lleno, con gente de todo tipo. Había turistas en primera clase, viajeros de varias nacionalidades. Se veían buenos vestidos en contraste con el grupo de emigrantes que íbamos como mejor podíamos. ¿Qué sería de tantos como emigraron en ése y en otros buques? ¿Adónde irían sus ilusiones? La travesía duró veinticinco días, con parada en Río de Janeiro donde bajaron muchos turistas. En todo ese tiempo Rosa y yo dormimos mal, pendientes del dinero y embargadas por nuestros recuerdos. Además, nunca habíamos viajado en barco y todos tuvimos mareos. Recuerdo que hubo una tempestad y el vapor se movía de acá para allá... Y al fin llegamos. ¡No se puede imaginar la sensación que sentimos al pisar tierra argentina! Era respirar libertad tras la noche franquista porque allá no mandaba un militar sino un civil, el doctor Ramón Castillo, que había llegado al poder un año antes. Casi nadie se acuerda de aquel presidente pero yo sí. Aunque parece que era simpatizante con el régimen nazi alemán, ayudó mucho a los republicanos españoles.

»Para que usted se haga una idea de cómo estaba el asunto de las migraciones en aquellos años, creo oportuno decirle que muchos exiliados españoles, desde que empezó la Guerra Civil, pidieron asilo a países iberoamericanos. Ninguno puso impedimento y miles pudieron pasar a México y Cuba, primero, y luego, también, a Colombia, Chile, Paraguay y Bolivia, por citar a unos cuantos. Pero Argentina fue la gran excepción, porque desde el principio del conflicto español las autoridades argentinas se inclinaron a favor de Franco y fueron proclives al nuevo orden mundial que promulgaba Hitler. A los republicanos españoles les calificaron de *rojos indeseables* y se les puso todas las trabas posibles. Se podría escribir mucho sobre eso. La élite gobernante mostró una enorme sensibilidad hacia dos cuestiones, para ellos de importancia prioritaria. Una era evitar a toda costa la contaminación de la estructura étnica del pueblo argentino. La otra, impedir que las ideas políticas y sociales de los indeseables de Europa infectaran su paraíso. En este contexto, hay que valorar la disposición del doctor Castillo hacia los españoles republicanos. Cuando pocos meses después de nuestra llegada tuvo lugar el Golpe de los Coroneles, de donde más tarde surgiría Perón, muchos tildaron al presidente derrocado de comunista y antipatriota. Fue cuestión de fechas que a nosotras no nos afectara directamente.

Nueva pausa para beber.

—Tengo sed —prosiguió—, como cuando llegamos. Recuerdo el tremendo calor que hacía porque allí era un otoño muy cálido y nosotras con nuestros abrigos llenos de dinero. Todavía tuvimos que superar los trámites de la oficina de Inmigración. Había un hotel para inmigrantes donde, desde años antes, cuando ocurrieron las inmigraciones masivas, daban comida, alojamiento y cuidados médicos gratis durante ocho días a los que nada tenían, que era la mayoría. Debe usted saber que Argentina había permitido la inmigración libre desde el siglo XIX. Les interesaba, en primer lugar, los agricultores para hacer fructífero el campo argentino, por lo que, cuando se creó la Dirección de Migraciones, ésta dependía del Ministerio de Agricultura. Había mucha emigración golondrina, que eran aquellos que iban a hacer fortuna para volver a su tierra con lo ganado. Por eso a las autoridades les gustaban las familias con hijos pequeños, porque indicaba que llegaban para quedarse y ayudar al desarrollo del país. Según supimos después, en 1932 y durante el mandato del general Agustín Justo, y debido a la gran cantidad de europeos que poblaban el país y disputaban los escasos empleos a los argentinos, se cerró la emigración multitudinaria. Promulgaron un decreto que se denominó "Defensa de los trabajadores argentinos" para proteger a la población criolla de los efectos de la gran depresión del 29. Fue un período llamado de "Puertas cerradas", que duró hasta pasados los cincuenta, durante el cual los consulados argentinos en el extranjero exigieron certificados de salud y policiales. Pero el verdadero escollo venía de la Dirección de Migraciones, que dependía ya del Ministerio del Interior. Esta Dirección otorgaba el "Permiso de libre desembarco", sin el cual, aunque se tuviera el visado consular, no se entraba en el país. Así que para los españoles, entre unas cosas y otras, era un trabajo arduo, normalmente imposible, el poder entrar legalmente a Argentina. Afortunadamente, nosotros no tuvimos esos impedimentos a nuestra llegada, gracias a Marcelino, nuestro benefactor y amigo. Él nos había conseguido los permisos de desembarco y los contratos de trabajo, que eliminaban el "Certificado de no-mendicidad". No hicieron falta los visados consulares ni las "Cartas de llamada", ni pasar por el trance de las vacunas, porque llevábamos nuestros certificados médicos al día. Además, y aunque ahora parezca risible, llevábamos cuatro niños que encajaban en el prototipo de inmigrantes aceptables en aquellos tiempos de exaltación del conservadurismo patrio: eran blancos, rubios, con ojos claros. Buena simiente para preservar la raza que esa élite creía en peligro por la llegada de judíos alemanes y de chusma izquierdista española. Aun así, estuvimos en el hotel dos días, en esas grandes instalaciones, vacías en su mayor parte por el veto a la inmigración que antes dije.

»El encuentro había sido muy emocionante para todos. Mi hombre se conmovió al ver nuestro llanto sin sospechar que una gran parte de esa emoción era por el capital que llevábamos escondido. Marcelino también estaba allí y nos llevó a su estancia de El Guaremalito, que usted vio ya transformada. Durante el trayecto, Rosa iba callada, mirándolo todo sin verlo, con una pena en su rostro que nos costó trabajo ahuyentar. Ya instalados, y tras la recepción con todos los de la casa, buscamos que Leandro tuviera un rato para nosotras dos, a solas. Era de noche, después de la cena. Nos llevó a su despacho y, a instancias nuestras, cerró la puerta con llave. Estaba extrañado de ver que llevábamos en los brazos nuestros abrigos. Cuando rasgamos los forros y el dinero fue apareciendo, mi hombre se quedó sin habla. Preguntó su procedencia y se lo dije, sin decirle quién fue el donante. Él estuvo un rato pensando. Era muy reflexivo. Luego contó el dinero minuciosamente y lo apuntó en una libretita, que entregó a Rosa. Le pidió permiso para guardar el tesoro en lugar seguro. Lo puso en un cajón de un buró, lo cerró y le entregó la llave a Rosa. Dijo que la peseta no tenía paridad de cambio con el peso argentino. Él tenía mucha relación con círculos literarios, lógicamente, pero también obviamente con organizaciones políticas. En esos políticos de la diáspora había profesionales en economía y finanzas. Le auguraron que el peso era divisa inflacionaria, por lo que el camino sensato para quien quisiera dedicarse a los negocios era protegerse con el dólar gringo. Les hizo caso, sin que ellos llegaran a sospechar la razón verdadera de sus consultas. Había, como ahora, multitud de casas de cambio. Así que fue cambiando las pesetas en dólares en pequeñas partidas y en diferentes agencias. La peseta de Franco era válida internacionalmente desde que fuera avalada, durante la Guerra Civil, por la Banca Morgan. No había problema para el cambio a dólares. No perdió mucho porque era hábil y paciente negociador. Tiempo después, hizo un viaje a Miami y allí abrió varias cuentas a nombre de Rosa, a las que fue transfiriendo las divisas desde Buenos Aires. Y así un día, cuando el año acababa, Rosa tenía a su disposición una fortuna en dólares limpios y un futuro esperanzador. Era tanto que nunca pudo calibrarlo en su magnitud. Y estaba sin tocar, porque acostumbrada al código del ahorro, hacía una vida menguada en gastos.

—¿Cuánto dinero había en aquella bolsa?

—Mucho. No importa la cantidad exacta.

Se calló y pareció que no tenía más que decir. Miré a Luis.

—Cabe entender que ese dinero ha sido vuestra fuente de prosperidad.

—Podría decirse. Papá y Marcelino propusieron a Rosa invertir en la estancia. Más tarde papá le sugirió intentar en cuidados negocios con iniciativas de amigos tan emprendedores y honrados como él, lo que es hacer justicia sobre la condición humana de aquellos exiliados. Surgieron así las oficinas de exportación e importación y las actividades bursátiles y bancarias. En su momento, los hijos echamos una mano para acrecentar el acervo económico de las dos familias, tres en realidad, entrando en el mercado de la compraventa de terrenos e inmuebles. Nuestros recursos están diversificados y eso permite cierta garantía de estabilidad para muchas familias. Conviene destacar que el motor principal ha sido la estancia, cuya orientación hacia la explotación turística fue un gran acierto de su promotor, el hijo mayor de Rosa, Miguel. Él tuvo la idea y la defendió. De esa iniciativa nació después la red de hoteles y centros médicos disponibles en Argentina y en España, que representa hoy el más satisfactorio negocio del grupo.

—Suena como haber caminado por lecho de rosas. La vida deseada.

—Bueno, en síntesis así podría parecer, pero no crea que ha sido coser y cantar. Hubo que trabajar mucho durante años. Podría formarse un lago con los sudores de quienes participamos en la tarea.

—¿Los hijos de Rosa y tú nunca os preguntasteis de dónde surgió el bienestar monetario?

—Cuando los pibes tuvimos el suficiente raciocinio, supimos que Rosa era beneficiaria de un gran caudal y que de ella había salido todo. Bien, ¿y qué? Es una banalidad perder el tiempo en conocer cómo la gente consigue sus fortunas. Lo práctico es incrementar lo que se tiene.

—¿Y qué opinas ahora, que sabes quién puso el huevo?

Se levantó. Su expresión no había cambiado y en sus ojos el sosiego no parecía fingido.

—No opino. Para mí es como si alguien se topa con un maletín lleno de dinero, sin señas ni documentos. ¿Quién no se lo quedaría? ¿A quién se le podría devolver? ¿Necesariamente hay que pensar que es un dinero manchado? Lo lógico es construir un futuro con él.

—Aquel hombre advirtió de la necesidad de mantener el secreto.

—Era lógico que se tomaran precauciones ante tanto dinero. No veo ninguna anormalidad en ello.

—Reclamaron un dinero sustraído tras unos asesinatos.

—¿Reclamaron? ¿Cuándo? ¿Dónde?

—En su momento. Alguien lo hizo.

Era un envite. Las desapariciones no salieron a la luz hasta 1997.

—¿Qué momento? No me haga el verso. Ni Rosa ni mis padres, ni ninguno de los hijos supimos nunca que nadie reclamara lo que usted dice. ¿Éramos adivinos acaso? Es ahora, y sólo por la perturbación que usted ha causado, que sabemos de alguien, su cliente, que intenta averiguar qué fue de un nebuloso, quizás habría que decir fabuloso dinero que pretendidamente le desapareció a su padre. Bien. Aquél es un dinero y el de Rosa otro. ¿Por qué tiene que ser el mismo? ¿Quién lo demuestra?

—Mi nariz. Si en vuestras familias existía ausencia de malicia, se me podía haber dejado como la tenía antes. Me gustaba más.

—Bueno. Ya le aclararon el punto. Algunos tuvieron la sensación de que intentaba tocarles las pelotas con macanas. Ellos, como usted, obraron según sus impulsos. Olvídelo y siéntase afortunado. El daño podría haber sido mayor.

—¿Me hubieran podido matar?

—No hasta ese límite. Pero nadie juega con Miguel Arias cuando se trata de Rosa. No he visto a nadie querer más a una madre. Es sorprendente que le haya dejado fuera de sus iras.

—No es sorprendente —habló Gracia—. Es Rosita, su sobrina. Ella es la clave de que el doberman no actúe.

—¿Sabía Rosa lo ocurrido a su hermano Amador y a José Vega?

—¿Se refiere a los dos hombres motivo de su investigación?

—Sí.

—Nunca supo que habían desaparecido. Ni tampoco del descubrimiento de los restos. Los Guillén tampoco sabíamos nada de esos hechos hasta que usted, brutalmente, lo espetó en su visita a la estancia —aseveró Gracia.

—¡Qué me dice! Estaban advertidos de mi posible llegada.

—Sí, pero no se confunda. Ya le dije que estábamos informados de que podría acudir un tocapelotas para bichearnos, pero creímos que intentaba rastrear el dinero recibido por Rosa. Lo de los asesinatos lo puso usted inopinadamente sobre la mesa. Debe entender de una vez que ella estaba al margen de ese lío de usted.

—¿Mío? Es curioso. Únicamente investigaba.

—Alborotó el gallinero. Injustamente, aunque usted haya sacado sus conclusiones y crea estar en posesión de la verdad. Pero le diré una cosa concerniente a esos muertos suyos. No nos interesan. Los he visto de todas las maneras: destripados, descuartizados, sin cabeza, fusilados, rotos por las torturas. En todo lo que le hemos contado no hay nada que huela a cadáver sino a vida. Sus muertos, que en paz estén, son ajenos a todos nosotros.

La miré. Nadie podría dudar de que parecía creer en lo que decía.

—¿Quién de los Muniellos les apercibió de mi probable llegada a Buenos Aires?

—Ninguno de esa familia. Fue Susana, la hermana de Manín.

—Susana..., todo un temperamento.

—Ya lo creo. La conocí tarde, cuando estuvo en la estancia. Congeniamos muy bien. Es dura como lo fue su hermano. Cuando Rosa se vino para acá definitivamente, iniciamos una relación postal. Y luego nos hemos visto en este centro, adonde vengo unos tres meses al año.

—¿Quién fue el hombre terrible que le entregó el dinero?

Hubo un silencio lleno de silencios. Se miraron.

—No tienes por qué decirlo, mamá —dijo él.

—Usted estuvo hoy en el sepelio —suspiró Gracia.

—¿Cuál de ellos fue? ¿Los dos?

—Eso ya no es esencial. Todos se nos han ido...

Hubo una porfía de recuerdos y allí estaban ellos, desfilando ante nuestros ojos, imágenes evanescentes de esplendores cancelados.

—¿Por qué Rosa no regresó nunca a su pueblo?

—Sí que volvió.

—¿Volvió? ¿Cuándo?

—Creo que fue... Sí, en el 64. Puede estar seguro de ello. ¿Cómo podía dejar de ver el lugar donde nació? La acompañamos mi Luis y yo. Ella había ido sabiendo a través de Susana que sus hermanos habían fallecido, como otros paisanos de los Regalado, de los Carbayones y de otras casas. Los niños habían crecido, se habían casado, había nuevos críos. Era como otro pueblo para ella, aunque las casas y los paisajes permanecieran. Poca gente quedaba vinculada afectivamente. Estaban su cuñada Remedios, su sobrina María, otros sobrevivientes de otras casas. No la reconocieron. Nadie. Todo el tiempo estuvimos con Susana, en cuya casa nos alojamos. Paseamos por los prados y caminos y visitamos otros pueblos de su niñez: Agüera, Sierra, Castañedo. Otás, Arbolente, Perandones, Los Llanos... ¿Qué le parece mi memoria? Años más tarde, sobre el 78, hizo otra visita. Esta vez en avioneta, acompañada por sus hijos y un nieto, que era el piloto. Sobrevolaron toda la zona y pudo ver desde arriba los grandes montes, como si fuera un pájaro. Fue la despedida. Ya nunca volvió. Todos sus amigos y familiares estaban en el oriente, unos en Llanes y otros en este centro, que para entonces ya había sido construido en una primera fase. Los Teverga y los Regalado siguen teniendo sus casas en Prados. Usted las vio. Pero ellos vienen aquí cuando les pluge.

—¿Por qué desde el 43 Rosa no volvió hasta veinte años después?

Luis miró a su madre, que se encogió de hombros.

—¿Quién lo sabe? ¿Qué importan ya los pequeños detalles?

—Si ella era como la describen todos, parece lógico pensar que tendría deseos de ayudar a sus amigos económicamente en cuanto se vio con disposición de hacerlo; es decir, desde el mismo año 43. Me cuesta creer que se desentendiera de ellos durante tantos años.

—¿Quién dice que se desentendió? Estuvo escribiéndose con ellos y, más adelante, les fue enviando pequeñas cantidades de dinero. Y les hizo ir a Argentina, varias veces, un mes en cada ocasión. Fue cuando llevó a su prima Susana y a la sobrina de Pedrín, Rosa, madre de la Rosa que le enseñó a usted la iglesia de Prados.

—Está muy informada de todas mis andanzas.

—Ya ve que no hay que ser policía para eso.

—¿En qué años fueron ellos a Argentina?

—No recuerdo... Sobre el 54, 55. Más o menos, esos años.

—¿Por qué no se quedaron allá, con ella?

—Eran jóvenes todavía, estaban al cuido de sus casas y ayudaban a sus familias. Puede que también les avergonzara vivir a costa de ella, aunque allá hubieran tenido que trabajar duro, como todos, y como en cualquier sitio donde estuvieran.

—No, no va bien por ahí. Además, no es el tipo de ayuda que podría esperarse de ella. Hay poca generosidad en lo que ha dicho.

—No sé qué quiere decir —balbuceó—. Ellos estaban aquí, en el centro, gratis de todo.

—Desde 1975, ¿no es así? Para entonces tenían ya setenta años.

No contestó. La nube acuosa seguía lavando el azul de sus ojos.

—Según los datos —continué—, ellos, digamos, «murieron» en el 70, en Buenos Aires. Y cabe sospechar que desde entonces habrán vivido, y camuflados bajo sus nuevas identidades, en algunos lugares del nivel de este centro. Podría, pues, decirse que empezaron a gozar de los placeres que da la solvencia económica desde los sesenta y seis años. ¿Por qué no honrarles cuando eran jóvenes y podían sacarle más jugo a la vida? No veo coherencia alguna en lo que parece un comportamiento indiferente de Rosa hacia sus amigos y lo que de su buena fama trasciende.

—¿Qué quiere decir con eso?

—¿Por qué no alivia su corazón y me cuenta los datos que me oculta? Al fin, todo quedará entre nosotros.

—No le digas nada más, mamá.

—Tal vez yo pueda ayudarla a decidirse si pongo algo de orden en este aparente rompecabezas —ofrecí.

—Veamos cómo resulta —invitó ella.

—Cuando estuve en Cibuyo, el padre del hombre de la posta tuvo la amabilidad de escarbar en su memoria. Rosa ni volvió a esos pueblos ni escribió nunca a nadie de Prados, desde ningún lugar, después de la visita que hiciera durante la guerra. La hubiera reconocido de sobra, porque, como a todos, también había dejado huella en él. Sin embargo, recordó haber controlado correspondencia durante varios años para los Teverga y los Regalado desde Montevideo, y viceversa. Se quedó con el nombre de quien escribía desde allá: Gracia Muñoz Rico. Ese dato ayudó a mi amigo Carlos a localizarles en Argentina. Todavía mantienen ustedes en Uruguay la oficina de negocio desde la que, bajo el nombre de usted, Rosa se escribió con sus amigos. ¿Por qué ella no escribía directamente? Usted lo sabe. Porque *no podía* estar localizable.

Madre e hijo me miraban en silencio.

—La primera visita que ella hizo a su tierra después de tantos años incide en la lógica de lo ilógico. No fue antes porque, aun pudiendo económicamente, *algo le impidió hacerlo*.

Silencio.

—Estuve allí, en Prados. Me aseguraron, como el cartero de Cibuyo, que nunca regresó. Usted dice que sí, pero que nadie la reconoció, lo que no tiene sentido, si tenemos en cuenta que hay rasgos que cantan siempre y que Rosa era aún relativamente joven. Y más tratándose de una belleza como ella. ¿Miente alguien? No. Sólo cabe una deducción lógica: estuvieron, pero ella fue disfrazada. *No podía* ser reconocida. Por eso no llevaron a ninguno de sus hijos, cuyos rasgos les hubieran descubierto.

Habían vuelto sus miradas hacia mí pero conservaban su mutismo.

—Tenemos luego el hecho ilógico de que Manín y Pedrín estuvieron en Argentina pero no se quedaron. ¿Por qué? —Los miré alternativamente—. Porque *no podían*, al estar bajo control policial, tanto en presencia física como en su economía. Durante años les estaba vedado el desaparecer y el mejorar su hacienda ostensiblemente. Si se hubieran quedado en Buenos Aires, les hubieran investigado y, aunque en aquellas fechas no había Interpol, los posibles indicios hubieran permitido al juez emitir, si no una orden de extradición, sí al menos unos informes de apercibimiento para las autoridades argentinas, muy proclives, según se ha dicho aquí, al régimen franquista. Y la policía argentina investigaría no sólo a los amigos asturianos sino que hubieran profundizado y hubieran establecido seguramente, y para desgracia de todos, conexión entre ellos y la prosperidad llegada a la hacienda con su anfitriona, Rosa, prima y amiga respectivamente.

Gracia bebió un largo trago y su hijo la acompañó.

—¿Qué nos dice todo ello?

—Dígalo usted.

—Que el juramento de aquel hombre no fue tan simple. Aprisionó a Rosa y marcó sus comportamientos. Seguramente tuvo prohibición de hablar con nadie del pueblo, visitarlos, dar muestras de desahogo económico y hacer donaciones o regalos. Prohibición de por vida o, en su caso, durante muchos años. Esa promesa debió llevar un componente de amenaza de terribles consecuencias para que ella lo aceptara, violentando tremendamente su manera de ser. Pienso, además, que ella ha debido estar cuestionando durante años esa penitencia impuesta, ¿me equivoco?

La mujer había transformado en raquíticas lágrimas las nubes de sus ojos, como si fueran sus últimas reservas.

—Usted va ganando. Me tomé en serio ese juramento y así lo vinculé con Rosa. Entre las obligaciones impuestas, la más incomprensible para ella fue la de no poder hablar con nadie del pueblo ni ser generosa con quien deseara serlo. Rosa no tenía interés en regresar a la aldea, pero la específica prohibición la desconcertaba. «¿Qué tiene que ver este dinero con mi pueblo? Además, el juramento lo hiciste tú, no yo», decía. «Lo hice por ti y para ti. ¿Qué sabemos lo que impulsó a tu benefactor a establecer tan extrañas condiciones? Piensa en realidades. ¿Preferirías la vida que llevabas y la que te esperaba, a ésta? ¿No crees que algo hay que sacrificar cuándo se reciben tantos bienes? Acá tienes a tus hijos, que es lo que más te importa. Allá nada tienes.»

—Ella debía haber poseído su herencia familiar en Prados. ¿Por qué usted daba por sentado que no la tenía?

—Era obvio. De haberla tenido no hubiera vivido con tantas dificultades en la posguerra. Se hubiera vuelto al pueblo.

—¿No le contó alguna vivencia de su juventud relacionada con el hecho de no querer o no poder volver al pueblo en esos años en que necesitó hacerlo?

—Nunca. Estando en aquel Madrid de miseria y sumisión tras la guerra, ella me había dicho en retazos, frases sueltas llenas de perplejidad, que no volvería más a la aldea, salvo que ocurriera un milagro. Fuera lo que fuera conservó siempre el misterio de su pasado, misterio que se llevó a la tumba y que yo no he intentado nunca descubrir.

Nueva pausa para beber.

—Yo insistía en que en su pueblo nada tenía y ella me contradecía. «Tengo mis amigos, con los que quisiera estar, y los escenarios que recorrí de niña. Todavía hay mucho allá que quisiera volver a ver.»

—Según usted, ella dijo que no regresaría al pueblo salvo que se produjera un milagro. Pero el milagro se produjo. ¿No se lo argumentó? ¿Cómo a una persona tan manifiestamente directa en sus decisiones pudo convencerla de suscribir el juramento dado por usted?

—Fue más sencillo de lo que cree y gracias a su propia naturaleza. Le dije algo que la convenció. «Si no lo puedes entender, hazlo por él, sea quien sea. Sólo pidió que se cumplieran sus instrucciones. Respétalo, a cambio de lo mucho que te dio. Lo merece».

—Hay algo que la lógica rechaza. Verá. Ella asume el juramento durante años, pero, de golpe, se desliga de él y decide hacer lo que antes no se atrevió: dar a sus amigos lo antes vedado. Imagino que los quiere en buenos hoteles, en casonas y más tarde en un centro médico de estas características, todo de nivel discrepante con sus habituales rentas. Para ello, alguien, con anterioridad, tiene una visión. Sólo «muriendo» pueden hacer coincidir ese deseo irrefrenable de honrarles y la eliminación de riesgos por todavía posibles seguimientos. Así que les hacen volver a Argentina donde, digamos, «fallecen» sin testigos. Con la nueva identidad tienen ya, con mínimos riesgos de que en el futuro se puedan topar fortuitamente con alguien que les conociera, el camino expedito para empezar a recuperar sus sueños secuestrados, el mundo de venturas del que habían sido excluidos.

Madre e hijo me miraban. Quizá fue en aquel momento cuando, por primera vez, sus ojos emitieron señales de consideración hacia mí.

—Aquí mi duda: no acierto a comprender por qué Rosa esperó tantos años para romper su juramento y qué fue lo que le hizo quebrantarlo.

Con los ojos liberados de llanto, ella puso voluntariedad en su rostro.

—Su cliente escogió un buen detective. Le facilitaré el trabajo. En 1969 tuve un tumor, que en principio daba como maligno. Creí llegada mi hora. No quise irme sin transmitir mi secreto. Le dije a Rosa quién era el benefactor. Me miró con tal intensidad que el cuerpo se me llenó de frío. Tantos años juntas y nunca la había visto mirar así. No me dijo nada, salvo esa mirada desconocida. Cuando me quitaron el bulto y lo analizaron se comprobó que había sido una falsa alarma. Sentada al lado de la cama donde convalecía, me preguntó que cómo había podido ocultarle la identidad del donante durante esos años. Nunca entendió del todo lo que significa un juramento, si entra en colisión con la conducta a seguir en el caso de que alguien saliera dañado. Su cándida mente no entendía prohibiciones contra natura. «Durante años me has tenido aferrada a algo que me privaba del ejercicio de mis deseos. No puedes ni imaginar lo arrepentida que estoy por haberte obedecido.» «¿Por qué? ¿No has tenido alternativas compensatorias? ¿Qué no entendiste de la obligación de un juramento? Ni siquiera se lo confié a mi hombre. Ni a nadie. Porque nadie es nadie.» «Hay límites para todo. Debiste saber cuándo una promesa debe ser anulada si su mantenimiento causa sufrimiento. ¿No lo entiendes? No he sido merecedora de este nivel de vida si, mientras, mis amigos malviven gastando sus años. Han pasado su juventud en la humildad, con estrecheces, cuando pude haberles devuelto parte de lo que me dieron. ¿Qué les queda?» Comprendí entonces lo absurdo de haberme aferrado a un voto tan lejano. Intenté defenderme. «Mantener un juramento es mantener un secreto. También tú tienes secretos que nunca intenté conocer.» No debí habérselo dicho. Dijo que no me perdonaría esa pérdida innecesaria de años y que mantuviera las distancias, porque no deseaba hablar conmigo, al menos durante un tiempo. Fue una dura penitencia para mí. Ella, mientras, no había perdido el tiempo. Había enviado a sus hijos a Asturias con el encargo de sacar a sus amigos de los asilos y llevarlos a la estancia. Eso hicieron. Allá estuvieron varios meses. Fue entonces cuando decidió, dado que ellos querían regresar a Asturias, cómo deberían vivir aquí a partir de entonces. Era obsesión lo que tenía para que sus amigos recuperaran, si no la juventud, al menos una vejez sin sobresaltos. Así que no volverían a asilos sino a hoteles mientras se les buscaba casa adecuada. Ellos intentaron oponerse, porque estaban acostumbrados a formas de vida sencillas. Pero ¿quién podía resistirse a tan sugestiva criatura? Esa nueva vida a la que ella los proyectaba exigía unos gastos elevados que ellos no podían justificar. Por eso, y como usted adivinó, los hijos de Rosa y mi Luis se reunieron en cónclave con Manín y Pedrín y decidieron lo de las nuevas identidades. Había que evitar que alguien pudiera identificarlos en el futuro y estableciera preguntas incontestables.

—¿Cómo aceptó Rosa esos cambios de identidad?

—Cuando en su momento le dije quién fue el donante, ella lo llamó a España. Él dijo que el dinero era de la lotería. Ella se lo creyó, como nosotros lo creímos, aunque les censuró que no le hubieran dicho la verdad cuando años atrás les había preguntado insistentemente si habían sido ellos quienes le dieron la bolsa. Yo le dije que fue un solo hombre, pero ella los creyó responsables conjuntamente. Entonces, al hablar sobre esas identidades falsas, empezó a hacer preguntas. No consiguió respuestas convincentes, pero se resignó, sin más. No tenía espíritu para iniciar pesquisas fuera de tiempo. Su prioridad era la de atender a sus amigos. Así que ellos, semanas después, «murieron» allí y desde entonces han vivido aquí con identidades impecables de ciudadanos argentinos. Como tales han sido enterrados hoy. Rosa no necesitó de argucias. Era ciudadana argentina desde 1960 y así ha estado hasta su muerte. No necesitó cambiarse de nombre.

»Ella quiso encargarse personalmente de sus amigos. Vino a España varias veces para estar con ellos. Consiguieron una casona alquilada con un gran jardín cerca de Ribadesella. Y un día ya no regresó a Argentina. Fue un golpe muy fuerte para mí. El Casco se me hizo enorme a pesar de tener allí a mis hijos, nueras y nietos. Todo respiraba a Rosa, porque casi todo fue recreado por su iniciativa.

—¿Casi todo?

—Sí, ya le dije. El Casco restaurado y mejorado, el nuevo palacete para invitados, la iglesia... No lo hizo con sus manos pero dijo cómo debían ser. Era infatigable, bien secundada por esos hijos activos y el mío. De ella fue la idea de quedarnos sólo con los vacunos cuando, viviendo mi hombre, nos separamos de Marcelino.

Volvió a guardar silencio y se concentró en mirar los jardines a través del ventanal.

—Éste es un buen sitio —dijo, al cabo—. No creo que haya muchos lugares así en el mundo. Cuando vine por vez primera quedé subyugada. Recuerdo aquel día, porque temía enfrentar de nuevo sus ojos tras el castigo de su silencio. Rosa tenía una mirada que te hacía ver el cielo normalmente. Pero, como dije, a veces, esa mirada te sacaba el alma si algo no conciliaba con lo que ella esperaba. Así fue cuando le dije quién era el hombre del dinero. Y así fue en su último día allá cuando se vino para no volver. Le diré lo que ocurrió aquel día. Ella quería mucho a los animales. Tanto, que nunca acudió al marcado de reses ni mucho menos a las matanzas. ¿Vio los burros? Sostenía que era un crimen tener a esos animales solamente para explotarlos trabajando. Aducía que no habían sido creados para cargarlos hasta la extenuación sino para disfrutar con su contemplación. Nos habló de un burrito que tenían en casa cuando era niña, al que mataban a trabajar. Rosa se enfrentaba a todos y lloraba para que aliviaran el sufrimiento del animal. Ya moza, en cuanto podía le quitaba la carga y se iba con él a los prados, dejándole trotar y comer en total libertad. Cuando murió, ella se sumió en inconsolable tristeza. Se juró que nadie abusaría de un burro delante de ella y que si económicamente podía en el futuro, tendría varios, sin obligaciones de labor. Y allá pudo hacerlo. Los borriquillos eran suyos, jugaba con ellos. Mandaba que estuvieran siempre limpios y tenían cuido de veterinario. Cuando decidió venirse para siempre, aquel día, fue abrazándolos uno por uno, hablándoles como si fueran seres humanos. Me partió el corazón. Nunca lloré tanto en mi vida como en aquel momento tremendo. Luego se volvió y me miró. El llanto había limpiado sus pupilas y el verdeazul de sus ojos resultaba cegante. Cuando me dijo que los dejaba bajo mi protección y que debían morir allí de viejos, supe que por nada del mundo debía vulnerar ese encargo.

Dejamos pasar unos minutos en los que cada uno vislumbró la escena referida.

—Cuando me recibió aquí, lo hizo como con una amiga recuperada. Se le había pasado el enfado por completo. Desde entonces sólo vi colores blancos en su mirada.

Las nubes se habían ido hacía tiempo y un sol húmedo calentaba la pradera. Había ya mucha gente paseando.

—¿Fue idea de Rosa también lo de este centro?

—No. Lo concibió su hijo, Miguel, el que le rompió la nariz. Un día, en la sala de espera del dentista, ojeó una revista. Hablaba de este tipo de centros en Estados Unidos y Canadá. Se lanzó de lleno. Es un fenómeno para los negocios. Nos fue relativamente fácil conseguir la financiación. El centro está participado por firmas argentinas de gran solvencia económica, como la red de hoteles. Lo más difícil fue obtener los permisos para construirlo en este paraje de ensueño. Tuvimos suerte de que en aquella época no eran tan estrictos con las normativas. Además, cuando las autoridades del Principado examinaron el proyecto y la labor médico-social consiguiente, no dudaron en hacer algunos cambios en la legislación. Este centro deja muchos beneficios al concejo y, por extensión, al Principado. Tenemos otro en Buenos Aires, también en explotación positiva.

—Si tanto éxito tienen estos centros, ¿por qué no promocionan la idea instalando otros en otros lugares de España?

—Llevamos años intentándolo, pero no es fácil obtener concesiones de esta extensión en campos tan privilegiados. Las trabas administrativas son desalentadoras. Pero seguimos en la porfía.

—¿De quién es la casona de Llanes?

—De la familia. Rosa buscó por el oriente de Asturias y encontró esa finca muy abandonada. La compró y ahí está el resultado de sus desvelos. Una casa preciosa y un no menos lindo jardín. Si se dio cuenta, en la restauración se incorporaron diseños similares a la casa de invitados de nuestra hacienda argentina. En esa casona vivió ella con toda la familia hasta que se terminó el centro, por supuesto también con sus amigos, que antes moraban en la parcela alquilada de Ribadesella. Desde entonces habitaban todos aquí, Rosa, su inseparable hijo soltero Miguel y sus fieles amigos. En el palacio siguen viviendo los otros hijos con sus familias, una purrela de gente. Hay sitio para todos. Rosa nieta también está allí. A menudo Rosa iba a recorrer el lugar. Tenía mucho amor por ese palacio. Lo consideraba su hogar, aunque viviera aquí por razones obvias. Fue en una de esas visitas cuando su nariz perdió la virginidad.

No era una observación jocosa. Su rostro estaba serio y sus ojos seguían acuosos.

—Aquí pasaron unos buenos años, a cambio de los que por mi culpa perdieron.

—No te mortifiques, mamá —terció Luis—. Ya todo ha pasado.

—Pero no vaya a creer que estuvieron aquí siempre, como prisioneros en jaula dorada. Cuando tenían menos años salieron y visitaron los lugares de Europa que quisieron. Yo me uní a ellos en ocasiones.

Enmudeció y se puso a negociar con sus recuerdos. Luego me miró:

—He terminado. ¿Tiene usted más preguntas?

—Una. ¿Por qué me ha contado todo eso? Son experiencias con tanta significación que parecería lógico haberlas mantenido ocultas.

—Usted insistió en saber.

—Cierto, pero sus confidencias pueden permitir que se llegue a una presunción inequívoca.

—Camine por su reflexión.

—La de que hay una relación entre las desapariciones y el dinero de Rosa. Si yo fuera un investigador del caso —hice un gesto de circunstancias—, establecería que un hombre mató por esa mujer. Ese hombre probablemente nunca tuvo cargos de conciencia porque el homicidio saldaba, al mismo tiempo, viejas cuentas dolosas. Y el dinero sustraído —miré a la mujer—, es el que recibió usted, señora Guillén, aquel nevado día de marzo de 1943. De ahí el tremendo juramento, que impidió que Rosa pudiera agasajar a sus amigos antes.

Él negó con la cabeza.

—No caminamos por la misma senda. Pedir que se mantenga un secreto no significa necesariamente la ocultación de un hecho delictivo. ¿Por qué no ve la posibilidad de que las muertes de esos hombres y el dinero de Rosa puedan ser de diferentes orígenes? ¿Por qué no creer que el benefactor supiera de esas desapariciones y, por coincidir en el tiempo y por temor de que alguien, como usted ahora, lo relacionara con su dinero, decidiera evitar situaciones comprometidas para la beneficiaria? Por eso el juramento, formulado bajo premisas distanciadas de las que usted maneja.

—Ni Manín ni Pedrín tenían esas posibilidades económicas.

—¿No entendió lo de la lotería?

—¿Cuánto tenían que haber jugado para obtener tal premio?

—Ésa no es la cuestión. Eran mineros, disponían del suficiente dinero para conseguir un premio mayor, como el Gordo o el Niño.

—He meditado mucho si contarle o no lo que finalmente le he confiado —dijo ella—. Cuesta romper con la rutina de un silencio impuesto. Decidí hacerlo antes de que lleguen las nubes oscuras y cubran de olvido el mágico resplandor —se concedió una pausa—. Sobre el riesgo de que usted llegara a esa deducción elemental se impuso mi deseo de transmitir lo maravilloso de la vida de una mujer extraordinaria que tantos dones repartió; tantos, como para que alguien regalara una fortuna en tiempos en que no existían los milagros.

En su mirada había un pulso insobornable.

—Pero se ve que no ha entendido nada. Mire. No estamos actuando a guisa de gallegos. Lo que usted establece como evidencias son meras conjeturas. Porque *no se sabe* lo que ocurrió en aquel pueblo. Porque *no hay* testigos oculares directos. Porque los indicios *no son* pruebas. Y además, ¿sabe?, porque los actores equilibraron sus destinos. ¿Los hombres enterrados merecieron esas muertes? ¿Rosa y sus amigos merecieron sus años de sufrimiento? Dejémosles a todos en paz. Y destaquemos, por lo que a nosotros concierne, el canto de amor y amistad de esos amigos hacia esa chica desamparada. Su deseo de compensarle por la fascinación que ella había repartido entre tantas personas.

Dejó escapar su mirada hacia la pradera boscosa.

—Y ahora sólo quedo yo, único testigo de aquellos aconteceres.

—Vi a ese hombre en el entierro. César —dije—. También él es testigo de aquellos tiempos.

No quitó la mirada del prado, pero noté cierto envaramiento en sus delgados hombros.

—Hablando con la debida propiedad, él no perteneció al mundo de ellos. Ni yo tampoco. Somos añadidos a aquel universo de su niñez y juventud que sólo a ellos pertenecía.

—¿Dónde está ahora? ¿Sigue aquí?

—Se ha hecho llevar a la Reserva Biológica de Muniellos, donde nació —dijo Luis—. Un impulso repentino. Quizá se sintió solo sin ellos.

—Sin duda que es eso. Estuvo con Manín y Pedrín muchos años. Los echará de menos, como yo a Rosa —añadió Gracia—. Para ambos será difícil superar la común tragedia.

—¿También le cambiaron la identidad?

—¿Por qué lo dice?

—Por el mismo planteamiento que con los otros. Si lo rastreaban, descubrirían la contradicción económica.

—¿A quién podría interesarle su vida? Nadie se preocupó por él, según parece, salvo sus amigos. Estuvieron juntos desde su servicio en África. Fue guarda forestal en el Parque Muniellos y luego se retiró a un asilo. Rosa lo sacó de allí y lo llevó a la casa de Ribadesella, con Manín y Pedrín, y luego lo trajo, junto a los otros, a este centro. Él nunca cambió de nombre porque, en realidad, salvo para sus amigos no existía para nadie. No cobraba ninguna pensión ni requería de la Seguridad Social, ya que aquí tiene cuantos cuidados médicos y económicos puede necesitar. A efectos internos estaba registrado con nombre falso.

Quedé absorto. Era cierto. Ni la Guardia Civil ni yo habíamos seguido la pista a César desde su llegada al asilo de Cangas. Un fallo enorme. Si lo hubiera investigado, y a pesar de lo que opinaba Gracia, quizás habría podido descubrir su paradero y, consecuentemente, los de Rosa, Manín y Pedrín. Y posiblemente no tendría huellas en mi cuerpo.

—¿Dice que Rosa lo trató como a sus dos amigos? Usted misma acaba de decir que él no era de su universo. —Miré a la anciana, que rehuyó la confrontación visual.

—Le quería mucho, compensando el rechazo que provocaba. Era como esas madres con un hijo disminuido. Lo abrazaba y besaba igual que a los otros, lo que era sorprendente. Debo confesar que yo nunca lo besé. Me daba repeluzno.

—¿Lo llevó a Argentina?

Madre e hijo se miraron. Luego él dijo que sí.

—Ya le dije que Rosa era muy especial.

Me levanté. Todo había acabado. Las piezas parecían haber encajado para mí. Entendía la subjetiva interpretación de los hechos por parte de los Guillén. A fin de cuentas defendían valores y conductas sobre las que asentaron la mayor parte de sus vidas. Puede que sinceramente creyeran en lo que sostenían con tanta convicción, porque supieron lo de los asesinatos sólo a partir de mi irrupción en sus vidas, muy poco tiempo para que las dudas pudieran desplazar las bondades compartidas en tantos años de amistad genuina. Sin embargo, algo similar al desasosiego me impedía la satisfacción de un caso culminado. Vi en mi memoria a los dos ancianos jugando a los bolos y a Rosa alejándose.

—Casi conseguí hablar con ella la otra vez que estuve aquí —dije—. Lo impidió Rosa Regalado. Ya no podré comprobar el hechizo de sus ojos.

Gracia levantó su mirada llena de vacíos.

—Sí, no podrá. Quizá porque no tenía derecho a ello.

16 de enero de 1943

El hombre salió de la casa diciendo que iba a hacer de cuerpo y que luego se acostaría. Incluso con aquella lluvia había que aliviar el vientre. Tradicionalmente lo habían venido haciendo en los extremos de los prados dejando el residuo como simiente. También, en ocasiones, en las huertas, donde las gallinas y los cerdos resolvían la sembradura. Pero en 1928, y por iniciativa de la gente que estuvo en la guerra de África, se hizo un sistema de pozos negros, renovables a medida que se colmaban. Aunque todavía algunos persistían en defecar en sus propias huertas, sobre todo los mayores. Cubierto de nocturnidad, caminó desenfadadamente al principio, para luego adoptar unos movimientos sigilosos y ágiles. No advirtió ninguna presencia. Llevaba una rama de árbol sin alisar con la que se ayudó a subir la suave cuesta que conducía a la salida del pueblo. Con ella pudo neutralizar la adherencia del barro en sus madreñas. Oyó los débiles ruidos de los vecinos en las cerradas casas. La lluvia batía sin descanso formando canalillos. Se apostó muy a las afueras del pueblo, lejos de las casas, bajo un enorme carbayón. El tabardo oscuro le protegía tanto del agua como de las posibles miradas. La visibilidad era escasa pero su oído muy fino. Oiría llegar a algún rondador o a Amador, si es que volvía. Conocía las costumbres de su presa y por eso estaba allí. Pero podría ocurrir que, dada la intensidad de la tormenta, decidiera quedarse en Cangas con su fulana. Al fin, era el amo de su casa y no tenía que rendir cuentas a nadie. Si no volvía, la misión impuesta podría peligrar en esta segunda parte. Porque necesitaba la lluvia. Y la próxima semana podría no llover. Y lo mismo podría acontecer la siguiente semana. Se irían metiendo en la primavera y todo el plan se vendría abajo. Es lo que ocurrió el invierno anterior, tan remiso en lluvias y tan pródigo en *urbayu*, que no aportaba el decorado adecuado. Miró a través del agua a la desierta negrura, mimetizado en el viejo gigante. Rememoró el plan urdido hacía ya siete años. La guerra y luego la cárcel impidieron su realización. Ahora estaba muy cerca de lograrlo. Había tenido éxito en la primera parte, cuando hizo desaparecer a José Vega. Hacía ya una semana y no había constancia de pistas. Sólo una coincidencia de factores negativos podía evitar que su plan culminara. Sopesó las posibilidades. En su contra estaba, aparte de que Amador decidiera o no regresar, la existencia de la guerrilla. Aunque podía ser una ayuda para la desviación de las investigaciones posteriores, podía darse la circunstancia de un encuentro con algunos de sus miembros durante el acto. Estaba también la posibilidad de la *brigadilla*, buscando a los primeros. Y la Guardia Civil. Con ella nunca se sabía. Eran tan tenaces en vigilar, con lluvia o sin ella, como para dar palizas a gente indefensa. A su favor contaba que había muchos montes por controlar, que esas noches de lluvias intensas podían disuadir a los más contumaces tricornes y, lo más tranquilizador, que nadie podría imaginar una segunda desaparición de alguien del pueblo. Era consciente, a su vez, de que esa segunda misteriosa ausencia armaría un tremendo zafarrancho. Pero eso sería después. Cada cosa en su momento.

El hombre subió a un repecho procurando pisar sobre seguro y en zonas herbosas. Se agachó y miró en torno. Sólo se oía el rumor de la lluvia alfombrando la tierra. Ninguna luz se veía proveniente de las casas pues el pueblo había quedado como 300 metros detrás. Aunque no la veía, sabía el emplazamiento de la iglesia, desviada a unos 150 metros de donde él se encontraba. Justo en medio había una barranquera conduciendo el agua de lluvia, aunque no muy profunda. Sabía por donde cruzarla sin riesgos. Forzó su vista hacia la curva del camino e intentó percibir cualquier movimiento. Su ojo vigilante captó una fluctuación en la distancia. Alguien venía. Bajó con sumo cuidado y se pegó al árbol. Vio venir un animal al paso con un bulto encima. Al acercarse, identificó al burro de Amador. Aun así debía estar seguro. Cuando el jumento estuvo a su altura, miró en derredor y, al no apreciar movimientos, salió de la sombra y le interceptó. El animal se detuvo y el bulto sobre él instalado cobró forma humana. La voz de Amador sonó algo cargada.

—¿Quién...? ¿Qué ocurre?

El hombre atrajo al jinete por un brazo y le dio un vigoroso puñetazo, dejándolo inconsciente. Lo agarró y sin dificultad se lo cargó en un hombro. Espantó al burro hacia el camino por donde vino, en dirección contraria al pueblo. Sabía que el burro se detendría al poco rato si no tenía a nadie que le guiara. Si fuera un caballo, iría a la casa, pero el burro es diferente. Si nadie pasaba por allí, podría quedarse quieto. Tendría que resolver antes de que alguien diera la alarma. Ayudado por el palo, bajó hacia la barranca, la cruzó e inició la subida hacia la iglesia desplazándose en diagonal. Andaba con cuidado, consciente de que un resbalón daría al traste con la operación. Amador seguía inconsciente. Su menudo peso nada tenía que ver con el del colosal José. Para él era como llevar a un niño. Divisó la parte trasera de la iglesia, alzada sobre el pedroso cimiento sobre el que se asentaba el ábside. Buscó la parte lateral que daba al barranco, subió buscando la entrada y pasó al interior. Una vez dentro repitió exactamente los movimientos de la vez anterior. Ya en el sótano, dejó a Amador en el suelo y encendió una vela. Ató al prisionero las manos a la espalda y le puso un paño negro en la cabeza cubriéndole los ojos. Se puso dos piedrecillas en la boca para disimular la voz y despertó a Amador a cachetadas. El secuestrado volvió a la consciencia y empezó a toser y a mascullar. El hombre le puso la mano sobre la boca.

—Calla. No des ni un grito.

Amador no veía y trataba de comprender su situación intentando eliminar la carga alcohólica de su cerebro. Se dio cuenta de que estaba atado. Oyó la voz rara y desconocida.

—Dime exactamente donde guardas el dinero. Dímelo y serás libre. Si me mientes o gritas, mueres.

El prisionero notó que de golpe se despejaba su mente. Un terror imparable le poseyó.

—¿Quién..., quién eres?

—Guerrilla.

—Desátame. Mañana te daré el dinero que me pidas en el lugar...

El captor le dio un fuerte bofetón y le hizo callar.

—Dilo. Contaré hasta diez.

Al sexto ordinal, Amador dijo entre sollozos el justo lugar del granero donde estaban los ahorros. El hombre le dio la vuelta, cogió una piedra preparada para tal fin y le golpeó en la nuca. Amador murió instantáneamente. El hombre cogió el cadáver y lo puso en el hoyo, abierto esa misma tarde, sobre el fondo de tierra que tapaba el cuerpo de José Vega. Todo lo comprometedor fue al hoyo. Le registró y sacó los documentos, el reloj de bolsillo, los anillos y las monedas. Mientras cubría la fosa se complació de que Amador estuviera dentro. Si no hubiera venido esa noche habría tenido que hacer el mismo trabajo con la tierra, pero sin el cuerpo, porque no hubiera podido dejar el hueco sin tapar.

Salió de la iglesia y, tras escuchar, tiró el palo lejos hacia el barranco. La lluvia seguía descendiendo sin pausa. Caminó hacia su casa y entró. Buscó su sitio de dormir y, sin ver a nadie de la familia, dejó sus prendas colgadas y se acurrucó para dormir. Al poco rato su respiración se hizo acompasada. Mucho tiempo después fue despertado por voces y golpes. Permaneció a la espera. Una lámpara se acercó.

—¿Estás aquí? —La voz era de mujer.

—Sí, ¿qué ocurre?

—Parece que Amador ha desaparecido esta noche. Como José.

—Bueno, ¿qué...?

—No somos amigos. Pero vete a ver qué pasa.

El hombre se vistió y salió. Se acercó a un grupo. Los vecinos hablaban y discutían bajo la cortina de agua, rodeados por media docena de perros.

—... como la otra vez —decía uno de ellos.

—Lo mismo. Esto es alarmante —dijo Jesús Muniellos.

—Pero joder, a lo mejor está roncando en Cangas.

—El burro no ha venido solo.

Era un razonamiento sin posible discusión.

—Distribuyámonos en grupos —dijo Jesús—. Mañana llamaremos a la Guardia Civil.

—Ha sido la guerrilla —señaló otro—. No me cabe duda. ¿Quiénes sino ellos pueden hacer una cosa así?

—No adelantemos acontecimientos. Lo que tenga que ser será.

Iniciaron la búsqueda. Eran pasadas las doce. Todos llevaban palos y faroles de aceite. Dos de ellos llevaban botes de carburo, que desprendían una luz muy viva. Cuando todos se habían alejado del pueblo, el hombre dijo a sus compañeros.

—Voy a la casa. Me duele un tobillo. Casi no puedo andar. Me lo vendaré y volveré.

Inició el retorno al pueblo. A una distancia prudencial apagó el farol. Conocía el camino y por eso había escogido ese grupo. Dando un rodeo entró al pueblo. Había luces encendidas y algunos corrillos de mujeres junto a los hórreos. Esperó agazapado. Ellas entraron en sus casas obligadas por la lluvia. Se acercó a casa de los Muniellos y buscó el establo. A un lado estaba el cobertizo, donde vislumbró al burro de Amador junto al percherón. Extremando la cautela entró al cabañal. Fue avanzando hacia el fondo, dando suaves golpes en las ancas de las vacas. Era consciente de que la mujer de Jesús o algún hijo podría aparecer y verle. Pero la suerte estaba echada. Daría alguna excusa. No podía preverlo todo. Sólo podía confiar en su audacia y en el sigilo que desplegara. Podría haber renunciado a este segundo dinero por el riesgo que entrañaba, ya que no estaba en el establo, como el de José, sino en el granero, debajo de la propia casa. Pero no hubiera sido un golpe completo. Pasó al granero y notó una presencia viva que le bloqueó. En la oscuridad se topó con *Gris*, el pastor alemán de la casa. Le acarició y él le lamió la mano. Todos los perros del pueblo eran sus amigos. Le habló al oído tranquilizándole. Luego buscó el escondrijo, palpando. Exactamente donde dijo Amador. Sacó siete botellas y las guardó cada una en talegos y luego las puso en los bolsillos interiores de su chaquetón. Volvió al establo, con el perro a su lado, poniendo el máximo cuidado. Miró por la puerta. Calmó al perro y le obligó a quedarse dentro. Con el mismo sigilo salió, pasó por debajo del hórreo y se alejó pegándose a los muros, fundiéndose luego en la negrura del campo. La lluvia porfiaba sin ánimo de rendirse. Anduvo hacia un lugar rocoso y arbolado, atisbando en la distancia las luces de búsqueda. En el muro levantó en vilo una piedra grande y la puso a un lado. En el agujero estaban las otras botellas. Depositó las recién robadas con sus talegos. Las cubrió con yerbas y luego colocó en su sitio la pesada piedra. Tapó las junturas e intersticios con prolijidad, con barro y piedrecillas. Movió las rocas de los lados hasta que la semioscuridad acuosa le mostró el lienzo rocoso sin anormalidad evidente. Saltó al otro lado del muro y rodeando, como si viniera del pueblo, se acercó al primero de los grupos, tras haber prendido luz a su farol.

—¿Veis algo?

—Nada. ¿Y tú?

—No.

Tiempo después, batidos los caminos hacia los demás pueblos y los lechos de los riachuelos, los grupos volvieron a juntarse.

—Muchachos, vámonos —dijo Jesús Muniellos—. Seguiremos mañana con la Guardia Civil.

Todos volvieron lentamente bajo la lluvia interminable que caía como si volviera otra vez al mundo la inundación bíblica.

10 de junio de 1998

De Ventanueva a Moal el camino es curvo y asfaltado, con dosel de frondosos robles. Moal es pueblo querenciando levitar del fondo de su destino. Un tímido sol forcejeaba con desorientadas nubes. Seguí por una senda estrecha y pedregosa donde sólo puede circular un coche. Cuando dos se encuentran, uno ha de dar marcha atrás y ahuecarse entre los canchales. Es como un túnel excavado en el bosque profundo, destechándose a veces para que el visitante pueda asumir el asombro del ciclópeo paisaje. Sólo el sonido de aguas invisibles deslizándose por la izquierda matizan la soledad de sentirse en el principio del tiempo. Luego, una verja de hierro abierta y la senda se abre a un espacio despejado. Es Tablizas, puerta de la Reserva Natural Integral de Muniellos. La edificación, casa de acogida y puesto de guardas donde se controlan los permisos que otorga la Consejería de Agricultura y Pesca del Principado, es grande y de estilo suizo. Está en un repecho y tiene un amplio porche con baranda de hierro. Dos gigantescos abetos Douglas parecen querer custodiar el lugar. Dejé el auto en una zona habilitada como aparcamiento, cerca de un puentecillo de madera. No había más coches. El verde restallaba por doquier y en el silencio de un mundo inmutable el rumor del manso río y el canto de los pájaros era una algazara gozosa.

—Busco a César.

El guarda, de mi edad, calmoso y bigotudo, de pelo negro como la antracita, me clavó unos ojos desconfiados a juego con el cabello.

—¿Qué César?

—César Fernández Sotrondio.

—¿Por qué lo busca aquí?

—Me dijeron que estaría en este lugar.

—¿Para qué lo quiere?

—Cuestiones particulares.

—¿Qué cuestiones?

—Hombre, ¿no entendiste? Particulares.

—¿Trae la autorización?

—No. Soy policía —dije, mostrando mi antiguo carnet del cuerpo, confiando en que no miraría la fecha. Enseguida cambió de actitud, volviéndose solícito.

—¿Ha hecho algo malo?

—No, para nada. Necesito una información que sólo él puede darme. Sólo eso. Ya ves qué sencillo.

—¿Quién le dijo de encontrarlo aquí?

—Haces demasiadas preguntas.

—Bueno —se azaró—, es que él no vive aquí. Está pasando unos días, autorizado por la Consejería. Fue guarda del parque hace años. Los amigos que le quedan en la dirección le consiguieron el permiso, pero eso lo sabe poca gente. Por eso le pregunté. Me extrañó.

—No veo albergues. ¿Dónde se hospeda?

—Aquí, en la casa forestal.

—¿Está habilitada para eso?

—Claro. En el piso de arriba hay una vivienda para el guarda, que se usa poco, porque los dos que estamos ahora vivimos fuera, con nuestras familias. Él la utiliza cuando viene.

—¿Es que ha venido antes?

—Sí. Estuvo en los últimos años, cuatro días cada vez. Ahora lleva dos semanas, lo que es raro.

—Es hombre muy mayor para llegarse hasta aquí.

—Le traen unos sobrinos en coches de empresas de alquiler.

Era un hombre conversador. Decidí estimularle. Saqué un billete de cinco mil pesetas y se lo ofrecí. Se lo guardó sin hacer comentarios.

—Es usted muy observador. ¿Cómo son esos sobrinos?

—Simpáticos y jóvenes. Rubios. Hablan como los sudamericanos. Son dos. Nunca entran al parque. Le dejan y regresan días más tarde a recogerle. Cada noche le telefonean. Están muy al cuidado. Dejaron un teléfono para emergencias.

—¿Cómo se alimenta en estos parajes?

—Mi compañero y yo nos ocupamos. No es problema. Come poco.

Entendí que los sobrinos les darían buenas propinas.

—¿Suele venir gente a dormir en la vivienda forestal?

—No, nadie.

—¿Por qué él está autorizado?

—No sé. Supongo que recordarán el buen trabajo que hizo aquí. Según parece no hubo otro como él.

—¿Qué es lo que oíste hablar de él?

—Fue, muchos años atrás, rastreador y guía de cazadores. Después, ya de guarda, esas mañas las empleó para sorprender furtivos, proteger los cantaderos de los urogallos, controlar las familias de osos. Según dicen, detectaba los incendios como si los adivinara. Sabía cuándo un árbol caería por los corrimientos en las laderas. Y notaba la presencia de los furtivos por mucho cuidado que pusieran en ocultarse. Desde lejos les disparaba tiros de advertencia. Salían echando hostias cuando veían los impactos cercanos. Dicen que dormía en el propio parque, en un saco de dormir, cambiando siempre de lugar. Se creó una fama aún no superada. Mientras estuvo aquí, ningún animal fue matado por cazadores.

—¿Qué suele hacer aquí?

—Habla poco. No da ningún trabajo. Va de allá para acá. Sale por la mañana con su palo y su bolsa y vuelve al caer la tarde. Luego, en la noche, se queda mucho tiempo absorto, en el porche, como si estuviera en Babia. A veces le oímos murmurar: «Los torturaron. No lo merecían», como una letanía.

—¿A quiénes se refiere? —dije, como de pasada.

—Ni idea. Serán cosas de cuando la guerra, digo yo.

—¿Dónde está ahora?

—Fue a caminar por el itinerario corto, el llamado valle de la Candanosa. ¿Lo conoce?

—Más o menos.

—Tiene que caminar un rato. —Miró mis pies—. Esos zapatos no son los más adecuados.

—¿Cómo encuentro el sitio?

—No tiene pérdida. Vaya por ese camino. —Señaló el puente sobre el río Muniellos—. El camino es casi llano hasta el cruce de los arroyos Candanosa y Gallegas.

—¿Él camina sin ayuda, a su edad?

—Por supuesto. Nos da sopas con onda. Se vale muy bien. Es un andarín de cuidado. Con sus pasos lentos cansa al más joven. Pero ahora está con el otro guarda. Dijo que le venía bien sentirse acompañado, lo que nos extrañó porque siempre quiere ir solo.

Anduve despaciosamente. Al principio la senda es amplia, despejada de arbolado, para emboscarse al poco rato. El sol tempranero intentaba seguirme a través de la ya espesa floresta. El suelo pasaba del pedregoso al herboso y viceversa. Miré el rumoroso río discurriendo por la derecha hasta que, al cruzar un puente de madera, acompaña al sendero por la izquierda. Una profusión interminable de helechos, líquenes, árboles caídos, flores de agresivo color roturan la senda. Aparecen canchales de cuarcita a la derecha, producidas por el estallido de las rocas al helarse el agua en ellas albergada. Las piedras están cubiertas de moho y un mundo invisible de insectos se manifiesta con un intenso zumbido. Numerosas lapas negras y grandes reptan por la senda como caracoles sin concha. La humedad es intensa, como intensa fue la impresión que recibí al llamar al centro médico.

—Desearía hablar con Gracia de Guillén.

—¿Quién la llama?

Di mi nombre. Me puso la música. Era una versión orquestada de *begin the begin*. Un tiempo después oí la voz conocida.

—¿Sí? Soy Luis, el hijo de Gracia.

—Celebraré que estés bien. Quisiera comentar con tu madre unos datos.

—Ni estoy bien ni puede comentar nada con ella. Mi madre murió al día siguiente de marcharse usted.

Mi silencio fue elocuente.

—¿Sigue ahí?

—Sí —acerté a balbucir.

—¿Podrá vivir con ello?

—¿Cómo dices?

—Usted trajo la muerte. En pocos días, personas perfectamente sanas a pesar de su edad se han ido. Deberá pensar en ello.

Sentí el sonido del aparato al colgar.

Como una hora después vi venir a un hombre. Al igual que el otro, llevaba el uniforme verde que lo identificaba como guarda de la Reserva Biológica. Le pregunté por César.

—Lo dejé en el cruce, antes de la subida a la Vallina de Piélago. Lo encontré muy cansado. ¿Es usted médico?

—No. ¿Es que lo necesita?

—No sé qué decirle. Se empeñó en subir las tremendas cuestas hacia las lagunas. Quería llegar a la *Isla*, que es la más cercana, como si le fuera algo en ello. Tuve que ayudarle a bajar al rato de ascender. Estaré más tranquilo si lo ve un médico.

—Si César está mal, ¿por qué no lo has traído contigo?

—Preferí dejarlo un rato descansando en sosiego. Vendré a buscarlo con el todoterreno.

—Quizá deberías llamar a una ambulancia y avisar a los sobrinos.

—Es lo que haré cuando llegue a la casa forestal.

Seguí caminando entre robles, sauces, abedules y fresnos con sus gruesas bases cubiertas de musgo. Los colores amarillos, azules y rojizos jalonaban el cerrado horizonte. Subí a un pequeño repecho en medio del camino y la senda se ensanchó. César estaba sentado en una piedra, la espalda apoyada en un acebo de dimensiones desusadas, protegido por sus brillantes hojas perennes de color verde oscuro y por las bolas rojas de su fruto. Tenía los ojos cerrados y respiraba entrecortadamente. Me aproximé a él procurando no hacer ruido. Lo observé en silencio. No había vejez ni decrepitud en él sino fealdad. ¿Podría nadie imaginar un mundo racional dentro de esa osamenta? Era una figura no hollada por los años sino por la naturaleza. Me senté frente a él en un trozo de tronco carcomido. Vestía pantalón de pana verde, botas y una cazadora con los bolsillos cosidos por fuera. Refugiada detrás se veía la camisa con el botón de arriba abrochado. A su lado tenía un bastón nudoso. Las piernas eran cortas como las de un niño y casi no tocaban el suelo. Abrió los ojos de golpe y los clavó en los míos, como dicen que hace el lobo. Me analizó durante un rato.

—¿Le conozco?

No contesté.

—Ya sé quién es. —Cerró los ojos.

Dejé pasear la mirada por el entorno. Había hayas y robles acosados de líquenes. La humedad lo impregnaba todo. Vi también algunos tejos de buena talla, lo que me sorprendió porque los asociaba con iglesias, los templos perdidos de los antiguos celtas.

—Éste era el mayor robledal de Europa, según me dijeron los que entienden —rompió a hablar con los ojos cerrados, la voz lenta y trabajosa como si tuviera anginas—. Es un bosque auténtico. Yo nací en este parque, en un pueblo mísero y por eso matábamos rebecos, corzos y jabalíes, para comerlos. Matábamos osos y lobos para que no se comieran nuestra comida. Éramos muchos hermanos, pero yo salí distinto, como si hubiera sido engendrado por el *Llobu Meigo*. Crecí entre las burlas y el desprecio. Mi madre nunca me acarició. No acariciaba a nadie. Bastante tenía con las palizas que le daba mi padre. Nunca tuve amigos. Cuando fui a la guerra de África, vendido por mi padre para ocupar el lugar de otro, encontré a Pedrín y Manín. Ellos fueron mis amigos. Nunca los hubo mejores. Estuvimos siempre juntos. Por eso he de ir con ellos.

Miré su perfil asiático y su corto cabello, ya blanquecino, que le cubría el cráneo como un gorro de baño. Esperé. Se atrincheró en un nuevo silencio. Seguí esperando. Oí el golpeteo del pito negro buscando con su duro pico invertebrados alojados en el interior de un árbol enfermo. Vislumbré, parches amarillos sobre negros, una salamandra escurrirse entre unas arandaneras.

Días atrás había estado pensando en los amigos muertos. Nunca dejaría de pensar en ellos. Evalué su amor hacia Rosa y comprendí que era una pasión singular, escasamente repetida. Toda una vida adorando a una persona y sin conformidad con lo carnal. Sabía lo que es la fuerza del amor, la dolorosa y desasosegante querencia que anula las ganas de vivir lejos de la amada, porque mis defensas habían claudicado ante Rosa Arias, el portento redivivo. Pero el mío era un amor sediento de caricias y besos, un suplicar de abrazos y fusión de cuerpos. Nada que ver con los amigos de Rosa Muniellos. Aunque debieron de haber años en que la necesidad por ella fuera también para calmar incandescentes fogosidades. Y en ese diseccionar remembranzas aprecié datos confusos. Recordé las explicaciones de Gracia. Tuvieron sentido cuando me las dio. Pero entonces empezaron a vibrarme como una señal de alarma. Empecé a meditar sobre cosas, pequeñas señales. «No todas las buenas acciones tienen al principio bella apariencia», había dicho Gracia. ¿Qué había querido significar? Recordé a Rosa Regalado: «Cada casa guarda la llave de la iglesia durante un año.» La cuestión era obvia: ¿De dónde sacaron la llave Manín o Pedrín si en sus casas nunca la tuvieron? ¿Una ganzúa? Pero, para hacerla y probarla, *debían* haber ido a la iglesia, lo que nunca hicieron, según todos indicaron. Repasé la lista que me diera en su día Remedios Muniellos cuando le pedí una relación de los guardianes de la llave desde que acabara la guerra.

1939: Muniellos. 40: Rengos. 41: Castro. 42: Carbayón. 43: Verdes. Los Verdes eran de derechas y sus simpatías estaban con Franco. Los Rengos eran apolíticos, pero muy de la tierra cristiana. Los Castro fueron en su día partidarios de colectivizar el pueblo como sugirieron los dos excombatientes del Rif, lo que les creó muchos problemas posteriores, por lo que desde final de la guerra buscaron acomodarse a la situación sin mezclarse en nada contrario a la ortodoxia que las nuevas circunstancias políticas demandaban. Nadie de las cinco casas había dejado la llave durante el tiempo de tenencia. La meditación me llevó al convencimiento de que el original de la llave de que dispusieron Manín o Pedrín para hacer una copia seguramente en un herrero fuera de la zona, o bien una ganzúa probada, sólo pudo haber salido de casa Carbayón por medio de un cómplice o auxiliar involuntario en la preparación de los delitos.

César se movió a otra postura y sus párpados temblaron.

—No me ha hablado de Rosa, su amiga —susurré.

Abrió sus ojos ligeramente, como bocas de dos fusiles prestos a ser disparados. Volvió a cerrarlos.

—Rosa es todo. Es la luz, la madre, la felicidad. No se merecía lo que le hicieron esos hombres. Ella me curó, me acarició. Nunca lo hizo nadie. Es una *Xana*. No se ha ido. Volverá.

Sus párpados se despegaron de forma casi imperceptible y dos trazos negros ocuparon el lugar de sus ojos, como para comprobar si yo seguía allí. Algo destelló antes de que las rayas se escondieran.

Esperé. Su mutismo se hizo persistente. Volví a revivir mis reflexiones de hace unos días. En ese punto las impresiones sentidas en la iglesia de Prados habían vuelto a avasallarme. Pero, como es mi costumbre, debía contrastarlas. Estuve buscando la cinta extraviada y no cejé hasta dar con ella. Escuché luego lo que había grabado en susurros inmerso de lleno en esa tenebrosa experiencia:

«El silencio es abrumador. Retrocedo, cierro la trampilla y apago la luz. Me siento en un escalón. Es como si hubiera caído en un agujero negro del espacio, tan tremenda es la oscuridad. Mi sistema auditivo se amplifica. Empiezo a oír ruidos que no existen. Es la sensación de estar vivo en una tumba. Intento ver al asesino. No me es posible por faltarme la perspectiva para que mi mente colabore. Es como flotar en la nada. Al cabo, una ligerísima claridad se insinúa por unas aberturas del techo rompiendo la impenetrable oscuridad. Me levanto y alzo el brazo para recorrer con la mano las estrechas grietas que permiten los imprecisos vislumbres. Poco a poco voy tomando la situación. Veo mis manos y los contornos de los pilares. Me vuelvo lentamente. El hombre está allí, picando el pedregoso suelo y retirando a un lado lo excavado. El picado es tipo raspado para no producir ruido, lo que da idea del vigor del hombre. Luego miro cómo desciende con el pesado cuerpo de José Vega y cómo lo entierra cuidadosamente. Quiero ver el rostro en el espectral ambiente. Ya baja el segundo cuerpo y lo sepulta en la fosa no cubierta, tapando el hueco totalmente y borrando luego todas las trazas con minuciosidad. Debe intuir que pueden mirar en este sótano. Voy hacia él, que se desvanece en mi imaginación. Subo y abro la trampilla con los ojos cerrados. Noto la explosión de la luz, a pesar del cielo tormentoso. Me pongo las gafas de sol y logro frenar el impacto del claror. Dejo la trampilla como la encontré y salgo de la iglesia. Está *urbayando*. Es enormemente agradable sentirse vivo y notar el suave viento húmedo en la piel. Caminando hacia los Regalado para devolver la llave, sé que sólo hubo un asesino. Es hombre cuidadoso, tenaz y fuerte, insensible a situaciones extremas. Acostumbrado a los silencios y a las soledades. Un cazador. Indiferente a la claustrofobia. Un minero. Un hombre sin miedo, con la audacia necesaria para acometer tal empresa, arriesgándose a que pudieran sorprenderlo. Alguien frío, sin nervios, capaz de moverse como un felino ya que, a pesar de vivir encima y cerca de los establos, las familias nada oyeron cuando buscaba los escondrijos de los dineros, y ni los perros ni los vacunos se alteraron.»

Ese hombre no era ni Manín ni Pedrín. Fue el que dispuso del original de la llave, pero no para facilitársela a nadie sino para actuar por sí mismo. César. Pero necesitaba algo más que mi certidumbre.

El anciano llevaba demasiado tiempo callado. Me levanté y me acerqué a él. Respiraba a intervalos y trabajosamente. Le desabroché el botón superior de la camisa. Le cogí y le tendí en el acolchado y verdoso tapiz. Le toqué las manos, parecidas a zarpas. Las tenía heladas. Se las froté y le cubrí con mi chupa. Me arrodillé, levanté su cabeza y la apoyé en mi antebrazo izquierdo mientras le cogía la cara con mi mano derecha.

—¡Eh, César! Vamos, despierte.

Abrió los ojos, desmesurándolos como buscando henchirse de paisaje, y en ellos encontré, fundiéndose con el verde que nos envolvía, el color de selva que había mencionado Gracia.

—¡Rosa! —dijo, cogiendo mi mano con fuerza—. ¿Eres tú? Sabía que volverías.

Oí el ruido de un motor. El guarda apareció en un todoterreno pequeño. Con él venía un hombre de aspecto cetrino que portaba un maletín. Se acercó rápidamente. Costó que César soltara mi mano. Le abrió la camisa, le auscultó, le tomó el pulso. Miró sus ojos, forcejeó con su cuerpo.

—Está muerto —dijo, mirándome.

Los labios de César no pudieron decirme lo que habían confirmado sus ojos. Pero bajando desde el Parque Muniellos otras preguntas me asaltaron. Escasas posibilidades tenía de lograr las repuestas. Aunque, en realidad, ¿acaso tenían ya importancia?

Antes de llegar a Ventanueva, vi subir una ambulancia. Supuse que para César. El pueblo es un cruce, con el inevitable Bar-Merendero. Unas mesas estaban distribuidas en un espacio bajo los densos árboles y algunas ya habían sido ocupadas. Detuve el coche a un lado, pensando qué hacer. Un hombre se paró delante y me miró. Era el que me partió la nariz. En la ventanilla izquierda apareció el rostro del muchacho al que martiricé los ojos. Me hizo una seña. Bajé el cristal.

—Aparque allí —dijo, señalando un lugar junto a un Mercedes E-320 azul estacionado junto a otros coches y furgonetas. Lo hice. Salí. Sin decir palabra, uno delante y otro detrás, me condujeron a una mesa apartada en la que estaban sentados Miguel Arias y otro hombre cercano en la edad y de gran parecido, con cuidado pelo entrecano y una mirada ausente de amistosidad. Vestían chaquetas azules y vi en ellas las mismas insignias prendidas de sus ojales. Una rosa de plata.

—Puede quedarse de pie, aunque si se sienta estará más cómodo —ofreció Miguel sin levantarse ni darme la mano.

—Les avisó el guarda —dije, ocupando una silla.

—En cuanto llegó —profundas ojeras magnificaban el azul de sus ojos.

—¿Vinieron en helicóptero?

—No estábamos en Llanes sino en Cangas del Narcea. Encargos que cumplir con San Belisario y otros santos de estos pueblos. Le esperábamos.

—¿Me esperaban? Supuse que estarían aquí por lo de César.

—En parte. Los hijos de mi hermano —movió la cabeza hacia su acompañante, sin presentármelo— están de camino. Luego de que hablemos iremos a la Reserva. Pero ellos se ocupan.

El hermano me contemplaba sin pestañear. Los dos jóvenes habían tomado una mesa cercana. Llegó el camarero y ordenamos. Miré a Miguel.

—Nos habían dicho que dejaba de tocarnos los huevos, pero sigue fisgando. ¿Qué quiere ahora? —En su voz no había acritud.

—Me incomoda que las piezas no encajen.

—¿Qué no le encaja?

—Varias cosas. Las actitudes de Manín y Pedrín, pero, en prioridad, la de Rosa. Aunque parece que ella no supo nunca lo de los asesinatos, debería haber estado acosada de preguntas cuando supo que fue César el del dinero. Porque fue él, ¿verdad?

El camarero trajo las bebidas. Miguel no contestó.

—Quiero decir, el del dinero y el que mató a esos hombres. El que hizo las dos cosas.

—¿Es una pregunta o una conclusión?

—¿Para qué me han interceptado? —repliqué.

—Ya lo oyó. Queremos saber por qué sigue violentándonos.

—Gracia no me mintió al señalar al del dinero, pero tampoco dijo la verdad. Acepté que fueron Manín o Pedrín, porque todo apuntaba hacia ellos. Luego reflexioné. Eran duros, capaces de odiar con la misma intensidad que de amar hasta más allá de los límites de la lógica. De mirada franca y acciones directas. Hombres así *no pueden* matar por la espalda.

—Eso es muy cierto. Pero ¿por qué asegura que fue César?

—Venga, Miguel. Todo acabó. No tiene sentido seguir con el misterio.

Los dos hermanos se miraron sin decir nada.

—Vamos por partes —seguí—. Primero el dinero. Cuando Gracia se confesó a Rosa, su madre debió de quedarse boquiabierta. Como yo, sospechó siempre que el hombre misterioso había sido su primo o Pedrín. Ambos eran hombres hábiles y de recursos para poder reunir tal cantidad, por lo que el disfrute de la fortuna recibida no le sería ingrato. Si acaso, estaría el remordimiento derivado de la imposibilidad de compartirla con ellos por la barrera del juramento. Pero cuando César fue revelado, la cosa cambió. Rosa le llamó al asilo. Él dijo haber sido premiado por la lotería. Ella pensaría, como yo ahora, lo inverosímil de que un criado tan humilde como él pudiese reunir suficiente dinero para comprar boletos que permitieran tan sabroso premio. Por tanto, no se lo creería. Era una *Xana* pero estaba en este mundo.

—Siga.

—La lógica le haría creer que César habría tenido la complicidad de sus amigos. Así que cuando los hizo ir a los tres a Argentina no sólo fue para darles cuido sino también para que hablaran claro.

—No va mal.

—Hasta aquí llego. No sé si los Pedrín y Manín eran sabedores del protagonismo de César y me agradaría conocer el posicionamiento de Rosa respecto a las respuestas obtenidas.

—Es usted un tipo de cuidado. Me alegro de que abandonara. Si no, nos hubiéramos producido dificultades mutuas —sorbió de su café y continuó con voz que pretendía ser desganada—: Cuando se reunió con los tres, mi hermano y yo fuimos testigos. Los largos se quedaron de piedra. Ni por asomo tenían sospechas de César. Como todos, imaginaban que era incapaz de raciocinio unilateral. Lo miramos con la distante expresión que dan las sorpresas incomprensibles y él cayó en un amedrentamiento doloroso. Parecía un chucho vapuleado por su dueño. Ella lo abrazó y lo calmó con besos poniendo fin a la situación. Más tarde volvimos a reunirnos, sin él. Rosa reiteró su deseo de saber el origen del dinero y, dada la sinceridad que expresaban sus amigos al insistir en la ignorancia de los hechos, les pidió aportaran alguna idea. Ellos no soltaron prenda. Y mamá y nosotros permanecimos en la ignorancia. «¿Por qué quieres saber de dónde salió? —dijo Manín, afierando el semblante—. Déjalo estar. ¿No has vivido feliz gracias a él?» «Sería infeliz si hubiera gozado de un dinero proveniente de algo delictivo. Y malo debió de haber sido para haberme atado a un juramento tan estricto», respondió ella. Acosada por las dudas, cuando nos mandó a mi hermano y a mí a Asturias en busca de un hotel digno para sus amigos nos encomendó un segundo trabajo: averiguaciones en el concejo de Cangas sobre sucesos extraños acaecidos en los primeros años cuarenta. Lo hicimos, discretamente en varios pueblos, sin visitar Prados. Y supimos lo de las desapariciones y todo lo que la Guardia Civil realizó con posterioridad porque todavía en el 69 vivía gente que oyó de esos hechos nunca publicados por la prensa. Pero ¿por qué de esas ausencias misteriosas? Manín nos contó entonces la historia del prado, de los viejos odios, de la guerrilla, de los tiempos de silencio. Y coincidimos en que el dinero de César sólo podía haber salido de esos hombres nunca aparecidos Lo cogimos por banda, lo acoquinamos y lo confesó todo. La noticia de que los había matado y enterrado en la iglesia nos espantó. Tardamos en reaccionar y asumir los hechos.

—¿Mostró arrepentimiento?

—Era un ser primario, inmune a emociones. No actuaba por odio, interés o venganza, impulsos racionales ausentes en su persona. Sólo tenía un rasgo de luz identificable: su fidelidad a sus amigos. Por ellos lo hizo, adivinando la incapacidad que tenían para esa acción y sabiendo que no serían felices si los culpables quedaban sin castigo y la *Xana* no era compensada. Como un trabajo más, sin agobio de culpa, como el león que mata a la gacela. ¿Por qué no se lo confesó a sus amigos? Dijo que temía no le hubieran comprendido. Mantuvo el silencio y se olvidó de ello.

—Sin embargo, la misión que se autoimpuso fue de impecable factura. Contradice la falta de raciocinio que usted expresa.

—Instinto de cazador —dijo, forcejeando con la mirada—. Un chispazo intelectual. Una excepción en su primitivismo. ¿Es momento de psicoanálisis?

—¿Se lo participaron a Gracia?

—No. Los Guillén nunca supieron nada de las muertes hasta que usted lo vomitó allá. Y luego tuvieron el acierto de no remover el polvo —terminó su café—. Sabíamos que debíamos mantener el secreto ante Rosa. No hubiera soportado el haber vivido en la abundancia económica basada en asesinatos, y más si uno de los matados era su hermano. Pero algo deberíamos decirle para que cesara en su insistencia. ¿Qué podía ser? Gracia nunca habló a su hijo Luis sobre la aventura del dinero. Pero Rosa sí nos lo confesó a sus hijos, hace años, sin saber quién lo donó. Hurgamos en nuestra memoria e imaginación para encontrar razones convincentes que no hicieran odioso el disfrute del dinero y, al mismo tiempo, que tuvieran el soporte suficiente para justificar tan rígido juramento. Y nos llegó la luz. Inventamos que César había encontrado el dinero escondido en el sótano de la iglesia. ¿Quién lo puso allí? Por ser el más seguro templo del contorno, alguien del mando local de la *brigadilla* antiguerrillera para pagos a chivatos y delatores. Dijimos que César decidió darle el destino que sabemos en vez de entregarlo a aquellas autoridades tan poco recomendables. Al no ser encontrado el dinero, hubo la natural conmoción en aquellas fuerzas represivas. Sometieron a interrogatorio y vigilancia durante años al pueblo y a los de los alrededores, atentos al cambio de posición de cada vecino. La promesa de silencio y prohibición que César pidiera a Gracia quedaba así comprendida. Eso es lo que finalmente contamos a Rosa.

—¿Se lo creyó?

—¿Por qué no? Era totalmente verosímil porque esas cosas ocurrieron en Asturias y Cantabria en aquel período. Aplicamos a nuestro problema una verdad que existía. Lo que la Guardia Civil hizo para averiguar las desapariciones y los dudosos robos es lo que hubieran hecho si lo que inventamos hubiera acontecido. Y, además de tener sentido, tenía otra cosa, algo que vibró en lo más profundo de la herencia genética recibida por Rosa y que enlazaba con los recuerdos de su amado abuelo: sugería una intervención divina. Fue definitivo. Ella había mandado construir la iglesia en la estancia argentina. Pero a partir de nuestra bola no cesó de colmar a San Belisario, anónimamente a través de una de nuestras empresas, con restauraciones del edificio y del mobiliario, la ornamentación y limpieza... Usted vio la iglesia.

Entendí entonces el mutismo de Rosa Regalado cuando, al visitar Prados, le expresé mi extrañeza ante el anormal cuidado que mostraba el templo. Hubo un consensuado silencio. Empezó a levantarse un ligero viento.

—Los que estábamos en el secreto llegamos a olvidarlo. Hasta que aparecieron esos cuerpos y luego se presentó usted para atosigarnos. Ahora, debemos volver a olvidar para seguir en la senda que claudica.

—¿Qué sabe su hija Rosa? —Miré al hermano de Miguel, que puso la incertidumbre de una pausa prolongada.

—Lo que dijeron los periódicos desde que aparecieron los cuerpos. Lo que comentamos por encima y lo que inventamos sobre el dinero. Fue consciente de la incomodidad que su acoso nos producía. Por eso le contactó en nuestro hotel de Llanes, a iniciativa propia. Pero ahí ha de quedar. Rosa no deberá saber nada más. Nunca. El asunto queda zanjado. —Hizo un pulso aguerrido con la mirada y luego definió con voz convincente—: Y respecto a ella, le sugiero que la olvide. Déjenos en paz a todos.

No quise batallar con su advertencia. Contemplé a Miguel. Mantenía un silencio que enmascaraba una honda melancolía. Estaba de perfil a mí y su atezado rostro destacaba del verdor. Intenté reconocer en él al niño que caminaba a la Ciudad Universitaria en busca de remedio para sus dientes agredidos.

—No tuve oportunidad de darles el pésame —dije—. Siento lo de su madre. De verdad. Lo siento.

Miguel se volvió y miré en sus ojos sufrientes océanos como los que él veía en el mirar de su madre, pero éstos suyos, sus propios océanos de imágenes detenidas pugnando por salir. Vi, brotando desde el tiempo escondido, al niño de rizos dorados cogido de la mano de aquella mujer de cabello de plata en un paisaje inacabable de flores silvestres mientras a su alrededor miles de molinillos danzaban haciendo guiños en la luz capturada, disociándola en un arcoiris infinito. Los sentí reír saturándose de esperanza, llenando el espacio como si estuvieran en un mundo habitado por ellos solos.

Miguel apartó sus ojos, se levantó y sin decir palabra se alejó junto a los otros hacia el coche mientras yo intentaba violentar mis sentimientos para salir de esa plenitud que no me correspondía.

¿O sí?

Los vi marchar en su flamante Mercedes hacia la Reserva Biológica. Entré en el coche y lo paré en el mismo cruce. Medí mis alternativas. A la derecha escalaría el puerto de Rañadoiro, bajaría a Degaña y por la autovía del Noroeste llegaría a Madrid, a mi vida, a mi trabajo, a lo conocido. A la izquierda, a oriente, alcanzaría Cangas, Oviedo y Llanes donde no tenía nada salvo la esperanza de un destino anhelado. Si giraba hacia la derecha renunciaría a luchar por esa esperanza. Si decidía el camino de la izquierda, a despecho de la advertencia del padre de Rosa, ambas metas podían ser compatibles en un futuro porque el amor y el trabajo, bien administrados, no se estorban y llegan a ser imprescindibles. Pero había un hecho tremendo que frenaba mi decisión. Luis Guillén había dicho: «Usted trajo la muerte». Racionalmente sabía que no era cierto. Creo que las cosas suceden porque suceden, que nada está escrito de antemano. Acepto que los destinos de las personas se ven influidos por otras personas o por sucesos, pero no por cuestiones sobrenaturales. Y, en la mayoría de los casos, esos destinos los escribimos nosotros cada día al elegir, libremente o no, de entre las diversas opciones que nos plantea el vivir. Pero no podía sustraerme a una realidad insobornable: la desaparición súbita de personas desconocidas para mí, vinculadas entre sí, y con las que traté, cabría decir que molesté, en el solo espacio de unos meses.

Semanas atrás había llamado a la señora María. Traslució la alegría que yo esperaba, y más cuando le dije que la llevaría a ver a Agapito Ortiz, a la semana siguiente.

—¿De verdad me llevará usted?

—Se lo prometí. Será un placer ver a dos viejos amigos volver a encontrarse.

—Ha pasado tanto tiempo... —Hubo un largo silencio preñado de ensueños—. ¿Cree que me recordará? Físicamente, quiero decir.

—No me cabe duda. Tiene usted un aspecto donde la juventud dejó huellas, que él reconocerá.

—Esperaré con impaciencia a que usted llegue.

El día fijado para la cita, pulsé el timbre del portal. No hubo contestación. Volví a llamar. Silencio. Lo intenté de nuevo. En ese momento el portal se abrió para dar paso a un hombre que salía. Aproveché para entrar. Caminé por el largo pasillo y toqué el timbre de la casa varias veces. Se abrió una ventana en el otro lado del patio, enfrente. Una mujer de edad asomó la cabeza y sus ojos inquisitorios.

—Perdone, ¿la señora María? ¿Sabe dónde está?

Su mirada se acentuó. Habló con voz aguardentosa, dejando caer lentamente las palabras.

—Murió hace cuatro días. La casa está cerrada.

Tuve la impresión de que algo inaprensible impedía que mis deseos forjaran realidades. Fue tanto el desconcierto que miré a la mujer y seguí mirándola sin verla aun después de que ella hubiera cerrado la ventana. Me volví a la puerta y, con una pena infinita, acaricié la pulida superficie imaginando que tocaba aquel rostro sereno y dulce. Musité una vieja oración rescatada de los pliegues de mi memoria y le pedí perdón por no haber cumplido mi promesa.

Y ahora estaba allí, en la encrucijada, tras haber visto a César huir hacia la nada aunque él imaginaba que volvería con sus amigos a las praderas y a las aventuras que nutrieron sus mundos. ¿Era yo realmente un cenizo, como anatemizó Guillén? Allí parado, mecido por la música eterna del Narcea, tuve miedo por segunda vez en mi vida. ¿Qué camino debía tomar? Debía comprobar si fatalmente había devenido en Némesis ajena por imperativo ignoto, lo que supondría un horror a gravitar sobre mi futuro, o si tantas muertes repentinas habían sido sólo un cúmulo de coincidencias sin connotaciones prodigiosas. Una saga de hermosa amistad había desaparecido. ¿Por mi culpa? Pero el hecho de que César hubiera muerto en mis brazos podría ser una señal de que en mí se depositaba la esperanza de continuar la saga. ¿Quién curaría esa duda?

La radio había dicho que las Azores enviaban Armadas de lluvia. Miré el cielo. Por el oeste aparecían nubes negras enganchándose en los árboles cimeros mientras que por oriente el inmenso lienzo azul permanecía sin mácula.

Puse el motor en marcha e hice girar el coche hacia la izquierda.

Sólo una persona podría calmar la indefensión de mi espíritu.

Y puede que hubieran llegado los colores blancos.

Índice